KB120467

크림반도 견문록 1

나남
nanam

한국연구재단 학술명저번역총서
서양편 416

크림반도 견문록 1

2020년 11월 30일 발행
2020년 11월 30일 1쇄

지은이   예브게니 마르코프
옮긴이   허승철
발행자   趙相浩
발행처   (주) 나남
주소   10881 경기도 파주시 회동길 193
전화   (031) 955-4601 (代)
FAX   (031) 955-4555
등록   제 1-71호 (1979. 5. 12)
홈페이지   http://www.nanam.net
전자우편   post@nanam.net
인쇄인   유성근 (삼화인쇄주식회사)

ISBN 978-89-300-4061-7
ISBN 978-89-300-8215-0 (세트)

책값은 뒤표지에 있습니다.

'한국연구재단 학술명저번역총서'는 우리 시대 기초학문의 부흥을 위해
한국연구재단과 (주)나남이 공동으로 펼치는 서양명저 번역간행사업입니다.

한국연구재단
학술명저번역총서
416

크림반도 견문록 1

예브게니 마르코프 지음

허승철 옮김

Очерки Крыма

Евгений Львович Марков

아조프해

흑해

케르치

페오도시아

스타리크림

수다크

노비스비트

잔코이

심페로폴

크라스노페레콥스크

얌파토리아

구르주프
마산드라
얄타
가스포라
코레이즈
알룹카
시메이즈

알루슈타

바흐치사라이

인케르만

세바스토폴

발라클라바

포로스

러시아

우크라이나

루마니아

몰도바

조지아

아르메니아

불가리아

터키

© Hamerani

보론초프 궁전(1828~1846)

1 리바디아 궁전 (1914)*
2 리바디아 궁전 얄타회담 (1945. 2) 장소

---

* 이 책의 초판 발행 (1873) 이후 건립되었다.

마산드라의 차르 알렉산드르 3세 궁전(1882~1902)[*]

바흐치사라이 궁전(1532)

1 수다크의 성채(1386)
2 페오도시야(카파)의 제노아 성채(1348)

포로스 예수부활 교회 (1892)[*]

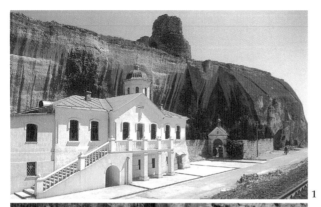

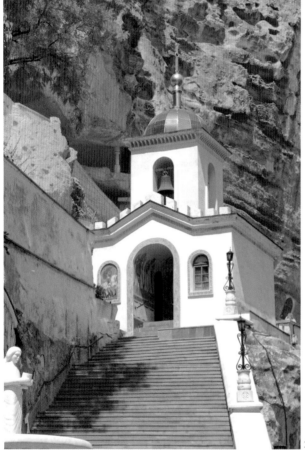

1 성 클레멘스 수도원(14~15세기)
2 우스펜스키 수도원(1475~1479)

1 알류슈타산
2 우찬수 폭포

구르주프 전경

© Иерей Максим Массалитин

얄타해안 제비둥지성 (1902)*

© A. Savin

남부해안 전경

《크림반도 견문록》 한국어판을 내며

2014년 3월 러시아의 크림반도 합병으로 '크림'이란 이름은 크림전쟁 (1853~1856), 2차 세계대전 중 공방전에 이어 다시 한 번 세계의 주목을 받게 되었다. 2002년에 크림반도를 처음 방문하고, 우크라이나 대사시절에 여섯 차례 더 방문한 나는 오랫동안 크림에 대한 책을 번역하거나 쓰겠다는 생각을 하고 있었다.

10여 년 전 구입하여 소장하고 있던 예브게니 마르코프의 저서 《크림반도 견문록》을 번역하려는 마음이 컸지만, 방대한 책의 분량이 주는 부담과 책에 담긴 다양한 역사, 지리, 민속에 관한 내용을 제대로 이해하고 번역할 수 있을까 하는 의구심에 선뜻 번역작업에 착수할 엄두를 내지 못했다. 다행히 이 책이 한국연구재단의 명저번역 대상 도서로 선정되어 이에 지원했고, 2년여의 작업을 거쳐 번역원고를 탈고했다.

2009년 출간본 편집자가 "누구도 크림에 대해 이와 유사한 책을 쓴 적이 없고, 장래에도 쓸 사람이 없을 것이다"라고 말했듯이 《크림반도 견문록》은 당시까지 나온 크림반도에 대한 책 중에서 가장 내용이

17

풍부하고, 독자들로 하여금 크림의 정경을 머릿속에 그리며 읽게 만드는 뛰어난 문장이 가득하다. 이 책이 처음 출간된 후 150년이 흘렀지만, 아직도 이처럼 광범위한 주제를 유려한 문장으로 서술한 책은 나오지 않고 있다. 크림과 흑해지역에 대한 기초자료가 거의 없는 우리나라 독자들은 이 책에서 크림에 대한 많은 정보를 얻을 수 있고, 19세기 후반의 러시아 상황도 깊이 있게 이해할 수 있다.

저자는 이 책을 탈고한 후 "크림의 스텝, 산, 바다, 고대 전설과 유적, 역사의 흔적이 남아 있는 여러 지역을 스케치북에 그리는 화가처럼 담았다"는 말로 저술 소회를 밝혔다. 이 책은 고대부터 크림전쟁을 포함한 19세기 후반까지 크림의 역사를 시대를 넘나들며 심층적으로 다루었다. 크림타타르인을 포함해 크림반도를 거쳐간 여러 민족들의 애환과 고난도 가슴에 와 닿게 묘사했다. 크림전쟁에 대한 묘사에서는 조국을 사랑하는 마음으로 러시아가 당면한 문제를 통렬히 비판하며 희생당한 병사들과 주민들에 대한 안타까움을 애절하게 표현했다.

그러나 이런 진지한 서술 바로 뒤에는 풍광이 뛰어난 크림 곳곳에 대한 그림같이 아름다운 묘사와 주민들의 생활에 대한 저자의 따뜻한 시선이 이어진다. 역사적 의미가 있거나 풍광이 뛰어난 장소에 갈 때마다 저자는 가슴에서 일어나는 감동을 서정적으로 묘사한다. 또한 자연과 하나가 되는 순간에 느낀 인생과 역사의 의미에 대한 철학적 성찰은 책의 깊이를 더해 준다.

이 책의 가장 큰 장점은 탁월한 기행문학 작품으로서 크림을 가 보지 못한 독자들에게 크림반도의 풍광과 생활을 생생하게 전달해 준다는 점이다. 이 책의 독자들은 "마르코프가 쓴 《크림반도 견문록》은 진짜 크림보다 낫다"라는 찬사를 보냈다. 나도 이 책을 번역하면서 직접 방문했던 장소들이 생생하게 떠올랐고, 당장 가방을 꾸려 다시 그곳으로 날아가고 싶은 충동을 여러 번 느꼈다.

내가 파악하기에 이 책은 아직 영어, 일본어, 독일어 등으로 번역되지 않은 상태이므로 한국어 번역의 의미는 더욱 크다. 원문과 번역문을 검토한 원어민 전문가는 이 책이 사전만 가지고 번역하기에 벅찬 역사적·박물지적 사실이 매우 많다고 평했다. 실제로 학술문헌이나 문학작품 번역과 비교하여 이 책의 번역작업은 훨씬 고됐다. 원문에 담긴 풍부한 내용을 최대한 가감 없이 독자들에게 전달하기 위해 다양한 자료를 참고했고, 크림 출신 원어민에게 자문도 여러 번 받았다는 사실을 밝혀 둔다.

책의 번역에 큰 도움을 준 크림 출신의 디나라 쇼사이도바 양과 한국문학번역원에서 공부하는 타냐 바제노바 양에게 깊은 사의를 표한다. 번역 문장을 검토해 준 최호 선생에게 감사의 뜻을 전하고, 나남의 편집진에게도 깊이 감사드린다.

2020년 11월
허 승 철

머리말

초판 발간에 붙여*

나는 1866년 초에 처음으로 크림반도를 방문했다. 그때부터 몇 년간 나는 크림 밖으로 나오지 않고 그곳에 거주했다. 나는 크림반도의 구석구석을 여러 번 방문하며 모든 문화유적을 둘러보고, 크림반도의 고대 역사와 관련된 자료를 모두 읽었다.

한 지방의 특색을 경험으로 알게 되고, 오랜 시간 다양한 생활요소와 부딪치다 보면, 그 지방은 단순히 낯익은 곳이 아니라 고향같이 된다. 크림이라는 새로운 세계와 만나 받은 인상을 바탕으로 나는 특별한 계획 없이 여러 가지 단편적 견문을 글로 적었다. 이런 단편적 견문록이 많이 축적되자, 비록 체계적 구도는 없더라도 이것들이 크림에 대한 전체적 그림을 제시하기에 충분하다고 생각하게 됐다.

---

*　〔역주〕 이 글은 1873년 볼프(Вольф) 출판사에서 출간한 초판 머리말로 저자 예브게니 마르코프가 1872년에 쓴 것이다. 당시 관행은 책 출간에 맞춰 머리말을 쓰지 않아서 출간연도와 머리말 작성연도가 다르다.

크림의 스텝, 크림의 산, 크림의 바다, 고대 전설과 유적지들, 새로운 시대의 숙명적 역사의 흔적, 바흐치사라이, 세바스토폴, 남부해안, 동굴도시 등 크림반도의 모든 전형적인 모습들이 이 견문록에 서술되었다. 나는 서술의 일관성을 유지하고 외형적으로 풍부한 모습을 보이기 위해 자신을 속박하지는 않았다.

나는 오직 말하고 싶은 것을, 말하고 싶은 방식으로 서술했다. 나는 지리학 사전이나 역사 논문이나 크림반도 여행안내서를 작성하려고 한 것이 아니다. 어떤 때는 이 지역 생활의 흥미로운 장면을, 어떤 때는 풍경을, 어떤 때는 지나가는 사람들의 모습을, 어떤 때는 어떤 고대 유물을 자세히 모사(模寫) 함으로써 내가 감동받은 모든 것들을 여행 스케치북에 그리는 화가처럼 담았다.

그래서 내 견문록 중 어떤 것들은 일기, 어떤 것들은 연구의 성격을 띤다. 어떤 사물을 가장 잘 표현하는 대표적 특징들을 자유로운 붓으로 전달하는 것이, 세밀하지만 색깔이 없이 그것을 차갑게 묘사하는 것보다 그 사물의 본질을 더 많이 알게 해준다는 견해를 나는 고수한다.

나는 크림과의 첫 만남에서 받은 진정한 느낌을 최초의 따뜻함을 살려 전달한다면, 나에게 아주 소중한 크림의 모습을 독자들에게 보다 생기 있고 두드러지게 그릴 수 있을 것으로 기대했다. 물론 나는 많은 면에서 이런 것들을 가공하고 보충하고 개작할 수 있었다. 그러나 의도적으로 그렇게 하지는 않았다.

약점과 실수를 많이 포함하더라도 첫 감정을 진실하게 털어놓는 첫사랑의 말은 아무리 서투른 입으로 표현한다고 해도 쉽게 도달할 수 없는 진실과 아름다움의 힘을 갖는다. 내가 견문록을 고치지 않은 이유는 바로 크림에 대한 나의 첫사랑의 거짓 없는 향기를 사라지게 만들지 않을까 두려워서다. 이것들을 대중의 판단에 맡기면서 내가 부탁하고 싶은 것은 견문록이 제공해 준다고 약속하지 않은 것들을 요구하지 말고, 단지 독자들이 나의 책을 미리 정해진 목적이 전혀 없는 자유로운 견문록으로 봐달라는 것뿐이다.

아마도 내 견문록은 어떤 사람들의 기억에 크림 생활과 자연의 모습들을 어느 정도 생기 있고 정확하게 되살릴지도 모르고, 혹시 크림을 모르는 사람에게는 러시아인인 우리가 우리 조국 다른 데서 찾을 수 없는 특징들을 어느 정도 생생하게 그려서 살아 있는 크림을 알고 싶게 하고, 크림의 독특함과 아름다움을 즐기도록 유혹할지 모른다. 어쩌면 오늘날에 자기 책에 '부도덕한 향락'[1] 같은 시대착오적 모토를 제시하는 것은 위험할 수 있다. 그런데 그 문제에 있어 나는 나름대로의 의견을 가지고 있다.

그런 '책임으로부터 해방된 쾌락'을 온 삶의 모토로 삼는 이들은 이런 태도를 불쌍하게 여길 수도 있지만, 내가 생각하기에 수도사같이 꽉 막힌 정신을 가지고 쾌락이 책임과 공존할 수 없고, 책임과 상반되는 것이라고 생각하는 사람이야말로 가엽게 여김을 받을 만하다. 사람들의 삶에 고통이 많을수록, 우리 사회 제도에 불완전한 점들이 많을수록 위로와 오락의 필요는 더 절실해진다. 단 몇 시간만이라도 격

---

1   〔역주〕부도덕한 향락(*Pflichtloser Genuss*) : Pflichtloser Genuss는 '부도덕한 향락'이란 의미로 원래 칸트가 썼던 용어이다. 톨스토이는 일기에 남성의 마조히즘을 이 용어를 써서 비난했다. 이 책의 저자는 이 용어를 바로 아래에 '책임으로부터 해방된 쾌락'으로 정의했다.

정·근심으로 인한 주름을 펴고, 우울한 권태의 잠을 깨울 수 있는 감동을 사회의 긴요한 필요에 적대적인 요소라고 여기면 안 된다. 이것들은 사람들의 지식과 신념에 대한 직접적인 작용에 못지않게 유익한 사회적인 일을 한다.

나는 이 책을 나의 크림 친구들에게 헌정한다. 나는 그들과 어울리며, 그들의 도움을 통해 크림반도와 친숙해졌다. 이 경이로운 나라에서 내 삶에 가장 좋은 날들의 추억은 나에게 소중한 사람들의 기억과 끊을 수 없는 실들로 연결되어 쌓아졌다.

1872년 5월 12일
쿠르스카야주 알렉산드로프카 마을에서
예브게니 마르코프

2판 발간에 붙여*

《크림반도 견문록》이 절판된 지 오래되었다. 그런데 이 책은 러시아에서 유일한 크림반도에 대한 대중적인 책으로 남아 있다. 타의 추종을 불허하게 독특하고 아름다우며, 치료효과를 가진 공기, 치료효과를 가진 약수, 치료효과를 가진 향기로운 포도의 즙이 있는 크림반도가 유럽에 위치하고 있었다면, 문학적, 학문적, 그리고 기타 모든 출판물이 화려한 책과 저렴한 가격의 책으로 간행되었을 것이다.

러시아에서는 대중들로부터 분명한 호평을 받은 크림반도에 대한 유일한 책이 2판까지 그럭저럭 살아남아 있다는 것으로 만족할 수밖에 없다. 교육과 지식이 빈약한 사회에서 시, 예술, 고고학, 민속학 문제들은 아직 생활의 보편적 요소를 이룰 수 없다.

러시아에서 큰 호감을 얻고 있는 사회적 풍자의 채찍, 노동자와 주인

---

* 〔역주〕이 글은 1886년 볼프출판사에서 출간한 2판의 머리말로 저자 예브게니 마르코프가 1882년에 쓴 것이다.

간의 투쟁, 돈과 빵에 대한 염려스러운 생각들과 아무 관련 없고, 오직 자연을 조용히 관조하며 즐기는 기분과, 오래전에 지나간 삶에 차분히 천착하는 내용이 가득 차 있는《크림반도 견문록》같은 책은 사나운 정치와 물질적 취향이 유행인 오늘날에 성공을 기대하기 가장 힘들다.

일상적 분주함에 정신이 팔린 대중이 이 책을 읽을 것으로 기대하지는 않지만, 과거의 경험으로 보면 어떤 상황에서라도 항상 예술과 지식을 소중히 여기고, 현재 순간의 화급한 염려가 아무리 신경을 많이 써야 할 정당한 것이라 해도, 그것들 때문에 인류의 영원한 관심사들을 무시하지 않는 그런 정신과 마음을 지닌 독자들을 만나기를 기대한다.

《크림반도 견문록》 2판은 개선된 점은 거의 없다. 다만 이번 출판에는 첫 번째 출판에 실리지 않았던 "여행편지: 남부해안으로부터"라는 제목의 글을 수록했다. 작가들은 자신의 책의 원텍스트를 지속적으로 변경하는 이른바 개선 및 보완으로 독자의 주의를 끌 생각을 자주 한다. 그러나 나는 다른 의견을 가지고 있다. 독자에게 어떤 문제에 대한 과학적 발견의 최신 열매를 전달하려는 논문에서는 보완작업이 필수이지만, 예술작품은 예술가인 작가가 나라와 사람을 실제로 알고 경험하면서 얻은 시적 감동을 나중에 새로 나온 책이나 새로 알려진 발견들을 바탕으로 보완하고 개작하면 생생함, 진실, 아름다움을 떨어뜨리기만 할 뿐이다.

《크림반도 견문록》은 크림반도 안내서가 아니므로 새로운 건물, 도로, 여관에 대해 알릴 필요는 없다. 크림의 하늘, 크림의 바다, 크림의 산과 초원은 크림의 사람이나 크림의 옛날 역사와 마찬가지로 작가가 그것들을 처음 접했을 때와 똑같이 변함없이 남아 있다.

나는 《크림반도 견문록》을 다시 발행하는 1883년이 러시아가 크림 반도를 합병한 지 100년이 되는 시점이라는 것을 중요하게 여긴다.[1] 이런 상황에서 크림에 대한 뜨거운 사랑이 스며들어 있는 크림에 대한 러시아 책이 발간되는 것은 태초의 원천이 무엇인지와 상관없이, 우리 시대의 모든 국가적 결합을 토대로 하는 크림에 대한 러시아 사회의 친밀한 관심을 시의적절하고 자연스럽게 표현한 것으로 볼 수 있다.

그와 동시에 러시아 국가 역사에서 중요한 사건에 대한 추억은, 100년 전에 위대한 예카테리나 여제가 기쁨에 찬 말로 표현한 것과 같이, 러시아제국의 가장 좋은 진주알 같은 일부가 된 이 아름다운 지역의 과거와 현재를 러시아 독자들이 가능한 한 가까이 알게 될 계기를 마련해 줄 것으로 생각한다.

1882년 7월 21일
알렉산드로프카 마을에서
예브게니 마르코프

---

1   〔역주〕여기서는 2판 발행 연도가 1883년이라고 했지만 실제로는 1886년이다.

3판 머리말

3판 발간에 즈음하여*

30년 전에 쓴 《크림반도 견문록》이 개별 출판물로서 25주년 기념일[1]보다 오래 살았고, 독자들과도 일종의 기념일을 치르고, 세기의 4분의 1이 넘는 시간이 지난 지금 다시 삽화가 포함된 판본으로 출간된 것은 축하할 만한 사건이다.

내용에 있어 《크림반도 견문록》은 이번에도 아무 수정 없이 출간되었다. 이 책은 '크림반도 안내서'가 아니고 그런 명칭을 가질 자격이 있다고 주장한 적이 없다. 이 책에서 독자는 여관 방값이 얼마인지, 혹은 어떤 역을 거쳐 어느 도시로 갈 수 있는지는 알 수 없을 것이다. 나의 책을 크림의 초상이라고 볼 수 있다면, 그것은 단지 크림의 영원

---

*   〔역주〕 이 글은 1902년 볼프출판사에서 출간한 3판의 머리말로 저자 예브게니 마르코프가 쓴 것이다.
1   〔역주〕 소련과 러시아에서는 25년 단위로 기념일을 지켜서 25주년, 50주년, 75주년이 중요한 기념일이 된다.

히 변함없는 특징들의, 내부 영혼의 초상일 뿐이지, 아무 날이나 걸치거나 매만질 수 있는 옷이나 헤어스타일의 초상이 절대 아니다.

그래서 크림에 대한 어떤 '최신 뉴스'라도 작가의 살아 있는 마음에 남아 있는 크림의 살아 있는 자연적 모습을 그린 예술적 이미지에 어떤 의미 있는 것을 추가하지 않았다. 사실 크림반도는 내가 그곳을 처음 알고, 모델로 삼아 글을 썼던 30년 전에 지금보다 젊고 순진하고 야생적이었고, 나 자신도 지금보다 젊고 순진하고 보다 열정적이고 직관적인 감수성을 가졌었다. 아마도 내 책의 장점은 다른 데 있는 것이 아니라, 작가가 묘사하는 나라의 어느 정도의 원시성과 작가 자신의 시적인 젊은 정신이 그대로 배어 있다는 점일지도 모른다.

한 번 경험한 것은 되풀이하지 않는 것이 좋은 이유는 바로 그 첫 경험만이 고유의 진실을 보존하기 때문일 것이다. 진실을 개선하고 보완하는 것은 그것에다가 차가운 인공적 성질과 거짓말을 덧붙이는 것과 같다.

나의 청춘시절에 쓴 이 오래된 책이 새로운 판본에서도 자신의 옛날 모습을 그대로 간직한 채, 지난날의 결점과 약점을 지니고 자신의 젊은 시와 진심도 그대로 간직한 채 출간되기를 바란다.

독자들이 이 책을 자기 문학생활에 처음 나온 태어날 때 그 모습 그대로 사랑하기를 바란다.

1902년
알렉산드로프카 마을에서
예브게니 마르코프

일러두기

1. 이 책은 러시아 혁명 전에 네 차례(1873, 1886, 1902, 1911년) 출간되었다. 1902년 출간본(2009년 현대판으로 재출간)이 이 번역본의 저본이 되었음을 밝힌다.
2. 원본은 1부(1~15장), 2부(16~20장), 3부(21장)로 구성되었지만, 번역본은 부를 나누지 않고 1~21장으로 구성했고 1, 2권으로 분권했다.
3. 외래어 표기는 국립국어원의 외래어표기법을 따르는 것을 원칙으로 했다.
4. 러시아나 크림 지역의 고유명사는 러시아어 발음을 따르고, 유럽 각국의 고유명사는 해당 원어 발음을 따르는 것을 원칙으로 했다.
5. 1902년판에 실린 미주는 번역하여 일반 각주로 처리했고, 역자가 추가한 각주는 〔역주〕로 표시했다.
6. 단행본은 겹꺾쇠(《 》)로, 신문·잡지·작품의 제목은 홑꺾쇠(〈 〉)로 표시했다.
7. 러시아어 대화는 큰따옴표 안에 정자체로 표기하고, 우크라이나어나 수르지크어(러시아어와 우크라이나어의 혼합어) 대화는 큰따옴표 안에 이탤릭체로 표기했다.
8. 사진의 대부분은 1902년판에 실린 것을 다시 사용했고, 일부 현대 사진도 포함했다.

차 례

— 1 권 —

2권 차례

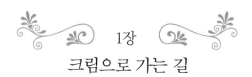

1장
크림으로 가는 길

국내 여행 — 호홀과 호홀들의 나라[1] — 스텝

다시 여행길을 나선다! 그 길은 유럽의 철로를 따라 1,500베르스타[2]를 이동하는 것도 아니고, 리버풀에서 출항한 기선을 타고 대서양을 건너는 것도 아니다. 한마디로 우리가 '긴 여행'[3]이라고 부르는 것은 아니다. 아니, 그것은 러시아 지방들 이곳저곳을 거쳐가면서 러시아의 한

---

1 〔역주〕호홀(хохол): 원래 우크라이나풍의 관모를 뜻하는 단어이나, 러시아인들이 우크라이나 사람을 비하해 부르는 명칭이기도 하다.

2 〔역주〕베르스타(верста): 제정러시아 시대 거리단위로, 1베르스타는 1.067km, 500사젠에 해당한다.

3 〔역주〕러시아어에서 'путешетвие'와 'поездка'은 모두 '여행'으로 번역할 수 있지만, 저자가 이를 구별하여 썼기 때문에 전자는 '긴 여행'으로 후자는 '짧은 여행'으로 번역했다. '긴 여행'(путешетвие)이 러시아어에서 관광, 비즈니스, 학술 등 일정한 목적을 가지고 움직이는 여행이라면, '짧은 여행'(поездка)은 단순히 한 지역에서 다른 지역으로 교통수단을 이용해 이동하는 것을 말한다.

도시에서 러시아의 다른 도시로 움직이는 소박한 '짧은 여행'이다. 그 것은 우리가 매일 하고 있는 일상사인 것이다.

러시아 지방을 거치고, 러시아 길을 간다는 것이 말이 쉽지, 독자들 이여, 사실 말을 타고 그 길을 간다는 것은 그 길과 그 지방들을 체험 하는 것이 아닌가!4 물을 건너 여행하는 사람들이든, 산과 들로 이동 하는 여행자들이든, 병상에 누워 병마와 싸우는 사람들이든, 고통을 참으며 힘들게 살아가는 사람들이든, 그들 모두를 위해 교회가 매일 기도를 올리는 것도 그 때문일 것이다. 그 기도 속 그 모든 수식어들이 물을 건너며 고생하는 만큼이나 러시아의 길을 이동하며 고생해야 하 는 우리만을 염두에 둔 것이라 나는 확신한다.

겨울에 모스크바를 떠나 신작로를 따라가다 보면, 당신의 짐마차 철대5가 돌길에 끼어 멈춰 서는 일이 매분마다 일어난다. 쿠르스크6 근처에 다다르면 마차 썰매가 멈춰 서는 위험한 상황에 부딪치고, 썰 매를 바퀴로 바꿔 달아야 한다(당신은 당연히 바퀴를 가지고 있을 것이 다). 당신은 썰매가 당신들을 하리코프7까지만이라도 데려다주기를 신께 기도한다.

---

4 〔역주〕 여기서 저자가 '체험한다'(ощущать)는 말을 강조한 것은 각 지방들을 이 동하는 것과 느끼는 것이 너무 어려움을 강변하기 위해서다.

5 〔역주〕 철대(подрез) : 썰매의 미끄럼대 밑에 붙인 철대이다.

6 〔역주〕 쿠르스크(Курск) : 러시아 서부의 도시로 쿠르스크주의 주도다. 모스크바 지역에서 우크라이나로 가는 여행자는 주로 쿠르스크를 통과하는 길을 선택했다.

7 〔역주〕 하리코프(Харьков) : 우크라이나 북동부에 위치한 우크라이나 제2의 도시 로, 하리코프주의 주도이다. 과거 코자크 자유공동체 지역이었다.

소러시아 풍광

　그런데 쿠르스크를 지나자 갑자기 9마리의 말을 동원해도 마차를 끌어내지 못할 큰 눈더미에 박혀 버린다. 당신은 사람이 살지 않는 황무지를 하루에 25베르스타씩 달려야 한다! 하리코프 부근에서는 눈밭 대신 모래에 마차가 처박힌다. 예카체리노슬라브8를 지나면 다시 벗어나기 힘든 눈더미를 만난다. 페레코프9 근처에 다다르면 강물이 넘쳐서 빠져나오기가 훨씬 힘든 진흙탕이 생겨난다. 심페로폴10에 가까이 다가가면서 먼지가 일고 찌는 듯한 더위를 만나며, 제비꽃이 만개한 들판을 달린다. 바로 이것이 러시아 '여행'인 것이다.

　황소를 타고 가거나, 마부나 수송대 병사의 손에 이끌리기도 하고,

8　〔역주〕예카체리노슬라브(Екатеринослав) : 현재 우크라이나 중부에 위치한 드네프르의 옛 이름이다. 이 지역이 러시아제국에 편입되자 1775년 예카테리나 2세(Екатерина Ⅱ Великая)의 이름을 따서 도시를 건설했다.

9　〔역주〕페레코프(Перекоп) : 우크라이나와 크림반도를 잇는 지협(地峽) 지역이다.

10　〔역주〕심페로폴(Симферополь) : 크림반도의 주도이다.

바퀴 달린 마차를 타기도 하고, 썰매를 타기도 하면서 간다. 그러면서 눈에서 빠져나오고, 얼음이 녹아 질척거리는 데 빠지기도 하고, 돌길에 끼인 썰매의 철대를 빼내고, 가파른 산길에서 마차 바퀴를 연결하는 수레채가 차례로 망가지기도 한다. '긴 여행' 대신 '내륙 여행'이라는 벌을 받는 가련한 죄인들처럼 길을 가는 것이다. 개가 끄는 썰매만 탈 필요는 없지만 이따금 무척 아쉽게 생각날 때가 있었다. 낙타를 구해 오라고 보낸 걸 때때로 깊이 후회하면서도, 구하지 못하고 온 것이 안타깝기도 했다. 원숙한 위엄을 자랑하는 메로빙거11 왕들처럼 소를 타고 가는 일도 자주 있다.

그래도 여러 가지 인상적인 경험을 할 수 있다는 점은 나쁘지 않다. 가끔 멀리 떨어져 있는 하늘 지붕 아래 앉아 별들의 움직임을 감상하는 동안, 간간이 고삐가 풀린 말들이 얌전히 머리를 땅으로 처박은 채 얼어붙은 눈 냄새를 맡는다. 마부의 어린 아들은 마차의 횡목 위에서 잠을 자고, 당신은 사람이나 황소를 찾아 10베르스타나 떨어져 있는 마을로 마부를 보낸다. 시간이 새벽 1시가 되면 마부가 곧 돌아올 것이라는 기대는 할 수 없게 된다. 썩 유쾌하지도 또 그렇게 짧지도 않은 시간 동안 성서의 이야기들이 떠오른다.

때로는 파란 하늘로 흰 구름이 떠가며 햇빛이 눈부신 날에 풍광이 아름다운 계곡을 지나기도 한다. 당신은 드네프르 강가12 지드13들만 사

---

11 〔역주〕메로빙거(Merovingian) : 메로베우스 왕조를 가리킨다. 메로베우스 왕조는 5~8세기 프랑스, 벨기에, 독일 일부 지역을 지배한 왕조이다.

12 〔역주〕드네프르강(Днепр) : 러시아 스몰렌스크주의 발다이 구릉에서 발원하여 벨라루스와 우크라이나를 관통하여 흑해에 이르는 강으로 총 길이는 2,290km이다.

는 작은 마을의 역참 문간채 앞에서 마차 옆에 함께 서 있게 된다. 그곳에서 동정심도 많고 친절하며 예의 바른 유대인과 이야기를 나눈다. 그는 자신에게는 만족스럽지만 당신에게는 내키지 않는 금액을 마차 수리비로 받고 싶어한다. 당신은 짐짓 심드렁해 보이다 못해 심지어 무시하는 듯한 태도로 그 친구와 흥정을 벌인다. 그러나 당신은 이 매부리코를 한 유대인 '이츠키'(Ицки)란 자의 손아귀에 완전히 들어갔다는 것을 느끼지 않을 수 없게 되는데, 이 인간을 제외하고는 수리공이 없고, 당신이 고집을 부리다가는 2배, 3배로 값을 치를 수 있다는 것을 알기 때문이다. 그는 로마의 유명한 서적상인 시빌라와 같은 위치에 있다. 그래서 시빌라의 광대극14을 벌일 수 있는 것이다.

하지만 그 다양함이라는 것도 주기적으로 되풀이되면 단조롭게 된다. 당신은 이해할 수 없는 굼벵이 같은 일처리에 화가 나서 마부들이나 촌장과 언쟁을 벌이며 역참을 떠나게 된다. 그러나 반 베르스타도 못가서 마부는 "어어!" 하면서 마차를 세운다. 마부가 마부 자리에서

---

13 〔역주〕지드(жид): 유대인을 경멸조로 부르는 말이다. 유대인의 공식 명칭은 예브레이(еврей)이다.

14 시빌라(Sivilla): 타르퀴니우스 수페르부스(Lucius Tarquinius Superbus) 아니면 타르퀴니우스 프리스쿠스(Lucius Tarquinius Priscus)와 동시대인 떠돌이 예언자인 쿠마에의 무녀 시불라(Sibylla Cumana)에 대한 전설을 의미한다. 시불라는 왕에게 예언이 들어 있는 책 9권을 사라고 제안했지만 타르퀴니우스는 이를 거절했다. 그러자 시불라는 책 3권을 불에 던지고 똑같은 값으로 남은 책 6권을 사라고 제안했다. 두 번째 거절을 당한 시불라는 또 3권의 책을 태우고 다시 같은 값으로 나머지 3권의 책을 사라고 했다. 타르퀴니우스는 아우구르스들(augures)과 상의한 후, 그것을 사기로 결정했다.

뛰어내리며 "또 뭐야?"라고 외친다. 말의 복대(腹帶)가 풀렸거나 멍에와 수레채를 연결하는 줄이 끊어진 것이다. 그러면 또 한 시간이 지연된다. 마부는 욕을 쏟아내며 누군가를 저주한다. 물론 자신은 아니고, 말이나 마구를 만든 이름을 알지 못하는 대장장이를 욕하는 것이다.

"그래, 좋아, 다 되었습니다. 어서 마차에 타세요. 출발!"

그러나 30분도 지나지 않아 또 "어어!" 하며 마차를 멈추고 다시 마차에서 뛰어내린다.

"또 무슨 일인가? 연결 줄이 또 끊어졌네 … ."

이런 다양한 일들도 단조로울 수 있다는 걸 이해하겠는가?

그다음으로는 비루한 모습을 한 우편 역참들이 이어진다. 보레이 동굴15처럼 음침하고 썰렁한 우편 역참들에선 창문 덧문이 계속 삐걱거리는 소리를 내고 벽난로들은 식어 있다. 들판에서처럼 역참 안의 썰렁한 내부로 바람이 불어오면 숨이 얼어 버린다. 안은 이렇게 춥지만 타는 냄새에 시달려야 하고, 창문은 수도 없이 많지만 실내는 어둡고 음침하다. 수백 베르스타를 가는 동안 온기가 있는 집을 하나도 만나지 못하는 일도 이따금 일어난다. 누워서 잘 침대도 없는 방에서 거울 달린 황금빛 테이블이나 정수기를 돌연 마주치는 일이 가끔 있다. 아주 뜻밖의 것이지만 전혀 쓸모없는 것들을 마주치게 되는 것이다.

"야, 이거 얼어 죽겠는데!"

인내심 많은 러시아 사병까지 이렇게 말한다. 장교를 수행하며 무개 마차를 타고 가다 보니 불을 지핀 벽난로가 분명히 간절했을 것이다.

---

15 〔역주〕보레이(Vorrei) 동굴: 이탈리아 북부에 있는 동굴이다.

그냥 '추위'(холод)라는 단어가 아니라 '얼어 죽을 것 같은 추위'(стыть)라는 말을 내뱉는다. 16

먹을거리에 대해서는 더 언급할 게 없다. 쿠르스크에서 하리코프까지 여객 마차17가 다니고, 두 지점 사이의 거리가 아주 멀지만, (도시 지역을 빼고) 역참에는 간이식당 하나 없고, 장이 서는 동안에 하리코프를 향해서든 하리코프에서든 서둘러 이동하는 화물용 유개마차를 타고 다니는 상인들은 무엇으로 요기를 하는지는 전혀 알 도리가 없다. 그래도 나는 간신히 빵 몇 조각을 얻었다.

이 사람들과 이 길들과 이런 불편에 신의 가호가 있기를 바랄 뿐이다. 누가 그들을 모르겠는가, 누가 그들을 위해 울지 않겠는가?

겨울은 지났지만 아직 봄은 느껴지지 않는다. 이곳에서 봄을 느끼려면 한참을 기다려야 할 것이다. 그토록 많은 짜증스러운 상황을 겪으면서 이런 매력 없는 날씨에 소러시아18 땅을 지난다는 것은 안타까운 일이다. 그러나 소러시아는 이런 환경 속에서도 자신의 모습을 드

---

16   병사는 '얼어 죽을 것 같은 추위'라는 단어를 격변화까지 시켜서 쓴다. 생격이 아니라 조격을 쓰는 것은 그의 책임으로 맡긴다. 〔역주〕'얼어 버리다'(стыть)는 동사인데, 병사가 명사로 만들어 격변화를 시킨 것이다.

17   여객 마차(мальпост): 프랑스어 malle-poste에서 유래한 말로, 철도가 만들어지기 전에 우편물과 승객을 수송하던 우체국 마차를 뜻한다.

18   〔역주〕소러시아(Малороссия, Little Russia): 제정러시아 시대 우크라이나의 옛 이름이다. 14~15세기에는 갈리시아·볼리냐 지역만을 지칭하는 명칭이었으나, 이후 우크라이나와 벨라루스 일부 지역을 지칭하는 명칭이 되었다. 러시아인들은 슬라브 3국을 각각 대러시아(Великороссия, Great Russia), 소러시아, 백러시아(Белороссия, White Russia)라고 불렀다.

러낸다. 진창과 눈 속에서도 여전히 그 모습이 드러날 정도로 소러시아 땅은 순결하고 정직하며 순박하다. 내게는 한창 아름다운 시기의 모습이 너무 익숙해서 그런지, 계절, 어쩌면 시간이 앗아갔던 모든 것들을 상상 속에서 채워 넣는다. 소러시아의 모습은 나의 어린 시절과 청소년 시절의 기억들과 뒤섞여서, 만일 성숙한 비판적 시각으로 봤다가는 이전에 쉽게 찾던 그 매력들을 찾지 못하는 게 당연하다.

소러시아는 러시아보다 훨씬 위안을 준다. 더 조용하고 더 단순하며, 더 변함없고 더 시적[19]이다. 소러시아에서는 우울한 표정의 황소도 유유히 위엄 있게 걸어 다닌다. 똑같이 아주 느린 속도로 묵직한 바퀴가 방향을 틀거나, 어울리지 않게 가로막이 달린 둔중한 썰매가 움직인다. 그런 썰매 옆이나 황소 뒤에서는 긴 장화를 신고, 양가죽 모자를 쓰고 어깨에 흰 외투를 걸치고, 손에는 긴 채찍을 든 큰 키의 호홀이 걷는다. 그의 시선이나 얼굴 표정은 전혀 서두르는 기색 없이 다른 잡생각에 쏠리지 않고, 아무것도 두리번거리지 않으며 차분하다. 그는 당신이나 주변에서 일어나는 일에 아무 관심도 없는 듯하다.

이것은 반 코페이카[20]에도 욕심을 내며, 수다 떠는 것을 좋아하는, 어수선하고 호기심 많은 우리 러시아인 기질이 아니다. 여기서는 소상인 기질이나 사기꾼 기질은 찾아볼 수 없다. 물론 몇몇 소상인배나

---

19 〔역주〕 시적(поэтичный): 러시아어에서 '산문적'(прозайческий)이라는 표현에 대비되는 말이다. '산문적'은 평범하고 무취미적이고 지루한 것을 뜻하는 반면, '시적'은 매혹적이고 파격적인 것을 뜻한다.

20 〔역주〕 코페이카(копейка): 러시아의 화폐 단위로 너무 낮은 단위라서 현재는 사실상 유통에서 사라졌다. 100코페이카가 러시아 화폐 1루블(рубль)에 해당한다.

소러시아 농민 가족 사진

사기꾼은 당연히 있지만 말이다. 여기서는 장사를 할 때 대러시아인
들의 특징인 모든 일에 관여하거나 철면피 같은 기질이 없다.

호홀은 짐마차꾼이나 버터제조자나 말장사나 선술집 급사 일을 동
시에 할 수 없다. 또한 외상으로 물건을 사고팔지도 못하고, 마지막
남은 1루블을 걸어 단기간에 10배로 불리는 모험을 할 위인들도 아니
다. 주머니에 20루블을 가지고 있으면서도 두 달 만에 파산하거나, 아
니면 두 달 만에 일확천금을 위해 자신의 초라한 오두막집 현관 앞에
다 두 달 뒤면 성공 여부가 갈릴, 잔술도 팔고 병술도 파는 가게를 열
지 않을 것이다.

호홀은 러시아인보다 더욱 조심스럽고 착실하다. 그 이유는 천성이
선하기 때문이기도 하고, 주변머리가 없거나 자신에 대한 자신감이
없기 때문이기도 하다. 그가 장사하는 법은 서두르지 않고, 복잡하지
않지만 모든 면에서 견실하다. 그는 2마리의 황소가 끄는 우마차를 타

고 스텝을 가로질러 크림반도까지 가서 고기와 소금을 사온다. 오랜 기간 여행하며 스텝에서 끼니를 때우고, 스텝에서 잠을 자며, 팔기도 하고 사기도 할 텐데, 필시 그들을 난처하게 할 가격흥정이나 모험은 일체 하지 않을 것이다. 만일 그가 술집을 열면, 이것을 열 만한 충분한 돈이 있다는 얘기이며, 한 달 뒤에 도산한다거나 하는 일은 없고, 이 가업을 아들에게 물려주고, 아들은 손자에게 물려준다.

블라디미르 상인은 자신의 아내를 위해 사모바르와 어쩌면 크리놀린[21]을 사지만, 호홀은 자신의 농가 옆에 꽃밭을 만들고, 그의 부인은 크리놀린은 꿈도 꾸지 않고, 선조들이 입던 옷을 입고 매주 토요일 황토 흙이나 백색 흙으로 농가의 벽을 바른다.

이런 배경에는 단 하나의 이유만 있다. 이것은 생물학적 차이나 도덕적 우월성이 아니라, 단지 아마도 역사적 나이의 차이다. 흑토로 덮인 스텝과 남부지역의 거주자인 호홀은 역사에 뒤늦게 들어왔다. 겉보기에 거친 그의 태도, 게으른 몽상주의와 유유자적함, 순수하고 소박한 성품은 스텝의 목동 기질이 남아 있는 것이다. 조금 전에 언급한 서두르지 않는 느긋함에는 여유 있게 이동하는 가축들을 따라 여유 있게 따라다니는 목동의 걸음걸이가 보인다.

소러시아의 옷에는 목동들의 흔적과 동양적 풍취가 많이 남아 있다. 호홀은 어떤 때는 완전히 타타르인(татарин)처럼 보이기도 한다. 색이 들어간 허리띠가 있는 긴 상의와 폭이 넓은 바지, 양털모자는 타타르

---

21   〔역주〕크리놀린(кринолин) : 고래수염 따위로 부풀린 폭이 넓은 스커트. 저자는 원문에서 시골사람들이 발음하는 대로 '카르날린'이라고 썼다.

식 의복에 가깝다. 특히 얼굴 모양의 유사성은 놀라울 정도이다. 이전에 자포로제 코자크들의 특징이었던 머리를 빡빡 미는 전통과 잘 다듬어진 콧수염과 턱수염, 길면서 조금 구부러진 콧등과 심각하면서 집중하는 시선은, 코끝이 튀어나오고 쭈글쭈글한 콧대를 가진 전형적인 러시아인과 닮은 점이 별로 없다. 이 모든 특징은 동양적인 것이다. 러시아인들의 턱수염은 전 세계에서 유일무이하다. 처녀성처럼 건드려서는 안 되는 자연스런 턱수염은 놀라울 정도로 형태가 다양해서, 그 넓이와 색조와 모양이 각양각색이다. 어떤 것은 물병[22] 든 처자의 머리처럼 물결치듯 내려오고, 어떤 것은 양털모자처럼 성기며 둥글다.

오래전에 소러시아인들이 모스칼[23]과 싸울 때, 조금은 동물의 것과 같은 러시아식 턱수염의 이런 야수성에 크게 놀랐다. 그때부터 시작해서 지금까지도 소러시아에서는 우리를 '카차프'(качап), 다른 말로 하면 '염소'라고 부른다. 우리 러시아인들은 인위적으로 긴 변발만 남기고 머리를 밀어낸 호홀의 모습이 이상하게 느껴진다. 이미 오래전에 '오셀레데츠'[24]라고 불리는 변발을 하는 풍습은 사라졌지만, 소러시아가 호홀의 이미지에서 벗어나지 못하는 이유가 여기에 있다. 소러시아는 오래전부터 대러시아를 괴롭힌 무서운 자연과 척박한 토지로 인해 압박받아 본 적이 없다.

---

22 〔역주〕물병(водолей) : 옛날에 손을 씻을 때 사용하던 물병을 말한다.

23 〔역주〕모스칼(москаль) : 원래는 우크라이나, 벨라루스, 폴란드에 주둔한 제정러시아 군인을 뜻했으나, 우크라이나인들이 러시아인들을 비하해 부르는 명칭으로도 사용되었다.

24 〔역주〕오셀레데츠(оселедец) : 우크라이나어로 '청어'를 뜻한다.

소러시아는 오랜 기간 광활한 평원과 물산이 풍부한 곳으로 남을 것이다. 자원이 풍부한 이 광활한 평원에는 다른 사람들이 살고 있다. 그들의 꿈은 좀더 자유롭고, 노동은 그렇게 허리가 휘어질 정도는 아니다. 따뜻하면서 파란 밤, 자두들과 양벚나무, 녹색 스텝은 환상을 어느 정도 자극하고, 그 안에 살짝 이탈리아의 흐름을 흘려 넣어 준다. 물론 아주 조금만 말이다. 그러나 여기에 과도하게 몰입할 필요는 없다.

그래서 소러시아의 노래는 러시아 노래보다 좀더 시적이고, 소러시아 촌락, 소러시아 농가와 소러시아 여인들의 모습은 러시아보다 좀더 그림 같다. 열매가 더 많이 열리고, 여름의 따뜻함이 더 길고, 녹음과 색채가 좀더 짙다. 이 모든 것은 평균적 러시아보다 좀더 자연이 풍부하다는 것을 의미한다. 자연이 좀더 풍부하다는 것은 좀더 아름답다는 것과 같은 말이다. 이것은 부인할 수 없는 사실이다.

아직 익숙해지지 않은 눈이나, 아예 서먹서먹해진 눈으로 볼 때 소러시아의 마을들은 놀랄 정도로 정감이 넘친다. 이 마을들은 완전히 고유한 특색을 가지고 있으며, 곧은 선을 이루지 않고 여기저기 흩어져 있다. 마을들은 산 위나 산 경사면에, 아니면 강을 따라, 협곡을 따라 뿔뿔이 흩어져 있다. 그래서 마당은 없지만 그렇게 많은 골목이 있고, 하얀 굴뚝이 얹어진 깨끗한 밀짚으로 만든 지붕들이 마치 버섯의 모자와 같은 온전한 둥지 모양을 하고 튀어나와 있다. 밀짚과 백색 흙은 싸게 구할 수 있다.

멀리서 보면 밀이 풍부하게 자라는 이 지역의 마을들은 모양이 일정하지 않은 거름 덩어리 같아 보인다. 헛간과 초가집, 곡식 창고, 기둥과 지붕만으로 된 창고가 모두 한 색상으로 뭉쳐 있다. 소러시아의 촌락에서는 각 농가가 각자 고유한 모양을 지녔다. 하얗게 칠해진 벽과 아름답게 채색된 작은 창문들을 자랑하며 밝고 즐거운 모습이며, 작은 정원들과 사방에 자리 잡은 꽃밭에 꽃이 필 때면 특히 더 그러하다.

소러시아 농가에는 대러시아에서와 같은 집안 살림이 없다. 건초더미, 마구간, 창고, 헛간이 보이지 않는다. 설사 마당이 있어도 우스울 정도로 너무 작다. 대신에 농가 가옥은 마치 깨끗한 셔츠 같고, 마루와 곁채, 긴 의자는 깨끗이 걸레질되고 잘 쓸어져 있고, 매끈히 깎아져 있다. 밀짚으로 만든 넓은 지붕 아래 그늘진 돌출부 아래는 틀림없이 열린 복도와 작고 낮은 토담이 있다. 초가지붕 자체는 더할 나위 없이 깨끗하고 정교하게 만들어졌다. 이것은 제대로 깎지 않은 머리처럼 흐트러져 있는 우리의 거름용 두엄더미 같지 않다. 이것은 진정한 소러시아의 마을에서는 '아욱'25이라고 제대로 이름이 붙어 있다.

작은 해바라기, 금잔화, 들장미와 기타 손이 별로 갈 필요가 없는 식물들이 무성하게 자란 아주 조그만 정원이 통로 근처에서 어김없이 발견된다. 흰 굴뚝 위에는 종종 진홍색 송이를 가진 마가목이 자라난다. 집시 여인처럼 검게 탄 강렬한 이 꽃은 스텝의 진정한 미인이다. 살구나무, 포플러나무, 야생 배나무가 농가들 뒤편 골짜기를 따라 달려 나간다. 작은 꽃밭과 회랑은 자연을 우아하고 조용하게 즐겨야 하는 이유가 이곳에서 탄생했다는 것을 당신에게 보여 준다. 깃털 이불과 지저분한 사모바르와 별개로 집안의 안락함이 필요하다는 것을 보여 준다.

그러나 가장 전형적인 소러시아의 풍경은 풍차방앗간이다. 풍차방

---

25 〔역주〕 아욱(рожа) : '추한 얼굴'이라는 뜻이다.

앗간이나 황소를 빼놓고 소러시아를 상상하는 것은 절대 불가능하다. 마을로 들어서는 입구나 골짜기의 절벽 위에 10개나 15개 정도의 풍차 방앗간이 몰려 있는 풍경은 너무 사랑스럽고 다채롭다. 풍차방앗간들은 멀리서도 스텝에 생동감을 주고, 꼭 언급해야 할 것은 이것들로부터 몸을 숨길 수 없다는 것이다. 스텝에는 바람은 많이 불지만 물은 부족하다. 풍차방앗간이 왜 이렇게 멋진 풍경이 되었는지 이해하기는 힘들다. 그도 그럴 것이 어떤 구체적인 요소가 풍경 속에서 성공적으로 자리 잡는 것은 흔한 일이 아니다. 고요히 해가 질 무렵에 날개들이 반쯤 쓸려나간 낡은 풍차가 푸른 언덕 높은 곳에서 저녁노을을 가릴 때 특히 그렇다.

그래서 소러시아의 민담이나 시가에는 풍차방앗간이 등장하지 않을 수 없다. 풍차방앗간은 연인들이 만나는 장소이며 온갖 종류의 밀회와 비밀스런 일이 벌어지는 곳이다. 나는 풍차방앗간의 풍경미의 본질은 무엇인지 물은 적이 있다. 그러나 이것은 완전히 무의미한 질문이다. 그 아름다움은 다른 많은 것들과 마찬가지로, 다른 어떤 자연이 아니라 바로 여기 이 자연에 의해 탄생된 것이다. 그래서 다른 곳이 아니라 이곳 소러시아의 자연과 조화를 이루고, 농가, 마당, 황소와 호홀의 모습과 조화를 이루는 것이다.

자연에 의해 만들어지거나 자연에 의해 불려 나온 모든 것이 얼마나 자연 속에 잘 어울리는가를 보면 경이로울 뿐이다. 자연은 아름답지 않거나 조화롭지 않은 형태를 만들어낼 줄 모른다. 오직 자연에만 우리의 미의 기준이 있는 듯하다. 자연 속에서 만들어진 것은 하나같이 모두 그림 같고, 모두 우리 마음에 든다. 예를 들면, 땅은 솟아올랐다가 푹 꺼진다. 사람 몸에 비유하자면, 이런 무질서한 종기(腫氣)와 균열은 부드럽게 원형을 이룬 언덕과 야생의 절벽, 거대한 낭떠러지를 만들어내고, 이런 모든 것들은 풍경화가와 시인, 아니면 단순히 자연을 사랑하는 사람들의 환상을 사로잡는다. 바다에 폭풍이 불면 조화와 질서, 우리 눈에 경이로운 것을 기대할 수 없다고 생각할 수도 있다.

그러나 솟아올랐다 주저앉으며 연이어 밀려오는 파도를 한번 보면 경이감에 싸이게 되고, 그것을 계속 바라보면 몇 시간이라도 지겹지 않다. 당신에게 파도는 아름다움에 대한 나름의 이상을 제시할 것이다. 이것은 어떤 논리나 미학이나 천재적 생각으로도 설명할 수 없다. 단지 좋지만 왜 좋은 것인지는 알 길이 없다. 자연에는 인간 마음에 드는 방향으로 모든 것을 만들고 배치하는 무언가 맹목적 본능이 있고 무의식적 지향이 있다. 말이나 고양이가 받은 인상에 대해 어떤 판단을 할 수 없기에, 이 동물들이 만족감을 표현하는 다양한 방식을 통해 사람은 그들에게도 자연의 아름다움에 대한 감각이 있고, 아름다움에 끌리는 감정이 있다고 생각한다고 말하고 싶다.

산등성이와 바닷가 여기저기에 흩어져 있는 돌들, 언덕 위에 누워 있는 양들, 물을 찾아 내려온 암소들, 갈대 사이에서 헤엄쳐 나오는 오리들, 이 모든 것이 가장 그림같이 아름다운 무리를 짓고, 어떤 위대한 화가가 자신의 미술작품을 위해 이 모든 집단들과 모양들을 배치한 것처럼 보이는 특징적인 배치를 이룬다. 누구도 이보다 더 아름답게 나열하고 배치할 수 없다. 그래서 풍경화가는 자연을 그릴 때 혼신의 노력을 기울여 씨름한다.

좀더 얘기하자면, 자연은 단지 자신의 손으로 대가처럼 사물을 무리 짓게 하는 능력이 있을 뿐만 아니라, 어떤 대상은 그 장면에 생략해도 되지만, 자연은 그것들을 그렇게 잘 배치해 놓았다. 미리 어떤 의도를 가진 것처럼 대상들을 어떤 장면에 배치한다. 나는 이런 상황을 만나면 자주 경이감을 느낀다. 물가에 닿은 산등성이에 흰색 농부 옷을 입은 목동이 자리를 잡고 앉으면, 그 모습은 녹색 갈대의 반사면에 너무 선명하고 유쾌하게 반사된다. 그러면 당신은 이 정경에 그가 없어서는 안 될 존재이며, 다른 장소에서는 그가 이런 정경을 그려낼 수 없다고 느낄 것이다.

왜 그는 예술적으로 그가 없어서는 안 될 바로 그 장소에 필연적으로 가 있게 된 것일까? 깎아지른 듯한 절벽에 야생 염소 한 마리나 나무 한 그루가 바람에 몸을 숙이며 서 있다. 나무나 염소는 그 자리에 있는 것이 쉬운 일이 아니다. 어떤 신비스런 힘이 이 사물들을 이곳에 오게 한 다음에 이렇게 서로 한 자리에 있게 만들어서 두 사물은 서로를 보완하고 서로를 아름답게 만든다. 다시 한 번 이 신비로운 힘을 설명할 수 있는 것은 그 모두가 자연이라는 것뿐이다. 자연의 모든 움직임과 배열은 본질적으로 지상 최고의 미를 따라 실행되는 것이다. 다른 말로 표현하면, 인간에게 자연만이 아름다움 그 자체다.

소러시아의 큰 부락은 도시와 다를 바가 없다. 많은 교회와 몇천 명의 주민들, 얼마나 넓은 공간에 텃밭들과 담장이 만들어졌는지 아무도 알 수 없을 정도로 면적이 크다. 말쑥하게 정돈된 모습은 여기저기 눈에 띄지만, 특히 교회가 있는 광장과 교회 자체가 그렇다. 모든 것이 잘 장식되고 잘 수리되고, 마치 보석상자처럼 정교하게 잘 맞춰지고 잘 세워져 있다. 사제의 집은 단정하게 잘 정돈되어 있으며, 지혜롭게 꾸며져 있다. 교회와 꽃밭에는 울타리가 꼭 쳐져 있다.

사람들 역시 다정하고 깨끗하다. 짧고 우아한 양털 윗도리를 입고 귀까지 내려오는 양털 모자를 쓴 젊은 청년들은 생기 넘치지만 진중한 얼굴 표정을 하고 있는데, 어떻게 보면 무사 같아 보이기도 하고, 코자크의 후예 같은 모습을 살짝 풍긴다. 노인들의 회색 콧수염과 근엄한 얼굴은 좀더 코자크 같은 풍모를 풍긴다. 나는 흰 셔츠의 칼라를 밖으로 내민 노인들과 젊은이들의 이런 다정한 모습이 아주 마음에 든다. 이런 모습에는 어린아이 같은 천진난만함이 드러나 보인다. 이런 모습을 보고 있노라면 차 마시기를 좋아하는 우리 소시민들이 입는, 발뒤꿈치까지 내려오는 길고 무거운 가죽옷과 모양이 흉한 솜 모자가 저절로 떠오른다. 이것이 북쪽과 남쪽의 차이다.

단정하고 깔끔한 호홀은 자신의 턱수염, 콧수염, 머리도 정갈하게 자른다. 치렁치렁한 검은 상의는 찾아보기 힘들다. 이런 관점에서 보면 소러시아는 흰색이 대표적 색이다. 흰 초가집, 여자들이 입는 흰 상의, 남자들의 흰옷, 흰 양가죽으로 만든 통 넓은 겨울바지 등 흰색이 많다. 이것들은 고유의 특성을 가지고 있다. 흰색 옷을 입은 사람들은 더 영혼이 맑고 더 친절하게 보인다. 나는 젊은이나 노인이나 할 것 없이, 특히 노인들은 길을 갈 때 긴 막대기를 짚고 다니는 것을 보았다. 이것은 젊은 청년에게도 단정함과 위엄을 준다. 아마도 이것은 오래전 목동생활의 역사적 유물인지도 모르겠다.

러시아인들은 호홀이 간교한 것 같다는 생각을 만들어냈다. 그러나 이것은 경멸이나 모욕적 농담으로 보인다. 호홀이 모스크바 사람이나 툴라 사람에게 어디 상대가 되겠는가? 그들은 "비누 없이도 구멍에 기어 들어간다"26는 속담처럼 호홀을 사거나 팔 수 있고, 안과 밖을 뒤집어 놓은 뒤에 다시 그가 눈치채기 전에 다시 팔 수도 있다. 모스크바 사람들은 자신들이 '유들유들한 종족'이라는 사실을 알고 있고 그렇게 말할 것이다. 툴라에 대해서는 오래전부터 "사람은 좋지만, 툴라에서 온 사람이다!"27라는 말이 있었다. 모스칼은 호홀보다 10배나 더 기지가 있고, 사업가 기질이 있다. 이것은 모든 일에서 드러난다. 특히 가사나 수공업에서 그렇고, 여행길에서도 그렇다.

당신의 마부가 호홀이라면 운이 나쁜 것이다.28 당신은 호홀 마부와 매일같이 지낸 우리 형제 여행객이 오래전부터 알고 있어서 더 이상 걸려들지 않을 올가미에 빠진 것이나 마찬가지다. 스텝에서 마차바퀴가 사방으로 날아가고, 수레채가 두 동강이 나고, 바퀴축이 망가지고, 마차의 바닥이 눈더미에 올라가 꼼짝 못하는 등 여행길에서 일어날 수 있는 온갖 고생을 할 때 마부가 호홀이면 운이 안 좋은 것이다. 호홀은 겁을 많이 내고 명민하지 않아서 당신 스스로 기지를 발휘해서 해결책을 찾아야만 한다. 그는 명백하고 정직한 수단 말고는 다른 것을 활용하는 것이 익숙하지 않아서, 불행히도 그나마 갑자기 그

---

26 〔역주〕비누 없이도 구멍에 기어 들어간다(без мыла в щель влзут): 간나위(간사한 사람이나 일)를 뜻하거나 '다른 사람이 원치 않아도 자기에게 필요한 일은 꼭 한다'는 의미도 있다.

27 〔역주〕사람은 좋지만, 툴라에서 온 사람이다!(хорош человек, да туляк!): '사기꾼이니 조심하라'는 의미다. 여기서 툴라는 '사기꾼의 고향'이란 뜻을 갖는다.

28 〔역주〕호홀 마부는 러시아 사람처럼 영리하지가 않아서 어려운 상황을 잘 헤쳐 나오지 못한다는 의미다.

것을 쓸 수 없게 되면 막막해 한다.

이와 정반대로 모스칼은 그런 상황을 만나면 뛰어난 수완을 발휘한다. 그는 이런 상황에서 원숭이를 생각해낸 독일인보다 한 수 위다. 29 그는 손에 넣을 수 없는 물건을 대신할 기상천외한 방법을 찾고, 뻔뻔스러운 자신감을 가지고 꼭 필요한 물건 없이도 견딜 수 있어서 감탄을 자아낸다. 바퀴가 3개 달린 짐마차에 앉아서, 자신의 몸으로 무게중심을 잡으며 앞바퀴 없이도 가장 가파른 고개를 올라가고, 가능한 한 빨리 역참까지 달려간다. 쇠로 만든 연결축은 자신의 허리띠로 대신하고 망가진 수레채는 재빨리 그물에 틀어넣는 막대기 조각으로 대신한 채, 어떤 식으로든 문제를 해결해 내고 만다. 호홀처럼 들판에 앉아 기다리게 하지 않는다. 그는 야바위꾼 같은 순발력을 가지고 있다. 그것도 적절한 시점에 발휘한다. 이런 능력 덕분에 사고도 두려워하지 않고 운명도 무의미하게 만들어 버린다.

러시아인의 이런 임기응변이 가장 멋지게 나타나는 것이 러시아 병사들의 생활이다. 그들은 "어디를 가든 하루에 반 코페이카 동전 한 닢으로" 생활하며 필요한 모든 것을 해결하는 재주가 있는데, 자기 안사람에게 줄 두건을 크리놀린까지 덤으로 받아 살 수 있다. 불 위에 올려놓았을 때, 장화의 목으로 풀무를 대신하는 것은 러시아의 역참과 여관에서는 신성한 의식이 되어 버렸다. 이것은 세계박람회에 전시할 기술이다.

---

29 〔역주〕 "교활한 독일인이 원숭이를 만들어냈다"(Немец хитёр, обезьяну выдумал)
는 19세기 속담을 염두에 둔 말이다. 이 속담은 러시아 사람들이 독일에서 온 서커스에서 원숭이를 처음 보게 된 데서 유래했다.

호홀의 우둔함에 대해 "이것은 내 발이 아냐, 내 발은 장화 속에 있어"[30] 같은 수백 개의 악의적 재담을 지어낸 이 야뱌위꾼 같은 모스칼이 호홀이 간교하다고 주장하는 걸까? 사실 단지 그건 모스칼과 상대할 때 드러낼 수밖에 없는 일말의 지혜조차 모스칼은 소러시아인의 순박한 심성에서 기대할 수 없기 때문일 것이다. 놀란 러시아인들은 다음과 같이 생각한다. '그래 너는 내가 생각한 만큼 바보는 아니고, 바보인 척하는구나.' 그래서 호홀을 간교한 사람으로 묘사한 것이고, 그 대신에 호홀과 그 후손들을 편하게 엮을 수 있을 정도의 우둔함은 보이지 않았다는 것을 의미한다.

그렇다. 호홀은 머리가 잘 돌아가지는 않지만, 지능적으로 늑장을 부린다. 마치 소가 되새김질하듯 그의 뇌 속에 있는 위장은 아둔하게 오래 소화를 시킨다. 게다가 호홀은 게으르기까지 하다. 그 대신에 그는 러시아인보다 좀더 양심적이고 성의가 있다. 게으름 자체도 어느 정도는 좋은 성정이다. 이것은 남부지방과 넓은 평원의 게으름이다. 아랍 사람도 게으르고, 이탈리아 사람도 게으르다.

나는 소러시아에서 부락은 도시와 같다고 말했다. 그러나 소러시아의 도시들은 부락들과 거의 비슷하다는 말을 덧붙여야 한다. 초가지붕, 꽃밭, 여러 색으로 장식한 창문 덧문이 있는 사제의 집, 늘어선 궁수

---

30 〔역주〕 이것은 내 발이 아냐, 내 발은 장화 속에 있어(се не мои, мои в чоботах): 너무 취한 상태라서 자신의 발을 보고도, 자신의 발은 어제 산 장화 속에 있다고 말하는 술주정꾼 일화다.

들 같은 풍차방앗간 … . 여기서는 고골의 〈소로킨 장터〉[31]에 나오는 단순한 기질과 순진함이 있다.

역참 사람들이 아직 내 마차를 닦고 있는 이른 아침에 나는 콘스탄티노그라드[32]의 일요일 시장에 가보았다.

"오, 하나님, 맙소사, 이 장터에는 없는 게 없네요! 유리, 타르, 밧줄, 멍석, 온갖 종류의 상인들. 30루블만 있으면 모든 것을 다 살 수 있겠네요."[33]

정말 맞는 말이다. 두꺼운 도넛과 팔냐니차(паляница)라는 소러시아 빵, 염장 잉어, 별미 주전부리와 프랑스식 빵을 제외하고는 말이다.

맙소사, 야시장에 몰려든 사람들을 보라! 온 시골 세상이 여기에 있다. 얼마나 많은 걱정과 긴장된 기대, 들뜬 관심이 여기에 있는가! 그리고 이 모든 것의 가격은 30루블이다. 흰색 옷을 입고 두건을 걸치고, 검은 양털 모자를 쓴 양치기들은 큰 장화를 신고 진흙탕을 걸어 다닌다. 어깨에 긴 채찍을 걸친 채 더 큰 걸음으로 걸어 다닌다. 상인들은 성의를 다해 간절한 목소리로 손님들을 부르고, 부드러운 자신의 팔냐니차로 열성적으로 호객행위를 해서 모든 상인들의 물건을 다 사

---

31 〔역주〕소로킨 장터(Сорокинткая ярмарка): 고골(Николай Васильевич Гоголь) 의 고향인 폴타바주 미르고로드의 장터이다. 1831년 고골의 첫 작품집 《지간카 인근의 저녁》에 동명의 단편소설이 수록되었다.

32 콘스탄티노그라드(Констатиноград): 우크라이나 하리코프주 크라스노흐라드 (Красноград) 시의 1992년까지 사용된 과거 이름이다.

33 〔역주〕 러시아어와 우크라이나어가 뒤섞인 '수르지크'라는 혼용어(mixed language)로 하는 말이다.

고 싶게 만든다. 이것은 전혀 시장 상인들의 단순한 호객행위가 아니다. 나는 한 여자 상인으로부터 그녀가 내놓은 물건의 절반을 샀다. 팔냐니차 6개가 그녀가 파는 물건의 전부였다. 나는 그녀 재고의 절반을 27코페이카를 주고 샀다. 가누샤인지 올레나인지 하는 여자 상인은 큰 물건을 팔아서 기쁨을 감추지 못했고, 옆에 앉은 늙은 여자는 나에게 번개같이 원망하는 눈초리를 보였다.

숙소로 돌아오는 길에 술에 취한 마부 하나를 데리고 가는 마부 2명과 마주쳤다. 그중 한 사람은 말쑥한 옷차림의 점잖은 노인이었는데 역참에서 쫓겨난 마부의 가방과 가재도구를 들고 가고 있었다. 다른 한 사람은 깃이 있는 셔츠와 카자키나(казакина)를 입은 키가 큰 젊은 마부였는데, 지팡이를 짚으면서 술에 취한 마부를 부축해 가고 있었다. 술 취한 마부는 비틀비틀하며 온 세상에 욕을 퍼부었고, 특히 역참지기와 그의 친척을 입에 올려 욕을 하며 한 발자국도 움직이려 하지 않았다. 노인이 술에 취한 마부를 애정을 가지고 온화하게 타이르며, 이 취객이 객기를 부리면서 사방에 던진 물건들을 몇 번이나 참을성 있게 주워 모으는 것은 아주 훈훈한 광경이었다.

"그래, 필리프, 집에 가게나."

역참지기에게 해코지를 하겠다는 술 취한 주인공의 위협에 노인은 집으로 가라고 부드럽게 달랬다. '당신'이라는 존대법을 써서 한 말이 아주 듣기 좋으면서도 이상하게 들렸다. 진지한 젊은이는 취객을 달래려고 하지는 않았다. 취객이 지나치게 떼를 쓰려 하자, 무쇠 같은 팔로 그를 어깨에 살짝 올리더니, 팔을 한번 대자마자 역참지기의 골칫거리는 눈밭 위에 곤두박였다.

스텝은 페레세핀34 역참에서 절반 정도 길을 나오자 시작되었다. 오래되고 수많은 역사를 간직한 스텝이다.

스텝은 고트족부터 타타르족까지 유럽으로 이동하는 수많은 종족들이 거쳐간 곳이다. 스텝은 한 종족이 다른 종족의 뒤를 이어, 아니면 한 종족이 다른 종족과 싸우며 거쳐간 넓은 도로다. 때로는 서로 밀착하고, 때로는 서로 밀어내고, 소란을 일으키고 뒤집히며 이 길을 갔다.

스텝은 민족과 민족이 서로 치열하게 싸우며 자신들의 뼈를 묻은 거대한 전장이다. 까마득한 역사의 시간부터 수많은 세력들이 이곳으로 말을 타고 와서 자신들의 용기를 뽐내고, 자신들의 운명을 시험해 보았다. 이 전쟁에서 살아남을 수 있을 것인가. 그리고 얼마나 많은 종족들이 이름도 남기지 않고 흔적도 남기지 않고 이곳에 정착했던가⋯. "오비르(орбы)처럼 모두 죽어 갔다"35는 표현과 같이 말이다.

스텝에서는 우유를 넣은 차를 마시는 것은 좀 이상하다. 차 대신에 적의 해골을 잔으로 삼아 피를 마셨다는 이 스텝으로 수백만 명의 병사를 가진 페르시아의 왕도 섣불리 침공하지 못했다. 바로 그 스텝에서 우유를 넣은 차를 한 모금 마시니 기분이 이상하다.

우리의 병사들도 오랫동안 스텝을 두려워했는데, 거기에는 다 이유가 있다. 지금도 국가의 명을 받들어 역마권(驛馬券)을 가지고 안락한

---

34   페레세핀(Перещепин): 드네프르주(Днепропетровская) 노보모스콥스크 지구 (Новомосковский район), 페레세피노(Перещепино) 철도역에서 2km 거리에, 모스크바–심페로폴 신작로에 있는 소도시다.

35   〔역주〕키예프 동굴수도원의 수도사 네스토르(Nestor)가 쓴 《지나간 시절의 이야기》에서 인용했다.

마차를 타고 많은 짐을 싣고, 소파만큼 큰 의자와 배만큼 큰 소파가 있는 역참에서 잠을 자면서 스텝을 통과하며 많은 고생을 해야 한다. 수만 명의 병사가 몇 주 동안 자신이 먹을 빵을 모두 챙겨 가져와야 하고, 역참에서는 역참지기가 아니라 타타르인이나 터키인들의 칼이 기다리고 있던 아다셰프,36 골리친,37 고르돈38이라는 사람이 원정을 오던 때 이곳은 어땠을까? 우리가 왜 그렇게 오랜 기간 이곳을 겁을 냈고, 조금이라도 성공할 기미가 보이면 왜 그렇게 환호했는지를 이해할 수 있을 것 같다.

"페레코프까지 마차를 타고 왔다"라는 것이 무엇을 의미하는지 알

---

36 아다셰프(Адашев) : 아다셰프 다니엘 표도로비치(Даннил Фёдорович Адашев, 1562~1563년경 사망). 러시아 장군으로 1559년 2월부터 9월까지 데블렛 1세 기레이(Девлет I Герай)가 이끄는 타타르군과 싸우기 위해 크림반도에 파견된 러시아군의 사령관이다. 8,000명의 병력으로 구성된 부대와 같이 드네프르강을 따라 크레멘추크(Кременчук)로부터 흑해까지 내려가서 터키 선박 2채를 점령하고 크림반도 서쪽 해방에 상륙했다. 타타르 군대를 격파한 후 2주 이상 서쪽에 있는 마을을 파괴시키고 많은 러시아와 리투아니아 사람들을 해방시켜서 이반 4세로부터 금으로 된 메달을 받았다. 카람진(Николай Карамзин)의 말에 따르면, "그는 러시아 사람의 사브르가 그리스도교를 믿지 않는 사람들의 피로 붉게 된 적이 없었던 이 어두운 왕국의 깊은 속까지 우리가 갈 길을 냈다."

37 골리친(Голицын) : 골리친, 바실리이 바실레비치(Голицын, Василий Васильевич, 1643~1714). 러시아의 대공이자 정치인이다. 폴란드와 1686년 맺은 평화조약을 이행하기 위해 두 차례에 걸쳐 크림칸국 원정을 시도했지만 실패했다. 1687년 원정 때는 타타르인들이 초원을 태워 버려 10만 명의 군대는 말에게 줄 사료가 없어서 돌아왔고, 1689년에 원정 때는 15만 명의 병력을 이끌고 크림반도 초입 페레코프까지 진출했으나 병력이 적군보다 열세인 것을 깨닫고 퇴각했다.

38 고르돈(Гордон, Gordon Patrick, 1635~1699) : 러시아 지휘관, 해군 소장이다. 1661년부터 러시아에서 봉직했으며 1687년과 1689년의 크림원정에 참가했다.

58

기 때문에 이제야 나는 "페레코프까지 걸어 왔다"라는 말이 무엇을 의미하는지 이해할 수 있다. 이런 경험을 한 후에 미니흐[39] 육군원수가 정말 얼마나 위대한 군인이었는지를 진정한 마음으로 말할 수 있게 되었다.

---

39 미니흐(Миних): 미니흐, 크리스토포르 안토노비치(Миних, Христофор Антонович, Кристоф Бурхард, 1683~1767): 1721년부터 러시아에서 봉직했고, 1730년부터 전쟁부 장관을 맡았다. 1735~1739년 러시아·터키전쟁 때 크림반도와 베사라비아(Бессарабия)에 원정한 러시아 부대를 지휘했다. 전투 지휘능력은 대단하지 않았지만 대신에 아주 잔인했다. 추위, 기아, 여러 질병으로 사망하는 병사들을 동정하지 않았다. 크림원정에서만 3만 명의 병사가 무고하게 목숨을 잃었다.

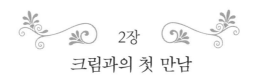

2장
크림과의 첫 만남

크림의 봄 — 타타르인들 — 크림의 계곡들 — 낙타 — 낯선 땅의 고향 사람

독자여, 습하지 않고 시원한 크림반도의 4월 아침에 날렵한 타타르 말 4마리가 끄는 유개마차를 타고 바다같이 광활하고 평평한 스텝을 관통하며 멈추지 않고 앞으로, 앞으로 계속 달리는 것은 신나는 일이다. 새로 돋은 여린 수목과 수줍게 향기를 뿜어내는 봄꽃들, 온화한 하늘과 부드러운 바람을 떠올리면 기분이 더 좋아진다. 이것들 모두는 조국의 대지에 무서운 바바야가처럼 누워 있는 털복숭이 겨울에게서 당신이 훔쳐온 것이다.

---

1   〔역주〕 바바야가(баба-яга) : 슬라브족 민담에 자주 등장하는 기괴한 신체나 무서운 얼굴을 한 초자연적 여인으로 숲속에 있는 집에서 산다. 인류학자들은 구름, 달, 죽음, 겨울, 뱀, 새, 펠리컨, 땅의 신, 모계 중심 토템 여자 조상의 전형적 이미지(*archetypal image*)로 간주할 수 있는 수많은 면을 보여 주는 인물로 요약한다.

불과 2주 전만 해도 당신은 밤마다 밤새 꼬박 벗어나기 힘든 눈더미에 얽혀 무거운 겨울 코트를 입은 채 앉아서 벌벌 떨어야 했다. 그곳으로 다시 돌아가면, 당신은 따뜻한 봄에 자리를 내주려면 아직도 시간이 많이 남은 혹한과 눈더미를 만날 것이다. 사악한 마녀를 속여서 당신은 더 이상 그녀의 간계에 갇혀 있지 않고, 당신 인생과 즐거움을 위해 1년에 2~3개월을 힘들게 덤으로 얻어냈음을 깨닫는 것은 즐거운 일이다.

"겨울 추위에 젊어진다"라거나 "추운 데 있는 것은 더 나쁘지 않다"라고 말하는 사람은 그렇게 하라고 해라. 솔직히 말하면 추위 속에서 지내면 추해진다. 겨울의 모스크바보다는 크림반도의 봄 날씨에서 훨씬 쉽게 다시 젊어질 수 있다.

순진무구한 어린 시절에는 아침이 있고 저녁이 있다는 이유 하나만으로 세상 모든 것이 '심히 좋아'2 보이는데, 생애 처음으로 마음의 눈이 떠지고, 처음으로 존재의 행복으로 가슴이 떨리기 때문이다. 하지만 그 떨림이 잦아들고 흐려질 때, 어느 시인의 표현대로 "모든 것이 익숙해지고 미래에 그것이 되풀이될 것임을 예고할 때", 독자여, 그럴 때 남쪽으로 발길을 돌려 크림으로 떠나라. 크림의 공기 속에서 생명의 물을 실컷 마시라. 그러면 행복했던 어린 시절의 잊을 수 없는 순간들을 부활시킬 수 있다. 나는 크림에서 여름도 나보았고, 크림의 가을도 지내보았지만, 크림의 봄에 견줄 만한 것은 없다고 단언한다.

---

2 〔역주〕〈창세기〉, 1장 31절의 "하나님이 그 지으신 모든 것을 보시니 보시기에 심히 좋았더라(добро-зело). 저녁이 되고 아침이 되니 이는 여섯째 날이니라"를 모방한 표현이다.

크림반도에 특별히 매력을 느끼는 사람들은 러시아 땅에서 마음껏 다니지 못한 여행 초보자들이다. 그런 사람들에게는 크림의 모든 경관이 멋지고 새롭다. 평탄한 대지와 한눈에 담을 수 없을 정도로 끝없이 펼쳐지는 밀밭의 장성(長城)에만 익숙한 내가 어느새 처음으로 러시아 스텝에 와 있다. 우리 러시아에서는 향기 나는 꽃과 눈이 즐거운 수목이 자라는 마른 초원이 넓지도 않고, 많지도 않다. 만일 그런 초원을 단조로운 평원에서 만나면, 당신은 사막에서 오아시스를 만난 듯이 기쁠 것이다.

하지만 이곳에서 당신은 눈에 다 들어오지 않을 정도로 끝없이 펼쳐진 초원에 압도당한다. 당신은 마차를 타고 며칠을 달려도 거기서 벗어나지 못한다. 여기에는 녹색 풀과 형형색색의 꽃들, 파란 하늘과 노래하는 새들 이외에 아무것도 없다. 큰 소리로 우는 갈까마귀와 회색 까마귀만이 추위에 떨며 연기가 솟아오르는 우리 집 굴뚝 옆이나 얼음이 언 지붕 아래서 몸을 움츠리고 있을 때, 바로 그때 울음소리도 깃털도 각양각색인 모든 날짐승들이 크림 초원의 첫 봄날을 맞는다. 여기가 철새들이 더운 아프리카에서 바다를 건너 북쪽으로 이동하면서 처음으로 비행을 멈추는 곳이다. 이 철새들은 이곳에서 선선한 3월과 4월의 날들을 만끽한 다음 5월이 되어서야 북쪽 둥지로 이동한다.

여기에 얼마나 많은 새가 있는지 당신은 다 세지도 못하고, 다 보지도 못한다. 새들은 날아서 스텝을 통과하며 잠시 머무를 뿐이다. 깃털들의 대군집(大群集)이 스텝의 습지, 강, 호수, 시바쉬 호숫가3에 터

---

3   〔역주〕시바쉬(Сиваш) 호수: 크림반도 동북쪽 아조프해에 있는 수심이 얕은 석호이다. 러시아어로 '썩은 물'이란 뜻을 가졌다.

를 잡는다. 당신은 한 방향으로 날아가는 수천 마리 새들의 소란스러운 날갯짓 소리를 당신 머리 위에서 계속 듣게 된다. 스텝의 원주민들인 새만이 언제나 눈앞에 있다. 몸이 무거운 너새들은 엄청난 떼를 이루어 마치 양떼처럼 길에서 몇 사젠[4]에 걸쳐 앉아 있다. 등이 굽은 매들, 황조롱이들, 비둘기조롱이들은 마치 잠복한 병사들처럼 탐욕스런 눈을 부릅뜨고 전신주나 이정표 돌에 머리를 세우고 앉아 있다. 솔개[5]는 쥐들을 유심히 살펴 찾아내며 스텝 바로 위에서 잠깐 푸드덕거리면서 비행한다. 그 까마득한 위로는 검은 독수리가 하늘을 날고 있다. 그곳에는 수많은 독수리가 있고, 여기에는 여러 종의 맹금류들로 가득 차 있는데 다른 종류의 새들도 적지 않다.

찌르레기들은 한 줌의 버려진 돌멩이들처럼 촘촘하게 한 떼를 지어 날아간다. 까치들은 튀어 오르며 꼬리를 흔든다. 오디새들은 우스꽝스럽게 풀밭에 철썩 떨어지고, 더 우스꽝스럽게 퍼덕거린다. 이름을 알 수 없는 흥이 난 작은 새들은 장난꾸러기 어린아이들처럼 우리와 함께 장난을 친다. 그러다 갑자기 모든 새 떼들이 소란스러운 소리를 내며 일제히 날아오른다. 마치 제정신이 아닌 아이들처럼 놀다가 시끄럽게 다음 돌더미로 날아오른다. 다시 깜짝 놀라 비상하고 다시 정신없이 새로운 돌더미들로 옮겨 다니면서 즐거움을 찾는 것 같다. 새들의 날카로운 작은 날개들이 현란하게 빠르게 움직이는 가위처럼 보인다.

4　〔역주〕1사젠(сажень) : 약 2,134m²에 해당한다.
5　솔개(шулик) : 남부지방에서 '붉은솔개'를 지칭하는 이름이다.

그러나 다른 모든 것들보다 사랑스러운 것은 봄의 노래꾼인 종달새다. 다른 새들은 공중에 움직임을 선사한다면, 종달새는 목소리를 선사한다. 종달새는 노래하는 공기다. 봄의 찬미가로는 보통 꾀꼬리를 생각하지만, 꾀꼬리는 어쩌다 울고, 울어도 오래 울지 않는다. 꾀꼬리의 야상곡은 곧 소리가 잦아든다. 또한 꾀꼬리는 숲의 거주자이지만, 모든 숲에 거주하는 것은 아니고, 들판에서는 꾀꼬리 소리를 들을 수 없다.

종달새는 노래하는 것이 아니라, 해가 뜰 때부터 해가 질 때까지 땅과 공기가 있는 모든 들판과 스텝, 숲에서 지저귄다. 종달새는 다른 새보다 제일 먼저 노래를 시작하고 가장 마지막까지 지저귄다. 아직 갈란투스〔雪降花〕가 땅을 뚫고 있을 때 종달새는 봄을 노래한다. 하늘에 별들이 희미해지는 이른 아침부터 노래하고, 노래할 때 종달새는 보이지 않는다.

눈에 띄지 않게 부드러운 노래를 지저귀면서 종달새는 마치 기도가 하늘로 올라가듯 하늘로 가볍게 곧추 비상한다. 종달새는 한 장소에서 하늘거리며 푸른 하늘로 사라지면서 자신의 멜로디를 쏟아붓는다. 그는 마치 고독을 즐기는 시인처럼, 모든 것을 지배한 창공의 주인 자리와 하늘과 태양에 가까이 가는 것을 즐기고 행복해하면서 노래한다. 그는 너무 행복하여 빛과 몸이 있는 동안, 쉴 생각을 하지 않고 지칠 줄 모르고 날개를 움직이며 노래한다. 그래서 나는 다른 모든 노래하는 새보다 종달새를 더 좋아한다.

하늘 위에는 새들의 움직임과 지저귐이 있고 아래에는 온갖 향기와 아름다운 정경이 펼쳐진다. 지상에는 아주 아름다운 제비꽃 군락이 자

란다. 우리 러시아의 생기 없고 여윈 제비꽃이 아니라 파르마6 도시를
유명하게 만든 향기 나는 제비꽃이다. 연보랏빛 벨벳 꽃들의 군락은
녹색 벨벳 같은 스텝 여기저기에 흐드러지게 흩뿌려져 있다. 북쪽에
사는 우리들은 이렇게 꽃이 넘치는 광경을 본 적이 없다. 여기저기에
이런 녹색 벨벳들은 여러 색깔의 명주실과 여러 모양의 꽃들로 수놓아
져서 양탄자처럼 펼쳐져 있다. 봉랍(封蠟)처럼 빨갛고, 황금처럼 노
랗고, 어떤 때는 흰색이고, 어떤 때는 하늘색으로 수놓아져 있는데,
그들에게 이름을 붙일 이유가 있을까? 이 꽃들이 내뿜는 생동감 있고,
향기로운 아름다움에 식물학적 용어를 붙일 수 없다.

생각이 깊지 않고 지혜롭지 않은 우리는 서커스장 마술 같은 것에
열망을 지닌 무식한 군중이다. 우리는 아직까지 우리가 보지 못한 기
적을 사방에서 찾지만, 우리 주변에 매일매일 펼쳐지는 위대한 기적
에는 주의를 기울이지 않고 지나친다. 우리는 무색 씨앗과 검은색 진
흙이 기적과 같이 잘 다듬어지고, 기적과 같이 채색되고, 기적과 같이
성장하고, 기적과 같이 열매를 맺는 향기로운 꽃으로 변하는 신비를
오래전부터 아주 익숙해진 물건인 양 네발 가진 짐승들처럼 심드렁하
게 바라본다.

그런데 우리 학자들의 가장 수준 높은 과학은 이 창조물의 공허한
사실을 아주 상세하게 밝히는 것까지만 한다. 이 과학이 한번 다음의
질문에 대해 답해 보게 하라. 왜 꽃봉오리는 다른 모양이 아니라 그런
모양으로 잘라져 있고, 왜 다른 방식이 아니라 이렇게 색이 입혀지고,

---

6   〔역주〕파르마(Parma) : 이탈리아 북부의 도시다.

다른 향기가 아니라 이런 향기를 내며, 그것은 왜 토양의 양분을 받아 꽃봉오리를 피우고, 이 씨앗에서 왜 새로운 유기물이 자라는지를.

스텝에서는 사람 사는 집도 그렇고 사람을 아주 드물게 만나지만, 그래도 만나기는 한다. 만나는 사람들의 모습은 아직 내가 접하지 못한 그런 특징을 가지고 있다. 모든 것들이 내가 이제껏 만나 본 것들과 다르다. 곧 그것에 익숙해지고, 러시아 농부와 러시아 짐마차, 러시아 시골을 특별히 신경 쓰지 않듯이 그들을 특별하게 생각하지 않을 것이다. 그러나 아직은 호기심이 아주 강해서, 모든 것을 가능한 한 자세하게 둘러보고 살펴본다.

내가 생각하기에, 어떤 것을 처음 알게 되었을 때 받은 인상이 그 대상에 대한 바른 인상인 경우가 많다. 본능적으로 처음 보는 대상은 모든 특징이 눈에 들어오고, 그래서 처음 보는 사람이나 국외자는 더욱 신중하게 보고 판단하게 된다. 그러나 공기에 적응하듯이 곧 모든 사물에 적응하게 된다. 병자는 병실의 무거운 분위기를 더 이상 느끼지 않게 되고, 산악인은 어디에 갇혔을 때에야 산악 공기가 건강에 좋다는 것을 깨닫게 된다. 농부는 자신의 농가에서 외양간 냄새, 그을음 냄새, 양모피 냄새를 맡지 못한다. 인간이란 이렇게 은혜를 쉽게 잊고, 망각을 잘하는 동물이다.

수십 년간 지루하고 척박한 오지에 살다가 갑자기 이탈리아 정원이나, 남쪽 푸른 바닷가로 갔다고 치자. 그곳에서 두세 달을 지내고 나면, 마치 100년은 이 낙원에서 벗어나지 않은 사람처럼 평생 오이와 배추는 먹지 않고 아몬드와 오렌지만 먹었던 것처럼 행세한다. 물론 망각하는 것은 큰 행복이다. "차가운 망각의 샘물은 가슴의 모든 열기를 식혀 준다"라고 어느 시인이 말한 바 있다. 하지만 다른 한편으로 마음을 힘들게 하는 인간 본성의 이와 같은 결함이 의학적으로는 유용한 자질로 나타난다.

당신은 러시아에는 말을 타고 다니는 사람들이 없다는 것을 깨달은 적이 있는가? 나는 크림반도에 가서야 이것을 깨달았다. 러시아에서는 특별한 경우에만 말을 탄 사람을 볼 수 있다. 승마선수, 기병 코자크, 말 떼를 모는 목동 정도가 러시아에서 '말에 올라탄' 사람들이다. 그러나 이들은 말 위에 올라앉아 있는 것이지 기수는 아니다.

이 사람은 도보로 가야 하는 상황에서 우연히 말 등에 올라탄, 동작이 굼뜨고 말을 탈 줄 모르는 사람일 뿐이다. 기수가 잠을 자는지 달리는지를 바로 알아차리지 못한다. 짚신을 신은 발을 도리깨처럼 흔들며 팔꿈치를 들어올리고, 수북한 턱수염을 펄럭거리며 스스로 말의 목이나 말꼬리 쪽으로 왔다갔다한다. 그리고 이 사람이 탄 말도 승마용 말 같지가 않다. 안장도 없고, 등자도 없고, 말 같은 구보도 없고 아무 장비도 없다.

말 탄 기수를 보는 것은 크림 정경에서 당신을 놀라게 하는 것 중 하나이다. 이것은 이름만 기수가 아니라 제대로 된 기수이다. 당신은 천성적으로 말을 타고 다니는 것에 익숙한 사람을 보고, 그가 말과 혼연일체가 된 것을 보게 된다. 오랜 역사만이 이런 분명한 자질을 그 정도로 분명한 완성된 수준으로 육성시킬 수 있다. 당신은 이 사람의 온화한 체구를 보고 한때 러시아 농민들을 지배했던 무서운 유목민의 후예라는 것을 알 수 있다. 그러나 준마의 혈통과 뛰어난 기사는 몇 세기를 거쳐야 나타나는 것이다.

타타르인은 안장에 앉으면 마치 집처럼 편안하게 느낀다. 그는 말 위에서 평안하고, 멋있고, 만족을 느낀다. 말도 그를 태우면 다른 사람을 태운 것보다 훨씬 편하게 달린다. 이것은 이른바 '아얀' (аян) 이라고 불리는 타타르 특유의 '승마법'이다. 이 승마법은 말의 구보보다 빠르고 가벼워서 말이 훨씬 빨리 달리면서도 훨씬 덜 지친다.

둥근 모자, 소매가 없는 윗도리, 허리띠가 넓은 바지를 입은 타타르의 옷차림도 그렇지만, 그보다 검은 눈과 검은 콧수염을 가진 준엄한 얼굴이 그들의 말 탄 모습과 가장 잘 조화를 이룬다. 몸집이 작고, 열정적인 빠른 타타르의 말은 말타기에 딱 적합하다. 꼭 필요한 경우가 아니면 이 말들은 짐을 나르는 데는 잘 쓰이지 않는다. 이들은 오랜 기간 힘을 균등하게 쓰기에 너무 가볍고 활달하다.

말 탄 사람의 모습은 경치를 다양하게 만드는데, 특히 스텝의 경치를 그렇게 만든다. 스텝이 기수를 만든 것이 틀림없다. 기수는 스텝과 떼어 생각할 수 없는 특징 중 하나다. 스텝에서 기사는 꼭 필요하고 없어서는 안 될 아름다움이다. 검은 얼굴에 주름이 많은 하지7가 머리에 흰 터번을 쓰고 거칠게 꿰맨 솜으로 만든 페르시아 저고리를 걸치고 맨발에 노란 장화를 신고 작은 암말을 타고 가는 것을 보면, 스텝은 특히 더 스텝 같아 보이고 크림은 더욱 크림 같아 보인다. 기레이8 시대에 태어난 이 엄한 표정의 노인은 한껏 멋을 부리고 말안장에 앉아 여행길에 나섰고, 아마도 타타르의 칼(шашка)이 아직 타타르 전사의 손에 있던 시기를 특별한 회한 없이 회상하는 듯하다.

나는 큰 관심을 가지고, 내가 알지 못하는 생활을 이해할 수 있게 해주는 낯선 사람의 얼굴 유형을 매우 흥미롭게 살펴보았다. 이 얼굴은 일반 유럽 사람의 얼굴과 너무나 대조를 이룰 뿐 아니라, 우리 러시아 사람들의 얼굴 유형과도 놀랄 만한 대조를 이룬다. 이글이글 타는 이 눈들은 단호하고 진지하게 당신을 바라보지만, 경계심도 탐욕도 보이지 않는다. 이것은 이슬람교도의 눈이고, 숙명주의에 젖은 눈이다. 그 눈에는 진취성이나 탐구, 투쟁의 기백이 비치지 않는다. 그러나 이 눈은 단검을 들이밀어도 깜박거리지 않고, 피를 보고도 눈물을 흘리지 않는다. 전혀 주저 없이 자신의 아들을 칼로 찌르려고 한 아브라함도 아마 이런 냉엄하고도 확고부동한 시선으로 아들을 바라보았을 것이다. 9

---

7   〔역주〕하지(хаджи): 메카에 참례한 일이 있는 이슬람교 신자이다.
8   〔역주〕기레이(Гирей): 기레이는 크림칸국(Крымское ханство)의 수장을 일컫는 명칭이다. 크림칸국은 1427년부터 1783까지 존속했다.
9   〔역주〕아브라함이 하나님의 계시를 받고 외아들 이삭을 제물로 바치기 위해 번제단 위에 묶고 칼로 찌르려는 순간을 말한다(《구약성서》, 〈창세기〉, 22장).

그런 눈에서 광채가 나도록 하는 정신은 제물을 바쳐야 하는 지속적이고 분명한 목적을 요구한다. 희생제물은 필수적이다. 적당함과 따뜻한 마음을 그는 이해하지 못한다. 이것은 숙명주의뿐만 아니라 광신주의의 시선이다. 뜨거운 남국의 산물인 그가 아는 온도란 기온이든 마음이든 하나다. 그것은 뜨겁게 벼린 열기이다.

이것은 단 한 번의 잘못된 품행으로 죽음을 선고받은 사랑하는 여인의 머리에 아무 동요 없이 보자기를 묶는 손에 꼭 필요한 것이다. 죽음의 들에서 천국의 땅으로 가리라는 기꺼운 희망을 안고 적의 칼 아래 죽어가는 아브레크10는 다른 눈을 가질 수 없었다. 엄정한 의무에 대한 요구는 강한 정신을 노예의 정신으로 만들어 놓았다. 이는 법에 대한 광신적인 신봉이 무법의 가장 든든한 버팀목임을 말해 주는 것이리라.

그들은 기본적으로 노예들이다. 그러나 자신 안에 꺾이지 않는 자부심을 가진 노예들이다. 그들에게 회의주의와 비판적이고 철학적인 견해는 경솔함만큼이나 허용되지 않는다. 그들은 모든 것을 엄격한 존경과 깊은 믿음을 가지고 바라본다. 시리아와 고대 이집트 테베지방의 고행자들은 이러한 단련을 거쳤고, 이븐사바그11의 자객들은 이런 단련을 받았다. 살아 있는 동안 이들은 농담이라든가 여흥 같은 것은 생각조차 못했다.

---

10 〔역주〕아브레크(Абрек) : 체르케스어나 카라차이어로 '용감한 남자'를 뜻하는 단어이다. 신을 위해 세속적 쾌락을 거부하며 산속에 거주하는 사람을 뜻하기도 한다.
11 〔역주〕이븐사바그(Ibn-Sabbag) : 이슬람 성직자인 이맘의 한 반열이다.

사람이 가장 일상적인 약점을 가지고 있더라도, 이 약점은 아주 완강하고 열정적인 성격을 가질 수 있다. 이들의 애정사는 희가극12은 모르지만, 그 대신에 많은 어두운 비극은 알고 있다. 그들에게 입맞춤은 밧줄과 단검과 함께 놓여 있고, 죽음은 자주 달콤한 열정과 나란히 있다.

이들은 무슨 신비를 대하듯 경외감을 가지고 학문을 바라본다. 근본적으로 이들은 책들을 막강한 힘을 가진 성물처럼 본다. 의학을 무소불위의 마법으로 여기고, 의학의 불완전성에 대해서는 알려고 하지 않는다. 이들은 이러한 맹목적 믿음을 가지고 권력과 법을 바라본다. 머리들이 어깨에서 잘라져서 떨어지고, 가죽 채찍이 몸을 고문해도, 법원에는 속보이는 부정이 판치지만, 가슴에는 이전의 존경과 공포를 간직하고 있다. 의심은 생각해 볼 수도 없다.

인생과 의무에 대한 그러한 엄격한 시선 때문에 마호메트 교도는 젊은 시절을 상실했다. 아주 어린 소년에서 그는 바로 엄격한 성인으로 바뀌었다. 똑바로 숱이 없이 면도된 타타르인의 머리와 '표정' 없는 얼굴, 견고하게 굳어 있고 견고하게 단련된 '얼굴형', 엄격하게 곧게 내려온 코, 근엄하게 똑바로 자란 턱수염, 엄격하며 항시 찌푸린 눈썹, 그리고 특히 움직임 없는 강렬하고 깊고 엄격한 시선에서 나는 내가 지금 말하는 모든 것을 읽었다. 이것은 마치 내 앞에 갑자기 오래전부터 잘 알던 글의 내용이 그림으로 펼쳐지는 것 같았다.

그러나 이러한 유형에 나는 놀랐다. 이 사람을 타타르인이라고 부

12　〔역주〕희가극(*vaudeville*) : 간간히 노래가 섞인 통속적 소극.

르기는 하지만, 그에게는 특별히 타타르적인 특징이 눈에 띄지 않는다. 그에게는 몽골적 요소보다 카프카스적 요소가 더 많기 때문에 오히려 터키인 유형이라고 볼 수 있다. 크림타타르어를 투르크어족에 속하는 것으로 분류하는 것은 다 그만한 이유가 있다. 크림타타르인들의 역사를 알면 이런 상황은 더욱 자연스럽게 보인다.

노가이족[13]은 몽골의 얼굴 유형과 유목 생활습관을 그대로 이어받은 유목민의 직계후손들이다. 그러나 이들은 산에 가까이 살수록 노가이족 요소가 혼합되었다는 느낌은 덜 받게 되고, 그리스계, 터키계, 이탈리아계와 다른 종족들의 문화적 요소는 더 강하게 나타난다. 이 모든 요소들이 역사에 의해 하나의 특징적 유형으로 재조합되었는데, 아시아나 동양, 이슬람적 요소가 오히려 더 많고, 몽골적 요소는 아주 적다.

나는 길에서 말 탄 사람들만 보는 것이 아니다. 황소나 낙타가 끄는 우마차들과 마주치기도 하는데, 그것들은 폭이 좁지만 높아서 집 한 채가 들어갈 수 있을 정도다. 거기에는 종종 한 집안 전체, 즉 한 가족 전체가 타고 간다. 여자들은 눈만 살짝 내놓고 머리끝에서 발끝까지 하얀 차도르를 걸치고 있어서, 마치 석상(石像) 같은 모습을 하고 있

13　〔역주〕노가이족(Nogai) : 킵차크한국을 세운 몽골과 터키계 유목민이다. 노가이어를 사용하며 체첸, 다게스탄, 카라차이체르케스 자치공화국과 스타브로폴 변강주에 약 6만 5,000명이 흩어져 살며, 터키에도 약 9만 명이 거주한다. 아크 노가이족(Ak Nogai)과 카라가쉬 노가이족(Karagash Nogai)으로 크게 나뉜다. 아스트라한칸국이 러시아에 정복된 후 크림칸국의 북쪽 경계를 지키며 슬라브족이 이 지역에 정착하는 것을 막았다. 17세기 초에는 볼가강 하류로 이주하여 살았다.

타타르 우마차

고, 사내애들은 거칠거칠한 양가죽 모자를 쓰고 있는데, 어떤 때는 변발이 날리는 정수리와 거품처럼 미끈미끈하도록 퍼렇게 면도한 민머리를 하고 있기도 한다. 그 모습이 꼭 쿠퍼[14] 소설의 인디언처럼 보인다.

우리는 동양의 멋진 풍습에 따라 크림반도 전체에 여기저기 만들어진 석조 분수 옆을 종종 지나갔다. 스텝에서 분수가 어떤 의미를 가지는지는 사방 수백 베르스타가 메마른 돌밭의 광야로 되어 있는 남쪽에 와 보아야 제대로 알 수 있다. 분수 주위를 종교적 숭배물이 둘러싸고 있고, 분수를 만든 선행자의 이름이 《알코란》[15]의 시와 나란히 분수의

---

14 〔역주〕쿠퍼, 제임스 페니모어(Cooper, James Fenimore, 1789~1851) : 미국의 작가이다. 뉴저지주 출신으로 어린 시절에 접한 이 지방의 야생동물과 인디언에 관한 이야기는 그의 마음속에 깊은 인상을 남겼다. 미국 독립전쟁을 소재로 한 《스파이》(The Spy, 1821)를 발표하여 명성을 얻었고, 대표작은 《가죽 각반 이야기》(The Leather-Stocking Tales)라고 총칭되는 다섯 편의 소설이다.

15 〔역주〕알코란(Алкоран) : 코란의 아랍식 발음이다.

표면에 정성스레 새겨져 있는 것은 다 이런 이유에서다. 성서 시대나 호머 시대처럼 우물과 분수는 공공의 중심 장소다. 적어도 시골이나 도시의 분수들이 그런 역할을 한다.

그러나 길가에 있는 분수도 나름대로의 중심 장소 역할을 한다. 여기서 당신은 말을 멈추고 잠시 쉬는 기수들과 지친 행인들을 만날 수 있다. 이들은 태양의 열기가 한참 뜨거울 때 쭈그리고 앉아서 간단한 아침식사를 하거나, 아니면 담배 파이프로 담배를 피우고 있다. 여기에는 종종 러시아식이나 유대식으로 만들어진 작은 식당이 자리 잡고 있다. 이것은 가장 최근에 생긴 모습이다.

분수들은 늘 단순하면서 고상하고, 그 주변에는 선선한 녹음이 우거져 있다. 분수들은 여행자들의 환상을 진정한 동방 생활의 세계나 시리아나 소아시아 국가들로 데려간다. 이슬람 머리 터번, 차도르, 이곳에 잠시 멈춘 기수들은 이러한 환상을 더욱 확대시킨다. 마치 연극무대에 있는 살아 있는 조각상 같은 흰색 천에 감싸인 타타르 여자의 모습은 아주 신비해 보인다. 호기심을 잔뜩 품고 좁은 눈꺼풀 틈 사이로 응시하는 그들의 눈은 아주 검고 강렬해 보인다. 그러나 이것은 단지 그렇게 보일 뿐이다. 후에 내가 본 타타르 여자들은 모두 좀 거칠고 추한 얼굴형을 하고 있었다.

온몸을 비밀스럽게 감싸는 천은 평범한 모습에 흥미를 가미해 준다. 그리고 얼굴도 다리도 보이지 않게 흰 천을 감싼 한 무리의 여인들을 만나면 그 흥미는 이해가 된다. 몸을 온통 감싼 이 미인들이 수많은 질투의 눈들의 희생물이고, 사람들의 시선으로부터 아름다운 모습이 매장된 채 불행한 은둔 생활을 하는 여인들이라고 생각하는 것은 우스운 일이다. 이들은 전혀 사로잡혀 있는 여인들이거나 희생물이 아니다. 이들은 오래된 관습을 지키지 않는 모든 사람을 멸시하고, 자신들의 편견에 깊이 빠진 경건한 이슬람교도들이다. 이들에게 차도르는 마치 서양 여인들의 코르셋이나 폭이 넓은 크리놀린 스커트처럼 피해갈 수 없는 사회적 관습이나 마찬가지다.

우리가 산으로 다가갈수록 스텝은 더욱 생동감 있는 모습을 보인다. 평원과 산악이 만나는 경계는 자신만의 특성과 다른 무엇과도 바꿀 수 없는 아름다움을 보여 준다. 타타르 정복자들이 이 꽃 피고 풍요로운 경계 지점에 머문 것은 다 그럴 만한 이유가 있었기 때문이다. 산악과 물이 이들을 유혹했지만, 이들은 스텝과 헤어지는 것을 두려워한 것이다.

이곳엔 아직 스텝, 그러니까 광활한 땅과 평지가 많다. 그러나 이미 녹음이 덮인 작은 언덕들이 남쪽부터 높아진다. 그 너머로 투명한 안개 사이로 산기슭들이 보이고, 다시 그들 뒤로 산들의 모습을 보인다. 모든 산들 위에 팔라트고라[16]가 솟아 있다.

산속의 물과, 눈이 아직 채 녹지 않은 산 정상이 주는 상쾌함, 그리고 어쩌면 산 너머에서 느낄 수 있는 바다의 상쾌함까지 스텝 속에서 느껴진다. 풀은 더 밝고 화려하고 촘촘히 나 있다. 언덕들 사이에는 계곡들이 굽이굽이 나 있고, 수목의 군락이 끝없이 이어진다. 크림 계곡의 수목들은 우리 러시아의 수목들과 전혀 닮지 않았다. 정원의 아름다움은 우리에게 완전히 새로운 바위산이나 바다도 대신하지 못한다.

---

16   팔라트고라(Палат-гора) : 텐트나 천막과 비슷한 모양을 한 차티르다그(Чатыр-
      даг)를 가리키는 명칭이다.

잘생긴 몸을 뽐내며 바람을 관통시키는 멋진 이탈리아 포플러나무들이 줄지어 서서 달려가거나 우아하게 무리를 이루고 있다. 이것이 계곡의 아름다움을 만들어내는 가장 중요한 풍경이다. 포플러나무가 없다면 크림은 크림이 아니고 남녘땅은 남녘땅이 아니다. 나는 러시아에서도 포플러나무를 많이 보았지만, 이 나무들에게서 이렇게 넘치는 매력을 본 적이 없다. 내가 크림반도의 경치를 생각할 때면 머리에 떠오르는 첫인상은 포플러나무이다. 그 생각은 포플러나무로 시작하여 포플러나무로 끝난다. 왜 이런 인상을 갖게 되었는지는 설명할 수 없다.

그러나 내가 확신하는 바로는 크림반도를 여행하는 모든 여행객들이 자연을 제대로 감상할 능력을 가졌다면 크림의 포플러나무에 바로 매혹될 것이다. 나는 포플러와 사이프러스나무가 남쪽 이슬람 세계를 우아하면서 아름답게 장식하는 그 미나레트[17]라는 건축물을 탄생시켰다는 것을 의심하지 않는다. 이 두 가지를 연관시키는 것은 전혀 이상한 일이 아니다. 오래전부터 학자들은 기둥머리를 가지고 있는 기둥에서 페니키아의 종려나무를 발견해냈고, 고딕양식 성당의 부조와 화살형 둥근 천장에서 소나무 숲의 빛줄기와 정수리 모습을 발견해냈다. 포플러는 다른 곳에서는 크림반도만큼 멋지게 보이지 않는다는 것도 언급할 필요가 있다. 포플러는 평평한 타타르식 지붕들 사이에도 있고, 흰색으로 칠해진 낮은 가옥들 사이에도 있고, 미나레트 옆에도 서 있다. 그들 사이에는 유기적 조화가 느껴지는데, 마치 인과적 관계가 있어 보인다.

타타르 가옥은 러시아의 집이나 초가 농가와 전혀 다르다. 소러시아

---

17 〔역주〕 미나레트(минарет) : 이슬람 사원이나 궁전에 있는 뾰족한 탑.

농가들은 당신에게 크림의 가옥이 어떠할지 맛보기를 제공한다. 하얗게 칠해지고, 산뜻하고 그늘진 지붕은 높은 첨단 지붕을 가진 러시아식 통나무 농가와 마치 땅에 붙어 있는 듯한 타타르의 돌집의 중간 단계이다. 크림의 러시아 지주들의 장원도 이런 크림 양식을 따랐다. 여기에도 물론 오래되고 부유한 러시아 영지가 있지만, 러시아식 장원은 없다. 우리 러시아인들에게 익숙한 아주 큰 건물이나 하인들이 거주하는 넓게 펼쳐진 보조건물도 없다.

　여기서는 모든 것이 외국 같아 보이고, 러시아 같지 않다. 지주의 집은 나지막하고 어두운 느낌이 드는 여느 오두막집이지만, 크기만 조금 크다. 집이라기보다 회랑으로 된 구조이고, 따뜻함과 미를 갖추기보다 시원하고 안락함을 가졌다. 이곳에선 모든 것에 정성스럽게 울타리를 만들고 담을 친다. 어디에도 통나무는 없다. 그 집들은 그 앞에 넓은 마당도 가지고 있고, 사령관 앞에 선 사병들처럼 줄지어 늘어선 농가들을 앞에 세우고 있다 해도 작은 산과 강 위에 있으면 눈길을 끌지 못한다. 아니, 그 집들은 양치기들의 숙소, 외양간과 헛간들로 둘러싸여 있다.

　여기서는 사교생활이나 집안에서 즐기는 안락보다 물자를 조달하고 아끼는 것이 중요하다는 것을 바로 알 수 있다. 아마도 그들은 자신들의 조상들을 이곳에 묻고, 조상들로부터 명예로운 무위도식을 유산으로 물려받은 토착 지주들이 아니라, 노동이 무엇인지 잘 알고, 만족을 얻기 위해서는 어떤 값을 치러야 하는지 잘 아는 외지에서 들어온 이주자들일 것이다.

아주 드물기는 하지만 나는 밭을 가는 농부들(пахари)을 만났다. 농부의 쟁기는 그 드넓은 스텝 이곳저곳에 고랑을 만든다. 그러나 이것이 스텝의 광활함 속에 자취 없이 사라지는 것을 바라보는 것은 웃음을 자아내기도 한다. 어디서나 새로운 곳에서 땅을 개간한다. 농지가 워낙 많아서 몇 번의 파종으로 지력이 쇠약해진 토양에 다시 매달릴 필요가 없다. 3마리, 4마리 아니면 그 이상의 황소가 무거운 쟁기를 힘들게 끌며 비옥한 토지를 깊게 파고 있다.

우리 러시아 토지와 여기 크림 토지 사이에는 작은 차이가 있는 것 같다. 한쪽에서 퍼낸 흙을 들판 곳곳에 퍼져 있는 장미나무들과 진한 향내를 내는 배나무들로 보내지만, 다른 쪽에서는 퍼낸 흙이 우엉꽃들과 초라한 버드나무 숲들로, 또 많은 양의 흙이 볼품없는 호두나무에 뿌려진다는 것이다.

여기서는 쟁기보다 양떼를 훨씬 자주 마주친다. 유목민들 고유의 생업 전통이 아직까지 크림 스텝에 견고히 보존되고 있는 것이다. 예전과 같이 낙타, 말, 황소, 양떼가 스텝 지주들, 특히 무르작18의 부의 대부분을 차지한다. 그중에도 특히 양이 중요한 가축이다. 큰 양떼를 소유하고 있는 사람들은 몇만 마리씩 양떼를 사육한다. 아직 풀이 마르기 전이고, 나리새(ковуль)는 겨우 파릇파릇하고 과즙이 많지 않지만, 양떼를 스텝에 몰고 나와 방목을 한다. 여름에는 산기슭에서 점점 고지로 이동해 야일라와 차티르다그의 초원으로 올라간다.

여기에 벌써 양떼들이 뜨거운 태양빛 아래 석조로 된 무리처럼 솟아

18　〔역주〕무르작(мурзак)：타타르 부유계급이다.

나와 있다. 재미 삼아 칠해 놓은 것 같은 검은 낯바닥과 발목을 한 흰 양들이 호기심 가득 찬 눈으로 당신의 눈앞을 떠나지 않는다. 다른 양 떼들은 머리를 서로 위로 쳐들거나 아래에 처박고 도저히 뚫고 지나갈 수 없는 빽빽한 무리를 만들고 있다. 양들이 빽빽이 서 있을 때 양의 엉덩이 쪽 살주머니들은 못생긴 꽃다발처럼 보인다.

뿔을 내세운 염소 원로원 의원 무리는 푸른 산기슭에 널리 퍼져 점잖게 누워 있다. 염소 떼들은 혼잡한 무리를 이루고 있는 양떼로부터 멀리 자리를 잡고 주변 세계를 관찰하며 엄격한 평온을 유지한다. 이러한 정적인 위엄은 갈리아인들을 격파한 로마 원로원의 남자들을 무색하게 만들 것임이 틀림없었다.

참 이상한 일이다! 크림의 염소나 양도 우리나라의 것 같아 보이지 않는다. 완전히 얼굴도 다르고 형태도 성정도 다르다.

갑자기 내 마음속에 잊힌 유년 시절의 인상이 스쳐 지나갔다. 낙타 떼가 가고 있었다. 성서에 나오는 듯한 엄한 인상을 가진 낙타들은 마치 사람의 시선 같아 보이는 눈길로 나를 바라보았다. 나는 형제들에 의해 이스마엘의 후손19 상인들에게 팔려 간 요셉이 생생하게 떠올랐다.20 성서 이야기를 담은 그 그림책의 상인들 모습을 통해 나는 오래

---

19 〔역주〕아브라함과 하갈 사이에서 태어난 이스마엘의 후손들은 주로 유목민의 삶을 살았다(〈창세기〉, 16장). 이슬람교도들이 주를 이루는 아랍인들은 스스로 이스마엘의 후손이라 칭했다.
20 〔역주〕요셉은 야곱의 12명의 아들 중 한 명으로 형제들에 의해 이집트로 팔려갔으나, 후에 이집트의 총리가 된다(〈창세기〉, 37~50장).

전 처음 낙타의 생김새를 알게 되었다. 기적과 같은 무언가가 한순간, 한차례 신경의 떨림이라는 그 생동감 안에 있다. 낙타의 모습은 매우 독특하고 사실적이다. 각자 원하는 대로 그 모습을 받아들이겠지만 나에게는 그 몰골이 아름답다. 낙타를 바라보는 것처럼 묵상에 어울리는 것도 드물다. 낙타의 모습은 그 특징을 충실하게 담고 있고, 그 특징들이 전체적 모습에 부합한다는 점, 그리고 낙타라는 유기체 전체를 관통하고 있는 사상을 풍부히 표현한다는 점에서 예술적이다.

낙타는 '탈것 동물'(седло-зверь)이고 '화물운송 동물'(вьюк-зверь)이다. 당신은 낙타의 혹과 목과 발바닥을 보면 그 존재 의의를 바로 읽을 수 있다. 당신 앞에 발이 4개 달린 살아 있고 지칠 줄 모르는 안장이 있다. 경계의 끝을 알 수 없는 사막만이 피곤함을 모르는 이 일꾼을 낳을 수 있었다. 그는 타고난 일꾼이다.

일은 낙타의 생물학적 천직이며 자랑거리다. 낙타의 외모만 봐도 이 사실을 알 수 있다. 애초부터 낙타가 조물주의 손에 의해 그렇게 만들어졌거나, 아니면 오랜 세월 동안 사람과 씨름하는 과정에서 아주 굼뜨지만 더할 나위 없이 소중한 기계이자 편리한 추물로 만들어졌는지 모른다. 측정할 수 없고, 가늠할 수 없는 힘이 낙타의 몸 전체에서 느껴진다.

몸의 크기는 거의 괴물 같다. 당신의 눈은 그러한 거대한 크기의 동물에 익숙하지 못하고, 마치 우리가 지질학적 발굴 현장에서 눈앞에 나타나는 거대한 동물 화석인 마스토돈,21 맘몬, 메가테리움22이나

---

21 〔역주〕마스토돈(мастодо́нт) : 제3홍적기의 거대한 코끼리.
22 〔역주〕메가테리움(мегате́рий) : 고대의 거대한 나무늘보.

다른 거대 동물의 형제 같아 보인다. 그러나 동시에 낙타는 양이나 곰을 연상시키기도 한다. 낙타의 털과 굼뜬 모습은 곰을 닮았고, 얼굴은 양을 닮았다. 얼굴에는 털이 없고, 사람과 같은 귀와 머리털을 가지고 있다.

낙타 얼굴에 나타나는 영리하면서도 무덤덤한 시선은 고대 이집트의 무엇을 연상시킨다. 낙타는 마치 모든 것을 이해하고, 마치 우리를 업신여기는 것 같아 보이기도 한다. 낙타는 마치 자신의 힘과 유용성을 알고 있고, 아무도 자신을 대신할 수 없다는 것을 알고 있는 듯하다. 낙타는 자신의 신성한 의무를 잘 깨닫고 있는 듯이 보이기도 한다. 그래서 그의 시선이 그렇게 거만하고, 몸동작은 거대하면서 유유자적한지도 모른다. 당신은 노예가 아니라 일에 열광하는 사람을 보는 듯하다. 내가 보기에 동양의 노예 세계에는 자신의 의무와 복종에 대한 이런 열정적 요소가 있는 듯하다. 동양에서는 자존감을 지키며 원칙에 입각해 굴종하는 노예들을 만나게 된다.

천연 안장인 낙타 등은 지금은 야위고 뼈가 드러나 있지만, 겨울 동안 털이 자라서 털이 덥수룩하게 난 곰가죽같이 보인다. 이런 털외투 같은 털이 목 아래와 앞발 위에서 흔들리며 낙타의 무릎을 덮고 있다. 이 털 때문에 낙타가 짐승의 모습을 가지게 된다. 엄청난 힘을 가진 긴 목은 멍에를 걸기에 좋게 만들어졌다. 목 중앙 부분이 깊이 내려와 있다. 모든 동물과 인간은 무거운 짐을 질 때 목을 구부리는데, 무거운 하중을 끌려고 애쓰면서 무릇 동물과 사람이 취하는 목의 자세를 낙타는 태어날 때부터 진작에 가지고 있었다. 그 목은 더 이상 깊이 숙일 필요가 없다. 달리 말해 낙타는 일꾼의 자세로 몸이 굳어진 것이다.

낙타의 목이 짐을 싣는 데 최적화된 것처럼 낙타 등은 짐짝을 싣기에 최적화되었다.

이렇게 일꾼의 몸을 타고났지만, 낙타의 머리는 완전한 독립성을 유지한다. 목에 묶인 멍에는 낙타가 똑바로 앞을 자유롭게 바라보는 것을 막지 않고, 귀가 듣는 것과 콧구멍이 냄새 맡는 것을 방해하지 않는다. 낙타는 자신의 노동에 완전히 빠져들지도 않고 무거운 짐에 눌리지 않는다. 낙타가 걸어갈 때면 독립적 위엄을 가지고 주변을 응시하고, 철학적 고요함을 가지고 자신을 운송기계로 만들어 버린 분주한 세상을 달관의 시선으로 관찰한다.

그런데 낙타의 엄청난 활동력은 무엇에서 나오는 걸까? 이것은 낙타의 네 다리에서 나온다. 털이 수북이 덮인 앞다리는 물집이 많고 옹이가 많다. 이것은 다리가 아니라 모래를 박차고 일어나는 견인차다. 발굽은 큰 접시 같다. 그러나 이 두 발에 으스러지지 않을 사물이 도대체 있는지, 이 발이 피로를 느낄 때가 있는지 나는 모르겠다. 뒷다리는 더 가늘고 길다. 이 뒷다리는 높이 올라간 엉덩이를 용수철처럼 밀며 보폭을 아주 크게 만들어 달리는 속도를 증가시킨다. 짐을 운반할 때 앞발이 땅을 끌어당기면 뒷발은 그것을 민다. 낙타의 다른 신체 부위도 다리에 잘 맞게 만들어졌다. 혀와 입술은 굳은살처럼 거칠어서 다른 동물이라면 턱을 찢어 피가 흐르게 만들 가시와 우엉을 잘근잘근 잘 씹는다. 위도 아주 단단하다. 낙타는 따뜻하고 저렴한 외피로 잘 보호되어서 비를 맞아도 젖지 않는다.

못들이 튼튼히 박혀 있고 단단히 조여진 이 기계는 아주 오랫동안 쓸 만하다. 이틀을 쉬지 않고 길을 갈 수 있고, 6일을 먹지 않고 버틸 수 있다. 2사젠이나 되는 긴 마차에 짐을 가득 실어 연결할 수 있다. 이 곱사등이 추물은 리쿠르고스의 특별한 혜택 없이도 싸우는 타고난 스파르타 병사처럼 강인하다. 낙타는 어려운 일, 무거운 짐을 기꺼이 떠맡는다. 낙타는 그 특유의 기질상 다른 살아 있는 모든 생물에게 고통스러운 일을 마다하지 않는다. 이것이 값을 매길 수 없는 낙타의 장점이다. 낙타들은 진지하고 확신 있게 자신들의 막강한 발톱을 동시에 들어올리고, 《구약성서》에 나타난 낙타들의 표정을 하면서 무심하게 바라본다. 낙타 뒤로는 산더미처럼 건초를 쌓은 거대한 크림식 마차가 힘들이지 않고 가볍게 따라간다.

크림의 정경과 낙타에서 시선을 떼자 나는 처음으로 염소 위에 앉아 있는 '쿠르스크23 털가죽 반외투'가 눈에 들어왔다. 쿠르스크 마부의 쿠르스크식 멋부림과 쿠르스크의 남루함이 옷 입는 스타일과 반외투에 나 있는 수많은 구멍들 하나하나에 매우 뚜렷하게 드러나 있었다. 그리고 그것이 쭈글쭈글한 쿠르스크 마부의 목을 보고 나는 전혀 의심하지 않고 반가운 마음에 마부를 불러 돌아보게 했다. 바라보니 쿠르스크식의 성긴 턱수염과 쿠르스크의 교활한 눈매와 신을 두려워하지 않는 오보얀 출신 사람24처럼 보였다.

"자네 쿠르스크 사람이지!"

나는 확신에 차서 그에게 말했다. 턱수염이 난 마부는 이를 드러내

---

23 〔역주〕 쿠르스크는 저자의 고향이다. 러시아 쿠르스크주의 주도로, 중앙 러시아 고지에 있으며 세임강 상류에 위치한다.
24 〔역주〕 북쪽 지역의 오보얀(Обоян) 시에는 성격이 못되고 신을 두려워하지 않는 사람들이 산다는 쿠르스크 지방의 민담이 있다.

고 활짝 미소 지으며 환한 모습을 보였지만, 놀란 마음이 더 커 보였다. 그는 내가 마차를 한 번도 탄 적이 없으며, 이곳에 처음이라는 걸 도대체 믿으려 하지 않았다.

나는 고향사람을 만나 너무 기뻤고, 그도 나를 보고 나 못지않게 기뻐하는 것 같았다. 이것이 인간 본성의 이상한 면이다! 고향에 같이 살고 있었다면 어쩌면 우리는 평생 따뜻한 시선 한 번 서로 나누지 않았을 수도 있다. 그러나 '타향에서는' 왠지 서로가 서로를 필요로 하고, 서로가 가족인 듯하다. 그런데 알고 보니 이 턱수염쟁이는 오보얀에서 온 것이 아니라 미트로슬랍스키(Митрославск)에서 온 사람이었다(쿠르스크 사람들은 드미트리예프-나-스바파[25]와 드미트리예스팝스크를 이렇게 부르는 것을 모든 지리학자가 알지는 못할 것이다).

"말씀하시는 거 보고 이곳 분이 아니라는 걸 알았습니다."

미트로슬라브 출신 마부는 바로 나에게 설명했다.

"여기서는 러시아식으로 말하지만, 발음은 타타르식이지요. 우리 러시아인들은 '이치에 닿게 말하지요.' 타타르인들을 아무리 가르쳐도 억양을 감출 수 없습니다. 타타르인은 유대인이나 마찬가지입니다. 'L' 발음을 제대로 할 수가 없지요."

크림반도에 매혹된 나는 동향인 그도 나처럼 크림반도를 생각하는지 알고 싶었다. 그러나 이 기대는 물거품이 되고 말았다. 그는 모든

---

25 드미트리예프-나-스바파(Дмитриев-на-Свапе) 또는 드미트리예프-리고르스키 (Дмитриев-Льговский): 쿠르스크주 드미트리브 지구(Дмитриевский район)의 행정중심 도시다. 쿠르스크와 159km 거리에 스바파(Свапа) 강변에 위치한다.

것에 대해 불평을 털어놓기 시작했다. 더위, 바위, 이교도, 비싼 물가, 흑빵을 구할 수 없는 것, 사람이 많지 않은 것 등에 대해 불평했다.

"아주 죽을 맛이죠!"

그는 말했다.

"낯선 사람들 사이에서 타향살이를 하는 게 말입니다. 이 타타르 개자식들은 서로를 얼마나 속이고 우리 형제들을 못살게 구는지요. 타타르놈들은 우리에게 '첫 번째 자리를 뺏겨서' 약이 오를 수밖에 없지요. 우리와 같이 있으면 배를 곯게 되지만, '쓰레기 같은' 타타르놈들은 러시아 사람을 대신할 수 없어요."

"우리는 농노 생활을 할 때에도 모두 다 집에 살았고, 빌어먹어도 가족을 떠나지는 않았지요. 그런데 자유를 얻자마자 사람들은 이곳으로 몰려오기 시작했어요. 여행증만 있으면 무슨 일이든 해서 돈을 벌 수 있었지요. 그래요. 여행증만 있으면 밭에서건 역참에서건 돈벌이할 것이 있었지요. 그래서 타타르인들의 품삯은 3배나 줄어들었지요."

"타타르인들은 옛날 방식으로밖에 일할 줄 몰라요. 손으로 이리저리 후비는 게 다지만, 그래도 일을 했다고 돈은 달라고 해요. 우리 러시아 사람들은 타타르놈들보다 두 배는 더 일하지요. 타타르애들은 게으르고 멍청해요. 말을 맡기면, 출발하면서부터 말을 반쯤 죽을 정도로 채찍질하고, 도착하면 말의 멍에도 벗기지 않고 꼴도 채우지 않고 술집부터 찾아가요. 어떻게 이럴 수 있는지? 오늘도 역참으로 출발해야 하는데 내가 데리고 있는 타타르놈은 아프다고 하네요. 유들유들한 우리 유대인 주인나리는 타타르놈을 죽을 정도로 때렸어요. 우리는 그걸 보고 얼마나 웃었는지! 타타르애들은 매일 이렇게 때려야 돼요. 이 멍청이들이란!"

그는 유대인에게 타타르인이 죽도록 맞은 것을 떠올리면서 배꼽이 빠지도록 웃었다.

"거짓말하지 말게."

나는 그의 말을 멈추고 다시 물었다.

"타타르인들은 술을 안 마시잖는가!"

"안 마신다고요?"

그는 경멸에 찬 웃음을 지었다.

"술만 보면 제일 먼저 달려가지요."

그는 바로 불평의 주제를 바꾸었다.

"우리 쿠르스크주는 여기저기 촌락과 마을이 있고, 어디 가든 교회가 있고 사람들이 붐비는데, 여기는 아주 후미진 촌구석이에요. 타타르인들은 명절도 지키지 않고 금식도 하지 않아요. 명절을 지키고 금식을 같이 할 우리 러시아 사람은 어디에 있을까요? 타타르인들은 금식은 하지 않아도 철칙같이 지키는 의식이 있지요. 돼지고기를 절대 먹지 않아요. 여기 돼지들은 들판에서 그냥 죽어 나가요.

돼지 비계를 넣고 훌륭한 보리쉬치를 만들어서 타타르인에게 먹어보라고 하면, '돼지! 돼지!' 하면서 머리를 가로저어요. '돼지 맞아, 먹어 봐.' '네가 암말 고기를 먹으면, 나도 돼지를 먹을게. 암말은 깨끗한 것을 먹지만, 돼지는 쓰레기 같은 음식을 먹잖아.' '암말이라니 …. 딱 맞는 말을 하네. 말고기를? 우리는 먹으면 안 돼. 절대 안 돼. 기독교에서 금하는 음식이야'라고 말하면, '우린 돼지고기를 먹으면 안 돼요'

라고 항변합니다. 그런데 속여서 어떻게 먹여 보려 했으니 포기하고 물러납니다. 제법입니다. 자기들 계율을 지키는 걸 보니. '우리는 돼지를 먹을 수 없다고! 절대로. 이것은 기독교 음식이 아니야! 돼지는 안 돼!' '네 살가죽을 벗겨 버릴 거다!' 하고 침을 뱉고 가지요. 정말 웃기는 일이에요. 쓰레기 같은 녀석인데도 자신들의 계율은 꼭 지켜요."

그 말을 하고 나더니 자기 아들이 타타르 여자애들과 어울리고 있어서 못마땅하다는 말을 한다.

"그러다가 타타르 여자하고 결혼하겠네."

나도 거들었다.

"하나님, 맙소사!"

미트로슬라프스크 출신인 내 친구가 외쳤다.

"그 더러운 것들을 기독교가 어떻게 받아주나요?"

"아냐, 형씨, 그들은 우리 고향 사람들보다 엄격히 자신을 통제하네."

나는 타타르인들을 옹호하고 나섰다.

"누가요? 타타르놈들이요? 그 인간들은 정말 '개같이' 행동해요. 타타르 처녀애가 들판에 나가면 타타르 사내놈은 그녀를 잡아 집으로 데리고 가서 자기 아내로 삼아요. 처녀가 아니라 유부녀도 '남편과 같이 살기 싫으니까 나를 데려가 주세요'라고 하고 그냥 다른 남자 집으로 옮겨가죠. 대수로운 일이 아니에요. 그들 사는 게 그래요. 마누라가 하나 있으면 둘째를 맞이하고, 2명이 있는 것이 좋으면 셋째 부인을 들이지요. 가난한 남자는 아내 한 명 데리고 사는데, 부자가 그 마누라를 데려갈 수 있지요. 부자놈들은 자기가 원하는 만큼 아내를 가질 수 있어요."

"그래도 사원에서 결혼식을 하지?"

"무슨 사원이에요! 그냥 춤이나 추고 말지요."

솔직히 말해 어떤 사실에도 근거하지 않은 그의 확고한 견해와, 자신의 민족이 이민족보다 모든 면에서 월등하다고 당연히 믿는 태도에 나는 경악하지 않을 수 없었다. 이것은 무엇으로도 정당화할 수 없고, 이민족인 타타르인에 대한 전혀 근거 없는, 노골적인 경멸이었다. 내 동향인이 아무런 부끄럼 없이 타타르인에 대해 수많은 거짓말을 늘어 놓고 있다고 생각하면서도, 그 거짓말들이 그에게는 아주 진실한 것이고 꼭 필요한 것이라고 이해했다.

자신의 민족과 이방 민족에 대한 비뚤어진 동물과 같은 태도는 타인종에 대한 본능적 감정에 뿌리를 두고 있고, 그 본능적 감정은 어떠한 교육으로도 극복할 수 없는 것으로, 동물학에서는 개에 대해 고양이가 가지는 더 거친 형태의 반감으로 나타난다. 민족성에 대한 이와 같은 완전하고 배타적인 견해만이 민족들의 수없이 많은 중요한 역사적 사건들, 특히 그 민족의 의지와 힘이 집중되었던 사건들을 설명해 줄 수 있다. 이러한 장면에는 민족의 의지와 민족의 힘이 격렬하게 나타났었다. 마부가 세바스토폴전쟁26 때 타타르인들의 배신에 대해 이야기할 때는 손톱만큼의 의심도 없이 확신에 차서 얘기했고, 그는 이런 면에서 러시아 사회 전체의 호도된 여론을 그대로 공유했다.

하지만 타타르인에 대한 이런 견해는 이교도에 대한 일반 러시아인 관점을 완성하는 데 필수적인 부분이다.

"타타르인들이 역모를 꾸미려 할 때, 자기들 말로 거사를 꾸미려 할

26　〔역주〕 저자는 몇 군데에서 크림전쟁을 세바스토폴전쟁이라고 표현했다.

때, 우리 코자크인들이 눈치를 챘지요. 코자크들이 누군가의 말을 엿듣고는 거주지(볼로스치)27에서 무슨 소문을 들으면 관청을 찾아갔고, 관청에서는 제일 높은 사람에게, 제일 높은 사람은 장관에게, 장관은 차르에게 보고하러 갔지요. 그래서 돈 코자크28 2개 연대를 보내 2주 만에 상황을 평정했지요.

그들은 창칼 하나, 권총 두 정을 가지고 있었는데, 아무 농가나 들어가 '탕!' 쏘며 닥치는 대로 죽였어요. 2명이 보이면 2명을, 3명이 보이면 3명을요. 주변에 우랄 코자크들29이 주둔했지요. 우랄 코자크들은 아무나 근처에 있는 25명의 코자크들이 소대를 이루어서 이런 소대들이 사방에 산재했어요. 옷을 보면 누가 어디서 왔는지 알 수 있었지요. 누가 갈 것인가라는 물음에 모습을 보인다면 계속 가지만, 모습을 보이지 못하면 목이 날아갔지요. 목이 날아가지 않으면 권총, 아니면 장총에서 날아온 총알이 박혔지요 그들은 이렇게 타타르인들을 주저없이 처형했지요. 그들에게 온정을 베풀 이유가 어디 있겠어요?"

내 마부는 이런 생생한 폭력을 아주 즐거워했다. 가장 재미있는 일을 이야기하듯이 싱글거렸다. 나는 그의 말을 반박하려 하지 않았다. 그

---

27 〔역주〕 볼로스치(волость) : 제정러시아 시대 지방행정 단위 중 가장 하위 단위로 우리의 읍 정도에 해당한다.
28 〔역주〕 돈 코자크(Донские казаки) : 16세기에 형성된 코자크 국경 수비대로 돈강 유역인 로스토프, 볼고그라드, 보로네시, 루간스크주 등에 주둔했으며, 러시아 내전 때 백군 편에서 싸웠다. 자포로제 코자크와 함께 코자크의 양대 산맥을 이루었다.
29 〔역주〕 우랄 코자크(Ура́льские казаки) : 우랄 강가에 거주하는 코자크로 일명 야이크 코자크라고도 한다.

는 잠시 침묵한 다음 즐겁게 주위를 둘러본 다음 다시 자기 이야기를 시작했다.

"우리 러시아 사람들은 자기들끼리 이런 이야기를 하지요. 이 산이 우리 쿠르스크 아니면 오룔(Орел), 혹 모스크바에라도 있었다면 약탈이 많이 일어났을 거라고요. 그런데 여기에는 도둑질이 전혀 없어요. 가끔 내가 술 취해서 길을 갈 때가 있는데 방울이나 고삐를 벗겨간 일이 한 번도 없었어요. 우리나라였다면 도둑들이 진작 모든 것을 잘라서 가져가고 사람, 수레까지 약탈했을 거예요. '타타르인들은 조용하고 멍청한 민족이다'라고들 말합니다.

오래전부터 여기에 살았던 우리 러시아 사람들이 있는데 그들은 말을 훔친 다음 러시아 땅으로 몰고 갑니다. 이 땅은 가축이 풍부하니까 훔쳐가도 눈에 띄지 않아요. 타타르인들은 가축을 지키지도 않지요. 가축 떼를 골짜기로 보내고 1주일 후에나 와서 가축 떼가 잘 있는지 와서 보지요. 계속 오냐고요? 2주일 지나야 다시 와서 가축들이 잘 있는지 확인해요. 그러고는 한 달은 오지 않습니다. 겨울이 되면 가축들이 스스로 집에 돌아올 것이라고 믿지요. 그러니까 러시아 사람들은 타타르인들이 언제 가축 떼를 방목하는지 잘 보고 괜찮은 놈 2마리를 골라놓았다가, 서두르지 않고 러시아로 데려가지요."

미트로슬라프스크에서 온 친구는 이 말을 하면서 조금 의기양양한 눈빛을 나에게 돌리며 자신에게 넘치는 재치와 타타르인의 우둔함을 경멸하는 데 내가 공감을 하는지 내 표정을 살폈다.

몇 분 지나자 그는 나에게 타타르인들의 생활방식에 대해 얘기했다.

"나는 타타르말을 못합니다. '코쉬엘드'(кошъелды) 혹은 '사반 하레츠'

(сабан-харец)라고 그들에게 말하면 그들은 내게 '알라라주츠'(алларазуц)라고 하고 그만이에요. 이런 식으로 서로 헤어집니다. 나는 그들에게 물을 달라는 말도 하지 못해요. 나 역시 타타르인들의 말을 이해할 수 없는데, 타타르말을 공부한 우리 친구들이 있더라고요. 우리 러시아 사람 중에도 타타르말을 공부한 사람이 있잖아요. 그런데 타타르말을 듣는 것은 전혀 즐겁지 않아요. 개처럼 '샬라말라'(шаламала) 하면서 이런 식으로 지껄이는데 기독교인에게는 역겨운 소리로 들릴 뿐이지요.

그들은 건물이라는 것을 전혀 지을 줄 모르지요. 그놈들이 만들어 놓은 것은 거의 쓰레기 수준이에요. 러시아 사람과는 감히 비교할 수 없어요. 골짜기에서 돌을 집어오고, 흙으로 벽돌을 만드는데 납처럼 서로 잘 맞물리지요. 이렇게 만든 것은 러시아 사람들이 만든 목조주택보다 나아서 100년은 버텨요. 거기다 그들에겐 바냐30가 없어요. 취사를 추운 방에서 하고 그리고 살림방을 복도부터 난방을 해요. 그들은 문을 잠그고 잠자리에 눕지요. 살림방은 깨끗하고, 잠자리는 쾌적하고 따뜻하지요. 안주인은 매일 아침 바닥을 아주 깨끗이 쓸어요. 타타르인들은 쓰레기를 싫어하고, 그것에 대해서는 아주 철저해요.

대충 먹고 사는데, 역겨운 것들, 온갖 파충류들은 잘 먹어요. 우리 러시아 사람들은 타타르인들의 음식을 손도 대지 못할 겁니다! 빵도 불경스러워요. 오, 하나님 용서하소서. 빵은 불경한 것은 아니고, 모든 빵은 하나님의 선물이지만 만드는 손이 기독교인의 손이 아니라면 불경한 것이지요. 집시들처럼 바로 솥 아래 불을 붙이고 재를 긁어모

---

30 〔역주〕 바냐(баня) : 습식 사우나 형태의 러시아 전통 목욕탕이다.

아서 빵을 구워요. 아주 나쁜 방식이지요!"

"이주민인 독일인과 같이 사는 것은 좋지요."

내 이야기꾼이 갑자기 화제를 바꾸었다.

독일인들은 하리코프에서 폴루그라드(Полуград) 가는 길, 그다음으로 오레호프(Орехов), 카지야르(Казияр), 타크만(Такман), 그다음 페오도시야(Феодосия)로 가는 큰길을 따라 살고 있지요. 아라바트스트렐카곶(Стрелка, Арабатская стрелка коса) 너머에 많이 모여 살고 있고요. 거기는 스텝이 아주 광활하게 펼쳐져 있지요. 스텝이 돈강과 타간 로그(Таганий Рог)까지 아주 광활하게 펼쳐져 있어요! 그들이 사는 집에는 번호 같은 것이 붙어 있답니다. 세상에 하나님! 그런 도시는 없을 거예요. 돌로 만든 아주 멋진 집들이 세워져 있고, 과수원도 있고, 나무도 있는데 아주 깨끗하지요. 나무에 아무 해도 없게 하기 위해 나무마다 물들인 판자가 둘러 있고, 우물 위에는 지붕을 달아 놓았지요. 정말 멋져요!

독일인들이 잘사는 것은 당연한 일이죠. 병역의무31도 없고, 어디서 전투가 벌어져도 독일인들은 소집되지 않아요. 독일인들은 정말 일을 잘해요. 같이 건초를 만들면 독일인은 손을 기계처럼 돌리며 이렇게 배꼬는데, 대체 힘이 어디서 생기는지 알 수 없어요. 러시아 사람들이 보이는 게으름 같은 것은 없지요. 러시아 사람이 낫 하나를 가는 동안 독일 사람은 3개를 갈지요. 우리가 쓰는 낫을 그는 직접 갈고, 모든 도구들이 독일제이지요. 주축대도 독일제고 망치도 독일제예요.

---

31 〔역주〕원서에서 단어를 잘못 썼다. рекрутчина 대신 некрутчина을 써야 한다.

음식은 아주 잘 만들어서 독일 주인이 해주는 음식보다 더 맛있는 음식은 없지요. 아침을 먹을 때 보드카 작은 한 잔, 크림커피 두 컵, 빵과 버터, 훈제소시지를 주는데, 이것이 집에서 주는 것이고 밭에 가면 주는 것이 따로 있어요. 그리고 점심은 빨리 먹어야 해요. 그가 큰 건초를 다 만들었다고 낫으로 쟁쟁 치면 얼른 수레를 타야 되고, 낫은 그냥 두고 가야 해요. 그가 우리 낫을 다 모아요. 집에 도착하면 독일 부인이 점심을 벌써 다 만들어 놓고 기다리고 있지요. 러시아 사람들이 먹는 것처럼 소시지, 훈제어육, 감자가 들어간 보리쉬치, 독일 사람들이 만든 빵은 맛이 최고예요. 드라체나32와 치즈도 나오고요. 이렇게 훈제어육과 감자를 항상 과식해서 배가 터질 것 같지요!

다 먹고 나면 빨리 다시 밭에 나가야 해요. 그렇게 하지 않으면 주인에게 큰 야단을 맞아요. '쓰레기 같은 러시아 놈', '게으름뱅이'라고 욕먹기 십상이지요. 일할 때도 계속 재촉하며 야단을 쳐요. 그래도 괜찮아요, 모든 것이 좋으니까요. 독일인들은 사람을 잘 대해 주는 편입니다. 유대인과는 달라요. 독일인은 당신 것을 탐내지 않고, 일에 대한 보상을 충분히 해줘요."

그러나 내가 관심을 가진 것은 우리 주위에 있는 것들이었다. 러시아 농민이 이 새로운 자연, 새로운 동물, 새로운 생활상에서 받은 인상이 흥미로워서, 나는 일부러 내 말상대를 다시 크림 생활에 대해서 이야기하게 유도했다. 우리 옆을 지나간 낙타들은 그가 이야기할 좋

---

32 〔역주〕드라체나(драчена) : 달걀과 우유에 밀가루 또는 익혀서 문지른 감자를 섞어 구운 음식이다.

은 주제가 되었다. 그는 나에게 낙타에 대해 얘기해 주고 싶어 했다. "낙타는 아무리 말라도 힘이 세고 많이 걸을 수 있어요"라고 그는 나에게 힘주어 말했다.

"양처럼 하루에 한 번만 물을 먹이면 쉬지 않고 한 번에 60베르스타를 갈 수 있지요. 낙타의 발은 넓고 편리하고 양처럼 발굽이 2개가 있어 '아담의 양'이라고 부르지요. 아담은 하나님에게 이런 튼튼한 가축을 달라고 했어요. 그러자 하나님은 마음대로 물건을 실어 나르는 낙타를 주었지요. 그는 꼬리도 얼굴도 귀도 양 같아요. 날씨가 건조하면 낙타 2마리가 120푸드³³를 하루 종일 나르고 먹여 달라고 하지도 않아요. 그런데 비가 조금이라도 오면 낙타에게는 죽음이나 마찬가지예요. 그럴 때면 1베르스타마다 멈춰 서서 길에 누워 어린아이처럼 '아가아가' 하면서 울어요. 왜냐하면 발바닥이 곰처럼 부드럽고 발톱이 거의 없어 빗길에 자주 미끄러져요. 그러다가 날씨가 쌀쌀해지고 나서는 한번 출발하면 말을 타고도 따라잡을 수 없을 정도로 빨리 달려요.

음식은 양처럼 조금밖에 먹지 않아요. 낙타 새끼는 좋은 건초를 좋아하지 않고 정말 하나님에게도 사람에게도 쓸모없고, 땔감으로도 쓸 수 없는 건초를 먹지요. 쿠라이 (курай) 라고 부르는 여기 이런 가시가 많은 잡초가 '낙타가 제일 좋아하는 먹이'예요. 이런 풀을 '낙타의 건초'라고 부르지요. 낙타는 풀이 잘 자란 스텝에서 풀을 뜯어먹지 않고, 쿠라이 같은 풀을 보면 반 베르스타의 거리라도 그쪽으로 가서 그 풀을 뜯어먹지요. 뜯으면 우유가 쏟아지는 등대풀도 먹어요.

---

33 〔역주〕 푸드(пуд) : 제정러시아의 무게 단위로 1푸드는 16. 38kg에 해당한다.

신은 낙타를 이렇게 만들어 놓으셨지요. 모든 사물이 각각의 존재에 맞게 창조되었지요. '네가 신의 피조물이듯 나 역시 신의 피조물이다.' 낙타도 그렇지요. 신은 기계가 만든 것처럼 그를 만들었어요. 그는 신의 손에 의해 훌륭하고 쓸모 있게 만들어졌지요.

여름이면 낙타털이 빠져요. 특히 어린 낙타털이 많이 빠져서 성 베드로 대축일 전, 금식기간이 시작되기도 전에 털갈이를 해요. 털갈이를 시작하자마자 털을 깎으면 되지요. 낙타털은 후드모자를 만드는 데 써요. 지금은 낙타털로 만든 후드모자가 온 제국에서 사용되고 있어요. 모든 병사들이 낙타털 후드모자를 쓰고 있는데, 병사들이 직접 사지 않고 국가예산으로 나눠 줘서 잘 관리만 하면 돼요. 낙타털 후드모자는 이 지방에서부터 유래된 것이지요. 이제는 병사들의 군화도 발이 따뜻하기만 하면 원하는 대로 보급해 주는데, 전에는 각각 발치수를 재서 나라에서 만들어 줘서 '죽어도 신고 있어야 했던 것'과는 많이 달라졌어요.

경주를 하듯 앞질러 가려 해도 문제가 됩니다. 조심해야 해요. 그때는 수컷에게 다가가지도 말아야 해요. 당신이 말을 타고 가도 따라잡을 수 있고, 걸어서 지나가는 사람이나 뭔가를 타고 지나가는 사람에게 짐승처럼 달려들어 공격해요. 낙타가 당신을 따라잡으면 겉옷34을 던지면 돼요. 그러면 낙타는 발굽과 이빨로 그것을 완전히 찢어 버리지요. 낙타가 화나면 당신 얼굴에 온통 침을 뱉어서 문질러 닦을 수도 없게 만들어요.

그래도 여기 사는 타타르 농부들이 이 동물을 키우지요. 100마리씩

---

34 〔역주〕 카프탄의 일종인 스비타크(свитка)를 말한다.

떼를 만들어 키우는데, '말을 탄 목동'이 철제 막대기로 낙타들을 제어하며 그들을 돌보지요. 그런데 발정기가 되면 낙타는 목동의 말을 전혀 듣지 않고, 무슨 방법을 써도 낙타를 진정시킬 수 없어요. 목동 한 명이 수컷에게 고삐를 달려고 조금씩 그 낙타를 낙타 떼로부터 밀어내어 외양간으로 밀어 넣었는데, 그 수컷이 발정기라는 것을 몰랐어요. 막대기를 쳐들자마자 낙타는 그의 머리카락을 이빨로 물어서 울타리 너머로 던져 버렸는데 그의 머리카락과 두피는 낙타 이빨에 남아 있는 상태로 그 타타르 목동은 울타리 너머로 날아가 죽은 채로 뻗어 누워 버렸지요. 사람들이 그렇게 처참하게 죽은 목동의 시체를 발견했어요.

그렇지만 낙타는 영리한 동물예요. 무릎을 밀면 바로 꿇어앉고, 어린아이도 고삐를 잡고 낙타를 끌고 갈 수 있지요. 낙타에 올라타면 편한데, 무례하게 굴면 안 돼요. 낙타는 사람이 무례하게 구는 것을 아주 싫어해서, 올라탄 사람을 바로 혹으로 누르고 침을 막 뱉을 거고 그러면 거의 죽을 뻔하게 되지요.

우리끼리 이런 이야기를 하지요. 러시아에 낙타 2마리를 데려가서 밭으로 들여보내면 밭에서 일하던 농민들이 모두 쟁기도 버리고 말도 버리고 다 달아날 것이라고. 우리 집 말은 러시아산인데도 그 녀석이 낙타를 얼마나 무서워하는지요! 절대 러시아 말이 낙타를 만나는 일이 없기를 바랍니다! 말을 타고 갈 때 낙타가 지나가는데 말의 눈을 가리지 않으면 타고 가는 사람을 도랑에 처박을 수 있어요.

또 한 가지 내가 놀란 일이 있는데, 아마 낙타였으면 괜찮았을 텐데, 그것은 당나귀 새끼였지요. 그 녀석의 키는 겨우 한 살 먹은 송아지만 하고, 산토끼처럼 귀가 큰 당나귀 새끼 2마리에 수레를 메면 그 녀석들은 큰 말들 대신에 수레를 끌 수 있어요. 그들 중에서 큰 것들도 있는데 암컷들이 수말과 교미하면 키는 수말에게 물려받고, 힘은 어미에게 물려받은 아주 비싼 당나귀가 태어나지요. 역참에서 유대인이 이런 당나귀 2마리를 키우고 있었는데 아주 대단했어요.

물소라는 놈은 자신만의 습관이 있어요. 낙타는 건조한 것을 좋아하지만, 물소는 습기만 좋아하지요. 날씨가 더울 때는 몸이 무겁고 비대한 물소는 더위를 견디지 못해 가쁜 숨을 몰아쉬지요. 물소는 물웅덩이만 있으면 바로 그 웅덩이로 달려 들어가요. 물소가 수레를 끌고 갈 때 타타르 마부는 바퀴축 연결대가 빠지지 않도록 조심해야 해요. 물소가 바다 가까이 가면 큰일이 벌어질 수도 있어요. 물소를 통제할 틈도 없이 사람과 수레를 같이 끌고 바다 가운데로 한 베르스타나 들어가서 코만 보이고 숨을 쉴 겁니다. 타타르 마부는 삽 같은 물바가지를 가지고 다니다가 웅덩이에 다가가면 얼른 수레에서 내려 물을 퍼서 물소에게 뿌려 줘요. 그러면 물소는 숨만 쉬고 가만있어요. 물소 몸 여기저기에 물을 뿌리고 다시 길을 가면 돼요.

물소는 추위를 무서워하지요. 색은 새까매도 털이 거의 없으니까요. 그래서 산 위 따뜻한 곳에서 물소를 키우지요. 여기 스텝은 물소에게 너무 추워서 물소를 키울 수 없어요. 타타르인들은 물소를 추위로부터 지켜 주려고 이것저것 몸을 많이 감싸서 보호해 주고, 먹이도 충분히 주면서 겨울을 나지요. 암컷은 우유를 짜내기 때문에 몸이 말랐어요. 낙타와 힘을 비교하면 물소 세 쌍이 있어야 낙타 두 쌍만큼 힘을 쓰지요.

타타르인들은 물소를 많이 키워요. 물소의 등은 가죽 끈 같아서 채찍질을 해도 소용이 없는데, 타타르인들은 작은 못으로 물소를 괴롭히며 길들여요. 타타르인은 자리에 편하게 앉아 작은 못이 붙어 있는 막대기로 물소 몸을 긁지요."

내 귀는 마부가 하는 동물에 대한 얘기를 듣고 있었지만, 그러는 사이 나의 시선과 정신은 점점 더 환희감에 젖어서, 감탄하며 산에 고정되어 있었다. 산이 점점 더 웅장한 모습을 드러냈다. 스텝은 이제 자신의 마지막 경계를 보이며 사라지고 있었다. 몇 지점에서 우리는 눈물처럼 투명한 빛을 내며 빠른 속도로 깊이가 낮고 좁게 흐르는 작은 강을 건넜다. 그 강은 돌바닥 위나 얕은 접시 위를 흐르는 것 같았다. 강의 깊이는 1베르쇼크[35]도 되지 않는 것 같았다. 강바닥을 덮고 있는 여러 색의 돌멩이들이 이 강물에 씻겼고, 마치 당신 손바닥을 들여다보는 것처럼 돌들이 선명하게 보였다. 마차가 건너는 것과 같이 보행자들도 침착하게 이 대단한 강을 건너다녔다.

농장들이 점점 가까워졌고, 타타르 농가도 가까워졌다. 산들은 더 이상 안개 낀 먼 곳에 서 있지 않았다. 산의 절벽, 협곡, 그리고 그 위에 아슬아슬하게 놓여 있는 둥근 바위들이 또렷하게 눈에 들어왔다. 그 모든 것을 굽어보면 차티르다그산이 우뚝 서 있는데 여전히 짙은 안개에 둘러싸였지만 투명하게 비쳐 보이는 것 같았다. 나는 133베르스타 이상 떨어진 페레코프에서 이 산을 처음 보았는데, 어렴풋이 보이기는 했지만, 200베르스타나 250베르스타 거리에서도 보인다는 얘기를 들었다.

35　〔역주〕베르쇼크(вершок): 러시아의 미터법 시행 이전 길이 단위로, 1베르쇼크는 4.445cm, 1/16아르쉰에 해당한다.

평원에서 평생을 살아온 나에게 위용을 드러낸 이 산은 특히 놀라웠다. 그 산은 지상에 있는 어떤 것이 아니라 마치 가벼운 구름처럼 하늘에 걸려 있는 것 같았다. 하지만 그 산의 굳고 변하지 않는 윤곽이 당신 눈앞에 펼쳐질 때 당신은 이것이 구름이 아니라는 것을 알게 된다. 아주 먼 거리에서는 산이 환영같이 보인다. 그것이 산이라고 믿어지지 않고 공중에 매달려 있는 듯한 느낌을 받지만, 너무나 신기루 같아서 금방 사라질 것 같다. 20베르스타를 다가가고, 50베르스타를 다가가면 환영처럼 공중에 있는 것처럼 보이던 산이 좀더 선명해지고 짙어지면서 점점 더 구체적인 사물의 윤곽을 보인다.

고대 사람들이 높은 산을 신의 거처라고 생각했던 것은 놀랄 일이 아니다. 차티르다그에 다가가면서 올림푸스산이 갖는 종교적 의미가 이해가 가기 시작한다. 그렇게 먼 곳에서는 오직 별들과 태양만이 보이고, 지상의 사물들은 이런 성질을 갖지 못한다. 그래서 어디서나 보이지만 범접할 수 없는 것은 지상의 것이 아니며, 눈에 보이지 않는 신들의 가까이 갈 수 없는 옥좌로 느껴진 것은 너무도 당연하다.

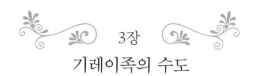

3장
기레이족의 수도

타타르 넵스키 거리 — 칸의 궁전 — 이슬람 사원과 묘지

여기가 바흐치사라이[1]다! 소리 없이 협곡에 숨어 있던 바흐치사라이
는 전혀 기대하지 않았을 때 눈앞에 나타났다고 인정해야 한다. 반 베
르스타 떨어진 거리에서 지나가도 이곳을 알아보지 못할 수 있다. 이
런 특징은 완전히 타타르식이다. 타타르인들은 멀리서는 귀 끝도 보이
지 않게 건축물을 땅에 바짝 붙게 짓는 데 선수다. 타타르인 마을(аул)
은 모두 과수원이나 협곡 안에 자리 잡고 있다. 게다가 모든 가옥들도
마치 땅에 누워 있는 것처럼 아주 낮고 지붕도 납작하다.

　과거에 스텝의 유목민이자 약탈자였던 타타르인들은 자신을 최대한
숨기고 남들은 잘 관찰하는 습관이 밴 것 같다. 타타르인은 주위 세상을

1　〔역주〕바흐치사라이(Бахчисарай): 세바스토폴과 심페로폴 사이에 위치한 도시
　　로 크림칸국 시대의 수도이다. 1532년 사힙 기레이가 이곳을 크림칸국의 수도로
　　정하고 바흐치사라이 궁전을 건립했다.

101

당당히 똑바로 바라보아야 하는, 사람이 많이 다니는 장소는 불편하게 여겼던 것 같다. 바흐치사라이는 마치 구멍을 파고 만든 것 같다. 멀리서 보면 집 위에 집이 다닥다닥 얹혀 마치 물구나무서기를 하고 있는 것 같다. 산 하나에서 한 무리의 집들이 달려 내려오고, 다른 산에서는 다른 집들이 이어져 내려오다가, 아래쪽에서는 서로 다닥다닥 붙어 있다. 그래서 우리 러시아의 도시들 같지 않고 그림 같은 광경을 연출한다.

바흐치사라이는 콘스탄티노플과 같은 사연을 가졌다. 멀리서 보면 그 도시에 매료되지만, 한번 그 도시 안에 들어갔다 오면 다시는 그 안에 들어가고 싶지 않다. 2베르스타 길이에 달하는 바흐치사라이의 중심 거리인 역마차 거리가 산기슭을 따라 이어지며 협곡과 평행으로 달린다. 이 거리는 포장되어 있긴 하지만 마차 바퀴는 바퀴통까지 흙에 빠지고 사방으로 춤을 춘다. 마차를 탄 나는 이쪽 구석에서 저쪽 구석으로 몸이 밀려다니고, 모든 마차 장비가 신음을 내뱉는다. 난로 같은 열기가 이글거리고, 사방에 먼지가 날리는 것은 말할 것도 없다. 내가 탄 마차가 이쪽저쪽으로 흔들리는 게 더 위험한 이유는 오른쪽으로 푸줏간을 곧 들이받을 것 같았고, 왼쪽으로 길 위 채소상들을 덮칠 것 같아서였다. 내가 양손을 뻗치면 거리 양쪽에 늘어선 집들의 지붕을 바로 잡을 수 있을 듯했다.

아마도 이런 방법은 이곳 주민들이 마차에서 떨어지는 경우 써먹을 수 있을 것 같았다. 이런 상황이 없는 타타르 넵스키 거리2는 생각할

---

2 〔역주〕 넵스키 거리(Невский проспект): 상트페테르부르크의 모스크바역과 해군성을 잇는 상트페테르부르크의 중심 거리이다. 고골의 작품을 비롯한 수많은 러시아 문학작품이 배경으로 등장한다.

수 없었다. 그러나 타타르인들의 교통수단, 즉 말 위에 올라타서 이동
하는 경우 말에서 떨어지는 일은 거의 없다고 나는 곧 확신하게 되었
다. 말을 타고 다니는 타타르인들은 이런 포장도로나 진흙탕 길에서
도 아무런 어려움을 느끼지 않을 것이다. 특히 이런 더러운 포장도로
는 타타르 말들의 운동 연습을 위해 나름의 경기장3으로 의도적으로
만들어졌다고 가정하면 더욱 그렇다.

　맙소사, 여기는 얼마나 거대하고 얼마나 풍요로운가! 거리에는 다
닥다닥 붙은 상점들과 작은 가게들이 끝없이 늘어서 있다. 이런 다닥
다닥한 구조와 어두운 분위기는 모스크바의 고스티니 드보르4들을 연
상시키기에 딱 안성맞춤이다. 너무 정신이 없어 무엇을 들여다보아야

3　팔레스트라(палестра)：그리스어 palaistra, palaio(내가 싸우고 있다)에서 유래
　　한 단어이다. 고대 원작에서 그리스 체조학교나 씨름장을 뜻한다.
4　〔역주〕고스티니 드보르(гостиный двор)：상인들이 북적이는 시장터를 뜻한다.

할지 모를 정도다. 당신은 놀라서 입을 크게 벌리고, 너무 느리게 움직이면 마차들이 당신 혀를 깨물게 만들 정도로 무서울 수도 있다.

어떻게 입을 벌리고 놀라지 않을 수 있겠는가. 당신 좌우로 진흙과 널판조각으로 만들어진 작은 방들, 막대기둥으로 지탱되고 구멍이 뚫린 지붕과 휘어지고 완전히 주저앉은 벽을 가진 진흙 초가집들이 이어진다. 공중에 아슬아슬하게 매달려 있는 발코니들과 별채 가건물들, 너무 약해서 조금만 밀면 무너질 것 같은 회랑들이 이어진다.

2층집 사이에 단 하나 나 있는 창문, 안주인들이 갑자기 부닥트리면 서로를 피할 수 없는 작은 안마당들이 있고, 줄지어 서 있는 작은 가게들을 보라! 첫째로 가게에서 파는 물건들은 절반은 밖으로 나와 있다. 창문도 없고 문도 없이 널빤지로 이어 만든 새장 같은 집들이 이어진다. 상품뿐만 아니라 아궁이와 부엌도 다 드러나 있다. 저기에는 파란 접시들이 놓인 선반과 커다란 양은냄비와 민첩하게 산적꼬치를 뒤집는 턱수염을 기른 요리사가 있는 선술집이 있다.

이 모든 것이 당신 눈앞에 살아 움직인다. 당신이 원하면 그것을 배우고, 또 원하면 들어가 식사를 하라. 마찬가지로 대장장이도 일하면서 날리는 재와 화로를 감추려 하지 않는다. 둥근 모자를 쓴 그을음투성이의 타타르인들은 용을 써서 간신히 대장장이의 화로를 옮긴다. 폐병환자처럼 허약해 보이는 그의 몸은 부자 타타르 상인들의 전형적인 모습인 기름기가 낀 뚱뚱한 몸과 너무 대비된다.

저기를 보라! 이 사람들이 햇볕 아래로 기어나와, 잔뜩 배가 부른 두꺼비처럼 작은 양탄자 위에 짧은 다리를 접고 자신의 가게들 앞에 거들먹거리며 천천히 자리를 잡고 앉았다. 머리에는 양가죽 모자를 쓰고,

104

솜을 넣어 누비질한 상의를 걸치고, 그 위에 팔소매가 없는 겉옷을 입고 있다. 폭이 넓은 바지의 주머니에는 러시아 루블이 들어 있는 두꺼운 돈주머니가 있다. 햇빛만 아니라 돈주머니도 몸을 따뜻하게 해준다.

면도로 싹싹 밀어 버린 머리는 태양빛 아래 파랗게 빛나고, 긴 콧수염은 어떤 때는 검은 거머리처럼, 어떤 때는 시베리아 고양이 수염처럼 옆으로 튀어나와 있다. 이 살찌고 기름기 넘치는 상인은 빵 몇 덩어리나 정성스럽게 피라미드 모양으로 쌓아올린 몇백 알의 사과와 감자만 앞에 놓고 하루 종일 졸며 자리에 앉아 있다. 러시아 시장에서는 맨땅에 산더미처럼 쏟아붓는 우리 땅에서 나는 감자를 그렇게 소중히 다루는 것을 보면 웃음이 난다.

다른 타타르 상인들의 모습도 이에 못지않게 우습다. 다른 가게에는 가죽 조각 5개가 매달려 있다. 다음 가게는 토기 50점을 판다. 또 다음 가게에는 소고기 조각이 매달려 있는데, 조금 부패한 것 같다. 가게에서 파는 모든 상품은 몇 코페이카면 다 살 수 있을 것 같았다. 이런 가게들이 엄청나게 많다. 이 모든 가게들은 막대기와 작은 널빤지로 만들어져서 제대로 불이 나면 불쏘시개 구실을 하기에 딱 알맞다.

하지만 이런 보잘것없는 상품과 지저분한 야시장이 바흐치사라이 사람들의 취향에 맞는다. 타타르인들은 이 모든 것을 자신들의 팔레로얄5과 같이 느끼는 것 같다. 저기를 보라. 얼마나 많은 사람들이 모여 물건을 사려 하는지. 담배 세 갑을 파는 장사 앞에 사람들이 장사진을 쳤다. 이 담배의 주인인 흰 터번을 쓴 행복한 하지는 이슬람인 특유의

---

5   팔레로얄(Пале-рояль) : 파리 도심의 가장 활기 있는 광장 중 하나다.

냉정함을 드러내며 물건에 욕심을 부리는 사람들을 다룬다. 그의 흰 눈썹을 잔뜩 찡그리고, 창공을 쳐다보는 무뚝뚝한 눈 주변의 누런 힘줄을 미동도 하지 않고 있다. 마치 그는 물건을 사려는 사람들을 전혀 알아보지 못하고, 이들을 전혀 원하지도 않는 듯한 태도를 보인다.

물건을 사려는 군중들 속에는 흥미를 끄는 다양한 종류의 사람들이 있다. 긴 겉옷 위에 이중으로 짧은 외투를 거치고 흰 터번을 쓴 거무스름한 얼굴의 윤곽이 우아하고 바르게 잡힌 키가 큰 물라6가 지나가고, 다른 쪽에서는 타타르식으로 말쑥하게 차려입은 젊은 상인 무리가 지나간다. 이들은 파란 외투에 무늬가 장식된 허리띠를 두르고, 많은 금속장식품을 걸치고, 날카롭게 다듬어진 칠흑 같은 콧수염을 달고 있다. 드물게 여자들이 지나가는데, 마치 동상처럼 머리끝에서 발끝까지 흰 천으로 몸을 감쌌고, 검은 양 눈과 노란 신발만이 겉옷 사이로 밖에 노출되어 있다. 이글거리는 태양 아래 몸이 바짝 여윈 타타르 거지들이 맨땅에 나란히 앉아 있는데, 이들의 모습은 너무 불쌍해서 우리 러시아의 세르기예보 성삼위 대수도원7의 거지들 중에도 이런 사람들을 찾아볼 수 없다.

오직 집시들, 집시 여자들, 집시 아이들만이 우리 러시아에서와 같은 모습이다. 이들은 우리가 이른바 '망토를 걸친' 집시들이라고 부르는 바로 그 집시들이다. 이들은 아무 옷도 없이 집시 망토 하나만 어깨에 걸치고 있다. 당신은 그 모습이 어떨지 충분히 상상할 수 있다.

---

6   〔역주〕물라(мулла) : 이슬람의 성직자를 가리킨다.
7   〔역주〕세르기예보 성삼위 대수도원(Сергево Тройцкая лавра) : 모스크바에서 동북쪽으로 약 70km에 위치한 러시아정교회의 핵심 수도원 중 하나로 1337년 성 세르게우스가 건립했다.

집시 아이들은 이 망토도 없이 돌아다니는데, 그렇다고 어른들과 무슨 큰 차이가 나는 것도 아니다. 가난과 구질구질함이 철철 넘친다. 이들이 사는 거처는 1코페이카도 나가지 않는다. 살림살이라고는 아무것도 눈에 띄지 않는다. 나는 집시들이 사는 집에 들어가 보지는 않았지만, 아무 편의시설이나 살림살이가 없다는 것은 쉽게 짐작할 수 있다. 창문도 거의 없다. 하나나 2개, 아니며 3개의 창문이 있다 해도 높이와 크기가 제각각 다르다. 창문의 유리를 격자살이 대신하는 경우가 훨씬 많다. 이것은 어찌 보면 아름답게 보일 수도 있고, 고유의 멋이 있다고 할 수도 있지만 그런 식으로 살 수는 없다.

어떤 때는 지저분한 작은 가게들이 갑자기 옆으로 비켜나고 당신 아래로 뱀처럼 구부러지는 좁은 틈이 나타난다. 이것은 도시 아래쪽으로 내려가는 좁은 골목이다. 저 아래 깊은 곳에 틈 사이로 평평한 지붕들이 보인다. 꽃이 피어난 아몬드나무, 복숭아나무와 이슬람 사원의 첨탑과 그보다 더 높이 자란 멋진 포플러나무들이 보인다. 여기서부터 보면 한 집 지붕 위에 다음 집 지붕이 얹혀 있는 것 같고, 그 위에 또 다른 집 지붕이 얹혀 있는 것처럼 보인다. 그곳으로 내려가기 위해 당신은 지붕들을 따라가는 것처럼 보인다. 마차나 말을 타고 어떻게 아래로 내려가야 할지 쉽게 이해되지 않는다. 우리는 이런 계단을 타고 지하실이나 광으로 내려갈 뿐이다.

당신 왼쪽을 바라보면 서로 완전히 대비되는 정경이 나타난다. 여기는 더 이상 지붕과 나무 꼭대기로 덮인 당신 발아래 펼쳐지는 심연이 아니다. 한 집 위에 다른 집이 지어지고, 한 지붕 위에 다음 지붕이 얹혀 있는 가옥들의 발치에 들어가서 왼쪽을 보면 당신도 이 혼잡한 경치의 작은 디테일이 된다. 이 모든 것 위로 산의 바위 경사면이 당신을 눌러 버릴 듯이 위협하며 튀어나와 있다. 이 바위산 비탈이 없으면, 보잘것없고 허름한 작은 방들과 닭의 다리 같은 가는 기둥 위에 놓인 창문도 없고 좁다란 집들, 그리고 그 옆에 붙어 있는 회랑과 발코니와 별채, 그 모두가 쉽게 무너질 것이다. 짐마차는 어쩔 수 없이 마지못해 천천히 굴러가고 있었다.

나는 이 동방의 도시의 미와 애처로운 진흙더미를 자유롭게 관찰할 수 있었다. 별채와 발코니에 있는 타타르인들은 나와 똑같은 호기심과 애처로움을 가지고 나를 쳐다보았다. 오랜 시간 내 마차 옆으로는 한참 전부터 러시아 병사 하나가 걸어가고 있었다. 그 또한 이곳에서 흔하지 않은 존재였다. 놀라워하는 내 눈빛을 느낀 그는 여러 번 나에게 말을 걸려고 했다.

마침내 그는 머리를 흔들며 나에게 친근한 윙크를 보내고 미소를 지은 다음, 더할 나위 없는 경멸을 보이며 다음과 같이 말했다.

"선생님, 이 세상에 이런 바보들이 있군요. 이들은 러시아식으로 살지 않고 여전히 바보같이 살고 있습니다."

그는 나의 대답을 기다리지 않고 행진하는 군인처럼 성큼성큼 걸어갔다. 나는 대답할 생각을 하지 않고 한숨을 쉬었다. 내가 한숨을 쉰 이유는 흰 돌로 된 집들로 뒤덮인 모스크바와 우리의 축복받은 루스[8]도 얼마 전까지만 해도 모든 것이 바흐치사라이식이었고, 더욱 중요

---

[8] 〔역주〕 루스(Русь) : 원래는 키예프 루스를 뜻하지만, 여기서는 고대시대 러시아 전체를 뜻한다.

한 것은 아직도 많은 부분이 바흐치사라이식으로 남아 있기 때문이다. 러시아 사람은 바흐치사라이의 생활에 자신들의 생활요소 한 가지를 가지고 들어왔다. 타타르식 작은 가게들 사이에서 나는 갑자기 고국에 온 듯한 느낌을 받으며 러시아의 흔적을 발견했다.

"마음대로 즐겨라 — 술을 마실 수 있고, 가져갈 수 있는 곳."

우리 러시아 사람들은 이스탄불과 카이로의 골목에도 자신들이 피할 수 없는 술집을 끌어들인 것이다. 이 교활한 친구들은 나무판에 큰 술병9을 든 타타르인을 장난스럽게 그려 놓았다. 더 말할 필요가 없었다. 술집 벽에 왜 타타르인을 그려 놓았을까? 러시아 사람들이 술 마시는 것이 타타르인 때문은 아닌데, 자신의 문제를 남 탓으로 돌리는 것이나 마찬가지다.

나의 간을 다 흔들어 놓고, 내 마차의 모든 나사를 다 풀어 놓은 다음 마침내 뱀처럼 구부러지는 이 긴 거리는 끝이 났고, 나는 궁전을 향해 내려가기 시작했다. 그렇다. 옛날의 타타르 칸들이 이 멋진 수도를 만들어 놓았다. 역사와 후손들이 감사할 무엇인가가 있는 것이다. 이 타타르인들과 그들의 생활을 본 후에 나는 갑자기 우리가 거의 2세기 반 동안 그들의 노예생활을 했다는 것이 생각났다!10 그렇게 오랫동안 주인과 지배자 노릇을 한 타타르 민족에 대해 우리는 어떤 생각을 해야만 하는가? 아직까지도 제대로 된 집 한 채 짓지 못하는 바로 그 타타르인을 주인으로 모시고 살았었던 것이다.

9　〔역주〕 큰 술병 (штоф) : 약 12. 3리터 들이 병을 말한다.
10　〔역주〕 1240년부터 약 200년간 몽골의 지배를 받았던 역사적 사실을 말한다.

바흐치사라이 칸의 궁전 마당

　바흐치사라이 시내의 화려함과 편안함을 경험한 사람은11 역참을 보아도 궁궐로 생각할 것이다. 타타르식이기는 하지만 실제 궁전을 보면 더 그런 생각이 들 것이다. 밖에서 보면 그렇게 멋있어 보이지 않고, 별 것 없을 것 같아 보이고, 동양 궁전이 다 그러하듯 담장처럼 궁전 건물이 마당을 뺑 둘러싸고 있다. 담장 위로는 그림 같은 모리타니아식 굴뚝들이 탑처럼 솟아올라 있다. 벽화는 밖에서부터 그려져 있다.

　그러나 마당 안쪽 궁전은 다양하고도 고유한 아름다움을 드러낸다. 녹음으로 덮인 환한 마당이 넓게 펼쳐져 있다. 다양한 모양의 기둥들이 마당을 둘러싸고, 꽃들이 만발하고 아몬드나무가 무성하다. 아직 모스크바의 3월을 기억하고 있는 북쪽 지방에 살던 사람, 바흐치사라이 시내 거리를 이미 보고 온 사람에게는 이것들 자체가 대단한 아름다움이다. 바흐치사라이의 모든 사람들에게 존경받으면서 외부인들

11　〔역주〕시내의 지저분함과 무질서를 비꼬는 말이다.

을 환대할 줄 아는 촌로이자 궁전 관리인의 친절 덕분에 나는 내실 한 곳에 자리를 잡고 흥미를 끄는 모든 것을 둘러볼 수 있었다.

물론 바흐치사라이 궁전은 알함브라12나 코르도바13가 아니지만 우리 러시아 어디서도 동양식으로 만들어진 이런 건축물을 만날 수 없다. 이것은 이곳에 동양의 생활이 번성했을 때를 보여 주는 몇 개 되지 않는 건축 기념물 중 하나다. 여기에는 여행자들을 감탄하게 만드는 무어식의 우아함이나 세련된 화려함, 환상적인 면은 없다. 모든 것이 아주 빈한하고 단순하고 지루하다. 이것은 타타르인들의 머릿속에서 구상된 아랍식의 시적 건축물이다.

그럼에도 불구하고 이 궁전의 건축 아이디어와 핵심적 방법은 순수한 동양식이다. 궁전 건축물 전체는 매우 크다. 모든 방들과 홀들이 일정치 않은 그룹을 이루며 서로 붙어 있으면서 연이어 단(段)과 내려가는 곳과 꺾어지는 곳을 만든다. 무질서하게 방들을 연이어 실로 꿰어 만든 듯한 이 구조에서 어디를 경계로 삼았는지를 이해할 방법은 없다. 예외로 칠 수 있는 몇 개의 방을 제외하고 모든 방은 한결같이 아주 작다. 작열하는 태양이 건축가의 생각을 지배했으므로 방을 작고 그늘지게 만든 것은 이해가 간다.

---

12 알함브라(Альгамра) : '빨갛다'라는 뜻의 아랍어 단어 '알하므라'(альхамра)에서 유래한 명칭이다. 그라나다(Granada)의 남동부에 위치한 스페인의 무어인 지배자의 궁전(13세기 중반~14세기 말)을 가리킨다. 무어시대 말기(позднемавританский)의 건축 양식의 특징을 잘 드러내는 전형적인 궁전이다.

13 코르도바(Cordova) : 8세기에 무어인에게 정복당한 후, 10세기에 아랍의 학문, 시와 예술의 중심지로 황금기를 구가했던 안달루시아 지방의 유서 깊은 도시다.

하지 기레이 (재위 1441~1466)
초상 (작자 미상)

크림반도에서는 그늘과 시원한 공간을 만들어야 한다는 생각이 모든 건축물에 적용된다. 궁전의 모든 작은 구석들에 색유리를 장식하는 방식으로 그늘을 만들었다. 하얀 설화석고(雪花石膏) 창문틀을 가진 이 색유리들은 섬세하고도 선명한 무늬를 만들어낸다. 단순한 창문들은 어쩌다 눈에 띈다. 여러 색깔의 접시들, 이해할 수 없는 형상들이 아주 높은 곳에 장식되어 있다.

그러나 유별나게 시원하고 그늘이 지는 안식처를 만들어내는 것은 '격자살 방들'이다. 이것은 벽 대신에 아주 작고 예쁜 격자살로 둘러싸인 단지 큰 발코니다. 밖에서는 이 격자 틈을 통해 아무것도 볼 수 없지만, 안에서는 모든 것이 선명하게 잘 보이고, 바람이 다른 어디보다 잘 통한다.

안내자인 병사는 나에게 설명하기를 "그는 여기를 통해 자신들의 백성들을 관찰했습니다"라고 했다. 그가 늘어놓는 여러 말을 통해 그는 스스로 크림 기레이 칸14이라고 부르는 '어떤 칸'을 아주 확고하게 이해하고 있다고 생각한다는 것을 알아차렸다. 그는 이 궁전의 건설을 비롯해 자신이 알고 있는 모든 사건을 이 칸과 연결시켰다. 이 병사는 아주 일상적 어조로 나와 얘기하다가, 새 방에 들어서자마자 군대 대열에 선 것처럼 모자를 벗고 아주 근엄한 목소리로, "마리아 포토츠카야15의 방입니다. 여제께서는 ○○연도에 그녀가 이 방에 머물도록 윤허하셨습니다"라고 선언했다. 그런 다음에는 마치 아무 일도 없던 것처럼 다시 평범한 목소리로 다른 얘기를 시작하곤 했다.

내가 보기에 그는 이 군인식의 자세와 구령을 자신이 경험 없는 다른 일반 안내자와 확연히 다르다는 것을 드러내는 테크닉으로 쓰는 것 같았다. 그는 모든 설명을 크림 기레이 칸과 마리아 포토츠카야로 귀결시키면서 얼렁뚱땅 넘어갔다. 나는 나중에 거기 놓인 침대가 심페로폴에서 만들어진 것이고, 기껏해야 10년도 되지 않은 것임을 알아차렸다.

마리아 포토츠카야는 '눈물의 분수'16의 주인공이다. 그러나 안타깝

---

14 〔역주〕크림 기레이 칸(Крым-Гирей-Хан): 1427년부터 1783년부터 크림칸국의 지도자를 배출한 기레이 왕조의 모든 지도자를 일컫는 말이다.

15 〔역주〕마리아 포토츠카야(Мария Потоцкая): 폴란드 소녀로 크림타타르인들에게 납치되어 칸 크림 기레이(Хан-Крым-Гирей, 1717~1769)의 사랑을 받았으나, 칸의 다른 첩 자레마의 질투에 의해 죽임을 당했다. 칸은 마리아의 기독교 신앙을 존중한 것으로 알려졌다.

16 〔역주〕눈물의 분수: 칸이 바흐치사라이 궁전 안에서 죽임을 당한 마리아를 기려 만든 분수다. 남부 유형 중에 바흐치사라이를 방문한 알렉산드르 푸시킨(Александр Пушкин)은 이 이야기를 바탕으로 장편 서사시를 1820년부터 쓰기 시작해 1824년에 출간하였다. 보리스 아사페예프(Бори́с Аса́фьев)는 이 작품을 발레음악으로 작곡하였다.

바흐치사라이 궁전의 '눈물의 분수'.
푸시킨은 이 분수를 소재로
〈바흐치사라이 분수의 눈물〉을 썼다.

게도 이 분수는 자신의 시적 명성에 걸맞은 상태를 유지하지 못하고
있었다. 우선 이 분수가 만들어진 장소는 하렘이나 궁궐 안, 정원이
아니라, 궁의 주 출입문인 휑하고 커다란 궁의 현관 옆이었다. 화려한
입구 계단 옆의 그늘에서 시적 고독과 몽상을 상상하는 것은 왠지 쉽
지 않았다.

분수 자체만 보아도 그렇게 아름답지가 않다. 단지 벽난로나 벽장
같아 보이는 사각형의 부조가 벽에서 튀어나와 있다. 정면에 글자가
새겨진 대리석 판이 있고, 그 아래에는 작은 수조가 있다. 이 대리석
판 표면에서 우리의 시인이 노래한 눈물이 천천히 흘러내리고 있었다.
현관은 습하고 쾌적하지가 않고, 어두운 작은 방들로 통하는 입구들
이 보였다. 그 안에 들어가면 감기가 들 듯 음산하기만 하고, 시적 감
흥을 불러일으킬 만한 것은 아무것도 없다.

동양식 그림과 건축의 특징은 다채로운 색조이다. 페르시아 양탄자

나 터키 목도리에 잘 드러나는 그런 다채로운 색조 말이다. 이것들은 보기에 아주 멋지다. 평온한 느낌을 주는 균형 잡힌 바로 그런 다채로운 색조이다. 부조화인 듯한 것이 결국 조화를 이루는 그런 색조이다. 동양식의 집은 마음을 평안하게 하는 이런 다채로운 색조가 넘쳐난다. 천장도 색이 칠해져 있고, 벽도 칠해져 있고, 문과 창문도 칠해져 있고, 바닥은 매트와 양탄자로 색을 내고 있고, 거울, 탁자, 의자, 소파 등 구석구석이 색으로 칠해져 있다. 이것은 아주 독창적이며 유쾌한 색조이다.

얇은 금박을 입힌 붉은색 문과 황금색이 들어간 푸른색 문들은 정교한 아라베스크식 벽과 천장과 자연스럽게 연결된다. 독창적이고 아름답지만 너무 불편한 조개 모자이크가 장식된 터키식 탁자와 의자들, 그리고 안쪽이 칠도 되어 있고 금도금도 되어 있으며 반달과 여러 형상들이 그려져 있는 유리 액자 속 작은 거울 역시 쓰기는 불편하지만 모든 것이 독창적이고 아름답다. 방 몇 곳에는 유리 벽장들이 아직 보존되어 있었고, 여기에 꽤 값이 나가는 다양한 유리, 구리 접시와 식기들이 놓여 있다. 이 벽장들도 다양한 색깔로 칠해진 온갖 무늬로 장식되어 있다.

방은 계속 이어졌다. 안내자인 병사는 겁 없이 각 방을 자기 나름대로 이름을 매겼다. 이 방은 예카테리나 여제의 침실, 다음 방은 차르 니콜라이의 식당, 그다음 방은 한결같은 크림 기레이의 서재라는 식으로 말이다. 당연한 얘기지만, 나는 그의 말에 귀를 기울이지 않았다. 다른 무엇보다 법정실17이 나의 눈을 끌었다. 이 방은 아래층에 자리 잡은 큰 홀이었는데, 벽에는 앉는 좌석이 둘러 있고, 화려한 색깔이 칠해진 천장이 있고, 합창단 발코니 형태로 만들어진 칸의 비밀스런 격자살 방이 있었다.

칸의 방으로부터 이곳까지는 어둡고 비밀스런 통로가 나 있었다. 칸은 법관들이 눈치채지 못하게 이곳으로 올 수가 있어서, 법관들은 늘 긴장하고 있었을 것으로 짐작된다. 이런 다소 어린애 같고 순진한 방법으로 정의로운 판결을 확립하는 것은 타타르 기레이 칸 같은 순진한 지도자만 썼던 방법은 아니다. 손수 나서서 감시하고 간섭하는 방법에 의존해서만 하룬 알 라쉬도18의 영광은 확립되었다. 왜냐하면 당시에는 큰 집을 관리하는 방법 이외의 다른 방법으로 국가를 관리하는 것을 알지 못했기 때문이다.

공정한 재판에 대한 타타르 칸의 유아적 접근법은 장식물을 고르는 데도 그대로 나타난다. 멩글리 기레이19의 방은 당시 기준으로는 아주 섬세하고 희귀한 장식으로 차별화되어 있었다. 벽들은 레몬, 포도 등 여러 과일 형상을 새긴 석고로 덮여 있다. 벽의 윗부분은 밀랍으로 만든 꽃들의 작은 꽃밭, 바빌론의 순결한 정원들이 그려져 있다. 요즈음 어린이는 이런 유아적 장식을 받는다면 재미가 없어서 오랫동안 즐기

---

17   〔역주〕법정실(法廷室) : 궁정홀을 뜻한다.
18   〔역주〕하룬 알 라쉬도(Harun-al-Rashido, 763/766~809, 재위 786~809) : 아바시드 왕조의 다섯 번째 칼리프로 아랍의 황금기를 이끈 지도자다. 그는 바그다드에 '지혜의 집'(Bayt al-Hikma)이라는 도서관을 지어 바그다드를 지식·문화·교역의 중심지로 만들었다.
19   〔역주〕멩글리 기레이(Mengli Girey) : 1469~1472년, 1478~1515년 두 차례에 걸쳐 크림 칸에 올라 크림칸국의 확장에 기여했다.

지도 못할 것이다.

　근처 방에서는 장난꾸러기 같은 칸들이 모든 옷을 벗은 하렘 여자들의 아름다움을 감상하며 위로를 얻었다. 벽으로 둘러싸인 이 방의 창문 아래에는 꽃이 만발한 예쁜 상록의 정원이 있는데, 거기에는 수선화, 장미, 붓꽃, 아몬드꽃이 피어 있고, 포도넝쿨 정자가 자리 잡고 있다. 이 정원 한가운데는 흰 대리석으로 만든 연못과 분수가 있고 작열하는 여름 태양에 나른해진 계단과 벤치들과 바깥사람들의 눈길이 절대 닿을 수 없는 하렘의 미인들이 빈둥거리고 있었다. 칸의 이 건물은 주민의 사법판결과 같은 유아적 순진함과는 완전히 다른 방식으로 지어졌다. 아주 높고 깊은 담장에 둘러싸인 하렘은 궁궐 안 사람이 다다를 수 없는 아주 고적한 곳에 자리 잡고 있어서 이 성스러운 곳을 감히 들어가려면 미치광이 같은 무모함과 뛰어난 기술이 필요하다.

　안내자인 병사는 크림 기레이에게는 77명의 아내가 있었고, 이들을 위해 77개 방이 만들어졌고, 칸의 본부인(다시 마리아 포토츠카야로 귀결됨)은 아직까지도 궁전 안에 남아 있는 높은 탑 안에 거주했었다고 믿고 있었다. 안마당에는 멋진 살구나무와 아몬드나무가 자라고 있었는데, 아마도 이 나무들은 여러 기레이 칸들의 생애를 지켜보았을 것이다. 하렘 궁전 근처에는 '매'라고 별명이 붙여진 나무로 만든 높은 탑이 서 있다. 하렘에 거주하는 칸의 첩들은 칸이 매사냥을 하는 것을 보기 위해 이 탑에 올라가는 것이 허용되었다고 한다.

　다른 어느 곳보다 옛 그림들과 집기들의 잔해가 유물로 가장 많이 남아 있는 곳은 칸의 모스크이다. 이 궁전은 전쟁과 화재에 의해 여러 차례 파괴되었기 때문에 처음 지어졌을 때의 모습을 간직하고 있는 것은 아무것도 남아 있지 않다. 1836년에 일어난 화재로 궁전은 거의 잿더미로 변했다. 세바스토폴전쟁 때 이 궁전은 야전병원으로 사용되기에 이르렀다. 그러나 미니흐 원수가 바흐치사라이까지 내려왔을 때와 1836년 일어난 화재가 궁전을 크게 파괴했지만, 궁전이 야전병원으로 쓰였을 때 제일 큰 피해를 입었다.

남은 잔해를 가지고 이 궁전을 재건하기 위해 일부러 궁전을 잘 아는 카라임인들[20]을 콘스탄티노플로 보내 동양식 고대 가구와 다른 집기들을 구입해 오기도 했다. 그러나 재건 작업을 맡은 우리 건축가들은 전혀 동양 예술의 정신을 이해하지 못하고, 자신들 나름대로 선명하고 밝고 화려한 문양을 새겨 넣음으로써, 별개의 윤곽과 별개의 색을 딱 집어내기 힘든 동양적 아라베스크 양식 특유의 서로 혼합되고 착각을 일으키는 다양한 색채는 제대로 살리지 못했다.

그중 페르시아 양탄자는 동양적인 다양한 색채와 동양적 무늬의 전형을 잘 살린 것이다. 칸 궁전의 합창단 발코니에는 제대로 된 타타르식 그림의 일부가 남아 있다. 이 구역은 궁전의 다른 어느 곳보다 고대의 흔적을 잘 간직하고 있다. 아주 섬세한 작업으로 만들어진 타일로 장식된 흥미를 끄는 벽도 온전히 보전되어 있다. 크림반도에 있는 이슬람 사원들이 대부분 극도로 혼잡스럽고 허접해서, 솔직히 말해 나는 그때까지 한 번도 모스크 내부를 본 적이 없었다. 나는 타타르 건축물

---

20 카라임인(Караимы) : 크림카라임인이라고도 불리며 타타르인과 비슷한 생활양식을 유지하지만 카라이트 유대교를 믿는다. 크림카라이트인, 카라일라르, 카라이라고도 불린다. 현재 크림반도에 약 2,000명이 남아 있다.

을 대표하는 화려한 이 모스크 내부를 구경하고 싶은 호기심이 컸다.

모스크 내부의 전체적 모습은 단순하고 단조로워서 루테란 교회를 연상시켰다. 오래된 페르시아 양탄자로 덮인 합창단 발코니가 자리 잡은 거대한 어두컴컴한 홀이 모스크의 대부분을 차지하고 있었다. 천장에는 순결한 단순성을 드러내는 샹들리에가 달려 있었다. 나무로 만든 널따란 삼각형의 샹들리에 틀에는 촛대를 담은 컵들이 놓여 있는데, 먼지가 많이 끼고 모양이 흉했다. 양피지가 걸려 있는 전면의 벽 앞에는 덮인 《코란》이 놓여 있는 의자가 있고, 아주 비대칭적으로 놓인 많은 황동 촛대가 보였다. 이 벽의 중간에는 벽이 쑥 들어간 곳에 벽감(壁龕)이 만들어져 그 안에는 신비스러운 성소가 마련되어 있고, 커튼 안에는 3개의 공 모양 황동 용기가 놓여 있다. 이것이 무엇에 쓰이는 용기인지 알 수 없었지만, 여기가 기도를 올리는 중심부임은 분명했다. 모스크 안에서 가장 화려한 물건은 호두나무를 조각해 만든 강단이었다. 곧추선 모양의 이 강단은 꽤 높았는데, 개신교 교회나 가톨릭 성당의 사제용 강단과 닮은 점이 많았다.

나의 안내자는 설명했다.

"이 계단에서 《코란》을 읽습니다."

"무슨 《코란》이 어디에 있다는 말인가?"

나의 질문에 그가 대답했다.

"우리가 예배당에 성경을 놓는 것과 마찬가지로 의자마다 《코란》이 놓여 있습니다."

"자네는 이들이 예배드리는 것을 보았나?"

"물론이지요. 예배를 아주 자주 드립니다. 길지는 않지만 매시간 예배를 드립니다. 우리가 '자비하신 주여', '할렐루야'라고 하듯이 이들이 신을 찬양하는 소리를 나는 이해할 수 있고, 이들은 수도 없이 무릎을 꿇고 절을 합니다."

안내자인 병사는 설명했다.

우리는 마지막으로 칸의 무덤을 돌아보았다. 무덤은 마당을 사이에 두고 모스크 근처에 있었다. 좁고 작은 문을 통과하면 호두나무꽃이 환하게 피어나고 있고, 벌들이 윙윙대며 날아다니는 푸른 풀밭으로 덮인 작은 정원이 나온다. 이 풀밭 한가운데에 머리 부분에 돌로 만든 터번이 장식된 높은 석관 몇 개가 놓여 있다. 그러나 이것은 단지 문지기에 불과하다.

이 정원으로부터 습하고, 텅 빈 둥근 탑 안으로 들어가면 거기에 여러 개의 관들이 놓여 있다. 여기는 어둡고 무덥다. 여기에 있는 관들은 터번으로만 장식된 것이 아니라, 돌로 만든 여자의 모자로 장식된 관들도 있는데, 이것은 칸의 부인들의 관이다. 각 관에는 《코란》의 구절들이 새겨져 있다. 몇몇 관에는 무기 형상이 조각되어 있다. 멘글리 기레이의 관에는 무시무시한 아랍식 칼이 새겨져 있다. 관들은 아무 순서도 없이 여기저기 구석에 세워져 있었고, 관 몇 개는 일부가 부서져 있었다. 터번과 여자 모자 조각 부분에는 얼마 전 누군가 망자들에게 조의의 표시로 헌정한 다양한 색깔의 끈들이 매어져 있었다.

나는 따뜻한 손님접대로 크림반도 전역에 이름이 널리 알려진 관리자 모씨의 거처에서 점심을 먹었다. 이미 대문에서는 안장을 얹힌 말을 대동한 집시 안내가가 내가 나오기를 기다리고 있었다.

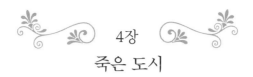

4장
죽은 도시

집시들의 마을 — 우스펜스키 수도원 — 추푸트칼레와 고대 유적 — 여호사밧 골짜기

마치 모든 것을 자신 안에 담아 넣은 것처럼 키가 작은 타타르 말은 땀을 흘리며 빨리 달렸다. 무슨 수를 써서라도 가능한 한 타타르인처럼 보이고 싶으면서, 동시에 가능하면 러시아인처럼 보이고 싶은 나의 안내자이며 통역인 집시는 나를 제대로 따라오지 못했는데, 나는 이것이 아주 좋았다. 이른바 직업적인 여행안내자인 그는 말도 안 되는 거짓말을 너무 많이 했고, 그것도 엉뚱한 때에 대단한 확신을 가지고 했기 때문에 내가 경치를 보며 느끼는 즐거움과 좋은 생각이 떠오르는 것을 완전히 망쳐 버리곤 했다. 이 집시가 말하는 러시아어는 타타르어를 듣는 것만도 못했다.

　여기가 설마 했던 그런 도로다!

　열차 객실에 앉아 편안히 여행하는 데 길들여진 사람은 이런 도로를 보면 진지하게 생각하게 된다. 이런 길도 도로라는 것은 부정할 수 없다. 모든 사람이 이 길을 따라 이동하고, 모든 교통수단이 이 길을 따라 움직인다. 그러나 길은 동시에 작은 강이 되기도 한다. 아주 낮추어서 말한다면 길이면서도 강 같은 특성도 있다. 이상한 것은 이것은 강일뿐만 아니라 협곡 같은 특성도 있다. 이것은 시야나 늑골만을 가지고 있는 여행자들에게는 조금도 의심스러운 일이 아니다. 말발굽 아래 바위산을 그림같이 헤치고 '길이 졸졸 흐른다.'

이 길과 강의 테두리를 만들고 있는 높이가 낮고 긴 타타르인 집들의 굴뚝을 나는 높은 안장에 앉아 내려다볼 수 있고, 이 집의 허접한 마당 안쪽을 내 손바닥을 들여다보듯이 환하게 볼 수 있었다. 검은 피부를 한 여인들이 화려한 너부렁이 같은 옷을 입고서 울타리에 걸려 있다시피 서 있고, 벌거벗은 아이들이 있다. 여기가 솔론추크[1]의 집시 집단거주지다.

이 마호메트를 믿는 집시들은 마호메트 교리와 거리를 두고 자신들의 야만적 풍습을 지켜냈다. 이들은 타타르인들 사이에서도 쉽게 구별해낼 수 있다. 작은 마을들은 산 아래 한쪽 방향에 드문드문 자리 잡은 집단거주지를 따라 다닥다닥 붙어 있었고, 돌과 타일로 만든 거의 허물어진 수많은 작은 방들이 밀집하여 내리누르듯이 자리 잡고 있었다.

가끔 마당 한가운데에서 윗부분이 잘려나간 거대한 바위나 바위의 돌출된 부분을 보게 된다. 그곳에는 성급한 성격의 사람이 창고나 지하

---

1   솔론추크(Солончук): 살라치크(Салачик)라고도 한다. 바흐치사라이 근처에 있는 스타로셀리예(Староселье) 마을이다.

실 같은 것을 벌써 만들어 놓았다. 이 황량한 절벽 곳곳에 사람들이 살며 불을 피운 검은 그을음의 흔적이 보인다. 제비와 칼새에게 특권을 양보하고 싶지 않은 사람들은 새들이 보금자리를 만들어야 할 곳에 자신들의 보금자리를 만들었다. 물론 집시들은 그 바위들 틈에서 사는 것이 자유롭다. 그곳은 필시 따뜻하고 아늑할 것이며, 자연이 만들어 준 울타리에 의해 보호받는 나무들이 활짝 꽃을 피울 것이며, 그 집마저도 인간을 위해 준비되어 있을 것이다.

그러나 솔직히 말하자면 외부 사람의 입장에서는, 작은 움직임으로도 발아래 사는 곤충 같은 인간들을 밟아 으깰 수 있는 커다란 발처럼 보이는 산기슭을 둘러싸고 집시들이 우글거리고 사는 것을 보는 것은 무섭다.

좁은 산길이 갑자기 두 갈래로 나뉘면서 언제 바라보아도 경이로운 먼 산의 전망이 우리 앞에 펼쳐졌다. 우리는 우스펜스키 수도원[2]이 있는 오른쪽으로 방향을 틀었다. 여기는 산세가 더 깊어지고 경관이 더 감동적이다. 마치 나란히 자리 잡은 보루와 안경보(眼鏡堡)처럼 돌로 된 벽들이 튀어나와 둥그렇게 감싸며 내려가서 마치 진짜 요새처럼 보였다. 멀리서 보면 마치 거대한 탑이 계속 이어지는 것처럼 돌담들이 빽빽이 서로 바짝 붙어 서 있었다. 세바스토폴이나 포츠머스[3] 요새 따위는 이 요새와 비교조차 할 수 없다.

---

2 〔역주〕우스펜스키 수도원(Успенский скит) : '우스펜스키 스키트'라고도 한다. '우스펜스키'의 어원은 '성모안식'(Успение Богородицы)이다.
3 〔역주〕포츠머스(Portsmouth) : 영국의 햄프셔에 있는 항구도시이다.

위에는 거대한 회색 바위들이 마치 자신의 임무를 기다리는 것처럼 위협적인 자세로 솟아올라 있다. 이 바위들은 가끔 굴러 내려오다가 산기슭이나 바로 길옆에, 아니면 산중턱에 멈춰선 채 있다. 위에서 굴러 떨어진 큰 바위덩어리들은 모서리로 땅을 깊이 파고 들어가 땅에 박힌 채 균열이 생겨, 그 위에 풀이나 심지어 나무까지 무성하게 자라나 있다. 바위들의 황량한 회색은 바위를 믿고 주위를 잔뜩 에워싼 부드러운 녹음을 배경으로 불길한 기운을 내뿜으며 모습을 드러낸다.

이보다 더 신기한 것은 꽃이 만발한 어린 살구나무가 산사태로 균열된 바위덩어리에서 자라는 것이다. 꽃과 녹음과 함께 아이들이 이 즉흥적 발코니에 자리를 잡고서는 산들이 그들에게 일부러 토속선물로 이 장난감들을 보낸 것처럼 마음껏 뛰어놀고 있다. 그래도 우리는 힘찬 속보로 계속 앞으로 나간다. 나는 거대한 바위의 대단히 선명하고 규칙적인 단층을 놀란 눈으로 바라보았다. 그것은 마치 한가한 석공이 자를 대고 칼로 선을 그은 것 같았다.

그러는 사이에 우리 러시아 흑토지대에서는 볼 수 없는 맑고 향기로운 저녁이 내리깔리고 있었다. 절벽들은 황금빛 아래 형체를 잃어갔고, 먼 곳은 파랗고 빨갛게 물이 들고, 주변은 조용해지고 상큼한 느낌이 들었다. 우리 앞에 가까워진 수도원의 녹색 정원은 우리를 밤나무 봉오리와 꽃 피는 복숭아나무의 향기로 둘러쌌다.

하지만 가장 의외이고 좋은 것은 갑자기 정원 한곳에서 일몰에 감동받은 나이팅게일 새가 아주 가까운 곳에서 울기 시작한 것이다. 이것은 내가 그 후 크림반도에서 한 번도 들어 본 적 없는 진짜 우리 쿠르스크의 나이팅게일 새의 울음소리였다. 이 새는 아마도 우스펜스키 수도

우스펜스키 수도원 동굴성당의 이콘

원의 정원에 잠시 들러 자신의 저녁 노래를 다 부르고 난 뒤, 노을이 질 때 우리 고향에 있는 단아한 라일락 관목으로 날아갈 과객이었을 수도 있다. 우스펜스키 수도원을 이렇게 아름다운 날, 이렇게 경건한 순간에 본 사람은 얼마 없을 것이다.

수도원의 모습은 우리가 그림과 글로 묘사된 것을 통해 알던 모습과 전혀 다르다. 나에게 그것은 환상적이기만 했다. 황량하고 꽃이 핀 산골짜기의 깊은 속에서 갑자기 절벽 높이 칼새 둥지처럼 붙이고 조각한 창문, 작은 발코니, 복도 그리고 입구가 보인다. 바로 자연 그대로의 절벽에 그려진 성인들의 모습들,4 구멍 속에서 빛나는 십자가들이 당신에게 이곳은 수도원이라는 것을 믿게 만든다.

---

4   성인들의 모습들(Фигуры святых) : 1990년대 수도원 개수 공사 때 고대 프레스코화의 잔영은 현대적 그림으로 대체되었다.

그러나 이것을 이해하고 마음껏 바라보기에는 오랜 시간이 걸린다. 이곳에서 사람이 어떻게 사는지는 둘째 치고, 어디로 어떻게 올라가는 지 도대체 상상할 수가 없다. 아래를 보면 엄청난 높이에 있는 절벽이 있고, 그 위에는 똑같이 높고 무거운 커다란 바위덩어리가 걸려 있다. 멀리서 보면 여러 다른 높이에 있는 이 까만 십자가들과 창문들은 장식 으로 만들어 놓은 작고 귀여운 장난감처럼 보인다.

나처럼 환상적인 생각을 하지 않은 동행자인 집시는 정원을 통과해 내가 처음에 보지 못했던 골짜기 바닥에 서 있는 수도원 건물들 쪽으로 아주 냉정하게 말을 몰고 있었다. 이것들은 모두 삶의 편리함과 삶의 목표에 대한 새로운 관점을 더해 주기 위해 건축한 새로운 보충물이 다. 여기는 수도원 분위기가 느껴지지만, 사람들이 나무뿌리를 먹고 돌 위에서 잠을 자던 작은 성당이 아니라 특별한 부처에 소속되어 지불 명령서와 예산편성에 따라 국고에서 직원들의 봉급을 지급받는 그런 수도원의 분위기가 난다.

저 위에 있는 수도원은 지치고 여윈 손으로 돌을 파서, 정말 세상에 서 벗어나 숨어 지내기 위해 자발적으로 자신을 돌 속에 묻었던 사람들 을 숨겨 준 수도원이다. 저기 위쪽에 수도원의 어두운 작은 창문과 좁 고 낮은 동굴이 보인다. 그곳에는 바닥에 깐 카펫과 깨끗하고 새로운 커튼이 걸린 복도나 방은 없었다.

우리가 다소 순탄한 오르막길로 들어서자, 길고 헐렁헐렁한 하얀 겉 옷을 입고 정원의 나무 옆에서 삽을 들고 일하던 수도자가 하던 일을 계속하면서 우리에게 절을 했다. 그 사람이 바로 수도원장이었다. 여 기서는 모든 수도자들이 정원에서건 대장간에서건 일을 했다. 수도원의 과수원은 크고 새로 경작된 것이라 손이 많이 간다. 모든 사람들이 수행자들이 어떤 일을 하며 생활하는지에 대해 냉철하게 바라보지 못하는 것이 매우 안타까울 뿐이다.

수도원 안에서 나는 15살쯤 돼 보이는 소년 수련수사만 보았는데, 그 친구도 아주 바쁘게 무슨 일을 하고 있었다. 그는 나를 절벽을 파고 만든 계단을 통해 머리를 겨우 내밀 수 있을 정도로 낮은 천장이 있고 제단이 없는 작은 예배당을 닮은 허접한 옛날 교회로 데리고 올라갔다. 금으로 도금한 이콘들과 새로 칠한 성화들이 이 예배당의 옛날 분위기를 어느 정도 바꾸어 놓았지만, 교회의 본질은 감출 수 없었다. 필설로 표현할 수 없는 경치가 펼쳐지고 입구부터 골짜기 전체가 새의 눈 (*vol d'oiseau*) 5처럼 다 보인다. 건너편에 줄지어 서 있는 자연의 요새들이 당신과 마주서 있고, 이제 보이지 않는 해가 비추는 그것들의 꼭대기가 손으로 닿을 수 있을 만큼 가까워 보인다.

수도원 바로 앞 정원 너머에 조용한 묘지가 있다. 그곳에는 여기에 영원한 안식을 찾으러 온 세바스토폴 전사들이 묻혀 있다. 여기는 초르나야강의 불행한 전투의 지휘관이었던 파벨 브레브스키(Павел Александрович Вревский) 장군, 그리고 표트르 베이마르느(Петр Владимирович Вейнмарн) 장군의 무덤이 있다. 두 사람은 나란히 누워 있고, 그 주위에는 그 수를 셀 수도 없고 이름도 알 수 없는 러시아 군인들이 묻혀 있다. 형제들이여, 고이 잠드소서! 당신들은 여기서 고요함과 따뜻함을 느낄 것이다.

---

5   vol d'oiseau: 조감(鳥瞰)을 뜻하는 프랑스어 표현이다.

성 콘스탄티누스 교회는 새로운 양식으로 지어졌다. 그것은 마치 발코니 위나 아니면 벽감에 자리 잡고 있는 것처럼 지어졌다. 화약을 사용해서 절벽을 폭파시켜 작은 동굴을 만들고 바닥을 평평하게 만든 다음, 이 동굴 천장 아래 비와 궂은 날씨를 지속적으로 막아 주는 유리 덮개 아래 있는 것처럼 꽤 크고 예쁜 교회를 만들었다. 그런데 이 큰 교회가 아래에서 수도원으로 올라갈 때는 인형처럼 귀엽게 보인다. 이 교회를 넓게 덮어 주는 궁륭은 거대한 절벽에 잘 눈에 띄지도 않는 작은 구멍에 불과하다. 사실 우스펜스키 수도원은 멀리서 볼 때만 흥미롭다. 안에는 거의 볼거리가 없다. 단지 한 층에서 다른 층으로 올라가기 위해 내부 복도를 걸어가거나 머리가 아찔하지 않은 사람이면 발코니에서 멋진 경치를 감상할 수 있다.

우리는 해가 지기 전에 추푸트칼레(Чуфут-Кале)에 도착하려고 길을 서둘렀다. 녹음에 덮인 골짜기 위 높은 절벽에 선반처럼 튀어나온 바위를 따라 오솔길이 구불구불 올라가는데, 갈수록 높고 경사가 가팔라졌다. 엄밀히 말한다면 오솔길은 없는 것이나 마찬가지였다. 왜냐하면 발아래 발자국보다 위에서 굴러 내려온 돌이 더 많이 보였기 때문이다. 이것들은 산악요새(горные твердыни)의 부스러기들로 산악요새들과 비교하면 잘 보이지 않지만 길을 가는 사람에게는 꽤 잘 느껴진다.

돌더미가 없는 땅은 1아르신6도 되지 않는다. 새롭게 쌓인 것들도 있고 묘비처럼 땅에 깊이 들어간 것들도 있는데 마치 땅속에서 어떤 불순한 영들이 뽑아내기라도 한 듯 올라와 있다. 저녁에 멀리서부터 보

---

6   〔역주〕아르신(аршин) : 러시아의 길이 단위로 1아르신은 약 71cm이다.

면 통제하기 어려운 상상력으로 인해 셀 수 없이 많은 죽은 사람들의 얼굴로 착각할 것이다. 멀리서 그것도 저녁 어스름에 바라보면서 상상력을 키우면 그것들은 마치 땅의 무거운 덮개를 조금이라도 들어 올리려고 노력하는 셀 수 없이 많은 죽은 자들의 얼굴로 보일 수도 있다.

여기서 나는 타타르산 말이 얼마나 소중한 존재인지 알게 되었다. 어떤 무용수나 아니면 악마라고 해도, 등에 사람을 업고 45도 경사길을 올라가면 이 자연의 쓰레기 더미들로 인해 다리가 부러지지 않을 수 없다. 돌 사이로 이렇게 내려갔다 올라갔다 하려면 화강암으로 된 발굽과 철제 다리가 필요하다. 그러나 타타르산 말은 단지 앞으로 걷기만 할 뿐 아니라, 경쾌한 종종걸음으로 뛰면서 용감하고 자신 있게 발굽으로 이 돌들 하나하나를 정확하게 밟고 지나간다.

골짜기는 급하게 왼쪽으로 휘어지고, 우리가 가는 오솔길도 그렇게 휘어졌다.

"손님, 여기에 아주 선한 우리 성인의 관이 있습니다!"

자신이 무슬림인 것을 자랑스럽게 생각하는 집시가 나에게 설명했다.

저 아래 계곡 바닥에는 초승달빛에 살짝 보이는 마당으로 둘러싼 작은 집이 있었다. 그 집에서 몇 걸음 거리에, 계곡을 가로질러 산을 타고 꼭대기까지 산의 돌로 급하게 만든 구불구불한 하얀 담벽이 이어졌다. 이것은 수도원의 소유지를 표시하는 경계선이었다. 좀더 멀리 높은 곳에는 온통 추푸트칼레만 보인다. 3개 성소가 거의 나란히 서 있다.

놀랄 만한 사람들이다! 같은 환경 속에서, 같은 것을 필요로 하고, 같은 것을 좋아하고, 같은 것을 두려워하는 사람들이 살고 있다. 타타르인들은 유대인들과 같은 방식으로 과수원을 경작하고, 유대인들은 타타르 사람들과 똑같이 장사를 하고, 모두 다 말을 타고 다니고, 점심을 먹고 잠을 자는데, 두 민족은 약 2,000년 동안 기도를 할 때 어떤 표시를 하고 어떤 단어를 말하는지에 대해 서로 동의하지 못하고, 약 2,000년 동안 서로를 자신이 물을 마시는 잔에 입술도 댈 수 없는 이교도이자 개라고 생각해왔다. 종교에는 인간의 영적인 힘의 풍요로움과 빈약함이 동시에 나타난다.

옅은 푸른빛을 띤 고요한 저녁 하늘에 도로와 민가들로부터 멀리, 절벽 바위 높이 외진 곳에 떨어져 있는 황량한 도시의 집과 탑, 남루한 벽들이 도드라져 보였다. 이 낡은 돌들은 자신의 죽은 창문을 통해, 아무 쓸모없어진 벽을 통해 나를 이상한 눈으로 바라보고 있었다. 그 아래 바위덩어리에 아무도 어디를 통해서도 다가갈 수 없는 동굴의 까만 구멍들이 나란히 줄을 지어 하품을 하고 있었다.

아무 말도 없이 조금 주저하는 마음을 가지고 나는, 이 돌이 된 사자(死者)들이 빛을 비추며 동행해 주는 가운데 가파른 오솔길을 따라 산을 올라갔다. 마치 100년 전에 잠든 동화 속 도시나, 보이지 않는 유령들의 왕국으로 들어가는 것 같았다. 길 안내자는 절벽의 습곡에 숨어 있는 좁은 철제문으로 돌아 들어갔다. 빈 포장도로를 가는 우리 말들의 맑은 발굽 소리가 빈 마당과 빈 집에 반사되어 울렸다. 아마도 말들은 걸음걸이 하나하나가 분주한 활동과 많은 사람이 있는 곳을 떠오르게 하는 이 기이한 황야에 있는 것이 이상하고 어색했을 것이다.

어떤 집들은 덧창, 문, 작은 발코니를 온전히 보존한 채 서 있어서, 어떤 늙은 카라임 노인은 이 자그마한 창문으로 내다보거나 복도 문이

추푸트칼레, 카라임 유적

삐걱거리는 것을 기다린다. 그러나 100년 동안 늙은 카라임 사람은 이 창문 밖으로 내다보지도 않았고, 100년 동안 유리문이 삐걱거리지도 않았다. 거기에는 문이 꼭 잠기고 철제 빗장이 쳐진 가게도 있었다.

하지만 나머지 유적들은 황폐화되고 부서진 많은 집들과 담장들 사이로 사라져 버렸다. 말안장에 앉아 어디를 둘러보아도 주위가 뜯어 먹힌 것처럼 추악해진 하얀 골조들이 서 있을 뿐이다. 단지 복숭아나무들만 아무것도 알고 싶지 않은 척하며 폐허 속에서 차분히 꽃을 피우고 있다.

누군가가 이 모든 건물들을 일부로 이렇게 밟아서 부수고 사방으로 흩어뜨리려고 시도했던 것인가? 지진이 일어난 후에야 이런 폐허를 이해할 수 있다. 길들은 아시아 나라의 도시나 요새 안의 길처럼 아주 좁게 나 있다. 거기에 성벽과 요새 대문도 보이는데 우리는 그쪽으로 다가간다. 폐허 속에서 비쩍 마른 고양이가 뛰어나와서 우리를 끝없이 놀란 눈으로 바라보다가 갑자기 돌과 벽을 넘어서 다리를 높이 올리면서 도망갔다. 혹시 우리가 도착한 것을 벼락처럼 빨리 원주민 마녀에게 알려 주려고 뛰어갔는지도 모르겠다.

　선형 포대의 침묵, 산의 침묵, 죽은 도시의 침묵이 합쳐져 하나의 무거운 무덤 같은 느낌을 만들어낸다. 건조한 돌들을 밟는 말발굽이 율동적이고 맑은 소리를 낸다. 갑자기 우리 앞, 거리에 사람이, 살아 있는 사람이 나타났다. 이것은 살아 있는 것이 하나도 없는 것보다 훨씬 더 이상하게 느껴졌다. 나와 같이 가던 집시가 소도시 끝에 폐허를 지키는 카라임 가족들이 살고 있다고 나에게 알려 주었다. 그리고 정말 조금 후에 잘 가꾸어지고, 사는 사람이 여럿 있는 집 마당이 눈에 들어왔다. 수염이 있는 카라임 사람은 추푸트칼레의 모든 명소들을 보여 주고 설명해 주겠다고 자청하고 나섰다.

　우리는 말에서 내려 카라임 사람을 따라갔다. 그러나 눈에 띄는 유적은 많지 않다. 무엇보다 흥미로웠던 것은 예전 칸의 감옥[7]이었던 2층으로 된 동굴이다. 동굴 깊은 곳일수록 중범죄자들이 수감되었는데, 거기에는 죄수의 팔과 다리를 쇠사슬로 묶었던 돌로 된 기둥에 박아 놓은 걸쇠와 고리들이 아직도 남아 있었다. 이런 상태에서는 조금이라도 움직이는 것이 정말 쉽지 않았을 것이다. 바닥은 항상 축축했을 것 같다.

　우리 안내자는 감옥의 구석에서 걸쇠가 달려 있는 초승달 모양의 소

7　예전 칸의 감옥(бывшая темница ханов): 여기서 묘사된 굴이 다용도실(хозяйственное помещение)로 사용됐다는 사실이 증명되었다. 일상적인 것들을 낭만적이고 시적으로 묘사한 대표적 사례다. 그다음에 묘사된 '돌로 만든 작은 벤치'도 마찬가지다. 역사학자인 게르첸(А. Герцен)과 마흐네바(О. Махнева)의 의견에 의하면 전설의 감옥은 2층으로 지은 동굴의 집합체의 아래층에, 새로 만들어진 동굴도시의 북쪽 끝과 중앙과 동쪽 방어벽 사이에 자리 잡았다고 한다.

박한 돌벤치를 나에게 보여 주었다. 그것은 돌로 만든 낮은 곡물창고 끝을 파내어 만든 것이었다. 이 곡물창고인지 석조 욕조인지 모르는 돌 위에 불쌍한 수형자를 벤치 쪽으로 머리를 향하게 해서 눕힌 후 전혀 주저 없이 야만스러운 심판의 칼이 야만스러운 처형을 집행했다고 한다. 카라임 사람은 나에게 전설로 전해 내려오는 처형당한 사람들의 끔찍한 숫자를 알려 주었지만 다행히도 나는 그것을 잊어버렸다.

칸의 감옥에서 우리는 칸들의 무덤으로 들어갔다. 여기가 추푸트칼레에서 가장 중요한 관광지이다. 여기에 매장된 사람은 크림 칸 중 하나인 토흐타미시라는 사람의 딸인 네네케잔하늠이다. 가볍고 시적인 무어 스타일로 만든 그녀의 영묘는 잘 보존된 상태였다. 8 계단에 풀이 났지만 대리석 판에 《코란》의 구절이 분명한 아랍어로 새긴 부조 글

---

8   헤지라력으로 841년(기원후 1437)에 사망한 것으로 알려진 토흐타미시(Тохтамыш) 칸의 딸 네네케잔하늠(Ненекеджан-ханым)의 영묘를 가리킨다. 타타르 여자들은 이 영묘를 '칼라아지즈'(Кала-азиз, Калейская святыня, 칼레의 성물) 또는 '크즈아지즈'(Кыз-азиз, Святая дева, 신성한 처녀)라고도 불렀다. 그러나 묘비에 네네케 잔이라는 이름은 없다. 아랍 문자를 라틴 문자로 표기하면 묻힌 사람의 이름은 '한케'(Hanke)이지만, 크림타타르인들은 이런 이름을 사용하지 않는다. 하니케(Ханьке)와 자니케(Джаньке)라는 이름을 사용했다. 과학원 원사인 바실리 라들로 브(академик Василий Васи́льевич Ра́длов)가 쓴 글에 토흐타미시의 하니케와 자니 케라는 딸들이 언급됐고, 토흐타미시 칸과 에디게(Эдиге)의 전투에 대한 전설이 있다. 그런데 여기에 묻힌 사람이 이들 중 누구인지는 알 수 없다. 아랍어로 표기하면이 이름을 쓰는 법은 현대에는 전해지지 않는 줄 위에 쓰는 점(fathah)과 줄 밑에 쓰는 점(kasrah)의 표기에 따라 달라진다. 분명한 것은 묻힌 여자의 이름이 네네케잔이 아니라는 사실이다. 마마크(Мамак) 마을(심페로폴 지역)에 추푸트칼레에서 묻힌 칸의 딸 자매가 만든 모스크가 있었다는 증거가 남아 있다. 영묘가 지어진 시기로 추측된 날짜들은 거의 100년 정도 차이가 나기 때문에 이것도 확실한 근거가 없다.

은 아직도 선명하게 남아 있다. 묘지의 윗부분은 약간 허물어져 있었는데, 내가 호기심에 차서 허리를 숙였을 때, 토흐타미시 칸이 자신에게 귀중한 유골을 후대를 위해 보관하려고 했던 바로 그곳에 오래된 배불뚝이 두꺼비가 움직임 없이 퍼질러 누워 있는 것을 보았다. 칸의 모스크는 이제 폐허도 남아 있지 않다.

목욕탕으로 물을 공급하기 위해 돌투성이의 엄청 높은 산에 파 놓은 우물은 흥미로워 보였다. 그것은 천장이 덮인 깊고 둥그런 파이프처럼 생겼다. 나는 일부러 그쪽으로 몸을 숙여 그 안으로 돌을 던져보았다. 그 깊이는 정말 깊은 것 같았다. 카라임 사람이 말해 준 것처럼 족히 10사젠은 될 것 같았다. 그는 그가 살고 있는 마을에 파괴된 이 목욕탕에서 고갈된 이 우물의 물로 몸을 씻었던 칸을 기억하고 있는 노인 한 명이 아직 살아 있다고 말했다. 그것은 술을 마시지 않고 평온을 유지하며 추푸트칼레의 맑은 공기를 마시고 사는 카라임 사람들의 놀라운 생활방식을 알면 그렇게 경이로운 일이 아니다. 콜레라가 유행했을 때 주민들은 목숨을 지키기 위해 이곳으로 몰려들었는데, 정말 목숨을 구했다고 한다.

나는 이 무덤 같은 작은 도시의 쓰레기 더미 속에서 아직도 메드라쉬(медраш)라고 하는 학교와 시나고그9가 존재하고 있는 것에 아주 놀랐다. 카라임 사람들은 자신들의 옛 수도를 절대 떠나지 않는다. 그들은 러시아 차르가 추푸트를 되세우라고 명령했고, 폴란드에 사는 카라임 사람들이 여기로 이주하게 될 것이라는 굳은 믿음으로 자신들을 위로한다. 그들은 아직도 여기에 기도하러 오고 죽은 자들을 매장

---

9   〔역주〕시나고그(synagogue) : 유대인 회당을 뜻한다.

하러 오며 자신들의 폐허를 소중하게 여긴다. 바흐치사라이의 카라임 공동체는 추푸트에 살고 있는 얼마 안 되는 카라임 가족들을 보호하고 감독하며 도와주고 있다.

학교는 성스러운 질서와 청결을 유지하고 있다. 우리 학교들과는 전혀 다르다. 걸상도 교단도 칠판도 없다. 중앙에 커버가 덮인 긴 탁자가 있고 주위에 모슬린 아니면 그것과 비슷한 것으로 만든 덮개를 씌운 소파들이 있는데 그 모든 것들이 아주 깨끗하다. 선생님을 위해 카펫들과 커튼이 있는 높은 단이 만들어져 있는데, 이것은 무슨 목적으로 쓰이는지는 모르지만 거기에는 유대교 경전처럼 보이는 것이 놓여 있었다.

학교를 오로지 종교적 수행을 준비하는 장소로 생각하고, 모든 것이 그 엄격한 기준에 따라 만들어진 동양의 신학적 성격이 그대로 드러나 보인다. 학생들은 이곳에서 쓸데없는 장난을 칠 생각이 전혀 들지 않을 것이다. 동양 사람들이 청소년 시절에 그렇게 진지한 것은 아마 이런 환경 때문일 것이다. 나는 동양 아이들에게 유럽 아이들처럼 솔직하고 기쁜 마음의 동작이 있을 것이라고는 생각하지 않는다.

선생님을 만났을 때 그는 학교를 청소하는 중이었는데, 문 앞에서 나로 하여금 신발을 벗게 했고, 카라임 안내자는 자신의 구두를 벗어 문밖에 두었다. 그들은 교회에 들어가듯 학교에 들어간다. 학교 벽 여러 곳에는 차르10와 황실 가족들이 추푸트를 방문한 것을 기념하는 몇 가지 장식물이 걸려 있었다.

이런 모습은 우연스러운 것이 아니다. 나는 카라임 사람들이 차르

---

10 〔역주〕차르(царь) : 제정러시아 시대 황제를 가리키는 칭호이다.

가 자신들의 도시를 방문한 것에 어떤 신비에 가까운 의미를 부여하고 있다는 것을 확신하고 신기해하기까지 한 일이 있었다. 당신이 어디로 발걸음을 옮기든 차르의 방문에 대한 기억이나 기대를 보여 줄 것이다. 당신에게 차르가 앉았던 곳과 그가 들어갔던 문을 경외감을 가지고 보여 줄 것이다.

시나고그를 안내하면서 카라임 안내자는 계속해서 "차르가 올 때를 대비해서 이것저것을 아끼느라고" 거기에 별다른 것이 없다는 것을 계속 미안해했다. 마치 차르가 매달 그곳을 방문하기라도 하는 것처럼 생각하는 것 같았다. "차르가 자신의 추푸트를 너무 좋아하기 때문에 크림에 오면 이곳을 방문하지 않고 지나갈 리 없어요!"라고 카라임 사람은 나에게 설명해 주었다.

굳은 담벽으로 둘러싸여 마당에 완전히 숨겨진 시나고그는 마치 진정한 수도원처럼 보였다. 여기도 깨끗하기는 이루 말할 수 없었다. 신발을 벗어야 하는 첫 번째 구역에 의자들이 놓여 있었고, 그다음으로는 앉을 곳이 없었다. 신기한 모양의 아주 많은 성체등이 모스크와 마찬가지로 나무로 만든 세모걸이에 걸려 있었다. 제단 대신에 일종의 성서대가 서 있는데, 그 위에 아주 오래된 화려하게 장식된 모세 5경이 놓여 있었다. 시나고그 내부의 전체적인 모습은 아주 소박하고, 비좁으며 허접했다.

시나고그 바로 옆에, 풀이 무성히 자란 외진 마당에 수많은 자물쇠로 잠겨 있는 피르코비치11라는 유명한 카라임 랍비의 도서관이 있었

11　피르코비치 아브람 사무일러비치(Фиркович Авраам Самуилович, 1786~1874)：
　　카라임의 작가이자 고문헌학자이다.

136

다. 이 피르코비치라는 사람은 추푸트의 촌장이다. 우리가 다가갔던 집은 그의 소유이고, 나를 안내하는 친구가 그의 아들이었다. 피르코비치는 그때 추푸트에 없었다. 그는 자신의 소중한 필사본 컬렉션을 팔려고 출타해서 아직 돌아오지 않았다. 그는 20년 이상 열심히 유럽, 시리아, 아라비아 등지에서 심혈을 기울여 필사본을 찾아다녔고, 이 필사본들을 설명하는 데 시간을 바쳤다.

전문가들의 말에 따르면, 그는 자신의 전문 분야에 대한 뛰어난 지식을 가지고 있다고 한다. 그는 오랫동안 데르벤트(Дербент), 예루살렘, 그리고 아시아 여러 지역에 살면서 아주 중요한 필사본들을 손에 얻었다. 그중에 많은 것들은 그냥 땅에서 파냈다고 한다. 필사본 중 한 컬렉션은 이미 러시아 정부가 사들였다고 한다. 그는 얼마 전 새로운 희귀 서적들을 가지고 여행에서 돌아와서 그것들을 열심히 정리하고 있었다. 나는 반쯤 썩은 양피지, 녹슨 종이, 내가 이해할 수 없는 셈어족 알파벳 글자가 적혀 있는 커다란 가죽 두루마리를 살펴보았다. 그것들은 많은 탁자와 선반들 위에 잘 정리되어 가지런히 놓여 있었지만, 특별한 지식이 없는 사람에게 그것들은 따분한 기록물 더미일 뿐이다.

이 모든 필사본 조각과 두루마리들을 제대로 정리하려면 수행자 같은 많은 인내와 끈기가 필요할 것이다. 아무 편의시설도 없고 옛날 필사본들만 잔뜩 쌓여 있는 이 어두운 방은 나를 학문이 일종의 수행과 금욕의 수단 중 하나였던 중세 수도사들의 세계로 옮겨 놓는 것 같았다. 고통과 투쟁에 헌신한 영혼만이 이 힘겨운 학문을 위해서 봉직할 결단을 내릴 수 있었을 것이다. 구리로 도금되어 사슬로 고착된 크고 두꺼운 책의 무게는 그것들을 공부하는 내적 어려움을 잘 표현하고 있었다.

추푸트칼레, 피르코비치의 집

피르코비치는 어느 정도 중세적 의미의 수도자 겸 학자라고 부를 수 있을 것 같았다. 자신의 성경적 신앙이 그의 마음에 깊이 스며들어 있고, 자신의 종교 계율을 수도자처럼 굳게 지키고 있었다. 카라임 사람들은 그의 이름을 높이 숭앙하고 있었다. 내가 시나고그에서 보았던 모세 5경은 그가 찾아내서 시나고그에 기부한 것이다. 그는 이 책이 700년 전에 쓰인 것이라고 생각한다. 그는 자기가 절대 떠나고 싶지 않은 추푸트를 어떻게 보존할 것인지에 대해 늘 고심하고 있다. 그는 기도, 묵상, 그리고 지난 세기들의 기록들과 말없는 대화에 잠기는 데 더할 나위 없이 좋은 하늘과 가깝고 땅과 떨어진 황야를 좋아한다.

시나고그에서 나와 돌아가는 길에 우리는 성벽의 폐허로 올라갔다. 넓고 장엄한 산의 전망이 우리 발아래 사방으로 멀리 펼쳐졌다. 산 너머 멀리 서쪽으로 사그라지는 노을빛을 받고 있는 멀리 펼쳐진 망망한 바다가 내 눈앞에 처음으로 나타났다. 바다의 가장자리는 하늘 끝과 하나가 되어서, 희미하게 보이는 하늘의 사막을 그만큼 희미하고 푸른 바다의 사막과 구별할 수 있는 지점이 전혀 없었다. 카라임 안내자는 나에게 크림전쟁 때 이 바다에 떠 있던 적의 모든 군함들이 하나하나 보였다고 했다.

산들은 천막처럼, 파도처럼 동쪽, 서쪽, 남쪽으로 멀리까지 뻗어 나갔다. 언제든 어디서든 보이는 차티르다그가 정말 천막산(Палат-гора)처럼 모든 산들보다 높이 솟아오르면서 그 위에 쌓인 흰 눈이 만든 띠가 반짝거렸다. 산경사면에 털처럼 무성하게 자란 빽빽한 숲들이 산에 붙어 있었다. 산 사이로 만구쉬(Мангуш)로 향하는 흰 돌로 덮인 도로가 멀리서부터 보이며 펼쳐지고 있었다. 그 길 위로 아주 작은 벌레처럼 자그마한 물소와 마차들이 기어가고 있었다. 계곡과 골짜기들은 어두운색을 보이거나 녹색으로 뒤덮였다.

"여기 사방은 예전에 바다였어요."[12]

두 손을 앞으로 뻗으면서 안내자가 조용하면서 엄숙한 목소리로 나에게 말해 주었다.

"추푸트는 섬이었고 지금 길이 난 곳에는 배들이 떠다녔지요."

"그게 언제였고, 누가 그 사실을 알아낸 건가요?"

나도 똑같이 조용한 목소리로 물어보았다.

"그것은 천 년 전에 일어난 일이었고, 우리 동네 노인 한 분이 이것을 알고 있어요."

카라임 안내자는 굳은 확신을 가지고 대답하고 다시 먼 산을 보기

---

12 현대의 과학 자료는 이것을 증명하지 않는다.

시작했다. 크림반도의 모든 산에 대해 고대 지리학자들도 이런 식으로 추측했다.

우리가 말에 올라탔을 때 이미 하얀 보름달이 떠올랐다. 달빛에 비치는 폐허에 아이들 한 무리가 아무 말도 없이 조용히 나타났다. 이 무덤은 놀 생각이 드는 곳이 아니다. 아이들도 그곳에는 잘 안 간다. 달은 돌로 된 수많은 유골들에게 창백한 수의(壽衣)를 입히고, 약간 무서운 그림자들이 그림같이 한 폐허에서 다른 폐허로 펼쳐졌다. 길게 가물대는 그림자들을 따라서 기어가는 우리 말들의 발자국 소리가 고요함 속에서 더 뚜렷하고 기이하게 들렸다.

우리는 총안(銃眼) 옆에 난 길로 다른 대문으로 나가서 여호사밧 골짜기(Иосафатова долина)로 내려갔다. 나는 아래서 추푸트를 돌아보았다. 그것은 더 높고 하얗고 환상적으로 보였다. 아주 좁게 난 외로운 작은 창문에서 높이 빨간 불빛이 비쳐 나왔다. 이 불빛은 사람이 사는 집을 연상시키지 않고 차라리 월터 스콧(Walter Scott) 스타일의 우드스톡 공주의 탑 같은 어떤 신비로운 성의 자정 무렵의 불처럼 보였다. 달빛 아래 밤의 무덤 같은 정숙 속에 이 팽개쳐진 폐허들이 소돔과 고모라의 저주처럼 보였다.

골짜기 밑바닥에 다른 종류의 무덤들의 도시가 하나 더 있었다. 죽은 자의 무리처럼 하얗게 보이는, 뿔이 2개 있거나 하나만 있거나, 때로는 전혀 없는 수많은 묘비들은 빽빽한 밭을 이루며 골짜기의 하구로 펼쳐졌다. 파란 하늘 배경에 뿔이 난 것 같은 나뭇가지를 드러내 보이는 오래된 밤나무들로 이뤄진 작은 숲이 이 묘지 위에 빛을 반사했다.

여호사밧 골짜기는 정말 죽은 자들이 부활한 골짜기다. 묘지, 산,

산 위에 있는 폐허, 그 모든 것은 정말 예루살렘의 분위기를 자아낸다. 저기 아래 물이 마른 케드론 개울(Кедронский ручей)이 흐르고 무슬림 성인의 묘지가 압살롬의 영묘를 아주 잘 대신한다. 내가 본 예루살렘 주위의 거의 모든 시적 경치들이 내 기억 속에 떠올랐다. 산기슭에서 저녁 기도를 하고 있는 아랍인 목자들만 없을 뿐이었다. 달빛이 가까이에서 그들을 비췄으면, 경건한 자세를 취한 그들은 참 아름다워 보였을 것이다.

달빛 아래 우스펜스키 수도원이 있는 고요한 황야는 더 조용하고 황량해 보였다. 사람들이 하던 일들을 멈추고, 정원도 조용해졌고 나이팅게일 새도 잠잠해졌다. 동굴의 입구들은 흐릿하고 음침한 검은색이었다. 절벽 속 이곳저곳에서 성체등이 별처럼 빛나고 있었다. 나이팅게일 새 대신에 바위가 깊게 갈라진 곳에서 나오는 올빼미 소리가 우리를 따라와서 말까지 소스라쳤다.

그런데 솔론추크 집시마을에서는 아직 모두 다 깨어 있었다. 우리가 말없는 수도원 유곡에서 그 방탕한 사람들의 골짜기로 내려갔을 때 아직도 놀고 있는 아이들의 외침과 웃음소리를 듣고 아주 놀랐다. 입은 옷이 거의 없는, 흉하게 마른 팔과 다리를 가진 검은색 실루엣들은 어린 악마들처럼 거의 말들에게 부딪칠 정도로 담장 위와 아래에서 맴돌며 소리를 질렀다. 마치 우리가 저승을 여행하고 있는데 지금부터 천국에서 악령의 굴로 들어가는 것 같았다.

모스크들에는 불이 켜져 있었고 무에진(муэдзин)들은 코가 막힌 듯한 목소리로 노래를 부르는 것처럼 길게 사람들을 부르고 있었는데, 무슬림 집시들은 서두르지 않고 모스크로 들어가고 있었다. 나는 밤중에 세바스토폴에 도착할 생각이어서 사방에서 들리는 단조로운 "아흐샴 하이레스"[13]에 대답하지 않고 힘을 다해 말을 몰았다.

바흐치사라이에서 2시간이나 지체하게 되었다. 또다시 불쌍한 내 마차가 거리에 있는 화려한 가게들에 마차축의 끝이 거의 닿는 상태로 상상조차 어려운 바흐치사라이의 돌 도로를 겨우 지나갔다. 가게 문은 이미 다 닫혀 있었고, 퀴퀴하고 움직임 없는 동양적 생활의 분위기가 이 가난하고 비좁은 작은 집들 위해 자동적으로 내리깔려서, 침울한 무지와 폭정이 그 집들에서 사람의 제일 고귀한 욕구와 정당한 쾌락을 쫓아내었다.

여기저기 육초들이 흐리고 지루하게 타고 있었고 거리에는 아무 소리나 움직임도 없었다. 딱 한 번 양모로 만든 모자를 쓰고 손에 제등을 든 뚱뚱하고 늙은 타타르 사람과, 그의 뒤에 서서 따라가던, 마치 미라처럼 하얀 차도르로 둘러싼 키 큰 여자와 마주쳤다. 그녀도 역시 추악한 노파일 수도 있었고, 야자수처럼 날씬한 어떤 줄나라[14]일 수도 있었다.

하지만 그 대신에 달이 아름답게 빛나고 있었고, 모스크 첨탑과 포플러나무, 그리고 깊은 골목들이 있는 잠든 도시의 경치가 말로 표현할 수 없이 아름다웠다. 마차를 타고 있었던 나는 몇 번이나 일어서서

---

13   아흐샴 하이레스(ахшам хайрес) : 크림타타르어 저녁인사의 잘못된 발음이다.
14   〔역주〕줄나라(Зюльнара) : 타타르와 이슬람 문화권의 대표적 여자 이름 굴나라(Гульнара)의 오자이거나, 또 하나의 타타르 여자 이름인 줄나라(Зульнара)로 보인다.

뒤를 돌아보았는데도 마음껏 바라볼 수 없었다. 다마스쿠스와 알레포의 동양 같은 진정한 동양의 세계가 매혹적인 빛을 비추며 나를 둘러싸고 펼쳐져 있었다.

큰 도로에 들어서자 나는 바로 흔들리는 마차 때문에 잠에 빠져들었다.

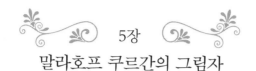

5장
말라호프 쿠르간의 그림자

파괴된 세바스토폴의 모습 ― 외국인 안내자 수병 ― 전장 방문

세바스토폴(Севастополь)은 내가 전혀 상상하지 못한 모습으로 내 앞에 나타났다. 우리 러시아에는 세바스토폴을 닮은 곳이 전혀 없고, 세바스토폴에는 깃발 말고는 러시아적인 것이 없다. 세바스토폴은 수도도 아니고, 주도(州都)도 아니고, 군청 소재지도 아니지만, 마치 수도처럼 우아한 모습을 하고 있다. 세바스토폴은 완전히 유럽식 옷을 입고 19세기에 탄생한 젊은 남자 같은 도시다.

세바스토폴 안에는 모든 것이 훌륭하게 정돈되어서, 뒷골목이나 뒷마당에 아무것도 숨길 필요가 없다. 내가 보기에 도시에는 목조건물이 한 채도 없고, 널빤지로 대충 만든 울타리도 없다. 회반죽을 입힐 필요가 없이 인케르만에서 가져온 돌로 만든 멋진 저택들과 기와나 돌로 된 지붕을 한 크지 않은 집들만 있다. 거리들은 시원하게 넓게 뚫려 잘 포장되어 있고, 곧게 뻗어 잘 정돈되어 있다. 교회는 몇 개 안 되지만,

145

하나같이 우아하게 단장되어 있다. 거리에는 가로수가 정렬되어 있고, 마당에는 정원과 과수원이 잘 만들어져 있다. 정원에는 복숭아나무, 아몬드나무, 벚나무가 심어져 있다. 나무들은 잘 손질되고 잘 자라서, 나무 향기를 맡고 그 모습을 보며 병을 치료하려는 사람들이 이곳으로 온다.

그러나 이 유럽적인 도시에서 가장 유럽적인 것은 바다이다. 러시아가 오보돕스키 지리책1에 나오는 것처럼 여러 바다를 가진 것은 두말할 나위 없지만, 나는 왠지 바다가 러시아의 지리를 구성하는 요소로 느껴지지 않는다. 러시아 사람들은 바다에서 한 일이 거의 없고, 바다에 거의 살고 있지 않다. 바닷가에 사는 사람은 핀란드 사람이거나, 독일 사람이거나, 타타르인과 함께 사는 그리스인이거나, 투르크멘 사람들과 함께 사는 키르기스인이다. 우리 러시아 사람들은 '얼어붙은 바다'에만 살고 있고, 혼자 사는 것이 아니라 사모예드인2이나 로파르인3과 같이 살고 있다.

그래서 바다는 페테르부르크를 러시아 도시가 아닌 것처럼 느껴지게 하듯이 세바스토폴을 왠지 러시아 도시가 아닌 것처럼 느껴지게 한다. 진정한 러시아 도시는 생선 냄새가 나고, 예인줄로 당기거나 장대로 강

---

1 〔역주〕오보돕스키(Ободовский) 지리책: 시인, 작가, 철학자인 블라디미르 오도옙스키(1803~1869)가 쓴 지리책이다.
2 〔역주〕사모예드인(Самоедская): 시베리아 북서부에 거주하는 민족으로, 문화적·언어적 차이에 따라 네네츠족, 에네츠족, 셀쿠프족, 응가나산족으로 나뉜다.
3 〔역주〕로파르인(лопарь, 라플란드 사람): 스칸디나비아 라플란드(Lappland)에 거주하는 민족이다.

20세기 초 세바스토폴 항구 전경

바닥을 밀고 나가는 거북이나, 바지선에 올라타 느리게 몇 달을 불편하
게 항해해야 하는 오카강4이나 볼가강5이나 우그라 강변6에 자리 잡고
있어야 한다. 우리에게 친숙한 사고로 배는 어떤 의미에선 러시아다움
을 부정하게 하는 존재와 같다. 기선 위에서는 종도 주인도 러시아인이
아니라 외국인처럼 보이고, 손님을 외국인처럼 모시고 있다. 입항과

---

4   〔역주〕오카강(Oka) : 중앙 러시아 고지에서 발원하여 니즈니노브고로드 근처에
    서 볼가강과 합쳐진다. 총 길이는 1,480km이다.
5   〔역주〕볼가강(Bолга) : 길이가 3,700km에 달하는 유럽에서 가장 긴 강으로 러시
    아 중앙 지역을 관통하는 '러시아의 축(軸)'이라 불린다. 러시아 평원의 4개 지대
    (地帶), 즉 북쪽에서부터 삼림지대, 삼림·스텝 혼합지대, 스텝지대, 반사막지
    대를 통과한 후 카스피해로 흘러든다.
6   〔역주〕우그라강(Yгpa) : 러시아 스몰렌스크(Cмоленск)와 칼루가(Kaлyгa) 주를
    관통하는 강으로, 총 길이는 399km이다.

출항이 재빠르게 정확하게 이루어지고, 배들이 모든 규칙을 잘 지키며 항해하고, 여권은 필요하지 않다.

세바스토폴의 바다는 단지 러시아에서만 독특한 것이 아니라고 나는 확신한다. 여기에는 아름다움과 편리함, 건강함이 함께 존재한다. 바다는 아름답고 깊은 만에 의해 육지 한가운데로 5베르스타쯤 파이면서 멋진 석회암 언덕을 양편으로 벌려 놓았다. 이런 언덕을 러시아에서는 높은 산이라고 생각한다. 이 넓은 만으로부터 몇 개의 작은 만이 펼쳐진다.

이 만들 중 하나인 남만(南灣)에 도시가 집중되어 있다. 그 만 안에는 넓고 안전한 선착장이 있다. 남만 한편으로는 도시 전체가 원형극장처럼 솟아올라 있다. 남만의 다른 편에는 중요한 해양 관청 시설과 도크, 병원과 병영, 다양한 해군 공작창들이 있다. 이 모든 것들이 특별한 도시를 만들어낸다. 도크 너머 멀리 '선박마을'7은 유명한 기념물인 말라호프 쿠르간8와 맞닿아 있다. '북면'(北面)9은 중심 만 너머에 있다.

---

7 선박마을(Карабельня Слободка) : 이 해변에 닿았던 선박들 때문에 이 이름을 갖게 된 작은 만(бухта)의 기슭에 위치해 있었다. 마을(슬로보다, слобода)에는 어부, 작은 배를 젓는 사공(яличник), 짐꾼 등 도시 빈민들이 거주했다. 현재는 선박마을을 포함하는 세바스토폴 남부지역(Южная сторона)의 동쪽 면을 '선박지역'(Корабельная сторона)이라고 부른다.

8 말라호프 쿠르간(Малахов-курган) : 선박지역에 있는 언덕의 명칭이다. 처음에는 1851년 세바스토폴의 기본 계획도에 표시된 명칭이었는데 언덕 기슭 옆에 서 있는 집을 소유했던 말라호프(М.М. Малахов, 1836년 사망)의 성을 딴 이름으로 추측된다. 크림전쟁 때 좌측 방어선의 핵심적 진지 중 하나였다. 1855년 1월부터 프랑스 군대는 이곳을 집중 공격했다.

9 북면(Северная Сторона) : 남부 만(Южная бухта)의 북쪽 기슭에 위치한 도시구역의 일상적 이름이다. 이 시기에 이 지역은 군대와 항만지역으로 사용되었다.

세바스토폴항 선착장

　나는 아름다운 세바스토폴을 어디서부터 감상해야 할지 잘 모르겠다. 나는 이 도시를 다양한 장소에서 다양한 시간에 바라보고 감상했다. 나는 마치 시골의 조용한 연못처럼 바다가 잔잔하고, 짙은 푸른색으로 파도가 백악의 절벽에 부딪치는 멋진 한낮에 기선을 타고 세바스토폴로 들어왔다. 또 갑판에서 돛대가 보이지 않을 정도로 폭풍우가 치고, 바다의 소용돌이 속에 도시의 불빛이 깜박거리는 칠흑같이 어두운 밤에 세바스토폴에 들어온 적도 있었다. 나는 동녘에 해가 떠올라 만(灣)이 첫 햇빛을 받아 금색으로 물들기 시작하고, 첫 거룻배들이 북만과 선박마을에서 빛이 가득한 만을 가로질러 도시로 들어올 때 높은 발코니에서 도시를 내려다보기도 했다. 그때는 4월 초였고, 이른 아침의 서늘한 공기를 타고 아몬드와 복숭아 냄새가 실려 왔다!

　나는 마침내 포탄 자국이 여기저기 나 있는 말라호프 쿠르간의 탑에서 세바스토폴을 거의 '공중에서 새의 눈으로 보듯이' 발아래에 두고 보았다. 그때는 벌써 향기로운 나무의 꽃들이 핀 후였고, 대신에 하늘에

서는 천둥이 울리고 인케르만 계곡에서 적자색 구름이 몰려왔다. 번개
는 러시아인들의 피를 잔뜩 마신 말없는 다면보루 위에 인(燐) 같은 빛
으로 내리쳤다. 우리의 자랑스러운 영웅도시10인 세바스토폴은 어느
방향에서 보거나, 시내에서 보아도 한결같이 아름다웠다.

이 도시가 너무 아름다워서 아직까지 가장 중요한 것을 이야기하지
않은 것은 이상한 일이다. 그것은 이 도시가 죽은 도시임에도 아주 아
름답다는 것이다. 세바스토폴은 현재 죽은 도시이고, 이것은 의심할
여지가 없다. 내가 당신에게 얘기한 멋진 건물, 널따란 도로 — 이 모
든 것은 시체 같은 도시에 대해 한 말이다. 채광이 잘되는 창문들과 멋
진 기둥을 가진 아름다운 건물들은 이제 여기저기 칠이 벗겨지고 부서
지고 검게 그을린 흔적을 그대로 간직하고 있으며 또 창문은 닫힌 채
로 안은 텅 비어 있다.11

석조 골조를 드러낸 건물이 늘어선 거리 전체와, 폐허 속에 파묻힌
구역들이 연이어 혹은 여기저기 흩어져 나타나며 엄청난 공간에 펼쳐
져 있고, 묘지와 같은 침묵 속에 무언가를 기다리듯 서 있다. 달빛이
환하게 비추는 한밤에 멋지게 만들어진 무덤들의 거리를 따라 걸으며

10　〔역주〕영웅도시(город-подвижник) : 2차 세계대전 중 영웅적 방어전과 탈환전이
　　벌어진 12개 도시에 붙여진 명칭이다. 상트페테르부르크, 모스크바, 오데사, 세
　　바스토폴, 볼고그라드 등이 이에 해당한다.

11　〔역주〕크림전쟁에서 세바스토폴의 파괴 상황을 말한다. 이후 2차 세계대전 중 독
　　일군을 맞아 250일간의 방어전을 펼쳤으나 1942년 7월 독일군에게 함락되었다.
　　독일군이 기차로 끌고 온 대형 대포로 포격하여 항구 시설과 시내 주요 거점이 완
　　전히 파괴되었다.

아무도 마주치지 않고, 아무 소리도 들리지 않으며, 검은 구멍들이 당신의 발자국을 따라오는 높은 궁전의 두 벽 사이를 지나가는 것은 기괴하면서도 무서운 느낌이 든다. 시끌벅적한 생활과 그러한 생활을 용감하게 준비한 흔적이 그렇게 많이 남아 있지만, 지금은 단지 관만 남아 있다. 거대한 침묵의 관만이!

사람들이 사는 집들이 폐허 속에 여기저기 흩어져 있어서 전체적 인상을 전혀 파괴하고 있지 않다. 어떤 때는 몇 개의 방, 아니면 한 층, 낡은 거대한 건물의 겉채 정도만 주거용으로 사용할 수 있을 뿐이다. 특히 도시의 중심 거리는 텅 비어 있다. 산 남쪽 경사면에 시장 가까운 곳인 도시의 그 부분만 일부 복구가 이루어진 상태이다. 그 지역은 포탄이 도달하기에는 먼 거리에 있어서 다시 집을 짓는 것이 용이했다. 이제 얼마 남지 않은 도시 주민들은 이 지역과 큰 거리의 폐허 속 이곳저곳에 그럭저럭 거주하고 있다. 아주 일부 장소에서만 돌판을 다듬는 석공과 회반죽공이 눈에 띌 뿐이다.

'제독들의 묘지'12 위에 교회를 짓는 일은 아주 느리게 조용히 진행되고 있다. 파릇파릇한 풀들이 땅을 뒤덮고 있는 쓰레기 더미를 헤치고 솟아올라 와서 새로운 생활이 미소 지을 것이라고 생각하는 것은 불가

---

12 제독들의 묘지: 1853년부터 1888년까지 지어졌던 성 블라디미르 교회(Владимирский собор)를 지칭한다. 건축은 콘스탄틴 톤(Константи́н Андре́евич Тон), 알렉세이 아브데에프(Алексей Александрович Авде́ев)가 맡았다. 성당 지하실에 미하일 라자레프(Михаи́л Петрович Лазарев), 블라디미르 코르닐로프(Влади́мир Алексеевич Корни́лов), 파벨 나히모프(Па́вел Степанович Нахимов), 블라디미르 이스토민(Влади́мир Иванович Исто́мин) 장군이 매장되었다.

능하다. 말라호프 쿠르간에 새로운 비석을 세우는 일도 지지부진하게 진행되고 있다. 북면 너머 멀리 수천 명의 무명용사가 누워 있는 묘지에도 기념비와 거대한 피라미드형 교회13가 서 있다. 나는 이 기념물들을 가까이서 보지는 못했다. 온통 묘지 위에 세워진 비석들이다. 지금 세바스토폴에 비석보다 더 잘 어울리는 것은 없다.

오직 바다 위에서만 세바스토폴의 삶이 진행된다. 설사 흑해함대 전체가 이 바다에서 전멸했다 해도 바다는 결코 시체가 되지 않는다. 나는 이 전사자들을 본 적이 없다. 나는 전함 '블라디미르', 14 '12사도'15를 본 적이 없고, 수중 전사자도 본 적이 없다. 그들은 중심 만의 입구에서 산 채로 썩고 있다. 내가 '산 채로'라고 말하는 것은 그들은 모든 것과 함께 그대로 가라앉았기 때문이다. 16 이들은 모든 보급품, 포탄, 탄약과 함께 가라앉았다. 지금 텔랴트니코프17 상인은 '킬렉토르'18와 화물선 잠수부들과 함께 해저에서 그들의 잔해를 건져 올리고 있다. 바다에서 끌어올려진 산더미 같은 포탄, 산탄, 닻, 대포가 남만 해안

---

13 세바스토폴을 방어하다가 전사한 병사들의 브라트스코예(형제) 묘지(Братское кладбище)에 있는 성 니콜라스 교회를 말하며 1870년에 지어졌다. 건축은 아브베예프(Алексе́й Алекса́ндрович Авде́ев)가 맡았다.

14 블라디미르(Влади́мир) 전함: 흑해함대의 증기기관 프리기트 함으로, 대포 8~10문으로 무장하였다.

15 12사도(Двена́дцать Апостолов) 전함: 함포 120문을 가진 흑해함대 군함이다.

16 〔역주〕 크림전쟁 때 나히모프 제독은 적함들이 세바스토폴만에 들어오지 못하도록 수로에서 배들을 가라앉혔다.

17 텔랴트니코프(Теля́тников)의 상인 표트르 안드레이비치(Теля́тников Пётр Андре́евич).

18 킬렉토르(Кил́ектор): 해양예인특수선(AHTS). 네덜란드어 kiellichter라는 단어로부터 유래한 기술선박의 일종이며 선박을 인양하는 데 사용된 선박이다.

을 덮고 있다. 인양 작업은 더디게 진행되고 있고, 사업가들에게 거의 이익을 만들어 주지 못하고 있다.

텔랴트니코프보다 먼저 사업을 맡은 미국 사업가가 더 운이 좋았고, 판단력이 좋았다고들 말한다. 그는 침몰한 배에서 구리와 기타 값나가는 물건들을 건져내어 큰돈을 벌었고, 만에 수장된 배들을 치우지도 않았다고 한다. 그 대신에 그가 초청한 만찬에 흑해의 모든 항구에서 손님들이 왔다고 한다. 얼마 지나지 않아 세바스토폴은 이 유쾌한 만찬을 기다리지 않게 되었다. 왜냐하면 이 상냥한 주인은 즐거운 저녁 식사와 대화를 대서양 너머로 옮겨갔기 때문이다. 하여간 나는 이 사실을 확실히 알지는 못하지만 내가 들은 이야기를 전달하는 것이다.

불타서 재가 된 터에서 살아난 불쌍하고 멍청한 선원들은 수장된 배들에서 구리와 러시아인의 지갑을 챙긴 미국 상인처럼 장사치의 영리한 눈으로 보지 않았다. 이들은 낡은 선박들을 마치 오래전 돌아가신 친척들처럼 대했고, 그들에 대한 전설도 소중히 간직했다. 한 선원이 '12사도' 전함의 최후에 대해 나에게 이야기해 주었다. 그는 이 전함들을 단지 배라고 부른 적이 한 번도 없었다. '블라디미르', '페레스베트', 19 '12사도'가 동명의 사람들과 어떻게 다른지를 의심해 보려고조차 하지 않았다.

"3일간 그에게 포탄이 비 오듯 쏟아져 구멍이 14곳에나 났는데, 그는 침몰하지를 않았어요. 그러자 모두 이것을 어떻게 해야 할지 몰랐지요. 블라디미르호가 다가와 자신의 대포로 이 배에 사격을 가했는

---

19   페레스베트(Пересвет) 전함: 흑해함대 소속의 호위 어뢰함이다.

데도 이 배는 가라앉지 않고 물에 떠 있었어요. 배가 침몰하지 않아서 사실대로 차르에게 보고하려 했는데, 한 선원이 배가 침몰하지 않는 이유가 이콘 때문이라고 생각하고 배에 들어가 이콘을 가지고 나와 해안으로 가져왔어요. 이콘을 가지고 나오자마자 배는 물에 빠진 열쇠처럼 바닥에 가라앉았어요. 기적을 일으키는 이콘이 이 배를 물위에 떠 있게 한 것이지요."

이런 미신 같은 이야기를 믿다니! 어떤 목격자를 데려와도, 심지어 그 배를 가라앉게 직접 지휘한 장본인을 데려오더라도 그 수병은 이 사람을 절대 믿지 않을 것이다. 모든 이가 당신에게 직접 성상화를 떼어 들고 나온 사람처럼 그 이야기를 되풀이할 것이다.

북면에는 모든 포대가 거의 온전히 남아 있다. 콘스탄티놉스키 포대20는 바다를 향해 몸을 구부린 교활한 사나운 맹수처럼 누워 있다. 2층으로 된 포안(砲眼)이 바다와 만을 위협적으로 바라보고 있다. 이것은 첫 번째 전위 포대이자 항만을 지키는 충직한 호위대이다. 이 포대는 돌로 된 넓은 갑(岬)에 위치해서 바다로 멀리 돌출해 있기 때문에, 집 지키는 개의 역할을 제대로 하고 있다. 바다 너머에서 거대한 무리를 이루어 나타난 떠다니는 성채와 같은 적군의 전함들이 이 포대를 돌가루로 만들어 버리지 않은 것이 놀라울 따름이다. 적군의 전함들은 물고기를 잡는 펠리컨처럼 만의 입구인 콘스탄티놉스키 포대 바

---

20 콘스탄티놉스키 포대(Константиновская батарея): 1847년에 인케르만 석회암으로 만들어진 포대이다. 건축가는 공병 대령 브루노(К.А.Бруно)이고 대포 94문이 포진되었다.

로 옆에 무시무시한 반원형의 대열을 이루고 포진해 있었다.

한 수병이 나에게 설명하기를 적함이 쏘는 포탄이 '화강암'으로 만들어진 포대에 부딪쳐 튀어 올랐다고 했다. 내가 보기에 포대는 화강암으로 만들어지지 않았다. 게다가 화강암이 무게가 1푸드나 나가는 수박만 한 주철 덩어리를 튕겨낸다는 것은 의심스럽다. 특히 이 수박만 한 포탄들이 여러 달 동안 밤낮을 가리지 않고 쏟아져 내린 상황에서는 더더욱 그럴 리가 없다. 높이가 높은 전함에서 쏜 포탄들이 낮게 자리 잡은 포대를 넘어 지나갔을 가능성이 컸다고 생각할 수 있고, 포대가 다른 포대보다 견고하게 잘 복구되었을 가능성도 있다.

남만의 입구와 거의 맞은편인 셈인 만의 안쪽 깊은 곳에는 완전히 복구된 역시 2층 석조로 된 미하일롭스키 포대[21]가 자리 잡고 있다. 이 2층 포대 사이와 미하일롭스키 포대 뒤쪽으로 흙으로 쌓은 포대들[22]이 있었다. 그 포대의 흔적들은 아직도 눈에 잘 띄지만 그 포대들이 적군의 포격으로 파괴되었는지 아니면 우리 손에 의해 무너진 것인지는 잘 모르겠다.

북쪽 해안의 방어선 반대쪽 중심 만에 더욱 위협적인 남부해안 포대가 높이 솟아 있다. 이 포대는 시가지 안의 거리 옆에 지어진 니콜라옙스키 포대[23]이다. 콘스탄티놉스키 포대와 연결되어 있는 알렉산

---

21 미하일롭스키 포대(Михайловская батарея)：1843년에 공병 대령 펠케르잠(Фель
    керзам)의 설계로 건설되었고, 대포 77문이 포진되었다.

22 북면(Северная сторона)에 1845년 만들어진 4번 포대도 위치하고 있었다. 흙과
    돌로 만든 2층에 대포 47문이 배치되어 있었다. 현재 포대의 위쪽에는 건물들이
    가득 지어졌다.

드롭스키 포대[24]는 헤르소네스 쪽으로 제10능보, 제9능보[25] 등 몇 개의 능보가 축조되어 있다. 제6능보, 제5능보, 제4능보, 제3능보 등으로 이름 붙여진 이 능보들에는 참호의 열이 끊이지 않고 해안으로부터 도시의 외곽을 둘러싸고 이어져서 말라호프 쿠르간에까지 다다르고 있으며, 이 쿠르간은 셸렌긴스크, 볼른스크, 캄차트카 다면보루[26]를 거쳐 만의 정상에 닿아 있다. 제5능보와 제4능보 사이에는 발라클라바(Балаклава)와 얄타(Ялта)로 이어지는 도로가 나 있고, 제3능보와 제4능보 사이에는 심페로폴로 통하는 길이 지나간다. 이 지점이 방어선의 꼭지로서 가장 위험한 지역이었다. 그러나 방어선으로부터 가장 멀리 떨어져서, 적의 이빨 사이에 놓인 것이나 마찬가지인 캄차트카 다면보루의 상황이 가장 위험했었다. 그래서 이 보루가 가장 먼저 적군에게 함락 당했다. 그다음에는 이것과 가장 가까우면서, 너무 고립되어 있었던 볼른스크 보루와 셸레긴스키 보루가 함락당했다.

---

23 니콜라옙스키 포대(Николаевская батарея): 남부 만(Южная бухта)의 입구를 방어하기 위해 1840년대에 건설됐고, 105문의 포가 포진되었다.

24 알렉산드롭스키 포대(Александревскя батарея): 1840년대 선박 정박지(рейд) 입구를 지키기 위해 건설되었고, 대포 56문이 포진되었다. 세바스토폴 방어부대가 북면으로 퇴각하면서 1855년 8월 28일 포대를 폭파시켰다.

25 보루(бастион)는 전부 8개가 있었다. 1번부터 7번까지는 번호가 매겨졌고, 말라호프 쿠르간에는 코르닐롭스키 보루(Корниловский бастион)가 있었다.

26 정확히 말하면, 셸렌긴(Селенгинский)과 볼리냐(Волынский) 보루(редут)와 캄차트카 보루(Камчатский люнет, 반달모양 포대)를 지칭한다. 셸렌긴과 볼리냐 보루는 1855년 2월에 킬렌 발카(Килен-балка) 계곡 언덕에 건설되었다. 캄차트카 보루는 나중에 녹색 언덕(Зелёный холм)에 건설되었다. 각 보루의 명칭은 보루를 건설하고 방어를 맡은 연대의 이름을 따서 지어졌다.

누가 밤새 이어진 피비린내 나는 전투와 필사적 돌격, 밤을 대낮같이 밝히며 비 오듯 쏟아지던 포탄 세례, 몇 안 남은 병사들이 죽어가면서 싸울 때 그들 앞에 흉장(胸墙)처럼 쌓였던 전사자들을 잊을 수 있겠는가? 전쟁역사가가 크림전쟁을 어떻게 서술할지 나는 모르지만, 수병들과 주민들은 우리가 패배할 수밖에 없었던 하나의 이유만은 공통으로 기억할 것이다. "우리 병사의 수가 부족했고, 전투 병력을 제대로 교대하지 못했다"라고 모두가 한목소리로 말했다. "그렇지 않았으면 적군이 도시로 들어오도록 하지 않았을 것이다." "'그들은'(적군들은) 교대해 가며 전투했다. 한 부대가 전투에 임하면 다른 부대는 후퇴해서 잠을 자러 갔다. 그러나 우리 병사는 쓰러질 때까지 혼자서 싸웠다. 교대할 병력이 없었다. 열한 달을 쉬지 않고 싸워서 전투할 힘이 다 소진되었다. 그래서 적군이 도시에 들어오게 된 것이다."

나는 적군의 참호로 점령된 우리의 방어선과 거의 모든 전장을 다 돌아다니며 둘러보았다. 나는 비록 군인이 아니고, 방어요새 건설에 문외한이지만, 어떤 불가항력적 충동 때문에 슬픈 공적의 흔적을 간직하고 있는 세세한 것까지 관찰하고 느끼려고 노력했다. 나는 독자들이 능보, 보루, 도시 방어선의 이름을 보고 무엇을 떠올릴지 알지 못한다. 그곳에 가기 전에는 내가 본 것과 완전히 다른 모습을 상상하고 있었다는 것을 당신에게 말할 수 있다.

모든 명칭과 용어에 익숙해진 매일의 전황보고를 읽으면서 당신은 말라호프 쿠르간, 포대들, 참호들에 대한 일정한 상상을 할 수 있을 것이다. 이 모든 것들이 아주 대단하고, 아주 효과적으로 보여서 당신과 포탄 세례로도 격파할 수 없는 이 도시를 아주 가깝게 밀착시켜서 모스크바 크레믈이나, 페트로파블롭스키 요새같이 총안보흉벽(銃眼堡胸壁), 석조 벽, 개폐다리 등으로 방어되는 거대하고 위협적인 형상을 상상하게 해줄 것이다.

그러나 세바스토폴에는 이와 유사한 것은 없었고, 지금도 없다. 도시에는 방어벽이 거의 눈에 띄지 않는다. 방어 능선은 때로 몇 베르스타 씩의 거리를 두고 서로 멀리 떨어져 있는 시 외곽의 언덕과 골짜기이다. 이 언덕들은 농장이나 다차27가 서 있어서 당신이 종종 산책을 나갈 수 있는 그런 언덕들이고, 골짜기들도 당신이 좋아하거나 잘 아는 좁은 길들이 휘감아 도는 그런 골짜기들이다.

이전의 모양을 간직한 평화로운 주변 환경이 여기저기 깊숙이 파헤쳐져서 바깥쪽에서 보면 참호가 파져 있고, 참호 옆으로 흙을 쌓아올리고, 안쪽에서 보면 흙벽으로 은닉된 뱀 모양의 흙으로 된 통로가 이어진다. 대러시아 땅의 영지에서 겨울에 눈더미를 파서 만드는 오솔길을 무척 닮은 이 도랑을 참호라고 부른다. 이 참호들은 적의 시선과 사격으로부터 우리 부대의 이동을 엄폐하기 위해 일부로 깊고 구불구불하게 만들어졌다. 그래서 참호들은 우선 잘 보이지 않고, 두 번째로 공격하기 어렵다. 첫 번째 흙벽이 적의 포탄을 견디지 못하면, 두 번째 흙벽이, 두 번째가 견디지 못하면 세 번째 흙벽이 견디는 식이다.

이러한 흙으로 된 하상(河床)을 따라 우리의 영웅적인 조국방어자들의 작은 부대들이 흘러 들어왔다가 나갔다가 했다. 그들과 함께 능보를 따라 보급품과 탄약이 운반되었고, 능보를 따라 전사자와 치명

---

27 〔역주〕다차(дача) : 통나무로 만든 집과 텃밭이 딸린 주말농장이다.

상을 입은 병사들이 후송되었다. 이런 방호시설을 가지고도 수만 명이 참호 속에서 전사했다면, 이런 방호시설이 없었다면 얼마나 더 많은 병사가 희생되었을지 모르겠다는 생각이 든다.

참호와 흙벽이 있는 언덕들은 능보(稜堡)라고 불린다. 능보들은 넓은 통로로 서로 교묘하게 연결되어 있고, 파헤쳐진 흙으로 만든 높은 흙벽이 적들의 시선으로부터 참호를 감추고 있다. 흙이 너무 많이 쌓이는 것을 막기 위해, 흙으로 가득 채운 바구니와 온갖 것을 넣은 자루를 단단히 쌓고 또 쌓아 능보와 참호의 흙벽을 만들어서 적의 탄환이 명중해도 그 안에 파묻히도록 만들었다.

이렇게 잡동사니로 만든 것처럼 보이는 흙벽은 화강암보다 더 견고했고, 그것을 수리하는 것도 특별한 기술이 필요하지 않았다. 흙자루 하나가 무너지면, 다른 것을 만들어 세우면 되고, 또 하나의 흙자루가 무너지면 새로운 흙자루를 가져오면 되었다. 낮이면 비 오듯 쏟아지는 포탄들이 참호를 깨고 부수며 많은 흙장들이 날아오르게 만들었지만, 다시 참호를 둘러보면 아침이 되면 새로운 흙장들이 쌓여 있었고 다시 전투를 시작했다. 능보 몇 곳에만 돌로 만든 탑이나 벽이 있었지만 지금은 어떤 흔적도 남아 있지 않다.

제5능보28 뒤의 거대한 병영들은 땅에 거의 파묻혀서 마치 면도질당한 것 같고, 마치 사람의 내장이 다 드러난 것처럼 땅 여기저기에 구멍이 나 있다. 마치 거대한 몸집의 돼지 떼가 그 땅을 파헤친 것 같았다.

28　흐룰레프 거리(ул. Хрулева)에 남은 같은 종류의 1번 보루의 방어시설과 병영(оборонительная казарма)을 보면 이것이 어떻게 생겼는지 대략 짐작할 수 있다.

몇 베르스타에 걸친 넓은 지역에 세바스토폴을 감고 도는 넓은 띠가 있다. 제5능보와 제4능보는 왠지 더 처참히 파괴된 모습을 하고 있다. 두 능보를 연결하는 참호에는 언제나 사격수들이 고리처럼 위치했다. 대포는 대응사격을 할 수 있는 능보의 포대에만 있었다. 29

두 번째 목숨이나 세 번째 목숨을 가지고 있지 않은 채 자신의 참호에서 기어나와 대포와 소총이 목까지 가득 찬 이 언덕과 골짜기에 무방비의 가슴으로 기어오르는 필사적인 병사들의 마음 상태를 한번 상상해보자. 모든 방어선이 갑자기 전투에 휩싸여 납과 주철을 뱉어내기 시작하면 얼마나 무서운 비가 이 흙벽으로 뒤로부터 흘러내렸겠는가!

"그러면 말라호프는 도대체 어디에 있는 거야?"

나는 마음이 차지 않아서 놀란 표정으로 물었다. 바로 여기가 말라호프라니! 나는 안내인의 손가락이 가리키는 곳을 바라보았다. 이런 제기랄, 이게 무엇이란 말인가! 이것이 정말 말라호프란 말인가? 여기 있는 진흙투성이의 작은 산이 말라호프란 말인가? 그러면 영국인들은 이곳을 보겠다고 몇 개의 바다를 건너온 것인가? 도대체 믿어지지 않았다. 대체 어디서 그 많은 이야기와 영광과 슬픔이 나온 거란 말인가? 어떻게 이런 곳이 그렇게 많은 생명을 앗아가고, 그렇게 오랫동안 자신의 목숨을 내다팔았단 말인가? 말라호프는 도시 뒤에 멀리 떨어져 있고, 남만 먼 쪽에 자리 잡은 도크들과 병원, 도시의 모든 주요 해군 시설의 가장 중요한 보호자였다. 말라호프는 도시보다 훨씬 높은 곳에 있었고, 그래서 전략적 요충지였다. 말라호프를 장악하면 사

---

29 캐넌(пушки, 대포)은 다른 보루에도 있었으므로 이 표현은 정확하지 않다.

실상 세바스토폴을 장악하는 것이었다. 말라호프로 올라가 보자!

우리는 제4능보를 출발했다. 만으로 내려가면서 나는 내 위와 내 앞에 펼쳐진 철저히 파괴된 광대한 정경에 놀랐다. 다른 것보다 시야에 먼저 들어오는 만 뒤의 높고 평평한 반도 위에는 3, 4층의 거대한 건물들이 따로 서 있었다. 다른 건물들30은 약 4분의 1베르스타가 채 되지 않는 길이의 체처럼 구멍이 송송 뚫린 채 서 있었다. 또 다른 건물들은 거의 4분의 1 베르스타나 되는 길이로 이어져 있었는데, 그들은 체 모양처럼 사이에 빈 공간을 두고 서 있었다.

이것은 집들이라기보다는 도시나 다름없었다. 이것은 항구로 들어오는 여행객들의 첫 시선을 잡아끄는 세바스토폴의 풍경을 가장 압축적으로 보여 주는 장소였다. 이것은 병원들과 수병들의 병영이었고, 세바스토폴의 자랑거리이자 가장 아름다운 전경이었다. 뭔가를 타고 도시로 들어갈 때는 산 아래에 있는 그 폐허들 사이로 지나가지 않으면 안 되었다.

우리를 놀라게 한 세바스토폴 거리의 황량함과 죽은 도시 같은 느낌은 여기서 가장 강렬한 느낌으로 재현된다. 무덤이 더욱 음산한 크기로 반복된다. 누가 이 거대한 건축물을 폭파했는지 솔직히 나는 모른다. 사람들은 아군이 후퇴하면서 이것을 폭파했다고 말한다. 아마 그럴 수도 있었을 것이다. 그러나 어떤 경우에도 적군의 포탄 세례가 상당한 부분을 파괴했을 것은 분명하다. 아직 남아 있는 벽들은 포탄과 총탄 자국으로 가득 찼다.

---

30 '선박지역'에 있는 라자레프 병영 (Лазаревские казармы) 을 가리킨다.

나는 벽 깊이 박힌 포탄을 보았다. 다른 포탄들은 지붕에 창을 내듯이 지붕을 뚫고 건물 안으로 들어갔다. 어떤 것들은 벽을 뚫고 지나가면서 구멍을 내기도 했는데, 포탄 대부분이 벽을 움푹 파이게 하거나 스쳐지나간 흔적만 남겼다. 그러나 적들을 향해 얼굴을 내민 도크의 벽처럼 그렇게 많은 탄흔이 난 건물은 없다. 아마 이것은 프랑스와 영국 포대의 가장 만만한 표적이었던 것 같다. 불행히도 이 벽은 제3능보와 말라호프 쿠르간 사이에 위치해 있고, 그 맞은편에는 적군들이 점령한 언덕이 있었다.[31] 이 벽에는 말 그대로 멀쩡한 곳이 없다. 그 벽은 마치 온통 마맛자국이 나 있는 것 같았다.

이것은 마치 광포한 농담 같고, 끝없이 몰두한 놀이 같다. 이곳에서는 꼭 수행해야 했던 일보다 훨씬 많은 일이 일어났고, 이곳에는 즐거운 놀이가 있었던 것처럼 보인다. 머리 뒤쪽으로 군모를 쓰고 염소 같은 턱수염을 한 키가 작고 살이 찐 포병들을 쉽게 상상해 볼 수 있다. 이들은 어느 맑은 날 아침 늘어지게 잠을 자고 실컷 배불리 먹고, 럼주도 실컷 마신 후 즐겁고 느긋한 기분으로 이곳에 와서 농담을 하면서 시가를 입에서 뺄지 않고 씹으면서 이 돌로 된 장난감에 주철로 된 공들을 박아 넣는 장난을 시작한다. 한 포병은 두 창문 사이의 공간에 포탄을 박아 넣는 데 성공했고, 다른 포병은 한 층의 구석을 포탄으로 박살냈다. 세 번째 포병이 날린 포탄은 마치 종이로 된 상자를 뚫듯이 건물을 뚫고 들어갔다. 프랑스군과 영국군은 서로 경쟁하듯이 시합을 했다. 손이 근질근질했는데 다행히 화약은 충분했다. 건물 안에서 건물 뒤에

---

31   녹색 언덕(Зелёный холм)과 캄차트카 보루(Камчатский люнет)를 가리킨다.

서 무슨 일이 일어나는지 본 사람도 없고 또 생각도 못 했을 것이다.

수백만 루블이 나가는 값비싼 시설이지만 결국은 계산이 빠른 적에 의해 파괴된 도크를 지나자 군대 병영의 흔적을 만난다. 이 병영도 역시 완전히 파괴되어 땅속에 파묻혀 버렸다. 말라호프에 명중하지 못한 포탄과 폭탄들이 이 병영에서 숙영한 것이 분명하다. 이 병영들은 말라호프 바로 뒤에 위치해 있었고, 포탄들은 5, 6베르스타 떨어진 북면까지도 날아갈 수 있었다.

말라호프로 이어지는 많은 참호 중 하나는 마차를 타고 지날 수 있는 꽤 단단한 길로 나 있고, 나도 마차를 타고 이 길을 지나왔다. 말라호프 언덕은 멀리서 보면 전혀 가팔라 보이지 않지만 걸어서 말라호프 언덕으로 올라가는 것은 전혀 유쾌한 일이 아니다. 만에서부터 땅이 급격히 가팔라지기 시작해 말라호프 산기슭에 다다르면 완전히 지쳐 버린다.

사방에 구멍이 나 있는 진흙더미 가운데 있는 쿠르간의 정상에서 나는 놀랍게도 우물을 보았다. 수병이 말하기를 이 우물은 멀리 가서 물을 길어오는 수고를 덜기 위해 병사들이 직접 팠다고 했다. 말라호프 쿠르간 위는 너무 더워서 우물이 있는 것은 다행이었다. 이 흐린 물이 치명상을 입은 병사들을 적셔 주었을 것이고, 죽어가는 병사들이 헛된 희망의 끈을 놓지 않고 이 우물물에 입을 가져갔을 것이라는 생각이 들었다.

조금 더 가자 인케르만에서 가져온 단순한 모양의 돌로 기념비를 세우기 위해 만들어 놓은 토대가 나타났다. 이것은 아마도 작은 교회일지도 모른다. 뭔가 이유가 있어서 여기 와 있지만 이곳만이 담당구역은 아니었을 병사가 재갈 물린 말을 세우자마자, 누가 도대체 밤에 이곳으로 오도록 허락했는지를 마부에게 위협적으로 물었다. 시간은 겨우 저녁 7시였다. 마부는 이 느닷없는 관리의 공격적 언사에 몹시 당황했다. 그러나 내가 이 불청객 같은 감시자를 크게 야단치자 그는 경례를 붙이며 나를 각하라고 불렀다(아마도 그는 내가 거리낌 없이 야단을 치자 이런 호칭을 생각해낸 것 같았다). 그러자 나의 마부도 덩달아 용기를 얻어 병사를 혼내 주겠다고 위협하기까지 했다.

우리는 좀더 높이 올라갔고, 길은 참호 길과 같이 달팽이처럼 구부러지며 올라갔다. 이런 달팽이 길이 사방에 널려 있어서 복잡한 미로가 펼쳐졌다. 언덕의 정상에는 평지가 닦아져 있었고, 석조로 된 탑이 서 있었다. 전혀 높지 않은 그 탑은 아래 절반만 남아 있었다. 탑 주위에는 흙벽이 쌓여 있어 탑의 벽들은 적들로부터 완전히 은폐되었다. 모든 적들이 말라호프의 이 탑을 조준하고 있었고, 말라호프 탑도 아래를 다 굽어보고 있어서 적들이 가장 부수고 싶어 한 표적이었기 때문에 이런 방어벽은 절대적으로 필요한 것이었다. 외형적으로 보면 이 탑은 세바스토폴 방어선의 최정점이었다.

탑 안에는 작은 돌벽들이 참호의 흙벽처럼 꾸불꾸불 이어졌다. 대포들이 놓여 있던 자리는 아직도 선명히 눈에 띄었다. 아래층에는 지휘관이 거주했던 엄폐부 같은 곳이 위치했고, 더 아래에는 탄약을 보관하는 창고가 있었다. 아마도 폭파된 지뢰의 구멍들이 어두운 엄폐호 깊은 곳에 입을 벌리고 있을 것이다. 안내자를 데려오지 않은 호기심 많은 사람들이 이 구멍에 여러 번 빠졌다는 말을 들었다.

위대한 사건의 기념물에는 역사의 비밀스런 흔적이 잠들어 있다. 사랑하는 사람이 죽은 후에도 그가 살던 방이나 사용하던 물건들에는 그의 보이지 않는 존재가 오랫동안 느껴진다. 조국의 피로 붉게 물든 이 폐허에서도 러시아 사람들은 여기서 피를 흘리고 죽어간 이들의 삭막한 형상을 오랫동안 느낄 수 있을 것이다.

그러나 이 모든 것은 환상이다. 우리 시대와 우리 성격은 환상을 보기에는 너무 현실적이다. 여기에는 파헤쳐진 엄청난 흙더미와 쇳덩어리들, 오래된 군복, 군화 조각, 이제 뼈만 남아 버린 병사들이 갉아먹은 고기의 뼈들, 그리고 관광객들이 아직 발견하지 못한 포탄 파편 외에는 남아 있는 것이 없는 것이 당연하다. 그런데도 왜 당신의 환상은 계속 작동하는가? 어째서 낡아 떨어진 군복, 군화 조각을 보면서 이미 오래전에 지나간 일이지만 당신이 전혀 보지 못한 날들에 대한 무시무시한 그림이 눈앞에 그려지는가?

우리나라에서는 세바스토폴에 대해 많은 글들이 쓰이지 않았고, 그것에 대해 말하는 경우는 더욱 드물었다. 그럼에도 불구하고 이 운명적인 시대를 살며 생각한 우리 한 사람 한 사람은 자신의 가슴에 조국의 먼 구석을 강타한 사건들에 대해 지울 수 없는 인상을 가지고 있다. 심지어 레프 톨스토이가 대충대충 쓴 《세바스토폴 이야기》[32]도 무거운 안개처럼 우리를 덮쳐서 세바스토폴 참호에 있던 병사들 하나하나의 가슴에 열한 달 동안 머물러 있던 한결같은 공포를 잘 그려내고 있다. 이 공포는 결국 무관심이 되었고, 그보다 더 무서운 것이 될지 모른다.

---

32 〔역주〕톨스토이와 크림전쟁: 톨스토이는 26세 때인 1854년 겨울부터 약 1년간 포병장교로 세바스토폴 방어전에 참전했다. 이때 경험을 바탕으로 단편소설 3편으로 이루어진 《세바스토폴 이야기》를 썼다.

대포 위에서 노란 종이로 궐련을 말고, 동료가 찾아올 수 있도록 대포 몇 발을 적군 무리에 쏘는 장교, 능보의 방어 장갑 아래서 기름에 더럽혀진 카드를 치다가 두세 명의 동료가 갑자기 자리를 뜨자 카드놀이를 멈추는 수병들, 뇌가 튀어 오르고, 내장이 흘러내리는 가운데서도 아랑곳하지 않는 군화의 철거덕거리는 소리, 죽어서 쌓인 시체들로 땅과 높이가 같아진 참호들, 적군들 사이에 명중한 포탄을 보고 웃고 재잘대는 선량한 시민 무리 — 이런 것들이 전쟁에서 죽는 것보다 더 무서운 것이다.

한 언덕에서는 수만 명의 병사들이 숨어 버리고, 다른 언덕에서 또 수만 명이 숨어 버리는 일이 열한 달 동안 계속되었다. 330일 동안[33] 해가 뜰 때부터 다음날 해 뜰 때까지 돈과 고생, 생명은 전혀 아까워하지 않은 채 이런 전투가 계속되었고, 골짜기 뒤의 언덕에는 전사자나 아니면 최소한 불구자가 더 많아지도록 만들며 부산을 떨고 있었다.

고대인들의 교역을 대신한 약탈과 사람을 죽이는 것을 신성한 의식으로 여긴 것에 경악할 정도로 우리는 순진하다. 우리는 야만인이 사람을 제물로 바치고 그 주위에서 춤을 추는 것을 보면 이해가 되지 않지만, 미래의 문명이 우리가 전쟁하는 것을 보면 우리를 야만인으로 볼 것이다.

비극적 사건에서 무엇보다 놀라운 것은 매일매일의 일상적인 것과 세상의 모든 것에 따라다니는 그것의 저속한 단면이다. 테르모필레 전투[34]가 아틸라의 패배를 그린 그림을 보면서 우리는 흉포한 야만인

---

33 1854부터 1855년까지 세바스토폴 포위전은 349일간 계속되었다.

들을 멋지게 공격하고, 멋지게 적을 무찌르고, 고대의 위엄을 가진 위대한 영웅들에 대해 생각한다. 그 영웅들에게 전투는 생활이나 마찬가지다. 구리 사슬에 묶인 용병들은 전사로서의 의무 이외의 것은 모두 생소하게 느껴졌을 것이다.

이런 생각을 하면 전쟁은 아주 멋지고, 자연스럽고, 우리의 감정을 진정시켜 주는 것으로 상상할 수 있다. 전투에 열정적으로 몰두하여 위대한 목표를 위한 위대한 상황에서 생을 마치는 것을 상상하는 것은 아주 마음이 가볍고 유쾌한 일이다.

이른바 고상하게 각색된 전쟁이란 주제를 다룬 빛나는 문학적 허언의 영역을 벗어나서 우리는 사실주의에 속한 지극히 평범한 날로 다시 내려왔다. 우리는 역사적 열정이나 조각과 같은 포즈도 보지 못했고, 그 대신 우리는 전혀 수사학적이 아닌 공포에 전율했다. 사방에 죽음의 냄새가 나고, 오직 그 냄새만 나고, 모두가 죽음을 준비하는 상황에서 죽는 것은 놀라운 죽음이 아니다.

그러나 당신이 매일의 생활 속에 살고 있고, 아침에 일어나 우유를 탄 커피를 마시고, 신문을 읽고, 친척들에게 편지를 쓰고, 점심에 무엇을 주문해 먹을까 잠시 생각에 잠기고, 저녁마다 친구 집을 찾아가 왁자지껄 떠들며 카드놀이를 하면서 5루블 잃은 것에 화를 내고, 5루블 딴 것에 기뻐하고, 잠을 자고 싶고, 정원이나 들판을 산책하며 꽃

---

34 〔역주〕 테르모필레 전투(Battle of Thermopylae) : 기원전 480년에 스파르타가 주축이 된 그리스 도시 동맹과 크세로세스 1세가 이끈 페르시아군 사이에 벌어진 전쟁이다. 수적 열세인 그리스군은 영웅적으로 저항하여 페르시아군을 물리쳤다. 역사가들은 이를 애국심에 기반한 용맹한 전쟁의 예로 자주 거론한다.

을 따고, 바다에 들어가 수영을 하고, 보트를 타고 노를 젓고, 춤을 추고, 먹고 마시고 살면서, 한마디로 말해 완전하게 정상적으로 작동하는 당신 천성의 가장 허망한 요소들이 어떠한 분노나, 어떠한 미움도 내고 싶어 하지 않을 바로 그때, 당신이 갑자기 자신의 머리에 떨어지는 큰 낫을 발견하면 나는 이것을 공포라고 부르겠다.

얼마 전까지 당신의 친구인 이반 이바노비치가 밀을 파종하던 언덕에서 누가 쏘는지도 모르고, 어느 언덕에서 날아오는지도 모르는 주철로 된 공 덩어리들에 의해 무참히 죽게 된다면, 하늘에서 미친 듯 포탄이 쏟아지는 위협적인 상황에서, 그것도 당신이 태평하게 식탁에 앉아 아무 할 일도 없어서 손톱을 닦아내던 그 시간에 날아오는 포탄에 무참히 죽게 된다면, 나는 그것을 진정한 비극이라고 부르겠다. 이러한 상황에서 열한 달을 보내면, 이것을 나는 진정한 고행라고 부르겠다.

어쩐 일인지 말라호프 쿠르간에 자리 잡은 오래된 병사들의 산기슭은 울고 있는 빅토리아를 그려 넣은 기념비보다 나에게 더 많은 것을 말해 주었다. 나는 마치 '골고다 언덕'에 선 순례자처럼 성스러운 기억에 가슴을 떨며 말라호프 쿠르간에 서 있었다. 순국한 병사들의 뼈와 피는 이 진흙투성이의 흙벽을 내 눈앞에 성스럽게 만들었다. 하마터면 성스러운 유해 한 줌을 성물(聖物)인 양 가지고 나올 뻔했다.

그러나 아직 자신의 장사에 익숙하지 않은 경험이 적은 고고학자인 어린 소년이 15코페이카를 받고 기꺼이 나에게 넘겨준 총알 몇 발과 포탄 자국이 난 성상(聖像)이 소중한 유물의 자리를 대신 차지했다. 이 소년은 3코페이카짜리 동전 5닢을 받기 위해 하루 종일 피로 물든 유물들을 파헤쳤다. 이 유물의 주인공이 그의 아버지나 친척일 수 있기 때문에 그는 합법적 유산을 받은 것인지도 모르겠다.

내가 말라호프 탑 위로 올라갔을 때, 이미 얼마 전부터 우르릉 소리를 내던 천둥번개가 쿠르간 위로 몰려왔다. 천둥과 번개, 뿌연 구름은 무서운 불꽃과 검은 구름을 훨씬 더 낮게 그리고 훨씬 더 가깝게 내리쳤을 전투 당시로 나의 상상이 옮겨가게 했다. 나는 납빛 하늘과 바다 위에 선명하게 드러나는 주택들이 늘어선 세바스토폴을 바라보았다. 당시 바다 위에는 전함들이 떠 있었고, 콘스탄티놉스키 포대의 포문들이 그 바다를 무뚝뚝한 시선으로 응시하고 있었을 것이다. 이 바다에 줄지어 서 있던 적의 전함들과 화재로 환히 밝아진 도시의 운명적 적막함을 상상하는 것은 전혀 어렵지 않았다.

내 발아래는 참호와 나란하게 잘 은폐된 깊은 계곡이 나 있었는데, 틀림없이 이 계곡을 통해 최후 공격을 펼치던 프랑스군의 대열이 밀려들어왔을 것이다. 그곳과 우리 능보를 가르는 공간은 그렇게 넓지 않았고, 쿠르간 정상 쪽에는 기습공격을 한 부대가 퇴로로 사용했을 다른 협곡이 이 협곡으로 이어져 내려온다. 적군의 접근로 참호35들이 이렇게 가깝게 다가왔다면 기습공격은 틀림없이 성공했을 것이다. 러시아군이 잠시 멍하게 바라보는 사이 적들은 이미 공격 루트를 절반 이상 넘어왔고, 방어벽 쪽으로 갑자기 시선을 돌리니, 적들은 그쪽에서 오는 것이 아니라 이미 너무 근접해 있었다.

솔직히 말해 내 눈에 아무것도 보이지 않았지만, 나는 모든 것을 실컷 바라볼 수 있었다. 나는 눈으로 보듯이 모든 것을 상상해 보고 싶었

---

35   공격하는 부대가 포위된 요새에 몰래 다가가기 위해 파 놓은 호를 말한다.

다. 머리엔 십자가가 달린 모자를 쓰고, 손에는 도끼를 들고, 양모 카
프탄을 입은 오보얀 출신 전사가 듬직한 모습으로 버티고 서 있다. 표
범처럼 힘차고 민첩하게 포연을 뚫고 지나가는, 아프리카인의 용모를
가진 주아브36 용병들도 보인다. 한쪽에서는 희망의 공포가, 다른 한
쪽에서는 죽음의 공포가 밀려온다. 참호 안으로 밀려들어오는 사람들
의 물결과 참호에서 빠져나가는 사람들의 물결, 죽음의 비명, 환호 소
리, 러시아 요새 위에 나부끼는 적군의 깃발, 건방진 적군에게 죽음을
알리는 타격 같은 지뢰의 폭발이 일어난다. 37

　이때 전투의 향방을 전혀 모르는 허약한 노란 머리가 땀과 그을음에
덮인 얼굴로 오래전부터 쏟아지던 총알과 포탄 세례 속에 자신의 순번
을 서기 위해 코라벨나야만에서 힘을 다해 천천히 내려온다. 오랫동
안 포탄 세례에 단련되어 이제는 몸을 숨기지도 않고 그냥 다가온다.
그는 운이 좋으면 좀더 살고, 운이 나쁘면 죽을 거라고 생각한다. 그
는 죽음이 자신을 노리는 이 무서운 '접근로'를 통과하면서 배추가 담
긴 양동이나 보드카 몇십 그램을 자신의 고향친구에게 가져오고 있는
중이다. 그는 더 기다리거나 어떤 비극도 알기를 원하지 않고, 프랑스
군이 말라호프의 아군을 몰살시킬 수 있다고 말하는 사람은 누구도 믿
지 않는다.

　나는 말라호프가 적에게 점령되자 몇 차례에 걸쳐 러시아군이 이를

36　주아브(Zouave) : 북아프리카와 그곳에 살았던 프랑스인 지원병으로 구성된 프
랑스 식민지부대이다.

37　〔역주〕세바스토폴의 크림전쟁 기념관에는 이러한 전투 상황을 실감나게 360도로
조망할 수 있는 전쟁터가 재현되어 있다.

탈환하기 위해 공격했다는 얘기를 읽고 들었다. 그러나 이곳에서 수병들이 말한 바로는 러시아군은 바로 후퇴하여 서둘러 다리를 불태웠다고 한다. "우리는 다시 공격에 투입할 병력이 없다!"가 늘 하던 소리였다. 적은 병력으로도 쉽게 적을 격퇴할 수 있는 뱀처럼 휘어진 이 좁은 통로를 통해 다시 반격한다는 것은 이상한 일이다.

수병은 나에게 프랑스군의 공격에 대해 많은 얘기를 했지만, 나는 그 말을 귀담아듣지 않았다. 그 이유는 내가 스스로 여러 상상과 생각에 몰두했기 때문이기도 하고, 그가 거짓말을 한다고 생각했기 때문이기도 했다. 수병이 특히 모욕스럽게 생각한 것은 아군은 아직 제4능보에서 적을 위협하고 있었는데 적들이 코라벨나야만에 들어오자마자 '연속으로 승리의 종을 치고', 자신들의 깃발을 내건 것이었다. 물론 적들은 말라호프로부터 시내에 큰 피해를 입혔고, 알렉산드르 포대와 니콜라옙스키 포대를 파괴하고[38] 2개의 다리를 통해 북쪽으로 철수한 다음이었다. "그들은 마음대로 공격한 다음, '스스로 물러난 것이었어요'"라고 수병은 순진하게 말했다.

자신의 죽음으로 위대해진 침묵의 죽은 도시가 존귀한 제물처럼 말라호프를 둘러싸고 있다. 도시의 죽음은 진실로 영예로운 죽음이었다. 수백만 개의 움직이지 않는 사물들과 수백만 명의 살아 있는 사람들이 서로 위아래와 옆에 누워서 같이 죽어 있다. 아무것도 아무 사람도 스스로를 애석해하지 않는다. 모든 것이 자신의 가슴을 노출시키고 있

---

[38] 니콜라옙스키 포대(Николаевская батарея)는 1856년 2월에 연합군에 의해 폭파당했다.

다. 병사들도 적 앞에 몸을 드러내고 서 있었고, 석조 궁전도 그랬다.

아, 하얗고 벌거벗은 골조들, 이 시체 같은 건물들은 자신을 적신 러시아인들의 피를 이제 지워 버렸다. 그러나 이것은 단지 겉으로 드러난 모습일 뿐이다. 여기에는 모든 발걸음이 피로 덮여 있고, 모든 돌도 누군가의 죽음을 보았다. 이 모든 진흙과 소식은 피와 뒤섞여 있다. 이것을 측정할 방법은 없다. 나는 포탄 조각 하나를 집어 든다. 포탄 조각은 온통 뻘건 더껑이로 덮여 있다.

나는 그를 잊지 않을 것이다. 수많은 목숨을 앗아간 확신범을 그 악행의 모든 증거와 함께 기억 속에 간직할 것이다.

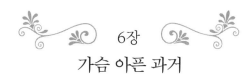

6장
가슴 아픈 과거

바다 건너 서쪽과 정교도 루스 — 러시아 병사 — 우리는 어떻게 적을 기다렸는가 — 누가 우리의 진정한 적이었는가 — 타타르의 배신

나는 말라호프를 본 것만으로 마음이 차지 않아서 적들의 병영, 참호, 포대가 있던 지역을 가 보았고, 러시아군의 숙영지도 지나갔다. 거대한 전투가 벌어진 거대한 전쟁터를 보았다고 말할 수 있다. 전쟁터는 한눈에 들어오지 않는 넓은 공간에 몇 베르스타에 걸쳐 펼쳐져 있었다. 병영들은 한쪽으로는 카미셰바만,¹ 게오르기 수도원,² 발라클라

---

1 카미셰바만(Камышевая вухта) : 카미셰바만은 크루글라야(Круглая) 와 카자치야(Казачья) 사이에 위치하며, 후자와 합류해 드보이나야만(Двойная) 을 이룬다. 이곳은 세바스토폴만 중에서 갈대(камыш) 가 많이 자라는 유일한 장소다. 크림전쟁 때 프랑스 함대 기지 역할을 했고 카뮈예쉬(Камьеш) 란 이름을 얻은 소도시까지 생겼다.
2 〔역주〕게오르기 수도원(Георгиевский монастырь) : 발라클라바 인근 피오렌트만(Fiolent Cape) 언덕에 위치한 수도원으로 세바스토폴 교구에 속한다.

173

바,3 다른 한편으로는 초르나야강4까지 여기저기 떼를 이뤄 산재해 있었다. 잘 지어진 목조 바라크들은 도시들을 이루고 있었다. 거리, 상점, 교회, 호텔, 도서관, 제과점과 심지어는 꽃밭과 채소밭도 가지고 있었다. 돌로 된 병영들의 토대는 지금도 잘 보인다.

유럽 사람이 가진 인간의 위엄은 장갑처럼 끼었다 벗었다 할 수 있는 것이 아니다. 유럽 사람은 기풍과 생활의 필요를 동시에 존중하고, 그래서 생활의 모든 환경에서 만족을 추구한다. 유럽 사람은 여행길에 있는 동안 단지 자신이 여관이나 고향집에 있지 않다는 이유로 씻지 않고, 배고픈 채 있어도 상관없다고 생각하지 않는다. 이들은 자신의 장점을 지어내는 것이 아니라 그것을 제대로 소유하고 있기 때문에 일정 수준의 요건을 늘 갖춘다. 영국 사람들은 런던의 클럽에서와 마찬가지

---

3 〔역주〕발라클라바(Балаклава): 세바스토폴 동쪽에 위치한 도시이다. 그리스 시대 식민도시로 세워졌고, 그리스 이름은 심볼론(Symbolon)이다. 비잔틴제국에 속해 있다가 제노아의 교역도시로 발전했다. 크림전쟁 격전지로 유명하며, 얄타회담에 참석한 처칠과 영국 대표단은 영국 경기병 대대가 큰 희생을 치른 전장을 둘러보기 위해 일부러 이 지역을 방문했다. 암벽에 둘러싸인 천혜의 항구로 소련시대에는 잠수함 기지가 있었다. 현재는 요트들이 정박하는 일반 항구로 사용된다.

4 초르나야강(Чёрная Речка, '검은 강'): 체르군(Чергунь), 체르수(Чер-Су), 카자클르우젠(Казаклы-Узень), 비유크우젠(Биюк-Узень) 등으로 불렸다. 로드니 코프스코예 마을(с. Родниковское) 근처에 시작되어 인케르만 골짜기를 흘러가다가 세바스토폴만에 합류한다. 1855년 8월 4일에 러시아군은 가스포르트 마을(с. Гасфорт)과 페듀킨 언덕(Федюхины высоты) 주위에서 전면이 초르나야강으로 가려진 이탈리아와 프랑스 군대 방어선을 공격하였다. 크림 전사에 '초르나야강 전투'로 알려진 이 전투에서 러시아군은 8,000여 명의 인명 손실을 입고 패배하였다.

발라클라바 전투(Richard Caton Woodville, 1921)

로 예수승천섬5에서도 매일 깨끗한 옷으로 갈아입는다. 집에서 커피
와 로스트비프를 즐기던 병사는 타브리다반도6에 와 있다고 해서 이
음식을 먹지 말아야 한다고 생각하지 않는다.

이러한 높은 욕구 수준은 유약함이나 부드러움이 아니고, 이것이
사기에 악영향을 미치지 않는다. 이것은 자신의 힘과 권리에 대한 인
식이며, '나는 내게 필요로 하는 것을 모두 가질 수 있다'는 확신이다.
이러한 확신은 사람의 사기를 북돋아 주고, 그를 역동적 활동, 발명과
개선을 추구하도록 자극한다. 자기의 요구 조건을 타협하지 않는 사람

---

5 〔역주〕예수승천섬(Острова Вознесения) : 대서양에 위치한 영국의 해외 영토인
    아센시온섬(Acsension Island). 먼 곳에 파병된 영국 병사들의 예를 들기 위해
    이 섬을 인용한 것으로 보인다.
6 〔역주〕타브리다반도(Таврический полуостров) : 크림반도를 일컫는 말이다. 고
    대 그리스인들은 크림반도를 '타우리카'(Taurica)라고 불렀다.

은 장애를 극복하고, 끈기를 가지고 자신의 목표를 지향한다. 그러한 정신을 가진 병사가 이해력이 깊고 사기가 충천한 진정한 전사이다. 이것 말고도 잘 먹고, 잘 자고, 살을 잘 태우고, 모든 일에 만족한 병사는 더 많은 일을 할 수 있고, 배가 고프고, 춥고, 불평하는 병사보다 일을 더 오래, 더 많이 할 수 있다.

우리가 모든 불편과 무질서의 상징으로 여기는 병영 상태에서 우리가 누리는 편안한 일상생활을 부끄럽게 만들 정도로 훌륭한 민족과 싸워서 이기기는 힘들다. 우리는 심페로폴에서 세바스토폴까지 신작로가 없는데, 몇 달 머물고 말 들판에 철도를 깔고 길을 내는 민족과도 싸워서 이기기 힘들다. 우리는 이 지역을 75년 전에 점령했지만 주변 지역은 돌덩이로 덮여 있다. 아직까지 우리는 크림반도의 도시들에서 영국군과 프랑스군에게서 얻은 멋진 식기들과 가재도구들을 흔히 볼 수 있다. 몇 종류의 작물들은 남부해안에 적군들이 가져와 씨를 뿌린 후에야 경작이 시작되었다.

수병은 나에게 누군가에 대해 말해 주었다. 그는 설명하면서 민족을 구분하지 않고 단순히 '그'라고만 지칭했다. 수병이 사용하는 '그'라는 말은 특이한 표현력이 있었고, 뭔가 두렵다는 느낌을 주었다. 아마 이 수병의 머리에는 적군 전체가 하나의 무섭고 강렬한 사람으로 의인화된 것 같았다. 수병은 '그'가 저기서 빵을 구웠고, 저기에 '그'의 사령부가 있었고 하는 식으로 계속 '그'를 사용하며 나에게 얘기했다.

"'그'는 농가를 그대로 보존했고, 아무것도 건드리지 않았어요. '그'는 게오르기 수도원에 향초와 그 밖에 필요한 물건들은 기부했고, 성찬예배에도 참석했습니다. 터키 병사들은 이것을 보고 당혹스러워했고, 수도원을 멀리 피했습니다. 7 영국군은 터키군을 전투에 투입하지도 않았어요. 그들은 큰 참호도 파고 흙벽도 만들었지만, 철수할 때 깨끗한 병영, 식기, 침상을 우리에게 남겨 두고 떠났고, 오직 배낭만 메고 돌아갔어요. 그러나 우리 군은 세바스토폴에서 후퇴할 때, 모든 것을 불태워 버리고 아무것도 남겨 놓지 않았어요."

나는 나서서 유럽 사람을 칭찬하는 사람을 제외하고, 전쟁을 목격한 지역 사람 어느 누구에게도 유럽 병사들에 대한 다른 이야기를 듣지 못했다는 것을 독자들에게 알리고 싶었는데, 여기서 그 얘기를 듣게 되어 기분이 좋았다. 모든 사람이 한목소리로 적군 측 사람들과 재산에 대해 유럽인들이 보인 인도주의적 태도에 대해 더 바랄 것이 없었다고 말했다.

프랑스군은 약탈하지 않고, 오히려 러시아의 재산을 터키군의 약탈로부터 보호했다고 한다. 터키군은 아시아적 특징인 무분별한 적대감을 가지고 행동했다고 한다. 만일 크림반도에서 또 전장에서 먼 곳에 폐허와 파괴가 있었다면 그것은 터키군의 손에 의해 자행된 것이다. 터키군은 러시아 사람을 싹 쓸어버리고 도시들을 깡그리 불태워 버릴 생각을 했다고 한다. 아시아의 시골 구석구석으로부터 절대권력에 이끌려 모인, 누더기를 걸치고 배가 고픈 야만인들을 제어하기 위해 연합국 측에서는 가장 강력한 조치를 취하고, 가장 무서운 위협을 가해야 했다고 한다. 프랑스군이 부를류크8에 입성했을 때, 프랑스군 장교들은

---

7 〔역주〕 크림전쟁에서 영국군, 프랑스군, 터키군, 사르디니아군은 한편이 되어 러시아군과 싸웠다.
8 〔역주〕 부를류크(Бурлюк) : 엡파토리야 남쪽 알마(Альма) 강가의 작은 도시이다.

현재의 옙파토리야 전경

러시아인들에게 이콘과 다른 귀중품들을 터키군에게 약탈당하지 않도록 숨기라고 명령했다고 한다. 옙파토리야9는 터키군에 의해 완전히 불타 버릴 뻔했다가 간신히 보존되었다.

게오르기 수도원에서 모든 수도사가 다 도망가고 곱사등이 수도사 한 명만 남았었는데, 10 나는 그를 지금도 이 수도원에서 볼 수 있었다. 적군이 수도원을 점령하고 수도원에 일부 부대의 본부 사무실을 만들

---

9 〔역주〕 옙파토리야(Епатория) : 크림반도 서쪽 세바스토폴 위의 도시이다. 기원전 5세기경 그리스인들이 처음 정착했으며 7~10세기에는 하자르인들이 거주했다. 크림칸국 시대 중요한 거점으로 성장했으며, 타타르어 명칭은 케즐레프이다. 현대에는 철도 중심지이자 여름 휴양지로 유명하다.
10 샤브신(В.Г. Шавшин)이 수집한 자료를 보면, 세바스토폴 포위전 때 성 게오르기 수도원에는 최소한 10명의 수도사들이 있었다.

었지만, 그는 이런 것에도 아랑곳하지 않고 평시와 다름없이 계속 예배를 드렸다고 한다. 이 수도사는 여러분에게 영국군과 프랑스군이 얼마나 조심스럽고 사려 깊게 러시아인들의 예배에 참석하고, 성유, 초와 기타 물품을 사도록 돈을 주고, 분연한 수도사에게 불경스러운 행동을 전혀 하지 않았을 뿐만 아니라, 적군의 루이도르11와 기니12를 꽤 많이 모을 기회를 주었다고 말할 것이다.

그들은 파괴하는 대신에 무엇을 만들어냈는데, 이런 수고가 며칠만 쓰려고 만드는 것이지만, 자신들을 위해 만드는 것이 아니라는 것을 잘 알고 그런 일을 했다. 그들은 우리가 남부해안 어디서도 보지 못한 상태로 발라클라바 항구를 변형시켰는데, 이렇게 하는 데는 적지 않은 돈과 노동이 필요했을 것은 분명했다. 그러나 다 만들어진 시설이 우리 손으로 들어왔을 때 이것들은 무용지물이 되었다. 이렇게 잘 만들어 놓은 항구는 감시부족, 무지, 관리부족으로 망가져 가고 있다.

계몽의 힘이 그 힘을 수백 년간 막아오던 적대적 요인이라는 어둠을 마침내 뚫고 나와서 중세 전쟁의 동물적 관습들이 인도주의에 자리를 내주고 있음을 인식하는 것은 참으로 기쁘고 즐거운 일이다. 만일 불행한 이 세상의 운명이 인류를 피 흘리는 전쟁에서 자유롭게 하지 못한다면, 만일 영국 시민이 병사로 전쟁에 나온다면, 그는 더 이상 터키 병사가 되지는 않을 것이다.

---

11 〔역주〕루이도르(Luidor Louis d'or) : 1640년부터 1791년까지 발행된 프랑스 금화로 금 6.84~7.28g의 중량에 스페인 권총을 모델로 만들었다.
12 〔역주〕기니(*guinea*) : 영국의 옛 금화 21실링, 현재의 1.05파운드의 가치가 있다.

여론이 특히 민감하게 감지하는 역사적 진실에 계속 충실하기 위해서 이곳 사람들이 난동과 방화, 폭행에 대한 비난을 이민족 군인들보다 우리 코자크 병사와 군인들에게 더 많이 하고 있음을 지적하지 않을 수 없다. 나는 일부 우리 병사들이 저질러서 스스로를 욕되게 한 거칠고 잘못된 행동에 대한 이야기를 전하고 싶은 생각이 없다. 정의의 감정과 타인의 권리 존중은 무지몽매한 사람들이 가진 속성이 아니므로 이러한 사실이 특별히 놀랄 만한 일은 아니다.

이미 말한 대로 나는 러시아군 병영이 있었던 장소를 가 보았다. 그 자리에는 흔적들이 아주 선명하게 남아 있었다. 하지만 이상한 사실이 하나 있다! 이런 잔재에도 우리들과 유럽인들의 큰 차이를 쉽게 볼 수 있다. 그들은 바다 몇 개를 건너 집들과 침상들을 운송해 와야 했고, 우리는 우리에게 모든 도움을 주는 살던 집을 이용하여13 숙소를 지으면 되었지만, 나뭇가지를 엮어 만든 임시 막사와 돛대천을 이용해 만든 천막 이외에는 다른 것이 없었다.

유럽인들은 물이 새어들지 않고, 땅의 습기가 스며들지 않도록 토대를 만든 후에 병영을 지었지만, 우리는 땅에 구덩이를 팠기 때문에 진흙 속에 천막을 세울 수밖에 없었고, 습기가 금방 마르지 않았다. 우리 진영은 안식처하고는 거리가 멀게, 나무가 어지럽게 자란 관목 숲이나 골짜기를 따라 여기저기 흩어져 있었다. 나는 우리 진영 안에 꽃밭이나 제과점은 고사하고, 표면이 마른 통로도 없었다고 생각한다. 마치 우

---

13   〔역주〕러시아에는 "집에서는 벽들도 도와준다"(Дома и стены помогают) 라는 속담이 있다.

180

리 민족의 생활에 집시들의 생활요소가 항구적으로 스며든 것 같다.

아무렇게나 지은 병영 자체는 큰 문제로 보이지 않을 수도 있다. 그러나 이것은 우리의 공동체 생활이 기초를 두고 있는 낮은 기준을 상징적으로 보여 주는 잣대와 같은 역할을 한다. 이것은 길게 나열할 수 있는 우리 국민성의 단점을 보여 주는 하나의 징표이다. 이 기억할 만한 전쟁에서 우리가 보여 준 위대한 용맹성과 함께 이러한 단점들은 적나라하게 드러났다. 적들도 놀란 것처럼 "우리의 용맹성이 명예롭게 잠든 고통스런 무덤을 판 것은 적의 무기가 아니라 우리 스스로의 이러한 문제점들이다."

우리 병사는 자신의 넓은 등에 배낭과 툴라제 장총을 메고 마른 흑빵 쪼가리를 씹으며 트베르14나 블라디미르15 같은 먼 곳에서 걸어서 전장으로 왔다. 그들은 와서 자신들의 땅과 명예와 러시아의 힘에 대한 믿음을 포기하지 않고 겁 없이 싸우다 말없이 죽어갔다. 땀에 범벅이 된 채로 보급품 부족에 시달리며, 유럽 전체나 다름없는 적의 월등한 전쟁 수단에 압도되어 우리 병사는 적들의 힘을 두 눈으로 똑바로 응시하고, 2루블짜리 툴라제 총을 들고 미네의 연발총16에 용감히 저항했다.

쟁기를 던져 버리고, 아직 타작마당의 냄새를 털어 버리지 못한 채,

---

14 〔역주〕 트베르(Тверь) : 상트페테르부르크와 모스크바 사이에 있는 주로, 소련시대 명칭은 칼리닌주였다.

15 〔역주〕 블라디미르(Владимир) : 모스크바에서 동쪽으로 약 200km 떨어진 주로, 블라디미르-수즈달은 모스크바공국의 발상지였다.

16 〔역주〕 미네의 연발총(*Minié rifle*) : 프랑스 육군 대위 미네(Claude-Étienne Minié)와 델비뉴(Henri-Gustave Delvigne)가 1849년에 발명한 전장식 연발총이다.

그루터키 모양의 긴 턱수염을 달고 곰과 같은 걸음걸이를 유지한 채, 병사는 허리에 고향 동네에서 만든 도끼를 차고 모자에 구리 십자가를 붙인 채 러시아 각 지역에서 수천 명이 달려왔다. 전쟁의 원인도 전혀 모르고, 적의 이름도 제대로 모른 채, 이들은 자신을 진정한 십자군 병사라고 생각하며 십자군 같은 사기로 적들과 싸웠다. 위력을 생각 하지 않고 파테즈17 시장에서 산 도끼를 들고 6연발 권총과 팩스톤 대 포의 총구로 달려들었다. 그렇게 해서 이들의 턱수염, 도끼, 십자가 는 잘라진 풀처럼 땅에 누워 버렸다.

이들은 약탈자, 적들에게 달려갔지만, 그들을 기다리는 것은 이름을 감추지도 않고 어디에도 몸을 숨기지 않는 본토인18이란 이름을 가진 도적들이었다. 이 도둑은 부상을 입은 병사에게서 붕대를 상습적으로 훔치고, 전투력을 상실한 병사에게서 빵조각을 훔치고, 숨이 넘어가는 가축에게서 건초다발을 훔쳤다. 우리는 우리의 병폐를 감출 방도가 없 었고 결국 정부가 색출하고 응징했다. 이 깊고 치명적이고 위험한 괴저 (壞疽)를 인정하는 것은 러시아의 구원이 되었다. 우리 시대의 일시적 불행의 원인으로 드러난 악행을 폭로하는 것으로부터 우리 역사가 자랑 스러워하고 또 아직 끝나지 않은 그 영광스러운 시대가 시작되었다.

내가 과거로 돌아가는 유일한 이유는 이 지역주민들 사이에서는 그 과거에 대한 기억이 아직 생생하기 때문이다. 마치 어제 일어난 것 같은 전쟁에서 우리 병사들이 벌인 헛된 영웅적 항전을 목격한 지역주민들은

---

17   〔역주〕 파테즈(Фатеж): 쿠르스크(Курск) 주의 한 지역이다.
18   〔역주〕 여기서 '본토인'(родные)은 러시아 공무원을 비꼬는 표현으로 쓰였다.

비양심적인 자들을 쉽사리 용서할 수 없다. 주민들의 눈에는 이 파렴치한 공무원들의 몰염치와 탐욕으로 인해 우리 정직한 병사들의 모든 영웅적 행위의 열매가 훼손되었다. 주민들 사이에 회자되는 위대한 전쟁에서 내밀한 부분의 치욕스런 사건을 모두 전달하는 것은 쉽지 않은 일이며 동시에 슬픈 일이다. 법원과 정부가 인위적으로 치장한 결과에 대해서는 많은 것이 알려져 있다. 그러나 실제적 결과는 국민들의 신뢰를 받을 만큼 알려져 있지 않다. 그러나 많은 일들이 실제적으로 어떻게 진행되었는지는 법원도 잘 모르고 있었다.

주민들이 알고 있는 일화들의 엄격한 역사적 진실성은 우리에게 중요하지 않다. 일화의 세세한 부분에서는 지어낸 부분이 있을 것이다. 우리에게 중요한 것은 이 이야기들의 전체적 성격이다. 이야기들 속에는 주민들을 흥분시켰던 의심할 수 없는 역사적 진실성과 분노의 감정이 있고, 이것은 아직까지도 적들보다 더 심하게 우리의 공동체성을 죽인 정부관리들이 남긴 지속적 상처로 드리워져 있다. 러시아의 타성적 태연함과 결합된 불성실성이 우리의 빈한한 자원들을 엄청나게 소진시켰다.

적들이 우리 땅에 상륙했을 때, 누구의 머릿속에서도 우리가 포위당할 것이라는 생각이 들지 않았다. 외국 신문들은 몇 달 동안 상륙 장소와 방법에 대한 기사가 실리고 토론이 이어졌지만, 정작 우리 크림반도에서는 이런 기사들을 마치 신문의 허무맹랑한 기사로 치부하고 비웃었다. 주민들이 비웃은 것이 아니라, 주민들을 보호해야 할 사람들이 이런 기사들을 비웃었다. "사람을 많이 모아 모자라도 던지면 쉽게 이길 것이다"(шапками закидаем)라는 오랜 구절이 파괴할 수 없는 믿음의 상징이 되었다.

세바스토폴에서는 떠들썩한 잔치와 축제가 이어졌다. 얼마나 즐거운 잔치인지 모를 정도로 들뜬 분위기였다. 러시아 내륙지역으로 피란을 생각한 신중한 주민들은 조롱을 받았다. 귀족부인(барыня)들을 자신들의 대포로 보호한다며 초청했다. 터키에서 가장 멀리 떨어져 있는 옙파토리야의 주민들에게는 대소동이 일어났다. 모든 잘사는 집의 마당에는 첫 경보가 울리자마자 피란을 가기 위해 피란짐을 가득 실은 마차가 대기했다.

적군이 상륙하기 이틀 전에 지역행정 책임자가 옙파토리야에 와서 모든 소문은 거짓이니 피란짐을 풀고 편히 자면 된다고 주민들을 설득하고 고무시켰다. 주민들은 행정책임자에게 화려한 잔치를 베풀었고, 거리 위에서 그와 함께 먹고 마시며 즐겼다. 그 시간 영국군은 망원경을 통해 축제가 벌어지는 이런 광경을 관찰한 후 천천히 대포에 탄약을 넣기 시작했다. 며칠 후 주민들을 고무시키며 축제를 진행한 그 행정책임자19는 지역에 주둔한 경찰, 헌병과 함께 주의 수도로부터 도망쳤다. 자신들은 터키의 희생제물로 남겨졌다고 생각한 불쌍한 주민들은 눈물과 비명으로 이들을 붙잡으려 했다.

두나이(Дунай) 지역 책임자인 고르차코프20 공이 보낸 연락장교가

---

19 1854년 1월 22일부터 1854년 11월 11일까지 타브리다(Таврида) 주 총독이었던 페스텔 블라디미르 이바노비치(Пестель Владимир Иванович) 중장을 지칭한다.

20 고르차코프(Горчаков, Михаил Дмитриевич, 1793~1896): 대공이자 러시아 포병장군이다. 크림전쟁 때 두나이강 주둔군 사령관이었고, 1855년 2월 24일부터 남부군(Южная армия), 즉 크림반도에 있는 육군 및 수군의 총사령관을 맡았다.

적군이 어디에 상륙했는지를 알기 위해 왔는데, 지역 책임자들은 그를 환대하고 잘 대접하며 적군은 상륙하지 않았고, 앞으로도 상륙하지 않을 것이라고 말했다고 한다. 아마도 고르차코프 공은 연합함대가 바다로 나와 크림으로 향하고 있다는 것을 알았으나, 정작 크림에 사는 사람들은 적군의 상륙할 가능성을 전혀 믿지 못한 듯하다. 부를류크에는 경비 초소가 있었으나, 수병 중 어느 누구도 거대한 함대가 그곳으로 상륙할 것이라는 생각을 하지 못했다.

그러나 상륙은 감행되었다. 상륙 바로 전날 지휘관이 경비부대를 방문했지만 적은 절대 상륙하지 않을 것이라고 확언했다. 그러는 사이 몇백 척의 적함들이 옙파토리야부터 알마강 어구까지 길게 선을 이루며 집결했다. 상륙은 부를류크가 아니라 크림반도의 저명한 가문 소유인 칸투간21이란 영지에서 감행되었다.

어느 날씨 좋은 날 아침에 사람들이 와서 영주를 깨우고 말하기를 과수원에 낯선 많은 사람들이 모여 있다고 했다. 영주가 달려가 보니 집에서 약 1베르스타 떨어진 곳에 약 2만 명의 적들이 상륙해 있었다. 일가족은 바로 다른 마을로 가 보았다. 상황을 알리기 위해 농장 주인은 말을 타고 경비대로 달려갔다. 부를류크 경비대는 그의 말을 믿지 않았다. 그럴 리가 없다고 했다. 바로 얼마 전 고르차코프 공이 다녀갔고 아무 일이 없을 것이라고 하지 않았던가!

---

21   칸투간(Кантуган): 칸토우간(Кантоуган), 간토구안(Кантогуан)이라는 변형도 있다. 키치크-벨리스코예(Кичик-Бельское) 호수 맞은편 3베르스타의 거리에 위치했다. 장원 건물과 영지는 레벨리오티(Ревелиотти) 가문 소유였다. 1854년부터 퇴직한 대위 파벨 표도로비치 레벨리오티(Павел Фёдорович Ревелиотти)가 영주였다.

그러는 사이 적함들과 상륙군들이 그들 눈에 들어왔다. 승리할 가능성이 없었던 알마강 어귀의 불행한 전투 이후, 크림반도 전체가 연합군의 수중에 떨어진 것이다. 러시아군에 대해서는 아무 소식도 들리지 않았다. 연합군이 바로 세바스토폴로 진격했더라면 1주일 안에 전쟁을 끝낼 수도 있었지만, 그렇게 하지 않은 것이 전적으로 그들의 잘못만은 아니다. 모든 일을 존중하고 철저히 준비하는 데 익숙한 연합군은 그렇게 막강하고 실전에 강한 적군을 맞아서 우리 측이 그렇게 믿을 수 없는 상태로 방심할 수 있다는 사실을 머리로 생각할 수 없었다.

외형적으로 보면 전혀 방어 준비가 돼 있지 않은 듯 보였고, 200만 명의 병력을 보유했다고 자랑하는 나라가 전투부대를 미리 준비하지 않고 있었다는 사실은 적군들이 특별한 주의를 기울이게 만들었고, 무엇인가 교묘히 계획된 함정이 있을 것이라는 생각을 하게 만들었다. 난공불락의 요새라고 유럽에서 떠들썩하게 흑해의 지브롤터22라고 알려진 세바스토폴 요새는 평화로운 농장처럼 완전히 노출되어 연합군 앞에 놓였다. 가장 경험 많고 단호한 사령관도 이 신비스런 장소로 돌격하기에 앞서 부득이 여러 생각을 하지 않을 수 없었다.

"그때는 타타르인들이 적을 기만해서 한 바퀴 빙 돌게 만들었다고 의심했습니다."

젊은 수병이 나에게 말했다.

"만일 '그'가 벨베크(Бельбек)에서 바로 북쪽으로 공격했더라면 연합군은 우리 러시아군을 양떼처럼 생포했을 것입니다. 그러나 그는 지

22　〔역주〕지브롤터(Gibralta) : 지브롤터 해협 입구의 영국령 토지다.

세바스토폴 공성전(Franz Roubaud, 1904)

뢰가 매설되었을지도 모른다고 생각하여 바로 도시로 진격하지 못하고 진지를 구축하기 시작했습니다. 그러자 우리 러시아군도 그때서야 진지를 구축하기 시작했지요. 그들이 땅을 파면 우리도 땅을 팠고, 그들이 참호를 만들면 우리도 따라서 참호를 팠어요. 그렇게 양측은 대치를 시작했어요."

그런 다음 '그'는 포탄을 쏟아붓기 시작했다.

"처음 두 달은 너무 무서웠지만, 그 후로는 아무렇지도 않았어요. 적들은 아주 유리한 위치에서 포격했고 우리는 포위되어 있었습니다. 적들의 포탄은 엉뚱한 데 떨어지지는 않았어요. 진지를 정확히 가격하지는 못했지만, 대신 민가가 파괴되고 주민들이 죽었습니다.

우리 병사는 죽을 때까지 계속 싸웠지만, 적들은 휴식을 취해가며 대기하고 있었지요. 적군들은 계속 새 부대가 보충되었고, 한 부대가 물러나면 다른 부대가 교대해 들어왔어요. 그들의 전력은 바닥날 줄 모를 정도로 강해서 사방에 적군이 포진했습니다. 카미셰바만에 적함들이 나타나자 바다가 마치 배로 덮인 울창한 숲처럼 되었어요. 적군들은 우리 군의 지휘부를 맹렬히 공격했어요. 나히모프(Нахимов), 코르닐로프(Корнилов), 이스토민(Истомин) 장군 같은 우리 사령관들이 전사했지요.

6개월간 적들이 공격하지 않아서 장사도 그대로 하고 주민들도 그대로 살았지요. 그다음에는 강제로 주민들을 소개시키기 시작했습니다. 일부 주민은 북쪽으로 소개시켰고, 나머지는 알아서 어디로든 가게 했어요. 포격은 계속 되었지만 세 번이나 적의 공격을 격퇴했습니다. 세 번째 공격 다음에 적군은 거의 퇴각할 생각을 했습니다. '그래 모든 병력을 동원해 마지막으로 공격해서 도시에 진입할 수 있으면 하고, 그렇지 않으면 그냥 놔두자'고 적군은 생각했지요."

생생하고 꾸밈없이 전달한 이 솔직한 이야기를 듣고 나는 러시아군 눈앞에 적군이 나타났을 때 명성 높은 우리 요새의 상황을 그려볼 수 있었다. "적들이 진지를 지으면 우리도 짓고, 적들이 땅을 파면 우리도 땅을 팠다"라는 얘기보다 당시 상황을 더 잘 묘사할 방법이 있겠는가? 이기는 성벽을 세우는 대신 국민들의 용맹성으로 방어했던 스파르타식으로 싸운 것이다. 이것은 테베 사람들이나 페르시아를 상대로 싸운 고대시대에는 통할 수 있는 방법이었지만 장총과 강철로 만든 대포를 가지고 싸우는 현대에는 '지나치게 순진한 방법'이라고 할 수 있다.

요새화하는 데 노력을 기울인 만큼 전략적 준비가 되어 있어야 했다. 적들이 상륙하는 시점에 부를류크의 경비대에는 사령부에서 내려 온 장교가 한 명도 없었다고 그 수병은 나에게 얘기해 주었다. 물론 알마에서의 전투를 위해 병력이 서둘러 소집되었지만, 그 전날 케르치23에서 비참한 모습으로 도착한 모스크바 연대는 완전히 지친 상태에서 전투에 투입되기 위해 달려왔다. 그래서 많은 병사들이 이동 중에 낙오했다. 크림 주민들은 알마(Альма) 전투에서 아군이 얼마나 많은 희생을 치렀는지를 떠올릴 때면 공포에 휩싸인다.

바흐치사라이와 심페로폴로 수많은 부상자와 불구자를 실은 마차들이 도착했지만, 우리 부대는 어디에도 보이지 않았다. 많은 공무원들이 정위치를 이탈하여 도망쳐 버렸다. 심페로폴 주민들은 도시를 떠나 근처 언덕으로 피신했고, 그곳에서 포위된 적들이 상륙한 장소를 보았다. 포사격으로 시내 집들의 창문이 흔들렸다. 부상병들을 실은 짐마차가 연이어 들어왔으나 시내에는 붕대나 의약품은 물론이고 간호사도 없었고 야전병원도 없었다. 민가로 부상병들을 데리고 와서 아무에게나 이들을 맡겼고, 이후에는 이 부상병들이 죽었는지 살았는지에 대해 아무에게도 알아보지 않았다.

사람들은 치명상을 입은 부상자들이 '맨땅에' 겹겹이 누워 있었던 헛간을 내게 보여 주었다. 짚이라도 깔아 주면 그것은 대단한 사치였다. 모든 공공건물과 수많은 민가가 치료는 물론이고 아무 도움이나 보살핌을 받지 못한 부상병으로 가득 찼다. 주민들은 적극적으로 부상병들을 돌보는 데 나섰으며, 초기에는 그들이 인민위원이나 군의관 역할을 했다. 그리고 시간이 지나 야전병원이 세워지고, 그 병원들이 하리코

---

23 〔역주〕 케르치(Керчи): 크림반도 동쪽 끝에 길게 뻗은 지역으로, 2018년 러시아 본토의 쿠반 지역과 다리로 연결되었다.

프까지 줄을 지어 이어졌을 때 죽을 운명도 타고나지 못한 불쌍한 영웅들은 엄청난 고통을 겪어야 했다. 당시 목격자들이 전한 얘기를 독자들은 아마 믿지 못할 것이고, 나도 믿고 싶지 않았다.

　바흐치사라이에서 심페로폴로 이어지는 통행이 불가능한 진흙탕에는 팔이 잘리고, 가슴이 파열되고, 머리에는 뇌수가 쏟아져 나오고 피를 흘리는 부상병들을 깔개나 덮는 것도 없이 거의 포개어 얹다시피 실은 짐마차들이 길에 그냥 서 있거나 진흙길을 기어갔다. 굶주린 소들과 추위에 떠는 여윈 말들은 자신의 힘으로 감당할 수 없는 엄청난 짐이 실린 마차를 끌 생각을 하지 못하고 진흙탕 위에 그냥 누워 있었다. 제대로 먹지 못하고 돈도 받지 못한 마부들은 이송 중에 죽은 부상병들을 무서울 정도로 냉정하게 마차에서 끌어내려서 길에 방치했다. 사람, 말, 마차가 30베르스타 거리를 가득 채웠다.

　3일이 걸려 심페로폴에 부상병 마차가 도착하면, 거리의 집집마다 찾아다니며 부상병들을 떠맡겨야 했다. 어떤 집은 부상병을 받으려 하지 않았고, 어떤 집은 많은 서류작업을 한 후에야 받아들였다. 거부된 부상병은 다른 집으로 보내졌지만, 불구가 된 영웅들의 슬픈 기차 같은 행렬을 받아들일 의무는 아무에게도 없는 것처럼 많은 집들이 부상병 받기를 거부했다. 박정한 착취자들의 안전을 위해 용감하게 저항하며 싸운 불행한 병사들은 몇 시간을, 어떤 때는 꼬박 하루를 명예로운 피에 젖은 상태로 먹지도 못하고 보온도 못한 채 마차 위에 그렇게 그냥 누워 있어야 했다. 일부 병사들은 '마차 위에서 얼어 죽었다.' 불구가 된 병사들은 길에서 구걸을 하며 배를 채워야 했다. 나는 병사들에게 적선한 사람들을 안다.

190

그러나 이런 비극의 배경은 이집트로 가는 여행24도 아니고, 사람도 없고 낯선 아시아 땅을 탐험하는 것도 아니고, 오래전부터 예견되고 준비된 전쟁이며, 우리 조국 땅에서 벌어지고 사람들이 살고 있는 지방과 제대로 된 통치를 담당하는 온갖 국가기관들이 있는 지역에서 벌어진 전쟁이다.

특별히 불명예를 얻은 것은 이른바 감독관(погонец)들이었다. 이들은 탄약, 보급품, 부상자 운송 등 인민위원들의 여러 업무를 덜어 주기 위해 지명되었다. 각 장교에게는 감독관, 마차, 소 등으로 구성된 소부대가 배정되었고, 이들은 주민과 가축, 수송대를 보호하는 명목으로 일정액의 정부예산을 지원받았다. 심페로폴 주민들은 공공의 전투 업무를 담당한 이 고상한 행동가들을 오랫동안 잊지 않을 것이다. 교육받지 못하고 가난한 사회 하층계급에서 한시적으로 모집된 이 감독관들이 도시에 들어온 첫손님이었다.

이들은 사륜마차를 끌고 다니며 거대한 놀이를 시작했다. 여자를 정부로 거느리고, 좋은 장소를 차지하고 샴페인을 마시며 흥청망청했고, 유대인들은 마치 세금을 거둘 권리를 가진 사람이 된 듯한 이들의 비위를 맞추었다. 그러나 이들에게 배정된 병사들은 아무 혜택도 받지 못했다. 이들은 주민들이나 가축들에게 아무 식량도 배급하지 않았다. 여윈 소들이 버려진 교외를 배회했고, 사람들은 집집마다 찾아다니거나 거리를 돌아다니면서 걸식하여 겨우 입에 풀칠을 해야 했다.

---

24 〔역주〕성서에 나오는 이야기이다. 가나안 땅에 기근이 들자 야곱의 아들들이 식량을 구하러 이집트로 간 것에 전쟁의 비극을 비유한 것이다.

감독관들의 이런 약탈은 주민들과 관리들의 눈으로 보기에 너무나 공개적으로 자행되어 큰 영향을 남겼기 때문에 사실 우리가 상상하는 수준을 초월한다.

우리 병사들이 배를 곯았다는 것과 온갖 고난에 상시로 시달렸다는 이야기를 듣고서, 나는 우리 주(州)에서 크림반도에서 싸우는 아군을 위해 어렵게 엄청난 양의 식량을 모아 보낸 사실을 상기하지 않을 수 없었다. 내가 생생히 기억하기로는 아직 농노제가 시행되고 있던 그 시절에 농노들의 일을 중단시키고 이들과 말들을 전선으로 보냈다. 우리는 마차를 사고, 밀가루로 부대를 채우고, 마른 빵을 굽고 우리가 비용을 대서 이 모든 것을 계속 마차에 실어 수천 베르스타나 떨어진 전선으로 보냈던 것을 생생히 기억한다.

그러나 우리가 보낸 밀가루가 병사들의 입에 들어가기 전에 썩고 상했다는 얘기를 들었다. 나는 심페로폴과 다른 도시를 소개(疏開)시킬 때 이 식량들이 비바람에 노출된 채 거대한 담벼락을 이루며 방치되어 있었다는 얘기를 들었다. 공무원들이 오랫동안 서류작업을 하는 동안, 이 식량들은 아무 서류도 필요하지 않은 자연의 법칙에 따라 썩어버렸다. 우리의 헌물을 운송해온 농부들은 '이 헌물을 넘겨주기 위해 돈을 지불해야만 했다.' 그렇지 않으면 이 기부 식량을 인도하지 못하고 끝없이 대기해야 했다. 수천 베르스타의 엉망이 된 길을 통해 운송해온 식량으로, 전쟁으로 파괴된 나라의 말과 사람들을 먹이는 것은 큰 비용이 들었다.

나는 이런 당시 상황을 많은 크림 주민들로부터 들은 게 아니었다. 교외의 한 지주로부터, 비를 맞아 너무 썩어서 가축의 사료로도 쓸모

없게 된 수천 포의 밀가루 부대들을 자기 영지의 연못에 버렸다는 이야기를 들었다.

정말 이상한 일은 이제부터다! 도둑 관리들을 쫓아내거나 총살하지 않고, 우리가 추방하고 총살시킨 것은 가장 성실한 크림의 원주민인 타타르인들이다. 이 전쟁에서 조용하면서 쓸모가 많은 이 민족만큼 모욕을 당한 민족은 없다. 타타르인들은 배신행위를 했다고 모욕을 받았다. 타타르인들은 오직 자신들만이 행복하고 부족함을 느끼지 않고 살 수 있는 오래된 고향땅을 떠나도록 강요받았다. 크림반도에 와서 한 달만 살아 본 사람은 타타르인들을 추방시키면 크림이 바로 죽는다는 것을 안다. 타타르인들만이 물을 찾고 끌어오는 비법을 알고, 가축과 정원을 돌볼 수 있어서 독일계 민족25이나 불가르족26이 오래 살지 못하고 떠난 메마른 스텝 땅을 견디며 살아왔다.

수십만 명의 성실하고 인내심 많은 노동력이 농업에서 추방되었고, 낙타 떼는 거의 사라져버렸다. 전에는 이곳에 30여 개의 대규모 양떼가 있었지만, 지금은 하나의 양떼만 남았다. 전에 분수가 있던 자리는 지금은 텅 빈 수조가 되었고, 전에 많은 주민이 거주하며 가공업이 번성했던 농촌은 황량해졌다. 이 폐촌들이 예전 농촌들처럼 하나의 군(郡)을 구성하고 있다. 예를 들어 옙파토리야군을 통과하여 여행하면

25　〔역주〕독일계 민족: 크림반도에 거주하는 동고트족의 존재는 3세기부터 알려졌다. 4세기 훈족의 침입 때 크림반도로 피신하여 산악지역에 거주한 것으로 보인다. 16세기부터 유럽 학계에 크림반도에 거주하는 고트족의 존재가 알려졌다.

26　〔역주〕불가르족(Bulgars): 원래 카스피해-볼가강 유역에 거주하던 터키계 유목민족이었으나, 우크라이나 스텝지역을 거쳐 7세기에 현재의 불가리아 땅에 정착했다.

사해(死海)를 여행하는 것과 같은 느낌을 받는다. 타타르인들이 떠난 다음 품삯과 생활용품 가격이 감당하기 힘든 수준으로 뛰어서 크림의 도시들에 남아 있던 얼마 되지 않던 마지막 인구들도 도시를 떠나게 되었다. 다른 말로 하면 타타르인들이 추방당한 후의 크림반도는 화재를 당한 집 같았다.

그러나 과연 타타르인들이 정말 이적행위를 했다손 치더라도, 아무리 안타까워도 이들을 추방하는 것이 정말 불가피한 일이었는가? 나는 크림반도에 들어서면서 그런 생각을 했고, 오는 도중에도 나를 태워 준 러시아인 마부가 타타르인들의 배신행위에 대해 이야기해 주었다. 러시아에서는 이것이 의심할 수 없는 사실로 받아들여지고 있다. 하지만 이곳에서 내가 만나는 모든 토박이 주민은 타타르인에 대한 근거 없는 추악한, 온 지역에 불행을 일으킨 질책을 경멸했다. 모두가 한목소리로 타타르인들 도움이 없었다면 우리는 크림전쟁에서 살아남지 못했을 것이라고 말했다. 모든 운송수단과 모든 생활용품은 타타르인들 손에 들어 있었다.

알마전투 후 산악지역부터 북쪽으로 러시아 부대는 없었다. 적군의 척후병들이 바흐치사라이에 들어왔을 때 도시 안에는 10명의 코자크 병사만 있었다. 옙파토리야에 적군이 상륙했을 때 옙파토리야는 심페로폴로부터 돌판처럼 평평한 길로 겨우 63베르스타 떨어져 있었다. 시 간부들과 경찰들은 심페로폴을 버리고 도망갔다. 소요가 일어나기에 이보다 더 좋은 기회가 어디 있겠는가? 바흐치사라이에는 타타르 주민들이 밀집해 거주하고 있었고, 이슬람 광신주의, 이슬람 전통, 이슬람의 부와 지혜의 중심지였다. 심페로폴 주민의 4분의 3이 타타

194

르인이었다. 스텝을 둘러싼 지역과 계곡 지역에도 인구가 밀집되고 오래된 타타르 촌락이 산재해 있었다.

누가 또 무엇이 대규모 반란을 막았을까? 타타르인들이 불만을 가질 이유는 여러 가지가 있었다는 것을 인정해야 한다. 이들은 농노보다 더 가혹한 환경에서 타타르 지주(мурзак)의 압제에 시달리고 있었다. 그들은 지주의 땅에 거주하는 권리를 얻기 위해 모든 시간과 모든 노동을 빼앗겼다. 이들은 매 순간 추방될 수 있다는 위협에 시달렸다. "우리는 무르작의 손에서 벗어나기 위해서라면, 터키는 물론이고 불길에라도 뛰어들었을 것이다"라고 한 타타르 자유주의자가 내게 말했다.

우리 관리들이 어떤 일을 했을까는 지금 그들이 하는 일을 보고 상상하면 된다. 세금만 거둬들일 줄 아는 우리 관리들은 마호메트 광신주의자들의 선전은 때에 맞춰 제지하지 못했다. 터키의 궁전에서 파견된 이들은 전쟁 전 오랜 기간 동안 크림반도 여기저기에 퍼져서 모든 수단을 동원해 주민들 사이 종교적 적대감을 선동했다.

여러 인물들이 각자 나름의 방법으로 러시아에 대항하는 투쟁에 끌려 들어온 것은 아주 당연하다. 그러나 타타르 주민들이 밀집해 거주하던 도시들과 교외는 평온했다는 사실은, 타타르인들 전체가 충성스럽고 평화를 선호하는 태도를 보였다는 증거가 된다. 바흐치사라이의 경찰서장이던 '쉬'라는 남자는 적들이 상륙했을 때 그 직위를 유지하고 있었기 때문에 당시 타타르의 분위기와 행위를 평가하기에 가장 적당한 사람이다.

그가 증언하기를, 러시아군이 벨베크 고지를 점령하기 전까지 가장 위험했던 시기에 시내에서는 단 한 건의 불복종행위도 없었다. 심페로폴에서는 헌병과 경찰들이 떠나기만 하면, 타타르인들이 러시아인들을 칼로 벨 것이라는 소문이 크게 돌았다. 하지만 이러한 소문의 폭발성을 알고 있었던 타타르인 자신들은 이 소문에 크게 당황했다. 정작 헌병이 떠난 후 주민들 중 어느 누구도 머리 털끝 하나 상하지 않았다. 타타르인들이 러시아 측에 사격을 가했다는 옙파토리야에서만 반역의 증거가 제시되었다.

그러나 적들이 뒤에 서서 강요하면, 타타르인이 아닌 이들 중에도 그런 상황에서 자기 종족을 향해 사격하지 않을 사람이 얼마나 있겠는가? 옙파토리야에서는 연합군이 타타르인들에게 총을 겨누고 공격의 선봉에 서서 사격을 가하도록 강요하며, 자신들은 뒤에 서 있었다. 전반적으로 옙파토리야군은 가장 소요가 심했던 지역으로 알려져 있다. 실제로 타타르인들은 더 이상 도주하거나 포로로 잡힌 지방 경찰서장의 명에 따르지 않고, 군의 행정을 관장한 연합군이 내세운 새로운 치안책임자의 말을 따랐다. 우리 러시아인들도 만약 그런 상황에 놓였다면 명령에 복종하지 않았겠는가.

타타르인들이 자신들 손에 떨어진 이전의 행정책임자들에게 모욕을 주고 형벌을 가한 것은 사실이다. 하지만 내가 한 지역의 치안책임자였다가 타타르인들에게 잡힌 사람으로부터 들은 얘기로는, 타타르인들은 이전에 아무 근거도 없이 타타르인들에게 굴욕을 주었던 수뢰자와 압제자에게만 모욕을 주고 폭행을 가했다고 한다. 이와 반대로 선량하고 학정을 펴지 않았던 사람들은 타타르인들에게 잡혀 있는 동안 잘 보호되었고, 불평할 만한 어떤 부당한 대접도 받지 않았다.

타타르인들이 러시아 정부에 반역한 것이 자발적 의사에 의한 것인지 다시 한 번 생각해 보아야 한다. 적군이 상륙해서 점령한 지역에 있던 타타르인들도 조용히 있었고 러시아에 대한 충성을 저버리지 않았다. 내가 아는 지주 중 한 사람은 적군이 상륙한 다음날 부를류크에서 멀지 않은 자신의 영지로 가서 만일 적군이 다가오면 건초와 곡식에 불을 놓으라고 명했고, 타타르인들은 가슴에 손을 얹고 명령에 따르겠다고 약속했다고 한다. 적군이 오자 이들은 명대로 건초에 불을 놓았는데, 그런 사람들을 반역자라고 부르다니! 만에 하나 타타르인들이 반역자가 되었다면, 판결을 내리는 사람은 자신들의 행위를 증명했어야 한다. 작전 수행 중에 이 불쌍한 사람들에게 행한 짓을 모두 참고 견디려면 알라신의 진정한 숭배자와 숙명론자가 되어야 한다.

아직 살아 있는 목격자들의 말에 따르면, 옙파토리야에서 멀지 않은 곳에서 처음으로 러시아 국기를 내리고 전투도 하지 않고 적군에게 대포를 내주며 치욕적 패배를 당한 유명한 러시아 군지휘관은 술잔치를 벌여 놓고 타타르 노인들의 옷을 완전히 벗긴 다음 수건으로 감싸고 자신의 술친구들이 보는 앞에서 이들을 칼등으로 무자비하게 때렸다고 한다. 그는 이것을 반역행위를 박멸하는 의식이라고 불렀다고 한다. 반역자는 한 마을에서 다른 마을로 이동하다가 코자크 병사의 눈에 발각된 죄밖에 없었다.

타타르인들이 20명 이상 모여 있으면 코자크 병사들은 이들에게 사격을 가했다. 이것도 반역행위이다. 코자크들은 이런 일을 즐겨서 크림 인구 전체를 반역자로 보았다. 이런 구실로 이들은 양떼들을 몰고 가고, 타타르 마을뿐만 아니라, 크림에서는 잘 알려져 있지만 내가 이름을 밝힐 수 없는 러시아 지주의 장원도 불 질렀다. 그들은 마치 정복자처럼 민가에 들이닥쳐 거울을 부수고, 귀중품을 찾는다며 이불과 가구들을 칼로 찔러댔다. 타타르인들은 이들을 피해 숲속이나 적군 진영으로 도망갔다.

우리 병사들도 코자크 병사들과 크게 다르지 않은 경우가 많았다. 칸투간 상륙을 직접 목격한 사람의 이야기가 전형적인 예이다. 지주들이 피란을 떠나자 집에는 남자 하인 한 명과 여자들 몇 명만 남아 있었다. 그 집에 상트아르노[27] 원수가 들어왔다. 그는 사람들에게 물어보았다.

"안주인은 어디에 계신가?"

"이미 떠나셨는데요."

"괜한 일들을 했군. 그대로 여기 남아 있어도 아무 일 없었을 터인데. 어디가 주인의 방인가? 침실은 어디인가?"

하인들은 그를 침실로 안내했다. 상트아르노 원수는 침실에서 성상화를 보자 그것들을 떼어내라고 했다. 왜냐하면 터키군이 성상화에 모욕적인 일을 할 수 있기 때문이다. 한 여자가 성상화를 떼어내자, 원수는 그것을 정성스럽게 싸서 옷장 안에 감추었다. 그는 그 방을 사용했지만, 종이 한 장 건드리지 않고 처음 왔을 때 있던 모습 그대로 그 방을 간직했다.

마을에 기거한 모든 병사들과 장교들도 가장 예의 바른 손님처럼 겸허하게 생활했다. 하인 중 한 명이 병사들이 나무에 말의 고삐를 매어

---

27 상트아르노(Sent-Arno) : 아르만 자크 레루아 데 상트아르노(Armand Jacques Leroy de Saint-Arnaud, 1798~1854). 1854년에 크림반도에 상륙, 알마강 전투 때 프랑스군을 지휘했으나 콜레라로 사망했다.

서 나무가 상한다고 불평하자, 잘못을 저지른 병사는 도열한 병사들 앞으로 끌려 나와 짧은 줄로 만든 채찍으로 심하게 맞았다고 한다.

"우리는 이 지역 농장을 황폐화하려고 이곳에 온 것이 아니다!"

물론 마을에서 주인의 허락을 받지 않고 황소 떼를 징발한 적도 있었지만, 순금으로 그 값을 보상해 주었다고 한다. 타타르 목동들은 후에 적들이 지불한 수십 기니의 금화를 지주에게 전달했다고 한다. 상트아르노 원수가 칸투간을 떠날 때 그는 방문을 열쇠로 잠그고, 자신이 직접 쓴 편지와 함께 그 열쇠를 집주인에게 전달하도록 명령했다고 한다.

프랑스군이 떠나자마자 우리 러시아군이 마을로 밀려들어왔다. 근처에 있던 지주의 형제가 달려왔으나, 방에는 이미 2명의 장교가 앉아 주인의 서류를 뒤지고 있었다고 한다. 장교 중 한 명은 지주의 전우였던 자였다. 모든 것이 이미 철저하게 어지럽혀지고 망가져 있었다. 피아노는 부싯돌로 수도 없이 긁혀져 있었고, 군인들이 장난으로 쓴 큰 글씨가 있었다.

"아, 아쉽다. 멋진 피아노인데."

천장에는 사방에 숨겨진 금괴가 있을 것이라고 생각한 코자크 병사들이 창으로 찌른 흔적이 여기저기 나 있었다.

이것이 지주 가족 중 한 사람이 나에게 얘기해 준 것이다.

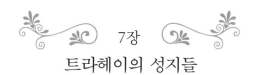

7장
트라헤이의 성지들

트라헤이반도[1] 전체 모습과 역사 — 헤르소네스 수도원 — 게오르기 수도원
— 바다와의 만남

세바스토폴 인근에서 나는 편안한 느낌을 가질 수 없었다. 이곳의 수
많은 묘지들은 담장이 쳐져 있고 십자가에 덮여 있었지만, 이 탁 트인
벌판에 서 있는 나는 왠지 묘지 위에 서 있는 것 같았다. 좀더 정확히
말하면 여기에는 우리 러시아에서 보는 것과 같은 '넓게 탁 트인 들판'
은 없다. 여기는 수 베르스타에 걸쳐 무질서와 파괴의 흔적이 남아 있
다. 군대 병영의 흔적, 참호와 다면보루 등 모든 전쟁의 유물들이 많
지만 이것들이 파괴의 주요한 요소는 아니다.

---

1 트라헤이(Трахейский) 반도: 카메니(Каменный) 반도를 가리킨다. 저자가 황량
   하고 돌이 많은 골짜기로 묘사한 게라클레이스키(Гераклейский) 반도의 19세기
   이름이다.

무언가 알 수 없는 아주 강하고 오래된 힘이 여기에 조용히 맴돌고 있다. 돌들이 마치 뜯어먹힌 시체의 뼈처럼 땅 아래서 튀어 올라오고, 돌덩어리들이 산에서 쏟아져 내린다. 땅의 한 뼘마다 돌이 발에 걸린다. 기름지고 따뜻한 토양은 많은 풍요로움을 잉태하고 있지만, 여기서는 러시아식 나무 쟁기도 아무 소용이 없다. 이 땅은 사람에게 쉽게 항복하지 않는다. 계곡 어딘가에 단지 몇 개의 밭이랑이 만들어져 있을 뿐이다.

러시아 땅에만 살아 본 나는 이곳에서 다소 무섭고 불편한 느낌을 받았다고 고백하고 싶다. 우리는 분명하게 정해진 것이 없고, 각 장소가 이렇게 제 마음대로 펼쳐져 있는 것에 익숙하지 않다. 우리 러시아 땅은 어디를 가나 매끈하고 평평하고, 아주 정교하지는 않더라도 경작하기에 알맞게 적응되어 있다. 들판은 들판으로서, 사람은 사람으로서, 목초지는 목초지로서 모양을 갖추고 있다. 기억할 수 없는 오래전부터 데샤티나 면적의 농토는 이반 페트로프가 주인이고, 다른 데샤티나 땅은 표트르 이바노프의 것이다.[2] 여기서 이반 페트로프의 할아버지가 농사를 짓다가 생을 마쳤고, 나중에 그의 손자도 이곳으로 올 것이다.

이런 혼란스런 상황은 세바스토폴 주변뿐만 아니라, 크림반도의 대부분의 지역에서 발견된다. 여기서는 농가나 농사가 황량한 돌밭 계곡에 내버려진 것 같고, 이것들은 갑자기 예상치 못하게 나타났다가, 내일이면 다시 다른 사람에게 팔려나갈 것 같다. 그래서 그들의 존재

---

2   〔역주〕'이반 페트로프'(Иван Петров) 나 '표트르 이바노프'(Пётр Иванов) 는 러시아에서 가장 흔한 이름과 성이라 할 수 있다.

를 아는 사람이 거의 없다. 오늘은 이 사람 소유가 되었다가 내일은 저 사람 손에 들어갈 수 있다.

이 지역을 메우고 있는 쓰레기 더미 속에 집들도 큰 더미처럼 보인다. 주변 전체가 주인이 없는 거대한 지저분한 마당처럼 보이는 것과 마찬가지로 이 집들은 마치 아무에게도 필요하지 않은 것처럼, 아무도 돌보지 않는다. 그렇지만 이런 쓰레기 더미 속에서 우리 러시아 흑토지대에서 버들이 잘 자라듯이 호두나무와 복숭아나무가 쉽게 자라난다. 이 망가진 들판에서 엎어지면 코 닿을 거리에 아름다운 만들이 펼쳐진 따뜻한 바다가 나타난다.

가슴속이 슬프면서도 마음이 편하지 않다. 이런 심정은 아마도 위대했던 도시와 제국의 유물들을 섭렵하는 과정에서 감수성이 풍부한 시리아 여행자도 느꼈을 것이다. 주변을 돌아보면 마치 꿈꾸는 것 같고 적막감만 감돈다. 자신의 생을 풍부하게 꽃피운 과거가 안개 긴 저 먼 거리에 서 있으면서 빈궁한 현재와 완전히 동떨어져 있는 것 같다. 괜히 이 돌들이 누가 파헤쳐 약탈한 묘지와 같은 느낌을 주는 것은 아닌 것 같다. 실제로 내가 밟고 서 있는 땅은 수천 년의 역사를 가진 거대한 무덤이다.

우리는 너무 스스로의 편견에 사로잡혀 사물을 제대로 분석할 능력을 가지고 있지 못하다. 역사적 진보에 대한 신념은 사려 깊은 사람들이 생각하는 것보다 더 자주 마주하는 역사 퇴보의 광경 앞에서 우리 눈을 어둡게 한다. 18세기와 19세기의 키케로나 타키투스 같은 사람들이 현재의 나폴리나 로마 수도사회의 구성원이 되고, 페리클레스나 소크라테스가 현대 입법기관의 구성원이 되었다고 생각하면, 역사의 진보를 믿기 전에 좀더 신중하게 생각하게 될 것이다.

지금은 얄타와 심페로폴군의 작은 부분을 차지하고, 지역경찰의 변두리 관할지역에 불과한 트라헤이반도는 역사의 번성기에는 강력한 별개 국가를 형성하고 있었다. 이 국가는 선단을 파견하고, 공격해온 외국 함대를 격파하고, 먼 나라들과 활발한 교역을 하고, 주변국들에는 무서운 적국이나 소중한 동맹국으로 취급받았다.

그 시기에 이 황량한 구석은 정체된 무지의 어둠 속에서 찬란히 번쩍이는 빛과 생명의 몇 안 되는 중심지 중 하나였다. 이 지역에서는 유럽 역사 전체의 길을 밝히는 고귀한 그리스 민족의 정신이 빛을 발했다. 우리 러시아인들도 러시아정교회에서 사도와 같은 수준으로 숭배되는 대공3을 통해 그 빛을 받아들였다.

트라헤이반도라는 이름은 '돌이 많은 반도'라는 뜻이다. 여기는 유명한 헤르소네스(Херсонес)를 건설한 헤라클레스 정주민들의 이름을 따서 '헤라클레스반도'라고도 불린다. 이 도시의 건설은 기원전 6세기 초에 이뤄진 것으로 여겨진다. 이 시기에 크림반도의 그리스인들의 고대 식민지인 페오도시야(Феодосия), 판티카파움(Пантикапея), 카르키니트(Каркинит) 등이 건설되었다.

헤라클레스반도는 북쪽으로는 세바스토폴만, 고대 크테눈만과 면해 있고, 서쪽과 남쪽은 수많은 만들을 가진 바다로 둘러싸여 있다. 이런

---

3 〔역주〕 블라디미르 대공(Володимѣръ Свѧтославичь, 958~1015, 재위 980~1015) : 스바토슬라브의 아들로 988년 비잔틴으로부터 기독교를 도입했고, 영토 확장을 통해 키예프 루스 왕조의 전성기를 이루었다.

보스포르왕국의 수도
판티카파움의 유적

지형은 펠로폰네소스반도4와 유사하다. 그래서 그리스인들에게 그리
스 본토를 떠올리게 하는 크림반도의 남서쪽이 다른 곳보다 먼저 그들
의 주의를 끌었으리라고 생각하는 것은 어려운 일이 아니다. 반도의 남
동쪽은 스트라보가 '좁은 하구'라고 부른 발라클라바만으로 인해 크림
의 나머지 지역과 어느 정도 분리되어 있다. 북동쪽은 남동쪽에서 북서
쪽 방향으로 흐르는 '검은 강'(Биюк Узень, Чоргун)에 의해 크림의 나머
지 지역과 분리된다. 늪지대인 계곡은 몇 곳에서만 사람이 건너갈 수
있다. 헤라클레스 정주민들이 차지한 작은 땅은 이렇게 형성되었다.

---

4   펠로폰네소스(Пелопоннес) 반도: 그리스어를 직역하면 펠로프스의 섬으로, 신화
      에 나오는 영웅의 이름에서 유래했다. 그리스 남부의 반도로 대륙과 코린토스 지
      협으로 연결된다.

해상무역의 발달에 적합한 가장 많은 자원을 보유한 이 반도는 동시에 이웃 민족들과도 떨어져 있었다. 처음에는 타브리아족, 그다음으로는 고트족, 다음으로는 폴로베츠족,5 다음에는 하자르족6 등이 이들의 이웃이 되었다. 이것 말고도 헤라클레스 정주민들은 발라클라바만부터 초르나야강 하구까지 동쪽에 방어벽을 쌓았다. 최근에 우리 여행가들인 클라르크,7 팔라스,8 무라비요프9가 이쪽 방향을 따라 이 성의 흔적을 찾아냈다.

몇 평방 베르스타에 돌이 많은 토양이 깔려 있는 이 넓은 터에 약 2,000년간 유명한 도시가 번성했다. 이 도시는 여러 주변 지역에 촌락, 공방, 온갖 종류의 상업·농업 시설들을 가지고 있었다. 여기에 멋진 과수원들과 관개시설이 만들어졌다. 당대의 기록을 보면, 나라

---

5   〔역주〕폴로베츠족(Polovets): 터키계 유목민족이다. 아시아에서는 킵차크족(Kipchaks), 유럽에서는 쿠만족(Cumans)으로 알려졌다.
6   〔역주〕하자르족(Khazars): 터키계 반유목민족이다. 키예프 루스 동쪽과 카스피해에 걸쳐 7세기 중반부터 10세기 중반까지 번성했다. 지도층이 유대교를 신봉했고, 전쟁과 정복보다 중동, 키예프 루스, 중국과의 교역을 통해 국력을 키웠다.
7   클라르크(Edward Daniel Clarke, 1769~1822): 영국 여행가 겸 작가로, 케임브리지대학을 졸업하고 동 대학에서 광물학 교수를 지냈다. 1790년부터 러시아와 크림반도를 비롯한 여러 나라를 여행했다.
8   팔라스(Петер Симон Паллас, 1741~1811): 러시아 과학원 원사(1767), 자연연구자, 지리학자, 여행가이다. 러시아 여러 지역을 여행했고, 1794년 크림반도를 여행했다. 1795년 12월에 심페로폴 근처에 있는 살기르(Салгир, 현재 타브리아 V. I. 베르나드스키 국립대학의 식물원 부지)의 토지를 매입했다. 크림반도의 자연, 역사, 민속지학에 관한 여러 논문과 글을 남겼다.
9   무라비요프(Муравьев-Апостол Иван Матвеевич, 1768~1851): 러시아의 외교관, 과학원 원사, 작가이다. 1820년 10월에 크림반도를 여행했다.

전체가 작물이 잘 자라는 과수원들과 번성한 도시의 모습을 보여 줬다고 한다. 도시 안에는 많은 석상들과 신전들이 있었다. 인케르만에서는 뛰어난 석재가 채굴되었고, 칼라미타만 연안에서는 소금이 채취되었다. 물고기들은 크림 연안뿐만 아니라 드네프르강 하구에서도 풍성하게 잡혔다. 이 모든 산품들은 그리스, 소아시아, 이집트로 수출되었고, 헤르소네스는 주변 종족들이 경이롭게 생각하고 부러워하는 도시가 되었다. 풍부한 부를 가진 이 국가는 강력한 힘도 소유했다.

자신들의 이동 경로에서 만나는 모든 것을 철저히 파괴한 훈족이 이 지역을 포위했으나 점령하지는 못했다. 6세기에는 투르크족들이 이곳을 공략하지 못하고 물러났다. 그다음으로 코르순이 얼마나 끈질기게 블라디미르 대공의 공격을 막아냈는지는 역사를 통해 잘 알려졌다.[10] 그러나 이때 이미 쇠락이 시작되었다. 코르순은 많은 적들의 침입을 견뎌냈고, 폰티족, 로마인들, 타타르족 같은 수많은 크림반도 통치자들의 통치하에서도 독립성을 유지할 수 있었는데, 9세기에는 그리스의 식민도시 중 가장 중요한 곳으로 여겨졌다. 코르순은 4세기부터 독자적 주교관구가 되었다. 예수의 제자 중 한 사람인 안드레이가 선교를 위해 헤르소네스에 직접 온 것으로 추정된다.

트라헤이반도를 뒤덮은 이 쓰레기 더미들 밑에서 수세기 동안 지속된 다양하고 요란한 인간의 행적들을 누가 찾아낼 수 있겠는가? 카라

---

10 〔역주〕블라디미르 대공의 코르순 공략: 기독교를 받아들이기로 한 블라디미르는 비잔틴 황제의 여동생 안나에게 청혼하기 위해 크림반도 남단 코르순(Корсунь, 헤로소네소스)을 먼저 점령했다. 그는 코르순의 항복을 받아내기 위해 코르순을 포위한 성으로 들어가는 수로를 차단했다.

누(Карану) 촌과 여기저기 산재한 몇 가구의 농가가 고대시대의 촘촘한 거주지를 대신해 서 있다. 블라디미르 대공이 온 힘을 기울여 파괴하려 했던 관개시설은 말라 버렸고, 대리석으로 만든 신전들은 폐허가 되어 버렸다. 그 잔해들마저도 석공들이 훔쳐서 세바스토폴의 군대 병영을 짓는 데 써 버렸다. 이보다 더 힘들었던 시기에 이루어졌던 교역은 중단되었고, 파도에 밀려 트라헤이 해안에 떠오른 것은 달란트 금화가 아니라 여러 색의 조약돌뿐이다.

이 모든 것이 어디로 사라졌을까? 누구의 신비스런 쟁기가 역사를 대답 없는 돌이 많은 토양에 흔적도 없이 파묻었는가? 이런 상황에서 우리에게 역사적 사실은 중요하지 않다. 블라디미르 대공의 포위와 1363년 리투아니아 알게드라스[11] 공의 마지막 파괴도 중요하지 않다. 지상의 모든 것이 쇠락하듯이 이 도시도 쇠락했다. 이는 어찌 보면 당연한 일이다.

그러나 우리의 생각은 다음과 같은 질문을 던진다. 이렇게 유리한 위치에 그보다 비교할 나위 없이 훨씬 행복한 시기에 전과 같이 교역이 활발하고 세력이 강한 제 3의 헤르소네스[12]가 왜 나타나지 않았는가? 첫 헤르소네스의 건물들이 파괴된 후 그 돌들이 반도의 다른 곳으로 옮겨져 제 2의 헤르소네스,[13] 또는 이른바 코르순이라는 도시가 세워졌지만, 헤르소네스 주민들의 운명은 이런 시련을 통해 더 나빠지지는 않았다.

---

11 〔역주〕알게드라스(Algidras, 재위 1341~1377) : 몽골 지배 이후 키예프 루스 잔존 세력과 지역을 흡수하기 위해 1860년대에 키예프와 인근 지역을 침범했다.

12 〔역주〕제 3의 헤르소네스: 제3의 로마.

13 제 2의 헤르소네스: 스트라보노스 헤르소네스(Страбонов Херсонес) 혹은 소헤르소네스(Малый Херсонес)가 헤르소네스를 앞섰다는 가설이나, 19세기에 반박됐다.

코르순의 무덤 위에 세워진 '유명한 도시'라는 뜻의 세바스토폴14은 왜 코르순만큼 유명해지지 않았는가? 물론 세바스토폴도 유명해졌지만, 우리가 지금까지 얘기한 것과 아주 다른 이유로 그렇게 된 것이다. 역사학자들은 지리적·기후적 요인이 역사에 미치는 영향에 대해 많은 이론을 내놓았다.

지리적 요인 말고도, 때로는 다른 모든 결론을 무효로 만드는 인류학적 요인이 있는 것이 분명하다. 노동력을 제공하는 짐승들 중, 어떤 멍에를 멨는지에 상관없이 낙타가 버펄로 소보다 강하고, 버펄로 소는 황소보다 강하듯이 말이다. 사람의 종족들도 이와 유사한 상이점과 특징적 자질들을 가지고 있다. 트라헤이반도에서 헤라클레스 그리스인들이 정착민이 될 수 있지만, 러시아 상인이나 러시아 관료는 그리스인들이 한 일을 이룰 수 없다. 한 종족이 잘 가꾼 푸른 초장은 다른 종족의 손에 들어가면 똑같은 물, 토양, 하늘, 태양을 가지고도 메마른 황무지가 되기도 한다.

생활이 자유롭고 독자적으로 번성하고, 아무 장애 없이 진로와 수단을 결정하고, 스스로 위험부담을 지며 행복을 택할지 불행을 택할지를 결정하고, 이익과 손해를 선택하면 큰 차이가 난다. 아니면 타인의 손에 의해 만들어진 틀에 들어가거나, 의식 없는 기계처럼 일정 기간, 일정한 목적을 향해, 일정한 규모로 그냥 끌려가도 큰 차이가 난다. 미리 그려진 설계도와 규모는 자신들만 아는 전문가와 비평가에 의해서, 즉

---

14 세바스토폴(Севастополь)은 그리스어에서 유래한 명칭이지만 여러 의미로 해석된다. 현재 가장 많이 통용되는 해석은 '숭배를 받을 만한 위대하고 존경스러운 도시'다.

진행되는 일상적 생활에 의해 정당화되는 일은 드물다. 관리들이 지배하는 도시들도 자유로운 주민공동체에 의해 잘 풀려나갔던 이러한 일에 영향을 미치지 못하는 것은 당연하다.

여러 세기에 걸쳐 헤르소네스의 역사는 민간 주민들의 질서에 의해 결정되었다. 이 질서로 인해 아무리 지리적·기후적 환경이 각양각색이라 해도 네덜란드인들이 아프리카와 유럽에서 마찬가지로 아메리카에서도 그런 것처럼 페니키아인들을 포함해 여러 종족들이 각기 다른 시기에도 언제나 동일한, 풍요롭고 자연적인 결과물이 가능한 것이다.

헤르소네스에서 가장 뛰어난 수도원15은 헤르소네스에서 가장 유명한 유적지의 잔해 위에 세워져 있다. 카란티나야만이 이곳을 세바스토폴과 분리시키고 있고, 바다는 이곳의 발치 끝까지 흘러들어온다. 고대도시의 잔해가 넓은 면적을 차지하고 있다. 그러나 이들은 방어둑과 참호, 망가진 병영과 뒤섞여 있어서 이 유적들을 자세히 수색해 볼 생각을 싹 사라지게 만든다. 16 수도원은 아늑하거나 아름답지 않고 어떤 특별한 외형을 하고 있지 않다. 이것은 내가 앞에 얘기한 장원들 같이 오늘 세워졌다가 내일이면 사라질 듯한 모양을 하고 있다. 이 수도원의 마당과 몇 개의 교회는 서로 떨어져 있는데, 그들이 모습을 보인 천년의 잔해에서 아직도 미처 나오지 못한 듯이 보인다. 전체적 인상은 혼란과 불안이다.

---

15   이 수도원은 1850년에 건립되었다.
16   1854년 프랑스 군대가 카란티나야만(Карантинная бухта) 뒤에 있는 방어선에서 포격을 가했던 성 올가 교회(1853년 건립)를 말한다. 교회는 적군의 방어선과 함께 러시아 포병에 의해 파괴되었다.

헤르소네스, 성 블라디미르 교회 (2004년 재건)

　그러나 수도원 자체는 새로운 것이고, 아직도 건설 중이다. 블라디미르 대공이 세례를 받았다고 전해지는 자리에 세워진 성 블라디미르 교회[17]는 겨우 아래층의 절반 정도만 재건축된 반면 수도원장과 형제들의 훌륭한 숙소는 완전히 재건축되었다. 이 숙소는 처음에 인노켄티의 계몽 시기에 헤르소네스의 잔해들 위에 만들어졌다는 2채의 초라한 교회보다 훨씬 거대하다. 하지만 이 방들도 특별한 건축적 양식을 보여 주지

17　18세기 말부터 진행되던 헤르소네스의 발굴 작업 중에 세례방(крещальня)이 달린 교회가 발굴되어 오랫동안 블라디미르 대공의 세례 장소로 간주되었다. 1861년 이곳에 교회 기초 공사가 시작되어 1892년에 완공되었다. 교회 설계자는 그림(Д. И. Гримм), 건설 작업을 감독한 건축가들은 차긴(М. Н. Чагин), 아르놀드(М. Ю. Арнольд), 티호브라조프(П. Ф. Тихобразов), 뱌트킨(К. Вяткин). 내부 벽화는 과학원 원사 코르주힌(А. Корзухин), 리스(П. Т. Рисс), 네프(В. И. Нефф), 화가 몰로킨(И. Т. Молокин), 마이코프(И. А. Майков) 였다. 현재 교회에서는 예배가 다시 진행되고 있다.

않고, 그리스나 러시아의 수도원이라기보다 프랑스의 성(城)과 닮은 느낌을 준다. 건물 주변은 깨끗하고 깔끔하게 정리되어 있었다. 건물 둘레에 꽃밭이 잘 가꿔졌고, 현관 앞에는 온실식물들이 목재 항아리에 심어졌고, 어깨에 메는 붉은 띠와 지휘봉을 든 수위만 없을 뿐이지 사방에 광택과 환한 빛이 넘치고, 모든 것이 화려하게 꾸며져 있었다.

설계와 기초를 보고 판단하건대, 블라디미르 교회는 단순하면서 거대하고 완전히 러시아식으로 지어질 것 같았다. 그 한가운데는 아직 대리석 보좌와 몇 개의 부서진 대리석 기둥이 서 있었고, 몇 개의 대리석 연단도 남아 있었다. 여기에는 위에 언급한 것 말고도 우물 같은 구조물이 있다. 바로 이 교회에서 블라디미르 대공이 세례를 받았다고 사람들은 확언하지만, 이를 증명할 자료는 없다.

이 교회 바로 옆에는 또 다른 교회 아니면 이 교회의 부속건물의 잔해가 고스란히 남아 있다. 그 안에는 대리석 연단이 원형극장식으로 나 있어서 교회의 건축 형태가 선명히 드러난다. 이 좌석들은 제단을 중심으로 반원형으로 만들어져 있어 사제들이 앉는 자리였던 것처럼 보이고, 화합 예배18 장소로 사용된 듯하다.

좀더 떨어진 곳에서 나는 앞에 이야기한 것과 완전히 유사한 두 교회 건물의 흔적을 보았는데, 크지 않은 이 건물들은 흰 대리석으로 만들어진 십자가 형태를 띠고 있었다. 기둥, 처마의 수평 받침대, 보좌, 좌석, 십자가의 잔해들이 수도원 마당에 수북이 쌓여 있었다. 그러나 최근에 진귀하거나 흥미로운 유적은 발견되지 않고 있다. 크림전쟁 중

18　〔역주〕화합 예배: 몇 명의 사제가 진행하는 예배이다.

헤르소네스의 그리스 유적

프랑스군은 고고학적 발굴을 위해, 그리고 그보다 더 포대를 만들기 위해 헤르소네스를 많이 파괴했다.

그전까지만 해도 관광객들은 헤르소네스 유적지에서 훨씬 더 온전하고 흥미로운 잔해들을 볼 수 있었다. 유적발굴 작업에서는 많은 해골과 뼈들이 나왔다. 이것들은 십자가 밑에 만들어진 분묘에 모두 모아졌는데. 어찌된 일인지 이 분묘의 옆은 열려 있었다. 나는 그 안을 들여다보았는데, 무덤에서 발견될 수 있는 모든 유골들이 차곡차곡 잘 전시되어 있었다. 골반뼈는 골반뼈대로, 두골은 두골대로 차곡차곡 쌓여 있어서 두개골학19 연구자 입장에서는 풍부하고 진귀한 보고

19　두개골학: 해부학의 한 분야로 두개에 대한 학문이다.

헤르소네스의
그리스 시대 모자이크 바닥

였을 것이다. 해안을 덮고 있는 다양한 흙더미와 구덩이들을 파서 대
수롭지 않은 고고학적 매장물들을 주워 모은 다음 나는 내가 본 것들
에서 전혀 큰 감동을 느끼지 못하고 헤르소네스를 떠났다.

세바스토폴에서 게오르기 수도원20까지의 거리는 12베르스타였다.

---

20 게오르기 수도원: 891년에 기초가 놓아졌다. 전설에 따르면 이보다 1년 전, 그리스
    인 몇 명이 항해 중일 때 갑자기 폭풍이 닥쳤으나 해변으로부터 120m 떨어진 선바위
    위로 피신했다고 한다. 이들이 성 게오르기에게 기도를 올리기 시작하자마자 폭풍
    이 가라앉았고 선바위에 성인의 이콘이 나타났다. 그 뒤에 선바위가 '성스러운 출현
    의 바위'(Скала Святого Явления) 혹은 '게오르기 바위'라는 이름을 얻었다. 자신
    들의 구원에 대한 답례로 그리스인들은 선바위 맞은편 해변에 동굴수도원을 건립했
    다. 1815년에 성 게오르기 교회인 아래 교회가 헌당되었고, 1850년에 성십자가 찬
    양의 날(Воздвиженья) 교회인 위쪽 교회가 헌당되었다. 수도원 1,000주년 기념으
    로 동굴교회가 재건되었고 바위 위에는 석제 십자가가 만들어졌으나 1917년 혁명
    후 파괴되었다. 1991년에 수도원 1,100주년 기념으로 바위 위에서 철제 십자가가
    세워졌다. 현재 수도원은 다시 문을 열었고 건물 복원 공사가 진행되고 있다.

이 길을 가는 것은 아주 짜증나는 여정이었다. 황야와 폐허가 이어졌다. 무너진 농가들, 흙으로 메워진 참호들, 병영으로 덮인 언덕들, 그리고 모든 것이 돌로 돼 있었고, 사방이 돌투성이였다. 이 돌들은 다 어디서 가져온 것일까?

길을 가다 보면 한편으로는 우리의 적들이 주둔했던 카미셰프만이 보이고, 반대편으로는 이들이 묻힌 교회와 십자가로 만들어진 울타리가 보인다. 적들의 묘지는 잘 정리된 작은 마을처럼 보인다. 프랑스인 관리인과 경비원이 여기에 살면서 먼 이국땅에서 조국의 성물인 유해를 돌보고 있다.

오랜 시간을 달리는 동안 마부가 세바스토폴 공방전 당시의 여러 흥미로운 얘기를 해주었지만, 결국 이것도 지루하게 되었다. 나는 황야에서 볼썽사나운 종탑을 보았다. 그 옆에는 긴 병영이 있었다. 이것이 무엇이지? 이것이 게오르기 수도원이었다.

겨우 이 병영들을 보기 위해 3루블이라는 적지 않은 돈을 마차 값으로 지불하고 돌투성이 길을 12베르스타나 달려왔다는 것이 한심했다. 사방을 둘러봐도 바다의 흔적이나 산의 모습은 보이지 않았다. 황야만이 지평선에 산처럼 솟아 있었고, 그 한구석에 가장 평범한 모습의 수도원이 튀어나와 있었다. 나는 실망감을 안고 수도원 담장으로 다가갔다. 그러나 정경이 나아지지는 않았다. 군대식 정렬과 군대식 단조로움뿐이었다. 어디로 가야 하는가?

한 수도사가 수도원 마당을 가로질러 가고 있었다.

"수도사님, 이 수도원을 좀 구경할 수 있을까요?"

나는 말을 건넸다.

"마음 놓고 저 종탑 아래로 가 보세요. 거기서 모든 것을 볼 수 있습니다."

나는 종탑 아래의 입구로 갔다. 거기에는 아래로 내려가는 계단이 있었다. 계단을 타고 내려가자 밖으로 나왔다. 하나님, 맙소사, 내가 어디 있는 거지? 마치 죽은 듯이 볼 것 없는 황야에서 한 발짝을 내딛자, 나는 갑자기 막강하고 위압적인 절경에 압도되었다. 내 앞에 엄청난 깊이와 무서울 정도의 넓이로 파도치는 푸른 바다가 펼쳐졌다. 녹색, 진홍색, 은색, 흑색의 파도가 넘실대고 있었다. 부서지고 잘라진 거대한 돌덩이들이 이 포효하는 바다의 양면에 튀어나와 있었다.

다른 것은 아무것도 없었다. 그것은 내가 이제까지 본 어떤 것과도 닮지 않은, 정신이 나간 것같이 매우 과감하고 마술적인 장식이었다. 거기는 빛과 여러 색으로 불타며 반짝이고 있었다. 사람도 새도 살아 숨쉬는 생물은 아무것도 없이 거대한 황량함만이 소리치며 흔들리고 있었다. 그것은 혼자서 숨쉬고, 말하고, 바라보고 있었다. 그 무엇도, 그 누구도 필요하지 않았다. 그 자체가 무언과 맹목의 아름다움이었다. 갑작스럽게 나타난 이 정경으로 인해 언젠가 떠오르는 예술과 시의 형상들, 언젠가 활짝 폈던 꿈과 잠들이 영혼 속에서 꿈틀대기 시작했다. 살아 있는 아름다움이 모든 것을 매혹시키고, 감정까지도 매혹시킨 후 뒷자리로 물러났다.

이 순간 나는 책에 나오는 진부한 표현인 "놀라서 말을 잊었다"는 말의 모든 깊은 뜻을 깨달았다. 나는 전혀 표현을 과장하지 않고 말 그대로 '자신의 눈을 믿지 못한 채' 그 자리에 서 있었다. 엄청나게 키가 큰 두 거인이 움직이지 않는 발뒤꿈치를 내디디며 거대한 흔들림과 중얼

거리는 소리 속에 서 있었다. 한 거인은 이끼가 수북이 뒤덮여 회청색과 녹색을 띤 노인 같았고, 다른 거인은 밤색과 노란색과 붉은색을 띠고, 돌로 된 자신의 빛나는 갈비뼈를 드러내고 있었다. 마치 숙연한 은둔자들 같은 이런 거인들이 이곳에 수두룩했다. 어느 쪽에서든 그들 꼭대기까지 올라가는 것은 불가능했다.

사이프러스나무들만이 그 위로 뾰족한 각설탕 큰 조각처럼 서로 누가 앞서는지 용감하게 경주하며 서로 머리를 내밀려고 경쟁하고 있었다. 가장 앞에 선 나무 꼭대기는 구름과 새들밖에 없는 곳까지 이미 달려나갔다. 마지막으로 높게 솟아 있는 절벽을 경계로 해안은 북쪽으로 꺾어지고, 그 절벽 아래로는 파도가 특히 무섭게 들이치는데, 이곳이 유명한 '피오렌트곶'21이다. 여기는 '파르테니움'이라고도 불린다. 그 위에 3,000년 전에 피의 전쟁 처녀여신의 탑이 세워졌었다. 이것이 맞는다면, 이것을 여기에 세운 것은 예술가와 시인의 생각일 것이다.

야생적 처녀여신을 위해 이보다 더 야생적인 왕좌와 환경을 찾는 것은 불가능하다. 이 여신이 삼키는 모든 것을 파도는 이 곳으로 떠밀고

---

21 피오렌트곶: 피오렌트(мыс фиолент)라는 이름은 러시아 지도에 1807년에 나타났고, 그 이전에는 곶 동쪽에 위치하고 있는 수도원의 이름을 따서 게오르기(게오르기옙스키) 곶이라고 불렀다. A. L. 베르티에 델라가르드(А. Л. Бертье-Делагард)라는 지명은, 필레네크부룬 즉 호랑이의 곶[바다 쪽에서 보면 곶의 낭떠러지에 노르스름한 석회암(石灰巖)과 어두운색의 조면암(粗面岩)이 번갈아 있어서, 호랑이 가죽의 무늬를 연상시키는 줄무늬를 볼 수 있다]이라는 터키 이름이 잘못 불린 것으로 추정된다. 19세기에 제일 널리 알려진 파르테니움(Партениум, 처녀의)이라는 이름이 서양 문헌 및 지도들에 1855년에 언급된다. 그 이름은 작가가 앞으로 계속 사용하는 전설적인 타브르족의 성모의 교회(храм Девы)에서 유래된다.

있다. 마치 피 흘리는 희생제물의 제단 같은 이 바위의 발치에는 오래전부터 바다가 막대한 희생제물(헤카톰)22을 바치고 있다. 여기서 타브리아-스키타이인들은 바다가 빼앗는 노획물들을 감시하다가 자신들의 여신 제단에 바쳐진 풍성한 제물들을 차지했다.

절벽 아래쪽에 파도가 갉아먹어 만든 검은 동굴이 있는데, 이 일을하는 데 수백 년의 시간은 턱도 없이 부족했을 것이다. 오레스트(Орест)가 친구와 함께 파르테니움 동굴에 숨었다고들 말한다. 바다 쪽에서 절벽으로 난 계단의 흔적이 남아 있다는 얘기들도 한다. 나는 그것들을 볼수 없었지만, 그런 것 없이도 나는 이곳에 무시무시한 신전이 있었고, 이곳에서 처녀 제사장이 금단의 땅을 밟은 외국인들을 성스러운 제사를 위한 희생물로 바쳤었다는 것을 믿는다. 역사적 사실이라기보다는 예술적 관점에서 이런 이야기들을 믿는다.

만일 괴테가 이피게네이아가 서 있던 이 곳을 방문했다면, "나의 영혼을 갈구하는 그리스 땅"(das land der Griechen mir der Seele suchend)이라고 말하고, 자신도 모르는 사이 자신의 놀라운 비극 작품에 몇 페이지를 추가했을지도 모른다.

나는 이 놀라운 정경에서 쉽게 눈을 떼지 못했다. 나는 수도원 마당의 격자 울타리로 다가가 아래를 내려다보았다. 내 발밑으로는 심연이 있었다. 수도원은 이 심연의 옆에 튀어나온 횡목에 매달려 있었다. 아래를 내려다보자 아직까지 전혀 보지 못했던 정경에 정신이 아찔했

---

22 헤카톰(Hecatomb) : 이 단어는 원래 100마리의 황소를 바치는 제사를 의미했으나, 후에는 단순히 성대한 제사를 뜻하게 된다.

다. 바다야말로 정말 무서운 존재다. 저 아래서 바다는 조용히 움직이며 포효하고 있었다. 바다는 바위들에게 아첨하며 물방울이 튀는 파도로 나에게 환한 빛을 던지고 있었다. 굶주린 짐승이 자신의 동굴 우리에서 아래를 내려다보는 어린아이를 탐욕스럽게 올려다보며, 꼬리를 흔들며 달콤한 소리로 으르렁거리면서 피가 묻은 자신의 혀로 입술을 핥으며 입맛을 다신다.

여기서 바다를 바라보면 아주 겁이 난다. 그러나 그 입구로 기어 내려가는 것은 더욱 무서운 일이다. 그래도 그곳으로 기어 내려가야 한다. 거부하기 어렵게 나를 그곳으로 부르고 있다. 토끼도 그런 식으로 보아뱀의 입으로 들어간다고 한다.

바다로 향한 절벽은 가팔랐고, 여러 층을 이루고 있었다. 이상한 모양의 사이프러스나무들이 납작하게 눌려 낮게 자라나 있었다. 크림반도의 다른 곳에서 자주 보던 피라미드 모양의 사이프러스나무들과 너무 다른 모양의 이 나무들은 수도원에서 바다를 향해 아래쪽으로 돌과 바위 위에서 자라고 있었다. 이 나무들은 모두 당연히 녹색을 띠고 있었다.

복숭아나무들과 호두나무들도 이 절벽들을 가득 덮고 있었다. 향기 나는 꽃들이 만든 희고 붉은 눈이 둥근 모자를 만들어 어두운 녹음 속에 튀어나왔다. 그러나 이러한 꽃들과 꽃향기들도 해안의 황량한 붕괴를 감출 수는 없었다. 저 아래 깊은 곳 바다 가운데에 옛날 언젠가 나를 둘러싼 거인들과 나란히 솟아오른 절벽의 조각이 튀어나와 있다.

무념무상의 파도는 지치지도 않고 이 작은 섬과 기둥들과 바위들에 와서 부딪치며, 그것들 주변을 뒤덮고, 양쪽 방향으로 갈라진다. 파도가 육지에 무슨 피해를 입힐 수 있을까. 무엇을 위해 이런 바보 같은 우직스러움을 가지고 달려드는지 궁금했다. 파도는 자신들이 하는 일을 우리보다 잘 알고 있고, 끈기 있게 계속 와서 현무암, 석영암, 조면암에 부딪치고 또 부딪치며, 자신이 무엇이든 할 수 있다는 것을 잘 알고 있고, 모든 것들이 점차 자기 지배 아래 들어올 것을 알고 있다.

프러시아 감청색처럼 짙고 환한 파란색이 바위투성이 절벽의 어둠 속에 있는 검은 바닷물들을 염색한다. 이와 동시에 해안의 잔물결들은 하얀 조약돌들을 핥으며 하얀 물거품으로 가장자리를 두르고 투명한 녹색 물감을 뿜어낸다. 여기서 당신은 아헨바흐23나 아이바좁스키24의 그림을 보면서 우리가 감탄하고, 예술적 환상의 과장으로 자주 치부하는 황홀한 색조의 변화를 이해할 수 있다.

아니다. 이것은 과장이나 변덕스러움과 거리가 멀고, 단지 진리에 대한 겸손하고 순종적인 추구가 있을 뿐, 옆에 있으면 어떤 변덕스러움이나 상상이 머릿속에 감히 생겨나지 못하는 그 장엄하고 살아 있는 아름다움의 연한 반짝임이 있을 뿐이다. 이 바다와 절벽들을 바라보면 자기도 모르게 아이바좁스키를 떠올리게 된다. 그의 예술적 솜씨

23　〔역주〕아헨바흐(Axenbax) : 독일의 풍경화가인 안드레아스 아헨바흐(Andreas Achenbach, 1815~1910)를 가리킨다.

24　〔역주〕아이바좁스키(Иван Айвазовский, 1817~1900) : 러시아 최고의 해양 화가로 꼽힌다. 크림반도 페오도시야의 아르메니아 집안에서 태어났다. 아르메니아어 이름은 호바네스 아이바잔이다. 상트페테르부르크 미술아카데미 수료 후 공식 해군 화가가 되어 해양 여행을 하며 바다를 소재로 한 수많은 그림을 그렸다. 페오도시야에는 그의 그림을 모아 놓은 미술관이 있다.

는 이 바다와 절벽들에 의해 양성된 것이 분명하다. 그의 모든 그림들을 여기서 찾을 수 있거나, 적어도 느낄 수 있다. 그의 작품의 특징인 공기 같은 투명함과 가벼움, 육체가 없는 그의 원근법, 그의 색채의 비밀이 여기에 드러나 있다.

땅이 풀을 탄생시키듯이 아름다움이 미술가를 탄생시킨다. 이 해안, 이 하늘 아래 풍경화 아카데미를 세울 만하다. 아마도 여기에 미술아카데미가 세워졌다면, 롤러코스터와 라프족과 사미족들의 순록이 가까이 있는 바실렙스키섬25보다 성공적이었을지도 모른다.

내려가는 길은 생각보다 무섭다. 나는 모스크바 3월 날씨에 맞춘 겨울 복장으로 모피코트를 걸치고 장화를 신고 있었고, 지팡이가 없었다. 인도자도 없었다. 바람은 해안 쪽에서 불어왔는데, 따뜻하면서도 세찬 돌풍이었다. 샛길은 가파른 낭떠러지의 경사를 조금이라고 줄이기 위해 한 바위에서 다른 바위로, 돌더미 사이에 아무도 모르게 이리저리 구부러지며 이어졌다.

가끔씩 바람이 흔들리고 있는 바위에 서 있는 나를 떨어뜨려서 '저기'로 날려 보낼 것만 같았다. '저기'라는 것이 쉬지 않고 내 뒤를 따라오고 있었다. 길을 고를 때, 나뭇가지를 붙잡을 때, 발로 돌을 밟아 볼 때, 심지어 가끔씩 먼 전망을 바라볼 때도 절대 가기 싫은, 저 아래에 잠복하고 있는 굶주린 짐승 같은 '저기'에 대한 생각을 지울 수 없었다. 내가 눈을 돌릴 때도 눈 없이 나를 뚫어지게 쳐다보고 있는 그의

---

25 〔역주〕상트페테르부르크 바실렙스키섬에 있는 러시아 미술아카데미(현 레핀 국립미술아카데미)를 가리킨다.

시선을 계속 느꼈고, 피에 굶주린 듯이 입술을 핥는 그 소리, 육식 짐승이 잠복한 데서 나오는 바스락거리는 그 소리를 듣고 있었다. 솔직히 고백하자면, 나는 섬뜩했다.

나는 바다 옆에 살아 본 적이 없어서, 바다의 습성들과 위험에 대한 경험이 없었고, 심지어 사람들이 절벽과 산속 샛길들을 어떻게 헤치고 다니는지도 모르고 있었지만, 그래도 내가 있었던 장소와 그 주변은 알고 있었다. 내가 부분적으로 경험한 것처럼, 이 돌들이 절벽에서 금방 떼어져서 아래로 굴러 떨어질지도 모르고, 가는 길에 갑자기 심연이 열릴 수도 있고, 이 해안 바람이 모피코트를 입고 숨이 차고, 익숙하지 않게 절벽을 기어오르는 것에 지친 데다가, 지금 바로 낭떠러지로 나 있는 길을 따라 내려가고 있는 사람을 떨어뜨릴 수도 있었다. 이것은 공포의 논리였지만, 무엇보다 중요한 것은 공포의 본능이었다.

나는 다른 것이 아니라 눈앞에 펼쳐진 이 한없는 파도가 세차게 밀려오는 바다의 모습에 겁을 먹은 것이었다. 내 신경이 너무 떨리고 흥분되어서 내려가면서 다리가 떨리는 것을 느꼈다. 얼마 되지 않아 모근까지 땀에 젖었는데, 그 원인은 단지 육체에서만 열이 나는 것이 아니라, 어떤 열병같이 솟는 땀이었다. 자꾸 낭떠러지 바위 위에 힘없이 주저앉아, 한손으로는 사이프러스 나뭇가지를, 다른 손으로는 미친듯이 날리는 모자를 잡은 채, 흔들거리는 심연 위에 앉아 있게 되었다.

내려가는 길은 생각한 것보다 훨씬 길었다. 수도사들의 말에 따르면, 과장같이 들리기는 했지만 길이 끊임없이 구부러지기 때문에 그 길이가 2베르스타 정도 늘어난다고 한다. 심연 밑바닥에 다다랐다고 생각했는데, 아직 길을 절반 밖에 내려가지 않았다는 것을 갑자기 깨닫게 되고, 그 아래 이와 똑같은 심연이 눈에 들어오는데, 그 밑바닥까지 내려가면, 밑바닥은 또 하나의 꼭대기로 변하고, 또다시 새로운 밑바닥까지 내려가야 했다.

나중에야 경험으로 안 일이지만, 이것은 산속에서 길을 잃은 사람들이 겪는 일반적인 일화였다. 그런데 이 낭떠러지 끝부분에 사람이 거주한 적이 있었다. 여기에 라자레프 제독이 살았던 작은 돌집이 서 있었는데, 크림전쟁 중에 돌풍이 지붕을 날려 버렸고, 지금 이 시적으로 낭만적인 별장은 제비들의 집이 되었다. 이것을 낭떠러지에 지은 것 자체가 제비들을 흉내 낸 것인지도 모른다.

그보다 더 낮은 곳에서 나는 화관처럼 아름답게 꽃이 피는 아몬드나무들로 둘러싸여 있는 돌로 만든 정치의 폐허를 보았다. 눈앞에서 바다가 멀리까지 도망치면서 움직임 없는 물의 평야가 펼쳐지고, 높은 절벽들이 말없이 그것을 바라보는 분홍빛 석양이 내리깔린 고요한 저녁에 이런 정자에 앉아 차를 마시면 더할 나위 없을 것이다. 그런데 해풍은 목가적 풍취를 즐기는 편이 아니라서, 자신이 독재자처럼 군림하고 싶은 야생의 절벽들을 사람들의 살림과 시(詩)로부터 질투심을 가지고 지키고 있었다.

길을 절반 정도 내려갔을 때 나비 2마리 같은 것이 휙 하고 날아 지나갔다. 그것들은 해안까지 날아갈 희망이 없는 듯 소심하고 낮게 날아가고 있었다. 그것은 오리들이었다. 내 눈앞에 있기는 했지만, 오리들이 물위에 앉자, 더 이상 그것을 식별할 수가 없었다. 거대한 심해에서는 모든 것이 가라앉고 사라지고 만다. 내가 절벽 위에 새들이 있다는 것을 발견한 것도 그때였다.

오리들이 날아갈 때, 자그마한 파리들 같이 보였고, 앉아 있을 때는 암석과 하나가 되어 구별이 되지 않았다. 새들이 울었을지도 모르지만, 황야 속에서 그들의 외침은 침묵이나 마찬가지인 것 같았다. 여기서 군림하고 있었던 또 다른 한없는 생명과 같이 있으면, 이 자그맣고 찰나적인 생명은 감히 자신을 내세울 수 없었다.

아래까지 다 내려가고 난 후 나는 자유롭게 깊은 숨을 쉬었다. 여기서 보이는 경치는 완전히 다르고, 지금까지 보았던 것보다 훨씬 엄숙했다. 마치 절벽들은 보잘것없는 당신 모습 위로 위협적으로 다가오고 있는 것 같고, 왼쪽으로는 그 절벽들이 수많은 열을 지어 먼 전망을 이루고 있는 광경이 눈앞에 펼쳐진다.

이 해안의 요새들은 멀어질수록 더욱 파래지고 희미해진다. 그것은 발라클라바와 남부해안의 산들이다. 위에서 내려다봤을 때 물에 떨어진 작은 돌멩이처럼 보였던 것들은 가까이 다가오면 음침한 절벽이 된다. 위에서 바스락 소리처럼 겨우 들렸던 작은 소리가 여기서는 귀를 먹게 하는 포효가 된다. 모든 관점들이 한순간에 변해 버린다.

여기서 나는 난생처음으로 진짜 남쪽 바다와 그 해안을 알게 되었다. 바닷가를 덮은 여러 색깔의 아름다운 조약돌 더미는 나를 놀라게 했다. 파란색, 보라색, 녹색, 갈색, 빨간색, 검정색과 줄무늬, 연한 분홍색과 눈부신 하얀색, 모든 색깔과 모든 무늬가 다 있는 이 돌들은 어떤 벽옥이나 대리석보다 아름답게, 멋진 사무실용 장식품들처럼 깎이고 윤이 나도록 닦인 채 놓여 있었고, 여기에 모든 것이 다 모여 있었다. 문진과 돌계단, 포환과 총알, 작은 접시, 여러 색깔의 둥근 도

피오렌트만 정경

장과 단추들. 파도가 훑은 그것들은 니스를 바른 것처럼 광채를 발했다. 그것들을 보다 보면, 전래동화에 나오는 바다 여왕의 수중 궁궐이 왜 보석으로 지어져 있는지를 알 수 있다.

물에 가까이 가거나 물속을 보면 좀더 큰 조각들이 놓여 있었는데, 무게가 몇백 푸드씩 나가는 것 같았다. 그것들은 모자이크로 장식된 바닥 위에 대리석 가구가 펼쳐 있듯이 바닷가 여기저기에 널려 있었는데, 그중에는 사람 손으로 만든 것이 아닌 소파, 안락의자, 탁자와 긴 의자도 있었다. 파도가 그것들 속에 아주 편안한 구멍을 파 놓아서 나는 그런 소파 중 하나를 골라 아주 편하게 누워 쉴 수 있을 정도였다.

아마도 300년 전에 이 소파는 나와 별로 비슷하지 않은 다른 주인들을 편하게 쉬게 했을지도 모른다. 그런데 그들이 바라보았던 절벽들은 내가 지금 보는 그 절벽들이고, 절벽의 발치에서 부서지는 바다도 역시 같은 바다이다. 여기서 나는 수도원을 잠깐 올려다보았는데, 그림 같은 종탑과 격자를 가진 나를 내려다보고 있는 수도원은 마치 구름 속에 떠있는 듯했다. 여기는 기도하고, 하나님에 대해 묵상하기에 진정으로 적합한 곳이고, 여기서는 떨리는 마음으로 하나님을 숭배하게 되고, 〈시편〉의 저자와 함께 자신이 "흙이니 흙으로 돌아갈지니라"는 것을 깨닫게 된다.

나는 바닷가에 오래 있는 것을 견디지 못한다. 익숙하지 않은 사람은 바다와 절벽들과 얼굴을 맞대고 있는 것이 두렵다. 자신이 억눌리고 보잘것없는 존재라는 느낌이 들고, 투쟁할 생각은 조금도 나지 않는다. 나는 조금 전 내려온 가시나무가 많은 긴 오솔길을 다시 기어오르기 시작했다.

폴레자예프[26]의 시가 내 귓속에 본능적으로 울리고 있었다.

나는 바다를 보았고, 그것을
욕심이 많은 눈으로 재어 보았다.
나는 나의 영혼의 힘을
그의 얼굴을 대면하며 시험해 보았다.

나는 과연 그 바다의 얼굴을 대면하며 나의 영혼의 힘을 시험해 보았던가? 시인의 말이 어느 정도 진심이었는지 나는 모른다. 대신 나는 나름대로 상당히 진실했다. 바다는 나를 놀라게 했고, 억압했고, 자신에게 끌어당겨서 나는 싸울 생각은 조금도 하지 못했다. 이것은 영

---

26 〔역주〕 알렉산드르 폴레자예프(Александр Иванович Полежаев, 1804~1838) : 19세기 초 러시아의 낭만주의 시인이다.

원하고 전능한 심해이며, 이것의 파도 한 조각이 인간의 삶만 하다.

여기서 과연 바다와 논쟁하고 경쟁하는 것이 가능하겠는가? 화산의 분화구 속에서든 비싼 무덤 위에서든 편안하게 살게 하는 행운의 부적이기도 한 익숙함, 그 망각만이 가능하다. 나는 2~3주 후에 이 무서운 파도와 으르렁거리는 절벽에 나 자신을 아무 일 없는 것처럼 맡기고, 자연의 거대한 힘으로 나를 놀라게 한 이 광활함을 보고 아무 생각 없이 하품을 했다.

당신이 어디로 가서 얼마나 오래 살건, 당신은 자기 자신을 떨쳐 버릴 수 없다. 사람은 어디서나 사람일 뿐이다. 그렇게 오랜 기간 동안 밀이 풍성하게 자란 들판을 응시하고, 밀짚 지붕을 한 농가들이 줄지어 선 것을 보는데 익숙해진 이 눈동자는 금방 남부 자연의 다양한 놀라운 정경과 바위산들과 폭풍과 눈이 오지 않는 겨울과 삼밭 대신에 포도밭을, 낙타와 이슬람 사원을 그와 똑같은 방법으로 볼 것이다.

자연현상을 대수롭지 않게 생각하고 자신을 그것과 대등하게 놓는 바로 이런 용기에 영혼의 힘이 있는 것이 아닌지 곰곰이 생각해 볼 필요가 있다.

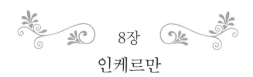

8장
인케르만

러시아군의 골고다 언덕 — 10월 24일 — 고대 인케르만 — 인케르만의 동굴들과 키노비야 —《구약성서》의 꿈

이른 봄의 황금빛 햇살이 비치는 아침에 나는 세바스토폴에서 인케르만[1]으로 이어지는 한때 아주 험했던 길을 빨리 달렸다. 나는 이른 아침과 봄기운, 새로운 것들을 보는 것, 빨리 달리는 말의 속도에 기분이 좋았다. 우리 동포들의 땀과 피로 만들어진 험한 길, 우리 러시아 병사들의 피와 러시아의 골고다를 삼킨 슬픈 길이 잘 다져진 공원의 산책길같이 수십 베르스타에 걸쳐 경쾌하고 즐겁게 뻗어 있었다.

오른쪽에는 흰 돌이 드러난 깊은 채석장이 길게 이어져서 길은 그 협곡의 좁은 언저리를 따라 나 있었다. 이것이 유명한 인케르만 돌이다. 하얗고 부드럽고, 회반죽이 필요 없이 쉽게 절단이 되는 돌들이

---

1   〔역주〕인케르만(Инкерман): 터키어로 '동굴들의 요새'란 뜻이다.

다. 세바스토폴시 전체가 이 돌들로 만들어졌다. 이 절벽으로 된 채석장은 우리에게 많은 것을 제공하기도 했지만 많은 것을 앗아가기도 했다. 여기는 운명적 비극의 날인 1854년 10월 24일 우리의 불운한 영웅들의 죽음의 보금자리가 되었다. 여기서 7시간 동안 미친 듯한 백병전이 벌어졌다.[2] 이 무서운 협곡은 아무 의미 없이 상대를 죽이고 죽임을 당한 수천 명 병사들의 무덤이 되었다. 10월 24일은 무섭고도 교훈적인 날이다.

전문가가 아니라도 이 결정적 실책은 쉽게 이해할 수 있다. 아무리 무식한 사람도 병사도 사람이고, 병사도 노동자라는 사실을 잘 안다. 잠을 자지 못해서 몸은 지치고 걸어서 지나올 수 없는 진흙탕의 먼 산길을 걸어오느라 진을 빼고, 뼛속까지 몸이 젖은 거렁뱅이보다 충분히 잠을 자고, 잘 먹고, 비를 맞지 않고, 따뜻하게 몸을 보온한 사람이 어떤 일이라도 더 잘한다는 것은 자명한 사실이다.

병사의 일은 찌르고 베고, 능선을 오르고, 대포를 굴리고, 오랜 시간 동안 적과 가슴을 부딪치며 육탄전을 벌이는 것이다. 이런 일은 풀을 깎고, 타작하는 것보다 훨씬 힘든 일이다. 전투지휘관은 항상 이 생리학적 사실을 잘 명심하고 있어야 한다. 80베르스타를 닭 울음소리로 비상신호를 주면서 이동한[3] 수보로프[4]식의 우화는 잊어버려야

2 　인케르만 전투는 1854년 10월 24일 새벽 6시에 시작되어 오후 3시에 끝났다. 러시아군은 1만 2,000명의 인명 손실을 입었다.

3 　〔역주〕수보로프가 자신의 병사들을 깨우기 위해 수탉처럼 울었다는 전설에서 나온 말이다. 수보로프는 "나는 졸린 자들을 깨우기 위해 수탉처럼 울었다"라고 말한 바 있다. 그는 가끔 중요한 대화 중에도 수탉처럼 우는 습관이 있었다고 한다.

한다. 이런 것은 수보로프나 가지고 있으라고 해라.

사명자들은 학문이나 상식을 가지고 길의 지도를 그리지 않는다. 그들은 필요한 때에 그들 안에 타오르는 특별한 불빛이 비추면서 그들 앞에 놓인 과업을 해결하는 길을 밝혀 준다.

인케르만 전장의 주력부대인 파블로프5가 지휘하는 부대는 22일부터 23일 사이 폭우와 진흙탕 속에 전투 위치에 다다랐다. 24일 아침에 전투가 벌어질 상황이었다. 최악의 강행군을 마친 병사들은 이틀간 거의 잠을 자지 못한 상태였다. 이 폭우와 이 불면이 전투의 승리를 위한 전략적 필수품이란 말인가?

정말로 모든 것들은, 마치 어떤 지주가 일상적·자연적 조건의 영향에서 이탈한 우리 병사들을 바라보는 시각에 달려 있었다. 이것은 하인은 침대도 방도 필요 없고, 당나귀처럼 주인이 편하게 타고 가는 마차를 며칠씩 몰아도 조금도 피로를 모를 것이라는 바로 그 시각이다.

우리의 상상력에서 이 불쾌한 항목을 지우는 것이 훨씬 마음 편하다. 그러나 지우는 것은 실제적 제거와 늘 일치하는 것은 아니고, 종종 엉뚱한 때에 우리가 기꺼이 벗어나려고 했던 것들이 여전히 존재하고 있다는 확신을 갖게 된다.

10월 24일이라는 날은 러시아의 용기와 러시아의 인내력을 기념하는 영광의 날이고, 러시아의 사병뿐만 아니라, 병사로서의 임무를 홀

---

4 〔역주〕수보로프(Суворов): 알렉산드르 바실레비치 수보로프(Александр Васильевич Суворов, 1729~1800). 러시아제국의 대원수를 역임했다.

5 파블로프(Павлов Прокопий Яковлевич): 중장이자 11보병 사단장이었다.

인게르만 고지

름하게 수행한 장교, 장군들의 영광의 날이다. 그러나 이날은 우리의 치욕의 날이기도 하다. 우리의 군사적 지휘, 병참 등 우리가 군사적 지성이라고 부를 수 있는 모든 것이 큰 치욕을 당했다.

이 전투의 핵심적 사항을 설명하는 데는 몇 마디 말이면 충분하다. 상황은 다음과 같았다. 10월 하순에 다다르자 연합군은 세바스토폴을 남쪽 방면으로부터 완전히 포위하여, 북쪽 방면을 제외한 모든 방면을 둘러쌌다. 영국군은 남쪽과 볼쇼이(Большой) 만 사이에 계곡으로 굴곡이 나 있는 사푼산(Сапун-гора) 이라 불리는 고지에 진지를 강화했다.

도시가 이런 협공을 견뎌내지 못할 것이라는 염려가 커지자, 연합군의 우현을 맡은 영국군을, 이제 막 병력을 보강한 사푼산 방향에서 선제공격하기로 결정했다. 전투가 진행되면서 밝혀진 바와 같이 이 공격은 아군에게 절대적으로 필요한 작전이었다. 이 공격이 성공하면 세바스토폴은 전면인 남서쪽 방향에서만 적과 대치하므로 장기적 항전이 가능했다. 이 작전은 아주 현명했고, 실제적 필요를 고려한 것으로 보였다.

동이 트는 시간에 가장 믿을 만한 전투력을 가진 연대들로 구성된 파블로프의 부대가 초르나야강을 건너서 여러 루트로 사푼산으로 올라가 아직 잠에서 깨지 않은 영국군 진지의 오른쪽을 공격하기로 되어 있었다. 한밤중에 세바스토폴에서 출발한 소이모노프6의 부대는 바로 그 시간에 영국군의 왼쪽 측면을 공격하기로 했다. 이런 기습공격과 공격의 강도, 양 측면에서의 동시공격이 작전의 성공 가능성을 높게 해줄 것으로 예상되었다. 기습공격 사실이 프랑스군 진지에 알려질 때면 이미 작전은 종료되었을 것이다.

프랑스군과 터키군이 참호에서 나오는 것을 막기 위해, 2만 5,000명의 병력과 100문의 포를 가진 리프란디7가 지휘하는 고르차코프8의 부대는 이른바 카디코프 방어선을 따라 사푼산의 프랑스군 진영을 위장공격하고, 세바스토폴의 수비대는 같은 시각 제6능보에서 나와 기습공격을 감행하기로 되어 있었다. 네 방향에서 동시에 적을 공격하면 적들은 혼란에 빠질 것이고, 단넨베르크9 장군이 지휘하는 소이모노프와 파블로프 부대가 예정된 작전을 성공적으로 완수할 수 있을 것으로 계산되었다.

---

6 소이모노프(Соймонов Федор Иванович) : 중장으로 10보병 사단장 맡았으나 인케르만 전투에서 전사했다.

7 리프란디(Липранди Павел Петрович, 1796~1864) : 중장으로 인케르만 전투에서 12보병 사단장 맡았다.

8 고르차코프(Горчаков Петр Дмитриевич) : 대공이자 육군 장군으로 인케르만 전투에서 6보병 군단 군단장을 맡았다. M. D. 고르자코프의 형제이다.

9 단넨베르크(Данненберг Петр Андреевич, 1792~1872) : 인케르만 전투에서 러시아군 전체 지휘를 맡은 보병 장군이다.

그러나 우리는 이 작전에서 영원히 씻을 수 없는 죄를 지었다. "도면에는 좋게 나오지만, 우리는 협곡이 있다는 사실을 잊었다. 그 협곡을 따라 행군해야 한다!" 협곡이 작전을 망치는 데 일조했다. 사람들은 소이모노프에게 모든 비난의 화살을 돌린다. 그는 전투 이후 악명을 갖게 된 '킬렌 골짜기'[10] 우측 협곡을 좌측 협곡과 헷갈려서 파블로프의 부대를 기다리지 않고 먼저 공격을 감행했다.

하지만 전투를 모르는 사람이 던질 수 있는 질문은 하나밖에 없다. 그것은 바로 소이모노프는 마지막 작전회의에 참가하지 않아 서류로 도저히 전달할 수 없는 작전의 세부사항을 알 수 없었는데, 왜 작전 수립에 참여한 작전참모부의 장교가 한 명도 파견되지 않았는가 하는 것이다.

출동부대는 2개에 불과했지만, 지리상황은 잘못 이해하기 쉬웠고 작전의 중요성은 너무 컸다. 아무도 대신할 수 없는 전문가가 이 작전에 참여하는 것을 막는 것은 아무것도 없었다. 전투가 시작되기 3시간 전에 군이 부대배치를 변경해야 했다면, 짧고 내용이 애매한 데다가 늦게 도착한 작전지시서 말고, 살아 있는 유능한 장교를 보낼 생각을 왜 하지 못했는지 이해가 되지 않는다.

두 부대 사이의 거리도 멀지 않았기 때문에 전진하는 두 부대가 계속 긴밀하게 연락을 유지하며 실수를 보완하는 것도 충분히 가능했다. 지시를 내리는 것만으로는 충분하지 않고, 작전이 수행되는 과정은

---

10 킬렌 골짜기(Килен-балки) : 우샤코바 발카(Ушакова балка) 보다 남쪽에 위치한 킬렌만(Килен-бухта)을 가리킨다. 이 명칭은 선박의 밑창에서 조개들을 떼어내어 닦는 일(килевание)에서 유래했다.

잘 관찰하고 있어야 했다. 이것이 전투를 지휘하는 장군의 가장 중요한 임무이다. 다리는 적의 코앞에 설치되고 있었는데, 아군이 공격 준비가 완료되었을 때에야 다리 설치가 어떤 상태인지를 알아보려고 병사를 보냈고, 아직 설치가 안 되었다는 것을 알게 되었다. 작전이 지연되는 것을 알지 못하고 해가 뜬 다음 적들의 참호 앞에 다가간 소이모노프 부대는 단독으로 적진엔 돌진한 것은 놀라운 일이 아니다.

이런 예상 못한 사태는 부대를 지휘하는 장군이 아니라, 전투지휘관이 미리 막아야 하는 일이다. 전투지휘관은 또 다른 중대한 과실에 대한 비난을 피할 수 없다. 일선 공격부대 지휘관 중 현지 지리를 숙지한 사람은 한 명도 없었고, 지도조차 지급되지 않았다. 체스를 두는 사람이 아군 전체 운명을 결정짓는 가장 중요한 말을 놓는 체스판 형상을 제대로 알지 못한 것이다. 이것은 이론적인 면에서조차 매우 경솔한 행위였다.

전방부대 지휘관들은 산으로 올라가는 공격개시 전개에 대한 지시만 받았고, 그다음 작전을 어떻게 펼쳐야 하는지는 현장에서 지시를 받아야 했다. 아군은 아무 지시나 명령도 받지 못하고 계속해서 적진으로 돌진했고, 적군들은 총탄과 대포알을 아군에게 쏟아부었다. 어떤 때는 명령 자체가 적이다. 적이 나를 공격하면 나도 적을 공격해야 한다. 이것이 전투가 벌어진 첫 순간부터 유일한 해법이었고, 전투의 유일한 목적이 되었다. 장군들이 직접 싸움에 뛰어들어 포화 속으로 돌진했고, 병사들과 장교들은 전투 상황의 지휘를 받았다.

모든 것이 뒤죽박죽이 되었다.

소이모노프가 저지른 실책으로 인해 러시아군은 영국군 진지의 오른쪽 한쪽 구석으로 좁게 몰리게 되었다. 비좁은 장소와 협곡이 연대들의 전투를 방해했고, 지휘관들이 어떤 작전을 수행하는 것은 물론이고 몇 사젠 앞의 상황도 파악할 수 없게 만들었다.

늘 그렇듯이 우리의 공격은 용맹스러웠고 강력했다. 그러나 강력한 바위 하나를 던지는 대신, 작은 돌멩이들을 연속해서 던지는 식의 공격이 전개되었다. 똑같은 파괴력을 썼는데도 결과는 전혀 다르게 나왔다. 완전체였으면 적을 뭉개 버렸을 만한 공격이 둘로 나뉘어서 적군과 부딪쳤다가 밀려나오기를 반복했다.

톰스크 보병연대 병사들과 콜리반스크 연대 병사들은 돌격하여 영국군을 칼로 베고, 적 포대를 점령하고, 그들의 반격을 격퇴했다. 우리 병사들을 향해 적들이 맹렬히 공격을 퍼부으며 모든 연대와 부대가 반격하는 동안, 우리 부대의 주력은 아직 전선 아래서 산으로 기어오를 준비를 하고 있었다. 우리의 영웅들은 오랫동안 적의 공격을 버티며 기적과 같은 항전을 펼쳤지만 결국 더 이상 전력과 포탄과 화력이 보강되지 않자, 그때까지 얻은 모든 것을 버리고, 완전히 낙담하고, 혼란스럽고 패배감에 젖어 뒤로 후퇴했다.

그들은 영웅이고 사자들이었지만, 그들은 패배를 당했고, 패배를 당하지 않을 수가 없었다.

고지 아래 있는 우리 부대들은 고지 위의 상황이 심각하고, 적들이 일어서서 공격하는 것을 보았지만, 길이 없는 가파른 진흙투성이의 고지를 계속 기어 올라가야 한다는 것을 알았다. 어느 곳으로든 기어 올라갈 수 있는 병사들은 여기저기 흩어져서 기어 올라갔다.

오호츠크 연대 소속 병사들은 간신히 고지에 기어 올라갔지만 적들이 그들을 기다리고 있었다. 적군의 포탄과 총알이 그들을 덮쳤다. 모든 총구와 포구가 그들을 향하고 있었지만, 우리 병사들이 올라가는 곳에는 엄호벽이나 참호가 없었다. 작전명령서에는 다음과 같이 적혀 있었다. "진지를 구축하고 다음 명령을 기다리라."

그러나 영국군은 다음 명령이 떨어질 때까지 기다리지 않았고, 아군이 진지를 구축하게 허용하지도 않았으니 어떻게 할 것인가. 여기서 전략적 지식이나 계획이나 심지어 상상적 응용을 요구하지 않는 전 러시아군의 구조적 전투지침에 의존하는 것 이외에 다른 무슨 방법이 있었을지 의문이 남는다.

"그냥 과감하게 공격해 보자. 그러나 예비 병력이 너무 늦게 왔다."

오호츠크 연대 병사들도 콜리반스크 연대 병사들이 한 것과 똑같이 했다. 그들은 영국군을 제압하고 다면보루를 점령한 다음 그 안으로 진입했다. 그러자 모든 참호와 진지에서 그들에게 포탄과 화력을 쏟아붓고, 적군들이 연이어 줄을 지어서 이들에게 몰려들어 왔고, 몰려들었다가 도망쳤다가 다시 몰려오기를 반복했다.

오호츠크 연대 병사들은 오래 저항했지만 전사자가 늘어났고 병력이 줄기 시작했다. 그러나 증원병은 오지 않았고, 이들의 절망적 결사 항전은 목적을 잃었다. 수많은 병사를 희생시킨 강습은 후퇴로 바뀌면서 더 많은 병사들의 희생을 가져왔다. 그들은 다시 한 번 영웅이 되고 사자가 되었지만 그럼에도 불구하고 이들은 다시 한 번 패배했다.

타루티안 부대는 내가 지금 달리고 있는 곳 근처의 채석장 계곡에 나 있는 좁은 흙길을 타고 산으로 기어 올라갔다. 똑같은 대접이 이들을 기다리고 있었지만, 이들은 동료들에 뒤처지지 않고 적군의 다면보루를 점령하고, 영국군을 격파하고, 동료들이 이미 지나간 십자가의 길을 자신의 순서에 맞춰 갔다. 동료들의 핏값을 치르고 적에게 빼앗은 그 참호들에서 불타는 영혼들이 이들을 불태웠고, 이들도 큰 타격을 입고 후퇴했다.

야쿠티아 보병연대 병사들도 이곳에 와서 싸웠다. 이들도 오호츠크 연대의 전우들처럼 강철 같은 용맹성을 가지고 있었으며, 두터운 전우애를 가진 병사들로 그 다면보루를 향해 같은 길을 갔다. 오호츠크 연대의 동지들과 똑같은 총들이 그들 손에 들려 있었고, 그들 주변에 똑같은 시체들이 쌓이고, 적 진영에는 똑같은 공포를 일으켰다.

세바스토폴의 모든 수난자들 중 가장 큰 수난을 당한, 말라호프 쿠르간의 불멸의 방어자인 11사단은 이렇게 싸웠다.

야쿠티아 연대 병사들을 구하기 위해 셀렌긴스크 연대 병사들이 투입되었고, 이들을 구하기 위해 양 부대의 마지막 예비 부대인 예카테린부르크 연대가 투입되었다. 여기서 모든 부대가 혼란스럽게 엉켜서, 정신을 차릴 수 없을 정도로 뒤죽박죽이 되어 서로 싸웠다. 신음소리, 욕소리, 총소리, 칼이 부딪치는 소리가 난무했고, 공격하는 일과 도망치는 일이 반복되고, 아군이든 적군이든, 병사든 장군이든 모두가 서로 헤어 나오지 못할 정도로 뒤엉켜 싸웠다. 전투는 맨주먹 싸움으로, 두 사람 간 결투로 변했고, 서로 아무 관련 없는 사람들이 무리 지어 싸우고, 서로 죽이는 것 외에는 다른 목적 없이 싸움이 계속되어 시체들이 쌓여가는 것 이외에 다른 승부는 없었다.

적을 발견하면 총을 쏘고, 대포를 보면 그리로 돌진했다. 왜 그리로 돌진하는지는 나중에 생각할 일이었다. 그런 것을 생각할 겨를이 없었다. 전사자와 부상자가 협곡을 가득 채웠고, 특히 채석장 계곡은 전사자와 부상자로 가득 찼다. 부상자를 실은 유개마차가 강을 건너 응급야전 병원을 찾아 달려갔다. 후송되는 병사를 보호할 아무 방법이 없었다. 아래에는 무엇을 해야 할지, 어디로 가야 할지 모르는 병사들로 가득 찼다.

바로 이 순간 고통당하는 지친 영웅들 사이에 전기 스파크처럼 무서운 뉴스가 전달되었다. 터키군이 오고 있다는 외침이 들렸다. 왼쪽 포연 속으로 녹색 터번들이 보였다. 그러나 이들은 터키군이 아니다. 병사들이여, 이들은 터키군보다 훨씬 무서운 부르바키 주아브 병사들이었다. 주아브 병사들은 엄청난 세력으로 공격을 퍼부었다. 이들은 오락을 즐기듯 달려들었다. 매부리코와 나폴레옹 3세의 검은 턱수염을 본뜬 청동으로 만든 악마 같은 이 보병대는 아프리카식 치마와 장화를 신고 총검을 착검한 채로 돌격해 왔다.

다행스럽게 러시아 병사는 과도한 상상력을 발휘하지 않으므로, 전투에 투입된 것이 터키군인지, 주아브 부대인지도 따지지 않았다. 야쿠티아 연대 병사들과 오호츠크 연대 병사들은 어깨와 어깨를 맞대고 아프리카 손님들을 향해 돌진했다. 그러자 바로 나폴레옹 3세 같은 무서운 턱수염을 가진, 터번을 쓴 부르바키 주아브 병사들은 진격이 저지되어 뒤로 후퇴했다.

새로운 부대가 또 나타났다. 보스케11 장군이 지휘하는 사단의 병사들이 겹겹이 열을 맞추어 같은 길을 따라 내려오며 공격했다. 이들을

11　보스케(Bosquet, 1810~1861): 프랑스군의 장군으로, 자신의 사단과 나중에 2개 사단으로 이뤄진 정찰군단(обсервационный корпус)을 지휘했다. 알마강 전투와 인케르만 전투 때 특히 큰 공로를 세웠지만, 말라호프 쿠르간 포위 때 수류탄에 의해 부상을 입고 프랑스로 귀환했다. 1856년 3월 26일부터 원수 지위에 올랐다.

향해 야쿠티아 연대와 오호츠크 연대가 다시 달려나가 싸우자, 프랑스군 전열은 다시 흩어졌다. 그러나 이제 더 이상 힘이 남아 있지 않았다.

이제 피비린내 나는 살육이 시작되었다.

완전히 와해되고 제압된 부대들이 산으로부터 계곡으로 떨어지듯 흘러내려왔다. 바위 뒤에 조용히 엄폐한 프랑스군 저격병들은 러시아 병사들을 조준 사격했다. 목표에서 빗나가지 않은 총알과 포탄들은 후퇴하고 있는 무리 위로 쏟아져 내렸다. 러시아군 부대들이 길게 늘어서서 서로를 밀치며 좁고 긴 다리를 건너는 모습은 마치 피가 넘치는 군대 징벌대를 뛰면서 통과하는 것 같았다.

채석장은 죽은 병사들과 부상자들로 넘쳐났다. 전사자와 부상자 무리 위에 새로운 전사자, 부상자가 쓰러졌다. 패퇴하는 우리 부대를 적군들이 추격하지 않은 이상한 상황을, 적들도 전투에 너무 지쳤기 때문일 것이라고 하면, 자신이 믿을 수 있는 그럴듯한 설명이 된다.

그러면 "포병대는 무엇을 했는가?"라고 독자들이 물을 수 있다. 어떻게 보스케 부대가 자기 진지에서 나와 전투에 지친 우리 영웅들에게 예기치 못한 일격을 가할 수 있었던 것일까?

포병대는 스스로 이렇게 말했다.

"아니다. 대기하라. 나는 가지 않을 것이다."

프랑스군은 지금 멀리 안전한 곳에 있지만, 자신들의 포성 소리에 다소 겁을 먹었을 것이다.

"아마 내가 그들을 공격할 것이라고 생각하라고 두자."

그러나 프랑스군도 영리했다. 그들은 우리 부대들이 위장용으로 전개하는 것을 알아차리고 결정적 한 수를 두었다. 보스케 부대는 진지를 완전히 격퇴된 우리 부대에 남겨 두고 전 병력이 전쟁터로 달려나왔다. 이것이 바로 러시아군 패배의 비밀을 해명해 주는 아까 언급한 단서다.

누가 큰 실책을 저질렀는가는 역사가가 판단하게 하라.

오래된 인케르만성이 서 있는 초르나야강 계곡은 크림반도에서 경치가 가장 아름다운 곳 중 하나이다. 흰 바위 해안을 테로 두른 푸른빛으로 빛나는 세바스토폴만 전체가 이곳에서 한눈에 보인다.

반대편으로는 주변에 나무가 울창한 계곡이 뻗어 나간다. 계곡은 처음엔 가까운 산 사이를 가로질러 가다가, 멀리 있는 산들의 푸른 빛 속으로 자취를 감춘다. 돌로 된 발코니 같아 보이는 계곡 절벽에 인케르만이 서 있다. 그 앞에 만이 있고, 그 발치에 강이, 그 위로 바위산이 높게, 높게 솟아 있다. 옛 요새의 벽과 총안보흉벽과 탑의 잔해가 남아 있다.

성이라고 불리는 돌로 된 새장을 둘러싸고 있는 이 성벽돌기들은 어딘지 어린애 같고, 약해 보이고, 보잘것없어 보인다. 세바스토폴의 폐허와 진지들을 본 사람들에게 이 오래된 성은 볼품없어 보인다. 그러나 그 시대에 이 성은 난공불락이었을 것이고, 적의 세찬 공격에 반격하며 주민들은 그 성안으로 피신하고 성벽에서 죽어갔을 것이다.

고대에 인케르만은 별도의 공국을 형성하여 독립을 유지했을 뿐 아니라 발라클라바와 남부해안을 지배했었다. 12 그리스인들은 인케르만을

---

12 〔역주〕 여기서부터 저자는 테오도로공국(княжество Феодоро) 수도 만구프(Мангуп)와 당시 칼라미타(Каламита)라 불렸고 테오도로공국 항구에 불과했던 인케르만을 혼동한다. 그 당시 쳄발로(Чембало)라 불렸던 발라클라바는 원주민들의 지지를 받던 테오도로의 크냐즈인 알렉세이(Алексей)에 의해 1433년에 점령당했다.

'페오도르'(Феодор) 또는 '포도로'(Фодоро) 라고 불렀다. 15세기에 이 성은 크림반도의 다른 요새와 마찬가지로 터키인들의 공격을 받아 몰락했고, 13 '동굴의 도시'라는 뜻인 인케르만(Инкерман) 이라 불렀다. 14

당신은 우편마차 길에서 언뜻 보아도 인케르만은 식민지 개척자들이 쉬어가는 곳이 되었으리라는 확신을 갖게 된다. 다른 어느 곳보다도 트라헤이반도가 그리스 항해자들이 자주 들르는 곳이 되었을 것이다. 트라헤이반도의 모든 만(灣) 중에 가장 접근하기가 좋고 가장 매혹적인 곳은 현재의 세바스토폴만이었다. 이 만은 6베르스타나 육지 안으로 들어가고, 산으로 방어되고, 수심이 10사젠이나 되는 진흙 바닥을 가진 넓고 안전한 입구를 가졌고, 측면에 많은 작은 만들을 가졌다.

이곳은 세계에서 가장 값지고, 가장 큰 정박지 중 하나이다. 나침판이 만들어지기 수천 년 전에 항해자들에게 적대적인 폰토스만을 따라 폭풍에 밀려온 용감한 뱃사람들이 얼마나 이곳을 소중하게 생각했을지는 분명하다. 만 깊숙한 곳에서 그들은 무역과 생활에 필요한 모든 것을 얻을 수 있었다. 강물, 뛰어난 채석장들, 반도로 난 자연스러운 길들, 초원과 숲, 그리고 마지막으로 쉽게 공격할 수 없는 안전한 장소도 있었다. 인케르만의 지리적 위치는 천연적으로 전사·무역상들의 집합소였다. 이곳은 바다와 육지로 모두 연결되는 전략적 지역이었다.

케펜15은 플리니우스16의 글에서 아주 흥미로운 부분을 언급했다. 플

---

13 만구프는 오랜 포위전 끝에 1475년 12월에 함락되었는데 인케르만(칼라미타) 은 그 얼마 전에 함락되었다.

14 〔역주〕 타타르인들은 인케르만이라는 이름을 사용하기보다 자주 여기를 '흰 도시'라는 뜻의 악케르만(ак-керман) 이라고 불렀다.

리니우스의 말에 따르면, 고대 헤르소네스의 창설자들은 다른 곳이 아니라 메가리스(Megarice)에 정착했다. 메가레는 아랍어의 '인'(in)처럼 터키어로 '동굴'을 뜻한다. 그래서 인케르만이 크림반도에서 가장 오래된 그리스인들의 정착지였다는 근거이고, 인케르만의 지리적 위치는 이를 증명한다. 현재 인케르만은 수도원뿐 아니라 채석장으로도 유명하다. 17

---

15 케펜(Кеппен Пётр Иванович, 1793~1864): 하리코프에서 태어나 카라바흐(크림 알루슈타 근처)에서 사망했다. 과학자, 통계학자, 민속학자, 문헌학자, 페테르부르크 과학원 통계학부 회원(1843)을 역임했다. 예카테리나 2세가 독일에서 초청한 의사 30명 중 한 사람의 아들이다. 하리코프대학에 공부했으며 1814년 법학 석사학위를 받고 졸업했다. F. P. 아델룬그(Ф. П. Аделунг, 니콜라이와 미하일 파블로비치 벨리키 크냐즈들의 교사)의 딸인 알렉산드라 표도로브나와 결혼해 아들 표도르(후일 저명한 생물학자가 됨)와 니콜라이, 딸 알렉산드라와 나탈리아를 낳았다. 1819년 크림반도를 방문했고, 1827년에 직무 관련하여 크림반도로 이주해 양잠업 수석감시관 조수로 임명됐고, 1834년까지 크림반도에 거주했다. 타브리아주의 국가 소유 재산 감사를 위해 1837년 크림반도를 다시 방문했다. 1852년부터 사망 때까지 대부분의 시간을 알루슈타 근처 포도원과, 카라바흐라는 20데샤티나 면적의 자신의 농지에서 농노 6명과 함께 지냈다. 71년 생애에서 45년을 크림반도에서 지냈고, 사후 바닷가의 자기 소유지에 매장됐다. 그가 남긴 많은 저술 중, 크림반도에 관한 것은 20권이 넘으며 그중 제일 유명한 서적은 마르코프도 자주 인용하는, 1837년에 페테르부르크에서 출판된 《크림 남부해안 및 타브리아산 유적들에 대하여》(О древностях Южного берега Крыма и гор Таврических, СПб, 1837), 이른바 《크림 선집》(Крымский сборник)이다.

16 〔역주〕 플리니우스(Plinius, 23~79): 로마의 정치가, 군인, 저술가이다. 자연계 현상을 다룬 《박물지》(Naturalis Historia)로 유명하다.

17 8~9세기에 동굴수도원이 생긴 것은 비잔틴제국의 성상파괴운동(иконоборческое движение), 타우리카(Таврика)로의 수도사들의 이주 및 크림반도에서의 기독교 전파와 연관된 것이라고 추정된다. 수도원은 13~14세기에 운영되었으나 16세기 초반 터키 지배 시대에 폐쇄되었다. 1850년에 인케르만 성 클레멘스와 마르틴의 스키트(инекрманский скит святых Климента и Мартина)라는 명칭으로 복귀되었다. 1920년 10월 인케르만 수도원은 문을 닫았다가 현재 다시 운영되고 있다.

수도원은 아주 작고, 아주 볼품없이 허접하게 지어졌지만 아주 멋지다. 수도원의 작은 교회는 돌 하나를 파서 만들어졌고, 전해오는 말에 따르면 1세기에 크림반도를 교화한 순교자 성 클레멘스[18]가 손수 지었다고 한다. 교회 안에는 심연과 같은 계곡 위에 매달려 있는 듯한 아름다운 벽장과 발코니가 있다. 교회로부터 계곡의 궤도를 이루는 바위들을 파서 만든 수많은 동굴로 연결되는 입구가 있다. 이 동굴들은 여러 층을 이루고 있으면서 거의 서로 연결되어 있다. 그러나 그 안으로 기어 올라가는 것은 쉬운 일이 아니다. 입구들과 벽 전체가 풍화되고 허물어져서 열린 찬장의 단처럼 동굴이 갑자기 계곡의 절벽으로 노출되어 있기도 하다.

동굴들의 정면 벽은 오랜 세월에 걸쳐 풍화되었다. 이 작은 방들을

18　클레멘스 1세(Clemens Ⅰ, 30~101?): 순교자인 로마 교황 클레멘스는 로마에서 부유한 귀족 가정에서 태어났으나, 불가피한 사정으로 어렸을 때부터 부모와 이별하여 남의 집에서 양육되었다. 그리스도와 그의 가르침에 대한 소식이 로마까지 퍼졌을 때 클레멘스는 집과 소유지를 버리고 사도들이 설교하고 있던 땅으로 떠났다. 바르나바 사도를 만난 후 팔레스타인에 도착해 성 베드로 사도로부터 세례를 받고 그의 열성적 제자가 되어 항시적으로 그를 동행했다. 순교하기 얼마 전에 베드로가 클레멘스에게 로마 주교 직위를 수여했고, 92년부터 101년까지 클레멘스는 로마 교황을 역임했다.

　클레멘스는 이교도들의 고발로 트라야누스 황제에 의해 수도로부터 추방당해 크림반도로 유형을 왔고, 크림에서는 인케르만 채석장에서 노역을 하게 되었다. 클레멘스의 많은 제자들이 그를 따라 크림반도로 갔다. 추방 장소에 도착한 클레멘스는 물이 거의 없는 힘든 조건에서 고생하며 노역하고 있던 수많은 기독교 신자들을 만났다. 클레멘스가 기도를 올린 후 하나님은 그에게 나중에 강이 된 샘이 있는 장소를 지적해 주셨다. 이 기적으로 수많은 사람들이 구원자인 클레멘스에게 모여들었고, 그는 매일 500명, 그리고 그 이상의 사람들에게 세례를 베풀었다.

타고 기어 올라가는 것은 아무 의미가 없다고 생각한다. 얼마 전까지 만 해도 발견되던 암각화와 유적들은 더 이상 흔적이 없다. 만약에 언 젠가 사람들이 이 동굴들을 이용했었다면, 아마 그것은 생활환경이 극도로 어려운 시기였을 것이다. 의심의 여지없이 이 동굴들은 평온하 게 과수원을 가꾸며 농사를 짓던 주민들이 요새가 포위됐을 경우 숨기 위한 비상 거주지였을 것이다. 크지 않은 많은 동굴들은 가축들에게 전쟁 때뿐만 아니라, 밤을 나거나 뜨거운 더위를 피하기 위한 피난처 가 되었던 것이 분명하다. 동물들을 동굴로 데려가는 이런 관습은 크 림반도와 카프카스 지역에 아직도 남아 있다.

인케르만의 동굴 중 하나는 아주 크고, 낮은 곳에 있다. 입구에 있는

전설에 따르면, 이때 절벽에 돌을 파서 교회를 만들었다고 한다. 고고학 연구들은 전설과 일치하지 않는다. 어떤 연구자들(А.Л. Якобсон)은 위에 말하는 7세기에 건립되었다고 주장했고, 어떤 연구자들(А.Л. Бертье-Делагард)은 이 교회가 14~ 15세기에 생겼을 가능성이 높다고 본다. 교회가 1세기에 성 클레멘스에 의해 지어 졌다는 주장은 혁명 이전의 연구자들에 의해 이미 반박되었다.

클레멘스의 사도적 활동은 트라야누스를 분노하게 만들어, 황제는 101년에 클 레멘스를 목에 닻을 달아 바다에 수장하게 했다. 그의 제자들과 신도들의 기도로 바다가 물러나서 자연적으로 만들어진 교회 안에 있는 성인의 부패하지 않는 신체 가 나타났다. 그 후로 매년 클레멘스 순교 기념일이면 바다가 물러서서 7일간 성스 러운 유체까지 접근할 수 있는 길이 열리곤 했다. 다만 9세기에 50년간 접근이 불 가능했다. 미하일 황제와 그의 어머니인 페오도라(855~867) 때 키릴과 메포디이 가 헤르소네스를 방문했다. 그들의 제안으로 공동 기도를 올린 뒤 자정에 바다 표 면 위에 성 클레멘스 유체가 나타났다. 그의 시신은 헤르소네스에 있는 사도들의 교회(церковь святых Апостолов)로 엄숙히 옮겨졌다. 키릴과 메포디이는 유체의 일부를 로마로 가져갔는데, 성스러운 머리는 나중에 블라디미르 대공에 의해 키예 프에 있는 데샤티나야 교회(Десятинная церковь)로 옮겨졌다.

돌들과 똥거름이 응고된 흙더미들로 이 동굴은 외눈박이 목동이 불쌍한 이타카(Ithaca) 섬 사람들을 잡아먹은 호머의 폴리페모스(Polifemos) 동굴을 연상시킨다. 영리한 오디세이가 순례 기간 동안에 우리 크림 땅을 방문했었다는 칼 리터[19]의 가정에 나도 모르게 동의하고 싶은 마음이 든다.

인케르만 요새 자체는 크지 않았다. 그러나 그 주변은 사람들이 살아온 흔적으로 넘쳐났다. 계곡 반대편 가장자리에는 집, 동굴, 수로, 지하통로의 흔적이 남아 있었고, 작은 교회의 폐허도 있었다. 일부 사람들은 초르나야강의 수로는 헤르소네스에 물을 공급하는 수로였고, 아나스타스의 조언을 받은 블라디미르[20]가 이것을 막아 버렸다는 바로 그 수로라고 주장한다.

요새 안에는 우리의 일반적 요새를 떠올리게 하는 제방과 벙커가 있었다. 이런 것들은 이후 시기에 만들어진 것일 가능성이 매우 컸다. 세바스토폴 전투 때 우리 러시아군이 이 요새를 이용했고, 우리 저격수들이 잠복하기 위해 이 폐허들을 이용했을 가능성도 크다.

---

19 칼 리터(Karl Ritter, 1779~1859) : 독일의 지리학자 겸 여행가다. 러시아에서 그의 대표 저작인 *Die Erkunde im Verhaltniss zur Natur unds zur Geshichte des Menschen oder allgemeine vergleichende Geographue*의 일부가 《리터의 아시아 지리 연구: 아시아 러시아에 포함되거나 이웃하는 나라들의 지리학》(Землеведение Азии К. Риттера. География стран, входящих в состав Азиатской Росии или пограничных с нею, СПб, 1867~1879) 이란 제목으로 번역되었다.

20 〔역주〕키예프 루스의 블라디미르 대공을 말한다.

이미 날씨가 더워져 동굴들과 수도원, 요새 유적을 두루 돌아다닌 후에 나는 지쳐서 돌로 만든 십자가가 꽂혀 있는 외로운 3개의 무덤 근처의 녹색 제방에 자리를 잡고 앉았다. 민들레꽃을 옮겨 다니며 꿀을 따는 벌떼들이 풀 위와 공중에서 윙윙 소리를 내며 날아다녔다. 꽃들과 나비들이 햇빛에 반짝거리고 있었다.

내 위에는 천 번째의 봄을 맞고 있는지도 모르는 부서진 총안(銃眼)이 남아 있는 뼈대만 앙상한 탑이 있었다. 그것으로부터 역사가 배어 나왔다. 오래전에 사라진 사람들, 오래전 소멸된 이해관계, 오래전 소란스러웠던 생활들이 배어나왔다. 그러나 그 발치에는 녹색 계곡이 뻗어 나갔고, 그 뒤로는 푸른 만이, 그 만 뒤로는 푸른 바다가 펼쳐졌다. 산, 창공, 바다, 모두가 내리쬐는 태양빛 속에서 침묵을 지키며 움직이지 않고 가만히 있었다.

나의 가슴은 여간해서는 느끼기 어려운 소박하면서도 신선한 감정에 사로잡혔다. 가공되지 않은 자연환경 속에서 조용하고 복잡하지 않은 생활을 영위하는 성서와 〈오디세이〉의 장면들이 구름처럼 내가 의식하지 못하는 사이 머리에 떠올랐다가 녹아 버렸다. 남쪽 지방의 가벼운 옷을 걸친 진지한 얼굴을 한 키 큰 처녀들이 머리에 높은 물동이를 이고 우물가에서 자신의 물 긷는 차례가 오기를 기다리는 장면. 안티노이21의 머리와 헤라클레스 조각품 같은 종아리를 가진 목동들이 양떼를 돌보며 긴 막대에 몸을 의지하고 있는 장면. 온순한 모습을

---

21 〔역주〕안티노이(Antinous) : 그리스 청년으로 아드리안 황제의 총신이었다. 미남청년의 상징으로 유명하다.

하고 있지만 실제로는 모든 권력을 가진 현자의 모습을 한 노인 족장과 말이 없고 순종적인 안주인인 사라[22]들의 모습. 이들은 목동이자 왕이고, 왕비들은 물을 나르고 천을 짜고 있다.

생활 전체가 두세 가지 요소로만 구성되어 있다. 복잡한 생각도 없고 세계관도 온전하고 견고하다. 모든 것이 다 제자리에 있고, 아직 아무것도 누구에게 제대로 이해되지 않았기 때문에 모두가 모두를 이해한다. 양떼, 양털, 샘물 ─ 이것이 관심의 다이고, 모든 정치이며 학문이다. 두 번의 7년을 기다리는 사랑,[23] 양떼에 꿀을 먹이는 것으로 만족하는 공명심이 다이다. 교활함은 예전에 손으로 짠 옷을 은밀하게 솔기를 찢고 나오고, 유혹을 멀리하기 위해 밀랍으로 귀를 막는 현명함도 있었다.

모든 것이 집중되어 있고 정해져 있어서 어떤 것도 주위를 산만하게 하지 않는다. 이웃 두 사람만을 알고 있고, 그들 너머에 무엇이 있는지는 신에게 영감을 받은 맹인 악사만이 알고 있었다. 아무도 서두르지 않고, 싸우지 않고, 실망하지 않고, 가장 중요한 것은 의심하지 않는 것이다. 사람들은 조용히 살다가 조용히 죽었다. 주인이 집에 돌아오지 않은 지 10년이 되어도 그의 방에 있는 모든 물건들은 그를 기다리며 그 자리에 있고, 나이든 그의 여종은 늦게 귀가할 주인을 생각하며 깊은 한숨을 짓는다. 아이가 생길 것을 기대하며 90년을 기다리고, 밀을 구하러 세상의 다른 곳에 사람을 보냈다.

---

22 〔역주〕 창세기에 나오는 아브라함의 아내 사라를 가리킨다.
23 〔역주〕 창세기에서 야곱이 사랑하는 라헬과 결혼하기 위해 7년을 두 번 기다린 것을 뜻한다.

오, 삶에 대한 이런 일관된 태도는 사고를 평안하게 하는 데 얼마나 큰 도움을 주었겠는가. 감정은 조용하고, 즐거움과 슬픔도 조용했다. 200세까지 살았다는 사실은 놀라운 일이 아니다. 이 긴 생도 양들과 낙타들 사이에서 세월이 흘러갔고, 그와 별 다름없었다.

인케르만을 거처로 삼은 수도사들은 진정한 시인들이다. 이렇게 고요하고 행복한 고지에서 이렇게 맑은 생각을 하고 모든 것을 신선하게 느낄 수 있었다. 오직 신과 양들과 새들과 꽃들과 외로이 있는 이 바위 산에서는 성서적 생활의 위대한 정경을 재현할 수 있다. 원초성이 이렇게 가득한데 천막과 장막 안에 다른 무엇이 필요했겠는가.

바위 구멍 하나가 집이 되고 돌 하나가 문이 된다. 이 하늘과 이 바다의 정경 앞에서는 그러나 돌도 부드럽고, 어두운 동굴도 환하게 보인다. 대낮의 파란 그늘 바로 아래서 잘 자고 생활하던 때에는 돌로 만든 아치가 자주 필요하지 않았겠는가!

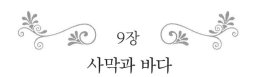

9장
사막과 바다

해안 풍경 — 바다의 삶 — 돌고래 — 빛을 발하는 바다 — 바닷가의 밤 —
해안의 역사적 의미 — 바다가 사람의 영혼에 미치는 영향 — 해수욕

나는 예언자 엘리야가 산에서 살던 것처럼 살고 있다. 내가 사는 곳은
사방이 황야로 둘러싸여 있다. 아직 큰 바다로 떠내려간 것은 아니지
만 운디나(Ундина)의 어부처럼, 뒤에 있는 세상으로부터 고립된 채 뚝
떨어져 있다. 병풍처럼 빈틈없이 둘러싼 산은 거대한 바위 천막처럼
내 모든 길의 뒷길을 막고 하나의 길만을 남겨 두었다. 그것은 바다를
향해서 나 있는 길이었다.

　'바다로'라는 것은 과언이 아니다.[1] 왜냐하면 나의 황야와 사람들이
사는 지역과 유일하게 연결되는 곳은 수세기 동안 바다의 밀려오는 파
도가 모래자갈과 조약돌 더미로 형성된 해변의 모래톱이기 때문이다.

1　〔역주〕'바다를 향한다는 말은 전혀 과장이 아니다'라는 의미다.

아이토도르 인근 해안

폭풍이 불면 여기는 통행이 불가능하다. 적어도 육로를 통한 통행이
불가능하다는 말이다. 그러나 날씨가 고요할 때도 물소가 끄는 달구
지를 타고 건널 때가 아주 많다.

　이 커다란 돌로 된 병풍으로 둘러싸인 곳 안에서 사는 것은 아주 고
요하고, 많은 식물에 둘러싸인 청정하고 건강한 생활이다. 어느 쪽을
보든 머리 위에 숲이 있다. 몇 군데에선 숲 뒤로 돌로 된 거인의 해골
같은 민머리 산이 빛난다. 집 굴뚝 바로 위에 나에게 그림자를 던지는
카스텔산2이 서 있다. 이것은 차티르다그산만큼 '천막산'을 닮았다.

2　카스텔산(Кастель) : 이 지명은 보통 '요새'라는 의미를 가진 그리스어 혹은 고대
　　그리스어 단어에서 유래했다고 본다. 그러나 코고나쉴리(К. Когонашвили)와 마
　　흐네바(О. Махнева)가 지적하듯이 고대 그리스나 고대 라틴어에도 그런 단어
　　는 없었다. 이 단어는 기원전과 기원후 경계시기에 로마인들 가운데 생겨서 나중
　　에 비잔틴에서 사용되었다. 로마인들은 카스트룸(каструм)이라는 용어를 방어시
　　설을 가리킬 때 사용했고, 카스텔륨(кастеллюм)이라는 용어를 방어시설이 된 마
　　을(поселение)이나 저택(усадьба)을 가리킬 때 사용했다. 이 두 용어는 비잔틴에
　　서 그리스식 음(音)으로 발음되면서 이 형태로 현재까지 유지되고 있다.

산꼭대기까지 숲으로 덮여 있다. 이 산을 오르는 것은 피라미드를 올라가는 것만큼 힘들 것 같다. 그럼에도 불구하고 타타르 사람들은 거기서 나무를 날라오고 여행자들은 그곳으로 올라간다. 카스텔산의 높은 꼭대기에 아직도 아마 이 산에 그 이름을 남겨 준 성(城)이었을 고대 그리스 건축물의 흔적3이 보인다. 저편 비탈에 아토스산 은거자들이 살고 있다.

하지만 숲속에 있는 내 작은 집4에서는 이것들 중 어느 것도 보이지 않는다. 아래쪽으로는 집에서부터 사방으로 펼쳐진 포도밭 속에, 그리고 위쪽으로는 주변을 빽빽하게 들어선 나무들 속에 내 집이 파묻혀 있다. 집은 지붕과 함께 주변에 있는 삼나무, 포플러나무, 호두나무에 의해 완전히 막혀 있었다. 그늘이 많은 발코니의 격자창과 사슴의 뿔로 장식된 기둥들만이 나뭇잎들 사이로 슬며시 비칠 뿐이다. 불규칙한 간격으로 듬성듬성 서 있는 사이프러스나무들이 집에서 포도원을 지나 바깥 대문으로 이어진다. 이 나무들은 마치 성의 망루처럼 짝을 지어 정원 입구와 모퉁이들을 지키고 있다.

사이프러스는 어딘가 이슬람적인 나무이다. 장례식에 어울릴 것 같은 거무스름한 나뭇가지들은 촘촘히 모아져 있으면서도 기하학적으로 정확한 원추꽃 모양으로, 인내하고 운명에 순응하며 곤두서 있다.

---

3 1947년 베이마른(E. B. Веймарн)이 주도한 타브리다·스키티아 탐사의 고고학 자료에 의하면, 이 마을은 8세기에 생겨났고 보루는 10세기 이후에 축조되었으며 터키 침략 후인 14세기 말에 거주민들이 카스텔을 떠났다.

4 향토학자들의 추측에 따르면, 저자인 마르코프가 살던 곳은 현재 라보치 우골로크(Рабочий Уголок) 지역에 위치한 슬라비치(М. Славич, Сосногорова)의 다차였다.

뜨거운 남국의 태양에 달구어지고 바닷바람을 맞으면서 생기 없는 것처럼 미동도 없이 곧게 뻗어 있는 것이다. 남쪽에 거주하는 민족들, 특히 무슬림들은 사이프러스를 오래전부터 묘지에 심는 나무로 삼았다. 사실 묘지에는 사이프러스만 한 파수목을 구할 수 없다. 그것보다 더 생명 없는 생명, 움직임 없는 움직임과 옅은 초록색을 찾을 수 없을 것이다.

가까이서 피라미드 모양을 한 사이프러스 가지들을 살펴보는 것은 흥미롭다. 나무 안쪽은 거의 다 비어 있지만, 가장자리는 거의 침투할 수 없을 정도로 큰 가지와 잔가지들 그리고 바늘 모양 가지들이 밀집되어 있다. 사이프러스에는 보통 견과가 솔방울이나 작은 종처럼 가득 걸려 있는데, 고약한 냄새가 나는 그 견과는 무덤과 같은 외양을 한 사이프러스를 유쾌한 것으로 절대 만들지 않는다. 그 견과는 관에서 나는 냄새 같기도 하고 향냄새 같기도 한 것이 풍기기 때문이다. 새들이 사이프러스나무에 잘 앉지 않는 것도 이런 이유 때문이다.

그럼에도 불구하고 사이프러스는 내가 지금 묘사하고 있고, 우리 집 발코니에서 지칠 줄 모르게 즐기는 그 경치 속에 있어 놀라울 정도로 좋다. 좋다는 것은 어울려서 좋다는 것이다. 사이프러스는 내 황야에게 이곳이 황야라는 것을 특히 분명히 말해 주고 있다. 우리에게 즐거움을 주는 열매가 열릴 기쁨의 나무를 더욱 돋보이게 한다. 싱싱한 젊음과 치렁치렁한 잎, 진한 향으로 우리를 취하게 하는 포도나무들이 무성하게 무리 지어 자라서 사방에 빽빽이 들어서 있다. 포도나무는 죽은 사람 같은 사이프러스 주위에 마치 아무 걱정 없이 서 있는 청년 같다.

254

내 집의 발코니는 넓고 동양풍의 격자 난간이 둘러쳐 있다. 그 안에는 온실식물과 꽃들이 있고 밖에는 집 높이보다 웃자란 나무들의 가지들이 장식되어 있다. 그 발코니에선 액자 안의 것처럼 드넓은 바다와 산에서 바다 쪽으로 떨어지는 가파른 절벽이 눈에 들어온다. 바다는 처음 볼 때는 아주 놀랍고 두려움도 불러일으킨다. 그러나 바다는 예상했던 것만 못해서 환상 속에서 생각한 것보다 작고 단순하다. 우리가 원한 것보다 우리가 이미 알고 있는 것에 더 가깝다. 적어도 바다는 특별한 배경이 없는 경우에는 그렇다.

하지만 지금 내가 사는 것과 같이 바다와 단 둘이 서로 눈을 마주보며 살면, 바다는 매 순간 당신 앞에 있고, 발코니에서, 정원 오솔길에서 바다가 보이고, 바다와 같이 차를 마시고, 바다와 같이 점심을 먹고, 바다와 같이 몽상하고, 바다와 같이 잠드는 경우에는 마치 여자와 사랑에 빠진 것처럼 바다와 사랑에 빠지기 마련이다. 바다는 당신을 끌어당기고, 바다가 없으면 심심해질 것이고, 바다와 같이 있으면 너무 좋고, 바닷가가 아니면 살 수 없을 것처럼 느껴질 것이다. 바닷가가 아니면 숨이 막힐 것 같고, 죽은 것 같고, 바다에서 멀리 떨어져 사는 사람은 불행하다고 생각할 것이다.

바다가 당신을 향해 청량하고 온 세상만큼 큰 숨을 내쉴 때, 바다가 밀려오는 파도의 리듬과 끝없는 심해의 강력한 단조로움으로 병약하게 변덕스럽고 침착하지 못하고 힘없는 아이 같은 당신의 생각을 흔들어 재울 때, 당신은 옛날에 당신을 재우던 포근한 무릎 위에 있었던 것처럼 마음이 편안하고 만족스럽게 된다. 그러면 당신은 그때 느낀 것처럼, 당신보다 센 어떤 힘이 지배하고 있고, 그 힘은 자기가 아는 곳으로, 자기가 아는 식으로 당신을 데려갈 것이므로 아무것도 걱정할 것이 없다고 본능적으로 느끼게 된다.

어린아이는 어른이 너무 되고 싶어 해서 너무 성급하게 자립을 간절히 원한다. 어른은 이와 반대로 자신의 의지와 의무를 버리고 누군가 어머니 같은 손에 자신을 맡기고 싶어 한다. 생각과 욕망의 짐을 덜어 주고 우리를 흔들어 재워 주기만 하면 우리를 어디든 어떻게든 데려가게 되리라! 바다는 이 부담을 덜어 주고 나를 재워 준다. 적어도 나의 고요한 남쪽 바다는 그렇다.

멀리 아래쪽 끝에 서 있는 사이프러스들이 저기 깊은 아래쪽 쪽빛 파도에 의해 모습이 드러난다. 계곡과 바닷가, 산기슭에 널린 잿빛 돌들이 아름답고 투박하다. 마치 옛날에 지구에 살았다가 돌이 된 거인 무리 같다. 실제 양떼들은 이 돌로 만든 양들 가운데에 파리처럼 보인다. 여기를 지나가는 사람은 없다. 먼 푸른 바다 위에 배의 돛이나 돛대도 보이지 않는다. 다만 가끔 포도원의 녹음을 배경으로 말을 타고 산길을 따라 가까운 마을로 가는 타타르 사람의 하얀 모습이 새겨진다.

아래 있는 모래 해변으로 건초나 장작을 실은 긴 우마차가 가는 일도 이에 못지않게 드물다. 그 우마차가 당신 눈앞에서 모래에 빠졌다가 돌산으로 겨우 올라가는 동안 삐걱거리는 바퀴 소리와 물소를 모는 타타르 사람의 단속적인 소리를 실컷 들을 수 있다. 타타르 우마차와 크림반도의 산을 위해서 특별히 창조된 것처럼 키가 작고 골격이 건장한 아프리카 물소들은 음침한 인내심을 가지고 천천히 힘겹게 한 걸음씩 움직이며 자기의 목에 커다란 마차를 메고, 그들만을 위해 만들어진 도로를 따라 마차를 높은 산마루로 끌고 올라간다. 눈앞에서 지나

256

가고 숲으로 사라졌다가 다시 한 번 숲이 없는 산마루에 바퀴까지 드러났다가 더 이상 보이지 않게 되면서 산마루를 넘어간다. 다음 우마차가 올 때까지는 한참 걸릴 것이다.

바다에 가끔 돛이 보이기도 한다. 너무 멀고 너무 드물게 보이지만, 참 그림같이 아름답게 보인다. 바다가 고요할 때면 파란 수평선 위에 움직이지 않는 하얀 돛이 대여섯 개 서 있는 경우가 있다. 가끔은 이틀 동안 계속 서 있는데, 아침에 그것을 찾으러 나가면, 다시 평소처럼 끝없는 파란 심해만 눈에 들어오고, 배 대신에 산이 보인다.

그 산들은 바다가 그런 것처럼 한결같은 모습으로 당신 앞에 서 있다. 그것은 반원 모양을 한 해만(海灣)의 북동편 곶이었는데, 그곳에 알루시타(Алушта), 수다크와 여러 다른 마을들이 자리를 잡고 있었다. 구릉지인 곳까지 당장이라도 단숨에 헤엄쳐 갈 수 있을 듯 보였지만, 일직선으로 50베르스타 정도이고 해변으로 가면 70베르스타 거리라고 한다. 한없는 바다의 평야에서 사람의 일반적인 목측은 이런 착각을 불러일으킨다.

시간과 날씨는 바다를 보고 짐작하는 것보다 산을 보고 판단하는 것이 더 쉽다. 산에서는 푸른색과 분홍색, 회색과 황금색 색조가 확 타오르다가도 꺼지고는 한다. 가끔 그 색조는 진한 푸른색의 무서운 산맥처럼 해를 막기도 한다. 그때는 산이 더 가깝고 높아 보인다. 하지만 무더운 정오가 되면 뜨거운 안개 속에 거의 다 녹아 사라지고 만다. 그렇게 되면 푸른색은 아주 멀리 가 버리고, 창백한 진주색 구름처럼 가늘고 투명한 실루엣만 공기 같은 그림자가 되어 지평선에 머무른다.

나는 해돋이와 해넘이, 무더운 정오, 달과 별이 빛나는 밤하늘을 조용히 침잠하면서 감상하고 있었다. 그와 같은 감상은 마치 기도와 같다. 어쩌면 그것이 참된 기도일지도 모른다. 기도는 실용적이고 응용적인 의미로만 이해해서는 안 된다. 진실한 감동이 있는 곳에 기도가 있다. 언제나 푸른 하늘 아래 따뜻한 쪽빛 바다 옆 해변에서 자연과 그의 위대한 비밀의 대해 말없이 이야기를 나누었던 옛날 현자들은 그런 식으로 기도했을 것이다. 기도문이 만들어지기 오래전에 자신의 무리와 자신의 자식의 자식으로 둘러싸인 구약 시대의 목자들이 그렇게 기도했다.

저녁은 산으로부터 조용하고 유유히 내려온다. 숲 골짜기가 밝고 추운 초록빛이 되었고, 누군가의 손으로 위로 들려지기라도 한 듯 금빛 반사광이 단숨에 내려가 버린 숲속 계곡은 명징하고 차갑게 초록빛 모습을 드러냈다. 차티르다그, 바부간산, 카스텔산에서는 낮게 움직이는 황금색 쐐기 떼들이 아직도 연기처럼 피어오른다. 적막함은 아침에도, 한낮에도, 깊은 밤에도 한결같다. 황야의 적막함이다. 다만 밀려오는 파도가 조약돌 위로 납으로 만든 산탄 같은 조약돌을 굴린다. 그칠 줄 모르는 그 작은 소리에 빠져들면 결국 그것을 더 이상 느끼지 못할 것이다.

어떤 까맣고 큰 것이 갑자기 바다 깊은 곳에서 나왔다가 다시 굴러 사라졌다. 눈이 정신을 차리기 무섭게 다시 물속에서 빠져나와 나타났는데, 마치 캠이 있는 바퀴 가장자리가 물속으로 굴렀다가 다시 나타났다가 다시 사라지기를 계속 반복하는 것 같았다. 그곳에서 열 걸음쯤 떨어진 곳에 같은 모양의 캠을 가진 검은 바퀴가 새로이 나타나서 사라졌다가 나왔다를 반복하며 같은 쪽으로 굴러가고 있었다.

오레안다 해안 절벽

　이것은 돌고래들이 저녁 사냥을 시작하는 장면이다. 돌고래들은 똑바로 고르게 수영할 줄을 모르거나, 아니면 그렇게 수영하기를 싫어한다. 그들은 타고난 사냥꾼이나 강도처럼 자신의 기술을 품위를 잃지 않는 용맹함으로 실행한다. 그들이 도망가는 물고기를 필사적으로 쫓으며 대담한 뜀질을 하고 부채꼴 모양을 그리면서 솟아오르는 것을 보는 것은 아주 재미있다. 가끔 그 거침없는 추격에 너무 몰입한 나머지 자신의 움직임에 대한 통제력을 조금 잃어버린다. 그리고 가끔 돌고래가 물속에서 완전히 솟아나와 우리들 눈앞 공중에서 부채꼴을 만드는 경우가 종종 있다. 수많은 돌고래들이 모여들면, 지느러미와 굽어진 등만을 보이면서 줄지어 헤엄쳐 간다. 나란히 수영하는 모습을 보면 마치 수면 아래서 풍차가 빠르게 돌아가는 것처럼 보인다.

　돌고래는 나의 바다에 사는 거의 유일한 동물이다. 심해는 여러 가지 생물로 가득 차 있고, 흑해 연안에 서식하는 새들이 셀 수 없이 많다고 하지만, 나는 매우 안타깝게도 크림의 흑해 바닷가보다 우리 연못가와 그 안에 사는 짐승들, 새들, 파충류와 양서류가 10배 많다는 사실을 분명히 확인하게 되었다. 이따금 백로가 날아와 절벽 위에서 원을 빙빙 그리고 날면서 자신을 과시하다가 두 번쯤 짠물을 쫀 다음 자기가 있던 곳으로 돌아간다. 우리 러시아 강의 갈대숲을 대신할 수 없는 절벽과 조약들만 있는 여기에는 새를 끌어들일 만한 것은 없는 것 같다.

오리도 가끔 바다로 내려가지만, 왜 그러는지 몰라도 몰래 슬그머니 내려가서 바다 한가운데서 제정신이 아닌 듯 빙빙 돈다. 그들의 모습은 무언가를 무서워하는 듯하다. 그들은 물에서 30cm도 떨어지지 못해서 날개로 물을 가르기까지 하면서 날아간다. 아주 급하게 조금의 고민도 하지 않고 돌아볼 겨를도 없이 날아간다. 땅 위에 사는 우리의 오랜 친구인 그 오리들이 나는 모습을 찾아볼 수 있다. 한없는 심해는 사람의 상상력에만 영향을 끼치는 것은 아닌가 보다. 새들도 나름대로 상상력을 가지고 있는 듯하다.

나는 조개나 가재 같은 생물을 해변의 모래와 돌 사이에서 찾지만 별소득이 없다. 마치 공장에서 만든 것같이 둥글기도 하고 날카롭기도 한 조약돌들만 발이 보이지 않을 만큼 더미 지어 산재해 있는데 그게 바로 해변에서 찾을 수 있는 것들이다. 세상에 바다의 파도같이 크고 활기차게 일하는 세공 작업소는 없다. 자신이 뜯어낸 절벽의 조각을 하루 종일 쉬지 않고 물어뜯어 가루가 되도록 간다. 그리고 밀려올 때마다 물건을 셀 수 없는 자신의 창고에 새로운 물품을 뿌려 놓는다. 지구와 하늘의 궁륭 같은 것부터 계란, 열매, 물방울, 그리고 이 조약돌까지 자연에 있는 모든 것들이 동그래지려는 의지를 가진 것이 신기하기만 하다.

덥고 조용한 아침에 몸을 허리까지 물에 담그고 서 있다 보면 오랫동안 나가고 싶지 않을 것이다. 공기처럼 투명한 깊은 바닷속으로 천연색 돌로 만들어진, 화려한 모자이크 바닥이 발밑에 깔려 있는 것을 내려다본다. 바닥은 물과 함께 흔들리기도 하고 굴절되기도 한다. 또 그 바닥에선 돌 하나하나가 유약을 갓 바른 것처럼 선명하게 모습을 드러낸다. 바닥은 환상적으로 아름답기는 하지만 동시에 교활함이 넘쳐난다. 바닷속 바닥은 그것에 쉽게 속아 넘어가는 사람의 발을 물속에 사는 인어처럼 유혹한다.

그러나 생각 없이 그 알록달록한 대리석을 밟지 않도록 조심해야 된다. 그 바닥은 눈에 보이는 것처럼 얕지 않다. 수영을 잘하지 못하는 사람은 자칫하다가는 그 바닥을 한번 밟고는 그곳을 벗어나지 못할 수도 있다. 가끔 거룻배를 타고 가다가 아래쪽을 내려다보면 초록색 물을 통해서 선명하게 보이는 이 돌로 만들어진, 시베리아 공작석5의 색조를 가지고 있는 바닥을 볼 수 있다. 옷을 벗고 바로 뛰어내리면 될 것 같은데, 당신을 태워 주는 어부들은 여기서 잠수해도 밑바닥에는 닿을 수 없다고 할 것이다. 이 바닥은 수면 아래 4사젠이나 깊은 곳에 있다. 그것이 봄갈이 밭처럼 녹색으로 보이는 것은 풀이 자라서가 아니라 보이는 물의 밀집 때문이다. 해수에서는 광선의 굴절이 이 정도로 심하다.

뜨거운 태양 아래 서서 땀을 흘리다 보면 머리째 물속에 들어간 물소처럼 물속에 몸을 담그고 언제까지든 누워 있고 싶어진다. 아침이지만 하늘에도 땅에도 폭염의 날씨는 오래전에 시작되었다. 하늘은

5　공작석을 생산하는 가장 큰 광산들은 우랄 지역에 있다.

파란색이지만 산 위로 은빛을 띤 뭉게구름이 흰색 기둥들처럼 조금씩 늘어간다. 나무들이 숲을 이루고 있는 카스텔산과 야일라6의 꼭대기는 이제 완전히 말끔하고, 데메르지산,7 파라길멘산8과 바부간산9의 민둥 암벽들은 뜨거운 햇살에 달구어진 채 서 있다. 얼마나 조용하고 아름다운가!

아무 생각하지 말고, 아무 소리도 내지 말고 제자리에 서서 주위를 둘러보자. 당신 몸에서 뿜어 나오는 더운 김들을, 당신을 담고 있는 거대한 냉장고 속으로 날려 버린다. 당신의 생각, 추억, 기다림 같은 것이 왜 필요한가.

진정한 삶은 지금 현재의 순간이어야 하지만, 우리는 현재 이 순간을 즐기지 못한다. 바로 그 때문에 우리는 그 한 가지 쾌락만이 현실적이고 구체적인 즐거움이라는 것을 즐기지 못한다. 그 밖에 모든 기쁨들은 분명 추상적이고 이상적이다. 그 이유는 그 모든 기쁨이 지나간 순간을 이성이 작위적으로 경험하거나 아직 시작되지 않은 순간을 상

---

6   야일라(Яйла): 고원, 즉 크림의 주요 산맥의 남부 및 서남부 부분 정상 표면이다.

7   데메르지산(Демерджи): 이전 이름은 푸나(Фуна)로, 데메르지야일라의 남부 지맥이다. 이 명칭은 대장장이를 의미하는 데미르지(демирджи)라는 터키어 단어로부터 유래했다.

8   파라길멘산(Парагильмен): 바부간야일라의 일부이지만 그것과 분리된 산(гора-отторженец)이다. 이 명칭은 '어떤 것의 한계를 넘다'는 의미를 가진 파라기노메(парагиноме)라는 그리스어 단어로부터 유래한 것으로 추측된다.

9   바부간산(Бабуган): 바부간야일라 주요 산맥의 제일 높은 부분이다. 이 이름은 예전에 이곳에서 풍부하게 자라던 식물인 바부간, 즉 벨라돈나풀이라는 크림타르어 단어로부터 유래한 것으로 추측된다.

상적으로 예감하면서 얻을 수 있기 때문이다.

우리에게 눈에 띄지 않고, 아무 즐거움도 없이 지나가는 것들은 우리 기억 속에서 완전히 새로운 색깔로 물들게 되기 때문에, 가장 성실한 기억도 거의 항상 속임수이다.

우리는 뜨겁지도 않고 생기 없고 무관심의 마음 상태로 마주치게 될 것의 기다림을 설렘 속에서 준비한다. 모든 종류의 추상적 사고의 도출처럼 회상과 기대는 어떠한 현실보다도 완벽한데 그 이유는 바로 추상화 사유 방식이란 것이 일반의 생각 아래 들어올 수 없는 모든 것을 씻어내고 털어내는 것이며 실제로 서로 무관한 것들을 체계적으로 모으는 것이기 때문이다.

영혼의 직접적 감각을 성찰하는 것으로 대신해온 탓에 학창시절부터 훼손된 우리는 삶을 살 줄 모른다. 즉, 눈으로 보고 귀로 듣고 피부로 느끼지는 못하지만, 사유하거나 아니면 더 자주 상상할 줄은 알고 있다. 그 때문에 우리에겐 생명력이 엄청난 그 장소와 상황이 값진 것이다. 그 힘은 우리의 미약함에도 불구하고 우리를 완전하게 지배하고 우리 앞에서 자신이 매력적인 생명체임을 드러낸다. 어떠한 사유도 환상도 허용하지 않고, '상상 속의 거울이 아니라 직접 대면해서' 스스로를 관조하도록 한다.

이곳 물속은 생명체들이 그렇게 빈약하다지만 그래도 삶은 있는 것이다. 그것은 단번에 발견할 수 있는 것이 아니다. 나도 이것을 오랫동안 보지 못했다. 그런데 눈이 울긋불긋한 모자이크 바닥 위로 액체의 결정들이 반짝이며 움직이는 것에 익숙해지면 그 작은 돌 속에서 다른 움직임들도 분간해내기 시작한다.

저기 돌들 사이에서 흰색에 얼룩 줄무늬가 있는 머리가 큰 물고기 숨고 있는데, 그의 걸신스러운 작은 눈이 위쪽을 보고 있다. 당신이 발을 움직이자마자 그 물고기는 사라져 버린다. 막이 거의 없는 긴 가슴지느러미의 끝이 돌들에 살짝 닿으면서 돌들 사이에서 뱀처럼 날렵하고 유연하게 꿈틀거린다.

아직 당신의 눈에 띄지 않은 여러 틈 사이에서 아주 작은 물고기들 한 떼가 위로 움직이며 나온다. 그 물고기들이 당신 발가락 주위에서 용감하게 뛰어다니며 당신 발을 꼬집는데, 제대로 꼬집은 다음에는 겁을 먹은 듯이 놀라 사방으로 흩어지곤 한다. 그것은 '망둥어'들이다.

주위를 돌아보면 다른 물고기들을 볼 수 있다. 몸을 완전히 세로로 뻗친 채로 작은 뱀인지 조류 줄기인지 알 수 없는 것이 당신을 향해 헤엄쳐 온다. 그 수상한 물고기가 당신의 살을 찌르기 전에 빨리 그것을 피하고 싶겠지만 두려워하지 말고 이 물고기한테 좀더 가까이 몸을 굽혀 보아라. 그것은 연필처럼 끝이 날카로운 머리를 가진 작은 송곳 모양의 '실고기'이다. 당신이 손으로 물을 흔들면 그것들은 아무 잘못이 없는데도 물 밑바닥까지 내려가 꼬리를 돌에 붙인 채 천천히 이리저리 흔들기 시작할 것이다. 가끔 이 물고기들로만 이루어진 고기떼를 볼 수 있다.

바로 이럴 때는 바다에 있기가 좋다. 매일 아침 4시부터 저녁 9시까지 해가 이렇게 쨍쨍해도 이 욕조는 뜨거워지지 않을 것이다. 바다가 주는 시원한 느낌은 강물이 주는 느낌과 전혀 다르다. 규석을 담가 둔 것처럼 탄성이 있는 바닷물에 빠져들 때 그것은 여름 연못과 강이 우리를 익숙해지게 만든 힘없고 따스한 포옹과 크게 다르다고 느끼게 된다. 남성적이고 용기 있는 어떤 힘이 당신의 몸을 둘러싸서 당신의 조그마한 신체의 열은 이 무한한 시원함의 저장고 안에서 순식간에 사라진다.

물결은 없지만 뭔가가 당신을 흔들고 움직이고 있다. 살아 있고, 당신에게 양보하지 않고, 당신을 알고 싶어하지 않는 무언가가 …. 당신 아래 움직이고 있는 이 괴물이 탄성 있는 자신의 척추 위에 당신이 있는 것을 진지하게 참고 있을 때도 그의 존재를 잊지 말아야 한다. 하지만 그가 조금이라도 화를 내고 투덜거리면 이기적 희망을 버려야 한다. 어린아이가 완두콩 한 움큼을 가지고 노는 것처럼 조약돌 더미를 가지고 놀고 있는 그에게 당신은 하나의 조약돌보다 중요한 존재가 아니다.

나는 바다 전체가 거의 고요했을 때, 세게 밀려드는 파도로 들어가 본 적이 있다. 넘어지지 않고 계속 서 있으려고 온갖 노력을 해보았지만, 나는 계속 쓰러지며 떠밀려 바닷가에 몸이 올려졌다. 그렇다면 거품이 해변에 있는 산까지 날려갈 정도로 파도가 강할 때면 어떻겠는가?

하지만 수영을 하는 것은 참 쉽고 즐겁다. 이 강력한 파도와 계속 밀착하다 보면 용기가 점점 커진다. 바다의 정말 좋은 특징은 열병의 떨림을 일으키지 않는 것이다. 몸을 얼게 하지는 않고 시원하게만 해주는 만큼 바다는 썩은 것이거나 늪의 혼합물이 없고 광물이 풍부하다. 해가 진 후에 땀이 난 채로 해수욕을 한 경우도 있었는데, 바람이 상당히 세어 몸을 닦을 수 있는 것이 없다 해도 기분이 상쾌해지고 건강한 느낌을 받고 물에서 나올 수 있었다.

몇 년간 이 광천수 욕조에 소고기처럼 몸을 절이면 건강해지고 잘생겨지기 마련이다. 여기에 살고 있는 타타르인들은 모두 아주 건강한데, 그들은 겨울 내내 해수욕을 한다고 들었다. 다른 한편으로는 계속적인 등산 운동을 하여 치료효과가 있는 '자유로운 바람이 불고, 가슴이 자유롭게 숨쉴 수 있는' 숲이 많은 산악 기후가 그들의 건강에 좋은 영향을 미치고 있다. 아마 와인과 포도도 건강에 이로울 것이다.

해수욕이 유일하게 불편할 때는 백사장이 아닌 경우에 만나는 돌과 물의 염분이다. 해수욕을 하다 보면 나도 모르게 매분마다 상당한 양의 망초(芒硝)를 삼키게 된다. 이것은 몸에 좋은 설사약이기는 하지만 가끔 때아니게 위에 들어가는 일도 있다.

투명하고 반액체인 몸에 붙는 해파리 무리 속에 들어가는 일도 별로 즐거운 일이 아니다. 여기 있는 해파리들은 몸통이 크지 않다. 내가 본 것들 중에 가장 큰 것은 소년 한 손에 가득할 만했다. 그들이 물에 있는 동안 그들을 살펴보는 것은 꽤 흥미롭지만 아주 단조로운 일이다. 하지만 손에 한번 쥐어 보면 작별 인사를 하지 않을 수 없다. 그들은 액체 녹말이나 묵처럼 번지게 된다. 집에 가져가려고 해파리 한 마리를 제일 얇은 편지지 종이 사이에 넣어서 가져온 적이 있는데, 집에 와서 종이를 펼쳐 보았더니 종이만 남았고, 해파리는 아무 흔적도 없이 사라져 버렸다.

동물들은 내가 방금 언급했던 해수욕의 불편한 점들을 하나도 느끼지 않는다. 특히 물소들은. 산길로 황소의 힘으로도 나를 수 없는 무거운 물건을 나를 때, 말할 수 없이 귀중한 이 착하고 부지런한 일꾼은 하늘에 세 가지만 바란다. 이 세 가지는 물, 더 많은 물, 그리고 또 물이다. 그들은 깨끗한 욕조가 없으면 돼지처럼 진흙 웅덩이 속에 누워 있는데, 바다에 들어갈 수 있으면 더할 수 없는 행복을 누린다. 그들은 여러 시간 동안 천천히 되새김질을 하면서 물에 누워 있고, 자신의 옆구리를 축축한 꼬리로 즐겁게 후려치며 완전히 행복한 모습으로 눈을 가

늘게 뜬다. 날씨가 너무 더울 때 그들은 용하게 머리도 뿔도 다 물에 잠근 채 통나무처럼 전혀 움직이지 않고 코만 조금 내밀고 누워 있다.

나는 처음에 다섯 걸음 거리에서 움직임 없이 수면 위로 솟아난 그 코를 봤을 때 이것이 무엇인지 알아맞히는 데 오랜 시간이 걸렸다. 이런 모습을 보면 겁먹을 수 있다. 깊은 바닷속엔 알지 못하는 괴물이 있을 수 있으니까.

아침부터 하루 종일 여기는 평소와 달리 시끄러웠다. 무더위가 유난히 심했다. 나는 네 번 해수욕을 했는데, 매번 기분 좋게 오랫동안 해수욕을 했다. 물에서 살고 싶었고 물에서 잠자고 싶었다.

돌고래도 바다에 있는 것이 답답하고 힘들었는지 해수욕하는 물소처럼 큰 소리를 내며 힘겹게 콧김을 내뿜으면서 순간순간 물에서 뛰어올랐다. 돌고래들이 그렇게 많이 나타나는 일은 전에 없었다. 정오 때 그들은 서로를 쫓아다니고 잠수하고 행렬을 지어 바퀴처럼 굴러다녔다. 저녁에는 쌍쌍이 서로 위에 앉아 있는 것처럼 보일 정도로 서로 가깝게 빠르게 날며 지나갔는데 그들의 등지느러미가 다른 날과 전혀 같지 않게 높게 똑바로 솟아올랐다. 가끔은 몸의 반 정도 뛰어오른 채 서로 맞붙어 공중에서 공중제비를 돌거나 수면에 검은색 수직 가시 2개가 솟아오른 채 움직임 없이 한곳에서 오랫동안 바짝 붙어 있기도 했다.

파도 속에서 별로 흔하지 않은 일이 벌어지는 것이 분명했다. 바로 바다제비들이 결혼식을 올리는 중이었다. 그들의 열정적 추적과 신혼 쌍의 행복한 레이스 때문에 우리 해변 주위로 몰려오던 숭어 떼가 놀라서 도망가 버렸다. 정확히 날아가게 만든 화살처럼 불쌍한 물고기들은 물위에 여러 사젠이나 되는 거리를 날아갔고, 무시무시한 적에게서 도망치기 위해 사력을 다해 물 밖으로 튀어 올라서는 수 사젠이나 되는 거리를 물위에서 날아 움직였다.

나에게 이런 광경은 완전히 새롭고 아주 흥미로웠다.

그날은 하루 종일 우리도 왠지 답답했다. 저녁에도 바다에 가고 싶었다. 사냥꾼 4명이 완전히 어둠이 깔린 가운데 해변으로 출발했다. 누군가 바다를 훔쳐간 것처럼 완전한 고요가 깔려 있었다. 우리는 단번에 물에 몸을 던져 수영하려고 옷을 빨리 벗었다. 한 명씩 물에 들어가기가 무서웠다. 우리가 바다에 익숙해지기 전에는 바다가 오랫동안 교활한 상대 같아서 앞으로 어떻게 행동할지 알 수 없었다.

우리는 시끄럽게 물속으로 들어갔다. 우리 주변에 불똥이 달리고 뛰기 시작했고, 걸음을 뗄 때마다 희미한 불꽃의 흐름이 움직이고 물이 철썩할 때마다 불이 튀었다. 한순간 동안 나는 크게 당황했다. 나는 바다의 인광에 대해 아주 많이 읽어 보았지만, 직접 보는 것은 처음이었다. 우리 해변 주위에 인광이 심하지는 않았지만, 내가 본 것만으로도 아연실색하지 않을 수 없었다.

물에 불이 온통 스며든 것 같았다. 불길은 눈에 보이지 않게 파도 속에 숨겨져 있지만 미미한 타격에 부싯돌에서 나오는 것처럼 불똥이 튄다. 이것은 타는 촛불, 타는 모닥불의 불기가 아니고, 어떤 마법으로 인광을 내는 옛날이야기에나 나오는 것 같은 현상이다. 그것은 빛을 발하지 않는 듯하면서도 물을 통해서도 빛나고 있었다.

우리는 불똥이 많은 물보라로 둘러싸인 불이 붙은 물에서 수영하는 것이 이상하게 느껴졌다. 이 샐러맨더10 같은 분위기가 극히 재밌기는 했지만, 오래 수영하고 싶은 생각은 사라졌다. 현상의 본질적 원인을 잘 알고 있어도 지성은 한 면에 불과하고 감정은 또 다른 것이다. 유모가 해주는 동화를 들으며 자란 러시아 사람에게는 역시 이 불 타는 물, 이 흐르는 불 속에 있는 것이 뭔가 난감하다.

우리 여성들에게 우리가 발견한 기적에 대해 이야기하려고 돌아왔을 때 발코니에 있는 모든 테이블 위에서 사모바르11들이 벌써 김을 내고 있었다. 우리는 불타는 물에서 해수욕을 했지만, 쌀쌀한 바다에 몸을 담근 후 뜨겁고 향기로운 차를 마시려고 자리에 앉는 것이 너무 좋았다. 밤에 모든 여성들도 우리와 같이 바다로 들어갔고, 우리는 오랫동안 바닷물에 조명을 일으키며 재미있게 놀았다. 돌을 던질 때마다 물에서 희미한 불똥이 쏟아졌고, 누군가 물을 나뭇가지로 휘젓기 시작하면, 그 사람은 녹여서 펼친 액체를 젓는 것 같았다.

사람의 빈 가슴과 경박한 머리가 밤하늘을 바라보면 어떤 엄격하고 신성한 것으로 충만하게 된다. 밤이 되어야만 사람은 자신의 세상이 다른 세상들과 같이 있다는 것을 깨닫는다. 그 수많은 신비로운 세상들은 바다 모래처럼 빛나며 무리를 이루지만, 나머지 모든 것을 끌어당

---

10 〔역주〕샐러맨더(salamander): 도마뱀 같은 양서류 동물이다.

11 〔역주〕사모바르(самовар): 러시아의 가정에서 물을 끓이는 데 사용하는 주전자. 러시아어로 '자기 스스로 끓는 용기'라는 뜻으로, 18세기에 홍차가 보급되면서 함께 발달했다. 중심에 가열부가 있고 연통 위에 티포트 받침이 있는데, 가열부 주위가 수조(水槽)로 되어 있어 열효율이 뛰어나다.

겼다가 밀어내는 자신의 낯익은 세상은 이제 어둠 속에 감춰져 있다.

너와 너의 모든 것만 밝게 빛나는 낮의 존재의 요란함과 화려함 속에서 뻔뻔스럽게 모든 것을 지배하던 지상의 의도의 이기심과 편협성은 사방에서 보고 있는 말없는 목격자들 앞에 당황해서 자신이 진짜 있어야 하는 곳으로 느껴지는 어두운 구석으로 숨게 된다. 그 대신 온화하고 호전적이지 않고 별을 부끄러워하지 않으면서 하늘이 낯설게 느껴지지 않는 다른 힘들이 나타난다. 시적인 감각은 수줍은 밤새처럼 밤을 기다리고 있다. 밤이 되면 사람의 이기심이나 욕심으로 억압된 모든 것들은 자유롭게 숨을 쉬려고 서두른다. 짐승이나 생각이나 마찬가지다.

제비 둥지처럼 산 위에 높은 곳에 솟아 있는 발코니에서 사이프러스와 포플러 너머 높은 산과 넓은 바다가 보이고, 그리고 그것들 위에 별이 사금처럼 어른거리는 높고 넓은 궁륭이 펼쳐져 있다. 이 별이 많은 궁륭과 이 바다가 당신의 가슴을 가득 채우면, 당신은 갑자기 어떤 실망의 아픔을 느낀다. 별들이 당신에게 어떤 밝고 달콤한 것들을 말해주는 시간이 있는데, 그때서야 당신은 명상의 경건함을 이해할 수 있다. 그런데 가끔은 아주 믿고 싶은 이 언짢은 거짓의 잔영은 무엇인가. 무엇 때문에 영혼을 애타게 하고 있는가.

우리는 포도원에 있는 절벽에 새겨져 있는 험한 계단으로 조용히 내려갔다. 불그스름한 빛에 비치는 사이프러스의 검은 모습으로 막힌 발코니와 회랑이 위에서 우리를 바라보고 있는 가운데, 우리는 조용히 아무 말도 하지 않게 점점 더 아래로 내려갔다. 포도원은 사방에서 우리에게 시원한 호흡을 내쉬고 있고, 밤의 푸른빛 속에 이슬람 사원의 첨탑처럼 가늘고 가벼운 사이프러스들이 어두운 모습을 드러내고 있다.

하지만 그것보다 훨씬 더 높은 곳에서는 하늘의 별이 빛나고 있다. 우리 골짜기를 둘러싸고 있는 산들의 완전히 검은 실루엣은 별이 많은 하늘 배경에 뚜렷이 새겨져 있다. 모든 산이 똑같이 가깝고, 모두 똑같이 높다. 우리는 바다 쪽으로 내려갔지만 거기에 바다는 없었다. 안개 낀 희미한 초원같이 안개가 낀 푸른 하늘과 바다는 하나가 되어서 검은 해변부터 바로 하늘의 궁륭이 솟아오르는 것 같다. 목성이 뚜렷하고 하얗게 빛나고 있고, 달이 비친 듯이 창백한 빛의 넓은 기둥 모양처럼 보이지 않는 물위에서 띠 모양을 이루고 있다.

우리는 돌이 많은 해변으로 조용히 내려가서 밤의 소리를 듣기 시작했다. 파도는 약하고 드물게 철썩철썩 조약돌로 밀려오고, 안개 낀 물에서 누군가 신중하게 육지로 기어오르려고 노력하고 있는 것 같았다. 먼 절벽에서 바닷새가 짧고 날카롭게 울었다. 축축한 구름이 내리깔린 숲 골짜기에서 수리부엉이의 울음소리가 들렸다.

밤의 침묵 속에서 사람은 무서운 생각을 하게 되는데, 위로 한없이 깊은 하늘의 어둠이 있고 아래에 바다의 어두운 심해가 있을 때 더욱 무섭게 된다. 이 불가해한 어둠 속에, 이 다다를 수 없는 깊음 속에는 무엇이 있는가? 자신을 괴롭히고, 아무것도 모르고 아무것도 할 수 없는 이 불쌍한 뇌 조각은 무엇을 위해 필요한 것인가. 이 답이 없는 물음의 끝없는 사슬과 자신 둘레를 돌고 있는 충동의 쳇바퀴가 왜 필요한가. 어둠과 깊음을 아무 생각 없이 침범하고, 번식하고 사냥하고 먹어 치우는 밤의 우울한 거주자인 이 올빼미가 우리보다 행복한 것이 아닐까.

어두운 밤에 바다의 황야에는 강력한 뭔가가 살고 있다. 이 보이지 않는 삶이 당신의 삶을 내리누르고 있다. 그것은 당신에게 낯설고 무서운 것이다. 이것은 영원의 삶, 자연력과 세상들의 삶이다. 우리보다 이것을 잘 느낀 사람은 이것 때문에 우리보다 더 압도당한 고대 인도 사람들이었다. 파도, 바람, 행성은 무섭고 개성 없는 삶을 살고 있다. 똑같은 삶을 우리의 묘지가 영위하고 있고, 그것과 접촉하고 있는 우리는 숨이 막힐 듯하다.

　그래서 밤에 끝없는 바다의 황량한 기슭에 있으면 힘들다.

촐메크치(Чолмекчи) 암자의, 다른 말로 촐메크치 스키트의 삶은 철학적으로 단순하고, 수도사 생활처럼 단조롭다. 촐메크치에는 테베지방12이 필요 없다.

　옛날부터 수도원들이 여기 남부의 따뜻한 절벽 위에 자리 잡아 온 것은 당연하다. 그런데 촐메크치란 절대 수도원의 이름이 아니다. 엄밀히 말하면 촐메크치란 '튜일리'(Тюильри)라는 뜻이다. 촐메크치는 타타르어로 기와 또는 도기 공방이라는 뜻이다. 공방의 흔적들이 많이 남아 있고, 발견되는 도자기의 잔해들은 쌍이병13이나 유명한 고대 그리스인들이 만들었던 용기와 비슷하기는 하지만 공방 자체가 언제 여기 있었는지 추측하기 어렵다.

　일찍 일어나야 한다. 그러지 않으면 더위를 견딜 수 없다. 바다, 숲, 높은 산이 있는데도 불구하고 여기 돌이 많은 해변은 덥다. 해변, 도로, 산, 포도원, 모든 것이 돌이고, 바다로 가려고 옷을 벗을 때 맨

12　〔역주〕테베지방(Thebaid) : 고대 이집트 북부지역이다.
13　〔역주〕쌍이병(雙耳甁) : 양쪽에 귀가 달린 병이다.

272

발로 뜨거운 조약돌을 디딜 수 없다. 마치 달구어진 다리미를 밟는 것 같다. 밀림도 당신을 구원해 줄 수 없고, 크림 햇볕은 우리 러시아 햇볕이 아니고, 크림 숲은 우리 러시아 숲이 아니다.

해변의 산은 카스텔산처럼 시원한 공기가 상승하지 않으면 산 위에 있는 떡갈나무와 느릅나무는 난쟁이와 기형아들이다. 이 나무들은 여러 가지 고난을 겪으며 단련된 불쌍한 프롤레타리아 가족처럼 허약하고, 키가 작고 비뚤어져 있다. 잎은 작고 말랐고, 나뭇가지들은 가시로 변화되었고, 아무데도 풀은 자라지 않고, 러시아 풍습대로 피곤한 나그네가 팔베개를 하고 몸을 쭉 편 채, 코가 하늘로 향하고 누울 수 있는 부드러운 흑토나 점토도 아무데도 없다. 산을 힘들게 올라가느라 고단한 몸이 가끔 초록색 땅바닥에 너무나 눕고 싶어도 돌과 사금파리가 널려 있어 차라리 눕지도, 앉지도 않는 것이 낫다.

모든 식물들은 사막의 식물과 같아서 팔레스타인과 시나이반도의 향기가 난다. 진이 많은 피스타치오나무, 위성류의 마른 화관, 잎보다 가시가 많아서 많은 사람들이 예수의 가시관에 쓰였던 가시관나무라고 생각하는 갯대추나무, 들장미, 산사나무 그리고 서양모 등이 해변의 관목과 나무들이다.

그런데 파도가 밀려오는 조약돌 위에, 아무 생명의 기척을 만나기를 기다리지 않는 흙에 화려한 노란색 꽃을 가진 굵고 즙이 많은 글라우키움14의 줄기가 자라고 있고, 똑같이 아주 굵고 밀생하는 특이한

---

14 〔역주〕 글라우키움(glaucium) : 유럽과 북아프리카, 아시아 일부 지역에서 자라는 가시 달린 양귀비로 약용식물이다.

대극(молочай)도 자란다. 절벽의 좀더 높은 곳에 화려한 녹색 스타티스꽃이 우거져 있고, 멋진 하얀색 꽃과 그것보다 더 훌륭한 카민처럼 심홍색 과육을 가진 녹색 열매가 있는 카파리스(каперс)의 긴 줄기가 덩굴지고 있다.

아침에 살아 있는 사람을 보지 않고, 새의 목소리라도 듣지 않고 이 황야를 돌아다니는 것은 좋다. 바다가 완전히 고요하면, 우리가 익숙하지 않은 해변의 정숙이 조금 무섭게 느껴질 정도다. 한편에는 조용하고 움직임 없는 산들이 우리 머리 위 짙고 더운 푸른 공간 속에 서 있고, 다른 편에는 바다가 끝없는 상보처럼 지평선 너머로 흘러내리듯이 아득히 먼 거리로 펼쳐 있다. 앞으로 수백 베르스타 펴져 있는 심해가 있는 땅의 마지막 베르쇼크에 서 있는 것은 무섭다. 러시아 땅의 마지막 베르쇼크가 유럽의 마지막 땅 조각이다. 거기 그 물 너머 세계의 다른 대륙에는 다른 민족들이 살고 있다.

역사의 신성한 정신이 이 물과 이 기슭에서 느껴진다. 아직 문명과 접촉한 일이 없어 순결하고 신선한 역사적 토지처럼 보이는 나의 해변의 황야는 사실 결코 순결한 것이 아니다. 이곳이 황량한 것은 유년시절의 상징이 아니고, 쇠진의 흔적, 오래전에 피었다가 진 삶의 흔적이다. 현대 문명의 주역인 민족들이 이름도 없었을 때 여기에는 이미 문명이 자리 잡고 있었다.

극적인 신화와 생생한 영웅의 모습을 가진 역사의 여명기가 크림 해변을 비추었었다. 트로이를 포위했던 아르고나우타이들과 아카이아인들은 폰토스 에우크세이노스를 그냥 지나가지 않았다. 율리시스의 배가 타브리다 남쪽 해안에 닿았다고 생각하는 사람들이 있고, 아킬레우스가

이피게네이아를 구출하여 이곳으로 데려왔다고 믿는 사람도 있다. 15

최초의 상인들, 최초의 식민지 개척자들, 최초의 정복자들, 유럽 최초의 문화 전파자들은 따뜻한 바닷가와 따뜻한 하늘 아래 있는 이 해변에서 자신의 힘을 시험해 보았다. 그리스, 남부 이탈리아와 크림 반도는 유럽 역사의 최초 페이지들이다. 초기 기독교 신자들도 여기에 자신의 기도와 순교자 왕관을 가지고 왔다.

내가 지금 서 있는, 좁고 돌이 많은 해변의 역사보다 더 복잡한 역사적 구성을 찾기는 어렵다. 한 지층에 다른 지층이 쌓이면서 오래된 성층을 덮고, 한 유기적 삶은 재빠르게 다른 삶으로 바뀌었다. 아쉽게도 전형적인 화석은 얼마 없고, 이 다양한 구성에 우리의 호기심을 충족시킬 만한 우리 역사적 고생물학 자료도 너무 빈약하게 남아 있다. 여기는 돌 하나하나가 유적이고, 발걸음을 내딛는 곳마다 사건의 장소다.

그리스인들의 대담한 정신은 자연이 사람을 완전히 억압하던 시절에도 이 황량한 해변을 살펴보고 있었다. 아직 단단한 선박을 만들 줄 모르고, 방향을 제대로 찾을 줄도 모르고, 수백 세기 동안 인간이 자연과 완고하게 투쟁하면서 발달시킨 자연을 이기고 자신을 구원할 수단을 가지지 않은 채, 현대 유럽 정신의 시조인 겁 없는 그리스인들의 천재성, 이상, 현대 유럽 정신의 창시자는 부와 자유, 권력을 찾기 위해 심해를 가르며 모든 방향으로 항해했다. 그는 오랫동안 이 흑해를 '냉정한 바다'(폰토스 아크세노스, понт аксенос)라고 불렀고, 오랜 투쟁을 거

---

15 이것은 분명히 저자의 실수이다. 유명한 전설에 따르면, 이피게네이아를 구해서 타브리다로 데려온 것은 아르테미다 여신이었다.

친 후에 이 바다의 힘과 버릇을 파악한 후 이것을 제압하고, 자신들을 억지로 친절하게 대접하는 바다(폰토스 에우크세이노스, понт евксинос)로 만들었다.

밀레토스 사람들(Милетцы)과 헤라클레이아 사람들(герклеяне)은 크림 해변에 최초의 식민지를 세웠다. 그들이 세운 식민지는 강성한 나라로 커져서 2천 년간 지속되었다. 크림 해변의 티끌들은 그리스인들이 대리석으로 만든 우상, 궁전과 사원의 잔해들이다. 수많은 강력한 공국을 무너뜨린 야만인 무리들은 자유의 정신과 계몽된 지성이 보호하는 이 문명의 요새를 제압하지 못했다.

가시가 많은 관목을 낳은 돌과 지독한 더위가 작열하는 황야는 그리스인 덕분에 다른 나라들의 곡창이 되었다. 보스포루스의 왕인 레우콘은 페오도시야 항구에서 아테네로 37만 5,000체트베르티[16]의 밀을 보낸 적이 있다. 밀을 심으면 30배의 수확이 났고, 옛날 지리학자의 증언에 따르면 크림의 초원은 말, 양의 무리들로 가득 차 있었다고 한다. 바다에는 물고기가 차고 넘쳤다. 아마, 삼섬유, 소금, 쇠까지 다른 나라에 공급했다. 크림은 부족한 것이 없었다. 해안은 도시, 마을, 경작지로 빽빽이 덮여 있다. 케르치부터 페오도시야까지 하나의 정착지나 마찬가지였다. 모든 만(灣)과 눈에 띄는 갑(岬), 해변의 현저한 굴곡마다 성으로 보호되었다.

아직도 강과 지방 이름에 그리스 이름이 가끔 왜곡된 상태로 남아있는데, 람바트(Ламбат), 람파스(Лампас), 파르테니트(Партенит), 알루

---

16 〔역주〕체트베르티(Четверть) : 제정러시아 계량단위로 209. 21리터에 해당한다.

스톤(Алустон), 현재는 알루시타(Алушта), 카스텔(Кастель)이 오래전에 사라진 고대 그리스 정착지를 가리킨다. 아직도 이곳에서는 옛날의 폐허, 구멍을 메운 돌더미와 가끔 탑이나 담의 잔해도 찾을 수 있다. 이것은 그 옛날 존재했던 것들의 천분의 일에 불과하다. 큰 도시들은 흔적도 없이 사라져서 고고학자들은 그 도시들이 있던 장소 자체에 대해 논쟁하고 있다. 미르리키온(Мирликион), 크테누스(Ктенус), 포르트미온(Портмион), 니페움(Нимфеум), 말라키온(Малакион), 네아폴리스(Неаполис) 등은 존재를 추적할 만한 아무런 유적도 남기지 않았다.

그러나 타타르 마을마다, 우물마다, 도로의 굴곡마다, 신비로우면서 아주 명료한 그리스 명칭이 남아 있다. 평화로운 오두막집들이 모여 있는 곳이 케르멘(кермен)이나 이사르(исар)나 칼레(кале), 더러는 카스텔(Кастель), 크스트론(Кстрон)이라는 뜻밖에 호전적 명칭을 가지고 있다. 이 모든 단어들은 터키어, 타타르어 아니면 그리스어로 모두 '요새'란 뜻이다. 당신이 지나가는 숲속에서 갑자기 도로가 조금 올라가는 언덕을 테미르하푸(Темир-хапу), 즉 '철제 대문'이라고 부른다. 그 테미르하푸란 이름을 가진 곳은 크림에 아주 많다.

다른 곳에서 '엔데크'(эндек) 즉 참호, '비글라'(вигла) 즉 그리스어로 경비, '아이다닐'(Ай-Даниль), '아이바실'(Ай-Василь), '아이페트리'(Ай-Петри)라는 이름을 가진 타타르 마을을 만나게 되는데, '아이'란 '성스러운'(성인)이라는 뜻이어서 이 마을들의 명칭은 '성 다니엘', '성 바실리오', '성 베드로'라는 뜻이다.

이런 상황에서는 깊은 역사적 연구를 하지 않더라도 많은 것들이 생각날 것이고, 많은 것들이 이해될 것이다. 그런데 가장 큰 신비는 이 모든 것들이 다 어디로 갔는지, 그리고 정말 돌아올 수 없이 영영 사라져 버린 것인가 하는 의문이다.

페오도시야는 러시아 사람들이 들어왔을 때도 집은 2만 채, 모스크는 111채, 분수는 100개쯤 있었다고 한다. 수마로코프[17]의 말에 따르면, 그곳에 우리 연대가 다섯 연대나 배치된 적이 있었는데, 점령 초기에는 한 중대밖에 배치하지 못했다. 페오도시야를 둘러싸고 있는 반쯤 파괴된 담과 탑 둘레의 엄청난 크기, 황폐해진 분수와 폭풍에서 보호된 페오도시야 항구의 화려함을 보면 어쩔 수 없이 이런 이야기를 믿게 된다.

내가 있는 곳에서 더 가까운 곳인 페오도시야부터 알루시타까지 바다로 가는 길 중간쯤에 '수로지'(Сурож) 또는 '수라지'(Сураж), 현재 '수다크'(Судак)라 불리는 또 하나의 유명한 옛날의 무역 중심지가 있다. 그곳의 이름을 온 바다가 땄다. 아시아와 비잔틴제국의 상품을 파는 수로지 상인들은 모스크바에서 환영을 받았고, 그들의 상가와 물건들은 아직도 '수로지산'(суровскими)이라 불린다. 수로지는 오랫동안 아시아에서 러시아를 보는 창문이었다. 그곳을 그냥 지나치는 사람들은 드물었다. 파올로 형제(братья Паоло)가 방문했고, 그곳으로 우리 보야르와 크냐즈[18]들에게 가는 비단이 들어왔고 아랍, 그리스와 이탈리아 상인들

---

17   수마로코프(Сумароков, Павел Иванович, 1767~1846) : 러시아 과학원 원사, 상원 의원, 크림반도의 토지소송 심의정보위원회 회장을 역임했다. 크림 여행에 대한 2권의 책을 저술한 작가이기도 하다.

18   〔역주〕보야르(боярин)와 크냐즈(князь) : 보야르는 러시아를 비롯한 동유럽 국가 왕조에서 최고위급 귀족을 뜻하고, 크냐즈도 리투아니아공국이나 모스크바공국의 세습 왕족이나 귀족을 뜻한다.

은 비싼 러시아산 검은담비 모피를 수출했다.

그곳에도 교회가 100채 이상 있었다. 그곳은 정착지 전체의 수도였는데, 크림 전설에 유명한 테오도라 여왕(царица Феодора)의 궁전이 있었고, 여왕 시대에는 가장 공략이 어려운 난공불락의 도시 중에 하나로 간주되었다.

이제 그곳은 산의 계곡에 방치된 볼 것 없는 소도시일 뿐이다. 그곳을 찾아오는 선박은 거의 없고, 값싼 수다크 와인이 어느 정도 그곳의 이름을 상기시킬 뿐이다. 그곳에 사는 사람들은 원예사와 관리인밖에 없다. 주인들은 포도를 수확할 때만, '성모제'(Покров) 쯤에 2주일 정도 내려와 머문다. 《이고리 원정기》(Слово о полку Игореве)의 "나무 위에 악마가 울고 있다"는 얘기가 나온 유명한 수로지가 이제는 이런 모습으로 변했다.

천년의 역사가 지나간 말없는 해변을 걸어갈 때 많은 기억과 상상이 떠오른다. '무언가 있었지만 지금은 아무것도 없다.' 모든 영원한 진보의 대한 이야기들이나 순환 이론 같은 사람의 이성이 가공해낸 것들보다 우리 귀에 너무 익숙해진 단순한 단어들에 훨씬 더 조리 있고 증거가 강한 역사의 이상한 철학이 담겨 있다.

그런데 바다와 카스텔산과 푸른 하늘은 세상이 생겼을 때와 똑같은 모습이다. 테오도라 여왕 대신에 눈이 많은 북부에서 온 내가 이 파도에서 해수욕을 하고, 풍부한 수도원 대신에 카스텔산 아래는 평생 휴가를 나온 어떤 아프세론 연대의 병사가 은화 10루블을 받고서 누군가 방치해 둔 포도원을 지키고, 제노아 사람들 대신에 오소리와 싸우면서 산다. 비잔틴제국 배 대신에 이 해안의 그늘로 자신의 온 군영을 위해 충분히 '술을 얻은' 일상적인 국경경비 선박이 지나간다.

나름의 공적과 무기를 가지고 있었고 쥐처럼 바쁜 삶을 살았던 타우리-스키타이, 밀레토, 보스포루스, 비잔티아, 제노아, 고트 사람들은 바다, 올림포스 신들이 무서워한 100개 손을 가진 브리아레이[19]에게는 비웃음의 대상이었다. 바다는 그 표면 위에 지성을 갖춘 존재가 하나도 생기지 않았을 때도, 출렁대고 울고 돌투성이 산의 옆구리를 물어뜯고 있었다. 바다는 이 산들 위에 성들이 세워지고 푸른 포도원이 생겼을 때 해안을 물어뜯고 있었고, 그것들이 무덤으로 변했을 때도 물어뜯고 있었고, 지금도 물어뜯고 있고, 영원히 자신의 해변 안에 울렁거리고 신음할 것이다. 이 거인의 사나운 신음을 들으면서 무서워할 존재가 아무도 없을 때도 그럴 것이다.

세상을 버리고 영원한 삶을 얻으려고 산속의 동굴, 황량한 바다의 바닷가로 도망갔던 사람들의 행동은 멋진 것이었다. 그런 사람들에게 바다와 산보다 좋은 학교는 없다. 정해진 규칙도 매질도 든든한 담도 없는 이 커다란 스키트가 사람을 침묵과 관조를 좋아하게 만든다. 흑해에서 보내는 검은 겨울밤은 가장 엄격한 수도자의 서약(cxима) 보다 더 침울하게 사람의 우울한 마음을 지배할 것이다. 그리고 세기와 왕국들을 순간적 물결처럼 여기는, 영원히 파괴시키고, 휩쓸고 덮어쓰는 저항할 수 없는 이 밀려오는 파도와 무한한 자연의 힘은 세상 모든 일은 지나가는 것이며 모두 헛된 것이라고 믿게 만들 것이다.

---

19 〔역주〕브리아레이 (Бриарей) : 그리스 신화에서 손이 100개, 머리가 50개인 거인이다. 제우스와의 싸움에서 패한 후 에트나화산 밑에 묻힌 것으로 전해진다.

아마도 남부의 푸른 산들 위에 살았던 수도사들도 즐거움을 느낀 순간들이 있었을 것이다. 수다크산 저편에 조용하고 구름 없는 아침에 해가 뜨는 다른 무엇과도 비교할 수 없는 순간은 그들을 아주 기쁘게 했을 수 있다. 이렇게 하늘, 숲과 산에 나른한 불을 뿌리는 크림 저녁의 붉은 그림자들은 나를 지금 기쁘게 하듯이 그 사람들을 기쁘게 했을 수 있다.

하지만 나는 이 즐거움과 기쁨들은 슬픔과 떨어질 수 없다는 사실을 알고 있다. 이 해변의 황야에서는 모든 감정의 공통적 배경이 슬픔이다. 노래 부르고, 춤추고 웃어도 그 배경에는 슬픔의 어두운 구름이 서 있다. 황량한 바다에서 영원은 당신의 눈을 직시하고 있다. 그것을 막거나 외면할 수 없다. 그것은 당신을 공기나 파도처럼 둘러싼다. 여기 모든 것들은 영원하고 자연적인 것이다. 개인적이고 우연한 것들에게는 무덤과 같다.

그래서인지 바다에서는 새들도 울지 않고, 그래서인지 바다 근처에 자라는 모든 나무와 풀이 이렇게 엄숙하고 움직임이 없다. 나는 앞에서 바다를 무서워하는 새들이 있다고 말한 적이 있는데, 그것은 내가 직접 보아서 확인한 것이다. 사람의 경우에도 바다에 있으면 노래를 부르는 것이 어색하다. 단순한 대화를 나눌 때도 옆에 누군가 무서운 존재가 있는 것처럼 목소리가 저절로 조용해지고 진지해진다.

바다는 세상의 시작이고 그것의 끝일 것이라고 한다. 태초의 혼돈 속에서 하나님의 영은 수면 위에 운행했고, 그것만이 모든 존재보다 앞서서 존재했다. [20]

---

[20] 〔역주〕창세기 1장의 천지창조 과정에 빗댄 비유이다.

나는 시끄러운 삶에 가득 찬, 웃음이 넘치는 별장과 꽃 피는 정원이 넘쳐나는 나폴리만의 즐거운 해변에서 바다를 보지 못했다. 분명히 이런 바다는 보는 사람에게 다른 인상을 줄 것이다. 그런데 사람도 없고 메마른, 팔레스타인과 사해의 탄 염토(鹽土) 같은 이 해변에서 받는 인상은 무거울 때가 많다. 여기는 당신의 관심을 끌거나 당신에게 환상을 주어서 명랑하게 할 것이 아무것도 없어서 모든 실존의 궁극적 문제가 저항할 수 없고 버틸 수 없게 명확하게 들린다.

바다가 당신을 무섭게 하는 만큼 푸른 날과 노란 해가 당신을 쓰다듬고 달랜다. 손에 채집망을 들고 물에 아주 가까이 가서 바닷가로 파도에 밀려온 해파리 무리가 흔들리는 것을 바라보라. 물에다가 어떤 세밀한 조각도로 새긴 것 같은 이 액체 크리스털의 투명한 물거품은 그래도 숨을 쉬고 먹고 움직이고 있다. 감촉할 수 없는 실 같은 것들이 펼쳐지고, 수많은 미세한 섬모가 나타났다 사라지고, 무색한 몸에 있는 무색한 공동이 줄어들었다 늘어났다를 반복한다. 어떤 과정이 일어나고 있고 어떤 생명이 표출되고 있다. 나름대로 많은 에너지, 목표를 향한 적극적 지향, 많은 투쟁이 일어난다.

그러다 갑자기 가벼운 출렁거림, 큰 파도가 바닷가 옆 파도를 밀어내며 투명한 물거품이 소리 없이 돌들과 부딪쳤다. 그것들은 위로 떴지만 섬모는 더 이상 움직이지 않고, 공동은 더 이상 삼키지 않고, 온통 투명한 빵조각은 발로 밟아 뭉갠 투명한 버섯의 버섯갓처럼 가장자리가 여러 날개로 나뉘어졌다. '있었다가 없어진 것이다.' 그 무리 속에는 얼마 전에 형성된 젊은 것들이 많았다.

내가 해수욕을 하는 해변의 작은 지역에는 매일 수많은 해파리가 작은 파도에 부딪쳐서 부서지는데, 해변 전체에는 그보다 훨씬 더 많은 엄청난 수가 될 것이다. 그것들은 태어나고 성장하고 자기의 일을 하고 있다. 묘하면서도 예술적인 그들의 모양은 단순하다. 그들 자신보다 짙은 그 물속에서 그들의 부드러운 생은 아름답다. 그것들도 무언가에 는 쓸모가 있나 보다. 그런데 그것들이 내가 가는 길에 우연히 내 발과 부딪치면 떨어진 조각들이 되어 사라진다. 더 이상 필요가 없게 된다.

우리는 민족들의 운명, 진보의 법칙에 대해 사색한다.

바다가 고요한 것은 나에게 파도보다 무서운 것이다. 파도는 생각을 하지 못하게 하는데, 사람에게 자신의 생각보다 무서운 것은 없다. 파도가 당신의 감각과 생각을 채울 것이고, 그것들은 출렁거리고 울고 뛰기 때문에 당신은 아무것도 볼 수 없고, 들을 수 없을 것이다. 폭풍이 당신의 가슴과 목소리 속에서 소리를 내고 있어서, 그 소리에 당황해 내부에서 당신을 괴롭히는 변덕스러운 주인은 조용해진다.

고요한 날씨에 바닷가에서 바로 바다로, 심해의 한계가 눈에 들어오지 않는 그쪽으로, 자신의 상상력과 단 둘이서 있는 것같이 느끼며 헤엄치다가 갑자기 주위에 뭔가 있는지 알아차릴 때 정말 무시무시한 느낌이 든다. 갈수록 바닷가가 멀어지고 당신이 바다로 더 멀리 끌려 들어가고, 당신이 자신의 약한 근육에 힘을 주면서 간신히 떠 있는데, 아래 있는 심해는 더 깊어진다. 당신은 이제 완전히 바다에게 지배당하고, 그것은 당신을 돌아가지 못하게 하면서 계속 더 멀리멀리 당신을 데려갈 것 같은 느낌이 든다.

한없이 넓은 흔들리는 들판에서 실종된 당신의 작은 머리만 끝없이 깊은 심해 위에 떠 있다가 파도가 조금만 출렁해도 보이지 않게 된다. 그리고 이 조그만 머리 위에, 모든 것을 지배하고 있는 파괴적 자연 속에서 노아의 방주처럼 의미와 생명을 가진 유일한 존재인 이 머리 위에서 갑자기 온통 한없는 바다의 공간이 트라브존과 시노프의 해변부터, 그리고 수평의 한 가장자리부터 다른 가장자리까지의 공간이 바로 당신의 조그마한 오뚝한 머리 위에 떠오른다.

그것이 지나가면 당신은 잠시 흔들리고, 당신 앞 수평선이 깨끗해졌다가 또다시 바다의 온 들판이 당신에게 밀려오면 당신을 흔들면서 천천히 빈틈없는 선으로 또다시 떠오르기 시작한다. 이것은 파도가 아니라 쇄파(прибой)라는 것이다. 바다가 완전히 고요한데 밀려오는 쇄파는 한줄기가 다음 줄기를 따르면서 바닷가와 부딪쳐서 조약돌을 굴려 바스락하는 소리를 내면서 부서진다. 나는 이 율동적이고 아주 규칙적인 타격의 이유를 이해할 수 없다. 마치 바닷속에서 맥박이 뛰는 것 같다.

밀려오는 쇄파는 약할 때도 있고, 바다에 들어가기 힘들 정도로 강해질 때도 있다. 이 약해지고 강해지는 일에서는 일종의 주기성을 볼 수도 있다. 나도 모르게 이 쇄파에서 바다 밀물의 약한 흔적을 보고 싶다. 쇄파는 바다의 파도와 별로 관계가 없다. 파도가 큰데 쇄파가 전혀 없을 때가 있고, 오히려 바닷가 근처의 쇄파가 아주 강할 때 나머지 바다는 고요할 때도 있다. 쇄파가 크면 아주 예쁘다. 평상시에 물로 덮여 있는 바닷가가 드러나서 바다 경사면의 축축한 모자이크가 다 보이게 된다.

가파른 바닷가에서는 얕은 바닷가와 달리 쇄파는 서로를 따라가는 평행의 줄기를 짓지 않고 하나의 큰 물결로 밀려오고 있다. 흐린 갈색의, 짙고 무거운, 꼭대기에 물거품의 갈기가 있는 쇄파의 물결은 가끔 사람의 키보다 더 높이 솟아오르고, 노출된 경사면 바닥 옆에 멈추어서 갑자기 끝없는 선으로 부서져서 아래로 무겁게 떨어진다. 그것은 어떤 보이지 않는 장벽을 넘어서 떨어지는 듯하다. 윙윙거리고 철렁거리고 쉬쉬하는 소리가 당신의 귀를 먹먹하게 한다. 맴돌고 쉬쉬하는 소리를 내면서 납작해진 물의 상보가 넓은 공간의 모래와 조약돌에 닿으면 바닷가의 경사면을 따라 위로 치솟아 오른다. 빈틈없는 하얀 물거품 때문에 바닷가는 표면에 샤워크림을 뿌린 것처럼 보인다. 이 물의 상보는 작은 돌들을 가지고 요란하게 다시 아래로 빨리 뛰어내린다.

쇄파가 부서질 때 그 안에 들어가는 것이 재미있다. 등과 가슴에 별 문제가 없는 사람만 그런 즐거움을 맛볼 수 있다. 가슴이 약한 사람에게는 안 좋은 일이 일어날 수도 있다. 위에서 당신 위로 떨어지는 엄청난 물의 타격에 무너지지 않고 버티는 것은 거의 불가능하다. 다리가 저절로 풀리고 돌들이 발아래에서 도망가고, 당신은 웃음을 참을 수 없을 것 같은 재주넘기를 하게 된다. 쇄파는 당신을 잘 돌린 팽이처럼 굴리고, 작은 나뭇가지와 해파리와 함께 바닷가로 던질 것이다. 그런데 쇄파의 장벽을 뚫으면 움직이지 않는 수면 위에서 안전하게 수영을 할 수 있다.

한눈에 바닷가 전선의 모든 모서리와 곶과 만으로 이루어진 이 모든 보루들을 볼 수 있는 해변의 산에서 강한 쇄파를 바라보면 쇄파의 움직임이 질서정연한 대형으로 한꺼번에 요새지를 공격하는 거대한 군대의 활발한 돌격 같아 보인다. 쇄파가 떨어지는 굉음과 신음, 구르는 조약돌의 계속되는 톡톡 두드리는 소리가 전쟁과 비슷한 느낌을 더 강하게 하고, 온통 해변을 따라 연기를 내고 소용돌이치는 하얀 물거품은 포격 연기와 완전히 비슷하다.

가장 재미있는 것은 파도가 꽤 클 때 수영을 잘하는 사람들과 함께 헤엄치는 것이다. 당신이 누군가의 등에 올라타 달리고 있는데 당신 아래 잘 보이지 않고 통제할 수 없는 어떤 축축한 괴물들이 빨리 잠수하여 지나가고 있다. 당신의 의지에 복종하는 것은 하나도 없다. 문란하고 광포한 무리들은 미친듯이 서로를 추월하고 있어서 당신은 어쩔 수 없이 그들과 같이 달리지 않을 수 없다.

바다가 숨을 한 번 쉬면 당신은 그네를 타는 것처럼 위에 솟아오르게 되고, 순간적으로 만들어져서 한순간만 존재하다 순식간에 사라지는 파도의 꼭대기에 올라타게 된다. 당신 아래와 당신 앞에 깊고 검은 골짜기처럼 바다의 속이 펼쳐진다. 기분 좋게 가슴이 뛰는 당신은 롤러코스터에서 내려가는 것처럼 가볍고 소리 없이 그곳으로 빨리 떨어진다. 아래 있다는 것을 느끼는 순간 곧바로 다시 흔들리는 투명한 언덕에 꼭대기로 올라가 있게 되고, 그곳에서 다시 당신을 기다리는 벌어진 바다의 주둥이가 보이면서 또다시 아래로 미끄러져 내려가며 돌이 많은 바닷가로 밀려올 때까지 다시 산 위에 있다가 바닥에 있기를 반복한다.

이런 파도타기에는 아무 위험도 없고, 파도가 강할 때 수영해 본 적이 없는 사람들만 그것이 위험하다고 느낀다. 당신이 조금이라도 수영에 능숙하면 당신 몸에 물을 끼얹지 않을 것이다. 당신이 아래 있든 위에 있든, 계속 수면보다 높이 있어서 그것의 모든 굴곡을 찬찬히 살펴볼 수 있다. 이런 해수욕에는 딱 하나 단점이 있는데, 그것은 배의 롤링으로 인해 멀미가 나는 것과 마찬가지로 머리가 어지러워지는 것이다.

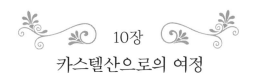

10장
카스텔산으로의 여정

아침 산책 — 카스텔의 성벽과 거대한 돌 건축물[1] — 테오도라 여왕에 대한
전설 — 카스텔에서 바라보는 전경 — 분화구 — 매미 — 아토스의 은둔자
— 카미쉬부룬

아침 일찍 일어나는 것은 좋은 일이다. 이제 겨우 4시다. 해가 바다
위에 뜨기는 했지만 아직 붉은빛은 없다. 나무들도 아직 잠에서 깨어
나지 않았다. 사방에 어둠이 깔렸고, 이슬이 도처에 맺힌다. 살아 있
는 모든 것은 아직 완전히 자신을 통제하지 못한 채 반쯤 잠자는 상태
에서 살아 있다.

---

1 〔역주〕 찌끌롭스키 (циклопический) 라는 단어의 원래 의미는 '키클롭스'가 쌓인 것
   처럼 큰 돌을 쌓아 만들어진 것으로, '거대하다' (огромный, исполинский) 는 뜻을
   갖는다. 건축계 전문용어인 'циклопиеская кладка'는 '반죽 없이 돌만으로 쌓는 건
   축법'이라는 뜻도 있다 (출처: https://classes.ru/all-russian/russian-dictionary-
   Efremova-term-118076.htm).

그래서 여기에는 놀랄 만한 고요가 펼쳐진다. 착유통의 암소들은 착유를 기다리며 조용히 밖을 바라보고 음매 소리를 내지 않는다. 새들도 노래하지 않는다. 아니 이곳에는 새도 없다. 우리는 가방을 잔뜩 메고 지팡이를 단단히 챙긴 다음, 산들을 지나 차가운 숲의 오솔길을 따라 카스텔산(Кастель)으로 향한다.

아무도 말하지 않지만, 모두가 이 녹색의 고요한 스텝을 좋아한다. 이따금씩 예쁘면서도 악한 머리를 하고 온몸이 회색 띠로 덮인 민첩한 뱀들이 놀라서 오솔길을 가로질러 숲속으로 숨는다. 이것들과 비슷하게 아주 아름다우면서도 아주 위험한 여자들이 있다. 창문을 열고 바라보면 카스텔산은 아주 가까이 서 있었다. 그러나 산 넘어 더 높은 또 다른 산이 기어 올라가고, 카스텔산은 갈수록 더 멀고 더 높아 보인다.

카스텔산으로 등정이 시작되자 바다가 아래로 아름답고 넓게 펼쳐진다. 길은 돌이 많고, 여기저기서 꺾어지며 숲속에 파묻혀 있다. 여기서는 어디로 발길을 향하든 사방이 숲이다. 카스텔산 자체가 발끝에서 머리까지 숲에 덮여 있다. 이런 면에서 카스텔은 정상 아래에서 숲의 띠가 끝나는 자기보다 나이 많은 이웃 거인들인 바부간, 차티르 다그, 데메르지와 다르다. 길은 곧 끝났다.

여기서부터는 이제 기어 올라가야 한다. 돌들은 미끄럽고 나무가 없다면 굴러 내릴 것이다. 나무가 없었다면 올라가는 것도 불가능하다. 그 대신 나무들은 올라가는 사람을 필요 이상으로 붙잡는다. 여기에는 자신에게 떨어지는 것은 무엇이든 붙잡고 놓치지 않는 긴 가시를 가진 멋진 갯대추나무 덤불들이 있다. 덤불 자체는 아주 아름답다. 나는 이미 바다 해안의 모든 바위들을 이것들이 뒤덮고 있다는 말을 했다. 향기가 좋은 타마리스크, 가는 떡갈나무, 낙엽송을 닮은 가시가 많은 침엽수들도 바위들과 함께 여기를 덮고 있었다.

산 위에서는 가시가 많은 장미들, 가시나무, 가시가 많은 산사목(山査木)도 이 나무들과 합세한다. 점토로 된 돌 위에 자라는 식물의 4분의 3이 가시식물들이라는 점을 추가로 언급하면, 산에 자라는 가시식물종은 호기심 많은 여행자들의 산길을 가시밭길로 만들기 위한 것임을 인정하지 않을 수 없다.

산중턱에는 이미 뱀들이 더 이상 나타나지 않고, 대신에 아주 작은 도마뱀들이 수도 없이 나타난다. 녹색 안료처럼 초록색을 띠고, 황동처럼 금빛을 내는 작은 도마뱀은 특히 아름답다. 사람의 발자국 소리에 놀란 도마뱀들은 돌 아래에서 튀어나와 날쌔게 날아서 다른 돌 아래에 몸을 숨긴다.

고도가 올라가는 것과 상관없이 풀들은 햇빛에 익어 누런빛을 띠고 있고, 이 풀들 때문에 발은 더 잘 미끄러진다. 위로 올라갈수록 나무들은 커지고 다양해진다. 아마도 타타르인들의 도끼는 이곳에까지 다다르지 못한 듯하다. 그런데 지금 이 나무들도 열심히 베어지고 있다. 가지가 없이 위에서 굴러 내려온 키 작은 참나무들과 이것들이 만들어 놓은 진흙의 고랑을 자주 보게 된다. 계속 굴려내려 보내는 통나무 때문에 울퉁불퉁한 경사가 더욱 미끄러워져서 산에 오르는 것이 힘들다.

카스텔산 정상을 오르는 것은 시간이 오래 걸리고 쉽지 않은 등정이다. 등정길의 처음 절반은 거의 수직에 가까워서 자주 휴식을 취해야 했다. 등에 지고 가는 물병과 기타 필요품의 무게도 상당했다. 가파른 경사가 다소 완만해지는 산중턱 위에는 넓고 긴 성벽의 잔해들이 한때 카스텔 산성이었던 곳을 감싸며 띠처럼 둘러있다. 돌들은 크지 않지만 사람의 손으로 다듬어졌고, 아주 단단하고 소리가 잘 나는 조면암 (粗面岩) 의 일종이었다. 이 돌들은 완전히 마른 채로 쌓아올려져서 아마도 이 때문에 성벽이 기초에서부터 무너져 내린 것 같다.

좀더 위로 올라가면 또 다른 성벽의 잔해를 만나는데, 아래 있는 것과 완전히 똑같이 만들어졌고, 똑같이 무너져 내린 상태였다. 카스텔 산성은 두 겹으로 된 방어벽으로 방어되었었다.

카스텔산의 정상은 평평하고, 녹색 평원이며 꽃과 그늘이 많은 오래된 나무들로 덮여 있다. 물푸레나무는 특히 멋지고 많이 자라고 있다. 이 나무들은 나무 꼭대기와 마지막 가지까지 길고 덥수룩한 회색 지의류에 덮여 있다. 이것들은 마치 동물의 털처럼 매달려 있고, 나무에 고색창연하고 신비스런 모습을 연출한다. 이것은 이곳의 모든 나무들을 덮고 있지만, 특히 물푸레나무에 많이 나 있다.

아마도 아침에 산 정상에 머무는 구름과 나무가 무성한 산꼭대기의 습기가 대낮의 뜨거운 태양빛과 결합하여 이 기생생물을 이 정도 크기로 자라게 만든 것 같다. 수령 수백 년이 넘은 아주 오래된 물푸레나무들은 나무 몸통 내부 일부가 텅 비고 완전히 말라서, 마른 몸통이 안과 밖으로 보이고 구멍이 나 있어서 마음만 먹으면 그 안으로 기어 들어갈 수 있을 것 같아 보인다. 이른바 나무의 뼈와 피부가 이렇게 남아 있는 것이다.

산 정상에 핀 풀과 꽃들은 완전히 우리 러시아 식물들이다. 나는 이것을 보고 기분이 좋았다. 그러나 나무들 상당수는 크림 토착식물들이다. 산사나무, 서양모과와 여러 나무들이 그렇다. 평지와 삼림 속의 작은 초지(草地), 자연이 만든 그늘진 정자는 아주 반가운 장소였다. 특히 진흙의 등산길과 더위 끝에 만나니 더욱 그랬다.

그러나 한 발작을 걸을 때마다 돌더미가 발에 채였다. 이 돌들은 아주 오래된 거주지의 흔적이다. 누가 거주지를 만들었고, 언제 그곳을 떠났는지는 알 수 없다.[2] 이 돌 잔해들은 보통 나무 군락 사이에 둥글게 더미를 이루며 놓여 둥근 구멍 안에 있다. 석회와 다른 건축자재들의 흔적은 전혀 없다. 우리는 상당한 깊이의 구멍이 파일 정도로 돌을 파헤쳐 봤지만 아무것도 발견하지 못했다. 돌로 단단하게 만들어진 그릇만 발견할 수 있었고, 이것도 드물게 나왔다. 다른 유적 잔해들은 이 거주지가 몇 개의 별개 단위로 구성되었지만, 전체적으로 원형을 이루고 있었다는 것을 보여 준다.

카스텔산의 최정상 평지의 나무들 사이에서 우리는 다른 잔해들과 크게 다른 유적 잔해를 발견했다. 석회를 이용해 기초를 쌓은 흔적이 바로 눈에 띄었다. 돌더미 속에서 빨긋빨긋한 돌을 반듯하게 자른 판석들이 많이 발견되었다. 그릇 조각들도 다른 곳보다 많이 발견되었다. 유적 잔해 자체가 반듯하게 작은 언덕을 이루고 있었다. 이 무더기는 다른 곳보다 5배는 넓고 높았다. 유적이 적어도 5개 이상의 별개 구조로 만들어진 것도 눈에 띄었다. 이것은 문명화를 이룬 사람들이 사는 주거지를 충분히 연상시키는 유일한 흔적이었다.

다른 것들은 비잔틴식의 주거라기보다 유럽의 최초 거주자들이 살

2　고고학 발굴 자료에 따르면, 마을은 8세기에 생겼고 보루는 10세기 이후에 생겼다. 거주민들이 카스텔을 떠난 것은 15세기 말이었다.

던 돌로 된 움막의 흔적에 더 가까웠다. 내가 언급한 유적은 다른 것이
아니라 많은 사람들이 카스텔산 정상에 세워졌었다고 가정하는 성 프
로켈(св. Прокел) 수도원의 흔적인지도 모른다. 그러나 케펜은 지금 아
이브로쿨(Ай-Брокуль)이라는 타타르식 이름을 가진 카스텔산의 경사
면 중 하나를 이 수도원이 있던 자리로 지목했다.

　이 수도원에 대해서는 지금까지도 사람들의 기억에 살아 있는 아주
자세한 전설들이 전해온다. 이 전설들은 수다크 여왕 또는 대공비였던
테오도라(Теодора)와 관련된 것이다. 그녀는 주민들에 의해 성녀로 추
앙받았고, 지역 고대사를 연구하는 학자 한 명의 견해에 따르면 그리스
연대기 몇 군데에 그녀의 생애가 기록되어 있다.

　14세기에는 남부해안 전체가 자선가인 동시에 용맹했던 이 수녀 여
왕에게 속해 있었다고 전해온다. 수도원이 있는 카스텔산은 그녀가 가
장 좋아하는 장소였고, 수도원의 주교인 요한은 그녀 왕국의 신뢰받는
조언자였다. 사람들의 말에 따르면 카스텔산에는 바다까지 내려가고
수원에 닿는 깊은 우물이 있었다고 한다. 카스텔산에는 몇 개의 교회
와 많은 탑들과 몇 곳의 거주지가 있었다.

　카파3 사람들이 성스러운 여왕으로부터 수다크, 알루스톤 등 요새
를 하나하나씩 빼앗아 가자 그녀는 자기가 가장 좋아하는 카스텔산으
로 들어와 은둔했다. 그녀가 어떻게 생을 마감했는지에 대한 로맨틱한

3　〔역주〕카파(Кафа) : 페오도시야의 옛 이름이다. 그리스 식민도시 시절에는 페오
　　도시야로 불리다가 13세기에 몽골 지배를 받던 크림칸국 시절에는 카파로 불렸
　　고, 러시아가 정복한 18세기 말부터 다시 페오도시야로 불렸다.

이야기가 전해 내려온다.

그녀는 대단한 미인이어서 모든 사람의 흠모를 받았다고 한다. 권력을 탐하고 열정적 성격을 가진 입양된 남동생도 그녀를 사랑했다. 그녀를 오랫동안 따라다녔으나 사랑을 이루지 못한 남동생은 그녀를 죽이기로 결심했다. 어느 날 한밤중에 그는 적들에게 카스텔 산성의 문을 열어 주었다. 늘 병사들보다 앞에 나가 전투를 치른 여왕은 피비린내 아는 야간전투에서 죽었는데, 다른 입양된 남동생과 많은 병사들도 죽임을 당했다.

타타르인들은 아직까지도 바위 사이를 흐르는 카스텔산 남서쪽의 피의 개울을 가리킨다. 나는 이 개울을 보았다. 개울은 적갈색 피와 유사한 모습4을 하고 있어서, 사람들이 이런 전설을 믿게 만드는 것 같았다.

또 한 가지는 바위 이름들도 이것을 증명하고 있다. 케펜의 증언에 따르면 1832년 카스텔산을 판 사람은 현재 주인에게 카스텔산에는 성 요한, 성 콘스탄틴, 성 니콜라이, 3개의 교회가 있다고 말했다고 한다. 비록 케펜은 어디서도 이 교회들의 흔적을 찾지 못했지만, 이 이름들이 앞에 말한 전설에 나온 이름들과 일치한다. 사람들이 경의를 표하는 무덤들 위에 있는 3개의 부수적 건축물을 가진 성당이 이 교회가 아닐까. 내가 이미 말한 큰 유적 잔해가 그 성당 잔해가 아닐까 하는 생각을 해본다.

4　게마타 카야(Гемата-Кая), 즉 '피의 절벽'이라고 불리는 절벽을 말하는 것이다. 흐르다가 굳어진 피를 연상시키는 특이한 줄무늬는 지의류로 만들어졌다.

지하 통로에 대한 전승은 다른 전설보다 더 그럴듯하게 들린다. 인근에 거주하는 모든 타타르 주민들뿐 아니라 교양 있는 지주들조차 무너진 돌더미 아래 철문을 통해 카스텔산 밑으로 들어갈 수 있다고 믿고 있다. 이 철문이 있다는 장소는 지금도 테미르하푸라고 불린다. 사람들은 지하 어느 장소에 근처 수도원과 교회의 성상화와 다양한 보물들이 감춰져 있다고 믿고 있다.

촐메츠키(Чолмечки)의 옛 지주가 전해준 말에 따르면, 테미르하푸 지역을 지나가다가 차르그라드5에서 온 한 그리스 사람을 만났는데, 그는 이 보물들을 찾기 위한 자료를 가지고 이곳으로 왔으나, 이 작업이 아주 힘들고 시간이 충분하지 않다는 것을 깨닫고, 다시 고향으로 돌아가야 했었다. 그는 이 지주에게 땅속으로 들어가 그곳에 숨겨진 엄청난 보물을 찾으라고 얘기했다고 한다.

좀더 믿을 만한 사람들은 보론초프 공이 이곳에 총독으로 내려온 시기에 지목된 장소에서 벽을 가로막고 있는 철문이 발견되었고, 이 철문은 그의 명령에 의해 다른 곳으로 옮겨졌다고 한다. 같은 시기에 카스텔산 정상에서 대리석으로 된 기둥이 발견되었고, 이것도 다른 곳으로 옮겨졌는데, 아마도 알룹카 궁전의 정원에 놓여 있는 것이 이 대리석일 수도 있다.

크림반도의 고고학 자료와 주민들의 생생한 전설을 잘 알고 있는 촐메츠키의 여지주는 나에게 말하기를, 약 20년 전에 그녀는 고트 스타

---

5   〔역주〕 차르그라드(Царьград)﹕콘스탄티노플의 러시아식 이름으로 '차르의 도시'라는 뜻이다.

일을 닮은 3개의 창문과 문들을 가지고 있는 산의 경사면에 서 있는 돌로 만든 집의 잔해를 보았고, 자주 방문하기까지 했는데, 그 후 모든 것이 파괴되었다고 한다. 그녀는 카스텔산 서쪽 정상 부근에 파헤쳐진 오래된 무덤들에서 많은 해골과 뼈들도 보았다고 했다. 바로 얼마 전에 카스텔산에서 멀지 않은 곳에 포도밭을 새로 일구면서 주거용으로 사용하던 화덕과 석탄, 수많은 깨진 그릇들과 타일들이 발견되었다고 한다.

카스텔과 알루스톤 사이의 계곡에서는 요새와 수도원들의 살림에 필요한 물건들이 만들어진 것이 분명하다. 1831년 새 신작로를 낼 때 발견된 바로 그 수도관들도 이곳에서 만들어진 것으로 추정된다. 고대에는 이 수로를 통해 물이 야일라의 가장 가까운 산 정상으로부터 카스텔 산성으로 공급되었다. 수로의 흔적은 아직까지도 눈에 띈다.

카스텔산에서 가장 흥미로운 곳은 산등성이에서 가장 높게 튀어나온 남동쪽 봉우리이다. 그곳에는 마치 넓은 주변을 내려다보는 파괴된 탑 모양으로 엄청난 석회석 더미들이 모여 있다. 이 천연의 요새가 고대 산성의 일부를 이루었을 가능성은 아주 크다. 이렇게 준비된 병사들과 이렇게 방어에 편리한 지점을 방어벽으로 이용하지 않기는 힘들다.

우리는 이 돌무더기 중 가장 큰 무더기 옆에 심연으로 소용돌이 모양으로 내려가는 넓은 내리막길을 발견했다. 연이은 7개의 계단이 온전하게 남아 있었다.

카스텔산을 오르는 여행객들은 가장 높은 바위에 올라가 주위 사방을 둘러보면 큰 즐거움을 얻는다. 그는 그곳에서 마치 독수리가 된 듯 독수리의 조망을 갖게 된다. 한쪽으로는 아유다그, 다른 한쪽으로는

바다에서 바라본 아유다그 전경 (엔. 체르네초르, 1836)

수다크의 산들을 사이에 두고 모든 것들이 그 발밑에 온다. 말 그대로 마치 손바닥에 올려놓은 것처럼 이 모든 경치를 잘 볼 수 있다.

아유다그는 바다를 향해 바로 누워 있고, 바다 깊숙이 뻗어 있다. 그리고 아유다그의 굽은 검은 산등성이는 메드베지산의 가슴을 무겁게 누르며 수면으로 빠져 들어간다. 아유다그(Аю-Даг)는 '곰의 산'(медвежья гора)이라는 뜻인데, 러시아인들도 그 명칭을 그대로 사용한다. 유럽인들은 이 산을 '낙타산'이라고 부른다. 튀어 오른 등과 짐승의 주둥이 같은 모습이 이 산을 보는 모든 사람의 눈길을 끈다.

아유다그는 크림의 어느 산보다 바다 깊숙이 뻗어 있다. 아유다그 근처에서 남동해안은 무릎처럼 급하게 꺾인다. 이런 위치와 환경으로 인해 아유다그는 매우 중요하면서도 아주 눈에 띄는 지형이 되었다. 고대에 아유다그는 요새였다. 6 이곳에서 보내는 신호는 카스텔에서 쉽게 눈에 띈다.

정확히 말하면, 카스텔산은 아유다그다. 이 산은 내가 지금 서 있는 '쿠추크카스텔'(Кучук-Кастель)과 구별하여 자주 '비유크카스텔'(Биюк-Кастель)[7]이라 불린다. '비유크'는 크다는 뜻이고 '쿠추크'는 작다는 의미이다. '카스텔'은 그리스 어휘인데 성이나 요새를 뜻한다. 이렇게 보면 산들의 명칭은 '작은 요새 산', '큰 요새 산'이 된다. 해안선이 급하게 꺾이는 가장 눈에 잘 띄는 해안 구석에 만들어진 아유다그 요새는 그리스인들에게 특별히 중요한 전략적 역할을 했다.

이 산과 카스텔 사이의 음지에는 고대 그리스 자연의 경계인 파르테니트와 2개의 람바트가 있었다. 이곳에서 고고학자들은 남부해안의 유일한 그리스 식민지인 람파스를 찾아냈다. 고대 크림반도 연구가의 말에 따르면, 그리스 역사가 스킴노스[8]는 이미 기원전 90년에 이 식민지에 대해 언급한 바 있다. 나머지 그리스 식민지들은 비잔틴

---

6   아유다그에는 테라스, 계단, 경사로를 통해 서로 연결된 많은 마을, 보루, 교회, 그리고 방어시설 역할을 한 수도원들이 기록되어 있다. '아유다그 복합건물'의 모든 요소들은 한때 동시에 존재하면서 교회와 관련 있는 봉건 영지를 이루었던 것으로 보인다. 여기서 말하는 것은, 이 책이 쓰일 때도 알려졌지만, 20세기 초에야 레프니코프에 의해 연구된 아이콘스탄트(Ай-Констант) 초지에 있는 건축물을 가리킬 수도 있다.

7   이 명칭은 케펜이 1686년 훑어본 터키의 토지관리 서류 중 하나에도 나와 있다. 그 산은 아유다그가 아니라 카스텔이라고 되어 있다. 1817년 러시아산 지도에는 '아유다그 또는 카스텔'이라고 쓰여 있다.

8   스킴노스(Скимн) : 키오스 출신 그리스 지리학자다. 《일주기》(Periegesis)라는 제목의 지리학적 서술을 작성했는데, 원전은 소실되었다. 스킴노스의 것으로 간주되는 모든 정보는 기원전 1세기에 단장격 시 형태로 쓰인 지리학 저서를 발췌하여 19세기에 출판된 자료에서 인용된다.

시대에 유명해진 것이다. 우리 러시아인들은 푸시킨이 아유다그를 사랑했고, 그가 황금같이 아름다운 시로 이 산을 노래한 것이 더 흥미로운 사실이다.

가가리나 여공작이 소유하고 있는 쿠추크람바트(Кучук-ламбат)는 장난감 같은 작은 곶 모양으로 바다로 나와 있다. 녹음이 만드는 푸른 배경에 적지 않은 크기로 만들어진 집들이 흰 점을 찍고 있다.

우리 쪽에 좀더 가까이 그만큼 작은 곶이 하나 있는데, 이것은 이미 고인이 된 과학원 원사 케펜이 소유한 카라바그(Карабаг) 영지이다. 크림반도를 제대로 관찰하려는 사람은 그의 중요한 연구결과들을 잘 살펴보아야 한다.

위쪽 산언덕에는 알타로 가는 흙길 가에 오래된 타타르 마을인 '비유크람바트'가 있었다. 그리고 그곳에 역참도 있었다. 이곳의 모든 마을들은 자신들의 산 이름과 같은 이름이 붙어 있었다. 비유크람바트 마을 위에는 아주 위압적인 큰 산들이 자리 잡고 있었다. 나무가 빽빽한 숲들이 위쪽으로 뻗어 있었고, 시야에 들어오는 모든 경사들은 녹음에 뒤덮여 있었다. 오직 파라길멘만이 녹음 사이에 뜯어먹힌 자리처럼 뼈를 드러내듯 회색 바위를 드러내며 서 있었다. 여기에서 위쪽으로 시선을 돌리면 아래 산기슭을 모두 가려 버리는 산들의 위용이 잘 드러난다. 이 산들은 훨씬 가깝게 보이면서 훨씬 높아 보인다.

그러나 카스텔산의 절벽들로부터 펼쳐지는 다른 정경도 이에 못지않게 흥미롭다. 이 절벽들은 바다 위에 바로 매달려 있지 않고, 산의 아찔한 낭떠러지를 만들고 있지도 않다. 이 절벽들은 바닷가가 아니라 혼돈 상태 위에 매달려 있다.

298

그 아래로는 돌덩어리와 조면암 절벽으로 된 무서울 정도로 깊이 파인 분화구가 있다. 깔때기 모양의 중앙에 분화구가 나 있고, 내가 지금 감탄스럽게 바라보고 있는 절벽들이 가장자리를 이루고 있다. 이 분화구는 두 발자국 거리까지 가까이 가기 전까지 미리 예측할 수 없다. 그 정도로 물푸레나무들의 두터운 녹음과 옆으로 뻗어 나온 절벽들에 가려져 있다. 그러나 절벽으로 기어내려 가는 것은 마치 심연의 혼돈으로 들어가는 것과 같다.

강한 지진이 카스텔산의 정상을 둘로 쪼개 놓은 것은 분명하다. 아마 이것은 까마득한 선사시대였을 것이다. 크림반도에 대해 글을 쓴 사람들은 비잔틴 연대기 작가인 케드린의 기록을 인용한다.[9] 그는 14세기에 그리스에서 크림반도에 이르는 거대하고 무서운 지진에 대해 언급하고 있다. 카스텔산이 이 지진의 영향을 받았다면 전혀 놀랄 일이 아니다.

현지 주민들도 거대한 지진에 대해 완전히 역사적 사실인 것처럼 말하고 있다. 지금 분화구가 있는 자리에 테오도라 궁전이나 수도원이 있었고, 이 낭떠러지 바위 사이에서 내가 앞에 언급한 대리석 기둥이 발견되었다는 식으로 말한다.

이보다 더 원초적이고 더 무서운 장소를 보는 일은 쉽지 않다. 나는

---

9   이것은 분명한 저자의 실수다. 케드린(Kedrin)은 11세기 말이나 12세기 초에 활동한 비잔틴 작가인데, 그의 작품으로는 《방랑자 요한》(Иоанн Скиталец), 《게오르기 신켈로스》(Георгий Сикелл), 《테어파네스》(Феофан) 외에 몇 명의 작가들의 원고를 편집한 작품이 있으며, ‘천지 창조’부터 1057년까지의 기간을 포괄한다. 그러므로 케드린이 14세기에 대해 썼을 가능성은 없다.

크림반도를 찾는 관광객들이 이 장소를 제대로 안다고 생각하지 않는 다. 마치 손가락으로 빵을 부수듯 거대한 자연재해가 이 거대한 바위들을 너무 쉽게 부셔서 돌 티끌을 만들어냈다. 이 돌 티끌은 최소한 천 푸드에서 수십만 푸드의 무게가 나간다.

처음에는 어떤 의도를 가진 존재가 이 거대한 돌덩어리를 끈질기게 부순 것처럼 보인다. 아니면 어떤 믿을 수 없는 거대한 구조물이 이곳에 떨어진 것으로 상상되기도 한다. 바위들은 잘라진 신선한 각설탕처럼 놓여 있다. 그사이에 더러 배나무나 물푸레나무가 자라지만, 훨씬 더 많은 죽은 배나무와 물푸레나무가 옆으로 삐져나와 있다. 이 바위조각들 틈에서 나무들은 오래 버틸 수 없다. 새 나무들은 어린애처럼 아직 녹색빛을 띠고 있지만, 곧 말라서 죽어 버린다.

우리는 거대한 돌들을 발로 디디며 어렵지 않게 심연의 혼돈 속으로 걸어 내려간 후 그만큼 높은 반대편 절벽을 따라 올라왔다. 도마뱀들이 우리 앞에 나타났다가 놀라서 사방으로 도망갔다. 이 동물들은 이런 재미있는 장난을 자주 칠 수 없는 것은 분명하다.

물푸레나무 그늘 아래 돌 위에 펠트 천처럼 깔린 이끼로 만들어진 받침 위에서 푹 잠을 자고, 아주 적은 양의 물과 아주 많은 포도주를 마시며 이런저런 먹을거리로 요기를 한 우리는 올라왔을 때와 완전히 다른 길을 택해 하산했다. 우리는 아유다그, 파라길멘산과 녹음이 우거진 야일라를 바라보면 서쪽 산등성이를 따라 내려왔다. 이쪽 방향으로 내려오는 것은 훨씬 내려오기 쉬웠고, 숲도 거의 없었다.

내가 앞에 언급한 수로도 아마 과거 언젠가 이 길을 따라 났을 것이다. 우리는 수로의 흔적을 찾아보려 했지만 성공하지 못했다. 우리는

300

이 길을 택해 귀환한 것이 아주 좋았다. 계곡의 꼭대기에 서서 바라보는 그림 같은 바다 전경은 다른 어디서도 볼 수 없는 것이다. 아주 단순하면서도 장엄한 정경은 큰 만족을 주었다. 만일 당신이 당신의 영혼 안에 예술가적 감성을 가지고 있다면 말로 표현할 수 없는 환희에 싸여 그 장소를 쉽게 떠날 수 없을 것이다.

여기서는 더 묘사할 게 없다. 모든 것이 두 가지로 구성되어 있고, 모든 것이 두 마디면 충분하다. 당신 오른쪽에는 깊은 계곡에서 솟아오른 카스텔산이 있다. 그러나 카스텔산은 녹색을 띠지 않고 있고, 머리끝에서 발끝까지 조면암의 갑옷과 투구를 쓰고 있다. 왼쪽으로는 녹음으로 덮인 아유다그의 산기슭이 펼쳐져 있다. 이 두 산을 테두리로 멀리 깊은 곳에 매혹적인 파란빛을 내며 끝없이 펼쳐지는 바다가 흔들리고 있다. 가파른 산악의 낭떠러지와 숲으로 덮인 산 정상에서 바다가 보이는 깊은 계곡이 대조를 이루고 있는 것이 이곳 경치의 백미다.

습한 계곡의 옆구리에 난 좁은 숲길을 통해 당신을 부르고 있는 바다로 내려간다. 몇 개의 층을 내려왔는지는 기억하기도 어렵다. 산악 트래킹이 경험 없는 여행자를 얼마나 속이는지 이미 말한 바 있다. 당신은 수십 번도 더 바다의 모래사장에 곧 닿을 것이라고 기대하지만, 아직 당신 밑에는 한 발자국 한 발자국 당신의 발로 밟고 내려가야 하는 수많은 산악 계단이 있다는 것을 슬프게 수십 번도 더 깨닫게 된다.

손을 뻗치면 바로 닿을 것 같은데, 2시간은 족히 흘러간다. 수평적 거리도 이와 똑같이 당신을 속인다. 당신이 손을 뻗으면 닿을 수 있을 것 같아 보이고, 덤불 하나하나가 선명하게 보이는 산까지가 그렇게 멀다는 것을 믿고 싶지 않을 것이다. 당신과 산 사이에는 몇 개의 마을과, 몇 개의 큰 영지와 심지어 숲과 들판도 있다. 당신이 금방 거기에 닿을 수 없다는 것은 분명해진다.

그런데, 가장 인내심이 적은 사람은 이 야생의 산악 정원을 여행하면서 거리에 대해 자기를 주장을 내세울 근거가 없다. 북쪽에서 살다온 사람은 이미 남쪽의 많은 정취와 새로운 것과 범상치 않은 것을 보게 된다. 잘 알지 못하는 수종(樹種)들과 왕성하게 자라는 식물군도 그중 하나다. 멋진 식물 넝쿨은 특히 흥미롭다. 여기에는 두 종류의 넝쿨이 있다. 야생 포도넝쿨과 로모노스, 또는 클레마티스이다.

클레마티스는 이곳 숲의 왕자이고 미인이다. 이 식물은 당신이 그 숲에 발을 들여놓자마자 그 부드러운 향기로 당신을 사로잡는다. 이것은 이미 오래전에 시든 참나무, 물푸레나무, 배나무들이 당신을 위해 짙은 흰 꽃을 피게 만든다. 모든 것을 위해 이것은 스스로 꽃을 피우고, 향기를 풍기며 녹색을 띤다. 당신은 끈끈한 넝쿨로 자신을 감싼 이것을 나무와 구별하지 못할 것이다. 이 넝쿨은 가장 키가 큰 거인의 꼭대기까지 휘감아 올라가며 결혼식을 치르는 젊은이들처럼 이들을 장식한다. 흰 넝쿨 줄기는 나무 몸통을 타고 올라가고, 가지에는 풍성하고 향기로운 화채가 주렁주렁 매달린다. 이 넝쿨들은 꽃으로 된 다리와 꼬불꼬불한 사슬을 가지고 큰 사발을 가득 채우며 한 나무에서 다른 나무로 건너간다.

그러나 이 꽃 피는 미인의 포옹으로부터 쉽게 몸을 뗄 수 있을 것이라고 생각하지 말길 바란다. 가벼워 보이는 이 화채의 겉모습을 그대로 믿지 말길 바란다. 이 넝쿨은 땅에서부터 웬만한 줄기보다 더 강하게 그렇게 단단하고 두꺼운 줄을 만들어 기어 올라온다. 오래된 참나무에는 뱀처럼 생긴 수십 개의 띠가 단단히 이미 굳어진 상태로 뻗어 있다. 이것들은 공중에 올라온 뿌리로 착각하기 쉽다. 이 넝쿨들은 내부에서부터 셀 수 없이 많은 접착질 섬유로 얽혀 있고, 밧줄처럼 꼬여 있다. 이 넝쿨의 평균적 굵기는 산탄총의 총구(銃口)만 하고, 이보다 더 두꺼운 것도 종종 있다.

야생 포도의 줄기는 더 단단하고 두께는 팔뚝만 할 때도 있다. 이 야생 포도넝쿨로 갈대처럼 가는 막대부터 두꺼운 몽둥이만 한 막대기들이 만들어진다. 새로 자라난 줄기는 손으로 쉽게 구부릴 수 있지만, 얼마 시간이 지나면 더할 나위 없이 단단해진다. 돌밭에서도 넝쿨을 발견할 수 있다. 그것은 너무 순진한 모습으로 돌의 모와 틈을 멋진 녹색 카펫으로 덮는다.

또 하나 남쪽의 상징, 산이 많고 건조한 남쪽의 상징은 매미이다. 독자 여러분은 매미가 요란하게 우는 소리를 들어본 적이 있는가? 아직 들어보지 못했다면 내가 하는 얘기를 잘 이해하지 못할 것이다. 처음에 당신은 숲속에서 수도 없이 많은 작은 새들이 동시에 우는 것으로 착각할 것이다. 허공 전체가 소란하고 지독한 소리로 가득 찬다. 이 소리는 나무들 꼭대기에서 시작하여 마치 북소리처럼 주위에 울려 퍼진다. 이것은 반시간이나 1시간, 아니 2시간 정도 지속되는 것이 아니라, 10시간, 12시간, 혹은 그 이상을 연이어 울려 퍼진다.

해가 솟아 땅을 데우기 시작하자마자 매미들은 요란한 소리를 내기 시작한다. 그러나 축제의 절정은 정오쯤이다. 모든 나뭇가지와 나뭇잎들이 매미 소리로 진동하는 것처럼 보인다. 당신은 당신 귀에 대고 똑같은 음조로 크게 떠드는 엄청난 방울 소리에 귀가 멀 것 같다. 늪에서 한가하고 기분 좋을 때 개구리들이 합창하는 소리 말고 이렇게 하나의 목소리로 끈질기게 아우성치는 소리는 없다.

이렇게 귀를 먹게 할 만큼 떠들썩한 소리를 곤충이 낸다는 것은 믿기 어렵다. 나는 매미를 보려고 오랫동안 여러 가지 꾀를 냈었다. 매미는 가지 끝에 앉아 있고, 특히 마른 가지 끝에 앉아 있다. 마른 가지에서는 매미의 회색 표피를 알아보기 어렵다. 그러나 나는 이른바 '범죄의 현장'에 있는 이 매미를 본 적이 있다. 네모난 머리를 한 매미가 눈을 굴리며 마른 나뭇가지 끝에 꼭 붙어 앉아 있었다. 그 가지의 표피는 이 곤충의 색과 전혀 구별이 가지 않았다. 투명하고 긴 날개는 펴진 채 움직이지 않았고, 매미의 배만 날개를 치며 빠르게 위아래로 움직였다.

우리가 매미를 잡으려 하자, 이 곤충은 아주 날카로운 소리를 내며 날아올라 가장 가까이에 있는 나무에서 자신의 북을 또 쳐대기 시작했다. 사람이 다가오면 마치 숲속 오케스트라가 연주하듯이 매미 소리는 훨씬 더 커지는 것 같았다. 당신은 곧 이 요란한 소리에 익숙해져서 물레방앗간 주인이 자신의 수차(水車) 소리를 느끼지 못하는 것과 같이 이 소리를 느끼지 않게 될 것이다.

그러나 주위가 아무리 새롭고 멋지다고 해도, 더위와 돌길이 우리를 지치게 만들었다. 단지 더 이상 이것들을 견디기 어려웠다. 위로는 하늘에서 아래로는 돌길에서, 옆으로는 산의 절벽에서 불어오는 뜨거운 열을 숲은 막아 주지 못했다.

화려한 테레빈트(terebinth)와 다른 새로운 나무들을 감상하는 것도 잊었고, 꽃을 따고, 길 앞에 펼쳐지는 계곡을 하나하나를 쳐다보는 것도 잊어버렸다. 다른 모든 것보다 더 큰 한 가지 욕망이 소리쳤다. 그것은 물을 마시고 그늘에 숨는 것이었다.

우리 일행의 안내인은 우리를 아토스(Aфон) 수도원의 노인 수도자의 초가집으로 데리고 들어갔다. 그는 숲이 우거진 바다 바로 위 카스텔산의 이쪽 산등성이에서 살고 있었는데, 카스텔산의 소유주였던 쿠슈니코프(Кушников)가 자신의 영지를 아토스 수도원에 기증하자, 수도원은 이 노인을 카스텔산의 숲과 바위를 관리하도록 이곳으로 보냈다.

우리는 바로 초가집에 도달하지는 못했지만, 어찌어찌 그곳에 도착했다. 다른 것보다 먼저 포도밭이 눈에 띄었다. 다음으로 건초 더미와 마당을 둘러싸고 있는 피라미드형 포플러나무들이 눈에 들어왔다. 숲이 듬성해진 곳에 평화롭고 안락한 정교회 암자가 자리 잡고 있었다. 긴 타타르식 초가집은 전통적 방식에 따라 뒷부분이 산에 닿아 있었고, 평평한 지붕 위에는 온갖 살림살이가 올려져 있었다. 가옥을 뺑 둘러 지붕 없는 복도가 만들어져 있었고, 그 아래에는 지붕과 마찬가지로 온갖 살림살이가 벽에 걸려 있거나 쌓여 있었다. 지하창고가 딸린 작은 외양간, 작은 텃밭, 나무에 만들어진 작은 벌통, 그리고 자신이 왜 사슬에 묶여 있어야 하는지 모르는 순진한 수캐 — 이것이 작은 암자가 가진 전부였다.

이곳은 카스텔산 정상만큼 고요했다. 호리호리하게 쭉 뻗은 포플러들이 움직임 없이 푸른 하늘을 깊게 가르고 있었다. 햇빛에 빛나는 고요한 초가집이 녹음 가운데 혼자 흰빛을 내고 있었다. 나뭇잎과 풀들도 소리를 내지 않았다. 수탉도 참새도 아무 소리를 내지 않았고, 발자국 소리조차 나지 않아 마치 모든 것이 죽은 듯 조용했다. 개도 개집에 누워서 살아 있는 기척을 보이지 않았다. 초가집의 지붕 위로는 카스텔 바위산의 가파른 경사가 텐트처럼 둘러 있었다. 그곳으로부터 정숙과 정지가 사방으로 흘러나왔다. 앞쪽으로 산발치 깊은 곳에 바다가 있었다. 바다는 푸른 잔물결을 내며 흐르고 있었지만, 주위 모든 것과 똑같이 아무 소리도 내지 않고 있었다.

이보다 더 전형적인 은둔자의 거처를 상상하기는 어렵다. 우리는 높이 자란 풀로 뒤덮여 있는 안마당으로 조용히 들어갔다. 햇볕에 몸을 태우던 뱀은 놀라서 풀을 헤치는 소리를 내며 오랫동안 듣도 보도 못한 소리와 움직임을 피해 숨어 버렸다. 초가집을 빙 둘러보았으나 아무도 없었다. 문을 열고 안을 들여다봐도 아무도 없다. 여기 모든 것이 당신 손닿는 곳에 있다. 누구나 마음대로 집으면 된다. 책상이나 침대 위에 있는 것, 모든 물건과 포도주, 열린 방에 있는 그림들도 집어가면 된다.

아토스산의 성 베드로가 이 순진한 은둔자의 보초를 서 주는 것 같다. 우리가 계속해서 부른 후에야 마침내 솜으로 만든 수도사의 긴 겉옷을 걸치고 허리에 폭이 넓은 가죽띠를 두른, 높은 펠트 모자를 쓴 60살 정도 돼 보이는 남자가 나타났다. 그는 한숨 푹 잔 듯했으며 온몸에 밀짚이 묻어 있었다. 나무에 둘러싸인 선선한 건초 침대에서 자던 그를 우리의 외침소리가 깨운 것이었다. 주위는 선선했지만, 그는 마치 욕탕에서 막 나온 모스크바 상인처럼 얼굴이 불그스레하고 땀에 젖어 있었다.

나는 왜 수도사들은 꼭 이렇게 덥고 무거운 옷을 늘 입고 있어야 하고, 영구적인 지저분함 속에 무슨 죄를 씻는 과정이 있는지 의아했다. 노인은 우리를 상냥하게 맞았으나 아직 잠에서 덜 깬 상태였다. 그는 우리를 안으로 들어오게 해서 자리에 앉히고, 잠에서 덜 깬 눈과 뜨거

306

운 태양빛에 지친 몸이 허락하는 한에서 우리와 대화를 나누려고 했다.

그의 작은 승방은 많은 물건들이 깨끗하게 정리되어 자리 잡고 있었다. 여러 성상화들이 멋진 액자에 들어 있었고, 많은 현수등(懸垂燈)과 경탁들 외에 선반에는 화려한 장정의 신앙서적들이 가지런히 놓여 있었으며, 벽에 박힌 못에는 겉옷과 모자가 걸려 있었고, 구석에는 몇 개의 지팡이와 향로가 있었다. 방의 뒷부분에는 작은 공방이 만들어져 있었다. 이곳에는 온갖 종류의 목공 연장들이 걸려 있었다.

노인은 필요한 모든 것을 직접 만들었고, 아주 살림 솜씨가 좋은 것 같았다. 직접 음식을 만들어 먹고, 포도주도 직접 담그고, 포도밭도 직접 가꾸었다. 그런데 그는 러시아인이었다. 그래서 성상화나 현수등이 있음에도 불구하고 그에게서는 보드카 냄새가 났다. 그가 우리에게 던진 첫 질문은 "손님들, 포도주 한잔 하실래요?"였다. 우리가 포도주 대신 물을 달라고 하자 그는 무척 놀란 것 같았으나 아무 말도 하지 않고 물을 가져왔다.

"두 분이 여기 같이 사십니까?"

내가 물었다.

"아닙니다. 혼자 삽니다. 여기 있는 노인은 일꾼입니다."

수도사가 대답했다. 그는 내가 자신을 막일꾼으로 생각한 것에 대해 신경을 많이 쓰는 것 같았다.

우리는 잠시 동안 아토스산과 수도사 생활에 대해 이야기를 나누었다. 카스텔산의 은둔자는 의욕도 없고 말재주도 없이 딱딱하게 이야기하며 계속 다른 주제로 넘어갔다. 우리가 대화를 나누는 주제가 그를 따분하게 만들어서 관심이 별로 없는 것 같았다.

그러나 이야기가 집안 살림으로 넘어가자 우리 수도사는 완전히 흥분에 싸여 얘기했다. 그런 수다와 러시아인의 영민함과 관찰력이 어디서 생겼는지 모를 정도였다. 잠에서 덜 깬 아토스산의 수도사 모습 속에서 건강하고 현명한 러시아 촌장의 얼굴이 드러났다. 포도 병충해와 풀베기, 계속 뛰어오르는 농사용품 가격에 죄 많은 주인처럼 이 은둔자의 모든 관심이 쏠려 있었다.

　　그는 밤마다 들이닥쳐 포도를 먹어대는 너구리 떼와 야생 염소에 대해 한탄하고, 그것들을 어떻게 사냥했는지를 우리에게 얘기했다. 가장 중요한 교회의 교리 문제보다 적포도주 가격에 그는 관심이 더 많았다. 우리 일행 중에 경험 많은 포도주 제조업자가 있었는데, 마치 하늘의 왕국에 이르는 비밀이 열린 것처럼 수도자는 그의 이야기를 경탄을 하며 들었다.

　　우리 러시아인들은 어쩔 수 없는 실용주의자들이고, 지혜의 관조나 플라톤적 이상주의에는 일말의 관심도 없다. 우리가 아토스산에 대해 물어보자 그의 전형적 특징인 지루하고 타산적인 목소리로 이야기를 이어갔다.

　　자질구레한 일상과 시끌벅적한 세상에서 멀리 떨어져 사는 이 노인은 판텔레이몬(Пантелеймон) 수도원의 수도원장이 얼마나 많은 것들을 챙겨가고, 수도사 자신에게는 얼마나 인색하게 주었는가 하는 투정을 감추지 않고 얘기했다.

　　우리는 수도원 생활의 내밀한 부분과 수도승들의 정신세계, 아토스산의 아름다운 자연에 대한 얘기를 듣고 싶었지만, 그 대신에 현지 시장에 나오는 다양한 농산물과 그 가격에 대한 자세한 얘기만 듣고 말았다. 그는 여러 수도원의 생활을 비교했고, 양파, 배추, 호밀이 그의 가장 중요한 관심사였다. 그는 아토스산에 오기 전에 러시아의 가장 큰 수도원 중 한 곳에서 오래 생활했다고 말했다.

"어디가 가장 좋았나요?"

내가 물었다.

"어떻게 대답해야 할까요? 영혼을 위해서라면 그곳이 더 좋다고 말할 수 있지만, '육신을 위해서는 여기가 더 좋은 것 같네요!'"

그의 목소리 톤은 삶의 두 영역 중 어느 곳에 그의 진정한 관심이 있는지 우리에게 잘 보여 주었다.

우리는 그의 조용하고 깔끔한 살림을 보고, 그가 자신의 운명에 최대한 만족하며 살고 있다고 생각했었다. 독립적이고 건강한 삶의 양식, 아름다운 자연, 적정한 만족 수준이 있다면 사람에게 무엇이 더 필요하겠는가? 이 녹색 은둔지에는 수도사에게는 더 말할 나위도 없이 원하는 것이 다 갖추어져 있었다.

그러나 표면적으로 보면 이 수도자는 자신이 정말 불행하다고 생각하는 것처럼 보였다. 그의 노역은 힘에 겹고, 춥고 배고프며, 아무것도 없고, 아무도 도와주지 않는다. 우리는 바다와 바위산에 대해 말하기를 원했지만, 그는 이 모든 것을 아주 불편한 것으로 얘기했다. 샘물을 뜨러 산을 오르내리다 보면 바위에 긁혀서 장화가 닳고, 바다에서 찬바람과 안개가 몰려온다.

우리 수도사는 수도원에 자신의 영지를 기증한 지주를 개인적으로 거의 모욕꾼이자 압제자로 생각했고, 그의 영지에서 얻지 못하는 것을 이 수도사가 만들어내게 무자비하게 몰아붙인 사람으로 여겼다. 아마도 그는 아토스산에 살면서 오래된 러시아 속담을 잊은 듯하다. 그것은 "말을 선물로 받는 사람은 말의 이를 들여다보는 것이 아니다"이다.

작은 암자에서 잠시 휴식을 취한 다음, 우리는 수도사에게 내가 이미 언급한 유명한 테미르하푸로 우리를 데려가 달라고 부탁했다. 작은 암자에서 우리가 나눈 대화는 우리 러시아인의 민족성에 대한 슬픈 생각을 떠올리게 했다. 늘 모든 것을 조금씩, 늘 미련하게, 좀더 크고 좋은 것을 향해 한 발자국도 전진하지 못하고, 욕을 위해 욕을 하고, 문란함과 결합된 모든 것에 대해 생래적으로 혐오하고, 이런 것들은 우연히 발생하는 것이 아니다. 만일 수도사가 카스텔산의 은둔지가 싫다면 과연 어디가 그의 마음에 들지 나는 알 수 없었다.

열정과 진정성을 가지고 영원한 생의 이상에 온몸을 바치며 세상과의 연계를 끊을 수 있는 영혼에게 이런 곳은 3배나 축복받은 곳인 것이다! 고대의 은둔자들, 수도자이자 시인들, 수도자이자 고행자들, 수도자이자 기도자들은 모든 것을 버리고 먼 곳에 있는 이런 장소로 달려온 것이다. 이런 곳에서 그들은 시끌벅적한 세상살이와 마음 산란하게 하는 세상의 불의에 눌린 그들의 영혼이 그렇게 바라던 것을 얻은 것이다.

이곳에는 그들 머리 위에 늘 기도하는 시선이 바라볼 수 있는 별들이 뿌려진 따뜻한 푸른 하늘이 있었다. 이곳에는 열정을 식게 하고 몸과 마음을 치료하는 조용하고 신선하며 아름다운 자연이 사방을 두르고 있다. 태고의 자연법칙에 순종하고, 마음을 동요시키지 않는 그런 자연이다. 여기서는 하늘에 더 가까이 가서 기도할 수 있고, 땅 위에서 파충류처럼 이리저리 기어다니는 죄의 숨이 와닿을 수 없는 산들이 그들을 기다리고 있었다.

이곳에는 그들을 위해 영원한 대화상대이며 철학자인 바다가 대기하고 있다. 마치 무한한 지혜의 책처럼 바다에서는 명상과 사고가 바닥나지 않는 음식을 먹고 자란다. 정적, 건강, 노동, 자유 — 이런 선물들이 있다면 황야도 무서운 곳이 아니다.

테미르하푸에서 우리는 수도사와 작별했다. 테미르하푸 자체는 바위가 이리저리 얽힌 돌산이었고, 좀더 정확히 말해 절벽들이었다. 이것이 사람 손으로 만들어졌다고는 상상할 수 없다. 이 강물 같은 돌들은 카스텔의 분화구에서 떨어져 나왔거나, 카스텔의 끝 쪽 절벽에서 부서진 것이 맞을 것이다. 카스텔산에서 바다에 이르는 경사면 전체가 시냇물처럼 바다로 떨어지는 이런 무너진 돌들로 뒤덮여 있다. 그 사이에는 거대한 벽이 무너져 내린 잔해가 눈에 띈다. 그러나 돌들의 중심적 흐름은 지각변동의 흔적이다.

멋진 자연의 정자와 나무 무리들과 오목한 침상 자리들을 가진 깊고 밝은 숲이 돌로 된 웅장한 폭포를 가리고 있었고, 이것 때문에 남부해안의 숲속에서도 여간해서 보기 힘든 야생의 자연미를 보여 주고 있었다. 어느 방향으로든 한 발자국을 움직이면 새롭고 이제까지 보지 못한 것을 볼 수 있었다. 각각의 숲이 그려 놓는 다양한 그림은 남부해안의 이 지역을 여행하는 사람들에게 특히 큰 즐거움을 주었다.

오솔길은 곧 바다 위에 매달린 웅장한 바위 낭떠러지를 따라 이어졌다. 왼쪽으로 푸른 이끼가 벨벳처럼 덮인 드루이드교10의 신전 유적과

---

10 〔역주〕 드루이드교(Druidism) : 자연과의 조화를 강조하는 신조로, 17~19세기 낭만주의와 함께 발달했다.

카스텔산 주변 정경

향을 내뿜으면서 꽃이 만발한 포도넝쿨을 가진 숲이 있는데, 습기가 가득 찬 이 숲은 아주 멋진 테레빈트의 송이와 산사나무 열매가 가득한 검은 벽장들을 가지고 우리를 내려다보고 있었다. 오른쪽으로는 저 아래 깊은 곳에 수천 년 동안 바다 주변을 촘촘히 더럽힌 바위와 돌들이 보인다.

전승에 의하면, 이 돌들은 배들이 해안에 다가오지 못하도록 테오도라 여왕의 명령을 따라 여기에 뿌려 놓았다고 한다. 그러나 이 정도의 채굴공사를 진행할 여왕은 아직 이 세상에 태어나지 않았다. 여기에는 단지 거대한 돌들만 있는 것이 아니라, 통째로 무너진 절벽들도 있다.

이 돌들은 남부해안의 모든 굴곡을 채우며 반전설적인 여왕의 왕국의 경계를 훨씬 넘어 바다를 몇 베르스타씩이나 감싸고 있다. 파도는 조용한 시간에도 이 돌들로 만들어진 어두운 미로에 와 부딪치며 큰 소리를 낸다. 거친 물보라와 파도들이 끓어올라 폭풍이 된다. 타타르인들은 해안의 많은 부분을 차지하고 있는 이런 돌이 무너진 곳을 '부룬'(бурун) 이라고 불렀다. 그 안에는 게들과 조개들, 심지어는 뱀들도 둥지를 틀고 있다. 푸쿠스(фукус)의 숲들이 주변과 돌들 사이에 물을 공급한다.

우리는 이 돌들이 무너진 곳들 중 '카미쉬부룬'(Камыш-бурун) 이라고 불리는 유명한 곳을 찾고 있다. 돌투성이에 물이 없는 곳에서도 카미쉬부룬은 조면암과 석회암 동굴을 통해 늘 바닷물이 드나들어서 근사한 차가운 물이 넘친다.

한낮의 열기는 오래전에 식었고, 우리는 바다의 신선한 바람이 숨쉬는 시원하게 그늘진 숲을 지나왔지만, 그래도 미치도록 목이 말랐다. 우리가 무질서한 돌무더기를 헤치고 카미쉬부룬으로 내려가자, 바다와 거의 수평한 제일 밑바닥에 조약돌 사이의 깨끗한 웅덩이로 산 정상의 샘에서 흘러온 얼음 같은 물줄기가 맑은 소리를 내며 떨어지고 있었다. 물 옆에 있어 생동감 있는 건조한 편암과 조면암 조각 사이로 싱싱한 열매가 달린 블랙베리 덤불과 야생화들이 화려하게 피어 있었다. 꽃이 핀 흔들리는 가지들이 샘물이 낙하하는 투명한 물웅덩이를 감싸고 있었다.

이제 집은 멀지 않다. 우리는 물을 실컷 마신 후 자리를 잡고 앉아 쉬며 석양이 지는 바다를 감상했다.

카미쉬부룬의 유일한 요정은 하얀 치아를 가진 9살 먹은 소년이다. 그는 보쉬에라(Боши-ера) 의 물통과 바가지를 들고 울타리와 돌들을 넘어 물을 뜨러 아래로 내려왔다. 그는 카미쉬부룬을 자기의 영역으로 생각했고, 아무도 이에 대해 토를 달지 않았다. 발바닥에 철침이 박힌 신발을 신은 그는 마치 다람쥐처럼 한 번도 발을 헛딛거나 비틀거리지 않고 날카롭고 거대한 돌들을 건너뛰며 능숙하게 내려왔다. 그는 그 바위 위에서 게, 물고기, 뱀들과 전쟁을 치르고 있었다.

거미처럼 작거나 개구리만 한 검은 게들이 물가에 있는 모든 돌들을 뒤덮고 있었다. 이 게들은 아주 예민하고 눈이 밝아서 당신이 다섯 발자국 이내로 접근하게 놔두지 않는다. 당신 장화 소리가 들리자마자 게들은 놀라서 도망가기 시작하여 돌에서 물로 뛰어든다. 옆으로 게걸음을 하며 아주 능숙하게 발을 옮기며 마치 바람에 밀려가듯이 빠르게 도망간다. 가까이 가 보면 게들은 다 도망가고 맨들맨들한 돌만 남아 있다.

그러나 카미쉬부룬의 요정인 소년은 어디서 이들을 찾을 수 있는지 잘 알고 있어서, 아무 힘도 들이지 않고 돌 사이의 물 아래서 게들을 손에 가득 잡아 올린다. 소년이 능숙하고 집요하게 손가락을 사용해서 게들의 날카로운 집게를 묶고 그것을 무력화하는 모습을 보는 것은 아주 유쾌한 일이다.

우리는 돌더미 위에 앉아서 고요한 파도가 푸쿠스의 울창한 숲에 철썩대는 바다를 바로 아래 두고 낙조가 지는 저녁을 감상했다. 용맹한 산의 혼령은 샘을 품에 안고 한창 익어가는 블랙베리 덤불 가운데 서 있었고, 물통과 바가지를 들고 흰 이를 드러내며 웃는 소년은, 여기에 작은 새들의 피를 마시며 사는 붉은색 배를 가진 거대하고 살찐 뱀들이 있다고 얘기하며 우리에게 겁을 주려고 했다.

그는 이곳에서 어떤 고기를 잡는지, 포도를 먹어 치우는 고슴도치와 너구리들이 얼마나 아버지를 화나게 하는지, 아버지와 함께 카스텔산에 여우굴을 찾으러 올라갔던 얘기를 했다. 그는 우리 앞에서 카스텔과 바다와 너구리를 자랑했고, 그리고 우리가 보고 있는 주위의 모든 것이 이 작은 원시인의 지배하에 있다는 듯이 자신의 대담성도 자랑했다.

지평선 멀리 수다크의 산들이 보인다. 그곳은 기온이 내려가며 어두워지고, 새벽의 여명이 다시 비춘다. 카미쉬부룬의 샘물은 블랙베리 덤불 뒤에서 힘찬 소리를 내며 돌로 된 웅덩이에 떨어지고, 웃음 많은 순진한 수다쟁이 소년은 조용한 파도와 졸졸거리는 샘물 소리와 조용히 하나가 된다.

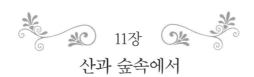

11장
산과 숲속에서

고대 알루스톤의 의미 — 코르베클르 마을 — 타타르인의 집안 생활 — 너도
밤나무 숲 — 차이르 — 타타르인의 가축 — 차티르다그산 입구

알루슈타(Алушта)는 언제나 중요한 장소로 간주되었어야 했다. 알루
슈타는 바다와 남부해안에서 크림반도 내륙으로 들어가는 문이다. 발
라클라바부터 오투즈[1] 쪽으로 이어지고, 아유다그산과 파라길멘산
같은 거대한 보루들로 보호되는 웅대한 돌벽은 알루슈타 골짜기들 위
로 떨어져 내린다. 바부간산(Бабуган), 우라가산(Урага), 파라틀라
산(Паратла)은 거대한 버팀목처럼 이 돌벽의 이쪽 가장자리를 받치고
있다. 골짜기 맞은편에는 페오도시야 쪽으로 뻗어가는 빈틈없는 보루
의 행렬이 시작되는 아주 가파른 낭떠러지가 있다.

자연에 의해 윗부분이 갈라지고 깎인 이 낭떠러지는 사람의 손으로

---

1   〔역주〕 오투즈(Отуз) : 현재 지명은 셰베톱카(Щебетовка)이다.

만든 것처럼 보인다. 마치 산꼭대기에서 탑, 보루의 돌출부, 석상들이 당신을 내려다보고 있는 것 같다. 차도르로 몸을 둘러싼 것 같은 돌로 만든 거대한 여자가 심연과 같은 낭떠러지 위 높은 곳에 앉아 있다. 데메르지산(Демерджи)의 불그스름한 헐벗은 굽이만큼 햇빛이 변덕스럽고 예쁘게 아른거리는 곳은 없다. 크림반도에는 이보다 더 아름답고 더 커 보이는 산은 없다. 이 산이 특히 커 보이는 이유는 산의 경사면 전체가 바닥부터 꼭대기까지 당신 눈앞에 솟아 있기 때문이고, 데메르지 마을이 바글거리며 자리 잡고 있는 깊은 녹색 골짜기부터, 가장자리를 깎아 만든 것 같은 차가운 파란색의 올뚝볼뚝한 절벽이 눈앞에 펼쳐진다.

데메르지산 뒤로는 카라비야일라(Караби-яйла) [2]가 높게 솟아 있고, 그 뒤로는 산의 높이가 훨씬 낮아진다. 알루슈타 골짜기로부터 서쪽 방향도 고도가 낮아진다. 바부간산, 우라가산, 차티르다그산, 데메르지산은 크림 보루들의 중심이며 제일 높은 지점이다. 차티르다그산 높이는 5,000피트 이상이고, 바부간산은 그것과 거의 같거나 조금 더 높고, 얄타야일라(Ялтинская Яйла)는 이보다 조금 낮다. 그런데 알룹카(Алупка) 주위에 있는 가장 높은 봉들, 예를 들어 아이페트리봉은 4,000피트에도 미치지 못한다.

알루슈타 골짜기들은 높지 않은 고개로 갈라진 두 강으로 형성되었다. 울루우젠강(Улу-узень)과 데메르지우젠강(Демерджи-узень)이다. 두 번째 강의 바닥을 따라가다가 슙스카야산(Шумская гора)을 넘어서

---

2 〔역주〕야일라(яйла)는 하나의 봉우리가 아니라 여러 산이 이어진 산맥으로도 번역할 수 있으므로, 여기서는 '산'이라는 명칭을 붙이지 않고 고유 명칭을 그대로 썼다.

차티르다그산 옆에 있는 숲이 많은 경사면으로 올라가면 타우샨바자르(Таушан-базар)로 향하는 큰 도로가 있다.

울루우젠 골짜기를 따라 코르베클르(Корбеклы)라는 이름을 가진 타타르 산골마을을 지나서 팔라트산(Палат-гора)으로 가파른 길이 이어진다. 팔라트산(차티르다그)은 남부해안을 보호하는 돌벽들 어느 하나와도 연결되지 않는다. 이 산은 통로 쪽으로 포문을 향한 따로 서 있는 보루처럼 알루슈타 골짜기의 틈새 사이에 서 있다.

차티르다그의 이런 위치 때문에 알루슈타 골짜기는 초원의 공기가 바다로 들어가고, 바다 공기가 초원으로 들어가는 분출구나 선풍기 역할을 한다. 정말 알루슈타는 바람이 계속 관통하는 것 같은 느낌을 준다. 산속의 따뜻한 곳에 숨겨진 촐메크치에서 알루슈타로 올라가면 상당한 기온 차이를 느끼게 되는데, 둘 사이의 거리는 2베르스타에 불과하다.

그래서인지 알루슈타의 과수원들과 포도원들은 피해를 자주 보고, 차티르다그산의 눈이 녹을 때 특히 피해를 본다. 차티르다그가 바로 알루슈타를 향하여 숨을 쉬고, 얼음처럼 차가운 수증기가 소출이 많은 열매를 맺는 우젠강의 골짜기들 바로 위로 지나간다. 비잔틴제국의 역사가인 프로코피우스3는 유스티니아누스4가 알루스톤성을 '재건했다'

---

3 프로코피우스(Прокопий): 역사가 겸 작가인 카이사레이아의 프로코피우스(Прокопий Кессарийский, 490/507~562)와 그의 저작인 《건축에 대하여》(О постройсках)를 말한다.

4 유스티니아누스 1세(Justinianus I, 482/483~565): 비잔틴제국의 황제(527~565)로, 웅장한 건축공사를 많이 벌였다. 그의 치세기에 방벽과 도시, 궁전, 성당이 많이 건립되었다.

고 언급한다. 따라서 6세기에 벌써 이곳에 이보다 더 오래된 요새의 폐허가 존재했다는 얘기가 된다.

수도원들의 연대기에 기록된 전설들은 알루스톤이 중요한 해안 보루라고 언급하고 있다. 다른 가능성은 존재할 수 없다. 내 생각에 판티카파움, 페오도시야, 그리고 헤르소네스를 세운 먼 옛날의 식민지 개척자들, 흑해 해안을 탐험한 겁 없는 탐험가들 겸 이주자들은 알루슈타처럼 중요한 지점을 그냥 지나칠 수 없었을 것이다.

알루슈타는 남부해안 모든 곳으로 통하는 열쇠와 같은 지점이다. 그곳에서 해안도로를 따라 수다크나 발라클라바로 가기가 아주 쉽고, 이곳으로부터 크림반도 내륙으로 들어가는 거의 유일한 중심도로가 동쪽 산맥 지역에서 시작된다. 알루스톤의 골짜기를 차지하고 있어야 유목민족들이 식민지와 바다로 접근하는 것을 막을 수 있다. 그리고 알루슈타는 입구가 동남쪽으로 나 있는 중요한 만 안에 위치하고 있어서 선박들이 그곳에 쉽게 정박할 수 있다. 특히 옛날에는 바다가 지금보다 해변 절벽들의 조각돌들로 덜 어지럽혀 있었고, 선박들이 지금보다 바닥이 납작하고 크기가 작았기 때문에 정박하기가 훨씬 쉬웠다. 바다 너머에서 온 방문자들은 이런 구석지고 아늑한 곳에 정주하는 것을 제일 좋아한다.

해안의 소유자들이 알루슈타를 정말 소중하게 여겼다는 것은 요새들의 유적으로 증명된다. 알루스톤 자체, 요새, 성들은 고대 크림반도의 다른 많은 유적들보다 잘 보존되어 있다. 번개로 갈라진 것 같은 3개의 높은 탑들의 외부는 거의 꼭대기까지 보전되어 남아 있다. 담벽유적도 온전하게 남아 있다. 두 강 위에 있는 언덕 전체를 차지한 타타르인들의 사클랴5들이 탑과 담벽의 앙상한 뼈대 사이에 빽빽하게 들어 차 있다. 많은 사클랴들이 반 정도만 유적의 돌을 가져다 지었고, 나머지 부분은 그냥 옛날 벽이 대신한다.

이 편리한 건축술만이 평상시에 골짜기와 계곡에 사는 취향을 가진 타타르인들이 왜 갑자기 알루슈타에서 높은 언덕으로 올라갔는지를 설명해 준다. 이들은 자신들의 집 위에 그림자를 던지는 위에 있는 탑들의 뼈대를 어떻게 보는지 모르겠다. 그것들은 머지않아 무너질 것이 틀림없고, 이것이 무너지면 마을의 반 정도가 같이 무너질 것도 틀림없다. 정말 진정한 무슬림만이 이런 불가피한 재앙을 이렇게 침착하게 기다릴 수 있다. 남부해안 자체와 수다크 해안 중간의 연결지점 역할을 하고, 한쪽 방향으로는 카스텔에, 다른 방향으로는 초반쿨레6로 손을 뻗친 알루스톤은 동시에 스텝으로부터 접근하는 길을 막는 일렬로 선 요새의 시작점 역할을 하고 있다.

데메르지산 기슭 옆, 바로 골짜기 위에 타타르인들이 이사르치크7라고 부르는 상당히 넓은 요새의 유적이 아직도 보인다. 전설에 따르면 제노아 식민지 시절에는 데메르지산 꼭대기에도 성이 있었다고 한다. 그것이 가능한 일이었다고 해도 꼭 사실이었다고 생각할 필요는 없다. 그것보다 훨씬 확실한 것은 보루들이 있는 빈틈없는 돌벽이 야일라 동쪽 산맥으로 뻗다가 차티르다그산으로 꺾어져 뻗어 나갔다는 것이다.

---

5   〔역주〕사클랴(сакля) : 카프카스 소수민족들의 오두막, 농가를 뜻한다.
6   〔역주〕초반쿨레(Чобан-куле) : '목자의 탑'(башня пастуха)이라는 뜻이다.
7   이사르치크(Исарчик) : 여기서는 푸나(Фуна) 요새를 가리킨다.
     〔역주〕이사르치크란 말 자체가 '요새'라는 뜻이다.

차티르다그산의 동남쪽 절벽 위에 있는 너도밤나무 숲을 지나갈 때 우리는 상당이 온전히 남아 있는 돌담의 잔해들을 보았다. 코르베클르의 타타르인들은 이 담을 타쉬하바흐(Таш-хабах)라고 부르는데, 이것은 '돌담'이라는 뜻이고, 테미르아크사크(Темир-Аксак)가 지었다고 한다. 테미르아크사크의 이름은 담벽이 많이 눈에 띄는 카라비야일라의 여러 장소에 남아 있다. 전설에서 테미르아크사크가 방어벽 전체의 축조와 관계가 있다는 사실이 전해 내려온 것이 분명하다. 그런데 《러시아 연대기》에서 테미르아크사크라는 이름은 저 유명한 티무르[8] 혹은 타메를란을 가리키는데, 비잔틴제국의 역사가들은 이 성벽이 14세기 말이나 15세기 초가 아니라 6세기에 만들어졌다고 지적한다.

이 돌담은 스텝 유목민들이 알루슈타 골짜기로 들어가지 못하게 막는 역할을 했다. 역사적 탐사의 결과를 보면, 프로코피우스가 기초를 세우고 아나스타시우스 그리고 유스티니아누스 황제가 이를 바탕으로 남부해안의 요새와 성벽을 건설한 것으로 일반적으로 추정한다. 물론 로마인들은 이곳에 방어시설을 지을 수 있었고 또 지어야만 했다. 그러나 유스티니아누스 이전인 기원전에 이미 여기에 그런 축조물들이 있었을 가능성이 크다. 크림반도의 많은 유적들을 직접 본 사람은 비잔틴제국 사람들보다 훨씬 덜 교육받고, 사치에 훨씬 덜 익숙한 민족이 이것들을 지었을 것이라는 생각을 떨치지 못한다.

유적들 중에 가끔 엄청나게 큰 것들이 있다. 그것들을 세운 사람들

---

8   티무르(Tamerlane, 1336~1405) : 몽골제국 쇠퇴 이후 중동, 북인도, 중국에 이르는 거대한 제국을 건설했다.

은 차라리 크림반도의 원거주자였던 타우리인(тавры)이나 키메리아인(киммерийцы) 이었으리라는 짐작이 드는데, 또 하나 분명한 것은 4세기부터 남부해안에 살았던 고트인(готы)들도 이 건축 과정에 참여했으리라는 것이다. 동족들과 같이 다뉴브강 쪽으로 이동하지 않은 소수의 고트인들은 훈족의 공격을 피하려고 남부해안 산속으로 들어왔다가, 그다음에는 훈족의 뒤를 이은 여러 유목민족을 피해 스텝 여러 지역으로 흩어졌다.

군사력이 약했던 고트족이 성벽과 탑, 도달하기 어려운 동굴로 자신들의 부족한 무력을 대체하려 한 것은 자연스러운 일이다. 하나의 폐허가 여러 민족들의 유적 역할을 할 수 있는 것이다. 이것이 왜 카스텔산 위에 지적 수준이 높은 민족의 축조물임이 분명한 유적들과 함께 시멘트 없이 돌로만 쌓은 투박한 막사의 폐허도 자주 보이는지를 설명해 준다. 그리스인과 마찬가지로 타우리인도 자신들이 본 곳 중 카스텔산보다 도달하기 어려운 난공불락의 요충지가 없다는 것을 이해했고, 수도자와 관료들을 거느린 경건한 테오도라 여왕도 예전에 짐승 같은 야만인들이 살았을 가능성이 있는 장소를 거절할 이유가 없었다.

크림반도에 대한 고고학적 연구들의 문제점은 너무 편협한 결론을 추구하고, 그리고 역사적 사건들의 자연적 흐름보다 연대기 기록자의 단편적 기술에 많이 좌우된다는 점이다.

차티르다그산으로 가는 길은 울루우젠 계곡을 통해 나 있다. 여기에 커다란 호두나무 과수원이 펼쳐진다. 독자들은 이런 호두나무를 다른 곳에서는 볼 수 없다. 가끔 한 나무의 나뭇가지가 4분의 1데샤티나의 넓이를 덮는 것처럼 보이기도 한다. 잎이 달린 부분이 이것보다 더 넓은 나무가 있는지 모르겠다. 내 측량에 따르면 땅과 평행선으로 20아르신까지 뻗은 나뭇가지들이 있는데 그것들이 어떤 힘에 의해 받쳐지고 있는지 신기했다. 이런 나뭇가지들의 두께는 웬만한 나무만 하다. 높은 동시에 큰 잎이 촘촘해서 그늘을 만들어 주는 이 천막 아래에는 타타르 집 몇 채가 들어갈 만큼 넓은 공간이 있다.

호두나무의 생김새는 아주 예쁘고 독특하다. 잎들이 반듯하고 달걀 모양이며, 아주 크고 아주 밝은데, 호두들이 조롱조롱 매달려 있는 모습이 언뜻 보기에 우리 풋사과 같다. 호두나무 과수원을 본 적 없는 사람은 가장 신기한 식물 유기체 중 하나를 모르고 있는 것과 같다. 나는 큰 경이감과 만족을 느끼며 이 호두나무들을 보았다.

코르베클르(Корбеклы)는 알루슈타보다 훨씬 더 높이 차티르다그로 올라가는 길에 자리를 잡고 있다. 이곳은 가장 높은 곳에 있는 마지막 마을이고, 그다음에는 숲만 펼쳐진다. 코르베클르는 아주 빈궁한 타타르 마을이다. 이곳과 비교하면 알루슈타는 유럽이나 마찬가지다. 알루슈타에서 코르베클르로 들어가는 것은 심페로폴에서 바흐치사라이로 들어가는 것과 유사하다. 산에 있는 타타르 마을 어디서나 중심 거리 역할을 하는 개울은 말발굽 쪽으로 꽤 빨리 흘러서 이를 거슬러 올라가기가 쉽지는 않다.

산에 올라가 보아야, 그것도 돌로 된 산과 크림의 산처럼 기온이 높은 산에 올라가 보아야 사람은 물이 얼마나 중요한지 이해하게 된다. 여기서 개울이란 모든 편의시설과 같은 의미다. 이 조면암과 편암 바위 속에 우물을 판다는 것은 거의 불가능해서 개울이 없으면 거주가 불가능하다. 개울이 흐르는 곳의 땅은 늘 다른 땅보다 몇 배 비싸다.

타타르인들은 금광을 찾듯이 샘을 찾고, 금처럼 소중히 여긴다. 그들은 바위에서 축축한 곳을 눈여겨봤다가 그것을 계속 파내 샘을 만든다. 산에 있는 모든 웅덩이는 여러 단으로 이루어진 저수지를 가지고 있다. 한 방울씩 떨어지는 물이라도 이 빈약한 통들을 가득 채우고, 시간이 지나면 샘이 암석에서 완전히 스며 나와 개울이 생긴다. 금광업자들이 금맥에 대해 가진 센스 같은 것을 타타르인들은 지하수에 대해 가지고 있다. 이들은 뛰어난 기술과 인내심을 보이며 물을 보관하고, 그것을 자신의 농원과 정원으로 흐르게 만든다.

당신이 아무리 높은 곳에서라도 담배농원을 보면, 가장 가까운 개울물로 깔끔하게 관개시설이 만들어져 있을 것이다. 당신은 아주 높은 곳에서 주위의 모든 물을 모아 두고 주기적으로 공급하는 작은 연못과, 사람의 손으로 만든 수문이 달린 돌로 된 저수지를 자주 보게 된다. 아무도 모르는 곳에 숨겨져 있었던 물이 드디어 작은 도랑을 통해 과수원과 채마밭을 향하여 흐르기 시작할 때, 그 주인들이 표현하는 떠들썩한 환희와 분주한 활동은 정말 볼만하다. 타타르인들은 관개와 수도 설치의 달인들이다. 그래서 관개의 축복을 아주 소중히 여긴다.

길에 분수를 만들어 놓는 것이 이 세상 최고의 선행이므로 분수를 만든 사람들은 분수에 자기 이름을 새겨 놓는 것을 필수라고 생각한다. 같은 이유로 분수에는 마치 그것이 성물인 것처럼 보통 《코란》의 명언이 새겨져 있다.

드디어 코르베클르 중심부로 들어왔는데 이제 개울은 혼자 흐르고 있지 않다. 그 주변에는 움막인지 비버의 집인지 모를 무언가가 있다. 더 정확히 말하자면 두 가지 다 있다. 정말 이것보다 더 디오게네스적 스타일의 건축구조를 생각해내는 것은 어려울 것이다. 집들은 허리를 펴고 들어가기 불가능할 정도로 낮다. 집의 절반은 바위 속에 있고, 나머지 부분은 대부분 나뭇가지를 꼬아서 그 위에 점토를 단단히 발라 놓아 만들었다. 작은 문들은 마치 구멍 같고 창문은 거의 없다.

이런 엄폐호들은 요새의 참호에 자리 잡고 있으면 안성맞춤일지도 모르겠지만, 숲이 이렇게 풍부한 이 산 위에 이런 구조물이 있는 것은 우리를 놀라게 한다. 가장 흥미로운 것은 크림의 굴뚝이다. 지붕은 전형적인 동양식으로 판처럼 납작하고 평평하다. 산에서는 이 지붕 위로 말을 타거나 심지어 마차까지 달린 채 내려오기도 한다. 위에는 점토가 단단히 붙어 있어 비가 많이 와도 물이 새지 않는다.

지붕 위에는 필요할 때 더 세게 지붕을 누르는 특이한 종류의 수용 롤러가 항상 있다. 내가 보기에 이렇게 지붕이 동시에 발코니, 식당, 건조실, 그리고 거리가 되는 것은 정말 경제적인 것 같다. 지붕이 유일한 평평한 곳인 산에서는 이런 용도가 필수적이라고 할 수도 있다. 햇볕이 쨍쨍하게 내리쬐지 않을 때 이 납작한 지붕 위에서 쉬는 것보다 기분 좋은 일은 없다. 특히 별이 많은 여름밤에 이 위에서 잠을 자면 정말 좋을 것이다. 나는 무슬림 노인들이 해가 질 때 여기 와서 작은 카펫을 깔고 먼 메카를 향하여 소리 없는 기도를 하는 것을 왜 좋아하는지 이해가 된다.

지붕의 평면 위에 한두 개씩 점토로 만든 날림집 같은 것이 있는데 그것은 굴뚝이다. 이것들 때문에 마을 생김새는 비버 거주지 같아 보인다. 이와 똑같이 나뭇가지로 만든, 점토를 두껍게 발라 놓은 막사들이 집 옆과 마당 가운데 서 있다. 그것은 빵을 굽는 오븐이다.

사방에 숲이 있고 산 높은 곳에 있으면서도 여기서 사람들이 유일하게 신경을 쓰는 것은 시원함을 찾는 것이다. 그리고 여기서는 그 시원함이 제대로 찾아진 상태이다. 빛은 타타르인에게 꼭 필요한 것이 아닌 것 같다. 아마 이들의 가사 일은 그렇게 복잡하거나 다양하지 않을 것이다. 타타르인들은 집에 있을 때면 거의 펠트 천 위에서 시간을 보낸다. 여름은 너무 길고 겨울은 너무 짧아 포도원과 과수원에 할 일이 너무 많아서 마당이 집이나 마찬가지가 된다.

건조하고 돌이 많은 흙이 겨울비로 푸석푸석해져야 객토가 가능해진다. 그래서 겨울 내내 흙을 파고 옮겨심기를 하면서 지낸다. 포도 수확과 착즙이 가을까지 계속된다. 나는 일부러 여러 집을 들어가 보았다. 여자들은 완전히 자유롭고 반갑게 나를 맞아주었다. 특히 여자 노인들은 스텝에 거주하는 타타르인들과 달리 얼굴을 가리지 않고, 다만 젊은 처녀들만 조금 '부끄러워한다.' 즉, 그 의미는 똑바로 바라보면 소매로 얼굴을 가린 채 모퉁이 뒤로 숨을 때도 있다. 그런데 이런 장면은 우리 러시아 농가에서도 벌어진다.

여자들의 옷차림은 아주 독특하기는 한데 별로 예쁘지 않다. 그들은 머리에다가 동그랗고 낮은, 바닥이 납작하고 가끔 금실로 장식한 아주 화려한 모자를 쓰고, 머리카락은 얇게 땋아서 수많은 작은 뱀처럼 어깨로 늘어뜨리는데, 3살 먹은 아이부터 백발 노파까지 모든 여자들이 이런 식으로 머리를 땋고 다닌다. 머리는 옷차림 전체에서 가장 동양적인 부분이고, 나머지는 우리 옷과 많이 비슷하다. 길고 딱 붙는 소매가 좁은 베쉬메트9와 발까지 내려가는 넓고 헐렁한 바지를 입고 있다.

얼굴은 완전히 유럽식이다. 하얗고 반듯하고, 가끔 아주 예쁜 얼굴도 있다. 어두운 불이 가득 찬 눈과 음영이 짙은 속눈썹이 특징적이다. 특히 아이들은 우리 아이들과 비슷하다. 이들은 몽골의 피가 한 방울도 섞여 있지 않은 것 같다. 남부해안의 타타르인들의 많은 관습, 타타르 여자의 자유, 기독교 명절과 성물을 섬기고, 정착생활을 좋아하는 습성을 이들의 생김새와 비교하면 이 타타르인들은 사실 우리와 마찬가지로 카프카스족에 가깝다는 확신을 바로 하게 된다.

집안은 시원하게 어둑하고 눈에 띌 정도로 깨끗했다. 흙으로 만들고 잘 눌러 놓은 바닥은 깔끔하게 쓸고 닦였고, 함부로 널려 있는 물건은 어디에도 없었다. 사람들이 자주 앉고 눕곤 하는, 바퀴벌레와 빈대들이 번식하는 구석들은 진정한 러시아식 농가라면 빠질 수 없는 것이지만 여기에는 그런 것이 하나도 없다. 러시아 사람들은 이런 익숙한 보금자리가 없으면 뭔가 불쾌하다는 느낌을 받을 수도 있다. 방안 여러 곳에 펠트 담요가 놓여 있는데, 그것들은 되는대로 어디든 옮겨지거나, 자기가 원하는 곳으로 옮긴 것처럼 보인다. 정해진 침실은 보이지 않는다.

그런데 러시아 사람이 보기에 가장 이상한 것은 조상들이 만들어 놓은 꼭 지켜야 하는 식사와 기도의 질서가 지켜지지 않는 것이다. 성상화가 있는 구석이 없고, 벽 옆에 긴 의자가 없고, 식탁 위에 소금그릇과 수건이 없으면 러시아 사람은 꼭 타타르 사람의 집에 왔다고 생각한

---

9   〔역주〕베쉬메트(бешмет) : 외투, 타타르식 카프탄이다.

다. 이것은 틀린 생각이 아니다. 나는 여성을 위한 별도의 방을 본 적이 없는데, 그것은 남부해안의 타타르인들에게는 없는 공간일 것이다.

여행하다가 잠시 들르는 사람들은 아주 친절하게 대해 주는 여자들이지만, 자신의 식구들에게는 성깔 있게 대하며 잔소리가 심해 보였다. 노파들은 마치 마귀할멈처럼 사소한 일로 어린아이들에게 소리를 지르고 삿대질을 했다. 내가 이해하지 못하고 귀에 거슬리는 그들의 언어가 그들의 말투가 잔소리 같다는 느낌을 더해 주었다. 남자들은 오히려 아주 조용했고, 노파들이 걸걸한 목소리로 내뱉는 꾸지람에 전혀 신경 쓰지 않았다. 사슬에 묶인 날뛰는 개를 지나갈 때 개에게 물리지 않을 것이라고 확신하는 주인만이 이런 무관심한 태도를 유지할 수 있다.

우리는 먼저 대장장이, 백정, 평민 등 타타르인들의 여러 집을 가보았는데 부잣집에도 가 보고 싶었다. 우리의 안내원인 오스만(Осман)이 자신의 친구인 셀랴메트베이10의 집에 가 보자고 했는데, 이름에 베이라는 칭호가 붙은 것 자체가 어느 정도 특권적 지위에 있는 사람이라는 것을 나타낸다. 이들은 귀족도 무르작도 아닌 중간계급쯤 되는 사람들이다. 친척 중에 귀족이 있고, 재물이 넉넉한 농부를 주로 베이라고 부른다. 그는 귀족 혈통을 가진 것 같았지만 확실히 알 수는 없었다.

셀랴메트베이는 우리를 친절하게 맞았다. 말들을 안으로 들이고 우

---

10 셀랴메트베이(Селямет-Бей): 베이〔터키어. 터키에서 16세기까지 '베크'(бек), 크림에서 '비크'(бик) 및 '비이'(бий)〕는 터키에서 고위급 지휘관의 칭호에 붙이는 경칭이었고(알라이베이, 산자크베이, 베일레르베이), 크림에서 군대 지휘관을 뜻했다(예를 들어, 페레코프베이는 페레코프 요새의 사령관). 이 단어 대신 아랍어 동의어인 에미르가 사용되는 경우가 많았다.

리를 거실로 데려갔다. 이렇게 한 것은 다른 타타르 집에서와 마찬가지로 우리를 그늘에 누울 수 있게 하기 위해서였다. 방은 낮고 어두웠지만 꽤 넓었다. 작은 창문들이 복도를 향해 나 있었지만, 밖으로 직접 나 있는 창문은 없었다. 온 바닥에 깨끗하고 알록달록한 카펫이 깔려 있고, 모든 벽을 따라 낮고 빈 공간 없이 나란히 쿠션이 놓여 있는 동양식 소파들이 있는데 그것들은 우리 발받침보다 조금 높았다. 구석에 있는 둥그런 탁자도 같은 높이였다. 바닥에는 단지 나무판이 놓여 있었다.

소파들 위 벽 둘레로 똑같이 빈틈없이 이어진 선반들이 있었는데, 이것은 주인의 모든 재산이 있는 창고나 마찬가지였다. 밝게 닦인 그릇들, 단정하게 갠 주부의 옷이 거기에 보관되어 있었고, 고급 염소가죽으로 만든 테를리크,[11] 섬세하게 만든 은제 허리띠, 금제 동전으로 꾸민 비싼 모자 등 한마디로 집에 있는 모든 화려한 물건들이 이곳에 놓여 있다. 가장 비싼 물건들을 거실에 자물쇠 없이 노출된 선반에다가 바로 늘어놓는 이 독특한 관습은 타타르인들의 모범적 솔직함 덕분이라고 설명할 수 있다.

부드러운 가죽으로 만든 노란 구두를 문 앞에서 벗고, 금실 끈 장식이 달린 점퍼를 입은 빤질거리고 잘생긴 얼굴을 한 비대한 타타르 남자 주인은 일하기 싫어하는 사람처럼 보였다. 그는 점잖게 우리를 소파에 앉게 했고, 같은 자리에 자신의 친구인 오스만을 앉게 한 다음,

---

11   테를리크(терлик) : 가죽으로 만든 제품이다. 날염이나 아플리케로 장식되어 있고 양치기 우두머리의 가방이나 작은 카펫이나 천장이나 벽에 있는 장식용 그림(панно)의 모양을 가졌다. 〔역주〕 허리가 좁고 소매가 짧은 카프탄이다.

그를 통해 우리와 대화하기 시작했다.

낮고 작은 탁자 위에는 신선한 말린 자두가, 바닥에는 석탄을 넣은 향로가 놓여 있었다. 오스만은 긴 담뱃대를 달라고 한 다음 우리 눈치를 보지 않고 거만하게 담배를 피우기 시작했다. 내가 마실 것을 청하자, 알 수 없는 우유가 들어간 음료가 있는 머그잔을 가져왔는데, 한 모금 마셔보았더니 전혀 맛이 없었다. 마치 묽은 쉰 유유에 분필하고 물을 탄 검처럼 맛이 아리고 새콤했다. 그런데 그것을 어디로 내뱉을지 몰라서 인사치레로 한 모금을 더 마셨다.

그것은 쉰 양유 트보로그(творог)와 물로 만든 '야지마'(язьма)라고 불리는 음료였다. 이것은 타타르 사람들이 제일 좋아하는 음료다. 이것이 있으면 이들은 물을 쳐다보지도 않는다. 오스만이 그것을 아주 탐욕스럽게 마시자 주인은 즐거운 표정을 지으며 그의 머그잔을 세 번이나 채워 주었다. 나중에 나는 타타르 사람들, 특히 목자들이 그것을 엄청나게 마셔대는 것을 보았는데, 그들은 이것보다 갈증을 잘 풀어주는 음료는 없다고 한다.

셀랴메트베이의 일꾼인 양치기와 정원사들이 우리를 보러 왔다. 이들의 옷차림은 아주 보잘것없이 투박했고, 두 사람 다 물소가죽으로 만든 자신의 샌들을 문간에 벗어 두었지만, 오스만과 셀랴메트 못지않게 독립적이고 점잖게 행동했다. 이들은 "사반 하이레스"(сабан-хайрес)라고 인사한 뒤 주인 옆 소파에 조용히 앉았는데, 한 명이 탁자 위에 놓인 말린 자두를 마치 자신을 위해 놓은 것처럼 당당히 먹기 시작했다. 셀랴메트는 그들에게 신경을 쓰지 않았다. 이 모든 것이 그들의 풍습인 것이 분명했다. 몇 분 후에 커피가 나왔는데, 이번에는 타타르 컵이 아니라 러시아 잔에 담겨 나와서 나는 조금 실망했다. 그런데 이 커피는 찌꺼기가 있고 크림이 없었다.

멋지게 옷을 입었지만 발은 맨발인 셀랴메트의 남동생이 왔는데 그는 타타르식 점퍼에다가 도시 스타일의 루스트린 클로크를 입고 있었다. 나는 이런 모습에 적지 않은 충격을 받았다. 우리와 이야기를 나눌 때 셀랴메트와 특히 문명인인 그의 남동생은 러시아어를 한마디도 못하는 것을 아주 부끄러워했고, 러시아어를 하는 오스만을 아주 운이 좋고 초자연적 재능을 가지는 사람처럼 보았다. 그들은 오스만이 우리와 이야기를 유창하게 하는 것을 바라보며 부러움을 감추지 못했다. 그래서 오스만이 이야기의 분위기를 정하게 되었다.

"러시아말을 하지 못하는 타타르 사람은 바보다!"

심페로폴의 문명과 도시 거리를 사랑하는 셀랴메트의 동생이 우리에게 오스만을 통해 전달했다.

우리가 마을 전체와 지붕의 테라스들과 그것들 위에 서 있는 살아 있는 조형물들이 잘 보이는 복도에 누워 쉬러 나갔을 때, 다른 방의 창문에서 깔깔거리며 서로 뒤에 숨으려고 하는 셀랴메트의 여자들이 우리를 내다보았다. 그녀들 중에서 한 명이 화려한 베쉬메트를 입고 젊고 예뻤는데 그녀는 누구보다 많이 웃고 몸을 숨기려고 애썼다. 나는 몇 번 그녀의 크고 겁 많은 눈을 마주보았는데 셀랴메트가 그것을 좋아하지 않는 것 같았고, 내 주의를 다른 것으로 돌리려고 노력했다.

작별 인사를 할 때 우리는 양심적이지 않은 오스만의 조언에 따라 셀랴메트에게 돈을 주려 했다. 솔직히 말하면 내가 받은 융숭한 대접의 대가를 치르는 것은 양심적 행동이었지만, 우리가 그렇게 하면 셀

라메트를 기분 나쁘게 할 것이라고 분명히 확신했다. 그런데 뚱뚱한 베이가 1루블 지폐를 받아서 구걸하는 순경처럼 우리에게 감사했을 때, 나는 마음이 아주 불쾌했다. 타타르인들의 융숭한 대접과 가부장적 생활이 겨우 이런 수준인 것에 크게 실망했다.

산에 높이 올라갈수록 바다가 더 멀고 넓게 보인다. 당신이 바닷가에 있었을 때, 당신 머리보다 높이 서 있었던 산들은 당신이 더 높은 지역으로 올라가면 깊은 골짜기 바닥이 되고, 유명한 이름이 붙은 커다란 산에 올라가면 그 높은 지역도 다 같은 해안 평지처럼 보인다. 서로 높이가 다른 산들의 상대적 높이가 변하는 것이며, 그 변화를 목격하며 당신이 흘리는 땀만이 이 산들의 진짜 높이와 거리에 대해 확신하게 만든다.

자연은 인간에게 귀중하면서도 동시에 경멸스러운 선물인 편협성의 선물을 주었다. 사람은 아무것도 전체적으로 파악하고 깨달을 수 없고, 그의 과학은 닥치는 대로 아무렇게나 이어서 꿰맨 단편적 기록들의 집합이고, 그의 미술은 세상의 작은 구석들에 대한 상상적 그림이 그려진 헝겊조각의 연속이다. 그의 내면적 세계관은 외면적 관찰과 마찬가지로 통과할 수 없는 마술의 동그라미로 제한되어 있다.

가장 지혜로운 인간의 시야라고 해도 그것은 결국 인간의 시야에 불과하므로 몇 인치 더 커 보이는 것도 우리에게는 아주 넓어 보이게 마련이다. 가장 용감하고 풍요로운 정신이 할 수 있는 것은 이 숙명적 한계를 알아차리고, 이 한계에 항의를 제기하는 것이다.

프로메테우스, 만프레드와 파우스트들은 반역자일 뿐이고 승리자들은 아니다. 아무리 거대한 불행이 우리에게 닥쳐도, 아무리 큰 행복이 우리에게 주어져도 우리는 흙으로 만든 존재다. 우리는 우리에게 닿은 이 거대한 날개의 끝만 느끼고, 그 길이를 점 하나씩 차례로 느낄 수 있을 뿐이다. 우리가 신을 볼 수 있는 방식은 불타는 가시덤불이나 비둘기 모양밖에 없다.

파우스트는 땅의 귀신이 나올 때 힘이 빠져나가 쓰러져 버린다. 인간이 아니고 인간적이지 않은 모든 것은 우리의 능력 밖이다. 자연현상의 경우에도 마찬가지다. 우리는 대양의 크기와 산의 높이를 추상적 사고로만 깨닫는다. 우리는 절대로 그것들을 보지 못하고 느낄 수도 없다. 우리는 그것들을 한 조각씩 보면서, 우리 정신의 위(胃) 크기에 맞는 작은 부분을 하나하나 보고 추상력을 사용해 그 조각들로 전체에 대한 개념을 만든다.

우리의 눈에는 대양과 호수가 똑같이 한없이 크다. 그런데 이 무력감이 자주 우리의 구원이 되는 것은 분명하다. 삶의 모든 기회를 현실적으로 헤아려 보고 나면 명예보다 안전을 보장해 주는 이 속물적 조건들을 받아들이게 될 것이다.

아마 독자들은 칼람12의 그림과 판화를 보면서 기묘한 모양의 회색 그루터기와 나무줄기 위에 숲의 그림자들이 신기하게 변하는 모습을 여러 번 감상했을 것이다. 솔직히 말하면, 나는 칼람이 내가 한 번도 본 적이 없는 이 아름다운 나무줄기들을 어디서 가져왔는지 놀랐던 적이 한두 번이 아니었다. 그러나 나는 드디어 답을 찾았다. 난생처음 나도 그런 너도밤나무 숲으로 들어가고 있었다. 버드나무의 나라에서 사는 우리는 유럽에 아주 흔한 나무를 몰라도 된다.

---

12   〔역주〕칼람(Alexandre Calame, 1810~1864）：스위스의 풍경화가이다.

위로는 뜨거운 파란색 폭염이 작열하고, 발아래에는 뜨겁게 달아오른 뾰족한 돌들을 밟고 있다가 당신은 갑자기 고요한 숲의 바닷속으로 헤엄쳐 들어가게 된다. 당신은 끝없는 녹색 그물로 당신을 포위한 상상하기조차 어려운 회색 열주 사이를 이동한다. 당신 위에 높이, 당신 주위에 멀리 수많은 녹색 입술들이 숨쉬고, 수많은 금색 눈이 반짝거린다. 나무줄기로, 땅으로, 나뭇잎으로, 당신 위로 떨리며 반짝거리는 무엇인가가 그림자를 던지며 소리 없이 기어다니고 있다. 이 살아 있는 바다의 부드러운 밑바닥은 아주 고요하다. 마른 나뭇잎으로 짠 카펫이 길 위와 깊지 않게 사발 모양으로 펼쳐진 넓고 고요한 골짜기의 바닥에 깔려 있다. 부드럽고 말이 없는 골짜기에 내가 말하는 아름다운 나무들이 자라고 있다.

미적 감각을 가진 사람에게는 이 세상에 아름다운 나무들이 많이 눈에 들어오고, 각 나무마다 고유의 아름다움이 있다. 그러나 농촌의 아름다움을 말하면서 너도밤나무를 빼놓을 수 없다. 너도밤나무의 아름다움은 정말 독특하다. 나무줄기와 그루터기 모두 아름답다. 차티르다그산에는 둘레가 두세 아름 되는 너도밤나무들이 있는데, 이것들은 아마 제노아 사람들과 바투 칸의 최초의 전우들을 기억할 것 같고, 심지어 타우리 시대 때 이미 자라고 있었을지도 모른다.

그런 늙은 너도밤나무는 나무줄기가 특히 그림같이 아름답다. 마치 한 다발의 나무줄기들이 서로 얽히고설켜서 하나가 된 느낌이다. 나무의 동근 혹들이, 나무만큼 굵은 나뭇가지들의 신비한 굴곡과 구부러짐, 나뭇가지의 결합, 컴컴한 구멍, 그리고 그와 똑같이 굵고 회색인 뿌리들이 마치 땅에 눌린 왕뱀 가족처럼 사방에서 땅 위로 덩어리를 이루어 나오며 이루는 굴곡들은 내가 너도밤나무에서 가장 멋있다고 생각하는 부분이다.

너도밤나무는 보통 오래된 황폐한 바위 옆에 자라는데, 서로 떨어질 수 없을 정도로 많이 자라고 있고, 그것들을 덮어 싼 이끼들로 희미해진 색깔은 서로 비슷하고, 힘줄이 튀어나온 뿌리들은 바위를 단단히 감싸며 모든 틈새를 파고들며 자란다. 단순한 모양의 너도밤나무 잎은 들쭉날쭉한 부분도 없고, 주름도 없으며 참나무 잎처럼 선(腺)이 많아서 두꺼운 줄기와 잘 어울린다. 그래서 너도밤나무 숲은 그늘이 많지만 동시에 그 안에서 멀리까지 잘 내다볼 수 있다.

특히 더운 정오 때 산행을 하면 이 공간이 넓은 그늘을 소중하게 생각하지 않을 수 없을 것이다. 다양한 색의 옷을 입고 모자에 흰 띠를 펄럭이며 말을 타고 변덕스럽게 경사진 숲길을 이리저리 흩어진 상태로 가는 여자와 남자 무리는 어떤 때는 호전적 집단으로, 어떤 때는 외롭고 평화로운 나그네의 모습으로 나무줄기 사이에 나타났다 사라지면서 어떤 것으로도 깨지지 않는 장엄한 산속 숲의 고요함에 활발한 생기를 불어넣는다.

그런데 이 유쾌한 색조와 예쁜 모습을 즐기는 눈은 그보다 덜 익숙한 다른 아름다움을 찾는다. 이교(異敎) 신들의 신성한 숲처럼 신비로운 침묵을 유지하며, 인간의 마지막 거주지 위에 펼쳐진 넓은 산악의 평원에 자리 잡은 이 시원한 숲에도 생명이 없는 것은 아니다. 사냥꾼들과 인간의 농사 때문에 불편을 느낀 산과 숲의 영원한 원주민인 사슴과 염소들이 바로 이곳으로 피난해 온다. 동물들의 단순하고 소박한 생활이 이 너도밤나무의 평화로운 천막 아래에서 조용히 영위되고 있다.

동물들은 여기서 인간이 자기 자신과 동물들로부터 빼앗는 행복을 누리며 지내는데, 고요함과 시원함, 자연의 아름다움과 사랑을 한껏 즐기며 시간을 보낸다. 과거도 미래도 모르는 행복한 미개인들은 여기서 해 뜰 때부터 해 질 때까지 자기의 암컷과 새끼들과 함께 풀을 뜯고, 자라고 사랑하고 번식하며 생활한다. 동물들은 더위가 닥치면 산으로 더 높이 올라가고, 추위가 닥치면 다시 평야 쪽으로 내려온다. 15~20마리나 되는 사슴 가족들을 자주 본다고 목자들이 나에게 말해 주었다.

회색 나무줄기의 끝없이 이어지는 회랑을 빠르게 지나가며 내가 기대했던 것은 아직까지 보지 못한 아름다움이었다. 얼마 가지 않아 숲 속의 황량한 작은 초지에 가지가 많은 뿔과 까만 눈이 달린 많은 머리들이 잠시 흔들리고, 그다음 날렵한 다리가 번개처럼 빨리 움직이는 것을 나무줄기 사이로 보기를 기대했다. 그런데 다른 어느 것과도 비교할 수 없는 이 광경을 보려면 숲길 몇 베르스타를 가는 것으로는 충분하지 않다. 여기서 사슴을 잡는 것은 엄격히 금지되어 있는데 사냥에 열중하는 사람들은 이 법을 지키지 않는다. 이 고상한 피의 애호가들이 제시간에 모이는 곳은 바로 차티르다그산 주변이다.

가끔 너도밤나무 숲이 끊어지고 녹색 풀에 덮인 노지들이 길 앞에 나타났다. 이 노지들은 해발 3,000피트쯤에 위치했는데, 시원한 공기층이 들판의 풍부한 식물로 드러났다. 마치 축복받은 소러시아의 흑토 스텝으로 들어간 느낌이 들었다. 절벽, 건조함, 그리고 이국적 식물상 가운데 낯익은 풀의 화려함, 낯익은 꽃, 낯익은 평야를 보고 내 가슴은 기쁘게 웃었다.

물고기도 자기가 놀던 물을 좋아한다는 말이 맞는 것 같다. 이런 광

데메르지산을 배경으로 한 알루슈타

경을 보고 가슴에 미소가 떠오르지 않을 수 있겠는가. 한쪽에는 그림같
이 아름다운 너도밤나무의 군락, 작은 숲과 빽빽한 숲이 있고, 다른 한
방향으로는 시원한 들판의 정경이 펼쳐지는데, 어찌 미소 짓지 않을 수
있겠는가. 무성한 풀과 같이 빽빽이 자란 숲으로 덮인 커다란 산들이 물
결이나 천막, 피라미드처럼 화려한 평야 기슭 옆에 촘촘하게 서 있다.

　그 뒤로는 아주 높고 꼭대기가 벌거벗은 다른 산들이 솟아오른다. 이
산맥들이 바다에 가까워질수록 높은 산에서 사람이 알아차리지 못하는
먼 거리를 나타내는 옅은 푸른 안개가 더 짙은 그림자를 던진다. 시나브
다그산(Синаб-даг) 의 짙은 녹색의 각뿔 아랫부분은 물위에 섬이 떠 있듯
이 안개 위에 떠 있다. 파라틀라산은 이제 투명하고 무더운 안개로 가려
진 윤기 없는 녹색의 비유크우라가산(Биюк-Урага) 과 현저히 구분된다.

　바다를 배경으로 작고 먼 카스텔산이 저 아래 깊이 보인다. 하늘과
마찬가지로 오직 바다만 한 가지 모습으로 보인다. 화려하고 연한 푸

338

른색 바다는 높은 수평을 만들며 푸른 하늘까지 올라간다. 나는 이제까지 한 번도 그렇게 많은 양의 바다와 그렇게 넓은 바다의 둘레를 본 적이 없었다. 알루슈타 언덕이 이 화려한 푸른 공간에 곶으로 튀어나와 있고, 알루슈타의 하얀 타타르 집들이 녹색 정원 가운데 선명하게 드러난다. 말이 평평한 초원을 빠른 속도로 달리고 있었지만, 나는 발밑에 펼쳐진 넓고 다른 것과 비교할 수 없는 산, 숲, 그리고 바다의 전망에서 눈을 뗄 수 없었다.

그사이 오른쪽에 아름답고 향기로운 정원들이 나타났다. 숲은 둥그런 반도처럼 길 쪽으로 다가왔다가 우리가 올라갈 벌거벗은 절벽들의 기슭까지 물러서기를 반복했다. 정원 그리고 숲 가장자리 옆에 가끔 외떨어진 물소 무리와 마주치기도 했다. 쇠처럼 까맣고 쇠처럼 단단한 그들은 반 정도 마른 빗물 웅덩이의 진흙에 목을 길게 뻗고 누워서 우리를 놀란 눈으로 바라보았다. 다른 외진 곳에서는 소의 무리와 조우했다. 그들을 지키거나 돌보는 사람은 하나도 없었다. 그들을 지키는 것은 몸이 길고 나이가 들어 허리에 굽은 채 충혈된 사나운 눈을 가진 황소였다. 그는 자신의 후궁들과 떨어져 길에 더 가까이 서 있었는데, 우리가 다가가자 짧고 고집스런 이마를 땅 쪽으로 숙이고 성난 듯이 발굽으로 땅을 파기 시작했다. 늑대도 이 무리로부터는 먹을거리를 얻을 수 없을 것 같았다.

크림반도의 가축 주인들이 자신들의 가축 떼를 다루는 방법은 매우 흥미롭다. 우리가 크림 말이라고 하는 한없이 끈기 있고, 한없이 절제하는 가축의 종이 어떻게 형성되었는지 이해할 수 있다. 타타르인들은 아직 여러 면에서 원시적 자연 속에 살고 있다. 자기의 집을 자연적 특징을 잃지 않은 상태의 단지 깨끗하게 쓸어 놓은 움막으로 만들려고 하는 것과 마찬가지로, 자신의 가축을 마치 '어머니-자연'(мать-природа)처럼 엄격하고 순박하게 대한다.

여름에는 '어느 덤불에나 식탁과 거처가 마련되어 있지만',13 그러나 겨울에는 어떻게 하겠는가! 계절을 바꾸는 것은 그의 능력 밖이다. 말도 소도 양도 계절에 상관없이 밖에서 방목한다. 양을 목자와 같이 보내는데, 다행히도 목자 한 명에게 양을 천 마리나 맡길 수 있고, 소와 말은 그냥 마호메트 신의 보호하에 둔다.

여름이면 주인들이 가끔 네 달이나 말 떼를 보지 못할 때가 있다. 말들은 숲과 산골짜기를 돌아다니면서 먼저 풀, 그다음 나뭇잎을 먹고, 풀이 마를수록 더 높은 곳으로 올라간다. 때로는 말 떼가 주인을 찾아 산에서 내려가 너무 배가 고프니 신선한 건초를 먹여 달라고 주인집 마당에 잠시 나타났다가 다시 숲의 황야로 돌아가는 일도 있다. 소도 마찬가지로 독립적인 방랑생활을 한다. 다만 착유용 소들은 하루에 한 번 젖짜기를 할 때 돌아온다. 주인이 가축 떼 중 어떤 말이나 소가 필요할 때면 그것을 찾기 위해 고생을 해야 한다.

산에서 방목생활을 하다 보니 크림의 말과 젖소는 제대로 된 산악 거주자가 되었다. 크림의 소는 큰 어려움 없이 울타리를 뛰어넘고 염소처럼 바위가 많은 가파른 경사를 올라가는데, 말은 더 말할 필요도

13　〔역주〕 크릴로프(Крылов)의 유명한 우화(Стрекоза и муравей, 이솝의 〈개미와 배짱이〉의 러시아어 버전)를 인용한 것이다. 여름 내내 겨울을 대비하여 열심히 일하면서 집을 마련하던 부지런한 개미와 달리 경솔한 잠자리에게는 "어느 덤불 아래에 들어가도 식탁과 집이 마련되어 있었다."

없다. 이런 습성에 길들여진 가축들이 여름에 과감성과 배고픔의 분위기에 끌려 어디까지 갈지 예상하기 쉽지 않다.

그래서 숲이 있는 산에 접근하기가 가장 어려워 보이는 곳에 길이 나 있는 것을 볼 수 있다. 그 일부는 가축 자신들이 내기도 했지만, 큰 부분은 가축을 찾는 타타르인들이 낸 것이다. 자신의 가축 떼의 행방을 너무 오래 놓치지 않으려고 주인들은 때때로 답사를 나가는데, 그때도 유랑생활을 하는 가축들을 대충 감시하는 정도이다. 가축을 키우는 이런 가부장적이고 경제적인 방법은 타타르인들의 풍속에 가부장적 솔직함이 있기에 가능한 것이다. 나는 가축을 도둑맞았다는 불평을 들은 적이 거의 없는데, 길 잃은 말들이 가끔 아주 먼 곳에서 발견될 때가 있다.

경제학 이론에서 말하는 자유방임(laissez-faire)이 이보다 더 훌륭하게 적용된 예를 찾아보기 힘들 것이다. 아마도 크림반도의 가축들이 누리는 그런 시민적 권리들은 관료적 보호를 열렬히 옹호하는 사람들의 생각을 바꾸게 만들었을 것이다.

그러나 어느 자유든 마찬가지이지만, 크림의 말과 소가 누리는 자유의 상당한 부분에는 불행의 요소가 섞여 있다. 자연은 이 자유의 자식들을 귀여워하지 않는다. 산은 봄에만 쓸 만한 목초지를 제공한다. 여름 더위는 돌이 많은 땅의 풀들을 6월 초에 이미 태워 버린다. 남은 것은 건조하고 가시 많은 풀, 다종의 우엉들, 대극들, 가장 괴상한 미식가인 염소들만 좋아하는 여타 쓸데없는 식물들이다. 가축은 뜨겁고 날카로운 산의 바위를 타고 오르면서 엄청나게 가시 많은 갯대추나무, 산사나무, 들장미 등의 아래에서 타 버린 풀의 빈약한 잔해를 찾아서 뜯는다.

제일 큰 산 위, 시원한 공기층이 덮고 있는 평평한 평원에만 우리 눈에 띄지 않고 우리가 상상도 못하는 풍요로운 녹색 들판이 있다. 이러한 구름 저편에 있는 목초지를 타타르인들은 야일라(Яйла)라고 부른다. 야일라는 보통명사. 바부간야일라, 데메르지야일라, 카라비야일라가 있지만 '가장 주목받는 야일라'처럼 그냥 야일라도 있는데, 관광객과 지리학을 배웠던 사람들이 잘 알고 있는 얄타 뒤편 바이다르 대문에서 알루슈타까지 뻗어가는 야일라가 바로 그것이다. 모든 타타르 산속 마을, 알루슈타, 람바트, 코르베클르 마을은 반드시 어느 야일라이든 자신의 지분을 가지고 있다.

이 필수적인 초지가 없었다면 숲이나 물이 없는 것처럼 생활이 힘들었을 것이다. 양떼들은 숲의 초지와 골짜기의 풀을 다 뜯어먹고 나서 6월 말에 야일라로 올라가 목자들과 같이 가을까지 머무른다. 거기서 그들은 자연의 보살핌과 자유를 즐기는데, 겨울이 오면 추위와 눈 때문에 야일라뿐만 아니라 산 자체를 떠나고, 목자들은 초원으로, 특히 세바스토폴에 가까운 지역인 바다 근처와 남쪽으로 이동한다. 그곳의 겨울은 크림반도 내륙지역보다 추위가 덜 혹독하다. 그래도 눈이 내려 상당히 춥다. 물을 얻을 수 있는 곳도 얼마 남아 있지 않다.

그런데 이곳에서 가축들은 아무 울타리나 지붕의 흔적도 찾을 수 없고, 목자의 손에서 얻어먹을 건초 한 조각도 없는 상태가 된다. 하루 종일 눈을 맞거나 1년 내내 비를 맞으며 빈약한 풀잎을 뜯어먹어야 한다. 이런 상황에서 불쌍한 양들이 수백 마리씩 몸이 약해져 죽는다. 봄이 올 때면 가축 무리들은 정말 가련한 모습이 되는데도 타타르인들은 겨울 동안 쓸 건초와 축사를 마련하는 것이 매년 가축의 상당한 부분을 잃는 것보다 더 경제적이라는 생각을 아직까지 하지 못한다.

크림반도 산악지역 젖소의 우유가 질이 떨어지고, 양이 부족한 것도 다 이런 이유 때문이다. 울창한 숲속과 절벽을 돌아다니기 위해 필요한 근육 힘의 소모가 그곳에서 찾은 얼마 되지 않는 물과 먹이로 보상되지 않는다. 독일인 정착지 초원의 소들은 착유량이 기름진 우유 몇 동이나 되는 데 반해 남부해안의 소들에게는 탈지에 가까운 우유를 몇 컵 얻을 수 있을 뿐이다. 가축은 종류마다 자신만의 특징을 발달시키는데, 어떤 것은 착유성, 어떤 것은 육질, 어떤 것은 털, 어떤 것은 달리는 능력을 발달시킨다. 남부해안의 모든 가축들은 양부터 말까지 빠짐없이 핵심적 특징을 발달시켰는데 그것은 지구력이다. 이것은 가축 사육으로 큰 돈을 만들지 못하는 러시아와 타타르 농업에 아주 유용한 특징이다.

우리가 숨을 돌리려고 숲에 멈추었을 때, 타타르 안내원 혹은 수루지14가 아무렇지 않은 듯 나뭇가지를 베서 우리 말 각각에게 한 단씩 던져 주었다. 이것은 안내원들이 말들에게 큰 은혜를 베푸는 일이다. 말들은 보통 이런 것을 얻어먹지 못하고 그냥 주위를 둘러보고 고삐를 물기만 한다. 가끔 낮 12시부터 밤 12시까지 하루 종일 마실 물을 주지 않아도 말들은 잘 견딘다.

무거운 러시아 말은 크림 말이 아무렇지 않게 여기는 고생을 겪는다면 진작 쓰러지거나 다리를 다쳤을 것이다. 크림 말이 곡예사같이 정확하고 가볍게 밟는 그 무서운 낭떠러지에 러시아 말을 데려가면 떨어져 크게

---

14 〔역주〕 수루지 (суруджи) : 가이드를 뜻하는 이 타타르어 명칭이다. 스위스의 퓨레르(*Führer*, 영도자) 와 같다.

다칠 것이 분명하다. 아래를 보면 머리가 빙빙 돌고, 발아래에 돌들이 날고 내리막 경사가 50도나 되지만, 당신은 크림 말이 당신이 가고자 하는 곳 어디나 당신을 조심히 데려갈 것이라고 믿으며 안장에 편안히 앉아 있을 수 있다. 그리고 내가 가진 이 확신은 틀린 적이 한 번도 없었다.

부유한 타타르인들은 저마다 차이르(чаир), 즉 울타리로 둘러싸고 가축이 들어가지 못하는 숲속의 작은 들판을 가지고 있다. 차이르와 다른 곳에서 건초를 거두어 겨울용으로 비축해 둔다. 이 건초를 가축에게 먹이면 한 달도 먹일 수 없기 때문에 비상상황이나 보충 먹이로 쓰려고 건초를 모아 둔다. 러시아 들판의 부드러운 건초에 익숙한 우리는 똑같이 건초라고 불리는 가시와 잡초투성이인 풀더미를 보면 웃음이 나오지 않을 수 없다. 그것을 한 아름 들면 손이 찔리거나 찢어지기 십상이다. 그럼에도 불구하고 이곳의 가축들은 이런 건초들을 아주 즐겁게 열심히 먹는다. 이곳의 염소들이 1인치나 되는 단단하고 날카로운 가시들이 빽빽하게 달려 있는 우엉 송이를 상냥하고 맛있게 씹어 먹는 모습을 보고 나서야 이런 모습에 놀라지 않는다.

우리가 숨을 돌리려고 멈춘 곳은 당연히 개울 옆이었고, 다른 곳에서 쉬는 것은 상상조차 할 수 없다. 우리가 밥을 먹고 있을 때 우리 쪽으로 사람들과 개들이 뒤쫓는 작은 말 떼가 뛰어왔다. 그 광경은 한 타타르인이 하인들과 같이 오랫동안 자유롭게 살아서 야생말이 된 말들을 잡는 것이었다. 말들이 꼬리와 갈기를 날리면서 미친듯이 뛰면서 숲 전체에 들리는 자랑스러운 울음소리로 자유에 대한 사랑을 선언하고 있는 것을 보면, 말들은 주인의 권리와 굴레의 매력을 이해하고 싶지 않는 것 같았다. 타타르인이 아무리 꾀를 써도 번번이 실패했고, 동양식 베쉬메트로 감싼 비대하고 윤기 나는 그의 몸에서는 땀이 뻘뻘 났다. 나는 말과의 싸움에서 그가 이겼을 것이라고 확신하지만, 적어도 아무 대가도 치르지 않고 쉽게 이기지는 못했을 것이다.

우리는 아직 말에 고삐도 씌우지 못한 그를 두고 떠났다. 그 후에도 숲은 오래 계속 이어졌는데, 너도밤나무와 까치박달나무 숲의 아름다움은 절대 지겹지 않았다. 갈수록 초지의 풀이 더 밝고 생생해졌고, 이것은 우리가 상당히 높은 곳으로 올라왔다는 것을 말해 주고 있었다. 바다는 더 이상 보이지 않았지만, 나무줄기 사이에서 마치 바다와 같이 산의 푸르름이 보였다. 오른쪽 숲 위로 갑자기 하얗고 눈부시게 밝은 덩어리가 나타났는데, 그것은 우리가 아래에서 조심히 돌아갔던 차티르다그산의 절벽들이었다. 태양빛이 이제 옆에서 석회암 절벽에 완전히 수직으로 내리쬐고 있었다.

이곳에서 바라보니 그 절벽은 더욱 높고 더욱 그림 같아 보였다. 그것은 우리의 눈을 사로잡았고, 우리에게 가까이 다가온 채로 우리가 어느 정도의 거리를 가는 동안 계속 보이고, 그 위로는 부드러운 하늘이 푸른빛을 내고 창공에는 검독수리들이 날아다니고 있었다. 독수리들은 차티르다그산의 절벽에 위에 있어도 작아 보이지 않았다.

그런 다음 우리는 다시 숲속으로 빠져 들어갔다. 지리학과 지도에서 차티르다그산이라고 부르는 것은 심페로폴에서 알루슈타로 가는 길옆에 탁자같이 따로 서 있는 고지대인데 높이는 4, 500피트 정도이다. 이곳은 온통 무거운 쥐라기 석회암층으로 구성되어 있고, 각층 모서리들이 패선을 그은 듯이 규칙적 층을 이루며 표면으로 드러나서, 거의 수직으로 배열된 갈비뼈 모습을 하고 있다. 이 구조 때문에 고원은 아주 기묘하고 독특하게 보인다.

타타르인들은 석회암으로 만들어지고 풀로 덮인 평평한 고지대를 모두 야일라라고 부르는데, 비유크얀코이라는 인근 마을에 속해 있기 때문에 정확히 비유크얀코이야일라(Бюк Янкой-яйла)라고 부르는 것이다. 이 야일라의 동남 부분에 그 가장자리를 따라 동북쪽에서 서남쪽으로 뻗는 길쭉한 천막 모양의 산이 솟아 있는데, 이 산을 차티르다그산 또는 팔라트산이라고 부르고, 고대 그리스 사람들은 이 산을 트라페주스(Трапезус)라고 불렀다.

산의 높이는 비유크얀코이야일라로부터 따지면 700피트에 불과하지만, 받침돌 역할을 하는 야일라까지 포함하면 5, 170피트 정도 된다. 알루슈타를 출발해 길을 갈 때 보이는 산의 한 면은 바로 야일라 위에 서 있는 트라페주스봉인데, 이 산에서 가장 높고 위엄 있게 보이는 부분이다. 트라페주스봉은 아주 멀리서도 보인다. 알료슈키(Алёшки), 페레코프, 심지어 몰로츠나야(Молочная)까지, 즉 300베르스타의 거리에서도 보인다고 하고, 오데사(Одесса)에서 크림반도로 올 때도 트라페주스봉을 가장 먼저 보게 된다.

우리는 목동들의 처소에서 쉬고 새벽에 해돋이를 맞이하러 팔라트산으로 올라가기 위해 트라페주스봉의 기슭을 돌아가서 서남쪽에서 비유크얀코이야일라로 올라가야 했다. 이것은 차티르다그산을 찾는 순례자들의 변하지 않는 풍습이다. 우리 일행 전체는 아무 말 없이 승리한 용사들이 정복한 요새로 들어가는 것처럼 들어갔다. 단지 말의 편자들이 건조한 석회암과 닿아서 딸랑거리는 소리만 들렸다.

아래 있는 더운 초원에서 맞는 여름날 저녁도 좋지만, 영원한 시원함이 깃들어 있는 공기가 머무는 지역이자 남부해안의 모든 산과 크림 반도의 초원 전체를 차분하게 한눈에 조망할 수 있는 구름 아래 녹색 들판에 가 있으면 그것이 훨씬 더 좋고 감동적이다. 평평하게 끝없이 펼쳐진 초원이 여기서는 바다처럼 보인다. 진짜 바다는 지평선의 가장 끝자리에 겨우 빛나고 있고, 산도 마치 바다 같아 보이지만 돌이 된 거대한 파도들이 있는 바다이다. 이 파란 파도들은 거의 차티르다그산까지 솟아올라서 지평선의 남쪽을 다 채운다. 공기에 분홍색 저녁이 스며들었고, 얀코이야일라의 석회암 절벽들도 온통 분홍색이다.

맑음과 시원함이 우리를 둘러싼다. 아주 기분 좋은 심장이 즐겁고 평안하게 두근거리고, 우리 주위에 넓게 펼쳐진 환한 아름다운 전망이 나도 모르는 사이에 나의 모든 감각기관을 통해 놀란 정신 속으로 들어간다. 이 산은 경계가 보이지 않는 초원 지역이나 마찬가지였다. 먼 거리를 나타내는 안개가 그림자를 던지지 않았다면 초원은 산의 평지가 계속되는 것처럼 보였을 것이다.

발밑으로는 수백 베르스타가 있다. 넓게 개활한 황량한 산 위에 있으면 사람은 특이한 감정에 사로잡힌다. 하늘 가까이 올라가서 세상을 보는 관점은 평소에 보는 지구의 세속적 관점과 다른 것 같다. 아래 있는 세상은 가물가물 겨우 보이고 소리는 전혀 들리지 않는다. 세상의 아름다움과 위엄이 눈앞에 널리 펼쳐지지만, 세부의 소소함과 빈약함은 보이지 않는다. 도시, 들판, 숲, 길, 이 모든 것은 하나의 맑고 평화로운 풍경이 된다. 여기서 보면 죄가 많고 걱정이 가득 찬 이 지구가 평온한 행복을 누리고 있는 것 같다.

신을 추구하는 영혼이 산으로 가는 것이 이해가 된다. 여기서는 자기

관찰과 기도가 가능하다. 세상이 어떤 외부에 있는 것처럼 느껴진다. 신이 선택한 민족의 지도자가 시나이산의 황량한 위엄에 감동을 받은 후 다시 세상으로 내려와서, 세상에서 벌어지는 시시한 일들을 목격했을 때, 그의 영혼이 왜 분노에 가득 찼는지 이해된다. 15

---

15 십계명을 받으러 시나이산에 올라갔다 내려온 모세에 대한 이야기다.

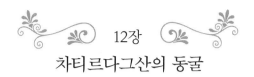

12장
차티르다그산의 동굴

빔바쉬코바 ─ 천 개 머리의 동굴 ─ 당황한 우리들 ─ 추운 동굴 혹은 술루코바

우리는 다소 숙연한 분위기 속에서 계속 말없이 가고 있었다. 저녁 무렵의 인상과 지금 지나가고 있는 산의 높이가 빚어내는 인상에 나도 모르게 마음이 지배당했다. 수루지가 동굴이 있는 곳으로 방향을 틀었지만 거기까지 가는 길은 가깝지 않았다.

이것은 도대체 무엇인가? 구멍인가? 산꼭대기에 갑자기 단단하고 넓은 튀어나온 바위가 보인다. 이 튀어나온 바위로부터 차티르다그산 (Чатыр-даг)의 북쪽 내리막이 시작된다.

말을 타고 가는 우리 일행은 조심스럽게 한 사람씩 아래로 내려갔다. 우리는 사방으로 눈을 돌리며 동굴이 어디 있는지 살펴보았다. 여러 곳에서 몇 개의 어둡고 그림 같은 구멍이 보인다. 수루지가 말에서 내려 걸어갔고, 우리는 그의 뒤를 따랐다. 우리와 같이 간 또 한 명의 사람은 가축을 돌보고 돌아오는 길에 우리 수루지를 만나 그가 안내자

바이다르 인근의 산악

로 데려온 타타르 목동이었다. 나는 우리 수루지가 한 번도 동굴에 가본 적이 없거나 동굴에 들어가기를 무서워한다는 생각이 들었다. 그는 시종일관 차티르다그산에 있는 동굴들을 자신의 포도원처럼 잘 안다고 큰소리치고 자랑했지만, 말들을 생면부지 목자에게 맡기는 것이 위험하다는 것을 빌미로 내세우며 말들 옆에 남았다.

목동은 우리를 절벽 쪽으로 데려갔다. 동굴은 없었고, 바위로 가려진 좁은 틈이 보였는데 이것이 유명한 빔바쉬코바(Бимбаш-коба), '천개 머리의 동굴'이라는 것이 믿어지지 않았다. 그런데 목동은 바로 틈이 벌어진 그곳을 향해 갔다. 그는 득의양양한 미소를 지으면서 손가락으로 그 틈을 가리키며 우리에게 '빔바쉬코바'라고 말해 주었다. 우리 일행은 불만으로 술렁였다. 여우의 굴 같은 그런 곳으로 들어가야 한다고 생각한 사람은 없었고, 아무도 그 동굴에 대단한 볼거리가 있다고 생각하지 않았기 때문이다. 게다가 이미 저녁이라 곧 어둠이 깔릴 시간이었다.

350

그러던 중에 수루지가 양초갑을 열고 양초에 불을 붙였다. 갈까 말까 주저하던 사람들이 그에게 미리 물어보았는데, 첫걸음부터 진흙탕을 기어가야 되고, 옷이 완전히 엉망이 될 것이 분명했다. 이 얘기를 듣고 주저하던 사람들은 바로 단념했다. 단 3명만이 호기심이 있었고, 그중 한 명이 나섰다. 다들 양초를 손에 들고 목동이 알라에게 기도하고 먼저 기어 들어가자, 우리도 허리를 완전히 구부리고 그를 따라 들어갔다. 가장 예리하면서도 아주 암울한 예언이 우리에게 맞아떨어졌다.

그러나 이것들은 곧 사그라졌다. 으슥하고 좁고 습기 찬 통로가 모든 소리를 흔적도 없이 삼켜 버렸다. 한 걸음 앞으로 나갈 때마다 동굴은 더 낮아지고 좁아졌는데, 앞에 가는 목동은 이미 배를 땅에 대고 기어가고 있었다. 세상에 이게 도대체 뭐란 말인가? 동굴이 아니라 물받이 파이프나 마찬가지였다. 내 동료 중 한 명이 거의 소리치듯이 화가 잔뜩 난 목소리로 너무 늦기 전에 이 뱀 구멍을 되돌아 나가자고 설득했다. 공기가 탁해서 그는 가슴이 답답하고 자신의 더러운 손바닥을 보면 구역질이 난다고 했다.

우리는 그가 가재처럼 기어나가는 것을 상관하지 않고, 이미 온통 진흙투성이가 되었으니 남은 사람들이 이 쓴잔을 끝까지 마시기로 마음먹었다. 우리는 다시 기어서 앞으로 나갔다. 이제는 손바닥으로 구린 냄새가 나는 갈색 진흙을 짚으면서 말 그대로 네발로 기어서 갔다. 양초를 똑바로 드는 것도 불가능해져서 양촛불이 거의 꺼질 지경이었다.

진흙에서는 쇄골, 척추뼈, 턱뼈, 머리뼈가 보여 불쾌했고, 가끔 우연히 사람의 뼈가 손에 닿으면 온몸에 전율이 일어났다. 이 동굴에서 역겨운 냄새가 나는 것도 그 때문이고, 진흙 자체가 잔해로 이뤄진 것 같았다. 이 진흙에는 뭔가 유기체 같은 있었는데, 썩은 유해인 것 같았다. 이것이 아니라면 이 석회암 틈에 어떻게 진흙이 들어갈 수 있었겠는가? 필경 우리는 시체들의 진흙 위를 기어가고 있는 것이다. 적어도 역겨운 지하의 틈을 어서 빨리 기어서 통과하려 했던 것을 분명히 기억한다.

얼마 지나서 네발로 기어가는 것도 불가능해지며 등이 석회암 천장을 긁었고, 우리는 하나님의 저주를 받아 배를 바닥에 대고 기어다니는 운명을 짊어진 뱀과 다를 바 없이 되었다. 사실 그때 내가 무슨 호기심 때문에 그런 고통을 견뎌냈는지 도저히 이해되지 않는다. 심지어 자신의 무분별한 결심이 약간 창피해지기까지 했다. 그런데 어쩌겠는가? 일단 기어가기 시작한 이상 중간에 멈춰 설 힘도 없었다.

인간에게는 관성력이 꽤 있는데, 능동적인 것과 수동적인 것이 있다. 인간이 하는 행동 중에는 던져진 돌의 움직임과 비슷한 것이 많고, 우리가 가끔 생각하는 것과 달리 인간의 의지가 사람을 움직이는 범위는 그다지 넓지 않다. 시작할 만한 마땅한 이유가 없어서 어떤 일을 시작할까 말까 망설였어도, 일단 일을 시작하면 그 일을 열심히 하는 경우가 많다. 단지 일을 마쳐야 한다는 목적 하나만을 위해 일을 끝까지 하게 된다. 일을 위한 일, 예술을 위한 예술이 그렇다. 계속 기어가면 곧 어딘가 도달할 것이라는 자연스러운 생각에 고무되어 내가 계속 기어간 것도 이와 비슷한 심리인 것 같다.

좁은 통로의 길이는 그렇게 길지 않아 몇 사젠에 불과했다. 굴은 약간 위로 올라가며 때로는 좌로, 때로는 우로 꺾였다. 그런데 갑자기 목동이 어딘가 빠져 버린 것 같았다. 나는 기는 것을 잠깐 멈추고 앞을 보았다. 우리는 목자가 이미 내려간 높고 어두운 동굴의 입구 앞에 있었다. 나에게 미리 빔바쉬코바의 모습을 설명해 준 사람이 없었기 때문에 내가 그곳에서 본 광경은 전혀 뜻밖의 것이었다. 전혀 예상치 못한 독특한 그 광경에 나는 크게 놀랐다. 나는 갑자기 엄숙하고 신비스런 인도의 불탑 안에 있는 것 같았다.

높은 동굴 천장은 어둠 속에 감추어져 있었고, 무늬가 현란하고 산호 다발을 꼬아 만든 듯한 기둥들이 동굴 벽과 구석에 위로 높이 솟아올랐고, 그 위에는 알 수 없는 손이 신기한 글자를 새겨 놓은 것 같았다. 동굴 천장에서는 돌과 크리스털로 만들어진 샹들리에들이 아래로 드리워져 있었고, 신비로운 기교로 만든 지하사원 한가운데 서 있는 멋지고 큰 촛대들도 크리스털처럼 반짝거렸다. 무거운 크리스털로 만들어진 커다란 오르간들과 성찬대들, 그리고 추한 석제 우상들이 서 있었다. 어떤 것은 짧고 흉하게 뚱뚱하고 가슴이 둥글었고, 어떤 것은 기둥처럼 높았다. 한 지하사원 뒤에 또 다른 사원이 나타나며 점점 높게 올라간다.

당신 손에 든 양초의 가물가물한 불이 비추면 그 묘지의 제단들은 더욱 신비로워 보이고, 동굴 안의 수많은 종유석들은 어떤 곳에서는 푸르스름한 인광을 내는 안개 속에서 실루엣이 비치고, 어떤 곳에서는 깊은 천장의 어두운 바탕에 화려한 불꽃을 번쩍인다. 길고 미묘한 형태의 그림자들은 우리가 손에 든 양촛불의 움직임에 따라 벽을 넓고 느리게 기거나 엉기면서 교차되고 합쳐지면서, 놀란 밤새의 날개처럼 빨리 달렸다. 열주, 제단, 우상, 향로들이 어둠 속에서 나타났다가 다른 열주, 샹들리에와 우상들을 위해 자리를 비켜 주고 다시 어둠 속으로 사라졌다.

돌로 된 좌석 가운데, 우상의 발치에 무시무시한 해골들이 덩어리를 이루어 쌓여 있었다. 순무처럼 누런색을 띠고, 눈 대신에 검은 구멍과 치열이 드러난 채 흙과 곰팡이를 덮어쓴 이 해골들은 화려한 종유석 묘지 안에서 썩어가고 있었다. 그것들은 소러시아 시장의 수박들처럼 헤아리거나 관리하는 사람도 없이 놓여 있다. 동굴의 제단마다 똑같은 덩어리의 해골들이 놓여 있다. 어두운 묘지를 사원같이 엄숙하게 만든 그 석회암 혹부리를 신기한 눈으로 바라보는 관광객의 발이 이 더미들을 무심코 밟는다. 사람의 갈비뼈, 다리뼈, 팔뼈, 석화처럼 열린 머리뼈들은 지하사원 바닥을 흉한 모양의 모자이크로 장식한다.

내가 이길 수 없는 어떤 마술이 내 마음을 지배했다. 주위의 모든 것들이 아주 이상하고 생경해서 사람을 정상적 궤도에서 벗어나게 한다. 자신이 알루슈타에서 오스만 안내자와 함께 차티르다그산에 온 것을 잊어버리고, 신비스런 어떤 꿈에 빠져서 자신도 모르게 엘레판티네 지하동굴에 들어와, 오직 죽음만을 제물로 요구하는 보흐바니[1] 여신의 사원에 들어와 있다고 착각하게 된다. 정말 이것은 꿈을 꾸는 듯한 느낌이 들었다. 이 모든 침묵하는 제단들 위에, 이 황량한 천장 아래 어떤 무서운 여신이 보이지 않게 존재하는 것처럼 느껴진다. 이 수백 개의 등불들과 천 개의 제물의 유해들은 누구를 위한 것인가?

---

1 〔역주〕 보흐바니 (Бохвани) : 브하바니 (Бхавани) 가 잘못 표기된 것으로 보인다. 브하바니는 인도 여신 파르바티 (Parvati) 의 이름 중 하나다.

우리는 흥분되고 당황스런 상상에 파묻힌 채, 서로 말 한마디도 주고받지 않으면서 자신의 신비주의적 관념이 어떤 것에도 주의가 흐트러지지 않도록 애쓰면서 한 지하동굴에서 다음 지하동굴로 이동했다. 모든 신비로운 구석을 다 들어가 볼 수는 없었다. 우리 양옆으로는 어디로 이어지는지 전혀 알 수 없는 어두운 구멍들이 자주 보였다. 아마도 그 안으로 들어가면 줄지어서 똑같은 사원들이 있을 것도 같았다. 만약 위험을 무릅쓰고 그것으로 들어가려 했다면 우리는 언제 되돌아나올지, 그리고 돌아오는 것 자체가 가능할지 알 길이 없었다.

모서리가 위로 솟은 모양의 뒤집힌 차티르다그산의 석회암층에는 끝없이 이어지는 지하 공동(空洞)들이 있을 것이다. 차티르다그산의 모든 면에 동굴들이 있는 것은 다 이유가 있다. 당연히 그것들은 바위덩어리 사이에서 꺾이는 구멍, 틈, 통로들을 통해서 서로 연결되어 있는데, 이 플루톤의 미로2를 감히 누가 용감히 탐험할 수 있겠는가?

종유석 예쁜 조각 몇 개를 꺾어 가지고 큰 모험을 하지 않고 접근할 수 있는 모든 것들을 구경하고 우리는 되돌아 나오려고 했다. 다시 지하동굴 사원들을 지나 우리가 들어온 구멍을 보았다. 목동이 먼저 그곳으로 들어가고 우리는 그의 뒤를 따랐다. 조금 기어갔는데, 이게 웬일인가? 터널이 둘로 갈라지고 여기저기 전에 들어올 때 보지 못한 특징들도 보였다.

"목동아, 네가 가는 길이 맞는 거니?"

---

2 〔역주〕플루톤(Pluton)의 미로: 그리스 신화의 지하왕국이다. 플루톤은 망자의 세계를 관장하는 신이고, 미로는 나가기 힘든 지하왕국 혹은 저승을 비유한다.

목동은 우리가 타타르어를 모르는 것처럼 러시아어를 한마디도 할 줄 모른다. 그래도 그는 우리가 무엇을 묻는지 이해하고 손짓으로 우리에게 어디로 기어가야 하는지 자기도 모른다고 설명했다.

　가슴이 철렁 내려앉는 것 같았다. 정말 정신이 아찔한 순간이었다. 길을 한 번 잃으면 다시 길을 찾는 것이 어려운데, 지하의 굴에서는 더 말할 나위 없다. 이 와중에 우리가 들고 있었던 양초들은 밀랍이 녹아서 많이 작아졌는데, 이것들은 우리가 네발로 기어가는 동안 거의 진흙에 놓인 상태였으니까 불이 쉽게 꺼질 수 있었다. 차티르다그 토박이인 목동까지 당황해서 멈춘 상황에서 우리가 할 수 있는 일은 없었다.

　우리는 서로 이야기를 나누며 주위를 잘 살펴보았는데, 분명한 것은 우리가 와 본 적이 없는 곳에 우리가 와 있다는 것이었다. 우리는 종유석 사원이 있는 첫 구획으로 기어서 돌아가기로 결정했다. 우리가 기어서 왔던 길을 다시 가자 목동도 따라왔다. 그는 우리가 던지는 질문에 머리를 절레절레 흔들며 크게 당황하여 마치 우리가 뭔가 알려주기를 기다리는 것 같았다.

　내가 나중에 들은 바와 같이 타타르인들이 빔바쉬코바를 그렇게 무서워하는 데는 다 그럴 만한 이유가 있었다. 우리가 데려온 오스만인 수루지가 증명한 것처럼, 점잖은 타타르인은 절대로 거기에 들어가지 않는 것이 당연했다. 무엇을 따지고 말고 할 여지가 없었다. 머뭇거리지 말고 서둘러야 했다.

　우리는 동굴 벽에 있는 여러 개의 어두운 구멍들을 아주 자세히 살펴보았다. 진흙을 양초 3개로 비추고 그것을 주의 깊게 살펴보았는데 드디어 한 구멍 안에서 조금 전 손, 발과 무릎이 찍힌 자국을 보았다.

여기가 진짜 밖으로 나가는 길이 틀림없었다. 우리는 마음의 큰 짐을 벗어던진 것처럼 홀가분해져서 우리가 발견한 터널 안으로 서둘러 기어 들어갔다. 이제는 타타르 목동이 아무 쓸모가 없다고 생각하고, 그가 우리를 앞에서 이끄는 것을 허락하지 않았다.

밖에 있던 사람들은 이미 우리를 걱정하기 시작했고, 수루지는 우리가 가져간 양초가 다 소진되었다고 생각하고 성냥과 양초를 가지고 동굴로 들어갈 준비까지 하고 있었다. 그들은 우리가 나오는 것을 보고 표정이 밝아졌는데, 곰팡내 나는 공기를 들이마신 우리는 얼굴이 창백해졌고, 몸은 온통 진흙투성이로 더럽혀졌다. 우리가 겪은 일을 다 듣고 나서 다른 일행은 우리가 바로 그날 저녁 구경하려 했던 동굴로 떠났는데, 그것은 빔바쉬코바에서 멀리 떨어져 있지 않았다.

그때 수루지가 우리에게 옛날이야기 하나를 해주었는데, 칸들의 시대에 빔바쉬코바에 타타르인들 천 명이 숨어들은 것을 터키인들인지, 코자크들인지가 알아내고 이들을 밖으로 나오게 하려고 동굴 입구에 불을 지폈는데, 연기 때문에 동굴에 숨어 있었던 사람들 모두 다 질식해 죽었고, 밖으로 나와 항복한 사람은 한 명도 없었다고 했다. 그때부터 이 동굴은 '천 개 머리의 동굴', 즉 빔바쉬코바라고 불렸다고 한다.

나중에 많은 사람들에게서 들었지만, 이 타타르 남자가 들려준 비극적 이야기가 어디까지 사실인지는 알 수 없었다. 그런데 솔직히 말해 완전히 균형 잡힌 해골 형태를 보면 이 해골 주인이 그리스 사람인 것 같다는 생각이 들었다. 우리는 망인 중에서 아이들이 있는지 알아내려고 일부러 작은 해골을 찾았지만 하나도 찾지 못했다. 남자들만, 특히 천 명이나 되는 큰 무리가 동굴에 숨어든 이유를 알아보려고 애써 보았지만 아무것도 알 수 없었다. 이러한 무의미하고 저항 없는 죽음은 타타르 유목인의 풍습과는 뭔가 맞지 않는 것 같다.

'술루코바'(Сулу-Коба)[3] 동굴은 '추운 동굴'이라는 뜻이다. 동굴로 들어가는 입구 자체가 아주 시적이다. 입구는 궁궐 대문처럼 넓지만 처음에는 절벽으로, 그다음에는 나무와 덤불로 완전히 가려져 있다. 도망자들에게 이보다 더 좋은 은신처가 없을 것이고, 도망자가 은신하지 않았다면 이곳은 가축 무리를 몰고 들어가기에 좋은 곳이다. 그곳으로 차티르다그산의 양 무리들이 다 들어간다고 해도 공간이 한참 남을 정도이다.

이 동굴의 입구는 빔바쉬코바와 정반대다. 여우굴 같은 좁은 통로가 아니라 아치로 꾸민 개선문 같은 입구를 지나 지하동굴로 들어갈 때 허리를 굽히고 기어 들어갈 필요가 없고, 바로 높고 광대한 궁전으로 들어가게 된다. 동굴 안은 완만한 경사로 아래로 뻗어 나가 산속 깊은 곳까지 내려간다. 동굴은 시작부터 끝까지 천장이 높아서 자유롭게 몸을 움직일 수 있었다. 당신은 마치 쪽마루 세공을 한 무도회장 바닥을 걷는 것처럼 자유롭게 빨리 걸을 수 있다. 그런데 이 마루는 당연히 빔바쉬코바의 바닥과 마찬가지로 습하다.

술루코바는 사원도 아니고 불탑도 아니다. 그곳에는 우상과 줄지어 선 기둥들도 없다. 이 동굴 안에는 사원의 신비로움은 없지만 호화롭고 마법에 걸린, 지하 신령의 궁전이다. 환히 불을 밝히려면 수백 개

---

3 수우크코바(Суук-Коба)를 잘못 표기한 것이다.

아이니콜 옆의 길

의 샹들리에가 필요한 드넓고 텅 빈 홀들을 재빨리 지나가다 보면 애처로울 정도로 빈약한 우리의 촛불은 말 그대로 빛을 잃고, 이렇게 멋진 동굴 안에 아무도 거주하지 않는다는 것이 잘 믿어지지 않는다.

도처에서 어떤 의도적 편리함의 흔적이 드러나 보인다. 여기서는 종유석과 석순들이 천 개 머리의 동굴의 거대한 스케일에는 미치지 못하지만, 지하동굴의 천장과 벽들을 덮고 있는 아주 정교한 조형물들을 볼 수 있다. 어떤 때는 당신 눈앞에 어둡고 마음이 끌리는 벽감이 나타나고, 어떤 때는 무늬가 새겨진 작은 기둥으로 이루어진 벽난로, 구석에 자리 잡은 여러 가지 교묘한 벽장들, 까치발, 천장과 벽판에 있는 아주 미세한 고부조가 나타난다. 아래로 내려가면 저부조, 그리고 시원하고 큰 굴실에서 옆으로 난 어두운 복도, 갤러리, 작은 굴들이 뻗어가고, 위에는 상층 갤러리의 검은 구멍이 보인다.

여기서 당신은 아직도 궁전의 현관에 서 있고, 내실의 미궁들은 당신의 오른쪽과 왼쪽으로, 위와 아래로 여러 갈래로 뻗어 있다는 것을 느낀다. 동굴의 기울어진 바닥을 따라 더 낮은 곳으로 내려가서 땅속 깊이 들어갈수록, 당신 발밑의 흙이 점점 습해지고, 가끔 물줄기들이 흘러내려서 작은 구덩이를 채우고, 종유석과 석순들이 많아지고 그것들의 모양이 더 기괴하고 특이해지는 것을 발견한다.

가끔 깨어진 석순의 텅 빈 아랫부분은 돌로 된 접시에 고인 물이 작은 욕조를 이룬다. 분수와 작은 욕조들이 동굴의 아래 천장에 많이 있는데, 종유석의 작은 고드름에서 차갑고 무거운 느린 물방울로 뚝뚝 떨어진다. 물방울이 떨어지는 소리가 빈 궁륭 아래로 둔하면서 큰 소리를 내며 울린다. 더 나가면 물로 가득 찬 대리석 욕조와 목욕탕과 작은 연못까지 볼 수 있다. 이곳에서 동굴 천장은 완전히 바닥까지 내려가는데 여기가 궁전의 끝부분이다. 그런데 밖으로 나가는 길이 여기에도 있다. 못 뒤에 있는 낮고 검은 지하동굴들은 알 수 없는 깊이까지 내려간다. 종유석들은 그것들을 아치로 나누고 격자처럼 서 있다.

그것들을 지나가면 다시 땅의 신령의 신비로운 나라로 떠나는 높고 광대한 굴실로 들어갈 수 있을지도 모른다. 이것들이 어디서 끝나는지 누가 알 수 있겠는가? 나는 광산에서 땅속 깊이 들어간 경험은 있지만, 이렇게 땅속에 숨겨진 황량한 천연 궁전을 방문한 것은 처음이었다. 나는 우리의 어두운 행성 지각의 뱃속에 이런 공간과 이토록 신비롭게 화려한 장엄한 모습이 숨겨져 있다는 것을 상상조차 해본 적이 없었다.

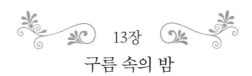

13장
구름 속의 밤

구름 저편 나라의 뇌우 — 목자들과 개 — 치즈 삶기 — 한밤중 공격 — 백파이프
— 알림 도적 이야기 — 양유 짜기 — 카르코바 — 트라페주스산에서 먹는 아침
— 귀환

너무 깜깜해 아무것도 보이지 않는다!

자신의 날개의 검은 주름으로 갑자기 천지를 둘러싼 그 무섭고 습한
어둠은 어디서 온 것일까? 그 날개가 떨리고 사락사락하자, 그 품에
안긴 채 갈 길이 지체된 나그네의 마음은 무서움으로 떨린다.

맑고 유쾌한 저녁 후에 이런 미친 듯한 밤이 내리깔렸다. 바람은 마
치 사슬에 묶여 있다가 풀려난 짐승처럼 우리가 건너가야 할 얀코이야
일라(Янкой-яйла)의 황량한 돌투성이 광야를 달리고 있다.

바람은 구름을 가축 떼처럼 몰고, 마치 나팔 부는 소리와 같은 획획
대는 소리를 내며 몹시 위협적인 고함을 질러대서, 정말 이 공중 나라
를 통치하는 주인인 사악한 괴물처럼 느껴진다. 먹구름이 아주 낮게,

아주 가까이 빨리 지나간다. 번개가 먹구름 위에 창백한 불길을 퍼붓고 화살로 찌르고 마치 커튼처럼 구름을 찢어 버린다. 번쩍하는 번개에 뒤이은 천둥으로 마치 지하에서 폭발이 일어난 것처럼 산이 떨린다. 이것도 아주 가까이에 있는 것이 틀림없다.

때로 우리는 뇌우가 치는 불구덩이로 들어갔고, 뇌우는 우리 주위와 우리 아래에서 미쳐 날뛰는 것 같았다. 우리를 귀먹게, 눈멀게 하며 머리 위에서 우르릉 쾅 울렸던 포성이 먼 굉음이 되어 고요해지기도 전에 벌써 또 다른 새로운 포대가 공기 말을 타고 달려 지나가면서, 또다시 우리에게 일제 사격으로 요란한 소리를 퍼부은 다음 다른 요새를 포격하러 빨리 달려가면, 또 교대한 새로운 포대가 나타나고, 이런 식으로 뇌우가 계속 이어진다. 이 모든 것들이 야일라 정상 뒤 바다에서 오는데, 악마들이 자유를 찾아 돌진해 오는 것처럼 보인다.

이런 뇌우를 만났을 때 평범한 장소, 평범한 도로에 있다 해도 아주 낭패다. 그러나 이보다 훨씬 더 좋지 못한 것은 해발 5,000피트 높이에서 계속해서 덤불이나 큰 바위와 부딪치며, 자신이 탄 말의 머리도 보지 못한 채, 길도 없이 협곡과 계곡이 이어지고 늑대만 살고 있는 고요한 황야에서 느릿느릿 앞으로 나아가는 것이다.

다행히도, 더 강조해 말하면 우리에게 제공된 구원의 손길처럼, 우리에게 동굴을 보여 주었던 목동 소년이 우리와 함께 있었다. 이제 우리는 그의 뒤를 따라가고 있었다. 그는 매년 차티르다그산 정상에서 석 달씩 다른 곳에 가지도 않고 생활해왔기 때문에 이 지역을 자기 집 안마당처럼 잘 알고 있었다.

그런데도 목동은 매분마다 길을 잃었다. 그는 목동들이 길을 가는 방식대로 과감하고 날렵한 빠른 걸음을 내딛었고, 물소가죽으로 만든 샌들을 신은 지구력 좋은 발로 날카로운 돌, 흙에서 삐죽 나오는 석회 암층의 모서리를 굳게 밟으면서 앞으로 나아갔다. 손에는 단단한 막대기를 들고 있었는데, 그것에 의지하면서 때로는 막대기로 길을 두드려 보며 갔다.

그는 아무도, 어떤 것도 무서워하지 않았다. 폭풍이든, 위험한 만남이든, 끊어진 길이든 무서울 것이 하나도 없었다. 바람이 닳아 버린 텁수룩한 모자를 계속 벗겨 버리면 목동은 어둠 속에서 네발로 기어가면서, 우리가 이해할 수 없는 어떤 맹렬한 소리를 크게 지르며 그것을 잡는다. 이 거칠고 사람이 내는 것 같지 않은 소리들이 이 산의 황야와 뇌우, 어둠과 서로 잘 어울리며 무서움을 더해 준다.

온종일 길을 달리고, 특히 산을 오르느라 많이 지친 우리의 말들은 미쳐 날뛰는 뇌우에 당황하면서도 커다란 돌을 넘어 발을 조심히 옮기면서 목자를 따라 천천히 앞으로 나아간다. 피로에 지친 말들은 하얀 콧김을 내고 기침을 하지만 돌에 걸려 발을 헛디디지는 않는다. 우리 러시아 말들이었다면 몇 걸음 못 가 다리가 부러져 넘어졌을 돌이랑을 우리는 말 그대로 말에 올라탄 채 잘 지나갔다. 이 암흑을 탈 없이 통과하려면 목동의 안내를 받으며 크림 말을 타고 가야 한다.

내 느낌으로 우리는 적어도 3시간 이상 길을 갔는데, 어둠과 불안때문에 실제 시간은 두 배 이상 되었을지도 모른다. 아무도 말을 하거나 불평을 쏟아내지 않았고, 넘어지거나 덤불에 부딪힐까 봐 노심초사하며 안장과 말에 온 주의를 집중했다. 다행히 비는 오직 않았지만, 언제라도 쏟아질 것 같았다. 목동은 우리를 트라페주스산(Трапезус)

기슭으로 인도하고 있었다.

그의 말에 따르면 그곳 숲속에 밤을 날 수 있는 토굴집이 하나 있고, 이 집은 안내하는 목동의 것이 아닌, 가축을 돌보는 다른 목자들의 야영지였다. 그는 우리가 곧 그곳에 다다를 것이라고 계속 약속했지만, 그 '곧'이란 것이 언제일지 궁금했다. 이 저주받은 황야에서 끝없이 방랑하는 운명을 짊어진, 죄 많은 우리 말고도 살아 있는 사람이 있다는 것이 믿어지지 않았다. 이런 곳에 은신처와 잠을 잘 수 있는 곳이 있다는 것은 더 믿어지지 않았다. 그러나 두려움과 추위도 식욕이 아무 소리도 내지 못하게 막지는 못했다.

문명의 응석받이이고, 금방 연약해지는 습관을 가진 우리들은 목자들이 살아가는 이 험한 환경 속에서 아주 불쌍해 보였다. 단지 저녁에 사모바르에 둘러앉아 매일 마시는 차를 마시지 않는 것만으로도 힘들어하고, 또 우리가 늘상 편하게 쉬는 부드러운 가구 대신에 12시간 동안 타타르식 말안장 위에서 흔들리며 길을 왔기 때문에 더 힘들어하고 있었다. 아마도 차가운 산바람을 마시며 숨을 쉬느라 몸을 웅크리고 왔기 때문에, 벽난로와 신문이 있고 램프가 켜져 있는 거실을 꿈꾼 사람은 우리 중 한두 명이 아니었을 것이다.

그 토굴집은 도대체 언제 나타날 것인가? 우리 수루지 오스만도 우리만큼 활기를 잃어버렸고, 가끔 찢어지는 바람에 터져 나오는 목동의 탄성을 통역해 주면서 풀이 죽어서 가고 있었다.

갑자기 아래쪽에서 개 짖는 소리가 들렸다. 앞에 가던 목동이 걸음을 멈추자 다른 말들도 모두 걸음을 멈추었다.

"늑대다!"

그가 타타르어로 외쳤다.

"개들이 늑대를 잡으려고 달려가고 있어요."

우리는 덤불, 돌덩어리를 헤치면서 움푹 파인 곳으로 내려가기 시작했다. 사람도 말도 다리를 잃지 않기 위해서는 내려서 걸어가야 했다.

개들이 일제히 사납게 짖는 소리가 한쪽에서 들렸다. 솔직히 말해, 나는 그 개 짖는 소리가 일제히 사납게 우리 쪽으로 달려오지 않을까 무서웠다. 나는 그런 순간에 걸어가 목동들의 개를 그대로 만나기에는 무서운 얘기를 너무 많이 들었다. 그런데 이 상황을 피할 방법은 없었다. 구덩이로 내려가는 길은 별로 깊지 않았지만 지나가기가 너무 힘들었다. 덤불과 돌들을 헤치며 간신히 지나갔다. 깜깜한 어둠 속에서, 열 걸음인지 3베르스타인지 눈으로 보면 알 수 없는 거리에서 빨간 불빛이 한 번 번뜩였다.

"자, 이제 다 왔어요."

기쁜 목소리로 수루지가 말했다.

"저게 목자들 숙소의 등불이에요."

그는 안내자와 타타르어로 잠시 뭔가 이야기했다.

"여러분, 그 자리에 서세요. 더 나아가면 개들에게 잡아먹혀요."

모두 걸음을 멈추었고 목동이 맨 앞에 나섰다. 나는 가슴이 두근거린 채 어떻게 될지 기다렸다. 갑자기 귀를 찢는 야생동물의 소리가 들려 모두 소스라치듯 놀랐다. 자정께 가끔 수리부엉이가 그런 소리를 내며 울기도 한다. 그것은 우리 목동 소년이 집주인인 목자들의 주의를 끌기 위해 낸 소리였다.

이 소리에 응답해서 순식간에 개들이 흥분해 짖는 소리가 들렸다.

거칠게 씩씩거리고 포효하는 개 짖는 소리가 어둠을 뚫고 다가왔는데, 어느 방향에서인지는 알 수 없었다. 단지 성난 야수들이 우리 쪽으로, 우리를 향해 달려오고 있다는 것만 느꼈다. 목동 소년의 외침은 점점 더 날카로워지고 맹렬해졌다. 나는 사람이 이런 소리로 외치는 것을 한 번도 들어 본 적이 없었다. 그런데 이것은 무의미한 소리가 아니라 사람이 사람을 부르는 단어로 구성된 소리였다.

오직 야생의 황야에서 짐승들과 생활해야 그런 야성적 언어를 배울 수 있다. 그리고 실제로 폭풍우 치는 이 밤에 바람이 울부짖는 소리, 천둥의 굉음과 개가 멍멍 짖는 소리를 뚫고 오직 그런 외침만 들릴 수 있을 것이고, 오직 그런 언어만 이해될 수 있을 것이다. 야수와 자연에게 지지 않으려면 그것들과 똑같이 생활해야 한다.

먼 곳에서 바람에 실려 온 목소리가 드디어 목동의 부름에 답했다. 그때 우리는 이미 개떼에 둘러싸여 있었다. 키가 크고 여윈, 털이 덥수룩한 하얀 개들이 맹렬하게 짖으면서 돌고 뛰며 땅을 물어뜯으면서, 우리가 말들과 같이 모여 촘촘하게 서 있던 돌둑을 넘어 우리에게 달려들려고 했다. 목동 소년은 막대기 중간 부분을 잡고 양쪽 끝을 휘두르며 개들을 물러가게 하려고 필사적으로 소리를 질러댔는데, 자신의 안전에 대해서는 아무 걱정도 하지 않는 것 같았다.

수루지도 개들의 공격에 아주 침착하게 대응했는데, 나는 아주 겁을 먹었고 크게 긴장했다는 것을 부끄러움을 무릅쓰고 고백한다. 목자의 개가 혼자서 늑대를 물어 죽이고, 가끔 늑대 대신 사람에게 이렇게 달려든다는 것을 잘 알고 있었다. 개에게 여러 군데를 심하게 물리는 것은 별로 유쾌하지 않은 일이지만, 귀를 찢는 듯한 이 야수들의 콘서트도 신경에 너무 거슬렸다.

　목자들이 곧 달려오며 멀리서부터 소리를 지르고 휘파람을 불어서 개들을 흩어지게 했지만, 그 후에도 오랫동안 불안한 마음은 가라앉지 않았다. 우리가 토굴집으로 향하자 무서운 개들이 으르렁대고 짖고, 적의를 가지고 맹수 같은 주둥이를 내밀며 우리 일행과 말들의 냄새를 맡으며 우리 옆을 따라왔다.

　개들은 마지못해 주인의 뜻에 복종했지만, 우리에게 달려들어 산토끼처럼 갈기갈기 찢어 버리라는 신호를 끝까지 기다렸던 것 같았다.

우리는 위쪽이 겨우 덮여 있고 옆은 반 정도 드러나 있는 낮은 토굴집에 앉고 누웠다. 목자들의 펠트, 죽인 양의 날가죽, 언치1와 안장 위에 피로에 지친 우리 여행자들이 쭉 뻗고 누웠다. 토굴집의 반대편 끝에는 밝은 불이 활활 타고 있었고, 거기서 피어오르는 불그스름한 연기가 폭우가 끝나서 맑게 갠 하늘이 보이는 가려지지 않은 벽의 위쪽으로 올라갔다.

　양유가 담긴 커다란 납작한 솥들이 화롯불 주위에 설치된 커다란 삼발이에 앉혀 있었다. 토굴집 주인인 어깨가 넓고 커다란 목자가 끝이 뾰족한 양가죽 모자를 쓴 채 불과 솥 옆에서 무언가를 휘젓고 따르고 올려놓으면서 부지런히 몸을 움직였다. 지금 양유 치즈를 삶고 있는 것이다. 요즘은 치즈를 만드는 계절이라 목자들은 치즈를 만들면서

1　〔역주〕언치(потник)：말이나 소의 안장이나 길마 밑에 깔아 그 등을 덮어 주는 방석이나 담요이다.

밤을 새운다.

말이 없고 눈썹이 하얀 노인 목자가 우리를 위해 유명한 타타르 샤슬릭2을 꼬치에 꿰어 굽고 있는데, 마치 우리가 여기 없는 것같이 우리에게 아무 눈길도 주지 않고 엄한 눈초리를 꼬치에 꿴 양고기 조각들에 집중했다. 위엄 있게 천천히 뜨거운 숯 위에서 샤슬릭을 돌리며, 즙이 많고 기름진 조각들을 노릇노릇하게 구웠는데, 다 구우면 또 점잖게 천천히 아무 말 없이 그것들을 컵에 넣어 주어서 우리는 이 향기로운 고기를 게걸스레 먹었다.

독자들 중에 내가 그 잊을 수 없는 밤에 먹었던 것보다 더 독특한 분위기에서, 그리고 더 맛있게 타타르 샤슬릭을 먹어 본 사람은 별로 없을 것이다. 허기와 추위에 시달린 후, 무엇과도 비교할 수 없는 훌륭한 뜨거운 고기를 먹는 맛을 뭐라 설명할 수 있겠는가! 이것에 양고기의 흔적은 전혀 없다. 적어도 러시아 사람들이 알고 있는 양고기는 없다. 샤슬릭에 있는 것은 양고기가 아니라 달콤한 사탕이다. 나는 혼자서 두 꼬치를 먹어 치웠다.

일행 중 여자들은 점토로 만든 종기를 찾아내어 우리가 샤슬릭을 먹어 치우는 동안 수완을 발휘해 그 종기에 차를 끓였다. 이 차는 칼미크 유르트(천막)에 맞을 법한 기름지고 짙은 진짜 칼미크 차 같았다. 나는 이것을 너무 맛있게 마셨는데, 잠시 동안 차를 마실 희망을 완전히 잃

---

2   〔역주〕샤슬릭(шашлык) : 꼬챙이에 구운 양고기, 소고기, 닭고기 요리다. 꼬챙이를 뜻하는 러시아어 '쉬시'(шиш)에서 '샤슬릭'이란 명칭이 생겨났다. 터키, 코카서스, 중앙아시아에 널리 퍼진 고기 조리법으로 지역마다 각각 다른 명칭으로 불린다.

어버린 후에 맛보는 차였기에 내 기쁨은 너무 컸다.

차를 마신 후에 연기와 양 냄새가 나는, 질이 떨어지는 양유에 기장 죽을 끓여 주었는데, 목자는 특별한 기적 없이도 5,000명을 배부르게 할 만큼 큰 솥에 죽을 끓였다.3 우리는 죽을 보자마자 열심히 먹기 시작했는데, 몸이 따뜻해지고 배가 불러지고 네 번째 숟가락을 떠먹은 때에야 그 죽이 역겨운 것을 알았다. 우리가 준비해온 양식은 양이 적고 내일 온종일 여행에 대비해야 하므로 꺼내지 않았다.

우리의 저녁식사 장면은 살바토르 로사4가 그림으로 그려서 남길 만 했다. 우리는 억지로 다리를 구부리고 우리 할머니들이 발받침대로 썼던 의자보다 두 배는 낮은, 우스운 모양의 동그란 탁자에 둘러앉았고, 우리 앞에 남자와 여자들, 교수와 여교수들이 모두 다 우스운 모양의 냄새나는 나무 숟가락으로 서로의 어깨를 넘어 번갈아서 맛없는 죽을 떠먹는 주철 솥이 놓여 있었다. 우리 주위 벽과 구석, 선반에는 목자들의 살림살이인 소박한 그릇들이 서 있거나 걸려 있었고, 신선한 카이마크5가 쌓여 있고 나무통에는 물과 섞인 유명한 '카트시'6가 담겨 있었다.

---

3   〔역주〕 오병이어의 기적: 예수가 떡 5개와 물고기 2마리로 5,000명을 먹인 사건으로, 《신약성서》의 〈마태복음〉 14장, 〈마가복음〉 6장, 〈누가복음〉 9장, 〈요한복음〉 6장에 나온다.

4   살바토르 로사(Salvator Rosa, 1615~1673): 이탈리아 화가, 판화가, 시인 겸 음악가이다. 목자, 병사, 도적들의 일상생활을 나타내는 생명력 넘치는 장면들을 그린 그림으로 유명하다.

5   〔역주〕 카이마크(каймак): 소나 양, 염소의 젖으로 만든 동물 지방, 유지이다.

6   〔역주〕 카트시(катыш): 소나 양, 염소의 젖을 발효시켜 만든 음료이다.

나는 이 모든 것들을 여행자의 피할 수 없는 의무로 생각하고 먹어 보았는데, 아주 맛이 없었다. 카이마크란 치즈를 만들 때 양유에서 걷어내는 기름진 겉더껑이인데, 따뜻한 상태에서는 먹을 만할지도 모르겠지만, 차가운 카이마크 한 조각을 먹는 것은 비계로 만든 초 한 조각을 물어뜯는 것 같았다. 그렇지만 타타르인들에게는 그보다 더한 진미가 없고, 이것보다 소중한 남을 대접하는 음식이 없다.

카트시는 이와 정반대다. 이것은 응결된 쉰 양유인데 크바르크7와 비슷하다. 이미 말한 대로 이것을 물에 타서 물처럼, 크바스8처럼, 차처럼 마신다. 그 맛은 약간 코를 쏘았고, 그 냄새는 너무 불쾌했지만, 목자는 생각이 부족했던 내가 마음속에 품었던 카트시에 대한 기대를 전혀 모르는 채 특별히 친절하고 정성스럽게 대접해서 나는 그것을 한 모금 마셔 보지 않을 수 없었다.

우리는 곧 누워서 잠을 청했다. 먹는 것도 급하게 먹었지만, 잠자는 것은 그보다 더 급하게 서둘렀다. 우리 일행의 절반은 밤의 추위와 개들의 위협에도 불구하고 밖에서 자야 했다. 가능한 대로 아무것으로나 몸을 감싸고 되는대로 무장한 우리 산악 유격군(아브레크)들은 목자의 보호를 받으며 각자 딱딱한 잠자리로 떠났는데, 그들이 지나갈 때 개들이 적의를 품고 으르렁거리는 소리를 우리는 들었다.

나는 죽은 듯이 바로 잠들 것으로 생각했지만 전혀 잠이 오지 않았다. 이 유목민의 토굴집에서 밤을 보낸다는 것이 너무 기분 좋았고,

---

7 〔역주〕 크바르크(Домашній сир) : 우크라이나의 발효 유제품이다.
8 〔역주〕 크바스(квас) : 호밀이나 엿기름으로 만든 러시아의 맥주이다.

아주 맑은 정신으로 이런 관조를 즐겼다. 어린 시절 나를 위로해 주고 매혹했던 월터 스콧 작품에 묘사된 고지대인들의 아름다운 생활이 그대로 살아 내 주위에 있었다.

우리 일행은 자연스러움이 주는 멋진 자세를 취한 채 오막살이의 어둠에 묻혀 가죽과 펠트 위에서 잠을 잤다. 자신만의 독특한 아름다움과 힘이 가득한 목자들의 실루엣이 불 옆에서 움직이지 않고 앉아 있었다. 벨트에 칼을 차고, 양가죽 겉옷을 넓은 띠로 연결해 어깨에 걸치고 있는 목자들은 파란 주머니에 들어 있는 마호메트의 기도문을 읽을 줄 아는 사람은 한 명도 없지만, 이 기도문 없이는 초지로 감히 나갈 생각을 하지 않는다.

물소가죽으로 만든 샌들을 신고, 끝이 뾰족한 양가죽 모자를 깊이 눌러 쓰고 검게 그을린 피부와 무쇠로 만든 듯한 근육을 가지고, 감기도 두려움도 모르고, 산속에서의 고립된 생활 때문에 사교성을 잃어버린 이 몸집이 큰 목자들이 앉아서 자신들에게 낯선 옷차림과 이상한 이야기가 오고가는 것을 신기해한다.

여기에는 어른들만 있는 것이 아니라 그들과 똑같이 말없고 진지한, 똑같은 옷을 입은 어린 목동들도 같이 앉아 있다. 그들은 특히 신기한 표정으로 우리를 뒤돌아보며, 생각에 잠긴 듯 검은 눈을 크게 뜬 채 이야기하는 사람을 집중해서 주시하며 우리가 이야기하는 것을 지켜보았다. 감금된 늑대 새끼들과 검독수리 새끼들은 이런 눈으로 사람을 본다.

이 진지한 작은 얼굴들은 어린애의 얼굴처럼 보이지 않았다. 그들에게는 엄마의 사랑을 받고 가정의 기쁨을 누렸던 시간이 길지 않았던 것 같았다. 이들을 양육한 것은 어느 학교에도 뒤지지 않는 추위와 위험, 엄격한 기강이 있는 노동이다. 이 학교를 졸업한 아이들 중에는 수다쟁이도 게으름뱅이도 농땡이꾼도 없을 것이다. 이 학교에서 배출하는 것은 오직 지구력 있는 근면한 노동자들뿐이다. 그 진지한 눈은 아마 아버지를 공경하고 하나님을 믿을 것이다.

목자들은 움직이지도 않고 말 한마디도 주고받지 않은 채 앉아 있다. 황야는 수다를 떨 분위기를 만들어 주지 않았다. 목동들은 폭풍우가 치는 밤에 순번에 따라 보초를 서며 추위에 떨었기 때문에 지금은 몸을 따뜻하게 하려고 모닥불 옆에 모여 앉았다.

지금은 목자들 대신에 가축 떼를 빙 둘러서 점점이 앉은 충직한 개들이 보초를 선다. 이 보초들은 잠들지 않고 가축을 내주지도 않을 것이다. 모닥불 연기가 가라앉고, 짚을 엮어 만든 벽에 난 구멍에서 연기가 사라지면, 이제는 먹구름도 번개도 없는 푸른 하늘이 조용히 별들을 깜박거리면서 환히 밝혀진 토굴집을 그 구멍으로 들여다본다.

나뭇가지와 흙으로 만든 우리가 머문 자그마한 오막살이를 거대한 양떼가 에워쌌다. 양들이 재채기와 기침을 하고 불안하게 우는 소리와 수천 개의 양의 발이 뭉그적대며 바삭거리는 소리가 밤새 들렸다. 가끔 양 한 마리가 뭔가에 겁을 먹고 벌떡 일어서면 온 무리가 따라서 갑자기 일어서서 몸을 흔들며 발을 구르기 시작해 몇 분 동안 무의미한 혼잡의 소리가 들린다.

가끔 늑대의 냄새를 맡은 경비견이 소리를 내면 개들이 불안하게 짖는 소리가 속사포처럼 줄을 지어 연이어 울려 퍼진다.

가축 떼의 가장자리 한곳에서 개들에게 달려들라고 지시하기 위해 휘파람을 부는 목자의 쉰 목소리가 추운 밤을 뚫고 들리면, 개들이 미친듯이 짖으며 한쪽으로 달려간다.

개들이 짖는 소리는 점점 희미해진다.

몸을 따뜻하게 녹이고 있었던 목자들이 일어나서 허리를 깊이 숙이고 문간을 지나 자기 양떼가 있는 곳으로 떠난다. 나이가 제일 많은 목자만 혼자 남아 솥과 치즈를 가지고 부산을 피운다. 오직 그만 이것을 삶는 비결을 알고 있어서, 계속 솥에 작은 조각들을 넣고, 숯을 보태고 다 탄 숯을 긁어 치운다. 그러다가 그도 잠잠해지기 시작한다. 그는 양가죽 모자를 벗고 이제는 박박 밀어 정수리 끝에 몇 가닥 묶은 머리카락만 남아 있는 그의 머리를 불에 환하게 드러내 보인 채 앉아 있다.

우리가 서로를 쳐다보며 호기심을 가지고 내가 그를 바라보는 것을 그도 알고 있는 것 같았다. 그러는 사이 모닥불이 점점 더 사그라들고, 검은 그림자들이 구석에 모여들었다. 내 일행은 모두 낮게 코를 골며 자고 있고, 토굴집에서 잠들지 않은 사람은 단 두 사람, 나와 늙은 목자뿐이다.

갑자기 부드럽고 심금을 울리는 소리가 들렸는데, 가창력 좋은 여자가 노래를 하는 것 같은 소리였다. 넘쳐흐르듯 흐느끼며 우는 소리가 어떤 깊은 애처로움을 담고 흔들리는 진동음을 내며 반쯤 환해진 토굴집 밖의 파란 어둠 속으로 퍼져 차가운 공기 속으로 꺼지며 이 뜻밖의 노랫소리가 울려 퍼졌다. 이것은 늙은 목자가 부는 백파이프 소리였다. 나는 난생처음 이 소리를 들었다.

뛰어난 음악가가 연주하는 소리에 나는 감동을 받았다. 시적 기분을 품은 마음과 그 기분을 표현하는 악기 사이의 이러한 긴밀한 관계는 다른 악기에서는 찾아보기 힘들 것이다. 뿐만 아니라 나는 지금 아주 잘 연주된 타타르 노래를 처음 듣는 것이다. 그 노래에는 많은 매력이 있었다. 그 매력은 뭔가 아이같이 순진한 것인데, 아이같이 장난스럽고, 아이 같은 울음소리를 낸다. 짧고 부드럽게 서로 바뀌는 진음, 끊임없이 떨리며 높아지기와 낮아지기를 반복하는 목소리가 이 노래가 가진 풍요로움의 진수이다.

피리들은 플루트 같은 소리를 내지만, 더 풍부하고 깊은 소리를 내고, 바람통이 포효하면서 변조되는 테마 소리의 윤기를 더해 준다. 여기서 피리가 솔리스트이고, 바람통은 조용히 노래하는 합창이다. 이 연주는 사실 아주 특이하고 굉장히 유쾌하다. 목자는 나를 위해 연주했고, 내가 고맙다고 하자 그는 또 즐거운 타타르 노래 하나를 연주해 주었다. 이번 곡은 아이의 순진한 장난처럼 경쾌하고 귀여웠다. 말없고 냉담한 타타르 사람이 그런 생동적이고 부드러운 선율을 만들어낸 것은 경이로웠다.

그러나 노래의 매력, 연주자의 솜씨, 연주의 특이성으로 내가 목자의 노래를 들었을 때 느꼈던 완전한 달콤함을 설명할 수 없었다. 내가 그것을 즐긴 그 순간이 가장 중요했다. 산속에서 무시무시한 뇌우를 겪고, 한밤중에 벽지(僻地)를 여행한 후에, 이 구름 저편의 황야에서, 잠자고 있는 양떼 가운데서, 양떼를 계속 공격하는 늑대 떼 가운데서, 모닥불로 불이 밝힌 토굴집에서 스코틀랜드 고지대의 악기로 연주하는 부드럽고 슬프게 우는 노래, 짐승의 가죽을 두른 반(半) 목자이자 반(半) 도적이 부르는 노래를 듣는 것은 우리 문명생활 속에서 쉽게 경험할 수 있는 일은 아니다.

374

우리가 아직 잘 알지 못했던 것을 새로 발견할 때 가장 큰 기쁨을 얻는 것은 놀라운 일이 아니다. 우리가 아직 알지 못하는 일은 너무 드물어서 마치 보물과도 같다. 우리를 극지의 바다로, 나일강 수원지로, 화산의 화구 안으로 가게 만드는 것은 바로 그것일지도 모른다.

나를 사로잡았던 소리가 완전히 조용해지기도 전에 깊은 고요 속에서 갑자기 개들이 미친듯이 달렸다. 목자들이 무언가에 크게 놀라 날카로운 소리를 지르며 여러 곳에서 크게 소란을 피우는 소리가 들렸다. 내 가수는 자리에서 벌떡 일어나 구석에 서 있던 자신의 총을 집어 들고 맹수처럼 허리를 굽혀 큰 걸음으로 토굴집 밖으로 달려나갔다. 나는 무슨 일이 일어날지 기다렸다.

건조하고 짧은 발포 소리가 들렸는데, 총소리는 곧 바위와 계곡에 굉음을 울리며, 멀수록 희미하게 울려 퍼졌고 소리 자체가 마치 차티르다그산에서 지하 심연으로 굴러 내리는 것 같았다. 개들도 짖어대며 달렸고, 소리가 멀어졌다.

약 15분 뒤 우리의 목자는 이전과 같이 차분하고 음침한 표정으로 돌아와 총을 다시 장전한 후 구석에 세워 놓고 다시 솥 옆에 앉았다.

"누군가 다가왔어요."

그는 나에게 설명했다.

"늑대인가요?"

"아니요, 사람이 다가왔어요."

나는 이곳에 목자 말고 다른 사람이 누가 있을까 해서 놀랐다. 목자들과 개들이 지키는 것을 알면서도 양 한 마리를 훔치러 깊은 밤에 차티르다그산까지 올라오는 것은 별로 수지맞는 행동이 아닌 것 같았다.

목자는 러시아말을 조금 할 줄 알았기 때문에 우리는 그와 이야기하기 시작했다.

그는 나에게 양떼 목자들이 자신의 개의 성질과 모든 유목 습성을 잘 알고 있어서 남의 떼에 속한 양들을 자주 훔친다고 이야기해 주었다. 그 녀석들 중 상당수가 개들에게 낯익어서 도둑질하는 것이 어렵지 않다고 했다. 양을 도둑질하는 이유는 꽤 간단했다. 목자들은 주인에게 고용될 때 품삯을 돈이 아니라 양으로 받는데, 음식, 옷 등 모든 필요한 물품을 받고 약속에 따라 양 20마리나 16마리 정도를 받는다.

이것은 야곱과 모세의 양치기질을 연상시키는 아주 성경적인 방법이다. 목자가 양떼를 지키는 동안 자신의 양들도 양떼와 함께 남아 있게 된다. 내가 모닥불 옆에서 보았던 젊은 목자들 중에 이미 40, 50마리의 양을 가진 목동도 있었다. 늙은 목자들은 수백 마리의 양을 가진 경우도 있었다. 그래서 목자가 주인의 양떼를 잘 지키면, 자기가 소유한 양도 지키게 되고, 그는 그냥 고용자가 아니고 주주 출자자처럼 주인과 이익을 같이 나누는 입장이 된다. 양떼를 잘 관리할수록 양떼는 더 잘 번식하고, 죽는 양들도 줄어들게 된다. 목자는 사적 이익을 위해서라도 주인 재산을 열심히 돌보게 된다. 늑대, 기근, 질병은 주인의 양떼와 목자의 양떼를 구별하지 않는다.

이런 식으로 목자들은 자기 양떼와 친족이 되고, 단순한 양치기가 아니라 양들의 아버지가 된다. 물론 거칠고 잔인한 아버지, 야만적 아버지이다. 목자들은 암양, 숫양 하나하나의 얼굴을 알아본다. 그런데 우리 눈에 양떼는 바다의 물결처럼, 호밀밭처럼 천편일률적이고 개성이 없어 보인다. 목자들은 보통 양의 숫자를 일일이 세지는 않지만 아

376

침저녁에 그것들을 죽 '훑어보다가' 1마리나 2마리, 아니 10마리가 없으면 바로 알아차린다.

목자는 양들의 수를 세는 것이 아니라 얼굴을 보고 알게 되는데, 이 것은 마치 경험 많은 선생님이 교실에 들어가면 출석을 부르지 않아도 너무나도 익숙한 얼굴이 보이지 않으면 페트로프나 이바노프가 결석한 것을 아는 것처럼, 목자도 자기가 맡은 양들 모두를 안다. 일정한 시기에 우두머리 목자가 양의 숫자를 점검하는데, 이것은 자기가 거느린 목자들의 관리 상태를 점검하기 위한 것이다. 이렇게 양떼는 연대가 대대로 나뉘는 것처럼 작은 떼로 나뉘고, 각 떼에는 그것과 함께 밤낮을 보내고 양 한 마리 한 마리를 전적으로 책임지는 보호자이자 아버지인 관리자가 있다.

정치·경제적 관점에서 보면 이런 제도는 아주 가부장적이기는 해도 아주 현대적이고 자유주의적이며 상당이 편리한 체제이다. 각 양떼 무리를 각자 원하는 장소에서 자기가 원하는 방식대로 방목하며 자기가 책임지고, 자기 뜻대로 독립적 생활을 한다. 목자에게 주어진 단하나의 의무는 양을 보호하고 번식시키는 것이고, 어떤 수단을 쓰는지는 전적으로 목자에게 달렸다. 목자가 각 단계별로 어떤 일을 해야 하는지는 정해져 있지 않고, 단지 일정한 때가 되면 그의 행동은 통제된다. 결과가 좋지 못하고 손해가 발생하면 목자는 해고당한다. 자신의 이익 때문에 목자는 부지런히 일하고 양심적이게 된다.

주인들 자신은 목자의 행동을 감시할 수 없다. 손익을 계산하고 목자들을 관리하려면 목자들 중 한 명의 달인을 찾아야 한다. 그래서 주인은 믿음직한 우두머리 목자를 찾는 데 모든 노력을 기울인다. 그는 주인의 전적인 신뢰를 받으며 자기가 거느릴 목자들을 찾고, 스스로는 주인에게 보고하지 않지만, 다른 목자들의 보고를 받으며, 일에 대한 보상으로 돈과 양식을 받고 우유와 치즈를 만든다.

그는 마음만 먹으면 얼마든지 주인을 속일 수 있다. 양이 늑대에게 잡혀먹었다거나, 벼랑에서 떨어졌다거나, 병으로 죽었다는 등등, 힘없는 양들에게 닥칠 수 있는 일은 아주 많다. 만약 그가 거짓말을 한다 해도 이를 증명할 수 없기 때문에 그의 말을 믿어야 하지만, 우두머리 목자를 속이는 것은 아주 어렵다. 그는 산에서 늑대가 양을 끌고 갈 만한 구멍을 다 알고 있어서 작은 뼈라도 남김없이 찾아낼 것이고, 일을 제대로 하지 않는 목자가 속이는 모든 일들을 다 안다.

목자들은 자기 나름대로의 명예의식을 가지고 있어서 여간해서는 이를 어기지 않는다. 도적들도, 상습적인 농땡이꾼도 자기들만의 원칙이 있는 법이다. 살인한 일이 한두 번이 아닌 죄수도 성금요일에는 육류와 유제품을 먹지 않고, 파렴치한인 뇌물을 받은 사람도 가끔 거지에게 동전을 적선하지 않고 지나가기는 불가능하다고 생각하는 경우가 있다. 목자들의 경우도 마찬가지다. 목자 대부분은 주인의 이익을 최대한 지키고, 그들에게 보호하라고 맡겨진 양을 잡거나 팔지 않는다. 자신의 양도 소중히 돌본다.

그래서 새 양은 근처의 양떼로부터 훔쳐올 수밖에 없는데, 자신의 교구가 아니므로 죄가 되지 않는다고 생각한다. 자신의 주인에게는 그렇게 철저히 윤리를 지키는 목자가 마호메트 기도문을 허리에 차고 늑대처럼 남의 양떼 사이로 들어가 도둑질을 한다. 도둑질만 하는 것이 아니고 양떼를 지키는 목자가 그를 발견해 공격하면, 서슴없이 칼을 꺼내 그를 죽인다. 이야기하던 사람은 전에 이런 일이 자주 일어났다고 나에게 말해 주었다.

타타르인들이 이주해 가기 전에는 양떼가 아주 많았고 차티르다그산에만 해도 35개의 양떼를 방목했는데, 각 떼는 몇천 마리씩이나 되었다. 그때는 싸움과 살인이 거의 매일 밤 일어났다고 한다. 목자들은 한번 산에 올라오면 야일라에서 몇 달을 보내기 때문에 목자의 친척들 중에 누군가 목자의 안위가 궁금해 산에 올라올 때까지 그 목자에게 무슨 일이 생겼는지 알아내는 것은 불가능했다.

"모르겠어요, 모르겠다고요. 그 친구는 우리와 같이 일했는데 스스로 일을 그만두고 돈을 받고 떠났어요!"

여기는 신분증도 계약서도 영수증도 없는 곳이다. 차티르다그산에 있는 모든 구덩이와 동굴을 뒤지는 것이 가능이나 하겠는가. 이 야만인 같아 보이는 목자가 다른 목자들에 대해 마치 도적이나 되는 것처럼 혐오감을 가지고 말하는 것을 보면, 과거가 참 좋은 시절이었고, 좋은 젊은이였겠구나 하는 생각이 들었다. 그런데 솔직히 말하면, 말을 하는 목자가 나에게는 진짜 도적처럼 보였고, 숲속의 외딴 길에서 그와 단 둘이 만났다면 그 해후가 다정하게 끝났을지 확신이 들지 않았다.

무지몽매는 어디서든 어떤 환경에서든 서로 닮았다. 나그네가 장막을 떠나면 사막에서 그를 공격하려고 말에 올라타는 베두인의 유명한 환영은 이 산의 야만적 생활에서도 그대로 반복될 수 있는데, 만약 모닥불 옆에 앉아 있는 사람이 목자가 아니라 진짜 도적이었다 해도 우리는 다리를 뻗고 잘 수 있었을 것이다.

사람을 따뜻이 영접하는 것은 무식한 이들에게도, 도적에게도 신성한 일이다. 빵 한 조각이 아주 필요하고, 그것에 끼니를 의존하는 사람에게서 빵을 강탈한 사람의 집에서 환대를 받고, 따뜻한 영접과 음식 대접을 받아 보지 않은 사람이 있겠는가.

우두머리 목자는 목자생활을 하면서 겪은 험한 이야기들을 나에게 해주었다. 어려서부터 그런 위험과 고난을 겪고 자라고, 인생의 절반을 늑대와 양들과 함께 구름 저편의 황야에서 보내는 사람은 원하건 원치 않건 야만인이 되고 건강한 몸을 갖게 된다. 목자들은 늘 늑대들의 공격을 받아서 우리가 까마귀 떼와 참새와 쥐에게 익숙해지는 것처럼 그들은 늑대들에게 익숙해진다.

낮에는 차티르다그산 숲에서 20마리나 되는 늑대가 몰려다니는 것을 볼 수 있다. 밤에는 늑대들이 길이나 오솔길을 떠나지 않아 깊은 숲속에서는 그 녀석들을 볼 수 없다. 목자는 여름이 시작되고 한 달이 되지 않아 5마리의 늑대를 죽였다고 나에게 이야기해 주었다. 늑대들은 결사적이며 꾀가 많은 도둑들인데, 황혼에 숙달된 눈에도 보이지 않는 흙 사이의 틈을 찾아내어 차티르다그산 바위 사이로 숨는 데 능숙하다.

가끔 늑대는 거기서 자기가 발견한 무리가 다가오기를 기다리면서 몇 시간 동안 누워 있기도 한다. 그는 표적물이 자기 머리 위에 설 때까지 가만히 있다가 아무 소리도 없이 자기가 노리는 양을 한 번에 잡아서 물어온다. 목자의 말에 따르면, 양은 늑대에게 물려도 절대 소리를 지르지 않기 때문에, 늑대는 양 한 마리를 죽인 후, 아무도 낌새를 차리지 못한 상태에서 조용히 다른 양을 잡아먹는다.

그런데 만약 늑대가 염소를 만나면 큰일이 난다. 늑대가 나타나기만 해도 염소는 아주 큰 소리를 지르고, 염소의 필사적인 울음소리는 어느 신호나 나팔보다 빨리 개와 목자들을 달려오게 만든다. 그래서 늑대들은 염소를 아주 싫어한다. 목자들은 잘 알고 있는 적에 대해 말하듯이 늑대의 모습을 설명할 수 있고, 늑대에게 이름도 붙여 준다.

목자들에게 늑대들은 구별되지 않는 무리가 아니라 각각의 개성 있는 존재들이다. 그냥 늑대에 대해 일반적으로 말하는 것이 아니라 어떤 특정한 늑대에 대해 말한다. 우두머리 목자는 '하얀 늑대'는 차티르다그산에 온 지 3년이 되었고, 작년에 꼬리가 전혀 없는 어떤 검은 늑대가 겨울을 보내려고 여기에 들어왔다고 얘기해 주었다.

늑대와 맞부딪치는 상황은 목자가 거의 신경을 쓰지 않는 일이다. 우두머리 목자의 말에 따르면 내가 모닥불 옆에서 본 늙은 목자는 개들이 도와주려고 달려오기까지 막대기만 가지고 늑대 16마리와 싸웠다고 한다.

우두머리 목자가 3살 되었을 때 잠자는 그를 늑대가 양인 줄 알아서 물고 갔는데, 아이의 울음소리와 요동에 놀라서 늑대는 그를 길에 버리고 갔다고 한다. 그는 석 달 동안 앓았는데, 지금 아무렇지도 않게 양떼와 같이 계속 밤을 보내는 것을 보면 어렸을 때 일을 완전히 잊어버린 것 같았다.

개들은 양떼와 사람에게 제일 중요한 구원자들이다. 우두머리 목자의 말에 따르면 목자의 개는 혼자서 늑대 목을 죄어 죽이는데, 개의 몸은 그렇게 크지 않지만 아주 사납게 보이고, 다리는 길며 건장하고 마른 몸에 털이 덥수룩하게 나고 턱이 아주 길며, 거의 모두 하얀색이고 눈에는 피가 고인 듯한 모습을 하고 있다. 목자는 개가 구덩이에서 늑대와 싸운 장면을 생생하게 이야기해 주었다. "개와 늑대는 마치 사람처럼 서로 껴안은 채, 사람처럼 뒷다리로 일어서서 오랫동안 싸웠고, 결국 개가 늑대를 물어뜯어 죽였어요!"라며 득의양양하게 말했다.

목자들의 개는 사납고 힘세며 아주 영리하다. 그들은 스스로 양떼 주위를 에워싸고 양이 늑대에게 다가가지 못하게 막고, 한 지점에 집합할 줄 알며, 주인의 목소리를 듣고 뉘앙스까지 알아차리고, 야생적 짐승이지만 품행이 방정한 학생들이 선생님의 말에 복종하는 것처럼 주인의 말을 잘 듣는다.

"그럼 외지인들은 어떻게 접근할 수 있지요? 개들이 물어뜯어 죽이면 어떻게 하나요?"

목자에게 물어봤다.

"어떻게요?"

그는 아주 차분히 대답했다.

"외지인이 오면 나무에 올라가 '목자 양반, 개를 좀 물러나게 하세요!'라고 소리를 질러요. 나도 개 짖는 소리를 들으면 늑대인지 사람인지 알 수 있는데, 목자가 명령하는 개들은 사람을 공격하지 않아요."

외지인이 겁에 질려 나무로 올라가서 필사적으로 외치는 것이 그에게는 아주 편리하고 자연스러운 방법이라고 생각하는 것 같았다.

"나무가 있다면 좋고, 나무에 잘 올라가면 좋은데, 만일 그렇지 않다면요?"

그는 나에게 개들에게 찢겨 죽은 병사와 농민들에 대해 수많은 이야기를 해주었다.

우리는 다음으로 알림 이야기를 했다. 알림카[9]는 15년 전쯤에 노략질을 했는데, 그의 이름은 스코틀랜드의 로빈 후드 이름처럼 크림반도에 널리 알려져 전해온다. 주민들, 특히 타타르인들은 그를 도적 기사로 생각한다. 타타르인들은 그를 도적이라기보다 영웅으로 생각한다. 그들은 노래에서도 그의 공적을 찬양한다.

크림반도의 모든 소년은 알림카의 이야기를 잘 알고 있고, 그의 영웅적 행위를 목격한 사람들이 아직 살아 있고, 그의 이름과 연관된 물건들도 그대로 있고, 시간이 얼마 지나지 않았는데 그에 대한 여러 영웅민담들이 지어졌다.

알림카는 장사(壯士)이자 도둑이었다. 그는 카라수바자르(Карасубазар) 평민 출신으로 추정되고, 카라수바자르에서 도적질을 했다. 카라수바자르의 제일 부유한 계급이던 카라임 공동체는 알림카의 공적이 부담스러워서 그를 도둑질한 죄로 군대에 사병으로 보냈다. 알림카는 바브루이스크 요새(Бобруйская крепость)로 보내졌는데, 거기서의 품행은 모범적이었다. 정해진 기간을 군에서 복무한 후 알림카는 다시 카라수바자르로 귀환 여부에 대한 문의를 보냈고, 이에 대해 호의적 결정이 내려졌지만 카라임인들이 모두 들고일어나 그의 귀환을 반대했다고 한다.

알림은 이 거부에 깊은 모욕을 느꼈다고 한다. '당신들이 정직한 나를 도둑처럼 두려워하니 나는 진짜 도둑이 될 것이다!'라고 알림은 자신에게 다짐했다. 알림은 복무하던 요새를 탈출한 후 여러 우여곡절

---

9   〔역주〕알림카(Алимка) : 알림(Алим)의 애칭이다.

끝에 자기 고향인 카라수바자르로 돌아왔다.

이때부터 알림의 일리아드가 시작되었다. 그는 더 이상 거리의 도둑, 술꾼이 아니라 강력한 초원의 도적이 되었다. 그는 총과 칼을 가지고, 동지나 일당도 없이 홀로 준마를 타고 초원을 돌아다녔다. 그는 누구와도 위험, 노획물, 장사의 영광을 나누지 않았다.

그가 나타나는 곳마다 그는 지배자가 되었고, 그가 나타나면 문이 열리고 주민들이 머리를 숙여 존경을 표했다. 주민들은 그에게 밥도 주고 마실 것도 주고, 옷도 주고 그를 추위로부터 보호해 주었다. 그는 타타르인들로부터 지배자처럼 보호를 받으면서 가장 좋은 방에서 숙박하고, 말들 중 제일 좋은 수말을 골라서 주인에게 물어보지도 않고 타고 갔다.

알림은 크림 초원의, 크림 도로의 왕이 되었다. 그와 싸워 이길 수 있다고 생각하는 것은 어리석은 일이었다. 그의 모자만 보여도 도망가야 했다. 힘세고 건강한 남자들이 가득 탄 몇 대의 마차들도 알림의 손짓 하나에 멈춰서 그가 요구하는 것들을 다 내주었다. 여관 주인들과 청소부들은 그가 벌건 대낮에 벌이는 강도짓을 존경과 침묵으로 바라보고 알림에게 대접할 음식을 미리 준비했다.

하지만 알림카는 애국적 도적이었고, 가난한 사람들에게는 자애로운 보호자였다. 그는 타타르인을 한 명도 다치지 않게 했고, 가난한 사람에게 돈과 옷을 주었다. 타타르인들은 그를 두려워하기도 하고 사랑하기도 했는데, 아마 그를 사랑한 사람이 그를 두려워한 사람보다 많았을 것이다.

타타르인인 알림카의 증오는 오직 카라임인에게만 표출되었고, 무산자인 알림카의 증오는 부자 상인을 향했다. 그는 카라수바자르에서 활개 치던 압제자들에게 잔인한 복수를 했다. 그러나 그는 이것만으로는 부족했다. 그는 혼자서 용맹성과 민첩성을 발휘해 모든 카라임 도시를 봉쇄하고, 카라임인들이 차지한 거리들이 옙파토리야, 바흐치사라이와 카라수바자르 밖으로 감히 나가지 못하게 막아서 이들의 교역은 거의 중단되었다.

매일 알림이 저지른 강도짓에 대한 새로운 소문이 퍼져 나갔다. 어떤 사람을 죽였고, 어떤 사람에게서 모든 상품을 빼앗았다는 소문이 나면서 크림반도 전체가 불안에 떨었다.

사람들은 알림이 한 사람이 아니라고 믿게 되었고, 그는 어디에나 나타나는 듯했다. 오늘 알림이 카라수바자르 쪽에 나타나 짐마차를 멈추게 했다는 소문이 퍼지면 옙파토리야 상인들은 그 기회를 이용해 서둘러 심페로폴로 출발했는데, 가다 보면 알림이 기다리고 있었다! 또 상품을 강탈당하고, 상인들이 크게 맞거나 때로는 죽임을 당하기도 했다.

어디에든 알림의 첩자들이 있었다. 누가 첩자 노릇을 했는지 일일이 헤아리기는 어렵지만 이들 모두는 타타르인임은 분명하다. 알림은 똑같은 옷을 절대 이틀간 계속 입지 않았고, 타타르인의 집에서 새 옷으로 갈아입었다. 그는 때로 소지주가 되었다가, 때로는 목자가 되었다가 군인이 되기도 했다. 그가 움직이고 나면 흔적을 찾을 수 없었는데, 아무도 그를 배신하지 않았다.

알림의 그런 무소부재(無所不在)와 전능한 능력은 주민들에게 큰 인상을 남겼다. 사람들은 알림이 마법을 부리고, 초자연적 능력을 발휘한다고 생각했다. 머리가 2개 있는 사람만이 그와 맞설 수 있었다. 카라수바자르의 가난한 평민인 알림 한 사람 때문에 관청도 군대도 쩔쩔매는 것을 사람들은 눈으로 직접 보았다. 알림을 체포하기 위한 특별 부대가 출동했다. 길마다 순찰대가 돌아다녔고 경찰, 헌병, 주민들까지 때때로 밤에 포위망을 펼치고 비상 출동을 하는 수고를 했다.

매수, 꾀, 강압 등 모든 방법을 동원하여 알림카를 잡으려고 노력하는 가운데, 정작 그는 이를 전혀 개의치 않고 모두가 알아보는 말을 타고, 자기가 다니던 길로 돌아다녔다. 대낮에 사람들이 있는데도 아무 거리낌 없이 여관에 밥을 먹으러 들렀고, 모든 소동이 마치 자기 말고 다른 사람을 잡기 위해 벌어지는 것처럼 경찰을 비웃으며 주도(州都)를 마음껏 활개 치며 다녔다.

그러던 어느 날 드디어 알림카가 체포되었다. 어느 날 그는 큰 도시에서 우체국 말 6마리가 매인 마차를 멈춰 세웠다. 전해오는 이야기에 의하면 마차 안에는 장군과 딸이 타고 있었고, 마부 자리에는 하인과 마부가 앉아 있었고, 다른 마부는 말을 타고 있었다. 알림카는 혼자서 말을 타고 다가왔다. 그는 마차에 탄 사람들에게 제자리에 서서 꼼짝하지 말라고 명령한 후 장군에게 돈지갑을 내놓으라고 했다. 장군은 욕을 하며 마부를 재촉하여 달아나려 했지만, 알림은 총을 꺼내들고 5분의 시간을 주었다. 마부들은 꼼짝 않고 서 있었고, 장군은 서둘러 자신의 돈지갑을 꺼냈다.

목표를 공격할 때 알림이 쓰는 방식은 언제나 같았다. 그는 조금 떨어져 서서, 자신이 멈춰 세운 마차에서 사람들이 내려 돈과 물건들을 모두 땅 위에 놓고 50걸음쯤 가서 있으라고 명령했다. 사람들이 명령에 따르면 그는 아무렇지도 않게 마차로 다가와서 자기가 필요한 물건을 취한 다음 조용히 다시 돌아갔다. 그는 완력이나 총을 쓰는 일이 드물었고, 단지 그의 이름, 그의 모습이면 충분했고, 그가 손에 든 총 앞에 아무리 용감한 사람도 꼼짝을 못했다.

강도를 당한 장군은 자신이 겪은 수치를 견딜 수 없었다. 그는 여행자였으므로 네 사람이 알림 한 사람에게 아무 저항도 못하게 한 알림의 명성이 지닌 힘을 이해하고 싶어하지 않았다. 그는 오데사로 가서 소동을 일으켰다. 스텝의 작은 왕의 손아귀에서 크림반도를 해방시키기 위한 비상 대책을 마련하라는 명령이 떨어졌다.

그는 알림의 힘의 근원이 타타르인들의 후원인 것을 알게 되었고, 만일 타타르인 모두가 그를 보호해 주지 않으면 그의 영웅적 행위가 오래가지 못한다는 것을 알아차렸다. 알림이 다른 곳보다 자주 은신했던 타타르 마을에 군인들을 주둔시키고 벌금을 부과했다. 다시 말하면, 타타르인들이 알림의 공훈에 공동 책임을 져야 한다는 것을 느끼게 만들 심산이었다. 주이(Зуя)라는 읍의 읍장으로 알림 못지않게 건강하고 대담한 러시아 사내는 누구보다 알림에 대해 강한 분노를 품고 있었다. 그는 알림을 잡기로 굳게 마음을 먹고 사냥개가 늑대를 쫓아다니는 것처럼 알림이 가는 곳마다 그를 쫓아다녔다.

드디어 어느 날 그는 술에 취한 알림카를 포위해 거의 잡을 뻔했다. 여러 사람이 달려들었지만 힘이 장사인 알림은 이들을 물리치고, 한 사람의 손을 자른 후 스텝으로 달아났는데, 숨을 곳을 찾지 못한 알림은 심페로폴로 숨어들기로 했다. 그는 밤에 도시로 출발했고, 머물 곳을 오래 찾지 않고 주지사 관사 정면에 있는 공원으로 들어갔다. 우리가 보헤미아 사람들의 음악을 자주 즐기는 그 정자에서 그는 숙취와 얼마 전 싸움의 피로를 풀려고 자리에 누웠고, 누구나 다 알아보는 자신의 수말을 바로 그 정자에다 매어 놓았다.

불행히도 명절 때라서 순찰을 돌던 경찰이 이 공원에 늦게까지 머무는 술주정뱅이들을 잡으러 왔다. 그는 알림의 수말과 잠든 알림을 발견하고 등불로 비추어 보았다. 그리고 잠든 사람이 알림이고 수말도 그의 말이라는 것을 발견한 타타르인 경찰은 너무 놀랐다.

타타르인 경찰과 그를 수행한 훈련병들은 도망가려다가 다시 정신을 차리고 알림이 깊이 잠든 것을 확인한 다음 그를 묶기 시작했다. 술에 취한 알림은 평소에 하던 식으로 힘을 쓸 수 없었다. 훈련병들이 그의 팔과 다리를 누르고 앉았고, 알림은 그들을 물리치려고 힘을 썼는데, 5~6명 되는 훈련병들은 그를 벤치 아래로 밀어낸 후 내리누른 상태에서 사람들을 더 불러 간신히 결박할 수 있었다.

감옥으로 끌려가던 알림은 "에이, 취하지만 않았더라면 …"이라고 말했다고 한다.

알림을 비밀스런 방에 가두고 엄중한 감시를 했지만, 그를 오래 잡아 두지는 못했다. 알림은 보초를 서던 병사를 회유하는 데 성공해서 보초는 총검으로 감옥 문을 열어 주었고, 둘은 같이 도망을 갔다. 문위에 다른 문을 겹쳐 세워서 감옥의 담을 타고 넘어갔는데, 이 문들은 미리 경첩을 뽑아 떼어낸 문이었다.

알림이 두 번째로 잡힌 것은 동료 타타르인 귀족이 배신해서 그를 넘겼기 때문이다. 아주 조심스럽게 포위망이 형성되었고, 각기 다른 옷을 입은 대대 전체가 여러 길을 통해 미리 알려 준 장소로 모여들었다. 알림은 목자들의 숙소에서 자고 있었는데, 배신한 타타르인이 군대를 이곳으로 안내해서 데려왔다.

병사들은 사방에서 일시에 공격해 들어왔고, 사람을 잘못 잡지 않으려고 모든 목자를 결박했는데, 그중에 알림도 있었다. 이번에는 지체하지 않고 알림을 탈영병처럼 병사들이 줄지어 선 두 줄 사이로 걸어가게 한 다음 채찍을 맞게 했다. 목격자들이 전한 바에 따르면 알림이 그런 형벌을 받는다는 소식을 접한 사람들은 남녀노소 가릴 것 없이 그리로 달려왔고, 아이들조차 집에 있지 않고 달려왔다고 한다.

병사들은 알림 때문에 돌아야 하는 끝없는 순찰과 야간 행군으로 인해 알림을 증오하고 있었다. 그들은 인정사정없이 격렬하게 죽도록 그를 때렸는데, 막대기들이 보이지 않을 정도로 빠르게 내리쳤고, 획획 하는 소리와 북치는 것 같은 가격 소리만 들렸다고 한다.

소나기같이 쏟아지는 채찍에 알림은 수도 없이 넘어졌지만, 정신을 잃지 않고 아무 소리도 내지 않게 걸어갔는데, 그의 등에는 피가 묻은 살조각들이 늘어져 있었다고 한다.

그는 대열 끝까지 가지 못하고 실신해서 쓰러졌는데, 그의 건강이 다소 회복되자 처음에 끝까지 이행하지 못한 형벌을 다시 반복했고, 그는 두 번째도 끝까지 견디지 못하고 쓰러졌고, 겨우 세 번째 형벌을 받은 다음에야 모든 고초가 끝났다고 한다.

후에 알림은 터키로 도망가 거기서 부를 누리며 평화롭게 살았다고 전해진다. 아마 이것은 자신들의 영웅에게 멋진 피날레를 만들어주는 타타르인들의 상상력이 만들어낸 이야기일 것이다. 내가 듣고 전한 이야기의 절반은 과장된 것이겠지만, 크림반도에서 가장 유명한 도적이었던 알림에 대한 기억이 그렇게 과장된 채로 살아 있고, 우리에게 이것은 역사적 사실보다 중요한 것이다.

해돋이를 맞이하려면 아침 일찍 일어나야 했다. 그러나 일찍 일어나지 않을 수가 없었다. 등 아래 있는 땅과 머리에 베고 잔 안장이 아침의 포근한 기분을 주지 않았고, 목자들은 해가 뜨기 오래전에 이미 일어나 있었다. 솥 아래 모닥불이 아직 타고 있었지만 토굴집 안에는 이미 목자가 한 명도 없었다. 일하는 아침의 소란과 움직임이 밖에서 들렸다.

나는 조심스럽게 개들을 살피면서 토굴집 밖으로 나갔다. 가만 보니 우리는 구름 속에서 잠을 잔 것이었다. 토굴집, 가축 떼, 주변 바위들 위에 짙은 하얀 구름이 앉아 있었다. 그것은 우리 위에 머물며 밤을 보냈다. 주위는 습하고 안개가 짙게 끼었고, 그 하얀 안개가 이제야 조금씩 흔들리며 흩어지기 시작했다.

짙은 공기 속에서 양들의 목소리가 들렸다. 밤중에 따로 분리된 어린 양떼들은 어미를 보지 못하고 배가 고파지면서 어미를 찾으며 가엾게 울고 있었는데, 그들이 초조하게 우는 소리는 뭔가 사람의 소리 같고, 어린아이의 울음 같은 느낌이 있었다. 귀와 꼬리를 삐죽 올린 채 불안하게 눈을 굴리면서 양 새끼들은 서로를 향해 뛰어서, 있지도 않은 어미젖을 찾아 서로를 발작적으로 끌어당겼고, 처음 만나는 사람이나 동물을 무조건 어미로 생각했다.

이 의미 없는 동요를 바라보자 문득 이상한 기분이 들었다. 암양 한 마리가 갑자기 다른 양을 뛰어넘으면 양들이 갑자기 놀란 듯이 옆으로 물러서기도 하고, 눈에 띄는 분명한 이유 없이 양떼 전체가 갑자기 하나의 본능적 전율에 휩싸인 듯 흔들리기 시작하여 파도처럼 밀려왔다가 파도처럼 밀려나가고, 학교에서 파한 어린 학생들처럼 움직이며 소란을 피우기 시작한다.

암염소와 숫염소들은 따로 돌산 꼭대기 위에서 방목한다. 그들은 아름답고 화려한 인상을 주는 자세를 취하기를 좋아하고, 양떼를 거만하게 대한다. 교만하고 자존심 있게, 예쁜 뿔을 뒤로 젖히고 수염과 털이 많은 가죽을 움직이면서, 마치 어지러운 군대 중에 있는 특수부대처럼 군대를 지휘하며 행군을 시작하기를 기다리고 있다.

목자들은 새끼들이 있는 암양 젖을 짜고 있었는데, 젖짜기는 새벽 전에 시작되고 3시간 정도 걸린다. 가지를 엮어 만든 특별한 울타리 안에, 맨땅 위에 목자들이 나란히 웅크려 앉아 있고, 우두머리 목자는 중앙에 서 있었다. 각자 앞에는 커다란 나무대야가 있었다. 아침의 쌀쌀한 날씨에도 불구하고 목자들은 모자와 점퍼 없이 소매를 걷은 셔츠만 입고 있었다. 머리카락은 싹 밀어내서 맨머리가 빛을 발하며 정수리에만 머리채가 남아 있고, 하얀 이빨이 드러나 보이는 검게 그을린 야성적 얼굴과 튼튼한 근육 때문에 목자들은 야만의 유목인이었던 페체네그인(печенеги)이나 킵차크인(команы)처럼 보였다. 일이 힘들어서 그들은 연신 땀을 흘렸다.

다른 목자들이 나뭇가지로 암양들을 울타리의 좁은 구멍으로 몰아넣으면 암양들이 젖짜기 하는 목자들 앞으로 오게 된다. 목자들은 겁먹은 암양들의 젖이 가득 찬 유방을 거칠게 붙잡고, 양의 뒷부분을 공중에 들어올린 채 양유를 재빨리 짜서 커다란 나무대야에 받았고, 암양들은 쥐어짜는 손의 힘에 고통스러워하며 몸부림치며 울었다.

한 마리 양유를 다 짜내면 똑같이 다른 암양의 젖을 거칠게 잡아 끌어당기고 서둘러서 두세 숟가락의 양유를 짜려고 양의 몸통 뒷부분을 위로 올리고 흔들어댔다. 이런 방식으로 양유를 짜내니 암양들에게서 많은 양유를 얻지 못하는 것은 놀라운 일이 아니다. 가끔 어미보다 키가 더 큰 양 새끼들은 몸을 떨면서 양유를 짜낸 암양에게 달려들어 아이 같이 울면서 이미 비어진 유방을 발작적으로 당기고 물면서 어미 양 아래로 몸을 던졌다.

일행들이 말에 안장을 얹는 동안 나는 목자를 따라나서서 그들이 어디서 물을 긷는지 보러 갔다. 나는 아주 이상하고도 특이하며 놀라울 정도로 아름다운 장면을 보았다. 토굴집에 가까이 있는 빽빽한 작은 숲에서 우리는 구멍처럼 파진 가늘고 깊은 틈을 따라 계곡 밑으로 내려갔다. 계곡 바닥에는 검은 구멍이 입을 벌리고 있었다. 그것은 카르코바(Кар-коба) 동굴, 즉 눈의 동굴이었다.

나는 늙고 절름발이인, 어깨에다가 이불인지 거친 천인지 모를 옷을 걸친 타타르인을 따라 그 안으로 기어 들어갔다. 우리는 사다리 대신 동굴 가장자리에 대어 놓은 옹이가 많은 통나무를 타고 내려갔는데 그것은 나뭇가지들을 쳐낸 나무만 했고, 그 아래는 전혀 어둡지 않았다. 위에서 그리고 여러 구멍을 통해 푸르스름한 빛이 흘러들어왔다. 내 앞에는 밝은 녹색의 이끼와 풀에 감긴 어두운 아치들이 있었는데, 그것은 마치 발레 무대장치에서 볼 수 있는 바다 여왕의 동굴과 비슷했다.

이끼는 화환처럼, 술 장식처럼 늘어져 있었고, 아치들은 또 다른 더 깊은 동굴들로 통했다. 마치 돌 사이에서 교묘하게 감추어 둔 창문들이 있는 것처럼 빛이 어디서 들어오는 것인지 분명히 알 수 있었다. 걸어가는 것이 불가능해서 기어가야 했는데, 이것도 위험했다. 내리막 길은 이미 얼음이 되거나, 이미 흩어져 널린 눈에 덮여 있어 썰매를 타야만 내려갈 수 있을 듯이 미끄러웠고, 습기와 한기가 강하게 느껴졌다. 나는 연신 미끄러져 넘어졌다.

양옆에는 무저갱의 심연으로 떨어지는 듯한 여러 개의 구멍이 큰 입을 벌리고 있었다. 나는 몸을 구부려서 여러 구멍에 돌을 던져 보았다. 지옥으로 날아 들어가는 듯한 돌들이 바닥에 떨어지는 소리는 내 귀에 들리지 않았고, 그 어두운 구멍에서 숨을 쉬면 눈 같은 추위가 느껴졌으며, 모든 구멍과 우묵 파인 곳에는 눈이 가득 쌓여 있었다.

우리가 깊이 내려갈수록 눈이 더 많이 쌓여 있었고, 더 단단하게 굳어 있었다. 절름발이 노인은 검은 구멍 중 하나로 기어 들어가서 엄청난 눈 덩어리를 등에 싣고 나왔는데, 노인은 이것을 이불로 감싸고 어렵게 미끄러운 내리막길을 거슬러 올라가 깊은 동굴에서 밖으로 나갔고, 나는 간신히 그를 따라갈 수 있었다.

카르코바 동굴은 목자들이 물을 얻을 수 있는 유일한 장소인데, 동굴 안에 있는 눈은 가장 더운 한여름에도 녹지 않았다. 이 눈은 대기의 더위나 추위와 아무 관계도 없는 것 같았다. 초여름에는 눈을 동굴 맨 위쪽에서 얻을 수 있지만, 한여름이 될수록 더 깊이 내려가야 눈을 만나고, 그것을 가지고 나오는 것은 더 힘들어진다.

목자는 이 동굴의 구멍들이 차티르다그산 위아래 사방으로 통하고, 가끔 목자들이 훨씬 더 낮은 곳으로 내려가 보았지만 동굴 바닥에는 결코 이르지 못했다고 나에게 말해 주었다. 틀림없이 만년설로 가득한 그런 수많은 구멍들이 여과기 같은 차티르다그산의 다공질 석회암

층을 통해 산에서 흐르는 수많은 산악 개울에 물을 공급하고 있었다.

이 동굴에 오래 머무를 수는 없었고, 고무신과 따뜻한 옷이 없으면 감기에 걸려 죽을 수 있었다. 나는 구멍이 숭숭 뚫린 셔츠만 입은 채 빙하로 내려가 등에 눈덩이를 지고 노루처럼 재빠르게 얼음길을 지나 나무통으로 기어오르던 절름발이 노인의 노쇠하지 않은 건강과 힘이 신기할 따름이었다. 노인은 가져온 눈을 마당 한가운데 있는 큰 물통에 넣었는데, 햇빛이 비치면 그 눈덩이는 깨끗하고 얼음처럼 차가운 물이 될 것이다.

구름들이 우리를 지나가고 우리를 넘어 연기처럼 달려갔다. 아침 바람이 구름들을 산에서 쓸어버려서 이제 머리 위로는 맑고 푸른 하늘이 보인다. 우리는 다시 힘차게 말을 타고 기마행렬을 지어 나갔다. 아무도 잠을 제대로 자지 못했으나, 그렇다고 자고 싶어 하는 사람도 없었다.

산에서 맞는 상쾌한 아침은 모두에게 시원한 느낌을 주었다. 이제는 진짜 차티르다그산, 비유크얀코이야일라보다 100사젠 더 높은 돌로 된 장막으로 올라가야 했다. 그 작은 녹색 언덕은 쉽게 달려 올라갈 수 있는 것같이 보였지만 실제로는 그렇지 않았고, 그곳까지 등반하는 것은 우리가 이제까지 해본 등반보다 훨씬 더 힘든 여정이었다.

우리는 서너 시간을 계속 올라갔다. 빽빽이 자란 풀 속의 이슬이 비처럼 발을 적셨고, 하루 종일 물을 먹이지 않은 말들은 거의 수직 같아 보이는 산으로 올라가고 있었다. 말들은 걸음마다 숨을 쉬려고 멈추었고, 노간주향나무의 낮은 덤불들이 돌이 우묵하게 파인 곳을 풀처럼 납작하게 펼쳐 덮고 있었고, 말들은 계속 그 구덩이에 발을 헛디뎠다. 멀리서는 온통 녹색으로 보였던 산의 울퉁불퉁한 모습이 다 드러 났고, 갈비뼈보다 날카로운 돌들이 길 여기저기 삐죽 나와 있었다.

오솔길이 하나도 없는 바위투성이 지형을 넘어 걸어가야 할 때도 있 었고, 움푹 파인 구멍을 넘어가야 할 때도 있었다. 산의 반 정도를 올 라간 다음, 우리는 지친 말에서 내려서 말고삐를 잡고 말을 끌고 갔는 데 그것 역시 쉽지 않은 일이었다.

거의 매분마다 돌 위에 앉아 쉬며 갈수록 넓게 펼쳐지는 전망을 즐 겼다. 말들은 산에 난 풀을 게걸스럽게 먹어 치운 후, 마지못해 고통 스러운 등반을 다시 시작했다. 우리 일행은 산 여기저기로 흩어졌다. 뒤떨어지는 이도 있었고, 쉬는 이도 있었고, 산 정상에 빨리 올라가고 싶어서 서둘러 올라가는 사람도 있었다.

드디어 정상에 올랐다. 이제 하늘은 완전히 청명하고 밝으며, 돌을 덮은 벨벳같이 부드러운 녹색 목초지가 눈에 들어왔다. 그리고 이 풀 이란! 향기롭고 화려하고 부드러운 풀들은 빈틈없는 카펫처럼 돌을 덮고 있었다. 여기서는 모든 풀들이 계절에 늦게 자라는 것 같다. 마 치 5월인 것처럼 봄의 물망초, 삼색제비꽃, 오노브리치스(эспарцет)가 러시아의 건조한 들판의 꽃처럼 유쾌하게 만발했다.

차티르다그산 정상에서는 날카로운 산봉우리를 볼 것으로 생각했 는데, 다시 광활한 평원을 보았고, 그 평원 위에 또 하나의 봉우리가 솟아 있는데, 평원의 맨 끝 서남쪽에 서 있었다. 그것이 차티르다그에 서 제일 높은 지점이고, 마치 녹색 벨벳을 깐 돌로 만든 원형극장과 같 이 분지와 언덕으로 된 고지들이 그곳을 둘러싸고 있었다.

이제 가장 높은 봉우리로 올라가서 우리의 위업을 완성해야 한다.

차티르다그산 꼭대기에 산이 아닌 큰 언덕들이 있어서 큰 고생 없이 올라갈 수 있었고, 오랜 시간 고통스럽게 돌산을 기어오른 후에 녹색 언덕을 말을 타고 올라가는 것은 쉽고 편안한 마지막 여정이었다.

우리는 시간을 잘못 계산해서 해돋이를 놓치고 산책을 했지만, 해돋이를 보았다고 해도 아무도 지금 누리는 즐거움에 큰 도움이 될 것이라고 믿지 않았다.

해발 5,200피트 높이의 구름 나라에 올라서서, 한 움큼도 되지 않지 않는 작은 무리인 우리는 시선으로 크림반도 전체를 지배하며 서 있었다. 크림의 끝에서 끝까지 자리 잡은 모든 산들이 다 눈에 들어왔고, 단지 정수리에서 보는 것처럼 보이는 것이 아니라, 새가 공중에서 보듯이 보였다. 스텝이 산의 한쪽을 둘러쌌고 다른 쪽은 바다가 둘러쌌다. 스텝은 바다와 마찬가지로 끝없고 평평했다.

정원, 나무, 빌라들이 있는 녹색 골짜기들이 좁은 띠처럼 연속으로 이어지는 무한한 평면이 꼬불꼬불 뻗어 있었다. 그 평면 위로는 강들이 가로질러 흐르고 있었다. 살기르강(Салгир), 알마강(Альма), 카차강(Кача), 벨베크강(Бельбек)이 모두 모여 합류하는 지점까지 하나씩 드러나 보였다. 산에서 직선거리로 30베르스타에 있는 심페로폴이 집과 교회들과 함께 보잘것없는 작은 장난감처럼 옆에 하얗게 보였다. 그 뒤로는 5배나 더 커 보이는 공간이 펼쳐져 있었는데, 같이 있던 일행들은 페레코프(Перекоп)와 시바쉬(Сиваш)까지 보인다고 말했지만, 솔직히 말해 나는 먼 안개 속에서 그 둘 중 어느 것도 본 것 같지가 않다. 그것보다 분명히 보이는 것은 바다였는데, 바다 위에는 세바스토폴만과 주변 산의 모든 돌출부들이 선명하게 드러났다.

396

알루슈타 서쪽 전망을 아주 먼 데서 제한하는 메가놈(Меганом) 갑이 이제 중앙에 자리 잡고 있고, 그것을 넘어 새로운 해안과 새로운 경치들이 나타났다. 아마도 먼 곳에 있는 케르치해협(Керченский пролив) 하구까지 보였을지도 모른다. 우리에게 낯익은 거대한 산들이 여기서는 언덕처럼 보였다.

가까운 곳에 있는 데메르지산조차 다른 모습으로 보였다. 우리는 오랫동안 여러 지점을 서로 알아맞추면서 많은 시간을 보냈는데, 야일라의 빈틈없는 숲에서 사블루크수(Савлук-су) 수도원의 하얀 점을 찾아냈고, 산들 사이에서 추푸트와 바흐치사라이의 탁자 같은 바위를 찾았고, 바다에 붙여 놓은 알루슈타를, 산에 붙여 놓은 코르베클르를 찾아냈다. 바다는 연한 푸른색을 띤 채 부드러운 잔물결이 일고 있어서 아주 특이한 색조를 드러내고 있었고, 거의 아시아까지 보일 것 같았다. 바다 위에는 배들이 무탈하게 항해하고, 해안에서 수평선의 끝까지 이어지는 것처럼 보이는 선이 이제 정중앙 부분에 보였다. 그것을 표시하고 있는 것은 돛의 하얀 점들이었다.

우리는 차티르다그산 정상에서 더 높은 바위가 하나도 없는 절벽의 끝에서 아침을 먹으려고 자리를 잡았다. 이곳은 말 그대로 차티르다그산의 최고봉이다. 차티르다그산의 이쪽 절벽들은 거의 직선의 벽처럼 기울어져 있는데 아래에서 올려다보면 그것은 완전히 판판하고 하얀색인 것 같아 보이지만, 이곳에서 보면 회색 요새를 이루고 있는 돌로 만들어진 원뿔, 총안과 탑처럼 보인다.

우리는 허세를 부리고 인위적으로 편한 척 하며 심연 위 몇천 피트 높이에 매달려 있는 절벽의 끝에 앉아 있을 수 있다. 어떤 위험 앞에서도 물러서지 않을 자신이 있다고 스스로에게 과시해야 할 극복하기 어려운 필요도 있을 수 있다. 그런데 모든 위험이란 머리가 어지러워지는 데 있다. 사실 아무렇지도 않게, 아무 걱정 없이 낭떠러지의 녹색 풀 위에 누울 수 있는 것이다.

우리 바로 아래에 우리가 얼마 전 지나갔던 너도밤나무 숲이 있었다. 천년이나 된 나무들이 풀 같아 보였다. 이곳저곳 숲속 초지에서 암소 떼들이 풀을 뜯고 있었는데, 그것들도 마치 다색 곤충들 같아 보였다. 높은 데 앉아 있는 우리는 숨쉬기가 편했다.

우리보다 더 높은 곳을 나는 독수리들은 아마도 숨쉬기가 더 편할 것이다. 날이 서 있는 자신의 날개를 펼치고 하얀 머리를 햇빛에 반짝거리면서, 독수리들은 우리가 지금 다른 사람들이 살고 있는 곳보다 훨씬 높이 있는 것만큼이나 높은 곳에 자유롭게 떠 있었다. 수십 마리의 독수리들이 위에서 선회하며 날면서 울고 있었는데, 아마도 자기들의 왕국에 들어온 우리를 보고 놀라서, 우리를 어떻게 다루어야 할지 고민하고 있었을지도 모른다.

그런데 차티르다그산 위에서 날아다니는 것은 독수리뿐만 아니고, 해안 평야의 정원과 들판에서와 마찬가지로 파리도 날고, 나비도 날아다니고 있었다. 독수리만 접근할 수 있는 이 높은 데로 이것들이 어떻게 날아올 수 있었던 것일까. 우리는 차티르다그산 옆쪽에서 구름이 뭉치는 것을 보았다. 바람이 그 구름을 거인 산의 정상으로 몰고 올 듯했고, 구름은 이제 조금씩 움직이면서 앞으로 나아갔다. 구름은 우리가 보통 아래에서 보는 것처럼 투영(投影)되는 것이 아니라 약간 옆쪽으로 특히 뚜렷하게, 다시 말해 하나의 물질로 보였다.

그러나 뭉쳐지는 구름들이 산 쪽으로 다가오기를 기다릴 이유가 없었다. 수루지는 큰 위험이 다가오고 있다고 위협하면서 우리를 심하게 재촉했다. 차티르다그산에서 안개 속에 길을 잃으면 아주 위험하다. 그러면 길을 찾는 것은 불가능하다. 길이 없으므로 오직 주변을 지침으로 삼아 나갈 수 있을 뿐이다. 구덩이로 떨어지거나 같은 절벽 주위를 계속 맴도는 일은 아무 일도 아니다.

우리는 서둘러 마지막 여행 식량을 다 먹어 치우며 아침식사를 서둘러 마쳤는데, 빈 병들을 아래로 던지자 심연의 절벽들과 부딪치면서 멋지게 부서졌다. 다 먹지 못한 음식들은 독수리들이 맛있게 먹을 수 있도록 남겨 주었다. 귀환 길은 아주 힘들었다. 수루지까지도 확신을 잃고 길을 가며 가끔 방향을 바꾸었다.

정말 뇌우를 두려워해서인지, 그냥 어서 집으로 돌아가고 싶어서인지 그는 우리를 제일 짧은 지름길로 인도했다. 짧다는 것은 길이 없다는 것과 같은 얘기였다. 말 타는 것에 익숙하지 않은 사람은 말 위에 앉아 있는 것이 어려웠고, 그보다 더 어려운 일은 말이 깎아지른 듯한 비탈을 무사히 내려갈 것이라고 믿는 것이었다. 길의 흔적 대신에 수를 셀 수 없이 많은 돌들이 있었다. 말의 발아래에서 쏟아지고 구르는 그 돌들은 말을 타고 가는 사람들에게는 확신을 별로 보태 주지 않았다.

아래를 내려다보면 무사히 지나갈 수 있다고 도대체 믿어지지 않았지만, 별 탈 없이 잘 지나갔다. 그런데 일행의 대부분은 겁을 먹고 말에서 내렸다. 크림 말은 자신의 장점을 유감없이 드러내 보였다. 그것은 자기 등 위에 무거운 짐을 싣고 가는 말없는 가축이 아니라 걱정 많은 유모와 같은 태도였다. 말들은 자신의 도덕적 책임을 의식하고, 자기에게 몸을 맡긴 사람의 위험을 알아차리고 있는 듯이, 아주 주의 깊고 조심스럽게 발굽 하나하나를 내딛었다.

그런데 이런 상황에서는 영민한 것만 가지고는 부족하고, 돌같이 단단한 다리가 필요했다. 크림 말들은 필요에 따라 유연하기도 하고, 견고한 돌 같은 4개의 다리를 가지고 있었다. 단순히 그들은 비탈길을 내려갈 뿐만 아니라, 우리 중 몇몇은 언덕처럼 가파른 산에서 아무 때나 쏟아지는 돌덩어리 위를 달려갔는데, 뛰어가는 도중에도 그 돌들에 말의 발이 걸린 적이 한 번도 없었다.

산악에서 기르는 말을 타고 차티르다그산에 가 본 적 없는 사람은 내 말을 믿지 못할 것이다. 차티르다그산의 다른 곳에는 우리가 지금 내려가고 있는 곳과 같이 가파르게 비탈지며 우거진 숲이 있는 그런 외진 곳은 없었다. 그러나 이쪽으로 내려가 7베르스타를 단축할 수 있었다.

타타르 안내자는 우리가 힘들어하는 것과 무서워하는 것을 보고 싶어하지 않았고, 빨리 내려가는 것만을 생각하면서 자기만 아는 아얀식 빠른 걸음으로 도망가듯이 앞으로 나아갔다. 어릴 때부터 그 모든 절벽과 협곡을 돌아다니는 것을 아무 일도 아니라고 여겨온 그가 어떻게 우리를 이해할 수 있겠는가. 타타르 물소들이 차티르다그산에서 나무와 건초를 거대한 마차에 실어 나르고, 돌로 된 길을 따라 똑같이 큰 마차들을 끌고 가는 것을 보아온 그로서는, 말을 타고 가는 것에 대해서는 말할 가치도 없었을 것이다.

몇 시간 동안 잠시의 틈도 주지 않고 가파른 산을 말을 타고 내려가는 것은 고통스러운 일이고, 이런 것에 익숙하지 않은 사람에게는 더욱 고통스럽고 짜증나는 일이다. 여자들은 너무 힘들어 금방이라도 울음을 터뜨릴 지경이었고, 더위와 갈증이 고통을 더했다. 여러 시간 동안 먼저 돌무더기와 우묵한 구덩이를 지나고, 다음으로 가파르고 숲이 우거진 계곡을 마구 흔들리면서 지나서 드디어 큰 도로를 만났을 때 우리 모두는 엄청난 기쁨을 느꼈다. 알루슈타까지 신나게 달리는 경마의 즐거움은 굳이 사양할 수 없었다. 말들도 그것을 원했다.

그러나 땀에 젖어 어느 정도 휘어진 몸을 땀에 젖은 피곤한 말에서 던져 내린 후, 옷을 벗고 모든 것을 시원하게 해주는 바다의 차가운 파도로 달려 들어가 파도가 넘실거리는 깊은 바다 쪽으로 수영하고 또 수영하는 것과, 안장을 베고 맨땅 위에서 밤을 보낸 후에 자신의 잠자리에 들어가 산뜻한 이부자리 속에서 잠드는 것이 얼마나 좋은 일인가! 동굴들, 백파이프, 양떼, 목자와 개들이 서로 뒤얽혀서 밤 내내 뒤숭숭하고 기묘한 꿈이 이어지며 환각처럼 내 눈앞에 어른거렸다.

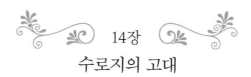

14장
수로지의 고대

수다크산의 특징 ─ 수다크 와인 제조법 ─ 수로지의 유적들 ─ 수로지의
역사와 고고학 자료 ─ 카파 역사의 요약 ─ 제노아 식민지의 내부 환경 ─
터키에 의한 파괴

당신이 바위와 낭떠러지를 기어 올라가는 것을 좋아하지 않고, 대담하
게 말을 타는 사람이 아니라면, 알루슈타(Алушта)에서 수다크(Судак)
로 가기 위해 해안 위의 산악 길을 말을 타고 넘어가는 대신에 심페로
폴에서 큰 도로로 가야 하는 것을 억울하게 생각할 필요가 없다.

카라수바자르를 넘어 20베르스타 거리에 카라수강(Карасу)이 관수
하는 비옥한 스텝을 벗어나면 부룬두키(Бурундуки) 역참에서 오른쪽으
로 방향을 틀어 당신을 멀리서부터 계속 따라오고 있었던 산 쪽으로 가
게 된다. 5월 보름 때 크림반도의 녹색 산기슭은 어디든 매력적이다.
그런데 페오도시야 쪽 산에서 흘러내려오는 개울들이 완전한 망을 이
루어 시바쉬(Сиваш)로 흘러내리면서 넘치는 계곡물은 특히 시원하고

화려하다. 2개의 카라수 혹은 러시아어로 카라소브카강(Карасовка), 불가나크강(Булганак), 2개의 엔돌강(Эндол)은 그 수많은 산 개울들이 모이는 물길들이다. 산을 돌아가면 모크리엔돌(МокрыйЭндол) 계곡을 가장 먼저 보게 된다.

이 계곡은 환한 초원으로 안개를 뚫고 반짝거리는 시바쉬들까지 녹색 뱀처럼 꼬불꼬불 이어진다. 엔돌 계곡은 크림반도의 모든 계곡과 마찬가지로 과수원 덤불들이 빽빽하게 빈틈없이 서 있고, 그 그늘 아래로 폭이 좁은 강이 빠르게 흐르고 있다. 버드나무와 배나무, 새와 사람, 생명이 있는 것들은 모두 다 스텝의 무더위와 안식할 곳 없는 스텝의 황량함을 피해 습기 있고 꽃이 피고 열매가 열리는 그 계곡으로 들어간다.

사람도 짐승이나 곤충처럼 틈과 굴을 찾는다. 불가리아인 마을인 광활하고 풍요로운 키쉴라브(Кишлав)가 엔돌의 산기슭을 거의 다 차지했고, 그보다 낮은 곳인 쥬리히탈(Цюрихталь)에는 독일인들이 자리 잡았는데, 지금 키쉴라브 옆 엔돌의 지류에는 살르(Салы)라는 풍요로운 러시아 마을이 자리 잡고 있다. 당신은 이 지역의 정중앙을 통과하여 숲이 있는 산으로 올라간다.

크림 산악지역은 발라클라바 옆에서 직선으로 뻗은 해안 절벽에서 시작되어 동쪽으로 나아갈수록 바다에서 물러서면서 더 많은 공간을 차지하면서 넓어지고 납작해진다. 그래서 바이다르(Байдары)부터 키키네이즈(Кикинеиз)까지 남부해안을 바다 쪽으로 밀어내는 험하고 빈틈없는 산맥 대신에 당신이 알루슈타를 지나 페오도시야까지 가면서 보게 되는 것은 이곳저곳에 기묘한 모양의 돌탑과 바위들이 솟아올라서 여러 모양으로 서로 얽혀 넓게 펼쳐진 산들의 조직뿐이다.

404

모양이 특이한 크림 야일라, 크림의 알프스, 그 구름 저편의 탁자 모양 목초지들은 페오도시야 쪽 산 지역에서는 거의 사라지고 없고, 오직 카라비야일라가 페오도시야 산맥이 시작되는 부분에 홀로 떨어진 섬처럼 보인다. 장엄함은 다소 부족하지만 페오도시야산, 특히 수다크 옆 부분은 고유의 아름다움과 접근의 편리성을 자랑한다. 수다크 근처에 펼쳐진 시원한 숲, 숲속에 뻗어 있는 들판, 향기롭고 화려한 계곡은 크림 반도 다른 곳 어디에도 없다. 여기는 풍요롭고 값싼 포도재배 지역이다.

여기서는 남부해안의 자랑인 값비싸고 부드러우며, 향기롭고 기름처럼 짙은 수류(水流)를 가진 포도를 재배하지는 않고, 포도 수확량으로 질을 대신한다. 습하면서 관개가 잘된 토양은 덩굴에 크고 물기가 많은, 크기가 우리 러시아 자두와 같은 포도알들이 촘촘히 열매 맺게 한다. 즙이 많고 큰 포도알로 만든 수다크 와인이 아주 많이 생산되어서, 다양한 이름과 다양하게 변한 형태로 러시아에 보급되는 저렴한 와인이 풍부하게 넘쳐난다. 러시아에서 자단(紫檀) 염로나 아세트산납이 들어간 그 와인 한 병이 적어도 1루블은 하지만, 수다크나 오투즈에서 러시아 상인은 이 와인 한 양동이1를 1루블에, 가끔 50코페이카에 사 간다.

수다크에서 물을 대는 좋은 포도원에서는 1데샤티나2에서 400~500 양동이의 포도를 수확할 수 있고, 포도송이가 큰 좋은 덤불 하나에서만 한 양동이 정도를 수확할 수 있다. 매년 1데샤티나의 포도원을 경작하는 비용이 40~50루블밖에 들지 않는다면 이 포도원에서 얻을 수 있는 수입

---

1   〔역주〕한 양동이(ведро) : 약 12. 3리터 들이 통을 말한다.
2   〔역주〕1데샤티나(десятина) : 2400사젠, 1, 092ha, 약 3, 000평에 해당한다.

이 얼마인지 쉽게 생각할 수 있다. 가족 전체가 1데샤티나의 포도원을 경작해도 먹고살 수 있어서, 수다크의 수입이 좋은 포도원이 1데샤티나에 3,000루블에서 4,000루블에 팔리는 것이 놀라운 일이 아니다.

그러나 현재 수다크의 포도농사는 굉장히 어려운 상황에 처했다는 것을 말하지 않을 수 없다. 포도원 골짜기를 무역 중심지와 연결하는 정기적 해상교통은 없다. 증기선이 수다크로 들어가는 경우는 드물고, 오직 일정한 계절에만 드나든다.

와인 가격이 아주 낮은 수준으로 유지되는 이유는 현지인들의 포도 판매가 가끔가다 들르는 고객에게 달려 있기 때문이다. 골짜기에 가득 차 있는 소규모 포도원 주인들은 러시아 사람들과 함께 농사짓는 것에 익숙하지 않기 때문에 자기가 하고 싶은 대로 약속과 계획 없이 포도농사를 짓고 있다. 그러므로 큰 이익은 포도를 대규모로 수매하는 사람들이 차지한다.

무엇보다 낮은 와인 가격을 유지하는 데 도움이 되는 것은 타타르인의 무슬림식 관점이다. 아직도 여기서 타타르인들은 유일한 수입원인 엄청난 규모의 포도원을 소유하고 있다. 그런데 그들은 어떻게 할 도리가 없는 상태에 있다. 타타르인들은 자신들의 법도에 따라 와인을 만들지도 못하고, 가지고 있어서도 안 되고 마시지도 못한다. 가격이 어떻게 되든 포도가 자라고 있는 상태에서 팔아야 하는 것이다. 상인들은 타타르인에게서 와인이 바로 압착기에서 나온 채로, 아직 와인이 아니라 포도주스인 상태로 받는다. 그런 상태에서는 포도 주인이 자신이 원하는 가격을 받을 가망이 거의 없다.

그런데 포도원 운영자금이 없는 러시아인 주인이나 그리스인 주인도 타타르인 주인의 전례를 따르게 된다. 이들은 대부분 포도원 운영이 힘들 때 선금을 받을 수 있다는 것에 유혹되어서 몇 년 치 선계약을 하고 포도원액을 판다.

이런 면에서 보면 수다크 포도원은 남부해안 포도원보다 상황이 좋다. 여기는 노동자들의 임금이 더 싸고, 토양은 농사짓기에 더 좋고, 가뭄이 더 드물고 포도나무 병이 수다크까지 다다르지 않았기 때문에, 수다크 포도원 주인들은 방제용 유황을 사는 비용과 이를 뿌리는 데 필요한 도구도 아직 모르고 있다. 그의 유일한 적은 때 이르게 찾아오는 서리와 이따금 습격하는 메뚜기떼뿐이다.

우리 러시아인들이 알고 있는 포도는 거의 다 오직 수다크산이다. 모스크바와 하리코프의 마부들은 3두마차로 카라수바자르까지 와서 그곳에서 포도를 실어 가기 위해 타타르 마차로 오투즈나 수다크로 간다. 향기가 없고, 제일 거칠고 껍질이 두꺼운 큰 포도들은 먼 운송과 가을 추위를 제일 잘 견디는 데다가 다른 것들보다 늦게 익고 와인 만들기에 덜 적합하다. 이런 종류의 포도는 오투즈, 수다크, 쿠루우젠(Куру-узень) 등의 골짜기에 아주 풍부하다.

차우쉬(чауш), 샤반(шабан), 오스마(осма), 카든파르마크(кадынпармак), 손가락처럼 길어서 타타르 사람들이 '처녀의 손가락'이라는 이름을 붙여 준 포도는 보통 우리 대러시아에 주로 운반되고, 부드럽고 향기로운 샤슬(шасл), 이자벨라(изабелла), 알렉산드리아 무스카트(александрийский мускат) 등의 이른바 식용 포도를 먹어 본 크림 사람들은 쳐다보지도 않을 포도이지만 그 크기와 아름다운 모양으로 경험이 부족한 애호가들을 감탄하게 한다.

포도원은 바다를 바라보는 산의 남쪽 골짜기에 자리 잡고 있고, 북쪽으로 경사진 골짜기들은 제대로 포도재배를 하기에는 너무 춥다. 이 골짜기들은 채소밭을 가꾸기에 안성맞춤이다. 카라수와 엔돌 지역, 스타리크림(Старый Крым), 키쉴라브, 살르 등 주변 지역들은 포도원 골짜기와 스텝과 가장 가까운 도시에 채소를 공급한다.

물이 귀하고, 돌과 햇빛과 건조한 바람이 6월이면 모든 식물을 마르게 하는 크림반도에서 채소재배는 아주 제한된 지역에서만 가능하고, 그것도 포도주 양조, 담배와 과실수 재배 등 더 이익이 나는 농업들이 그것을 쫓아내지 않는 지역에서만 가능하다. 그래서 얼마 되지 않는 채소재배 지역은 입지가 좋지만, 러시아에 비하면 크림반도의 채소 가격은 아주 비싸다.

엘리부즐라(Эли-бузла)라는 반 정도 황폐해진 타타르 마을은 채소밭과 포도원 골짜기, 즉 초원 쪽과 바다 쪽 산의 경사지들이 분리되는 지점에 자리 잡고 있다. 그곳에서부터 남쪽으로 향하면 경사면이 시작되고 산에서 흘러내리는 개울들이 바다로 흘러간다. 당신이 시간이 있다면 5월임에도 견디기 힘든 크림의 더위가 가실 때까지 이 조용하고 외떨어진 마을의 산언덕을 돌아다녀 보기를 추천한다.

엘리부즐라에서 6베르스타 정도 떨어진 곳에, 길에 아주 가까이 있지만 깊은 골짜기에 숨겨진, 경관이 기가 막힌 모르드비노프(Мордвинов) 백작의 수우크수강(Суук-су)이 아래쪽 골짜기의 과수원들에 물을 대고 있다. 숲과 숲이 우거진 산이 만들어내는 그늘 밑 녹색 초지 사이에서 당신은 어느새 골짜기가 꺾어지는 지점에 이르게 되는데, 거기서는 지금까지 본 것과 다른 경치가 펼쳐진다. 숲이 우거진 둥그런 산들이 바다

408

가 시작된다는 것을 보여 주는 절벽들에게 길을 내주며 갈라진다.

위쪽 가장자리에 기묘한 모양의 날이 솟아 있는 긴 돌담이 왼쪽에서 솟아올라와 먼 전망을 가린다. 그것은 '빗절벽', 타타르어로 타라크타쉬(Тарак-таш)이다. 그 뒤에 사람이 많이 살고 있는 풍요로운 2개의 타라크타쉬, 즉 큰 비유크타라크타쉬(Биюк-Таракташ)와 작은 쿠추크타라크타쉬(Кучюк Таракташ), 수다크와 이웃인 풍요로운 타라크타쉬 포도원 골짜기가 있다. 포플러, 호두나무, 수많은 과수원과 포도원, 졸졸 흐르는 개울과 도랑들이 바위 절벽 사이로 바다로 달리는 개활지를 채우고 있다. 협곡 사이 바위 뒤 사이로 짙은 녹색 숲들이 보인다.

큰 타라크타쉬는 산 구릉 사이에 숨겨져 있어 완전히 카프카스의 '마을'(аул) 같아 보인다. 낭떠러지 위에 서 있는 2층으로 된 어두운 돌집들이 마치 총안 같아 보이고, 화려한 옷을 차려입은 타타르 여자들과 터번을 두른 흰옷을 입은 노인들이 있는 작은 타라크타쉬는 길옆에 위치한다. 여기는 외부인의 손을 타지 않은 온전한 이슬람 마을이다. 아직까지 어떤 이질적 요소도 여기를 손상시키지 않았고, 스며들지도 않았다. 크림반도의 이슬람교도들에게 치명적 타격을 가한 타타르인의 이주도 타라크타쉬에는 영향을 미치지 않았다.

내가 듣건대, 이곳에서는 한 사람도 이주하지 않았기 때문에 두 마을이 칸 시대 같은 순수함을 고스란히 간직하고 있다. 극단주의도, 부족 전체를 사로잡은 공포도 여기에 살고 있는 타타르인들을 수다크 골짜기 밖으로 쫓아내지 못한 것을 보면, 이곳 생활은 상당히 자유로웠던 것 같다. 타라크타쉬 너머 있는 기묘한 절벽들과, 왼쪽에 보이는 '빗절벽', 오른쪽에 있는 '개구리 절벽'3을 지나면 수다크 골짜기가 본

격적으로 시작된다. 그 주위에는 서로 떨어져 있는 산들이 있는데, 서쪽에 페르참카야산(Перчам-кайя), 쿠쉬카야산(Куш-кайя)이 있고, 동쪽에 골라야산4 등이 있다.

산 너머로 푸른 바다의 한 부분이 눈에 들어오면서 가슴속에서는 기쁨이 차오르고 몸 안 전체가 시원해지고 즐거워졌다. 봄옷을 입은 바다를 본 지 오래되었다. 절벽과 하나가 된 듯이 같은 색깔과 같은 돌로 만든 고대의 오래된 탑이 높은 피라미드형 절벽에 낭만적이고 그림같이 박혀 있으면서 바다를 가로막는다.

그것은 고대 수로지(Сурож)의 유적인데, 고대에 수로지였던 수다크의 요새가 선착장 위로 높게 솟은 해안 바위 위에 서 있어서 평화로운 상인들에게 등대 역할을, 적들에게는 요새 역할을 했다. 이 보루의 보호를 받으며 해안부터 바로 타라크타쉬까지 개울 물길과 넓은 산골짜기의 모든 굽이를 따라 산의 빈 경사지에 수많은 작은 농가, 별장, 토굴집들이 흩어져 자리 잡고 있고, 아주 오래된 시절부터 곱슬곱슬한 녹색 포도원과 과수원들이 있었다.

현재 수다크 읍의 중심지인 이곳은 공공생활의 중추기관이라 할 수 있는 교회, 시장, 우체국을 바다에서 2베르스타, 옛 요새에서 3베르스타가량 이동시켜 놓은 곳이다. 작은 하얀 집들과 포플러와 포도원들로 총총히 덮여 있는 수다크 골짜기는 넓고 화려하고, 사방으로 그

---

3 〔역주〕 개구리 절벽: 바카타쉬(Бака-таш)의 가슴에 앉아 있는 개구리 모양의 외딴 바위에서 유래한 명칭이다.
4 〔역주〕 골라야산(Голая): 일명 '발가벗은 산'이라고 불린다.

림 같은 산들이 만들어내는 그늘 밑에 자리 잡고 있다. 어느 곳에서나 생활의 풍요로움과 조용한 순박함이 보인다. 수다크의 아름다움은 알루슈타의 아름다움을 연상시키지만, 아래를 조망하기에 더 좋고 자유로우며, 파노라마 같은 전망은 더 광활하고, 그림 같은 절벽과 그곳에 남아 있는 광대한 폐허들 때문에 풍광이 비할 데 없이 독특하다.

저녁노을은 이제 절벽 꼭대기에 금빛을 뿌리기 시작했다. 역참 관리인이 우리의 안내자 역할을 자청하고 나서서 우리는 아이들과 숙녀들 모두와 함께 바다로 출발했다. 고대 수다크가 있던 곳에, 수다크 골짜기에서는 좀 떨어진 좀더 높은 곳에 요새 담과 나란히 독일 사람들이 자랑스럽게 '디 페스퉁'5이라 부르는 독일 마을이 자리 잡고 있다.

수로지는 독일 사람들이 차지했다. 이들은 요새 안에서 말과 황소를 방목하다가, 요새의 해자와 참호에 포도원과 채소밭을 만들어 놓았고, 그곳에 있던 돌들을 자기 집, 담, 저수지를 만들기 위해 다 가져갔다. 요새는 산을 둘러서 올라가야 했고, 요새 입구에 바로 마을이 시작되었다. 그곳에는 돌뿐만 아니라 외부 플라스터까지 양호한 상태로 남아 있는 정문 탑이 2개 서 있었다.

이 탑과 다른 많은 탑의 벽에는 여러 가지 역사적인 글이 새겨져 있는 돌판들이 끼워 놓여 있었는데, 그 명판들 중에서 일부는 벌써 오래전에 박물관으로 옮겨져서 학자들이 이미 목록을 작성했고, 일부는 주민들이 훔쳐갔다. 유르케비치(Юркевич) 교수가 수다크 과수원 주인이 포도 압착기에 끼워 놓은 글이 있는 돌판 하나를 발견했고, 또 하

나는 독일인들의 교회 주위에서, 또 다른 하나는 교회 폐허에서 플라스터가 발라진 채로 찾았다.

파괴되거나 숨겨진 그 돌판들이 몇 개나 되는지 알 방법이 없다. 아직까지 수다크 탑 안에 라틴어 글과 다양한 제노아(Genoa) 귀족과 제노아 공화국의 문장(紋章)들이 새겨진 판 8개가 남아 있다. 나는 대문 옆 판 이외 다른 돌판에 읽기가 거의 불가능한 글들이 새겨져 있는 것을 보았다.

그러나 이 글자들은 이미 다 해독되었고, 내용은 다 똑같은데 공사가 완성된 시기와 당시의 솔다이 총독(Солдайский консул) 이름이다. 흥미로운 그림의 문장 몇 개가 그려져 있는 제일 오래된 글이 대문 옆 탑 안에 있는데, 만들어진 시기가 1385년으로 되어 있다. 케펜은 자신의 《크림 문집》에 그것을 잘 베껴 놓았는데, 이름은 틀리게 기록했다. 그는 토르셀로(Торселло) 대신에 고르제보(Горзево)라고 읽었다. 가장 최근의 글은 제노아 식민자들이 가져온 돌에 새겨져 있다. 그것은 1414년에 만들어진 것으로 되어 있다.

대문 옆 이중 탑에서부터 동쪽으로는 성벽이 벼랑 위에 올라가고, 절벽 귀에서 남쪽으로 방향을 틀어 서남쪽으로 절벽 맨 꼭대기로 아주 급한 경사를 이루며 올라간다. 반대편에서는 성벽이 대문 탑에서 서남쪽으로 이어지다가 남쪽으로 꺾어져 위에 있는 동쪽 담과 하나로 연결된다. 동쪽과 남쪽으로 뻗은 성벽은 상당 부분이 아직 제대로 남아 있었다. 많은 곳에 총안과 성벽을 방어하는 사람들이 서 있었던 나무 발판의 받침인 통나무 쐐기들이 아직까지 남아 있다. 어디에나 낮게 배치된, 바깥쪽은 아주 좁고 안은 넓은, 궁륭이 훌륭하게 만들어진 총안뜰이 보인다. 성벽은 깨뜨린 기와를 섞어 아주 튼튼한 여러 가지 돌과 석회로 만들어서 매우 견고했다.

동쪽으로 뻗은 성벽에 위치한 6개 탑 중에 첫 번째 것은 아래 토대만 남아 있고, 또 하나의 탑은 꼭대기부터 토대까지 두 부분으로 갈라져서 얼마 안 있어 무너질 것 같았다. 나머지 탑들은 아직 성가퀴와 창문이 온전히 남아 있었다. 마을과 이웃한 서쪽 성벽이 가장 많이 손상되어 있었다. 남쪽으로 돌아가는 성벽은 절벽 높이의 절반 정도에 탑 대신에 작은 안마당이 있고, 귀퉁이에는 탑 3개가 있고, 비교적 공간이 넓어 보이는 방을 가진 성 같은 구조물이 서 있었다.

우리 안내원은 그것이 아직도 백성들의 기억에 전설로 남아 있는, 14세기에 수다크, 알루스톤, 카스텔산과 수다크와 아유다그산 중간에 있는 해안 전체를 소유했던 그리스 여왕 테오도라의 궁전이라고 했다. 이른바 '테오도라의 궁전'이라는 곳에서 호기심을 불러일으킬 만한 것은 요새 벽을 뚫고 숲이 우거진 옆 산에서 파이프로 흘러내려오는 물을 받는 궁륭이 있는 커다란 지하저수지다. 궁전의 방에서 그 저수지로 둥그런 우물이 파져 있었다. 궁전에는 타타르 벽난로를 연상시키는 굴뚝이 있는 난로, 이콘을 세워 놓기 위해 파 놓은 벽감과 기타 집안 살림의 흔적들이 보인다.

귀퉁이에 있는 2개의 탑에서는 하나는 바다로 통하고, 다른 하나는 요새 안으로 이어지는 2개의 비밀출구가 보였다. 카타라쿨레6라는 궁

---

6   〔역주〕 카타라쿨레(Катара-Кулле) : 이것을 그리스어로 '저주의 탑'이라고 번역하는 사람들이 있다.

전의 중심 탑은 세밀하게 새겨진 무늬와 성가퀴로 꾸며져 있다. 이 탑의 눈에 거의 안 보일 정도로 가장 높은 곳에는 우리 안내원의 이야기를 반박하는 글이 새겨진 판이 있는데, 거기에 이것이 1394년 7월 1일에 완공되었다는 글이 있어서 이것이 최근의 제노아 탑 중 하나라는 것을 보여 준다.

절벽 꼭대기와 서남쪽으로 다가갈수록 성벽은 점점 더 폐허로 변하다가 완전히 파괴되어서 땅과 거의 나란히 된 것처럼 보인다. 성과 멀지 않은 곳인 요새 안에 모스크 모양의 교회 폐허가 꽤 양호한 상태로 남아 있다. 이 건물은 별로 크지는 않지만 건축술이 정교하고 완전한 원형 모양의 궁륭을 가지고 있다. 독특한 멋이 있는 이 건물의 창틀은 돌에 아로새겨진 무늬로 꾸며져 있다.

케펜(Кеппен), 팔라스(Паллас), 브로네프스키(Броневский)는 이 건물을 기독교 교회라고 보았다. 팔라스는 이 건물을 도시 동쪽 경사지에 남아 있는 크고 아름다운 성당이라고 기록했다. 정말 건축양식이나 돌에 아로새긴 무늬나, 내가 창문 장식 모서리에서 발견한 성 게오르기 그림을 보면 이곳이 원래 기독교 교회였다는 생각이 든다.

그러나 이 교회가 나중에 모스크로 바뀐 것은 전혀 의심할 바가 없다. 건물 남쪽 벽에 기독교 제단을 대신하는 전형적인 무슬림식 벽감이 붙어 있는 것이 보인다. 내부 벽감의 배치나 장식도 모스크의 일반적 벽감과 너무 비슷해서 아무 의심할 필요가 없는데, 또 하나의 증거는 오른쪽 입구 옆에 무에진을 위해 탑으로 올라가는 계단의 흔적이 있는 좁고 둥그런 탑이 거의 온전히 남아 있다. 역사 자료들도 타타르인들이 이 교회를 정말 타타르인들의 모스크로 변형시켰다는 것을 증명한다.

모스크 말고 요새 안에 남아 있는 것으로는 흙을 채워 묻어 버린 우물, 지하 광들, 외떨어진 곳에 서 있는 작은 탑, 그리고 한때 이곳에 서 있었던 건물들의 위치를 가리키는 수많은 돌더미들이 있다. 아직 담이 남아 있는 길고 공간이 넓은 집들의 폐허는 고대의 것이 아니다. 이것은 크림반도를 합병한 후 수다크에 머물렀던 러시아 부대 병영의 폐허들이다. 그때 수다크 요새는 키릴(Кирилловская) 요새라는 이름을 얻었고, 그곳으로 행정실과 부대를 가진 사령관이 임명되어 내려왔다.

병영을 지으면서 고대 유적들을 다 훔쳐갔는데, 처음에는 병사들이 그리고 나중에는 주민들도 항아리와 보물을 찾으려고 남은 유적들을 다 깨뜨리고 이리저리 땅을 팠다.

교회와 병영이 있는 요새는 아래 요새였는데, 이 요새의 벽은 절벽 모서리에 기대어 세웠고, 이 절벽은 바다 쪽으로부터 접근할 수 없는 곳이라 성벽을 세우지 않은 것 같다. 성에서 더 높은 곳인 남쪽으로 이어지는 성벽은 절벽의 물 아래 벼랑과 좀 떨어져 있고, 요새의 나머지 부분과 바다와 제일 가까운 부분을 분리해서 그것은 일종의 안쪽 요새, 수다크의 성채 역할을 했다. 이 성채의 보호시설을 바다 쪽이 아니라 요새 쪽을 향해 지은 것을 보면, 만약 요새가 적에게 돌파되어도 성채 안에서 방어를 계속할 계획이었던 것 같다. 팔라스는 이 벽에서 수도관도 보았다고 했지만, 우리는 난로가 있는 주거 탑 한 개의 폐허만 볼 수 있었다.

바다 벼랑 위에 있는 절벽의 피라미드형 꼭대기로 올라가는 일을 유쾌하다고 생각할 사람은 별로 없을 것이다. 성을 방문하는 것 자체는 경험이 부족한 이들에게 어느 정도 고생스럽고 가슴을 평소보다 더 심하게 뛰게 만든다. 우리 일행 중에서 오직 두 사람만이 안내원을 따라 절벽 꼭대기로 기어 올라갔다. 해가 진 후 필연적으로 일어나는 바닷바람이 높은 곳에 상당히 세차게 불어왔고, 우리를 바다로 떨어지게 만들 듯했다.

발가벗은 절벽의 경사면이 위쪽 탑으로 이어지는 마지막 모퉁이에서 예민한 사람은 아찔한 현기증을 느낄 수 있는데, 특히 그 사람이 우측을 바라보면 그곳까지 오는 동안 왼쪽에 약간 떨어져 물이 넘실거리는 심연을 뜻밖에 바로 자기 발아래 깊은 곳에서 보게 되어 더욱 그렇다. 그곳에서부터는 삐죽 솟은 바위들의 높고 고르지 않은 여울을 넘어서 기어 올라가야 한다.

산 정상에는 작은 크기의 다른 성이 있다. 타타르인들은 이것을 크즈쿨레(Кыз-Кулле), 즉 '처녀의 탑'이라고 부른다. 그 탑 위에서 보면 바다와 동쪽으로는 페오도시야로 이어지는 해안 갑, 서쪽으로는 전망을 가리는 벼랑이 많은 절벽, 그리고 뒤쪽 북쪽으로는 요새 발밑에 펼쳐지는, 사방에 절벽이나 숲이 무성한 산에 눌려 있는 곱슬곱슬한 녹색 골짜기의 웅장한 전망이 펼쳐진다.

전설에 따르면, 위쪽에 있는 성은 전설적 수녀 테오도라 여왕이 가장 좋아한 거주지였는데, 민간전승에서는 그녀의 순결하며 용감한 이미지 자체가 아무나 쉽게 접근할 수 없는 수다크산, 카스텔산, 아유다그산의 정상들과 연결되어 있다. 우리 안내원은 겁 없는 여왕이 여기로 올라갔다가 바다로 내려갔다는 길을 확신을 가지고 우리에게 보여 주었다. 그는 제노아 사람들이 요새와 아래 성을 함락시킨 후에도 그녀가 위쪽 성에 남아 끝까지 싸웠다는 사실을 우리에게 설득하려 했다.

그의 생각으로는 그녀가 여기서 생을 마쳤는데, 내가 전에 테오도라

416

여왕에 대한 전설을 읽지 않았다면 그 시적인 이야기를 기꺼이 믿었을 것이다. 이 전설은, 내가 아는 바로는, 용감한 여왕이 수다크에서 더 높고 더 접근하기 어려운 절벽 위에 있는 자신이 좋아한 고대 카스텔성으로 피란하여 거기서 전투를 벌이며 긴 포위를 겪고 난 후에 형제의 배신으로 죽임을 당했다는 것이었다.

크즈쿨레에 남아 있는 유적들은 카타라쿨레의 유적과 거의 비슷했는데, 성의 일부분이 예전에 예배당이었다는 것을 증명하는 회화 유적들도 있다. 우리 안내원도 같은 의견을 가진 듯했다. 다른 곳에 남아 있는 유적으로는 절벽 안에 궁륭이 있는 저수지, 난로와 거주의 흔적뿐이다. 그것은 요새의 중심 창고, 성채 안의 성채, 포위당한 사람들이 마지막으로 피신한 은신처였던 것이 분명하다.

팔라스는 무슨 이유에서인지 이 탑을 등대라고 불렀는데, 틀림없이 이곳에 등대가 있었을 것이다. 절벽 오른쪽 즉 서쪽, 요새 절벽과 치케닌카야스(Чикенын-каясы) 절벽 사이에, 요새 동쪽에 있는 현재 수다크 항만보다 폭풍으로부터 더 잘 보호되고, 더 편리한 광대한 하구가 위치해 있다. 타타르인들이 이것을 아직도 '수다크 하구'(Судак-лиман) 라고 부르는 것도 그 까닭이고, 팔라스는 여기에 고대 선착장이 있었다고 추측했는데, 그 해안에는 아직도 회화와 수도원 흔적 같아 보이는 폐허가 남아 있는 교회의 유적들이 보인다.

고대 선착장에 대한 수다크 등대 입지는 쿠추크람바트(Кучук-ламбат), 즉 '작은 등대'의 입지와 완전히 비슷한데, 그 이름의 뜻을 살펴보면 그리스 요새들이 편리한 항만 주위에 만들어져서 방어시설과 등대 역할을 동시에 했다는 것을 알 수 있다.

1578년에 마르틴 브로네프스키(Мартин Броневский)는 수다크에서 성벽과 탑들로 둘러싸인 위, 중간, 아래 3개의 요새 혹은 성을 보았다고 기록해 놓았다. 그러니까 위에 있는 성은 방어시설의 제일 안쪽 세 번째 동그라미를 이루었다.

제노아 식민지의 규약을 보면 수다크에 2개의 요새 혹은 성, 즉 성 십자가 요새와 성 엘리야 요새가 있고, 도시 자체가 성벽으로 둘러싸여 있었다는 것을 알 수 있다. 아마도 성 십자가 요새라고 불린 것은 위쪽 성이었고, 테오도라의 궁전으로 생각되는 것을 성 엘리야 요새라 했고, 아래 요새는 입구 탑들 맞은편에 도개교가 있었던 해자가 둘러싼, 아직 흔적이 잘 남아 있는 탑들이 있는 도시 성벽으로 이루어졌을 것이다.

얼마 전까지만 해도 고대 수로지의 유적들은 훨씬 더 많이 남아 있었고 흥미로웠다. 팔라스는 자신의 첫 여행 때(1793) 요새 안에서 고딕 스타일로 정교하게 건축된 많은 건물들을 보았지만, 두 번째로 왔을 때는 병영 공사로 모든 흔적이 사라져 버렸다고 기록했다.

또 그는 수다크 절벽 서쪽, 지금 독일 마을이 있는 곳에 당시의 거주민들 대부분이 터키로 이주해간 타타르인들이 살던 모스크가 있는 마을이 있었다고 했다. 남은 사람들은 러시아 병영이 지어진 후 다른 곳으로 가 버렸고, 그 후로 70년밖에 지나지 않은 지금 타타르인들과 그들의 마을이 있었던 곳에 아무렇지도 않게 베스트팔렌 독일인들이 살며 주인처럼 행동하고 있다.

역사는 그렇게 빨리 자신의 흔적을 지워 버렸다.

세스트렌체비치 관구장7은 고대에 수다크에 100개 이상의 교회들이

418

있었다고 했다. 그리고 1578년에 수다크를 방문했던 마르틴 브로네프스키도 당시 그곳에 많이 남아 있지 않던 그리스정교회 신자들에게서 교회 수가 수백 개나 되었었다는 이야기를 들었다. 그가 그리스인에게서 들은 말에 따르면, 수다크를 제노아인들에게 빼앗긴 조상들은 계속되는 내분을 두려워해서 공동의 교회를 다니는 대신 각자 자기 가족을 위해 교회를 짓기 시작했기 때문에 교회가 이렇게 많았다고 한다.

브로네프스키는 자신의 눈으로 수많은 그리스정교회와 지금도 남아 있는 부서진 돌조각 폐허 가운데 아직 온전한 모양으로 서 있던 몇 개의 예배당을 보았다. 아래 요새에서 그들은 큰 가톨릭교회 3개, 제노아 장식과 문장들로 꾸며진 집, 담, 대문과 예쁜 탑들을 보았다.

고대 크림반도의 교회들이 아무리 작았다고 해도 수백 개의 교회를 좁은 산 안에, 성벽 안에 세웠을 가능성은 전혀 없다. 그리고 그렇게 엄청난 수의 교회의 흔적을 본 사람도 수다크에 없다.

수다크의 유일한 연대기인 할키스 시나크사리움의 후기8를 보면, 가

---

7 세스트렌체비치 관구장(Митрополит Сестренцевич) : 보구쉬 세스트렌체비치(스타니슬라프) 〔Богуш-Сестренцевич (Станислав), 1731~1827〕. 러시아의 모든 로마 가톨릭교회들의 관구장, 러시아 과학원 원사를 역임했다. 크림반도 역사를 다룬 *Historie de la Tauride*(vol. 2, Брауншвейг, 1800)를 저술했다. 이 책의 러시아어 번역본은 1806년에 상트페테르부르크에서 2권으로 출간되었고, 2판이 1824년 상트페테르부르크에서 출간되었다.

8 시나크사리움(*synaxarium*)이란 단어의 뜻 중 하나는 기독교 문학작품에서 발췌한 내용으로 만든 책으로, 보통 성인들의 수행과 순교자들의 고통에 대한 이야기들을 모아 엮은 책을 의미한다. 여기서 말하는 책은 19세기 중반에 할키스(Халкисски) 섬의 수도원 도서관 중 하나에서 발견되었다. 책의 여백에는 수로지에 일어난 일들에 대한 194편의 육필 후기가 쓰여 있다.

장 중요한 성물이자 고대 수로지의 성당은 9세기에 수로지 성 스테파노의 성유물9을 모셨던 성 소피아 교회였던 것을 알 수 있다. 그 밖에 성 스테파노, 성 바르바라, 성 아타나시오스, 성 드미트리우스, 성 니콜라우스, 호데게트리아 성모, 스쿠타리온 성모라는 이름으로 지어진 교회들도 언급되어 있다. 그 후기에 기록된 망인이 된 수도자와 성직자들의 이름이 많은 것을 보면, 위에서 말했던 교회와 수도원들은 그 당시 존재했던 많은 교회들 중에 대표적으로 언급된 것으로 생각할 수 있다.

그 교회들의 이름들은 1844년에 헤르손과 타브리아 대주교였던 가브리엘이 작성한 기록에 당시 폐허로만 남은 교회의 이름들과 이상하게도 모순된다. 그 기록의 근간이 된 자료들이 믿을 만하다면, 성 게오르기 등의 이름 자체가 어느 정도 암시하는 것처럼, 당시 남아 있던 폐허들 대부분이 그리스정교회가 아니라 가톨릭교회였다는 결론을 내릴 수 있다. 13세기에 그리스 수다크는 거의 다 타타르인들에게 파괴당했는데, 14세기에 그것이 다시 재건되었다고 해도 이번에는 다시 제노아인들의

---

9   수로지 성 스테파노의 성유물: 수로지의 대주교였던 증인 성 스테파노(святитель Стефан Исповедник)는 카파도키아(Каппадокия) 출신으로 콘스탄티노플에서 교육을 받았다. 수도사 서원을 한 후 사막으로 가서 수행하면서 30년을 보냈다. 헤르모겐 총대주교(патриарх Гермоген)는 (신으로부터) 특별한 계시를 받고서 이교를 근절하기 위해 스테파노를 수로지 주교로 임명했다. 성상파괴운동을 벌인 레온 2세(Лев Исавр) 황제 때 고문을 당하고 콘스탄티노플 감옥에 감금당했고, 황제가 사망한 뒤에 석방되었다. 노년에 들어서야 자기 교구민들이 있는 수로지로 돌아와 그곳에서 사망했다(742년경). 9세기 초 크림원정 중 성인의 유해가 들어간 성합 옆에서 일어나는 기적에 감명을 받아 루시공국의 브라블린(Бравлин) 대공이 세례를 받았다는 전설이 있다. 기념 축일은 12월 28일(신력 15일)이다.

지배 아래 들어갔고, 역사 기록들이 증명하듯이 가톨릭 성직자들이 그리스교회를 심하게 억압했다는 것을 우리는 아래에서 알 수 있다.

시나크사리움 후기는 759년부터 1282년까지의 기간 동안 수다크 주교구에서 11명의 대주교와 1명의 관구장을 언급하지만, 다음 130년 기간인 1419년까지는 오직 루카 대주교 한 사람만 언급하는데 그는 카파(Кафа)에 매장되었다. 그리스 주교 제도는 14세기에 가톨릭 제도로 대체되었는데, 15세기에 국제무역 중심지에서 작은 군대 요새로 중요성이 작아진 수다크에 정부 보조금을 받는 가톨릭교회가 13개 있었다는 것이 식민지 규약에 기록되어 있다.

아무튼 수다크 요새 주위에 있는 수많은 교회 유적들을 고대 저자들이 남긴 고대 수로지에 있는 교회 수에 대한 기록과 연결해 보면, 고대, 즉 그리스 시대 때 이 무역도시에 많은 인구가 살았고, 활발한 무역이 진행된 사실과 모순되게 이 유적이 단순히 산악요새로 끝나는 것이 아니라, 요새 산 아래 상당한 공간을 차지했었다는 것을 분명히 증명하는 것 같다.

안토닌 대수도사제가 1863년에 12세기 글씨로 쓴 한 그리스 시나크사리움의 아주 흥미로운 후기를 찾아내서 출판했다. 그 후기에는 우리 외딴 마을 지주들이 달력의 빈 페이지에 중요한 일상생활의 사건들을 적어 놓았던 것과 같이 수다크의 역사, 특히 1419년 이전에 이곳의 수도원들과 관련된 일들이 짧게 기록되었다. 그 후기에 따르면, 수다크 건립은 기원후 212년으로 보면 된다. '수다크'(Судаг)라는 단어는 대부분 동양 민족들의 언어에서 물산이라는, 즉 물이 풍부한 산이라는 뜻인데, 시대에 따라 이곳의 이름도 달랐다.

8세기부터 13세기까지 그리스인들은 이곳을 수그다야(Сугдая) 혹은 수그데야(Сугдея)라고 불렀고, 시와 유물에서 보듯이 러시아인들은 여기를 수로지라고 불렀으며, 16세기 브로네프스키 시기의 그리스인들은 시다기오즈(Сидагиоз), 제노아인들은 수다크라고 불렀다. 루브루크비스[10]와 15세기의 제노아인들은 이곳을 솔다야(Солдайя)라고 불렀다. 이밖에 솔다디야(Солдадия), 수르다크(Сурдак), 수도크(Судок), 소르다야(Сордая), 수아디크(Суадик), 솔타크(Солтак), 세다크(Седак)라고도 불렀다. 크림반도에 거주했던 민족들의 극적 다양성과 사실을 해명하기보다 복잡하게 하고 왜곡하기 일쑤인 대부분 고대 저자들의 부정확한 묘사를 감안하면, 이곳이 이런 다양한 별칭을 가진 것은 놀라운 일이 아니다.

동양의 저자들은 수다크 거주자들이 다민족 그리고 다종교의 혼합이라고 추측하지만, 이곳을 건립한 것은 그리스인들이라고 본다. 8세기부터 이미 독립적인 수그다야 주교가 언급된다. 수로지 성 스테파노가 선교를 시작하고 그다음 주교직을 맡은 것도 8세기다. 이 성인의 이름과 관련된 아주 흥미로운 전설이 하나 있다. 이것은 기록물에 보

---

10 루브루크비스(Рубруквис): 루이스브루크(также Рюисбрук) 혹은 로즈브로크(빌
    겔림)〔Розброк(Вильгельм)〕라고도 불린다. 네덜란드의 수도사 및 여행가이다.
    1253년에 교황 루이 9세에 의해 몽골 칸 만구(Мангу)에게 사신으로 파견되었다.
    갈 때는 콘스탄티노플에서 크림반도와 남부 러시아를 통해 시베리아 남부로 가는
    길을 택했고, 귀로에는 아스트라한(Астрахань), 카스피해, 카프카스를 지나왔
    다. 그가 본 나라들을 서술한 견문록은 여러 차례에 걸쳐 출판되고 유럽 여러 나
    라의 언어로 번역되었다. 러시아어판은 야즈코프(Д. И. Языков)가 편집한 《기행
    문 모음》(Собрание путешествий)이라는 선집에 포함되어 출간되었다.

존되어 있고 거의 역사적인 사실이다.

우리 유명한 역사가인 포고딘11은 16세기 초에 마카리(Макарий) 수도원장이 작성한 《수로지 성 스테파노와 프릴루키 성 드미트리의 성전》(преподобый Дмитрий Прилуцкий)에서 류리크(Рюрик)를 초빙해 오기 100년 전이며, 성 블리디미르의 헤르소네스 전투 200년 이상 전에 우리 조상인 루스족(руссы)이 벌인 수로지 전투에 대한 아주 흥미로운 사실들을 찾아냈다.

성 스테파노는 카파도키아 출신이었고, 성 헤르만(Герман) 총대주교인 시기(716년 또는 717년)에 교육을 받으러 콘스탄티노플로 왔다. 그의 뛰어난 학식과 깊은 신앙심이 총대주교의 관심을 끌어서 총대주교는 그를 좋아하고 가까이 대했다. 하지만 성 스테파노는 얼마 후 단독으로 수행하기 위해 수도원으로 들어갔다.

30년 후 수로지의 주교가 별세하자 주민들은 새로운 주교를 임명해 달라고 콘스탄티노플 총대주교에게 청원했다. 총대주교는 성 스테파노를 수도원에서 불러내어 새로운 직무를 맡도록 설득했고, 서임해서 수로지로 보냈다. 그는 많은 사람에게 세례를 베풀었고, 레오 3세가 성상파괴운동을 시작으로 총대주교를 추방하자, 이콘 파괴에 반대했을 뿐만 아니라 황제와 성상파괴주의자인 의원들을 직접 만나 규탄하러 콘스탄티노플로 갔다.

---

11   포고딘 미하일 페드로비치(Погодин Михаил Петрович, 1800~1875) : 역사학자, 작가, 신문기자 겸 언론인이자 과학원 원사(1841)을 지냈다. 러시아 역사의 수많은 원전(1차 자료)과 유물을 수집하고 연구하여 발표했다.

'성인의 별세 이후'에도 성전은 계속된다. "몇 년이 지난 후 노브고로드에서 큰 러시아 군대가 오고, 브라블린(Бравлин) 대공은 아주 세력이 강했다"라고 기록되어 있다. 비잔틴 황제 미하일 3세 때 6360년(852)[12]에 키예프에서 "차르그라드(Царьград)와 헤르손부터 스쿠루예프(Скуруев)와 수로지까지의 그리스 땅으로" 루시와 브라블린 대공이 감행한 원정에 대해서는 카람진(Карамзин)도《데미도프 연대기》(Демидовский хронограф)에서 여러 자료를 빌려 언급했다. 브라블린 대공이 원정 왔을 때 수다크는 이미 풍요로우며 요새가 있는 도시였고, 그 중심지는 기독교 성물이 화려하게 꾸며진 성 소피아 교회였다. 브라블린이 노브고로드 대공이든 키예프 대공이든 관계없이 이 원정은 야만적 유목민의 우연한 침입이 아니었다. 그것은 그 먼 시대에 이미 형성된 크림해안과 러시아 평원 거주민들 간의 지속적 관계를 보여 주는 것이다.

우리 첫 대공의 아들인 이고리 류리코비치(Игорь Рюрикович)가 945년 그리스인들과 맺은 조약 10조에는 이미 루스 대공들이 헤르소네스(즉, 크림) 도시에 대한 권리를 언급한다. 이고리가 그리스인들을 침공할 때, 그가 이끈 수천 척의 선단에서 남은 10척의 배를 가지고 차르그라드에서 도망가며, 그는 드네프르강 하구가 아니라 키메리아 보스포루스[13]를 통해 피신했다. 그는 아조프해의 해안을 자기 땅으로 여긴 것이다.

14세기 이탈리아 지리학자들은 자신들이 만든 지도에 아조프해에서 아조프와 멀지 않게 '로시아'(Rossia) 혹은 '카사 디 로시'(Casal di

---

12 〔역주〕 앞 연도는 연대기에 쓰이는 연도로 우리나라 역사의 단기와 비슷한 것이다.
13 〔역주〕 키메리아 보스포루스(Киммерийский Босфор) : 케르치해협을 가리킨다.

Rossi, 루스마을)라는 도시를 그려 넣었다. 이 '로시아'라는 도시에 대해 아랍 저자인 에드리지14와 이븐사이드15도 아주 정확하게 언급했다. 루브루크비스도 같은 지점에 있는 러시아 마을에 대해 언급했다. 제노아인들은 1170년에 그리스인들과 맺은 조약에 따라 '로시아'에 상륙하지 않기로 했다. 위의 아랍 저자들(즉, 에드리지와 이븐사이드)도 러시아 강을 언급했고, 네스토르는 자신의 연대기에서 드네프르강의 3개 지류가 루스해로 흘러갔다고 했다.

오랜 시간 동안 드네프르강(Днепр)이 돈강(Дон), 미우스강(Миус), 볼가강(Волга)과 혼동되었고 흑해가 아조프해와 혼동된 것을 감안하면, 루스해라고 불린 곳이 아조프해였을 가능성이 아주 높다고 볼 수 있다. 1447년에 만들어진 제노아 지도에는 드네프르강의 한 지류가 정말 아조프해로 흘러 들어가고, 다른 지류가 흑해로 흘러가는 모습으로 그려져 있다. 14세기와 15세기의 다른 지도들도 같은 곳에 '러시아 선단'(Fl. Rosso)을 그렸다.

아조프 해안에 고대 루스마을들이 있었다면 고대부터 존재해왔던 루

---

14 에드리지(Эдризи): 에드리시(или Эдриси) 또는 알 이드리시(аль-Идриси)라고도 불린다. 정식 이름은 아부 아브둘라흐 마호메트 이븐 마호메트(Абу Абдуллах Мухаммед ибн Мухаммед, 1100~1161/1165)이다. 아랍의 지리학자 겸 여행가로, 그가 생존했던 당시 알려진 세계지도와 이와 관련된 《여러 지역 여행을 갈망하는 사람을 위한 여가서》(Развлечение тоскующего о странствии по областям)라는 책을 썼다. 이 책은 시칠리아 왕인 루지에로 2세의 이름을 따서 《루지에로의 책》(Книга Роджера)이라고도 불리는데, 아프리카 및 유럽, 특히 흑해 연안의 역사와 지리에 대한 흥미로운 자료를 담고 있다.

15 이븐사이드(Ибн-Саид, 1214~1274): 아랍의 작가이다.

스인들과 아조프 베네치아 사람들의 무역 관계가 설명된다. 류리크 시대에 이미 드네프르강 하류 주위에 슬라브 부족으로 보이는 우글리치족 (угличи), 즉 드네프르강과 아조프해가 만드는 '구석' (Угол) 의 거주민들이 살았는데, 아조프해와 드네프르강 사이 지역 전체가 운굴 (Унгул) 이라고 불렸던 기간도 있었다. 루스 상인들은 12세기부터 벌써 짐배16를 타고 드네프르강으로 크림 소금을 운반했다.

성 블라디미르가 벌인 코르순 (헤르소네스) 전투는 옛날 흔적을 찾아 옛 권리를 회복하려는 시도로 볼 수 있다. 레오 부사제 (Лев Диакон) 도 코르순 외에 10개 도시와 50개 마을을 정복했다고 한다. 수로지도 틀림없이 그때 정복된 도시 중 하나였다. 타브리아의 한 부분에 속했던 타만 반도를 블라디미르는 자기 아들인 므스티슬라프 (Мстислав) 에게 세습 영지로 준다. 그 후 12세기까지 타만은 올레그 스뱌토슬라보비치 (Олег Святославич) 와 올리고비치 (Ольговичи, 올레그의 후예) 들이 지배했다.

고대 타만 요새, 우리의 트무타라칸 (Тмутаракань) 과 고대 그리스 메타르하 (Метарха) 의 폐허 사이에서 흥미롭고 설득력 있는 글이 새겨진 돌이 발견되었다. 그 내용은 "인티크티온 6756년 (1068) 에 올레그 대공이 트무타라칸부터 케르체브 (Керчев, 현 케르치) 까지 언 바다를 쟀는데 8,045사젠이다"이다. 17

그런데 12세기 후에 아조프 해안에 루스 지배의 흔적들이 사라지고

---

16 〔역주〕 짐배 (барка) : 사람들이나 말들이 끌어서 움직이는 하천용 소형 화물선이다.
17 트무타라칸 돌에 새겨진 글이 잘못 인용되었다. 원래 글은 다음과 같다. "6인디 크티온 (indiction) 의 6576년에 글레브 (Глеб) 대공은 트무타라칸부터 코르체프 (Корчев) 까지의 얼어붙은 바다를 측량했는데 1만 4,000사젠이다. "

타만에 킵차크인(половцы)들이 나타난다. 그 이웃에는 연대기가 '브로드니크'18라고 부르고, 루스인들과 한때 싸웠던 기독교 신자들로 보이는 아주 신비한 부족이 또 하나 나타난다. 칼카강 전투19 전에 루스인들은 브로드니크인들을 아조프해 주위에서 만난다. 30년 후 루브루퀴스(Гильом Рубруквис) 때 그들 중에 많은 루스인들이 목격되었다. 칼카강 전투에서 참패한 후 브로드니크족 추장인 플로스키냐(Плоскиня)가 키예프의 므스티슬라프 대공에게 적절한 대가를 받으면 루스인들에게 자유를 주겠다고 맹세하고 그들을 속인다.

아마도 아조프 해안의 고대 루스 거주인들이 유목민들이 밀려들어 오면서 일부 학자들이 추정하는 바와 같이 체르카스(черкасы), 그리고 다음으로 돈 코자크들의 선조가 된 혼합 유목민족을 형성했을 것이다. 고대 권리의 가장 가까운 상속자들인 대담한 자포로제 코자크들은 트무타라칸과 케르체브로 가는 익숙한 길들을 잊지 않고 있었다.

17세기에 《우크라이나 묘사》를 작성한 프랑스 공학자 보플랑20의 증언에 의하면, 코자크들은 흑해에서 자포로제로 귀환할 때 드네프르강 말고 케르치해협, 돈강 하구와 그 하구와 합류하는 미우스강을 통

---

18 브로드니크족(бродники) : 아조프 해변과 니즈니 돈(Нижний Дон) 강변의 호전적인 거주민(12~13세기)이다. 폴로베치족(половцы)과 타타르족의 침략으로 세력이 크게 약화된 남부 스텝지역의 고대 슬라브 거주민들로 추정된다.

19 〔역주〕 칼카강(Kalka) 전투: 1223년 수보타이가 이끄는 몽골군과 키예프 루스 연합군이 칼카 강변(현 우크라이나 도네츠크주)에서 치른 전투로 몽골군이 대승했다.

20 보플랑 기욤(Sieur de Beauplan, 16세기 말~1650년 이후) : 프랑스 공학자로 《우크라이나 묘사》(Описание Украины, 1650)의 저자이다. 크림반도의 지리와 민족지에 대한 많은 흥미로운 자료를 모았다.

해 자주 돌아왔다. 코자크들은 미우스강에서 사마라강(Самара)과 합류하는 '타쉬치보다강'(Ташивода)까지 1마일 정도 육지로 배를 끌고 간 후 사마라강을 통해 드네프르강으로 들어갔다. 코자크들이 그 먼 길을 택했던 것은 오직 그들의 전력이 20~25척의 배만 남았을 정도로 약해졌거나, 터키 해군이 드네프르강 하구를 완전히 막았을 때뿐이었다.

아직도 사마라강으로 합류하고, 원류가 미우스강과 합류하는 크린카강(Кринка)의 윗줄기와 아주 가까운 강이 있는데 그 명칭은 '타쉬치보다'가 아니라 '볼치야보다'(Волчья-вода, '늑대의 물')이다. 분명 그 이름의 어원은 '볼크'(волк, 늑대)가 아니라 '볼로크'(волок, 끌었다)인데, '타쉬치보다'가 같은 뜻을 가진 '볼로치보다' 또는 '볼치야보다'로 변화된 것이다.

수로지의 운명으로 다시 되돌아가 보자. 블라디미르가 헤르소네스를 파괴한 후 수로지는 1세기도 되지 않아 헤르소네스의 무역을 제압하고 크림해안 중심 항구이자, 유럽과 소아시아에서 킵차크인 초원인 타타리아(Татария)에서 루스로 통하는 통로가 됐다. 북쪽, 동쪽, 남쪽에서, 그 중 인도에서 오는 물산도 수로지를 통해 거래되었다. 베네치아 상인 마테오, 니콜로 파올로21도 수로지에 상륙했다. 루이 9세의 사절인 루브루퀴스도 1253년에 멘구티무르 칸을 보러 갈 때 수로지를 통과해서 갔다.

아조프해와, 일부 학자들의 추정으로 흑해까지 우리말로 옛날에 수

---

21 마테오(Mateo)와 니콜로 파올로(Mateo и Николо Паоло)는 1271년부터 1291년까지 몽골의 칸 쿠빌라이(Кублай)의 궁전에서 지낸 마르코 파올로의 삼촌과 아버지다. 이들이 솔다이야(Солдайя)를 방문했다는 사실을 마르코 파올로가 자신의 책에서 언급했다. 마테오 파올로가 솔다이야에 개인 저택을 소유했다는 것은 그의 유언으로부터 알 수 있다.

428

로지 바다라고 불렸다. 비단과 기타 비잔틴제국의 수입 직물을 매매했던 상인들은 모스크바에서 수로지 장사라고 불렸고, 이들의 상품과 이들의 상점은 조금 왜곡된 채 아직도 그 이름(수로브 상점가, Суровской ряд)을 유지하고 있다. 카람진은 《역사》3권에서 "루스인들은 타브리다에서 소금을 사면 동양 장사들에게 종이와 비단, 양념, 뿌리와 교환하려고 풍부하고 번성하는 수로지 혹은 수다크로 북방 족제비 등의 고가 모피를 가지고 왔다"라고 썼다.

수다크는 크림해안의 다른 그리스 도시들처럼 안전과 지역방위를 위해 타브리아 지역을 번갈아 차지한 유목민족들과 아마도 고트족, 그다음으로는 11세기부터 킵차크인, 그리고 13세기에는 타타르인들에게 공물을 바쳤던 것이 분명하다.

할키스 시나크사리움 후기에는 1223년에 타타르인들이 처음으로 침입한 것으로 기록되어 있다. 그다음에 이들은 1239년에 다시 크림반도를 침입했다. 10년 후인 1249년에는 "그날에 모든 것이 타타르인들에 의해 지워졌다"라고 기록되었다. 하지만 1299년에 타타르인들은 무슨 이유에서인지 그들에게 공물을 바치던 수로지에 다시 군대를 보낸다. 타타르가 처음 침입했을 때 수다크는 남부해안과 함께 아직 '위대한 콤니노스 왕조'22의 일부분이었다. 1249년에는 이미 트라페주스 황제 지

---

22 위대한 콤니노스 왕조: 위대한 콤니노스 왕조와 이들과 비교된 트라페주스 황제들 (трапезундские императоры)이다. 비잔틴제국 황제인 콤니노스 안드로니크 1세 (Андроник I Комнин)의 손자이며 트라페주스제국 건국자인 알렉세이 (Алексей) 및 다비드(Давид) 콤니노스와 같은 왕조를 이룬다. 트라페주스제국과 솔다이야의 관계는 순수하게 경제적인 것이었다.

배 아래 있었다. 1322년에 타타르인들은 수로지를 완전히 정복한다. 이 슬픈 역사적 사실은 시나크사리움에 다음과 같이 기록되어 있다.

톨카테미르(Толактемир)와 카라불라트(Карабулат)라는 이름을 가진 아포크리시리우스 우즈베크(Узбек)의 사신[23]이 와서 수그데야를 전쟁도 하지 않고 정복했는데, 모든 종들을 떼어내고 이콘과 십자가를 파괴하고 대문을 닫아 버렸다. 이런 일은 아직 한 번도 일어난 적 없는 큰 고난이었다.

그다음 1323년에는 다음과 같이 기록되었다.

신을 모르는 무슬림(튀르크인)들이 하나님 구원의 표시인 수그데야 도시의 황제의 대문[24]에 있는 우리 구세주 예수 그리스도의 성스러운 이콘을 가렸다.

다음으로 1327년에는 이렇게 기록되었다.

아가치파슬리(Агач-пасли)라는 나무 같은 머리를 가진 못된 자가 요새와 수그다야의 성 소피아와 성 스테파노와 성 바르바라의 교회를 파괴했다.

---

23 아포크리시리우스(апокрисарий): 왕의 사무국(придворная канцелярия)과 정무를 관리한 고위 성직자의 그리스어 명칭이다.
24 〔역주〕황제의 대문(царские врата): 교회 안에서 제단으로 가는 문 중 중앙문을 가리킨다.

이즈음 교황 요한 22세가 우즈베크에게 기독교 신자들이 다시 수다크로 돌아올 수 있게 허용하고, 수다크의 교회들을 모스크에서 다시 기독교 교회로 복원해 줄 것을 청원한 사실25에 비추어 보면, 아마도 이러한 대파괴를 겪은 후 수다크 거주민들이 사방으로 도망가서 도시가 황폐해진 것이 분명하다.

마지막 타타르인 침입으로 수다크의 위세는 완전히 파괴되었다. 이때부터 100개 이상의 교회가 있었고, 이교를 허용하여 자기 담장 안으로 다양한 부족과 종파의 사람들을 끌어들인 인구가 많고 풍요롭고 자유롭던 도시는 독립된 생활 중심지로서의 역할이 역사에서 완전히 지워졌다. 14세기 후반부터 이곳의 운명은 크림반도의 제노아 식민지, 수다크의 영광과 풍요를 물려받은 카파의 운명과 하나가 되었다. 카파 사람들은 수다크를 1363년 혹은 1365년에 점령했다.

수다크에 오래 살던 사람들이 16세기에 브로네프스키에게 전한 이야기에 따르면, 카파 사람들은 그때 수다크를 통치하던 싸움을 일삼는 그리스 대공들의 내분을 이용하여 1365년에 도시와 그의 소유였던 18개 마을을 카파와 합병했다고 한다. 이 옛이야기는 크림반도에 거주하던 제노아인들에게 수다크, 알루스톤, 카스텔 등 해안 영토를 빼앗긴 테오도라 여왕 전설과 모순되지 않을 뿐만 아니라, 거의 그 사실

25　요한 22세 교황이 우즈베크 칸에게 부탁했던(папа Иоанн XXII просил Узбека) 1323년의 교서를 말한다. "우리는 기독교 신자들이 당한 불행, 고난, 핍박에 분개하지 않을 수 없다. 우리는 애석하게도 얼마 전에 솔다이야 도시에 거주하던 기독교인들이 무슬림들에 의해 도시에서 쫓겨났고, 교회들의 종들이 떨어졌으며, 교회들 자체가 모독당했다는 소식을 들었다."

을 증명한다. 전설에서는 테오도라와 형제 간의 싸움이 제노아인들에게 승리를 안긴 이유로 나온다.

1380년 11월 28일 제노아 콘술인 자노네 델보스코(Джаноне дель-Боско)는 토흐타미시(Тохтамыш) 칸과 제노아인들이 수다크 소유인 18개 마을을 포함하여 발라클라바에서 수다크까지의 타브리아 해안을 소유하는 것을 인정하는 '3개 우물' 조약을 맺었다. 분명히 이것은 수다크의 소유자이자 과거 수다크로부터 공물을 받아온 타타르인들 쪽에서 보면 이미 점령된 지역을 정식으로 양도한 슬픈 조약일 뿐이었다.

무역과 함께 수다크에 수많은 증거를 남긴 넓게 발전된 종교생활도 불이 꺼졌다. 수다크의 수많은 성물들이 황폐해지거나 파괴되었다. 수다크는 1386년부터 더 이상 교구의 관구가 아니었다. 제노아인들은 자신들의 가톨릭교회를 위해 그리스교회를 억압했다. 14세기 수다크에서는 가톨릭 주교만 언급되고, 수다크 그리스인들을 이웃 고트 교구의 일부로 간주하기 시작했는데, 그때까지 카파뿐 아니라 얄타, 그리고 다른 지역에 거주하는 그리스인들은 수그다야의 주교 관할 아래 있었다.

이러한 변화가 일어난 핵심적 이유는 수다크의 파괴였을 것이다. 타타르인들이 행한 파괴와 제노아인들의 점령 후에는 고대 수다크 방어시설까지 파괴된 것으로 보인다. 수다크 탑에 남은 글에서 1385년에 제노아인들이 수다크를 둘러싸는 방어시설을 축조하기 시작해서 1414년에 공사를 끝냈다는 사실, 즉 이 공사가 약 30년 걸렸다는 것이 밝혀졌다. 그러므로 우리가 보고 있는 현재 남은 수다크의 탑과 성벽들은 그리스가 아니라 제노아 지배 시대의 유물로 생각하면 된다.

14세기 후반부터 제노아 시대, 즉 수다크 생활의 두 번째 시대가 시작된다. 가장 가까운 이웃이며 소유자인 카파의 강성해진 세력에 눌린 수다크는 제노아 식민지 요새의 하나로서 인근을 항해하는 제노아 선박들이 기항하는 항구가 되었지만 핵심적 무역항으로서의 기능은 상실하게 되었다.

제노아에 있는 성 게오르시우스 은행 기록보관소에 필사본으로 남아 있는 아주 흥미로운 제노아 식민지 규약을 바탕으로 그 시대의 수다크 체제와 내부 생활에 대한 짧은 수필을 작성할 수 있었다. 미하일 보론초프(M. C. Воронцов) 공은 제노아를 방문했을 때 이 라틴어 필사본을 보고 이것의 정확한 사본을 만들도록 명했는데, 이 사본은 알룹카에 있는 대공의 서고에 보관되어 있다가 얼마 전에 처음으로 출판되었다.

수다크는 카파가 없으면 더 이상 의미가 없으므로, 수다크에 대해 말하려면 카파도 언급해야 된다. 수다크가 유명한 자유로운 도시로 번성했을 때 아무에게도 제대로 알려지지 않았던 카파는 도대체 어떻게 만들어진 것일까. 아마도 카파에 제노아인들이 처음 정착한 것은 시기적으로 4차 십자군 전쟁과 라틴제국 건국과 일치할 것이다. 십자군은 가끔 새로운 국가를 만들어내는 결과를 가져오는 대담한 기사단 모험을 감행하고는 했다.

십자군 본대에서 분리된 것으로 보이는 어떤 모험심 많은 기사가 고대 그리스 페오도시야가 있던 지역을 13세기 초에 고행자들로 구성된 공후의 군대와 함께 점령했는데, 이 기사는 역사 문헌에서 문자 R로만 지칭된다. 적어도 '제노아 공화국 조국 역사 기념물' 중에 카파의 소유자인 R이라는 제노아인이 1234년에 시행한 특권이 있는데, 그것에 따라 공화국의 각 주민이 R과 그의 동료들이 소유하는 모든 땅에서

콘술의 탑

아무 세금 없이 장사할 수 있는 권리를 얻었다.

  카파를 개인이 소유한 흔적들은 오랫동안 유지되었다. 가장 오래된 1290년 제노아 식민지 규약에는 "보니파시오 델오르토(Бонифация Дель-Орто)의 후손들을 해치려고 외부 사람이 관세를 부과하면 안 됨"이라는 조항이 있다. 똑같은 내용이 1316년 규약에도 기록되었다.

  사적 기업가 정신으로 만들어진 영국 동인도 식민지처럼, 카파는 작은 식민마을로 시작해 항해국가로까지 영역을 넓힌 13세기 말이나 14세기 초에 사적 소유자의 손에서 예전에 주인 국가였던 제노아공화국으로 소유권이 넘어갔다. 소유권이 넘어갔을 때는 이미 완전한 공화제가 실시되고 있었고, 1316년 제노아에서 출판된 흑해 식민지에 관한 규약에서는 제노아에서 파견하는 콘술과 함께 카파 지역 콘술이 언급됐다.

  크리스토퍼 콜럼버스(Christopher Columbus) 같은 영웅을 배출한

434

용감하고 진취적인 선원들은 새로 정착한 아름다운 만과 기름진 땅을 잘 사용할 수 있었다. 자유공동체의 특징인 공공심과 상업이 가져다주는 이익에 대한 분명한 신념을 가진 제노아인들은 먼저 흑해와 아조프 해안의 모든 무역도시들과 우호적 관계를 맺었다. 곳곳에 자신들의 무역권과 식민지 마을 건설을 위한 장소와 토지를 획득했다. 페오도시야 식민지 마을을 둘러싸는 넓은 해자를 파고 흙담을 쌓아서 그리스 페오도시야의 폐허에서 이전과 같은 활발한 무역도시이자 물산이 풍부한 새로운 카파가 부활했다.

이런 발전에 불안을 느낀 베네치아는 여러 번 전쟁을 일으켰다. 비잔틴의 팔라이올로고스[26]들은 비잔틴제국에서 58년간 추방되었다가 후에 제노아인들의 도움으로 4차 십자군 원정 때 베네치아가 빼앗은 로마 황제 지위에 다시 오른 후 베네치아에 대적하려고 제노아와 합병했다. 제노아는 모든 타브리다 항구에 베네치아 배가 들어오지 못하게 봉쇄했다. 피사 사람들은 7년 동안 제노아와 전쟁을 벌였지만 제노아의 영광과 풍요를 확대시킨 결과를 가져왔다.

그런데 1307년에 새로운 식민지는 다른 방면에서 전혀 예상하지 못한 심각한 타격을 받았다. 카파가 몽골인들에게 점령당하고 파괴당한 것이다. 1308년에 이지프트에 거주하던 노바이리(Новаири)가 이 일을 기록했다.

26　팔라이올로고스(Paleologos) : 11세기에 그리스에서 니케포로스 팔라이올로고스가 세운 가문으로 왕족과의 혼인을 통해 비잔틴제국의 최고 귀족 가문이 되었다. 4차 십자군 원정 때 니케아제국으로 피신하여 미하일 8세 팔레올로고스와 공동 황제가 되었고, 콘스탄티노플을 탈환한 후 1261년 비잔틴 황제가 되었다.

크림반도에 사는 프랑크제노아(франко-генуэзцев) 사람들과 북쪽 이교도들이 타타르인들의 아이들을 납치해 무슬림 국가에 팔았다는 소문을 접한 투크다가 칸(Тukta, Toxtaгу-хан)이 크게 분노해서 그들이 살고 있었던 카파시로 군대를 파견했다는 소식이 이집트까지 전해졌다. 프랑크 사람들은 겁을 먹고 배를 타고 바다로 도망가서 무슬림군은 이들을 한 명도 잡지 못했지만 투크다가 사라이(Сарай) 도시와 주위에 프랑크제노아인들이 소유한 재산을 차지했다.

1260년에 베네치아 수장인 소란초(Соранцо)가 한 번 카파를 점령한 적이 있었기 때문에 이것은 카파의 두 번째 파괴였다.

파괴된 도시를 또다시 재건하기 시작한 1308년은 오랫동안 카파 건립의 해로 여겨졌다. 황폐해진 도시의 폐허에 처음 정착한 제노아 귀족 발도 도리아(Бальдо Дориа)는 많은 새 주민들을 불러오고 겐키(Генки) 같은 원형극장 모양 집들을 세워서 카파의 두 번째 건립자로 추앙된다.

1316년 제노아공화국은 재건된 도시에 시급히 방어시설을 마련하라는 명을 내리는 한편, 방어에 필요한 무기를 보냈다. 1340년 카파는 방어시설로 보강되었고, 바로 그해에 타타르인들에게 점령당한 아르메니아에서 페오도시야와 수다크 사이의 크림해안으로 이주해온 아르메니아인들이 수공업과 상업술로 식민지 발전을 도왔다. 타타르인들은 14세기 전까지 크림반도에 독립적 칸국을 보유하지 않았기 때문에 해안도시에서 바치는 공물에 만족하고, 해안도시의 일상생활을 간섭하지 않고, 여러 면에서 식민도시의 부와 문명의 영향에 복종하기까지 했다.

436

카파 사람들의 막강한 해군, 수많은 웅장한 교회, 탑, 대저택, 도시의 진취적 상업생활은 자신들을 크림반도 전체 주인이라고 생각하던 초원 유목민들의 존경을 불러일으켰다. 타타르인들은 카파 사람들에게서 군주 선정에 대한 조언까지 받았고, 세습권력을 가지는 많은 타브리아 대공들은 자신들 사이의 분쟁을 카파에서 심판해 달라고 했다. 타타르인들과의 조약에 따라 수다크, 케르치, 발라클라바, 만구프, 얄타 등, 이른바 고티아27 지역 전체가 모두 카파 사람들의 손에 넘어갔다.

지역의 물질적 생활뿐만 아니라 지적 생활의 중심지가 되기 위해 카파 사람들은 타브리아의 모든 주민들을 위한 큰 학교를 세우고, 1318년에는 교황 요한 22세에게 카파를 별도의 대교구의 수도로 만들어 줄 것을 청원했다. 카파 사람들과 타타르인들 사이에 드물게 전투가 벌어지면 타타르인들이 큰 타격을 받아서 분쟁을 되풀이할 생각을 감히 하지 못했다.

14세기 후반 자니배크(Джанибек) 칸 때 카파 사람들은 타타르인들을 완전히 포위한 상태에서 모든 선박들을 몰아낸 후 피비린내 나는 상륙작전을 펼쳐 수많은 타타르인들을 학살했다. 자니배크는 너무 늦지 않게 강화를 요청해 제노아인들과 교황 클레멘스 6세가 그에게 파견하려고 준비하던 십자군의 침공을 겨우 면했다. 마마이28는 카파에서 죽임을 당했다.

---

27   고티아(Готия) : 고트족 국가를 뜻한다.
28   〔역주〕 마마이(Мамай, 1335~1380) : 금칸국의 군사지도자이자 실권자로 여러 명의 칸을 옹립하며 섭정했다. 그러나 1380년 쿨리코보 전투에서 루스 연합군에게 패배하면서, 루스 지역에 대한 금칸의 지배가 끝났고 금칸국도 해체의 길에 들어섰다.

1395년에 베네치아인들에게서 아조프를 빼앗은 티무르는 카파도 포위했다. 고트프리드 조갈리오(Готфрид Зоаглио)는 육지와 해상에서 빛나는 승리를 거두어 이 도시를 야만인들에게서 해방시켰다. 그러나 3년 후 카파는 다른 크림 도시와 함께 킵차크 타타르인[29]에 의해 불태워졌다.

하지 1세 기레이(Хаджи I Гирей Ангел)가 자신을 독자적인 크림 칸으로 선언했을 때, 카파와 그에 속한 다른 도시들, 즉 케르치, 수다크, 얄타, 발라클라바와 만구프는 새로운 군주와의 관계를 그대로 유지했는데, 이것은 칸에게 금품을 주고 완전히 독립적인 지위를 유지했다는 것을 의미한다.

제노아인들의 사멸은 이런 이유로 초래된 것이 아니고, 항해국가인 제노아, 베네치아, 그리스뿐 아니라 유럽 전체와 기독교를 위협한 움직임에 의해 시작되었다. 1357년 니케아 술탄인 솔리만(Солиман)은 당시 적대적 관계에 있던 비잔틴에 복수하고 싶어 했던 제노아의 도움으로 칸타쿠젠(Кантакузен) 황제로부터 유럽 트라키아를 빼앗는 데 성공한다.

그리고 100년도 지나지 않아 비잔틴은 마호메트 2세(Мохамед II)의 지배 아래 떨어졌다. 제노아 수장인 유스티니안(Юстиниан)은 3,000명의 병사와 함께 자기가 방어하고 있었던 제노아인들이 오래전부터 페라(Пера)와 갈라타(Галата)라는 2개의 부유한 교외지역을 소유했던 비잔

---

29 〔역주〕킵차크 타타르인(кипчакские татары)：쿠마니아 초원에서 온 타타르 부족이다.

438

틴제국 폐허 아래에서 영웅적 죽음을 맞았다.

그러나 마호메트 2세가 제노아 식민지를 빼앗지 않고, 제노아인들이 흑해의 자유로운 항해권을 유지할 수 있었던 것은 콘스탄티노플의 제노아 교외지역들이 어쩔 수 없이 술탄의 하렘에 수치스러운 아동 공물을 바친 대가였다. 크림반도의 제노아 식민지들은 22년간 더 존속했다.

무역권과 부가 베네치아, 비잔틴제국, 그다음 터키에 의해 약화된 제노아는 아직도 자신을 유럽의 가장 위대한 국가들과 같은 수준으로 생각하여 마호메트 2세에게 그가 저지른 만행에 대해 사과할 것을 요구했다. 카파의 소유는 강력한 무역 공동체이자 자체 선박, 요새, 군대를 보유하고 엄청난 부로 공화국 자체를 무색하게 만들었던 게오르기 은행으로 넘어갔다. 은행은 자체 의원, 관리자, 장군, 판사를 가지고 도시의 여러 기능을 수행하였다. 그러나 카파의 운명은 제노아공화국 운명과 같은 길을 걸었고, 모든 외형적 대책들도 내적 부패를 막지 못했다.

흑해 식민지들은 현지의 생활적 견고성보다 자신의 상업적 이익에 더 신경을 쓴 종주 공화국의 질투로 인해 기반이 약화되었다. 15세기에 카파는 타타르인들의 상시적 공격에 시달린 것에 못지않게 관료들의 악덕과 광범위한 뇌물관행, 공금유용에 시달렸고, 한때 카파의 자랑이자 타타르인들 사이에서도 명성을 날린 공정한 사법제도도 더 이상 존재하지 않았다. 식민지의 흑자도 더 이상 지속되지 않았다. 1457년 1년간 식민지의 적자는 49만 2,000아스프로**30**에 달했는데, 이에 더하

---

30   〔역주〕아스프로(аспро) : 제노아공국의 동전으로, 카파의 아스프로는 은 3코페이카에 해당했다.

여 4,020스쿠도(скудо)를 터키 술탄에게 공물로 보내야 했다.

1474년 러시아 이반 3세가 카파의 멘글리 1세 기레이(Менгли-Гирею)에게 보야르인 베클레미쉬에프(Беклемишев)를 사신으로 보낼 때 다음과 같이 명령했다고 한다.

"카파 콘술과 카파 사람들에게 러시아 상인들로부터 빼앗은 2,000루블의 상품을 돌려주고, 앞으로 상호무역을 위해 그런 폭행으로 무역로를 막지 말라고 고하라."

1475년 프로코피이(Прокофий)라는 러시아 사신과 상인들이 또다시 수천 루블 상당의 상품들을 탈취당하는 일이 벌어졌다. 가톨릭 주교들은 온갖 수단을 써서 다른 종교 신자들을 억압해 다른 도시로 이주하게 만들었다. 상황이 이렇게 되자 카파에 거주했던 수많은 타타르인들은 칸에게 충성을 돌려서 그의 난동과 음모, 공격수단의 역할을 맡았다.

식민지들의 종속 상태를 유지하려고 노력한 제노아공화국 수장들은 카파 사람들의 도덕적 타락보다, 자신의 국고에 미치는 손해 때문에 가슴 아파했고, 이를 해결하기 위해 당시의 유럽 정부들이 자랑하는 복잡하고도 효과 없는 관료적 행정을 펼쳤다. 제노아에서는 크림반도 상황을 개선하기 위한 위원회가 구성되었지만, 곧 다른 위원회가 이것을 대체하고, 부지런히 옛 규약을 폐지하고 새로운 규약을 만들어내고, 새로운 관리관들을 임명하고 또 임명했다. 이와 마찬가지로 제노아에 거주하고 있는 명문 귀족들로 구성된 동양후원위원회까지 결성되고 많은 노력을 했지만, 결과적으로 많은 종이에 여러 규약만 잔뜩 써 놓았을 뿐 상황은 조금도 개선되지 않았다.

자신이 통치하는 사회에 종말이 닥친다 해도 오늘날까지 만병통치

약으로 우리 정치 약국의 첫 번째 선반에 계속 서 있는 불신과 고자질을 바탕으로 한 보잘것없는 시스템은 아주 교훈적이다. 독자들을 위해 흑해 식민지에 대한 1449년 제노아 규약에 나오는 곰팡이가 쓴 관료적 마키아벨리즘의 몇 가지 예를 들겠다. 오늘날 우리 작은 페오도시야에서 일하는 관료들의 수는 다음과 같았다.

① 매년 제노아에서 파견되는 '하자르왕국에 있는 도시와 흑해 전체 관리 총책임자'인 카파의 콘술, ② 콘술의 대리, ③ 원로회의 회원 8명, ④ 금융 관리관 2명, ⑤ 카파의 행정장관 4명, ⑥ 국고 위원 4명, ⑦ 도시 자체를 관리하기 위한 회원 4명의 후견위원회, ⑧ 최고급 행정책임자인 제노아 행정장관 4명, ⑨ 하자르 무역위원회, ⑩ 식량위원회, ⑪ 고티아 군사령관, ⑫ 요새 사령관, ⑬ 용병 기마대의 사령관, ⑭ 카가이다르 대문 사령관, ⑮ 성 콘스탄티누스 탑의 군사 감독관, ⑯ 교외 군사 감독관, ⑰ 경찰 관리관, ⑱ 시장 관리관, ⑲ 거리 관리관, ⑳ 수도 관리관 등이다.

이것은 교회 필경사, 비서, 통역사, 하급관료들을 제외한 것이다. 이 모든 관료들은 서로를 주의 깊게 감독하고, 모든 것들을 공화국 어머니로부터 임명된 행정장관들에게 고발하는 것이 의무였다. 각 관료의 의무는 세부까지 정해져 있었고, 그것을 위반할 경우에 받게 될 징벌도 미리 정해져 있었다. 가장 높은 관료인 카파와 흑해 전체의 총독도 규약에는 공동체의 자연스런 적이자 공동체의 불행을 원하는, 반드시 입마개를 씌우고 데리고 다녀야 하고 마지막 한푼까지 감사해야 할 사람으로 보았다.

예를 들어 그에게 매년 500솜의 봉급을 정하자마자 "여러 가지 명분의 예전 수입들은" 엄격히 금지되고, 그는 여러 방법으로 벌금을 부과받지 않기 위해서 "재판과 조세에 참견"해서는 안 되고, "비밀리에 하든 공개적으로 하든 어떤 종류의 조달사업도, 몰래 하든 드러내어 하든 장사도 해서는 안 된다."[31] "관세를 거두는 관료는 언급된 콘술들과 어떤 장사도 해서는 안 되고, 그들을 유혹에 빠지게 만들거나, 그런 말을 꺼내는 것도 벌금형에 해당되므로 금지된다." 선물은 아무에게도, 군주에게도 받으면 안 되고, 받은 모든 물품은 인수증을 첨부해 국고에 넘겨주어야 했다. 받아도 무방하다고 허락된 것은 오직 "하루 이내 적당히 섭취할 수 있는 음식이나 음료"뿐이다.

총독의 의무를 나열하는 규약은 이에 못지않게 예방적인 것이 특징이다. 예를 들면 콘술에게는 "자기 돈으로" 기마객 1명, 하인 6명, 방패를 든 사람 1명, 요리사 1명, 말 6마리를 보유해야 하고 그렇지 않은 경우에 벌금을 내야 한다. 게다가 콘술은 동절기에 콘술의 대저택의 큰 홀에 "국고의 돈 말고 자기 돈으로" 벽난로 불을 늘 지펴야 했다. 같은 홀에는 그가 "아무도 감히 가지고 나가면 안 되는" 고문 기계를 설치해야한다. 보다시피 규약은 관료들의 집안 편의까지 배려하여 언급하고 있고, 어느 정도의 외적 화려함을 유지해야 하는지도 법으로 정했다.

발톱이 이미 베인 사자인 경질되는 총독도 아직 국고와 사회에 위험한 존재로 여겨졌다. 그는 후임자가 타고 오는 선박을 타고 카파를 떠나야 하고, 그렇게 하지 않으면 "100~200솜의 벌금을 내야 하므로 가장 편하고 가장 빠른 제일 짧은 길로" 떠나야 했다. 다른 모든 권력기

---

31   이것은 500~1000솜부터의 벌금에 해당한다.

관에 대해서도 이런 예방책들이 만들어졌다. 관리들은 서로서로를 조심해야 했다.

모든 관료에 대한 근거 없는 불신이 모든 통치 시스템의 기본 정신이었다. 위에 언급한 모든 위원회와 회의들은 로마의 독재관처럼 오직 6개월 기간으로 임명되었고, 항상 반은 카파 사람, 반은 제노아 사람들로 구성되었으며, 절반 정도는 귀족 출신들이었다. 이전 정부관리들만이 이들을 선발할 수 있었다. 주민들이 할 수 있는 것은 누가 총독으로 임명되는지 지켜보며 기다리는 것뿐이었다.

그리고 이러한 통치방식을 공화제라고 했지만, 실상은 아주 귀족적이고 전제적인 통치방식이었다. 카파의 행정장관들은 "카파 콘술만 빼고 흑해의 모든 콘술과 관료들을" 법정에 소환해서 벌할 수 있었는데, 콘술 대리와 다른 콘술의 관료들은 체벌까지 할 수 있었다. 행정장관과 콘술은 또 다른 행정장관 4명이 관리 감독했는데 모두 제노아 사람들이었고, 이들은 고문할 권한을 가졌을 뿐 아니라, 이들이 내린 판결에는 항고할 수 없었고, 이들 자신이 신성한 존재가 되었다.

주민들을 처벌하는 일이 다반사로 일어난 것 같은데, 그 이유는 이것만이 경찰의 합법적이고 지속적인 수입원이었기 때문이다. 좀더 정확히 말하면 매를 맞은 사람으로부터 25아스프로를 받았고, 교살이든 참수든 사형을 집행할 사람에게는 50아스프로, 낙인을 찍는 데 30아스프로, 팔다리를 자르는 데 3. 5아스프로, 고문은 너무 일상적인 일이라 아무 대가도 받지 않아서 이용권과 별개로 무료로 시행되었다. 그 대신 경찰은 밤에 통금종이 울린 후에 잡은 행인과 그 시각에 문을 닫지 않은 술집으로부터도 벌금을 받았다.

관료들은 봉급을 받았다기보다는 급식을 받고 있었던 것 같다. 온갖 이유로 모든 것이 편리하게 갖추어진 안전한 국가에서처럼 관료들을 위해 돈이 무슨 명분으로든 항상 거두어졌다. 카파의 군사령관은 상점, 술집, 싸움꾼, 매춘부들로부터 세금을 거두어들였는데, 규약의 협박을 보면 이 합법화된 수금인들은 대부분 경우에 약탈자나 마찬가지였던 것 같다. 시장 관리관은 반입되는 모든 상품에서 세금을 받았고, 항구로 입항하는 모든 선박은 돌을 한 짐 배에 싣고 들어와야 했다. 임명받는 모든 관리관에게 공물이 부과되었다. 소금에도 관세를 부과했다. 카파 국고 필경사에게 콘술은 매년 300아스프로, 다른 고용자들은 6아스프로씩 지급해야 했다. 모든 기업과 수입은 독점으로 운영되었는데, 나무 독점, 풀 독점, 청과물 독점, 숯 독점까지 있었다.

배려심 많은 공화국 어머니가 카파 식민지 생활의 편의를 위해 모든 것들을 아주 세세한 부분까지 고려해서 예견하고 규정을 정해 놓았고, 카파 관료들에게는 주민들의 행복을 위해 노력하라는 아주 엄격한 지시를 했다. 거리 관리관은 규약에 따라 도시를 "깨끗하고 윤택하게 아무 오물도 없이 유지하고, 주민들이 감히 문밖으로 물이나 오물을 부어 버리면 그들에게 벌금을 물게 해야" 했다. 규약에서는 여관 불이 몇 시까지 켜져 있어야 하는지, 몇 시에 어느 종이 몇 번 울려야 하는지 정해져 있고, 교회 민속축제를 위한 자세한 규칙들이 정해져 있는데, 교회에 기부하는 초의 숫자뿐만 아니라 여러 상황에 필요한 줄과 실까지 빠지지 않고 언급하였다.

몇 가지 예를 들겠다. 국고는 이름별로 나열되어 있는 30개 교회 명절 때 똑같이 이름별로 나열되어 있는 18개 교회로 제공해야 한다. 그

444

외에도 큰 명절 때 국고자금으로 진행하는 조명과 불꽃놀이가 명시되어 있다. 병자와 경찰을 위한 와인, 프랴니키(пряники), 사과, 포도, 건포도, 아몬드, 사탕에 350아스프로 식으로 지시되었다. 향초에, 할렐루야와 칼리메라스를 부르러 오는 그리스인들에게, 예수 세례일에 물에 몸을 던지는 소년들에게, 종치기에, 항아리에 지불되는 비용도 명시되었다.

공화국 수호자인 성 게오르기32의 날 행사에 지출되는 비용은 다음과 같다. 경마와 유색 직물, 예를 들어, 다홍색 직물 한 필에 1,200아스프로, 거머리말에 80아스프로, 문장 그리기, 띠(리본), 박차 한 켤레, 전령사를 위한 빵과 치즈, 여우 6아스프로, 수탉 6아스프로, 줄과 실 10아스프로, 경마를 위한 기둥, 콘술이 카가이다르 대문으로 갈 때 저녁식사, 즉 건포도, 샐러드, 식초, 와인 비용 등이다.

---

32 공화국 수호자인 성 게오르기: 자신들의 수호성인으로 성 마르크(святой Марк)를 지정한 베네치아 사람들과 같이 제노아 사람들은 자신들의 수호성인으로 성 게오르기를 택했다. 14세기 초부터 이 성인의 얼굴이 제노아 사람들에 의해 공화국 문장으로 지정되어서 이전에 사용하던 '대문'을 대신하게 되었다. 제노아의 또 다른 문장은 하얀색 바탕의 빨간색 십자가다. 제노아 도시의 고문서 보관자인 안젤로 보카시(Анжело Бокасси)가 20세기 초에 쓴 논문에서는 문장에 대해 다음과 같이 서술했다. "… 제노아 공화국의 최상위 직위인 도제(дож)라는 직위가 제정되었을 때(1339)와 공화국 이름이 동쪽 먼 나라들에서 유명해지고 세력을 얻고 있었을 때 제노아의 지도자들은 공동체의 문장 즉 하얀 배경에 빨간 십자가가 그려진 방패 또는 성 게오르기 이미지 혹은 십자가가 그려진 깃발을 든 부활절 양의 그림이 들어간 문양을 공공건물에 걸도록 공포했다." 카파에서 성 게오르기 축일은 4월 23일이었는데 이날을 더욱 성대하게 기념하도록 4개의 큰 장작불을 피우게 하고, 이를 위해 80아스프로의 금액을 주교에게 할당했다.

마찬가지로 세례 요한의 날에 지출되는 세세한 비용도 적혀 있어서, 셔벗, 에일, 체에 친 밀가루로 만든 빵, 체리 등을 위한 금액이 지시된다. 다른 명절에 대해서도 똑같이 자상하게 규정한다. 콘술이 식사할 때 규칙으로 트럼펫 연주자 2명이 환영곡을 연주하고, 콘술이 교회에 갈 때 연주자 한 명이 피리 연주를 해야 한다. 군악대장은 이렇게 하지 않으면 벌금을 내야 하고 말을 타고 콘술을 호위하며 교회까지 가야 한다.

원래 규약에는 직접적 명령과 협박이 번갈아 나타나는데, 이 협박들은 식민지의 내부적 일상생활을 바르게 이해하는 데 도움이 되는 아주 특징적인 것이다. 이런 식으로 규약의 한 조항은 "토지세를 거두는 자에 의해 집들이 파괴하지 않도록" 요구하고, 다른 조항에는 대문 경비대장이 "상품을 가지고 들어오는 주민들을 무례하게 대하지 말 것"을 엄중히 규정한다. 가장 엄격히 금지된 것은 "노예 대신 카파 사람들을 팔아넘기는 것"이었다.

주민들에게 관세를 거두는 칸류크인[33] 투둔[34]이 "카파에 1년 이상 거주한 카파 사람들의 일에 간섭하고 그들을 심판하는 것"을 엄격히 금지한다.

규약의 다른 데에 나오는 말은 "카파시의 주교가 가끔 이교도들을 괴롭히고 억압하고 약탈한다고 하는데, 이것은 도시와 교외 인구가 줄어드는 이유일 수 있고, 카파에 분명한 위험과 해가 될 수 있는 이유로" 다음과 같이 규정했다. "현재와 미래의 카파시의 모든 주교는 타

---

33 〔역주〕칸류크인(канлюки): 아마도 몽골인을 가리킬 것이다.
34 〔역주〕투둔(тудун): 카간(몽골 황제)의 대리를 가리킨다.

민족의 수확을 침해해서는 안 되고, 위에 언급한 그리스인, 아르메니아인, 유대인, 그리고 다른 이교도들의 재산을 약탈해서도 안 되고, 유서를 남기지 않고 죽은 사람의 영지를 침탈해서도 안 되고, 기타 주교에 의한 다른 억압에서 해방되도록 해야 한다."

우리는 일부러 이러한 장황한 인용으로 독자들의 주의를 끌려고 했다. 이런 것을 알게 되면 제노아 식민지인 카파와 솔다야, 쳄발로 등의 정치생활과 사회생활이 어떠했는지 좀더 분명해진다. 이제 추가로 설명할 것은 솔다야(수다크) 자체의 구성에 관한 몇 가지의 세부 사항이다.

솔다야에는 별도의 콘술이 파견되었는데, 그는 카파 공동체로부터 1년에 100솜, 즉 카파 콘술보다 5배 적은 급료를 받았고, 그 돈으로 하인과 말 한 마리를 급양해야 했다. 이외에도 그는 요새관리관, 금융관리관 및 군사령관 직 등을 동시에 수행했다. 그는 밭이나 포도원을 소유할 권리가 없었다. 부당하게 세금을 거두어들이는 것과 '몰이사냥'도 엄격히 금지되었다. 카파로 가는 짐배와 직물을 관리하는 규약에는 "솔다야 사람들은 자유롭고 아무에게도 구속되지 않아야 한다"라는 규정이 있어서, 이에 간섭하는 것도 금지되었다. 그는 상급자인 카파의 콘술과 행정장관들에게 복종해야 했다.

15세기에 수다크가 단지 군사요충지로서의 역할만 수행하면서 이전에 활발했던 상업과 많은 인구를 규율하던 모든 것들이 흔적도 없이 사라졌다. 15세기 수다크의 시민 관료로는 필경사 1명, 상업관리관, 그리스어를 담당하는 서기만 활동했다. 분명히 이 당시 모든 흑해 식민지의 행정과 법률의 중심지는 카파였고, 다른 도시들의 독립적 생활은 완전히 쇠락했다. 또 하나 언급할 수 있는 사실은 수다크 시민들의 생활은 지극히 불안하고 넉넉하지 못했던 것이 틀림없다.

수다크는 규약으로 통치되는 엄격한 군사계엄 체제였다. 요새가 가장 중요했고, 요새의 긴요성이 모든 규정에 반영되었다. 규약에는 다음과 같은 문구가 있다. "밤에 대문을 여는 것은 매우 위험하므로 앞에 언급된 솔다야 대문은 아주 필수적인 경우를 제외하고 밤부터 낮이 될 때까지 닫혀 있어야 하고, 대문 앞의 대교는 늘 올려 있는 상태여야 한다." 콘술의 군사부관은 성 엘리야 요새와 성 십자가 요새에 각각 한 명씩 있었다. 두 사람은 콘술, 필경사처럼 솔다야 시민들이 아닌 관리들이었다. 성 엘리야 요새에는 병사가 4명 이상 있어야 했고, 성 십자가 요새에는 적어도 병사 6명이 있어야 했다.

군사부관들은 해가 지자마자 자신의 요새에 들어와 해가 뜰 때까지 자리를 지켜야 했다. 연주자는 밤 내내 피리를 불면서 성벽을 경비해야 했다. 이외에도 성벽 위에서 밤을 지새야 하는 터키 북을 가진 경비병과 트럼펫 연주자 2명이 있었다. 교외의 외부 대문과 시장 대문에는 매일 밤 보초 2명이 경비를 섰다. 그러나 요새에 주둔하는 군인은 수가 많지 않았는데, 무기와 '단단한 방어복'을 입은 기마 코자크 8명과 두 문의 노포(弩抱)와 다른 무기를 보유한 용병 20명이 있었다. 성채 경비를 서는 병사들을 카파로 내보내는 것은 엄격히 금지되었고, 다른 병사의 경우 콘술은 한 번에 2명씩 짧은 기간 동안 내보낼 수 있었다.

콘술 자신도 규약에 따라 솔다야 통금종이 울린 후에 자신의 근무지를 떠나서 〈아베 마리아〉(*Ave Maria*)를 부르며 저녁 예배가 시작되면 솔다야를 떠나 다른 데서 밤을 보내는 것이 금지되었다. 통금종이 울린 후에 거리에서 발각된 사람에게는 벌금을 물렸다. 콘술과 도시 후원위원회가 야간에 성벽 보초를 서는 주민들을 선발해 경비 병사가 부족한 것을 보충했다. 후원위원은 콘술과 이전 후원위원회가 선발했는데, 가톨릭 신자 한 명과 그리스 사람 한 명으로 구성되었고, 순수하게 경제적 성격의 기구였다. 위원회의 임무는 식량, 무기를 관리하고, 도시와 방어시설 수리를 감독하는 동시에, 유익하고 필요한 것이라고 생각하는 모든 것을 콘술에게 보고하는 것이었다.

먼 고대에 이미 포도주 양조의 중심지였던 수다크는 아직도 그 위상을 유지하고 있다. 이 도시의 주산업이 농업이었다는 것은 당시 규약을 보면 분명히 알 수 있다. 오늘날과 같이 물이 없으면 수다크 포도원들은 바로 죽게 되는데, 물에 대한 배려정책은 대단했다. 콘술과 가장 뛰어난 주민 8명이 매년 3월 1일에 정직한 시민 두 사람, 즉 가톨릭 신자 한 명과 그리스정교회 신자 한 명을 뽑아 물 관리위원회를 구성했는데, 이 위원들은 솔다야에 늘 물이 풍부하게 비축되고, 각 포도원 주인이 차례로 물을 이용하되 위원회가 정해 놓은 양만 사용하도록 감독했다. 이런 방식으로 물을 주민에게 분배하고 관리할 사람을 뽑는 전통은 아직도 수다크에 남아 있다. 수도관을 설치하고 수리하는 기술자가 이 위원회 감독을 받으며 일했다. 그러나 포도원은 주인들에게 큰 수입을 가져다주지 못했는데, 그 이유는 수입의 절반 정도를 방어시설을 수리하고 경비하는 비용으로 거두어 갔기 때문이다.

당시 솔다야는 주민들이 스스로 카파 콘술이 추인하는 마을 지도자를 뽑는 18개 마을을 보유하고 있었다. 솔다야 주민들은 스스로 주민 중에서 백부장 4명을 뽑을 권리만 가졌고, 그 후 콘술은 전령사를 통해 공동체의 지방 관청으로 '모든 도시인과 솔다야의 모든 거주자'를 불러 모았다. 그런데 후보자 4명 중 누구를 임명하는가도 콘술에게 달렸으므로 흑해 식민지에 거주하는 제노아인들에게 자치권은 거의 없었다고 보아도 과언이 아닐 것이다. 당시 수다크 주민은 이탈리아인, 그리스인, 타타르인으로 구성되었다고 추측되는데, 그 근거는 규약에 통역사는 이 세 언어를 다 아는 사람이어야 한다고 규정되었기 때문이다.

기부금 할당 규정을 보면 당시 솔다야에는 가톨릭교회가 13개 있었던 것으로 보이고, 경마와 민속축제가 벌어지는 성 게르바시움과 프로타시움(Гервасий и Протасий) 기념일이 명절이었던 것 같다. 수다크는 상업은 물론이고, 어업도 크게 발달하지 않았다. 솔다야 규약에는 어획 관세가 전혀 언급되지 않았고, 쳄발로, 즉 발라클라바에 관한 규약에 어업에 대한 상세한 사항이 규정되었다. 내부의 부패와 도덕적 타락으로 약화된 어머니 공화국에 애국적 에너지와 창의적 정신을 빼앗긴 흑해 식민지와 비잔틴제국을 점령한 무서운 민족의 충돌 결과가 어떨지는 분명했다.

이 충돌의 외적 명분은 비잔틴 함락 후 얼마 지나지 않아 생겨났다. 카파가 소유한 시골지역을 관리하기 위해 통상 타타르 칸은 카파 정부의 추인을 받는 조건으로 크림 출생의 관리관을 임명해왔다. 관리관 임명은 식민지와 칸 충돌의 끝없는 명분이 되어 결국 카파, 수다크와 크림반도에 있는 제노아의 모든 영지를 완전히 붕괴시킨 단초가 됐다.

1475년에 카파 시골지역 관리관인 에미네크(Эминек)가 안토니에토 델라 카벨라(Антониетто делла-Кабелла)가 콘술이던 시기에 카파 의원이자 권력 있는 제노아인인 오베르토 스카르치아피크(Оберто Скарчиафик)

의 음모로 해고당하는 일이 발생했다. 스카르치아피크 당에 자리를 양보할 의향이 없었던 에미네크는 다른 방도를 찾지 못하자 마호메트 2세의 보호를 요청하게 되었다. 마호메트 2세는 총리대신 아흐메트 파샤(Ахмед-паша)와 2만 명의 상륙 부대를 해상 원정에 나서게 하여 카파를 파괴하라고 명했다.

14년 전 자신의 아버지인 하지 기레이 칸의 첫 번째 전투 때 카파 사람들에게 포획된 멘글리 기레이 칸이 카파를 방어하려 했지만, 터키 해군의 위세는 제노아인들과 타타르인들을 공포에 빠지게 만들었다. 충돌의 단초가 된 에미네크의 라이벌인 쉬린 세이타크(Ширин-Сейтак) 관리관은 도시에서 도망쳤다. 터키 포병은 두꺼운 성벽을 깨뜨렸고 성 아래로 굴을 팠다. 아르메니아인 지도자 중 한 사람이 지휘관 없이 남은 방어부대의 지휘관 역할을 맡았지만 얼마 못 가 항복하기로 결정했다. 아름다운 도시는 야만적 약탈을 당했다.

카파가 점령당할 당시 거주민의 민족구성은 다양했다. 아르메니아인, 그리스인, 유대인, 프랑크인, 블라크인, 러시아인, 폴란드인, 심지어 조지아인, 밍그렐리아인과 체르케스인까지 있었다. 러시아인들은 1318년부터 카파에서 러시아정교회까지 운영하고 있었다. 카파 전체 인구는 6만 명에 달한 것으로 추산되었다. 이들 중 상당수가 무자비하게 살해되었고, 일부 주민들을 산악지역과 타타르인 마을로 도망가서 타타르인과 혼혈되고 목숨과 재산을 유지하기 위해 무슬림화되었다. 이들은 외모가 스텝 유목민을 닮은 데가 없고, 크림 산악 타타르족의 부족 중 일부가 되었는데, 너무나 그리스 로마 민족의 각이 잡힌 외모를 갖고 있었다. 남부해안의 몇 지역과 알룹카와 얄타 사이에, 특히 시메이즈(Симеиз), 리멘(Лимен) 등에 제노아인들이 특히 집중적으로 거주했다. 팔라스도 타타르 마을 거주민들의 두상이 길쭉한 데 크게 놀랐고, 자신도 모르게 조상들의 유전자를 잘 간직한 이 사람들이 제노아인의 후손임을 인정했다.

남부해안에 거주하는 타타르인들의 자유로운 풍습, 고대 기독교 성물에 대한 존경심, 그곳에 있는 성스러운 샘물을 찾아가는 순례, 일부 기독교 명절에 대한 경축, 아이사바(Ай-Сава), 아이토도르(Ай-Тодор), 아이바실(Ай-Василь), 아이페트리(Ай-Петри), 즉 성 사바스, 성 테오도로스, 성 바실리우스, 성 베드로 같은 많은 기독교 이름을 가진 마을들, 그리고 마지막으로 남부해안 타타르인들을 스텝 유목민과 차별화하는 원예와 기타 정착생활 양식 등은 산악 타타르인과 혼합된, 절반은 유럽적인 원형의 확고한 특징들이다.

터키는 이스탄불의 황폐한 지역에 정착시킬 목적으로 4만 명의 식민지 주민들을 포획해서 데려갔는데, 단번에 이스탄불까지 가지 못하고, 시메온 포르마리오(Симеон Формарио)라는 한 용감한 반란자가 반란을 주동하여 경비를 결박한 후 몬카스트로35라는 도시에 선착했다. 그러나 터키인들을 무서워한 요새관리관은 제노아인들끼리 싸움하는 틈을 타고 선박을 점령해서 다시 차르그라드로 보냈다. 카파의 모든 노예들도 술탄에게 보내졌고, 그중 1,500명의 소년들이 그의 하렘으로 보내졌다. 터키는 관청이 소유한 모든 무기와 4만 개의 금동전을 요구했다. 주민들에게는 영지의 절반만 남겼고, 큰 부담이 되는 공물을 부과했다.

35　〔역주〕 몬카스트로(Монкастро)：현재의 아케르만(Акерман)을 가리킨다.

카파(현 페오도시야)의 사도 요한 아르메니아 교회

궁전과 교회들이 파괴되었고, 가장 모양이 좋지 않은 것만 모스크로 변형시켰다.

카파가 어느 정도 파괴되었는지 말해 주는 것은 1449년 규약에 언급되는 20개의 가톨릭교회와 몇 개의 수도원 중 1660년 보플랑이 본 것은 오직 성 베드로 성당 하나였는데, 16세기에 브로네프스키가 카파에서 가톨릭교회를 보지 못했다는 사실에 비추어 볼 때, 그것은 나중에 복원된 교회였던 것 같다. 그리스와 아르메니아 교회는 그대로 방치되었거나, 적어도 나중에 이중 일부는 재건이 허락된 것 같다. 보플랑은 1660년에 카파에서 아르메니아 교회 22개, 그리스교회 12개를 찾을 수 있었다. 18세기 말에 툰만(Тунманн)이 《크림 견문기록》을 작성했던 1784년경에는 카파의 성 베드로 가톨릭교회와 많은 아르메니아 교회와 그리스교회도 틀림없이 러시아 군대가 크림을 파괴한 후에 완전히 폐허 상태였다.

《러시아 연대기》는 1475년 터키 사람들이 카파를 파괴한 것에 대해 다음과 같이 기록했다.

6983년(1300)에 터키인들이 카파를 자치했고, 모스크바에서 온 상인들을 대거 살육하고, 많은 주민들을 포획한 후 몸값을 요구했다.

16세기에 카파를 방문했던 폴란드 대사인 브로네프스키는 터키 사람들이 카파를 포위하는 한 장면을 기록해서 우리에게 보여 준다.

그리스 섬들에서 교회를 검사하러 온 존경할 만하고 솔직한 그리스 관구장 주교에게서 내가 알게 된 사실은 터키인들이 엄청난 수의 군대를 동원해 이 도시를 바다로부터 포위했을 때 제노아인들은 용맹스럽고 거세게 방어했지만, 기아와 강력한 터키군의 계속되는 포위를 견디지 못하게 되었을 때, 선발된 천 명의 병사는 그때까지 온전히 남아 있던 큰 교회로 들어가서 며칠 동안 터키군대가 들이닥친 아래 요새에서 방어를 펼치면서 자랑스런 승리를 거두었으나, 결국 압도적인 적군의 수에 밀려 그 교회에서 모두 죽임을 당했다. 터키 병사들은 교회의 문과 창문을 모두 돌로 막아서 살육당한 사람들의 시신들이 아직도 매장되지 않은 채 누워 있다. 거기에 거주하는 세니야크(Сенияк, 관리관)는 내가 그 교회에 들어가지 못하게 막았다.

카파가 점령되고 9일 후 프랑크아주르(Франк-Азур) 해안 궁궐에서 터키 총리대신은 도시를 배신한 아르메니아 지도자들에게 융숭한 점심식사를 마련했다. 잔치 후 손님들이 좁은 계단으로 내려갔을 때 그들을 기다리고 있던 것은 도끼를 들고 서 있는 망나니였고, 그들의 머리는 하나하나 땅에 떨어졌다. 오베르토 스카르치아피크는 더 성대한 사형을 집행하려고 차르그라드로 데리고 갔다. 그는 턱에 철제 갈고리가 걸린 채 죽임을 당했다. 카파 주교인 시몬(Симон)은 그 당시 폴란드 왕의 대리인 마르틴 가스톨드(Мартин Гастольд)에게 도움을 청하려고 키예프에 와 있었다. 식사를 하다가 카파가 함락됐다는 소식을 들은 주교는 그 자리에서 쓰러져 죽었다.

수다크, 발라클라바, 인케르만, 헤르소네스, 케르치, 타나, 크림해안 전체가 터키인들에게 파괴당했다. 탁자형 산 정상(Столовой горе)으로 도망간 제노아인들이 몸을 숨긴 만구프가 다른 어느 곳보다 오래 버텼다. 어떤 화살도 만구프 정상까지 날아갈 수 없어서 강철 도시라고 불렸고 난공불락이라고 간주되었다. 아흐메트는 기아로 점령하려고 그곳을 포위했다. 그러나 얼마 지나지 않아 도시 지도자가 사냥을 나갔다가 터키인들에게 사로잡혔다. 제노아인들은 반대쪽 대문으로 도망가다가 일부 사람들은 구타당했고, 일부 사람들은 차르그라드로 압송되었다. 제노아인들이 유일하게 지킨 도시는 견고한 성벽으로 둘러싸인 스타리 크림뿐이었다.

술탄은 유배를 보낸 멘글리 기레이 칸을 통해 제노아인들이 헛되이 평화를 기대하거나 자신들의 운명이 나아질 것을 기대하지 못하게 설득했다. 멘글리 기레이는 다시 칸으로 임명되었고, 그와 같이 온 터키 군대는 스타리크림을 함락시켰다. 멘글리 기레이의 몇 안 되는 친구들과 그리스인과 아르메니아인을 빼고 제노아인들은 다 죽임을 당

했다. 카파, 수다크, 그리고 모든 제노아 도시들이 타타르인들에게
넘어갔다.

그러다가 1577년 터키인들이 마호메트 칸을 쫓아내자 그때부터 크림
반도가 러시아에 합병될 때까지 수다크, 카파, 발라클라바와 크림반도
의 모든 해안도시들이 터키의 직접 지배를 받았다.

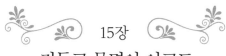

15장
기독교 문명이 이교도
타타르인들에게 베푼 은혜

키질타쉬로의 여행 — 파르페니 수도원장 기념비 — 그의 삶과 죽음의 이야기 — 키질타쉬 수도원[1] — 타타르인 억압 — 크림반도의 현재 상황과 예전 상황의 비교 — 우리가 크림반도를 장악하고 있는 대가 — 러시아인들이 타타르인들에게 준 이익

수다크에 왔는데 키질타쉬 암자를 방문하지 않는 것은 큰 죄이다. 우마차를 빌려 타도 좋지만, 그보다 더 좋은 것은 3마리 말이 끄는 역마

1 　키질타쉬 수도원(Кизилташской пустыньки) : 키질타쉬 남자 수도원은 크림전쟁 직전인 1853년에 건립되었고, 첫 수도원장은 1856년에 임명되었다. 수도원은 크림 주민들의 경외의 대상이 되었고 수많은 전설에 둘러싸여 있었으며, 1923년까지 운영되었다. 수도원이 폐쇄된 이후 시간이 지나면서 이 건물과 부지는 농업노동조합, 소년원, 국방부요양소 등으로 사용됐고, 1950년부터 1992년까지 극비 군사시설이 있었다. 수도원 건물들은 토대까지 철거되었고 이 지역 접근이 불허되었기 때문에 고고학 탐사는 진행되지 않았다. 1997년 4월 15일 수로지의 성 스테파노(Стефан Сурожский) 이름으로 키질타쉬 남자 수도원의 문이 다시 열렸고 니콘(Никон) 이구멘이 수도원장으로 부임했다. 현재도 수도원에 접근하는 것은 아주 어렵다.

차를 타는 것이다. 크림 역마차란 피나무 껍질을 꼬아 만든 러시아 농민의 수레와 비교하면 단단하게 결합된 용적이 큰 전형적인 독일식 수레다. 이 수레에 가죽끈 달린 용수철이 걸려 있는 마차를 독일인들은 쉬툴바겐(Stuhlwagen)이라고 부르며, 이 편리한 마차에 아내와 아이들을 태우고 다닌다. 그러면 이것이 정말 용수철 마차가 된다.

크림의 강한 햇빛 때문에 피곤해지고 더위에 시달리고 싶지 않으면 아침 일찍 출발하면 된다. 수다크부터 키질타쉬 숲 입구의 굽이까지 10베르스타 정도의 거리는 타라크타쉬(Таракташи)를 통해 돌이 많고 노출된 도로를 달리게 된다. 돌들이 아래와 사방에 깔려 있어서 거의 구름 밑까지 돌이 깔려 있는 듯하다. 이것은 도무지 견딜 수 없다.

하지만 도로 오른쪽에 있는 숲이 우거진 산골짜기로 돌아갈 때는 그 기쁨이 한없이 커진다. 힘든 여행은 한없이 그늘진 공원에서의 멋진 산책으로 변한다. 나뭇가지가 마차로 끼어들고 마차 위로 얽히는데, 숨을 쉬며 흔들리는 천장 아래 빠져나갈 곳이 없고, 햇빛은 여기서 녹색을 띤 금빛을 낸다. 봄의 상쾌한 선선함은 미궁처럼 당신을 둘러싸는 나무줄기와 나뭇가지들 사이에 깃들어 있다. 그림자들이 부드러운 부채처럼 당신의 얼굴을 기어다니고, 햇빛은 나뭇잎 사이로 천 개의 기쁘고 맑은 눈으로 당신을 본다.

늘 그렇듯이 험난한 도로는 이제 평평해져서 배부른 말 3마리는 우리와 같이 그늘진 숲 골짜기로 들어가서 꽃이 피는 숲 언덕으로 우리를 데려간다. 싱그러운 풀들과 남쪽 향기의 진한 달콤함, 진한 화려함이란! 분홍색 연리초(Lathyrus)가 화려한 화채를 펼치며 화관으로 덤불을 감고 있고, 어린 분홍색 나방들이 어린 녹색 풀 위에 연한 홍조를 가득 뿌

458

린다. 향기로운 루타(Ruta)가 덤불보다 크게 자라고, 여러 종류의 난초들이 긴 깃털 장식처럼 숲의 초원에 얼룩덜룩 서 있다. 이러한 풀들은 우리가 살고 있는 저지대 뜨거운 스텝에서는 찾을 수 없는 것이다. 그 모든 것들은 해와 물과 숲, 그늘이 있는 녹색 산의 거주자들이다.

여기서는 모두가 시원하고 즐겁다. 봄 숲은 우리를 자기 가족으로 받아들이고, 우리에게 자신의 오월의 기쁨을 다 드러내 보인다. 우리는 숲이 만들어 준 아름다운 꽃을 따고, 숲의 샘이 뿜어내는 얼음같이 찬 물을 마시고, 숲의 녹색 나뭇가지들과 말없는 이야기를 나눈다. 우리는 숲과 함께, 그리고 자연 안에 살고 있다. 숲과 특히 친한 것은 분홍 나비나물의 곱슬한 덩굴과 잘 어울리고, 행복한 목소리가 숲의 새들이 지저귀는 소리와 너무 흡사하여 둘이 하나가 되는 7살 먹은 내 금발머리 소년이었다. 봄은 아이, 새, 꽃, 개울, 모든 것들에게서 자신을 알아보고, 자신을 환영하는 것이다.

키질타쉬 수도원까지 한 시간 거리의 깊은 숲속의 조용하고 어두컴컴한 골짜기에서 높은 십자가가 서 있는 하얀 대리석 기념비로 우리는 다가갔다. 다듬어지지 않은 나무줄기로 만든 그 십자가는 야생 포도의 화채로 감싸여 있고, 황량한 숲속에서 관광객의 호기심을 무심결에 불러일으키는 시적 풍경이다.

지금 처음 그 십자가를 보지만, 크림반도 거주자인 우리는 이것이 무엇인지는 잘 알고 있다. 바로 여기서 시작이 되고 페오도시야 교수대에서 마무리된 피비린내 나는 비극의 기억이 아직 생생하다. 기념비는 1866년 8월 타라크타쉬 타타르인들이 키질타쉬 수도원의 수도원장이었던 파르페니(Парфений)를 죽인 바로 그 자리에 세워져 있다.

모두가 파르페니를 잘 알고 있고, 그를 다 기억한다. 이 사람은 키질타쉬 숲의 용기 있고 활동적인 주인이었다. 그는 암자를 변화시켜 풍요로운 살림과 농업의 터전으로 만들려고 했고, 그 목적을 거의 다 달성했다. 그는 부지런해서 하루 종일 자기 공장과 농장에서 일했다. 수도사 몇 명이 그를 도왔고, 노동자를 고용할 돈은 없었다. 파르페니가 오기 전에 키질타쉬 수도원에는 치료효과가 있는 샘물이 있는 동굴과 나뭇가지를 꼬고 흙을 발라 만든 두세 채의 집밖에 없었다.

나머지는 모두 파르페니가 만든 것이다. 그는 나무를 찍어내어 도로를 만들었고, 암석을 파내고, 널빤지를 톱질하고 석회와 벽돌을 굽고, 숲 배나무들에 접목을 붙였고, 포도원들을 만들고 우물을 팠다. 절벽에 있는 작은 동굴2이 2채의 객사, 교회, 수도사의 방들과 여러 창고들이 있는 작은 수도원이 되었다. 주위 숲은 정원, 채소밭, 포도원, 밭이 되고, 높은 산속에 제분소 물레방아가 돌아가고, 말무리와 가축이 자라고, 순례자들이 옛날 추억으로 신성화된 성일에 키질타쉬 수도원으로 몰려왔다.

열정과 기업가 정신이 넘치고, 농업 경험이 많은 파르페니는 주변

---

2   절벽에 있는 작은 동굴에서 … 옛날 추억들에 의해 신성화된 때의 날들에(Из пещерки в скале … в дни, освященные старыми воспоминаниями). 높은 산속에 위치한 성스러운 샘이 있는 동굴이 오늘날까지 유지되었으나, 작가가 서술한 벽화나 케펜이 언급한 고대 석제 이콘은 없었다. 이 장소는 고대부터 신성시되었는데, 소수의 고고학적 발굴물을 보면 여기에 기독교 성물들이 7세기부터 있었다는 것이 나타난다. 전설 중 하나에 따르면 여기에 수로지의 스테파노 주교의 여름별장이 위치했고, 동굴 안에 예배당이 있었다고 한다. 그렇지만 동굴은 그보다 훨씬 더 오래전부터 존재한 고대의 전당이었다.

농부들의 지도자가 되었다. 그는 모든 일에 숙달한 능력자였다. 건축가, 엔지니어, 목공, 난로직공, 정원사, 축산업자 등, 무슨 일이든지 할 수 있었다. 수도사 의상을 입은 파르페니는 작은 표트르 대제였다. 사람들은 모두 그에게 조언을 구했고, 그에게 일을 부탁했다. 키질타쉬를 방문한 사람들은 이곳 숲의 아름다운 풍광과 현명한 주인의 순박한 친절에 감동한 채 돌아왔다. 타타르인들도 파르페니를 아주 존경했고, 수도원장이 아주 엄격한 것을 알고 있어서, 성당의 소유였던 숲들을 감히 건드리지 못했다.

전쟁을 시작하고 포위를 견뎌낸 흑해의 리버풀이었던 수다크는 이미 오래전에 여러 부족과 종교를 가진 도시인들과 작은 과수원을 소유한 농민들만 사는 평화롭고 궁벽한 촌락이 되어 버렸다. 큰 지주들이 포도주 양조를 하려고 성모제(Покров) 때쯤에 수다크로 와서, 2주일 정도 조용한 수다크가 익숙지 않은 소음과 움직임으로 이곳에 활기를 불어넣는다.

나머지 기간 동안 과수원을 돌보는 것은 관리자나 정원사들이고, 예전에 가장 가까운 이웃이었으며 경험이 아주 많은 타라크타쉬 타타르인들이 주로 정원사를 맡았다. 파르페니의 경험 많은 눈은 러시아인들이 소유한 과수원을 돌보며 그것을 엉망으로 만드는 타타르인들의 꾀를 폭로했다. 파르페니의 진심 어린 조언으로 관리자 중 여러 사람이 일자리를 잃어버렸다. 그리고 바로 이 아무것도 아니고 평범한 사건이 모든 비극의 숙명적 단초가 되었다.

타라크타쉬의 영향력 있는 가문의 타타르 남자 2명은 자신들의 꾀를 폭로하고, 돈벌이가 잘되는 일자리를 잃게 만든 수도원장에게 복수하겠다고 맹세했다. 동양인들의 전통이 죗값을 피로 갚는 복수를 요구했다. 광신적인 무슬림 신자인 이들은 기독교 수도사를 불구대천의 원수로 보게 되었다. 음모자들은 동료들 사이에서는 존경받는 근본주의자였다. 이들은 친족 2명을 음모에 끌어들였는데, 그중 하나는 타타르 신학교의 젊은 학생이자 음모 주동자의 동생이었다. 타타르인들은 물라가 될 준비를 하는 마드라사3 학생들을 소프타(софта)라고 부른다.

총으로 무장한 음모자들은 지금 기념비가 서 있는 곳에서 파르페니를 저격했다. 파르페니는 평소처럼 오후 4시쯤 혼자 말을 타고 수다크에서 돌아가는 길이었다. 총알은 그를 바로 말에서 떨어지게 했다. 매복하고 있던 살인자들이 뛰어나와서 그를 단검으로 찌르기 시작했다. 그러던 중에 숲에서 물소들을 찾고 있던 야쿠브(Якуб)라는 가난한 타라크타쉬 타타르 남자가 이 장면을 목격했다. 그는 총소리를 듣고 살인자들을 발견했는데, 이들도 그를 보았다.

살인자들은 야쿠브를 죽이겠다고 위협하여 발설하지 않겠다는 맹세를 하게 만들고, 장작을 모아서 길 왼쪽의 깊은 숲 골짜기로 가라고 명령했다. 야쿠브는 영원히 침묵을 지키겠다는 맹세로 타타르인들의 풍습에 따라 흙을 먹어야 했다. 목숨을 잃을까 두려워한 그는 살인의 공범이 되었다. 그는 이미 숨이 끊어진 파르페니의 시신을 골짜기로 끌어가서 말과 같이 불에 태워 버렸다. 살인자들은 파르페니가 가지고 있던 18루블 정도의 돈과 여러 가지 소지품을 챙겼다. 야쿠브가 배신할 경우에 그

3　〔역주〕마드라사(*medrasa*)：아랍어로 세속적·종교적 교육기관을 가리키는 총칭이다.

뿐만 아니라 가족과 온 가문을 없애 버리겠다고 위협하고 풀어 주었다.

나는 파르페니가 화장된 골짜기를 둘러보았다. 그곳은 깊고 으슥한 골짜기라서 수도원이나 숲 다른 곳에서 여기서 불로 시신과 말을 태운 것을 아무도 보지 못한 것은 이상한 일이 아니다. 경찰들도 이곳까지 와 보지 않은 것은 당연하다. 야쿠브는 오랫동안 비밀을 발설하지 않았다. 실종된 파르페니를 찾는 모든 수색은 허사로 돌아갔다. 모든 길과 계곡을 수색하기 위해 마을 사람 전체가 나서서 숲을 돌아다녔지만 아무것도 찾지 못했다. 관료들은 교대로 수색작업을 계속했지만 아무 결과를 얻지 못했다. 그동안 살인자들은 아무 혐의도 받지 않았다. 이 사람들은 주변 사람들의 신뢰를 받고, 주변 러시아 지주들이 잘 알고 있는 검소한 타타르인들이었다. 이들에게 혐의가 씌어졌을 때도 지주들은 이들의 신원보증을 섰다.

그러던 중 야쿠브는 더 이상 양심의 가책을 견딜 수 없었다. 그는 하던 일을 모두 그만두었고, 밤에는 잠을 자지 못해 체중이 줄며 고통에 시달렸다. 아내가 계속 캐묻자 그는 더 이상 견디지 못하고 아내에게 모든 일을 털어놓았다. 아내는 이 사실을 이웃 여자에게 말했고, 이웃 여자는 남편에게 들은 사실을 전달했는데, 남편 이름은 이브람(Ибрам)이었다. 그는 촌장에게 바로 달려가 신고했고, 촌장은 그를 물라에게 보냈다. 물라는 침묵하라고 조언했지만, 이브람은 수다크 해안의 밀수입을 감시하는 초병부대의 소령에게 신고해서 다음날 야쿠브와 모든 살인자들이 체포되어 페오도시야로 압송되었다. 야쿠브는 모든 것을 자백했다. 그가 얘기한 곳에서 유골, 재, 피의 흔적이 발견되었다. 살인자들에게서도 증거물이 나왔다.

러시아 지주들의 요청으로 군사재판이 열렸지만 결정적 살인의 증거는 발견되지 않았다. 혐의자들은 모든 것을 계속 부정했다. 고발자인 이브람은 교도소에서 죽었는데, 독살되었다는 소문이 돌았다. 야쿠브의 말은 일부 자신의 자백과 모순되는 점도 있었다. 아직까지 타타르인들이 실제 살인을 저질렀는지 의심스럽고, 일반 형사재판으로 기소하는 것은 불가능했을 것이라고 주장하는 사람들이 있다. 어쨌든 살인자들로 추측되는 피의자 3명은 사형이 선고되어 교수형 집행 명령을 받았고, 신학을 공부하는 청년은 강제노동형을 선고받았다.

사형은 재판이 진행되었던 페오도시야에서 집행되었다. 주지사는 다른 타타르인들에게 교훈이 되도록 타라크타쉬 공동체의 대의원들에게 사형집행을 참관하도록 지시했다. 공포에 사로잡힌 타타르인들은 이에 대해 훨씬 더 인간적이고 자연스러운 시위로 답했다. 자유로운 타타르인은 한 명도 교수형이 집행되는 광장으로 나오지 않았다. 페오도시야의 모든 무슬림 거주자들은 가게 문을 닫고 집에서 나와 사형수들을 위해 기도하려고 모스크에 모였다. 사형수들은 목에 올가미가 매어지는 상황에서도 자백하지 않았다. 그들 중 한 명은 목에 올가미를 쓰면서 큰 소리로 "무슬림들과 기독교 신자들이여! 죄 없는 내가 억울하게 죽는 것의 증인이 되시오!"라고 외쳤다.

형제들이 교수형을 당한 것에 대한 공포는 타라크타쉬에서 아직 사라지지 않았다. 얼마 전만 해도 타라크타쉬 타타르인들의 범죄를 저주했던 러시아 지주들은 지금은 경제적 갈등이 일어날 때 타타르인들이 순순히 양보하고, 이들이 예의 바르고 솔직해졌다고 유쾌하게 말한다. 타타르인들의 포악함을 억제하기 위해 정말 그런 공포를 불러

일으키는 조치가 필요했는지, 정말 우리 관료들과 지주들이 타타르인들 때문에 고생을 많이 한 것인지, 아니면 반대로 타타르인들이 이들 때문에 고통받은 것인지 나는 잘 모르겠다.

이 민간전설은 이미 키질타쉬 수도원장의 개성과 운명을 반영해서 상상의 실로 엮여 전파되었다. 내 마부였던 그리스인이 공포에 떠는 표정으로 나에게 해준 이야기는 작년에 저녁 무렵 동료들과 함께 파르 페니를 화장한 무서운 골짜기를 지나갈 때 분명히 큰 비명과 총소리를 들었다는 것이다. 산림관과 나무꾼들은 저녁이면 항상 그 골짜기에서 초자연적인 총소리와 비명소리가 울린다고 했다. 우리 일행은 비명소 리나 총소리 어느 것도 듣지 못했는데, 이 이야기를 유일하게 믿는 내 아들은 눈을 크게 뜬 채로 귀를 기울였다.

키질타쉬로 올라가는 길은 아주 험하고 멀다. 종종 일어나는 일이 지만 나무를 실은 마차를 만나면 서로 스쳐지나갈 방법이 없다. 우리 마부는 멀리서부터 귀에 익은 너도밤나무 바퀴들이 삐걱거리는 소리 를 들으면 3두마차를 멈추고, 가능한 한 신속하게 마차들이 서로 비껴 갈 수 있는 장소를 찾기 위해 앞으로 달려나갔다.

그런데 암석같이 단단한 땅을 깊이 파서 만든 숲속 도로에서 서로 무탈하게 비껴 지나갈 수 있는 공간을 찾기란 쉽지 않다. 일반 마차는 작은 나무들을 구부리고, 완전히 길 옆구리에 바짝 붙어서 엎드려 나 가듯이 숲이나 절벽에서 앞에 있는 것들을 헤치면서 갈 수밖에 없다. 집채만 한 짐을 실은 마차가 그런 상태를 유지하며 날카로운 돌들을 밟으며 짐을 위로 끌어당기며 나갈 수 있는 것은 고통을 견뎌내는 검 은 물소의 놀라운 능력과 튼튼한 어깨 덕이다. 이럴 때면 타타르인들이 큰 소리를 지르는 것을 많이 듣게 된다.

제일 힘들고 긴 오르막길을 올라가자 갑자기 전망이 넓어졌는데, 사방에 커다란 절벽을 두른 원형극장 안에 세워진 키질타쉬 수도원이 깊이 잠겨 있는 숲의 바다 가운데 나타났다. 우리는 주변을 내려다보며 군림하는 산의 정상에 다다랐다. 사방에는 바다의 파도같이 물결치는 숲으로 덮인 산들이 있었다. 색 자체가 붉은 키질타쉬4의 바위들은 모든 요철, 즉 우묵한 곳, 갈라진 틈, 돌출부, 산턱들을 더 뚜렷이 보이게 만드는 석양의 진한 붉은빛에 젖어 있었다.

2개의 제일 높은 봉우리의 꼭대기에 외딴 숲속 길을 어렵게 지나오는 순례자들에게 멀리서부터 등대 역할을 하는 2개의 커다란 십자가들이 보인다. 위에 십자가가 달려 있고, 암석 위에 그려진 종교적 프레스코들로 둘러싸인 어두운 굴이 우리 앞쪽 높은 곳에 보였고, 거기로부터 기이하게 이리저리 구부러지면서 녹색 나무들 사이에서 숨었다가 절벽이 많은 벼랑 옆에 아슬아슬하게 붙어 있는 그림같이 아름다운 긴 계단이 아래로 내려왔다. 아래에는 숲속 여기저기에 널려 있는 수도원 건물들의 윗부분들과 작은 교회 지붕이 보였다. 이 모든 것들이 숲으로 덮인 산의 단조로움 속에서 갑자기 화려하고 유쾌하게 우리 앞에 나타나서, 내 아들 못지않게 나는 기뻐했다.

여행은 우리가 생각했던 것보다 훨씬 오래 걸렸다. 길을 가며 먹으려고 준비한 식량은 출발한 지 얼마 되지 않아 다 소진되었고, 이제 뭔가 뜨거운 음식을 배부르게 먹고 싶은 생각이 간절했다.

4　〔역주〕키질타쉬(Кизилташ) : 타타르어로 '빨간 암석' 또는 '빨간 절벽'을 뜻한다.

모든 것이 죽은 듯 완전히 침묵에 싸여 있는 수도원으로 우리는 조용히 들어갔다. 우리를 향해 마중 나온 사람은 아무도 없었고, 우연히 만날 사람도 없었다. 손님이 머무는 객사는 덧창이 닫혀 있었고, 오직 암탉과 수탉 떼들이 수도원의 아래 뜰을 둘러싸고 있는 커다란 너도밤나무 아래 그늘에서 움직였다. 생활공간들의 모습이 수도원다운 모습을 완전히 가리고 있었다. 마구간, 외양간, 식량과 식품을 저장해 놓은 지하 광들이 눈에 들어왔다. 가까운 곳에는 말이 맷돌을 돌리는 제분소, 양계장, 낙농장 등이 보이고, 저기에는 열심히 땅을 갈아 놓은 포도원, 채소밭, 곳곳에 눈에 띄는 마구와 연장들이 흩어져 있었다. 우리는 조금씩 가팔라지고 그늘진 샛길로 위쪽에 있는 수도원으로 올라가기 시작했다.

작은 샛길과 화단과 지붕이 있는 포도밭 길로 꾸며진 작은 화원이 테라스의 발치에 있었다. 수도사들을 위한 집 2채와 자그마한 교회가 눈에 들어왔는데, 모든 것이 소박하며 단순했다. 그곳에서는 석공 몇 명이 새로운 교회의 기초를 만드는 작업을 하고 있었다. 일을 많이 한 노동자처럼 손에는 굳은살이 박여 있고, 직접 만든 짚으로 만든 넓은 모자를 쓴 채, 하얗고 헐렁한 작업복을 입은 수도사들이 모래와 물을 나르고 땅을 파고 있었다. 일하지 않는 사람은 한 명도 없었다.

나는 수도원장이 어디에 있는지 물어보았다. 어떤 수도사는 그가 풀을 베러 갔다고 하고, 다른 수도사는 숲에서 가축을 돌보고 있다고 하고, 또 다른 수도사는 그가 장작을 패고 있다고 했다. 이곳의 수도사는 땀을 흘리며 밥을 얻는 진정한 노동자가 되어야 한다. 한 수도사가 계단을 올라가 빨간 절벽에 있는 동굴로 우리를 데려갔는데, 동굴

속 깊은 곳의 수도원에 시원한 물을 공급하고, 치료효과가 크며 기적을 만드는 것으로 알려진 샘이 솟아나고 있었다. 동굴의 천장은 아주 낮았고 밑바닥은 축축하게 물기에 젖어 있었다. 재주 없는 화가의 붓으로 성인의 얼굴을 그린 그림들이 샘 위에 이콘들 대신 나란히 진열되어 있었는데, 그 추하고 음침한 그림과 작고 어두운 동굴의 아늑하지 못한 분위기가 우상숭배 제단과 같은 인상을 준다.

그런데 당신이 그 굴 밖으로 나가 한없이 깊은 궁륭처럼 파란 하늘이 빛나고, 숲의 샘과 새들이 지저귀는 그 맑고 경계가 없어 보이는 수도원을 바라보면 완전히 다른 느낌에 사로잡히게 된다. 동굴의 테라스에 서면 산과 숲과 주변 지역의 전체 전망이 펼쳐진다. 수도원은 당신의 발밑에 있다. 당신이 오랜만에 보는 멀고 큰 산들의 정상이 수십 개의 다른 산들 어깨 너머로 당신 얼굴을 정면으로 본다. 석양 노을이 그 위에서 빛났다 사라졌다 하며 점점 더 높은 곳으로 흘러간다. 교회에서 종소리가 길게 울려 펴지기 시작했다.

우리가 왜 그렇게 오랫동안 숲을 바라보고 있었는지 이해하지 못한 수도사가 "수도원장님이 지금 돌아오셨습니다"라고 말했다. 우리는 아래쪽 들에서 열중하여 여러 가지 농사일에 대한 지시를 내리고 있는 수도원장을 발견했다.[5] 풍요로운 산 들판들에서 5월의 풀을 실컷 먹고 살이 찐 벌겋고 얼룩진 소들이 젖짜기를 위해 낙농장으로 가느라

---

5   원문은 "우리가 이구멘을 찾았다"(Мы нашли игумена)이다. 이구멘은 수도원장을 뜻하는 말로, 니콜라이 신부(이반 레브첸코, Иван Левченко)는 1866년부터 1893년까지 수도원을 운영했다.

시끄럽게 숲을 뚫고 지나갔다. 큰 키에 직선적이고 엄숙한 얼굴을 하고 머리부터 발끝까지 검은 옷을 입은 백발의 수도원장 어머니가 낙농장을 관리했다.

수도원장은 바로 우리를 위쪽에 있는 자기 방으로 억지로 데려갔다. 우리는 일몰의 마지막 순간을 즐기려고 발코니에 앉았는데, 하인이 우리에게 크림을 넣은 뜨거운 차와 그곳에 있는 모든 음식을 다 대접했다. 수도원장은 구름 저편의 작은 성당에 필요한 바로 그런 사람이었다. 학문이 깊지는 않지만 과수 접목을 하고, 말을 조련하고, 수도원 숲의 나무를 베는 타타르인들을 제대로 감독할 줄 아는 용감하고 활동적인 주인이었다.

그는 자신이 기르는 가축들이 얼마나 영리한지와 자기가 진행하는 사업과 수확, 타타르인들의 도둑질에 대해서 아주 열심히 얘기했다. 수도원으로 들어오기 전에 상인이었던 그는 자신의 몸에 밴 실용적 취향을 수도사 옷을 입은 후에도 버리지 않았다. 세상을 버리고 키질타쉬 절벽으로 들어와서도 일을 열심히 하고, 다른 수도사들도 열심히 일하게 만들고, 파르페니를 따라서 울창한 숲을 정원, 밭과 과수원으로 변화시켰다. 이것이 진정한 은둔자의 생활이 아니겠는가. 이것이야말로 기독교 수행이 아니겠는가.

그런데 그가 사용한 언어는 성경적 언어가 아니라, 영리한 도시인의 일반적 언어였는데, 빵에 소금을 뿌리듯이 교훈적 대화에 넣을 성전을 알고 있는 것 같지 않았다. 솔직히 말하면 소들이 늑대와 맞서 싸우는 얘기를 우리가 교훈적이라고 생각하지 않으면 교훈적인 얘기를 하지 않았고, 수도사들이 옆에 있고 신도들이 앞에 있어도 자기가 하루 종일 마신다는 차에 대해 뜨거운 사랑을 표현하는 것을 부끄러워하지 않았다.

차를 다 마시자마자 그는 예배 의상을 입고 저녁예배를 드리기 위해 교회로 출발했다. 나는 그가 저녁예배를 드리지 않는다 해도, 이 자연적 수도사가 키질타쉬 절벽 위에서 하는 기도는 문명화된 우리 주(州)의 도시에서 학문으로서 철학의 복잡한 내용을 아는 화려한 옷차림을 한 외교에 능한 신사들이 하는 것 못지않게 진지하고 경외감을 담은 기도라고 확신한다.

우리가 타라크타쉬로 돌아왔을 때는 이미 밤이 깊은 시간이었다. 교수형을 당한 타타르인들과 파르페니, 그리고 우리 크림반도에서 일어났던 또 다른 많은 일들에 대한 기억이 나의 머리에서 온통 맴돌았다.

러시아인들은 타라크타쉬 사람들을 싫어한다. 그들을 기독교 신자에게 온갖 해악을 끼칠 수 있는 도적들이라고 본다. 러시아인들은 그들이 도둑질과 투쟁을 일삼고, 무례하며 양보하지 않는 나쁜 성격을 가졌다고 불평한다. 지주들은 공동으로 청원서까지 작성해서 관청에 제출하여 자신들을 타타르인들의 모욕으로부터 보호해 주고, 자신들의 재산과 생활을 안전하게 지켜 달라고 요구했다.

이런 불평들은 물론 근거 없는 것들은 아니다. 타라크타쉬 타타르인은 아직 역로를 따라 전파되는 문명에 덜 타락한 다른 원시적 타타르 마을의 타타르인들처럼 러시아인들을 자신들의 재산을 빼앗아 가는 인종으로 여기고 좋아하지 않는다. 이런 문제에 비해 종교가 다른 이교도라는 사실은 덜 중요하게 생각하는 것 같다. 어쨌든 타타르인이 이곳의 사슴과 염소와 마찬가지로 토박이라는 것을 인정할 수밖에

470

없고, 그들은 수백 년 동안 이 숲에서 살면서 이 초원들과 골짜기들을 차지해 왔는데, 갑자기 코자크들이 나타나 자신들의 칸을 쫓아내고 땅과 과수원을 빼앗고, 자신들의 도시와 마을에 러시아인의 교회를 지어 놓은 것을 잊지 못한다.

그들에게 땅 소유문서와 계약서, 선물서류6를 보여 준다고 해도, 원래 당신이 소유하던 것은 아무것도 없었는데 갑자기 이 모든 것을 차지한 것이고, 반대로 그는 모든 것을 가졌었지만 지금은 아무것도 수중에 남아 있지 않다는 것만을 확증시켜 줄 뿐이다.

이런 종류의 증거들은 법전과 지역정부(земский суд)의 행정에 익숙하지 않은 아직 문명화되지 않은 사람들에게 특히 설득력 있다. 당신이 재판과 법으로 자신이 정당한 소유자라는 것을 증명하면, 그는 속으로 분노에 가득 차서 당신이 그의 재산을 약탈했다고 느낄 것이다. 이 일을 한 사람이 당신인지 당신의 아버지인지, 이웃인지를 그는 구별하지 않는다. 코자크거나 러시아인7이거나 그들에게는 다 똑같은 놈들이고, 모두 약탈자일 뿐이다.

우리 러시아인들도, 수만 개의 목소리를 가졌지만 우리에게는 똑같이 들리는 단일한 적이었던 프랑스인들의 침략을 그런 식으로 느꼈다. 과거 언젠가 이와 똑같은 방식으로 이교도인 '못된 타타르인들', '타타르놈들'이 우리를 지배했었는데, 그들이 정확히 아흐메트인지, 우즈베크인지, 마마이인지 우리는 굳이 구별하려 하지 않았었다.

6　〔역주〕선물서류: 선물기록(дарственные записи)을 말한다.
7　〔역주〕타타르인들은 자기들끼리 모든 러시아인을 코자크라고 부른다.

타타르 사원

　내 생각에 당신은 크림타타르인들의 상냥함과 온순함에 놀라지 않을 수 없을 것이다. 크림타타르인의 부족정신, 이슬람교와 역사적 추억들이 특별히 생생하게 살아 있는 크림반도의 많은 지역에서 이들은 오래전 자신들을 욕보인 '코자크'와 옛날 친구처럼 친숙해졌다.

　그러나 타타르인들이 입은 상처는 미처 아물 시간이 없었다. 그것은 아일랜드인들이 입은 상처보다 더 최근의 일이다. 러시아, 그리스, 독일, 그리고 다른 소유자들이 크림반도에 어떻게 정착했는지를 어느 정도 알고 있는 사람은 기록과 전설에도 불구하고 타타르인들의 복수심이 그렇게 빠른 시간 안에 가라앉았다는 것을 신기해할 뿐이다.

　타타르인들이 패자로서 아무 권리를 갖지 못하고, 러시아어도 구사할 줄 모르고, 야만인으로서 법에 무지하며 남을 쉽게 믿고, 변화하는 나라의 일반적 혼란 속에서 정직한 판사를 찾아볼 수 없고, 권력과 거리가 멀고, 잘못된 행동을 윤리적으로 비난하고, 나쁜 것을 나쁘다고 비판하는 사회가 없는 점을 이용해서, 크림반도에 몰려 들어온 관료집단들은 2차 점령을 시작했는데, 이것은 포템킨(Потёмкин), 돌고루키(Долгорукий), 수보로프(Суворов) 같은 장군들의 군사적 결행보다 더 공고하고 확실히 숙고한 것이었다.

타타르인들이 옛날부터 알고 있던 소유문서라는 것은 가족전승과 세파트(сепат), 즉 물라가 주변 거주자들의 말에 따라 쓴 소유의 합법성을 아주 희미하게 증명해 주는 서류밖에 없었다. 모든 러시아인을 코자크로 보는 타타르인들이 자신의 모든 땅을 빼앗기고 점령당한 채, 자신들의 오랜 생활터전 위에 갑자기 솟아나와 활발하게 진행되는 훨씬 더 강한 생활을 바라보며 공포를 느끼는 애처로운 상황을 한번 상상해 보길 바란다. 그는 러시아 경찰과 18세기 말과 19세기 초의 러시아 법정에서 자신이 과수원을 소유하고 있고, 숲과 물을 사용할 수 있다는 법적 권리를 증명해야 했다. 타타르인은 러시아 법정에서 자신의 땅을 그들의 것이라고 주장하는 러시아 상사들과 러시아어로 재판을 진행해야 했다.

포템킨 때 많은 타타르인들이 이주했고,[8] 1812년에도 대규모 이주가 있었는데, 이주한 숫자에 대해서는 정확한 자료가 남아 있지 않다. 타타르인들은 자신들의 수중에 남은 토지를 친척과 모스크에 기증했는데, 이 땅을 판사들과 관리들이 소유하는 것이 더 쉽지 않았을까. 소유권자가 나서지 않는 토지는 어떤 관료에게 그의 업적에 대한 보상으

---

8 〔역주〕수마로코프(Сумароков)는 《크림 판사의 휴가》라는 책에서 타타르인 이주자 수가 약 30만 명에 이른다고 기록했다.

로 넘겨달라는 청원서가 자주 페테르부르크로 보내졌다. 크림반도 사정을 잘 모르는 페테르부르크에서는 아무도 소유하지 않은 무주공산의 토지를 존경할 만한 문명자에게 하사했고, 이런 식으로 타타르인들의 과수원과 포도원이 러시아인에게 넘어갔다. 토지측량기사의 실수로 5,000데샤티나 대신에 1만 3,000데샤티나의 땅이 넘어가기도 했다.

어떤 타타르인은 자기 재산을 얼마의 돈을 받고 러시아 귀족에게 팔았는데, 그는 문맹이었기 때문에 목격자들 앞에서 다른 사람이 이미 문서에 서명한 사실을 발견하고는 놀랐다. 타타르 사람들의 탄원이 차르에게까지 전달되어, 차르 알렉산드르 1세는 크림 관료들의 범죄적 행위를 중단시키고 범법자들을 징계하는 적극적 대책을 세우기도 했다.

한 위원회가 다른 위원회로 교체되고, 수많은 사기꾼들의 뻔뻔한 노력에도 불구하고 몇몇 솔직한 행정가들은 수많은 일반 타타르인들에 대한 약탈에 제동을 걸고, 어떤 경우에는 타타르인에게 빼앗은 재산을 돌려주고, 일부 범법자들에게는 그들의 행동에 대한 징벌을 내렸다.

타브리아주 관청이 보관 중인 여러 권의 문서책에 남은 이러한 위원회들의 역사는 크림반도뿐만 아니라 온 러시아 역사를 대변해 주는 주민들의 생활과 관련된 에피소드가 잘 기록되어 있어서 우리의 큰 관심을 끈다.

이런 사실들을 알고 나면 타타르 마을과 이웃 지주들 간에 반세기 넘게 끌어온 소송이 상원에 아직 계류되어 있고, 여전히 많은 지역에서 타타르인들이 러시아 지주들의 권리를 인정하지 않고 있고, 모든 금지, 설명과 벌칙에도 아랑곳하지 않고 숲을 베어내고 물줄기를 다른 곳으로 흐르게 하는 일은 놀랄 만한 일이 아니다.

타라크타쉬 타타르인들이, 낯선 부족이 자신들을 바다에서 완전히 멀어지게 만들고, 자신들이 필요한 모든 것을 얻기 위해 자기 집처럼 드나들었던 숲이 개인 소유가 되었건, 국가 소유가 되었건, 수도원 소유가 되었건, 지금 사방이 출입금지 팻말로 가로막혀서 숲을 약탈당했다고 계속 말하는 것도 놀라운 일이 아니다.

옛날 러시아 법원에서 진행된 작은 소송들의 판결이 타타르인에게 정당성을 가지지 못하는 이유는 하급관리들이 어떤 수단을 써서라도 남의 재산을 자기 형제들의 것으로 만들기 위해 술수를 썼기 때문이고, 이것은 자신들의 아버지와 할아버지들이 원정을 와서 소러시아 마을과 가옥을 차지한 것을 연상시킨다. 테미스9의 올림픽 저울을 상상할 수 없는 타타르인은 전혀 설득시킬 수 없었다.

내가 언급한 위원회의 기록에 유명한 팔라스(Паллас)의 이름이 언급되는 것이 한두 번이 아닌데, 타타르인과의 소송에 그가 관여한 것은 거의 강요된 것으로 보이고, 이런 면에서 그의 이름이 오명을 쓰지는 않았다 해도 당시의 타타르인과 지주들의 땅 소송으로 인해 이 위대한 자연과학자의 편견 없는 지성이 오도된 것은 분명하다.

1793년과 1794년 러시아 남부 주들을 여행하고 쓴 여행기 2권에서 팔라스는 현지 관리들이 아주 즐겨 시행한 이상한 시책들이 어떻게 크림의 복지를 완전히 쇠퇴시켰는지를 기록했다.

9　〔역주〕테미스(Themis) : 그리스 신화에 등장하는 율법, 정의의 신이다. 티탄 신족에 속하는 여신으로 앞날을 예견하는 능력과 지혜를 지녔다. 테미스는 두 눈을 가리고 양손에 심판의 저울과 칼을 들고 있는 모습으로 묘사되며, 종종 법 집행기관의 상징으로 자주 쓰인다.

예카테리나 2세 때 진행된 2차 대터키전쟁10 때 터키와의 밀통을 막기 위해 크림반도 해안에 살던 모든 타타르인들을 내륙 10베르스타 지역으로 이주시켰다는 이야기를 한 후, 팔라스는 그들을 모두 스텝지역으로 이주시키고 이들이 거주하던 집들과 과수원이 있는 꽃이 피는 골짜기들을 "이 게으름뱅이들은 절대 심지 않을" 올리브나무, 목화, 뽕나무와 포도를 재배할 부지런한 정착민들에게 넘겼으면 좋겠다는 희망을 표현했다.

크림반도에서 탐욕이 많고 조급하고 무례한 사람들의 입에서는 아직 그런 얘기가 나오지만, 생각이 깊고 자신의 재산 증식을 넘어 국가의 이익을 생각하는 사람들과 크림반도의 모든 토박이 주민들은 용기병들에게 박해당한 위그노교도와 모리스코(Morisko) 추방의 역사를 연상시키는 이런 거칠고 투박한 정치경제적 이론들을 쓰라린 가슴과 분노를 참으며 듣는다. 이제는 의학과 마찬가지로 국민경제 분야에서도 더 이상 대야 한가득 피를 받아내는 방혈의 민간요법을 믿고, 자만해서 사람의 혈관에 송아지 피를 수혈해서 환자의 건강을 파멸시키지는 않는다.

민속생활의 유기체는 개인 생명체와 마찬가지로 혼응지(papier-mache)로 만든 마네킹이 아니다. 그것은 절대 건반처럼 뽑아서 다시 꽂고 연주할 수 없는, 뿌리 깊은 자기만의 생활력을 가지고 있다.

타타르인들이 크림반도에 얼마나 해로운 주민이었는지 확인하기는

---

10 〔역주〕2차 대터키전쟁(1768~1774) : 이 전쟁에서 패배한 오스만터키는 1774년 7월 쿠축 케이나르카 조약에 서명하고 크림칸국에 대한 지배권을 러시아에 넘겼고, 예카테리나 여제는 1783년 크림반도를 공식적으로 러시아에 합병시켰다.

어렵지 않다. 18세기에 크림을 묘사한 글과 크림의 현재 상태를 비교해 보는 것으로 충분하다. 물질적 복지와 관련된 모든 분야에서 요즘 인류가 얼마나 빨리 진보하고 있는지 우리 모두 잘 알고 있다. 20~30년 사이에 스텝이 번창하는 도시로 변하고, 늪이 과수원과 밭들로 변했다. 50년 전만 해도 강도들이 도적질했던 곳에 철길이 들어서고, 모래 더미가 대상들을 뒤덮었던 곳에 이제 바다의 파도 위로 기선 함대가 항해를 하고 있다.

역사적 진보의 단계들이 믿어지지 않게 짧게 축소되어 예전에 몇 세기에 걸쳐 이뤄졌던 일들이 요즈음에는 며칠 안에 이루어진다. 비근한 예로 마콜레이 (Маколей) 가 17세기 영국 산업을 상세하게 기록한 글을 읽어 보고, 이것을 세계 무역박람회에 전시된 영국의 산업 발전상과 비교해 보면 되고, 더 가깝게는 주로 모피 무역을 했던 우리 모스크바공국을 떠올려 보고, 이제 우리 주위에 일어난 일들과 비교해 보면 된다. 이런 비교를 해보면, 예전의 유목적 타타르 복지를 안타까울 정도로 우습게 보이게 할 지금의 복지를 기대하는 것이 당연하고 자연스럽다.

그러면 이제 크림반도가 예전에 가졌던 것들과 지금 가진 것을 한번 비교해 보자.

현재 크림반도의 경제상황은 거기 한 번도 가 본 적 없는 사람들조차 잘 알고 있다. 크림반도 전체의 10분의 9를 차지하는 스텝지역은 거의 황야라서 6월에 얕은 풀이 나기는 하지만 늦은 가을까지 노랗게 말라 있다. 물은 거의 없다. 마을은 한곳에서 다른 마을로 역마차를 타고 가는데 몇 시간 걸릴 정도로 드문드문 있었다. 그렇게 찾아간 마을도 마을이라기보다 폐허에 가깝다. 열 집 중에 두 집 정도에만 사람이 있고, 쓰레기 더미 같은 열 집을 지나야 집이라 할 수 있는 온전한 집 한 채를 만날 수 있다. 분수 10개 중에 8개는 부서져 있거나 말라 있을 것이다.

타타르 주민들이 옛날부터 숲이 있었다고 기억하는 곳들은 이제 거의 완전히 벌거벗은 황야로 변했다. 개울 흐름을 따라 골짜기를 지나가면 주위에 배나무, 비파나무, 포플러, 양벚나무가 있지만 마을 흔적을 찾아볼 수 없다. 그런데 그것들은 과수원이 있던 흔적들이다. 강가 몇 군데에는 버려져 황폐해진 과수원들이 몇 베르스타나 빈틈없이 늘어져 있다.

자연 경계표의 타타르어 이름들은 황폐한 지역과 아무 관련이 없어 보이지만, 예전에 그곳에 사람들이 살던 시절의 풍요로운 마을들을 연상시킨다. 이런 이름들을 너무 자주 만나면서 언젠가 이곳에 거주했던 사람들이 꽤 많았을 것이라는 사실에 놀란다. 마을에서 멀리 떨어진 곳, 길옆 언덕들에서 터번과 터키모자들이 있고, 《코란》의 구절이 새겨진 좁은 돌들이 빈약한 울타리같이 사방으로 솟아 있는 광대한 타타르 공동묘지들을 자주 보게 된다. 그 모습은 마치 신이 직접 씨를 뿌린 밭처럼 보인다. 그러나 묘지의 절반은 땅속으로 들어가 있고, 절반이 부서지고 도굴당한 채 방치되어 있다.

이러한 무덤들 옆에 어떤 마을이 있었을지 상상해 보는 것은 어렵지 않다. 동물들의 생활도 쇠락했다. 낙타들도 수가 많이 줄어 드물게 눈에 띄고, 물소는 거의 없고, 얼마 되지 않는 타타르인들만이 말 떼를 키우고 있어, 스텝에서는 드물게 몇 마리 말 떼를 볼 수 있을 뿐이다.

말들의 장점에 대해 말하자면, 침략을 위해, 그리고 숙련된 승마자의 용맹을 위해 아랍 말과 터키 말로 체계적으로 혈통을 강화한 예전의 타타르 말에다가 현재의 왜소한 말을 비교하는 것은 우습기만 하다. 그런 방식을 키웠기 때문에, 여행자들의 평가를 보면 예전 말들은 요즘 말보다 키도 컸을 것 같다.

사실 사람이 사라지고, 물도 말라 황폐해지고 버려진 누렇고 건조한 채, 무덤의 식탁보처럼 늘어져 있는 한여름 스텝의 모습보다 더 우울한 정경도 드물다. 물론 녹색 숲과 파란색 바위 꼭대기들이 보이는 산들이 주는 인상은 다르다.

그런데 산 위에는 길가에 방치된 황폐한 무덤들, 개울가에는 야생화된 과수원들, 무슨 뜻인지 알 수 없는 이름들, 주민을 잃어버린 마을들이 있다. 지금 이곳에 있는 모든 것은 타타르인들이 여기 살았을 때에도 있었던 것이다.

크림 정복 3년 후인 1787년 크림반도의 경제적 상황을 본 여행자는 다음과 같은 인상을 받았다.

크림반도는 소러시아 땅보다 더 비옥해서 여기서 나는 수확만으로 군대 전체를 먹고살게 해줄 수 있었다.[11] 나는 밭을 갈지도 않고 거름도 주지 않은 채 밭에 씨를 뿌리는 타타르 남자를 보았는데, 비가 땅을 부드럽게 만든 후, 그는 말에게 써레를 지우고 그 말을 타고 씨를 담은 보따리를 어깨에 메고 여기저기 다니며 씨를 뿌렸다. 두 달이 지나자 그는 곡식을 수확하고, 가축을 곡물 사이로 몰고, 그 밭에서 곡식을 까불린 후 밤에 가장 가까운 항구로 실어 날랐고, 다음날 은제 동전 한 아름을 가지고 가족에게 돌아

---

11   〔역주〕여기는 산이 아니라 스텝지역에 대해 말하는 것 같다.

왔다. 숲이 수많은 사냥감의 은신처가 되고, 과수원은 탐스러운 과실로 가득 차 있고 포도원도 풍성하게 과실을 맺었다. 열씨온도계가 8도 이하로 내려가는 일이 드물고, 약한 추위도 3일 이상 계속되는 일이 드물다.

남부해안의 아름다운 풍광과 따뜻한 기후, 건강함을 남프랑스의 예르(Hyères) 해안에 비유한 이 여행자는 산꼭대기에서 수많은 가축 떼들이 풀을 뜯고 있다고 기록했다. 수다크 과수원과 포도원들을 그는 "풍요롭다"라고 기록했고, 카바르드 골짜기[12]를 보고서는 "풍요로운 농사와 옛집들의 폐허가 대비되는 아름다운 나라"라고 말하는 등 좋은 인상을 받았다. 크림반도의 페오도시야 지역, 즉 카라수강 동쪽 지역은 그 여행가에 따르면 항상 파종한 것의 30배의 수확을 얻는다고 기록했다.

타타르 시대 이전에도 이 지역이 그리스의 곡창지대 역할을 했던 것은 근거 없는 사실이 아니다. 스트라보는 기원전 4세기에 페오도시야를 점령했던 보스포루스 왕인 레우콘(Levkon)이 그 지역의 농사와 상업을 격려하고, 기근이 든 해에 밀 38만 5,000체트베르티를 공급해서 당시 큰 명예였던 아테네 시민의 칭호를 받은 이야기를 자세히 서술했다.

미트리다트(Mitridat)도 이곳으로부터 엄청난 곡물을 공납으로 받았다. 마르틴 브로네프스키도 1578년에 쓴 크림반도에 대한 글에서

---

12 카바르드 골짜기(Кабарды Бельбека): 벨베크(Бельбека) 또는 하바르타(Хабарта)와 카바르드(Кабарды), 카바르(Кабар), 카바르다수(Кабарта-Су)라고 불리며, 수량이 제일 풍부한 크림의 강이다. 바크치사라이 지역의 스차슬리보예(Счастливое)마을에서 시작되고 세바스토폴 부근인 류비모프카(Любимовка) 근처에서 바다에 합류한다.

크림은 수확이 많고 꽃이 만발하는 지역이라고 묘사했고, 페오도시야 지방의 땅에 대해서는 몇 번에 걸쳐 "곡식이 풍부하고 수확이 엄청나게 많은 곳"이라고 기록했다. 페오도시야 도시 주위에서 그는 "끝없는 공간으로 펼쳐져 있는 포도원과 과수원들"을 보았다.

그의 말에 따르면, 수다크에서는 주민들이 2마일 이상 뻗은 아름다운 과수원과 포도원을 가꾼다. "타브리아반도 전체에서 훌륭한 와인이 나온다"라고 하고, 바흐치사라이에는 "사과나무와 다른 과실이 열리는 과수원, 포도원, 맑은 개울이 물을 대주는 아름다운 밭들이 있다"라고 기록했다. "칸과 타타르인들이 살고 있는 지역, 즉 페레코프에서 크림에 이르는 호수지역13은 밭들이 '잘 경작되고' 평평하고 비옥하며, 풀들이 풍부하고, 바다 쪽에는 칸의 궁전과 성들이 있고 마을이 있는 쪽에는 산과 숲이 많지만 토양이 아주 비옥하고 잘 경작되었다."

지금은 황폐해진 인케르만 주변에서도 브로네프스키는 "사과나무와 다른 과실들이 풍성하게 열리고, 뛰어나게 잘 경작된 포도원들"을 보았다.

현재 바위가 많고 햇볕에 타 말라 버린 고원 트라헤이반도(Трахейский полуостров) 혹은 소헤르소네스(Малый Херсонес)에 대해 브로네프스키는 "흑해 왼쪽에 위치한 이곳은 아주 평평하고 비옥한데, 오른쪽에도 비옥한 밭들이 많이 있지만, 위쪽에는 끝없이 펼쳐진 과수원과 포도원들이 자리 잡은 언덕과 야산들이 왼쪽 곳곳에 있다"라고 썼다. 초원을 지나갈 때 브로네프스키는 자주 "예전 거주자들이 뛰어난 기술과 노동으

---

13 〔역주〕 에스키크림(Эски Крым, 터키식 명칭 Solkhat)은 크림반도의 스텝 거의
    전 지역을 말하는 셈이다.

로 판 아주 깊은 우물들"을 발견했다. 그는 초원에서 "도시는 드물게 보았지만, 마을들은 아주 많이 보았다."

타타르인들의 가축 떼는 셀 수 없이 많고, 타타르 말은 아주 뛰어나다고 평가했다.

카파와 크림반도 사이에 위치한 땅을 그는 전체적으로 이렇게 평가했다. "크림반도의 이 지역은 토양이 비옥하고 강, 개울, 물고기, 초지, 목초지, 많은 숲짐승, 사슴, 알프스산양, 멧돼지, 곰, 또는 포도원, 경작지, 밭, 도시, 마을, 수많은 아름다운 별장들로 가득 차 있다."

타타르 사람들의 경제생활에 대해 그리 호의적이지 않은 평가를 한 팔라스도 강의 골짜기, 산기슭과 해안을 묘사할 때 타타르인들의 포도원, 과수원과 밭에 대한 호평을 하지 않을 수 없었다. "훌륭한 과수원과 포도원, 잘 경작된 숲속 초지들"이 곳곳에 있다고 그는 기록했다.

현재 남부해안의 우리 빌라들이 가지고 있는 유명한 그 과실나무와 과수원 나무들을 그는 어디서든지 볼 수 있었다. 한 예로 당시 접근하기 아주 힘든 외진 타타르 마을이었던 알룹카(Алупка)를 묘사한 그의 글에서 가장 전형적인 묘사를 발췌해 보자.

집, 과수원, 경작하기에 적당한 땅이 있는 마을은 거대한 바위산 한 부분에 위치한다. 마을의 골짜기는 남쪽으로 열려 있고 차가운 바람들로부터 보호되어 있어서, 낮 내내 태양의 열기를 집중적으로 받아들일 수 있고, 남부해안 골짜기들에서 가장 더운 곳 중 하나다. 수많은 개울들이 '타타르인들에게 관개 수단들을 제공해 주지' 않았다면 단구와 돌이 많은 경사진 곳에 흩어져 있는 밭에서 곡물을 재배하기는 아주 어려웠을 것이다. 아마도 더운 기후를 요구하는 동양의 모든 곡물을 그 골짜기에서 재배할 수 있었을 것 같다.

이런 이유로 '과수원에서 자라는 과실들 말고도' 무화과나무, 석류나무, 올리브나무가 아무도 돌보지 않는데도 바위 사이에서 자라는 것을 발걸음을 옮길 때마다 보게 된다. 나는 이곳에서처럼 이렇게 자주 월계수, 모든 종류의 야생 과일나무, 포도줄기, 테레빈나무, 팽나무, 감나무를 본 적이 없다. 몇 그루의 사이프러스나무, 잎은 월계수 같고 열매는 버찌 같은 관목, 아카시아나무, 회양목, 콘스탄티노플에서 들어온 다른 식물들이 신기하게 여기서 잘 자라고 있다. 나는 크림반도의 다른 곳에서 이렇게 많은 오래된 호두나무들을 본 적이 없다. 이 나무들 중 많은 나무의 몸통 둘레는 3~4투아즈[14]에 달한다. 야생 포도와 올리브나무의 몸통 둘레도 엄청나다.

산악에 거주하는 타타르인들이 키우는 많지 않은 힘세고 민첩한 작은 말들이, 대부분 까만색에 배와 다리와 뺨이 불그스레하고, 나머지는 온몸이 빨갛거나 불그스레한 갈색인 수많은 염소 떼를 지킨다. 양들도 염소와 마찬가지로 몸이 작고, 꼬리 주위에 지방이 많고 털이 아주 가늘다. 이 털은 스텝에서 기른 양의 털보다 훨씬 비싸게 팔린다. 뿔이 난 가축들도 몸이 작지만, 노새 못지않게 산을 잘 타고 민첩해서 카프카스 가축과 마찬가지로 능숙하게 속보로 달릴 수 있다.

그런데 사실 팔라스가 한 이야기에서 저절로 도출되는 결론은, 그 당시 남부해안에 포도주 양조가 시작되지 않았다는 것이지만, 토종

---

14 〔역주〕투아즈(туаз): 제정러시아의 길이 단위로 약 8~10아르신(1아르신 = 약 71cm)에 해당한다.

식물이 아닌 야생 포도줄기가 발견된다는 것은 과거 크림 역사에서 포도주 양조가 이미 진행되었음을 보여 준다. 남부해안에서 포도주 양조를 없앤 이유는 쉽게 짐작할 수 있지만, 타타르 부족이 경제생활에 소질이 없기 때문에 없어진 것은 아니다.

팔라스는 크림반도의 산악지역과 따뜻한 해안지역에 거주한 사람들은 몽골 후손이 아니라 이탈리아인, 그리스인, 심지어 독일인(고트인)인 아주 부지런한 남쪽 지역 정착민의 후손인 것을 잘 알고 있었고, 팔라스는 크림반도를 살리기 위해 이 민족들이 이주해 오기를 원하기도 했었다. 많은 여행자들의 기록은 차치하고라도 팔라스 여행기 자체에 몽골인과 전혀 유사하지 않고, 그리스인, 이탈리아인, 심지어 제노아인과 아주 비슷한 시메이즈(Симеиз), 키키네이즈, 리멘(Лимен), 알룹카 등의 주민들처럼 남부해안 거주자들의 신체적 특징들에 대한 서술이 나온다. 스텝에 거주하는 타타르인들이 산악지대에 사는 타타르인들을 '타타르인'이란 명칭 대신 '타트'(тат)라는 경멸적 이름으로 부른 것도 다 이유가 있다. [15]

가장 험난한 역사적 상황에서 크림반도의 돌투성이 해안을 꽃이 만발한 풍요로운 과수원으로 변화시킬 수 있었던 최초의 문명 보급자들이 수백 년간 땀 흘려 키운 포도원과 올리브 농원을 방치해 버렸다고 해도 이를 인종적 속성 탓으로 돌릴 수는 없다. 이것은 가장 강력한 인종도 극복할 수 없었던 역사적 상황 때문이었다. 14세기부터 크림반도에는 파괴의 역사가 이어진다. 산악과 해상 지형을 불편하게 느끼고 가벼

15　〔역주〕무르타트(муртат)란 터키어로 배신자, 배교자라는 뜻이다.

운 공물에 만족하고 돌담으로 만든 총안이 있으면 어떻게 할 수 없었던 유목민들의 통상적인 침입 대신에 크림의 역사 무대에 나타난 것은, 이탈리아 해양 공국들의 파멸적 투쟁과 남부해안 과수원들이 도저히 맞서 싸울 수 없는 백전백승의 해군을 가진 오스만제국이었다.

터키 사람들이 크림해안을 차지하고 몇 안 되는 그곳 성들에 모여 살았을 때 터키 예니체리16가 부지런한 해안 정착자들의 모든 재산을 차지했다. 포도주 양조는 현재 크림 중심지, 즉 바흐치사라이, 에스키케르멘(Эски-кермен), 카파와 수다크 성 주위에 있는 방어가 가장 잘되어 있는 안락한 골짜기에만 남아 이루어졌다.

라시(Ласси), 미니흐(Миних), 돌고루키(Долгорукий), 수보로프(Суворов) 장군의 괴멸적 군사원정으로 러시아에 합병된 크림반도에서 만성적 전쟁으로 인한 이주가 멈추면서 남부해안의 이전 거주자가 또다시 포도원 주인과 담배농원 주인이 되었고, 아직도 남부해안에서 그 식물들을 제일 능숙하게 재배하는 자로 여겨진다. 우리 형제 러시아 사람보다 더 물이 없고 숲이 없는 것에 익숙하지 않은, 생래의 과수원 지기인 이른바 타타르인들을 페레코프 스텝 내륙으로 이주시키면 마치 산악 초원에서 모래밭으로 옮겨 심은 식물이 죽듯이 그들을 죽일 것이다.

---

16 〔역주〕예니체리(yeniçeri): 오스만터키의 상비·유급 보병군단으로 1363년 무라드 1세가 창설했다. 명칭은 '새로운'을 의미하는 yeni와 '군대'를 의미하는 çeri의 합성어에서 유래했다. 오스만터키에 정복된 유럽지역 기독교도 중에서 장정을 징용하여 이슬람교로 개종시키고 엄격한 훈련을 실시한 다음 술탄의 상비 친위군에 편입시켰다. 14~16세기 정복전쟁에서 많은 무공을 세웠으나, 후에는 군기가 문란해져 횡포가 심했고 술탄의 폐립(廢立)에도 개입함으로써 1826년 폐지되었다.

타타르인들을 까탈스러운 게으름뱅이라고 부르는 데 인색하지 않은 팔라스는 그럼에도 불구하고 자신의 평가를 이상할 정도로 순진하게 보이게 만드는 타타르인 생활상의 세세한 부분을 전하는 데는 인색하지 않았다. 이렇게 해서 타타르인들이 모든 곡식을 하나도 빠짐없이 재배했고, 우리가 지금 크림반도에서 재배하는 것이 아닌 다른 식물들도 재배했다는 것이 밝혀졌는데, 겨울밀,17 봄밀, 아르나우트카,18 봄호밀, 겨울보리와 봄보리, 귀리, 옥수수, 두 종류의 기장, 부하라 기장,19 완두, 아마, 담배, 채소와 수박, 멜론, 여러 종류의 호박, 오이, 가지, 돼지감자, 양배추, 양파, 마늘, 파, 순무(브라시카 라파), 셀러리, 파슬리, 당근, 비트 등을 재배했다.

타타르인들이 이런 온갖 식물들을 재배한다는 사실을 묘사하고 나서 팔라스는 타타르인들이 참깨, 사프란, 꼭두서니, 목화, 심지어 사탕수수까지 재배하지 않는 것을 유감이라고 했다. 정말 안타까운 사실이지만 꼭 짚고 넘어가야 하는 것은 80년 동안 러시아인도 독일인도 요구가 너무 많은 이 자연과학자의 요구를 만족시키지 못했다는 것이다.

알루슈타부터 페오도시야까지 모든 골짜기, 2개의 우젠(Узень), 쿠틀라크(Кутлак), 카프시호르(Капсихор), 토클루크(Токлук), 코즈(Козы), 수다크, 타라크타쉬, 오투즈 계곡 등과 여기에 더해 알마강,

---

17   〔역주〕 당시 겨울밀의 수확량이 가끔 10배에서 20배까지 되었다.
18   〔역주〕 아르나우트카(арнаутка): 봄밀의 한 종류이다.
19   〔역주〕 부하라(Бухарá) 기장: 수수의 한 종류이다.

카차강, 벨베크 강가와 다른 지역에서도 포도농사를 지었던 것으로 보인다. 수다크와 코즈 계곡만 해도 팔라스가 헝가리 와인과 같은 수준이라고 평가한 훌륭한 와인을 1년에 3만 양동이까지 생산했다. 타타르인들은 포도줄기 심는 방법과 포도를 솜씨 있게 접붙여서 고상하게 만드는 다양한 방법을 알고 있었다. 팔라스가 타타르인들이 재배하고 분별하는 포도의 품종을 35개까지만 헤아리고 나머지는 아직 모른다고 덧붙였다. 그 포도 품종 중에는 향기로운 머스캣과 지금까지 가장 널리 보급되는 다른 품종들이 포함되어 있다.

타타르인들의 과수원에 대해 팔라스는 독일 정착자들의 과수원을 연상시킨다고 했다. "산악 거주 타타르인들은 과수원의 해충과 기생식물과 병충해 예방을 하며, 물을 주고 거름을 준다. 이들은 접붙이는 기술이 뛰어나서 바흐치사라이 주위에서는 땅 표면보다 약 4분의 1 더 깊은 곳에, 바로 뿌리에다가 접붙이는 방법보다 더 뛰어난 방법이 없고, 그것은 아주 건강한 줄기를 만들 뿐 아니라 나중에 접목할 수 있는 뿌리도 나게 하여 포도나무가 오래 자라게 만든다"라고 그는 기록했다.

그는 또한 크림반도에는 배 종류가 아주 많고 맛이 있는데, 그가 예로 든 훌륭한 품종만 해도 14종 이상 되었다. 사과나무 품종도 다양하고, 지금 크림 사과시장의 주품종인 시나프(синап)는 타타르인들에게도 가장 중요한 품종이었다. 다음으로 타타르인들이 과수원에서 재배했던 것으로는 세 가지의 훌륭한 마르렐로, 다양한 품종의 자두, 버찌, 체리들이다. 팔라스는 복숭아, 살구, 아몬드, 무화과를 높게 평가하지 않고, 그 열매의 거의 절반 정도는 야생이라고 보았는데, 이 과일들은 지금도 크림이 내세울 만한 것은 아니다. 그는 석류와 올리브에 대해서도 같은 평가를 했는데, 이것들도 상황이 크게 바뀌지는 않았다. 1,000개가 1루블이었던 호두, 헤이즐넛, 단순한 개암, 장과가 아주 맛있는 세 종류의 뽕나무, 과수원에서 기르는 산수유나무, 비파나무, 배 모양의 큰 장과를 가진 마가목, 감, 식용열매가 열리는 팽나무, 단밤 등이 타타르인들의 과수원에서 자라던 과실나무들이다. 이것들은 현재 크림 과수원들과의 경쟁을 두려워하지 않았을 것 같다.

예전에 크림반도에 있었던 가축 수도 현재의 가축 수를 훨씬 넘었던 것 같다. 팔라스는 1769년에 크림타타르인들로부터 페르시아와 전쟁을 하고 있던 군대를 위해 1,000마리의 낙타를 사들였어도 낙타 수가 줄어든 것처럼 전혀 보이지 않았는데, 좋은 낙타는 값이 150루블까지 나갔다고 한다. 스텝에서는 수많은 말을 키우고 있었고, 타타르인들은 '잘 키운' 말 떼를 많이 가지고 있었고, 말의 평균가격이 30~60루블이었다. "스텝의 모든 마을은 수많은 소와 뿔 있는 가축, 작은 가축 떼를 소유하고 있었다." 양은 세 종류가 있었는데, 털뿐만 아니라 어린 양의 가죽도 상당한 수익을 가져다주었다. 폴란드에서만 어린 양의 회색 가죽은 3만 필 이상 팔렸고, 검은색 가죽은 6만 필까지 팔렸다고 했다. 가죽 한 필 가격은 3루블을 웃돌았다. 산지에서는 엄청난 숫자의 염소를 길렀고, 모로코가죽을 만드는 데 쓰이는 값나가는 염소가죽은 큰 수익을 가져다주었다. 이밖에도 산토끼 가죽도 엄청나게 많이 팔렸다.[20] 현재의 크림반도 상황은 많이 달라졌지만, 가금과 야생 새들도 엄청나게 많이 있었다. 공작새와 백조도 아주 쉽게 번식했다.

---

20 〔역주〕약 2만 필까지 팔렸다.

소금은 옛날부터 크림의 부의 중요한 부분을 차지했는데, 지금처럼 염전업이 호수에만 집중되지 않았고, 지금은 거의 버려진 염전에서도 소금이 생산되었으며, 지금과 똑같은 방식으로 소금장수와 배와 마차로 주변 나라와 지역으로 많은 양의 소금을 실어 날랐다. 1788년 크림 호수들에서 약 150만 푸드의 소금이 생산되었고, 1790년에는 230만 푸드까지 생산되었다.

아무튼 얼마 되지 않는 문헌자료에서 타타르 지배 시기의 크림반도 상태가 현재와 엄청나게 다르지는 않았고, 우리 러시아인들은 팔라스나 그보다 덜 교육받은 돈에 눈먼 사람들의 얘기만 듣고 우리보다 먼저 만들어진 것들을 업신여겨서는 안 된다. 총체적으로 보아 수백 년 전 역사만큼 긴 현대사에서 우리의 지배 기간을 비교하면 크림 복지를 발전시키는 데 기여한 우리의 몫은 얼마 되지 않는다는 것이 드러난다. 민족 이익에 대한 문제는 되도록이면 겉치레 없이 논리적이며 성실하게 다뤄야 한다.

우리는 증명되지 않은 많은 사실들을 다룰 때 이런 일이 일어나게 된 불가피한 상황에 대한 편견을 가지고 있어서 어떤 사실은 아주 쉽게 믿는 것에 익숙해져 있다. 유럽인인 우리 러시아인들이 타타르인들을 정복했고, 기독교 문명이 무슬림 야만인을 복종시켰다. 이 사실 하나만으로 우리의 지배로 타타르인들이 구원받을 것이라고 믿게 되었고, 러시아의 풍요의 뿔(рог изобилия)이 타타르인들의 머리 위로 온갖 행복의 선물을 흘러내리게 할 것이라고 믿기에 충분했다. 그런데 사실을 직시하면 우리가 크림타타르인들에게 더 좋은 삶을 제공한 것인지 솔직하게 말할 필요가 있다.

몇 가지 사실을 예시해 보자. 크림반도에 우리가 이미 누리고 있던 기독교 문명의 혜택을 함께 누리게 해주려면 먼저 크림반도를 정복해야 했다. 그 정복은 몇 번의 아주 결정적인 단계를 거쳐 실행되었다. 1736년에 10만 명의 군대와 함께 칸 카플란 기레이(Каплан-Гирей)를 페레코프성에서 내쫓은 미니흐 백작은 크림반도를 너무 무자비하게 청소해서 바흐치사라이를 비롯한 크림의 주요 도시들은 미니흐가 떠난 후 완전히 폐허가 되었고 스텝도 황량해졌다.

1737년에 또 다른 러시아 육군 원수 라시 백작이 크림반도 전체를 헤집고 지나갔는데, 그는 크림의 다른 대문인 게니치(Геничи) 마을, 현재는 게니체스크(Геническ)라는 도시를 통해서 아라바트스트렐카(Арабатская стрелка)로 진격해 들어갔다. 칸인 멘글리 기레이는 아라바트 요새를 차지한 후 러시아군을 폭이 좁은 얕은 여울에 몰아넣어 격파하려 했으나, 지략이 뛰어난 이 육군 원수는 수레와 나무로 뗏목을 만들어서 카라수강을 통해 스텝에서 시바쉬를 아무렇지도 않게 건너갔다. 라시는 멘글리 기레이의 군대를 다 도륙하고 적군의 참호를 포위한 후 독일 사람 같은 단호한 태도로 스텝을 파괴하고 도시들을 파괴했다. 그는 미니흐의 손이 닿지 않아 온전히 남아 있던 천여 개의 마을을 그것들이 자신이 전진하는 길에 위치하고 있다는 이유만으로 태워 버렸다.

자신에 세운 전공에 도취한 라시는 다음해(1738)에 다시 크림 출정에 나섰는데, 이번에는 게니체스크를 거치지 않고 서풍으로 얕아진 시바쉬를 통해 진군하기로 했다. 그러나 이 출정은 큰 장애를 만났는데, 그 이유는 1736년과 1737년 출정 때 아무것도 남기지 않고 다 파괴해 버려서 러시아군이 먹을 식량을 조달할 수 없게 되었기 때문이다. 이것은 위대한 천재적 지휘관은 전쟁이 식량을 공급해 준다는 명언[21]에 반대되는 일이었다.

물론 우리 러시아인들도 아무 희생 없이 이 전쟁을 치른 게 아니다. 국경지역 마을에 타타르인들이 침입하여 약탈한 것 말고도 수백만 루블의 전비가 지출되었고, 용감한 병사 10만 명을 투입해야 했다. 현재 심페로폴시의 중앙 광장에 기념비가 세워져 있는 바실리 돌고루키 공이 1771년에 다시 원정해서 파괴하고 약탈한 도시는 페레코프, 아라바트, 카파, 케르치, 예니칼레, 발라클라바, 코즐로프, 옙파토리야, 바드배크, 타만 등이다.

이런 정복 과정을 거친 후 타타르인들은 다소 안정을 찾을 수 있었던 것 같다. 유럽과 기독교 문명과 화해할 수 있다는 것을 보여 주고, 러시아에 몇 개의 성을 내주고, 마차를 타고 다니며 앉아서 식사하고, 근위대에게 유럽 군복을 입히고, 자신의 무슬림 수염 끝을 넓은 넥타이 아래로 숨겨서 수염을 부끄러워하는 듯한 태도를 보인 샤긴 기레이(Шагин-Гирея)들에게 칸의 직위를 맡게 했다. 물론 유럽 문명을 그렇게 황송하게 대하는 태도를 계속 유지한다면 러시아 군대의 보호 아래 칸의 거처를 바흐치사라이에서 해안에 위치한 카파로 이주하는 것이 유익했다.

그런데 타타르인들은 자신들의 수염을 감추거나 자발적으로 성을

---

21 〔역주〕 고대 로마 장군이 했다는 말로 원어는 "bellum se ipsum alle" (*the war feeds itself*) 이다.

넘겨주는 것에 모두 동의하지는 않았다. 타타르인들은 다른 칸을 뽑았고 샤긴은 도망갈 수밖에 없었다. 칭기즈의 후손들에게 개화된 칸을 갖는 장점에 대해 설득하기 위해 케르치에서 러시아 군대가 출동하여 바흐치사라이 근처에서 7,000여 명의 타타르인들을 살해했다. 바흐치사라이와 카파는 다시 점령당하고 불태워졌다. 배신한 죄로 카파 주민들 대부분이 몰살당했다. 타타르 군대는 셀리몸 칸과 함께 발라클라바 근처에서 괴멸당했다.

다른 방식의 설득이 시작되었다. 수보로프는 크림반도에서 모든 기독교 신자들, 즉 그리스인, 아르메니아인을 이주시키라는 명령을 받았는데, 이들은 크림반도의 가장 뛰어난 기술자와 상인들이었다. 1778년에 3,000명 이상의 기독교인들이 아조프 해안과, 베르댠시크(Бердянск)와 돈강 사이에 있는 지역으로 이주당했다. 매서운 겨울 날씨 때문에 이들 중 상당수가 이주 도중 사망했다. 크림반도의 많은 지역에서 사람들이 떠나고 황폐해졌다. 1783년 4월 8일 러시아는 공식적으로 크림반도 합병을 선언한다. 샤긴 기레이는 칼루가로 압송된 후 로도스섬에서 술탄에 의해 교수형에 처해졌다.

타타르인들을 문명화하는 과정이 본격적으로 시작되었다. 1785~1788년에 항구와 인근 지역에 살던 수천 명의 타타르인들은 모든 땅과 재산을 헐값에 팔고 나톨리아(Натолия), 루멜리아(Румелия) 등으로 피란했다. 많은 왕자들과 기레이들의 친척들도 이곳으로 도망갔다. 1802년 크림반도에 근무했던 재판관인 수마로코프는 이주한 사람의 수가 30만 명에 이른다고 추정했고, 이런 이주는 포템킨이 기획한 것이라고 기록했다.

포템킨 공작 초상
(작자 미상)

　어쨌든 이전에 50만 명을 넘었던 크림반도 인구가 1793년에 실시된 첫 인구조사에 따르면 남녀노소, 러시아 군대, 코자크, 관료들, 모든 러시아인, 크림반도 합병 후 10년 동안 이주해온 모든 정착민을 포함해서 20만 5,617명에 불과했고, 타타르인들은 6만 명 조금 더 되는 수가 남아 있는 것으로 조사되었다. 3년 후 시행된 인구조사와 1800년 진행된 인구조사에 따르면 타타르인은 남녀노소 모두 포함해 12만 명으로 조사되었다. 미니흐가 출정했을 때에는 크림반도의 한 성에서만 10만 명의 타타르인들이 방어하고 있었다고 기록되었다. 브로네프스키는 16세기에 타타르 군대가 13만 명 이상이라고 기록했다. 1812년에 많은 수의 타타르인들이 크림반도를 떠났지만 이에 대한 정확한 기록은 없고 구전으로 내려오는 전설들만 남아 있다.

　크림전쟁 후 공식자료에 따르면, 1860~1863년에 크림반도에서 터키로 이주한 타타르인 숫자는 19만 2,360명인데 이 숫자는 정확히 크림 전체 인구의 3분의 2이다. 크림 주민들은 이주한 사람들의 상당수가 공식통계에 포함되지 않았다고 믿는다. 통계에서 빠진 이주자 숫자는 세바스토폴 군사작전 중 크림반도에서 사라진 타타르인들과 그 이전부터 메카 순례라는 명목으로 조금씩 아무 흔적 없이 사라진 사람들이다.

공식자료에 따르면 1863년 타브리아주 내에 784개의 타타르 마을과 촌락이 완전히 황폐해졌고, 페레코프(уезд) 군에서만도 278개 촌락과 마을이 황폐해졌다. 황폐해진 784개 마을에다가 미니흐 백작이 태워버린 천 개의 마을과 이탈리이스키(Итальийский) 공과 돌고루키 공이 파괴한 숫자조차 알 수 없는 마을들과 1788년과 1812년 수천 명의 타타르인들이 이주해 나간 뒤 황폐해진 수없는 마을 수를 더하면, 유럽 문명이 무슬림 야만인들에게 베푼 혜택이 무엇인지 큰 의문이 남는다. 한 부족의 4분의 1을 문명화하기 위해 4분의 3을 희생했다면 이 비싼 대가를 치른 결과로 정말 값진 성과를 얻은 것으로 독자들은 생각할 수 있다. 이것에 대해 알아보는 것은 어려운 일이 아니다.

타타르 민족의 생활에 기독교 문명이 가져올 수 있는 혜택은 어떤 것일까? 그것은 기독교의 숭고한 윤리, 보편적 유럽식 교육, 그리고 체계가 잡힌 경제활동이 가져다주는 편리성들 — 즉, 유럽 문명은 도덕적 의식, 생각의 힘과 사회의 물질적 복지를 발전시키는 것이 당연하다. 타타르인들이 기독교도가 될 수 있었을까. 나는 1783년부터 1869년까지 세례를 받은 크림타타르인은 단 한 명도 없다고 생각한다. 만약 있었다면 아무 주의도 끌지 못하는 타타르 사회의 인간쓰레기 같은 사람이었을 것이다.

그런데 혹시라도 타타르인들이 자신들의 종교를 유지하면서도 그리스도 가르침의 영향을 받아 온순해지고, 이것을 호의적으로 받아들이며 기독교와 친숙해지는 다음 단계로 나아가는 준비를 한 것은 아닌가 하고 생각할 수 있다. 크림의 산악지역에 타타르인에게서 거둔 돈으로 지은 러시아정교회 교회들이 있고, 알루슈타에도 그런 교회가 있다는 사실로 이 질문에 답할 수 있다고 생각할 수 있다.

그러나 타타르인들이 이처럼 자신들의 돈으로 타종교에 영광을 돌린 일은 절대로 자발적인 일이 아니었고, 기독교 가르침에서 이들이 완전히 소외되었다는 것은 절대적이고 흔들리지 않는 사실이다. 타타르인들에게 기독교의 가르침을 제대로 전할 수 있는 사람은 한 사람도 없었던 것 같고, 크림반도에서 타타르어를 할 수 있는 러시아정교회 사제를 10명이라도 찾을 수 있는지 의심이 간다.

타브리아주의 주도에는 선교사라는 칭호를 가지고 월급을 받는 공무원이 있었는데, 그 사람의 활동 분야가 무엇이고, 또 그 활동의 결과가 어떠한지 선교사 자신도 정교회 신자들도, 타타르인들도 모른다. 잘 알려져 있는 사실 하나는 타타르인들은 러시아어를 공부할 필요를 인식하는 지역에서조차 정교회 사제들이 러시아 학교에서 가르친다는 이유 때문에 아이들을 러시아 학교에 보내지 않았다는 것이다.

예외적으로 두반코에(Дуванкое), 카라레제(Каралезе), 다이레(Дайре), 사라부즈(Сарабузы) 마을에서 타타르 소년 몇 명이 러시아 학교를 자발적으로 다녔는데, 바로 이곳 학교들에는 교회가 없어서 정교회 사제들이 없었다. 1863년 타브리아주를 독립된 타브리아 주교 관구로 분리할 것이라는 소문이 잠시 퍼졌을 때 타타르 사람들은 터키로 떠나기 시작했고, 그런 식으로 타타르인들이 말하는 '큰 신부가 오는 것'이 이들이 마지막으로 대규모로 이주한 중요한 이유 중 하나였다.

이제 흥미로운 것은 세속적 유럽식 교육, 아니면 최소한 단순히 읽고 쓰는 능력이 크림타타르인들의 환경에 어느 정도 스며들었는가다. 여기서도 답을 찾는 것이 별로 어렵지 않은데, 결론은 전혀, 하나도 스며들지 않았다는 것이다. 그래도 어떤 타타르 귀족과 왕자는 페테르부르크 사관학교에서 수학했고, 심지어 지금은 없어진 크림타타르 기병대22에 근무한 기록도 있다. 그 왕자들은 기병 대위와 중위 계급과 붉은 깃과 은제 단추가 있는 군용외투를 아주 자랑스러워했다. 그 귀족 중 한 명이 직접 고백했던 것처럼 군사훈련단에서 필라레트 대주교의 정교회 교리문답서23를 배우고 외우기까지 하고, 자기 이름을 러시아어 글자뿐만 아니라 심지어 독일어 글자로까지 사인할 수 있었다.

---

22 크림타타르 전대(крымскотатарском эскадроне): 러시아군에서 크림타타르인들로 구성된 부대(военное формирование)는 1784년 3월 1일 예카테리나 2세가 내린 "'타브리아 기병 대대'(дивизион) 5개 대대를 창설하라"는 명령에 의해 형성되었다. 세 부대가 창설되었는데, 그 임무 중 하나는 러시아 당국을 대표하는 것이었고, 1787년에 크림반도를 비롯한 남부지방을 방문한 예카테리나 2세를 호위하는 것이었다. 그 부대들은 여러 다른 명칭과 다양한 병력수로 구성되었다. 1812년 조국 전쟁까지 존재하여 이 전쟁에 참전했다. 이 전쟁 종결 후 부대는 해산되었다. 1825년에 러시아 군대 최초의 크림타타르인 장군인 카야베이(키릴 마트베예비치) 발라투코프(Кара-бей (Кирилл Матвеевич) Балатуков)의 요청으로 이 부대는 복원되었다. 1909년부터 이 부대는 '알렉산드라 표도로브나 여왕의 타브리아 기병 전대'(Крымского конного Ее Величества Государыни Императрицы Александры Федоровны полка)라는 명칭을 가졌다. 1913년 4월 5일에 니콜라이 2세는 본 전대 첫 부대가 구성된 날로부터의 지휘권(старшинство)을 하사했다.

23 (역주) 필라레트(Филарет) 교리문답서: 필라레트(드로즈도프) 대주교가 만든 러시아제국에 가장 인기 많았던 교리문답서다.

그런데 그 이상의 배움은 없었다. 그들의 붉은 외투와 상사들과 러시아어로 어느 정도 대화할 수 있는 능력 때문에 그들은 나머지 타타르인들보다 훨씬 높은 위치에 올랐고, 자연스럽게 자기 부족의 우두머리가 되었다. 이것 이외에 이들이 더 필요로 하는 것은 없었다.

크림반도에는 별도의 타타르 교육청도 만들어졌는데, 그것은 1827년부터 1865년까지 심페로폴에 존재했고, 타타르 아동교육 문제를 전담하며 1년에 3,000루블의 예산을 썼다. 그 교육청의 과정을 제대로 이수한 졸업자는 매년 평균 1명이 되지 못했고, 이 숫자는 수학능력 부족 때문에 쫓겨난 학생 수도 포함한 것이다. 졸업생 25명 중 어떤 사람은 김나지움 1학년 과정, 어떤 사람은 4학년 과정을 형식적으로 거쳤는데, 그 후 이슬람교의 바다에 빠져 그 사람들은 흔적도 없이 사라져 버렸다.

이외에도 1841년 국가재산청은 타라크타쉬, 사라부즈, 사키, 우슌에서 타타르인들을 필경사로 채용하기 위해 학교를 건립했는데, 좋은 건물을 세우고 교과서도 주문했다. 타타르 소년들에게 《국가 소작인을 위한 법령집》과 러시아어 문법과 분수와 비율을 계산하는 법을 배우게 했다. 타타르 공동체에는 학교 재정관리와 학생등록이 의무적으로 시행되었고, 교육수료자는 10년간 필경사로 의무적으로 근무해야 했다. 야만인을 개화시키기 위한 모든 대책들이 다 세워진 것처럼 보였다.

1837년에 바흐치사라이와 카라수바자르에는 교구학교와 비슷한 독립적 타타르 학급이 개설되었다. 3개의 러시아 지역학교에 타타르어 교사들이 발령되었다. [24] 그런데 결과는 어떠했는가. 1840년 초에 이

---

24 교사들은 1824년 페오도시야와 페레코프로, 1859년 심페로폴로 발령되었다.

학교의 교장들은 바흐치사라이의 타타르어 학급에는 2년이 지나도록 타타르 학생이 거의 한 명도 없고, "타타르어 학급의 대부분이 그리스와 아르메니아 사람들로 채워졌고, 타타르 아동들은 대부분 사립학교에서 교육을 받는다"라고 보고했다.

우리 러시아 농민들이 타타르인 병사 지원자들을 고용했던 것과 같이 타타르 공동체 지역학교들에 고용된 타타르인들은 대부분 고아와 극빈자, 사회에서 거의 버려진 사람들이었다. 이 권위 없는 문명 보급자들이 타타르 민족에게 실시한 교육운동은 자신들의 지역학교에서와 마찬가지로 거의 성과를 거두지 못했고, 이 운동가들은 학교와 함께 흔적도 없이 사라져 버렸다. 타타르어 선생님들이 지역학교들에서 한 일은 아무 흔적도 남지 않았다. 그들은 오직 관료들의 지시 속에서만 존재했던 것처럼 보인다.

이것이 타타르인들에게 실시된 유럽식 교육 역사에 대한 일반적 서술이다. 가끔 타타르인 2~3명이 김나지움에 입학하기도 했다. 두세 학급에서 2~3년간 고생하다가 우리 김나지움을 가득 채우고 있는 엄청난 양의 라틴어,[25] 슬라브어,[26] 독일어, 프랑스어,[27] 인문학과 자연과학을 이기지 못하고 돌아간다. 그다음에는 전과 같이 아무도 손댄 적이 없고,

---

25 라틴어(латинство): 가톨릭교회와 관련되거나 그 교회에 대해 우호적인 이론을 의미한다.

26 슬라브어(славянство): 슬라브 민족들에 관련된 이론들이나 그 민족들을 아주 중요시하는 이론들을 의미한다.

27 독일어(немечина)와 프랑스어(французятина): 독일과 프랑스에 대해 우호적인 이론을 뜻한다. 약간 비하적 뉘앙스를 가지는 신조어다.

어느 바람에도 흔들리지 않는 무슬림 무식의 바다가 남게 된다. 당신은 크림타타르인들이 정말 무식쟁이이고, 스스로 무식쟁이로 남기를 원한다고 생각하는가?

이것이 맞는지 한번 보도록 하자. 타타르 법에 의하면 아동들을 의무적으로 교육시켜야 한다. 6세에서 15세까지의 소년과 소녀들은 학교를 다녀야 한다. 모스크만 있으면 각 마을이 자치적 메흐테브(мехтэб)를 가지고 있다. 1867년 크림반도의 기록을 보면 타타르 인구 10만 명당 학교 154개가 있었고, 그중 메흐테브, 즉 초등학교가 131개, 23개의 마드라사, 즉 물라와 선생님들을 준비하는 신학교가 있다. 이 학교에 등록된 학생은 5,081명이었고, 성별 구성은 여학생 901명, 남학생 4,180명이었다.

타타르인들이 대거 크림반도를 떠난 후 수많은 학교들이 문을 닫았고, 남은 학교들도 황폐화된 것은 타타르 민족의 큰 쇠퇴 시기의 교육 상태를 반영한 것이다. 1867년 타타르 인구 21.4명당 1개의 학교가 있었고, 인구 27.9명당 1명의 학생이 있었다. 같은 해 타브리다주의 통계를 보면 러시아 인구 2,747명당 1개의 학교가 있었고, 인구 66.1명당 1명의 학생이 있었다. 타브리다주 인구의 17.85%에 불과한 타타르족은 1867년에 전체 학생 중 23%를 차지했고, 인구의 62.5%를 차지하는 러시아 주민들은 전체 학생 중 28.5%만을 차지했다. 이 통계가 시사하는 바는 크다.

그런데 위에 언급된 타타르 학교들 중 국가에서나 지역 관청에서 도나 도시 단체들에서 급여를 지급받는 곳은 한 곳도 없었다. 모든 비용은 학부모가 대거나 죽은 사람들이 남긴 유산으로 충당되었다. 모스크와 학교를 위해 남겨 둔 바쿠프(вакуф)라고 하는 그런 재산들이 크림 토지 중 10만 데샤티나에 달하는데, 여기에는 몇만 루블의 자본금과 다른 종류의 여러 가지 수익금이 포함되지 않았다.

위에 제시한 모든 사실들은 하나를 말하는데, 그것은 타타르인들이 우리가 들어오기 전에도 민족교육을 소중하게 여겼고, 자신들의 땅인 크림반도에서 우리가 러시아에서 교육을 발전시킨 것보다 훨씬 더 교육을 발전시켰고, 그것을 위해 상당히 큰돈을 기부했고, 교육이 모든 주민에게 필수적이라는 사실을 우리보다 앞서서 깨달았다는 점이다. 브로네프스키도 16세기 당시에도 타타인들은 "아들들을 젊은 나이에 아랍 글자를 배우도록 보낸다"라고 기록했다.

러시아인들은 크림반도를 차지한 후 자신들의 유럽식 지식은 하나도 가르쳐 주지 않고, 단지 인구를 줄이고, 타타르 학교 수를 줄임으로써 이전에 시행되던 교육의 양적 규모를 축소했을 뿐이다. 타타르인들을 우리의 학교로 끌어들이거나 입학하는 것을 쉽게 하기 위해 우리가 한 실속 있는 일은 아무것도 없다.

1867년에 타타르 귀족회의 대표자들은 자신의 아이들이 김나지움에서 라틴어 수업을 듣지 않게 해달라고 꾸준히 요청했고, 그 이유는 아이들이 라틴어가 필요한 대학에 들어갈 생각이 애초부터 없었기 때문이다. 러시아 아이들에게 라틴어가 어려운 것처럼 러시아어가 타타르 아이들에게 어렵다고 하소연했다. 그러나 이들의 청원은 거절되었다. 우리 러시아인들은 지난 80년 동안 타타르인들에게 최소한의 보통 교육과 어떤 기술적 지식도 보급하지 않았다. 심지어 타타르인들의 수많은 메흐테브와 마드라사에서 실시되는 낙후된 교육방법을 개선하기 위한 어떠한 시도도 하지 않았다.

이른바 타타르인들에게서 거두어들인 세금으로 크림반도에서 다른 재원을 찾지 못한 모든 일들을 시행했는데, 관광객들의 남부해안 별장 여행을 위한 도로를 닦고, 정교회 성당을 짓고 정교회 교구학교를 관리하는 데 이 세금이 쓰였다. 그러나 타타르 산악도로들은 멘글리 기레이 칸 때의 상태로 남아 있었고, 생활은 예전과 전혀 달라지지 않았으며, 수공업 도구와 방식도 변한 게 없었고, 마차 바퀴를 너도밤나무 토막들로 만든 마차도 똑같았으며, 유리창 없이 굴뚝은 나뭇가지로 만든 어두컴컴한 집도 이전 그대로였다.

우리는 해줄 수 있는 것은 원래 없었는데, 그 첫째 이유는 우리가 많은 부문에서 타타르인보다 가난했고, 두 번째 이유는 타타르인을 상대한 사람들이 우리 주민들이 아니라 관료들이었기 때문이다. 관료제도란 순진한 러시아 시골사람의 얼굴에 씌운 유럽적 속임수로 가득 찬 가면이다. 엄격한 분류, 서신, 서류의 활발한 왕래, 끝없이 이어지는 표와 보고서들이 관료들의 일의 전부를 차지했다. 엄청나게 포괄적인 계획들, 천재적으로 모든 것들을 예견하는 프로젝트들과 행사들, 독일인으로부터, 영국인으로부터, 프랑스인으로부터 받은 소리와 그림자는, 모든 것을 멀리서부터 눈멀게 하고, 소리와 그림자를 삶으로 착각하게 하고, 가면을 진짜 얼굴로 착각하도록 만든다.

러시아 민중 생활의 독인 관료주의가 타타르 민중 생활에도 독이 되었다. 어디를 불문하고 관료들이 빼앗아 가는 것은 많지만 돌려주는 것은 적었고, 어디서든지 무대장치를 만들고 조명탄을 쏘아댔기 때문에 이것에 가려진 불쾌한 진실이 들리지도 않고 보이지도 않게 되었다. 어디서든지 관료들은 능숙하게 국가와 백성들의 모든 문제가 안정되고 만족스러우며 명예롭다고 내세울 수 있도록 스스로 만들어 놓은 길로 나아가게 하고, 이를 위해 종교도 교육도 민중 복지도 같은 흉내를 냈다. 모든 계획은 작성되고 제안되고 지시되고 고발되고, 결산연도의 1월 1일까지만 종료되면 다 괜찮다고 여겨졌다.

살아 있는 러시아의 힘은 아직까지 타타르인들과 충돌한 적이 없다. 살아 있는 힘이 이제 조금씩 나오고 있는데 이것이 어떤 일을 할지는 두고 볼 일이다. 그러나 이 힘은 번지르르하게 윤기만 나고, 롤러와 톱니바퀴만 잘 돌아가는 관료 기계보다 훨씬 많은 일을 할 것이라고 나는 확신하고 있고, 이런 사실은 이제 거의 드러난 상태다. 아무리 잘 돌아가는 기계이고, 앞면에 아무리 좋은 상표가 붙어 있어서, 만약 그 상표가 '유럽 기독교 문명'이라고 해도 영혼이 나타나면 아무 힘도 쓰지 못한다. 이것이 어느 누구의 양심과 정신에 영향을 끼칠 수 없는 이유는 기계는 이러한 것에 맹인이고, 핵심을 이해하기는커녕 감각할 수 있는 기관도 갖고 있지 않기 때문이다.

수다크, 알루슈타와 일부 다른 지역의 지주들은 타타르인들의 범죄적 침입과 이들의 부도덕성으로부터 자신을 어떻게 보호해야 할지 모르고 있다. 농민과 지주 간의 관계를 관리하는 한 관료는 타라크타쉬의 반 정도 지역에서 "공식 명단에 올라 있는 주민 100명당 적어도 2명씩" 타타르 아이들을 모아서 이들의 도덕성을 함양하고 미래의 범죄를 예방하기 위해 문법과 산수를 가르치는 학교를 세우자고 제안하기도 했다. 물론 이를 실행하려면 "타타르인들에게 전혀 부담이 되지 않을 액수인, 주민 한 명당 적어도 은화 50코페이카씩"의 조세를 부과할 필요가 있었다.

한 열렬한 도덕주의자는 모든 타타르 학교들을 폐지하자고 제안했는데, 그 이유는 "메흐테브와 마드라사들을 폐쇄하지 않으면 러시아 정부가 세우는 학교가 절대로 충분한 수의 학생을 확보하지 못할 것이라는 확신을 갖고 있기" 때문이라고 했다. 과학원 회원인 팔라스는 타타르인들이 《코란》을 가지고 하는 일반적 맹세 대신에 아주 장엄한 맹세를 하게 하면 이들이 부당한 짓을 하는 것을 막을 수 있다고 보았는데, 맹세하는 사람이 "거짓 명세를 하는 경우에 3~9달라크28의 기간 동안 합법적 아내들과 별거하게 되어도 좋다"라는 구절도 맹세하게 하자고 했다.

타타르인들에게 어째서 형제인 우리 러시아인들이 보기에 갑자기 특별히 엄격한 대책들이 필요하고, 맹세를 어기는 자, 살인자와 도둑으로 비치게 되었는지 알 수 없다. 타타르인들이 유럽 문명의 영향과 접촉하기 전에 이들을 잘 알고 있었던 사람들이 타타르인들에 대해 남긴 이야기들이 이와 유사했는지 보도록 하자. 마호메트 기레이 칸 궁중을 방문한 스테판 바토리29의 사신인 베즈드즈페데아(Бездзфедеа) 출신의 폴란드 귀족인 마르틴 브로네프스키는 1578년에 두 차례에 걸쳐 사절 역할을 하면서 크림에서 9개월 이상을 생활했고, 크림에 대한 꽤 흥미로운 묘사를 우리에게 남겼다. 그가 당시의 타타르 사회의 도덕적 상태에 대해 어떤 평가를 했는지 한번 보도록 하자.

---

28 〔역주〕 달라크(даллаков): 사전에 없는 말로 오자일 수도 있다.
29 〔역주〕 스테판 바토리(Stefan Batory, 1533~1586): 트란실바니아의 군사령관 (1571~1576)이었다. 1576년 안나 야기웨어(Anna Jagiellon)와 결혼하면서 폴란드-리투아니아대공국 왕(재위 1576~1586)에 즉위했다.

이들 사이에는 고자질도 고발도 없고, 재판 형식으로 진술하는 기소와 변호도 없다. 모든 사람들이 자유롭게 칸에게 접근할 수 있으므로 평민 타타르인들과 외국인들이 판사들과 각각의 말을 들어주고 해결책을 제시해 주는 칸이 있을 때, 자기 사정을 아주 자유롭게 진술한다. 칸이 모든 백성 앞에 나타나면 제일 가난하고 보잘것없는 사람들이 그의 주의를 끈다. 그는 그들의 말을 들어주고 자상하게 물어본 후 대답을 해준다.

법은 아주 엄격하게 지켜진다. 판사들은 영감에 사로잡혀 있고, 흔들리지 않는 정의와 진정성이 있는 사람들로 여겨진다. 상사들과 관료들은 명령을 두려운 마음을 가지고 올바르고 빠르게 실행한다. 타타르인들이 온갖 다툼, 범죄, 송사의 꾀, 시기, 증오, 협잡과 공명심을 모르고, 옷차림과 집 살림살이에서 절대 지나친 사치를 하지 못한다. 나는 이곳에서 9개월 이상 살았지만 형사사건이 일어났다는 얘기를 한 번도 들은 적이 없었고, 아무도 법에 어긋나는 행위를 한 적이 없고, 아무도 자신의 적에게 피해를 주려고 고발도 하지 않고 소문도 퍼뜨리지 않았다.

"여행자들과 가난한 나그네들을 타타르인들은 넉넉한 인심과 반가움으로 후하게 대접한다"라고 브로네프스키는 견문록에 기록했다.

가톨릭 신도인 브로네프스키와 마찬가지로 이슬람 도덕을 높게 평가하지 않을 것 같은 리투아니아 관구주교인 보구쉬 세스트렌체비치(Богуш-Сестренцевич)는 《타브리다의 역사》의 여러 곳에서 자신과 동시대인인 18세기의 크림타타르인들의 도덕적 상황에 대해 다음과 같이 평가했다.

504

타타르인들이 터키 사람들보다 훨씬 정의롭게 재판을 실행했다. … 형벌은 국가의 사회계급에 동일하게 적용되었다. … 주민들은 노예화되지 않았고, 오직 병역의무만 이수하면 됐다. … 자기들끼리의 모임과 잔치 때 타타르 귀족들은 계급을 분별하는 관례적 예의를 깍듯이 지켰고, 누가 우월한지에 대해 언쟁하는 사람이 없었고, 높은 가문의 귀족도 상대가 자기보다 나이가 훨씬 많으면 더 낮은 계급의 귀족에게 기꺼이 자리를 양보했다.

그들은 아버지가 아들에게 유럽에서 제일 좋은 교육을 받은 민족들이 가진 품위를 물려주면서 자기 세습영지에서 예의와 관습에 어긋나지 않게 제법 잘 살았다. 그들은 무엇보다 고상한 영혼과 관대함을 보이며 외국인을 대접했다. 이들은 개인 간의 일대일 싸움을 불명예스러운 것으로 여겼다. 그들의 관습에 따르면, 참된 용기는 전쟁 때만 드러내야 하는 것이었다.

젊은 귀족들을 예절 교육을 시킬 때 관습적으로 중점을 두는 감정은 너그러움이었다. 정말 이들 대부분은 어떤 물건에 집착을 가지는 것을 창피한 일로 여겼고, 자기 옷을 포함해 모든 것을 내주었는데, 술탄에게도 하나의 의복만 있었기 때문에 그가 다른 옷을 입기 하루 전 그 옷을 부탁하면 제일 먼저 부탁한 사람은 그 옷을 받을 것이라는 확신을 가질 수 있었다. 너그러움은 위엄의 참된 특징이므로 칸은 자신의 너그러움의 크기에 따라 공경을 받았다.

왕위에 오르기 전에 개인생활의 고생을 경험한 칸들은 하층민의 가난과 불행을 너무 가까이서 보았기 때문에 하층민을 억압할 생각을 하지 않았고, 궁정생활만을 경험한 군주들보다 사람과 자기 백성과 조신들을 더 잘 알고 있었다.

좋은 기후와 적절한 음식 섭취 외에도 크림타타르인들이 영위하는 활동적 생활은 이들을 강건하게 만들었다. 더위, 추위, 허기, 갈증, 그리고 전쟁으로 인한 모든 시련을 이들처럼 버틸 수 있는 사람은 거의 없다. 적이 나타나면 깨지지 않는 맹약으로 하나가 된 타타르인들은 칸을 따라 전투 대형을 이루어 싸우고, 어떤 사람은 자신의 특권을 지키기 위해, 어떤 사람은 자기 모스크를 지키기 위해 나서지만, 왕위와 자유를 지키기 위해 모두 전투에 나선다. 강력한 무력과 결합된 예카테리나 2세의 사려 깊은 전략만이 이것을 무너뜨릴 수 있었다.

타타르인들은 이슬람교를 맹신하지만 이슬람교에 대해 더 깊은 지식을 가지고 있기 때문에 터키 사람들처럼 잔인하지 않았다. 그들은 '학생들로 가득 찬 많은 학교를 운영'하고 있었다.

종교에 대한 관용은 《코란》이 잘 허락하지 않는 것이지만, 공동 이익을 우선하는 마음은 공동 안전을 지키고 군주를 지지하는 태도를 취하게 만들고, 다른 교리를 판단할 때 관대한 태도를 가질 수 있었기 때문에 그리스인들과 아르메니아인들은 주교 관구와 교회와 수도원들을 가질 수 있었고, 예수회 신도들은 가정교회를 유지하며 오랜 기간 동안 큰 자유를 누렸다. 유대인들, 카라임인들도 용인되었다.

내가 보기에 우리가 가지고 있는 여러 저자들의 작품에서 되는대로 인용한 구절도 타타르 부족이 부도덕하다는 모든 자의적 험담들에 대한 확실한 반론으로 사용할 수 있다. 적어도 옛날 저자들이 크림타타르인들에게서 발견하고, 편견 없는 모든 관찰자들이 타타르인 성격의 본질적인 면으로 여기는 그 선한 마음에서 나오는 속성들의 많은 점들이 내가 속한 민족인 러시아인들에게 있기를 바란다.

물론 점령당한 타타르 민족은 큰 굴욕을 느끼고 모질게 된 면도 있다. 많은 장소와 상황에서 타타르인들이 러시아인을 아주 혐오하는 것도 당연하다. 그런데 크림타타르인 부족 전체를 놓고 판단해야 하는 것은 이방인인 러시아인에 비하면 덕성을 많이 가졌고, 목자와 산악에 거주하는 사람들의 단순한 원시적 덕은 모든 불리한 환경에도 불구하고 아직도 타타르 민족을 꾀가 많고 절반만 교육받은 도시인들인 우리와 구별되게 한다. 타타르인과는 아직도 구두로만 이루어지는 온갖 계약을 맺는 것이 가능하고, 궂은일을 맡을 사람이 필요한 경우 타타르인을 남부해안에 숨겨진 보물처럼 찾게 된다.

크림반도의 대부분 지역에 거주하는 타타르인들은 도둑질, 자물쇠, 속임수를 모르고 산다. 그들의 과수원 앞마당은 아무나 마음대로 들어갈 수 있고, 얼마 전까지만 해도 지나가는 행인은 타타르인의 포도와 과일들을 원하는 대로 따서 먹을 수 있었다. 어떤 상황에서도 타타르인에게서 떠나지 않는 인간적 품위를 보면 마음이 따뜻해진다. 당신을 위해 가장 천하고 힘든 일을 해도 개의치 않고 그는 태연하게 손을 내밀고, 당신과 같이 소파에 앉아 동등한 사람과 이야기하는 것처럼 대화한다. 당신이 명령할 권리를 가지고 있다면 어떤 명령이라도 순순히 실행하지만 타타르인에게서 비굴함은 찾아볼 수 없다.

목자는 물소가죽으로 만든 샌들을 신은 채, 주인의 거실로 들어가 카펫 위에 앉아서 위엄 있게 담뱃대에 불을 붙이고, 다른 사람과 동등하게 음식을 먹을 권리를 가졌다는 것을 하나도 의심하지 않고 차려진 음식에 손을 내민다. 자신을 찾아온 사람에게 과수원에서 배를 먹게

권하고, 집에서 커피를 대접하는 것은 타타르인에게 피할 수 없는 의무이며 최고의 즐거움이다. 그의 집안은 늘 깔끔하게 정돈되어 있고 깨끗하며, 늘 예의가 바른 것을 보면 타타르인들은 자신을 존중하는 것이 분명하다.

제일 가난한 여자와 어린아이도 꽤 우아한 옷차림을 하고 있는데, 어디 가도 항상 볼 수 있는 털로 만든 거친 천, 삼베, 30 펠트와 보리수 껍질, 젖먹이 아이에게 입힌 아버지의 외투, 31 여자들이 입는 남성 외투 따위는 찾아볼 수 없다. 모든 아이는 자신만을 위해 바느질해서 만들어진 파랗거나 줄무늬가 있고, 다색 끈과 무늬가 있는 작은 재킷을 가지고 있고, 각자 고급 가죽이나 일반 가죽으로 자신만의 신발과 사이즈를 맞추어 만들어진 예쁜 모자를 가지고 있다.

이 사소해 보이는 특징에는 윤리적 본능으로 아이가 자신과 똑같은 인간으로서의 권리와 품위를 가졌다는 것을 인정하는 아버지와 어머니의 배려가 드러난다. 타타르 남자들은 젊은이뿐 아니라 특히 노인도 아이들을 아주 좋아하는데, 인내심 있게 아이를 돌보고 순진하게 아이들과 노는 위엄 있는 그들의 모습을 보는 것은 나에게 늘 큰 도덕적 위로를 주었다.

자신의 말에 대한 신뢰, 침묵에 가까운 집중, 말과 동작과 거의 모든 행동의 차분한 확고함, 규칙의 단순함과 영구적 불변성, 극도의 중용을 지키는 생활방식과 극한의 인내력은 위엄 있는 외모와 더불어, 노년

---

30 〔역주〕대마의 수컷 식물로 만들어서 품질이 덜 좋은 삼베를 말한다.
31 〔역주〕짧은 카프탄을 말한다.

에 이른 타타르인을 어떤 실제적 철학자나 삶의 참된 열쇠를 찾은 지혜로운 나탄[32]으로 만든다.

물론 타타르인은 문명화된 생활의 많은 요구를 모르고 있고, 일상생활에는 온갖 결핍이 있다. 수공업 종류는 많지 않고 제대로 발달되지도 않았다. 타타르인의 노동은 문명화된 유럽과는 불가분인 정력적이며 긴박한 성격을 가지지 않는다. 그 대신 타타르인의 탐욕은 유럽인이 온 삶을 바쳐 수익을 추구하고, 금덩어리를 얻기 위해 자기 형제와도 끝없고 자비심 없는 투쟁을 벌이는 문명화된 이악스러움을 가지지 않는다.

장사가 없는 곳에서는 기술이 별로 필요가 없다. 타타르인은 자신이 만족하는 풍요로운 과수원, 고기와 우유를 제공해 주는 가축 무리들, 일하는 가축, 주거로 삼는 돌산과 나무 등, 지상의 복지에 필요한 모든 본질적 조건을 다 가지고 있었다. 그런 다양한 조건이 있으면 장사는 오랫동안 필수적인 것이 아니었다. 타타르인의 경우에는 무슬림의 종교적 및 민족적 교리인 이교도와의 전쟁이 상업을 대신하고 있었다.

내가 늘 놀라는 것은 문명 세계의 사람들은 문명이 가지는 편리성에 너무나 눈이 멀어, 문명이 낳은 분명한 악도 이점으로 착각한다는 점이다. 자신이 문명의 궤양들로 뒤덮여 있어서 계속 그것에 시달리고, 그것에서 어떻게 벗어날지 모르면서, 이들은 아직 오염되지 않은 삶의 행복을 보면 그것을 꾸짖고, 창피 주고, 그것이 마치 유일한 구원

---

32 〔역주〕 나탄(Natan) : 독일의 계몽주의자 레싱(Gotthold Lessing)이 쓴 희곡 《현자 나탄》의 주인공 이름이다.

의 길인 양 자신의 병상으로 이끄는 순진함을 가진 것이 늘 신기하다.

예를 들어 팔라스 박사가 타타르인들의 허물로 본 것은 다음과 같다.

그들은 나무 그늘 아래에서 아니면 언덕 위에서 가끔 완전히 비어 있는 담뱃대를 들고 멍하니 눈앞에 펼쳐진 아름다운 경치를 바라보고 있는 것을 자주 볼 수 있고, 일을 하다가 긴 휴식을 주면 때로는 일을 완전히 중단한다. 이 민족의 최고의 복은 무위이다.

솔직히 말하면, 자신을 위해 문명에 그런 죄를 지을 수 있는 것을 나는 부럽게 생각한다. 특히 팔라스가 이어서 다음과 같은 말을 덧붙일 때 더욱 그렇다.

금욕적인 삶을 살고, 아무 불안도 모르며 여름에도 따뜻한 옷을 입고, 자신에게 너무 힘든 운동은 하려고 하지 않는 타타르인들은 병에, 특히 크림반도에 오는 사람들에게 치명적인 쓸개의 병과 주기적으로 일어나는 열병에 대한 저항력이 낮다. 이들 중 많은 사람들은 장수하며 활력을 유지한다.

그런데 러시아 관리들에게 자신의 세습영지를 불평과 반대 없이 양보하지 않는 크림타타르인의 게으름, 무식함과 부도덕에 대해 저명한 자연학자가 불평하는 것은, 위대한 유럽 학자의 진정한 신념이라기보다는 차라리 크림 지주가 일시적으로 짜증을 낸 것으로 치부하면 된다.

그는 결국, 정확히 말하면 두 번째 여행 말미에 이전의 비난을 번복하는 시적 분위기를 담은 편견 없는 여러 구절들을 남겼다.

510

구름 높이까지 치솟은 산들과 무너진 커다란 바위들의 위압적인 웅장함과, 아주 화려한 녹색 과수원들과 숲들, 어디서나 흘러내리는 개울과 폭포들의 결합, 끝없이 펼쳐지는 바다를 곁에 두고 있는 이 모든 광경은 이 골짜기들을 극도로 환희에 넘치는 천재적 시인이 상상하거나 묘사할 수 있는 가장 아름답고 매력적인 곳으로 만든다.

이 천국 같은 골짜기들에 거주하는 착한 산악 타타르인들의 소박한 생활, 반 정도 돌로 덮인 산 경사에 박혀 있으며 주변 과수원들의 빽빽한 나뭇잎에 거의 숨겨져 있는 흙으로 덮인 오두막집들과 주변에 서 있는 외딴 바위들의 벼랑 위에 흩어져 있는 염소와 작은 양의 무리들, 그 바위들 가운데 들리는 목자의 피리 소리, 이 모든 것들이 상상 속에서 자연의 황금시대를 그리게 만든다. 이 모든 것들은 소박하면서 홀로 지내는 시골생활을 사랑하게 만들고, 전쟁의 참혹함, 도시에 난무하는 혐오스러운 상업의 협잡 정신, 그리고 악덕을 낳는 사회의 큰 사치 때문에 자신 내면세계에 집중하는 현자가 거의 견딜 수 없을 정도이고, 언젠가 죽을 수밖에 없는 자들의 그 주거를 또다시 열렬히 사랑하게 만든다.

찾아보기(용어)

지은이 · 옮긴이 소개

지은이 | 예브게니 마르코프 (Евгений Львович Марков, 1835~1903)

러시아 쿠르스크주에서 태어나 쿠르스크 김나지움을 졸업하고 하리코프대학에 진학하여 자연과학 준박사 과정을 마쳤다. 그 후 2년간 유럽으로 나가 유명 대학에서 강의를 듣고 여행을 한 뒤 러시아로 돌아와 1859년에 툴라 김나지움 교사로 교육자의 길에 들어섰다. 1866년 크림반도의 심페로폴 김나지움 및 초등학교 교장에 취임하여 5년간 크림의 교육 일선에서 활동했다. 이때 크림의 여러 곳을 다니며 쓴 기행문을 다양한 잡지에 기고했는데, 이 글들이 《크림반도 견문록》의 원고가 되었다. 1870년 크림을 떠난 그는 1년간 유럽여행을 한 후 다시 크림으로 돌아와 지방자치와 교육에 헌신하며 계속 글을 썼다. 1873년 《크림반도 견문록》이 처음 출간되자 크림전쟁 후 이 지역에 관심을 가졌던 러시아 국민들 사이에서 그는 큰 명성을 얻었다. 이 책은 러시아 혁명 전까지 네 번(1873, 1886, 1902, 1911)이나 출간될 정도로 인기를 끌며 크림에 대한 가장 유명하고 권위 있는 책이 되었다. 그는 소설도 몇 편 썼지만, 러시아, 중앙아시아, 카프카스, 이탈리아, 터키, 그리스, 에게해, 이집트, 팔레스타인 여행의 감동을 기록한 기행문으로 여행작가로서 확고한 입지를 굳혔다. 《카프카스 견문록》은 《크림반도 견문록》 다음으로 인기가 높은 책이다. 소설로는 《흑토 스텝》(1877), 《바닷가》(1880), 기행문으로는 《유럽의 동방》(1886), 《카프카스 견문록》(1887), 《동방으로의 여행》(1890), 《성지 여행》(1891) 등을 남겼다.

옮긴이 | 허승철 (許勝澈)

고려대 노어노문학과를 졸업하고, 미국 버클리대학과 브라운대학에서 석박사 과정을 이수했으며, 브라운대학에서 슬라브어학 박사학위를 받았다. 러시아를 비롯한 구소련권 국가에 대한 강의와 연구를 해왔으며, 러시아, 우크라이나, 코카서스 지역에 대한 연구와 저술에 집중했다. 하버드대 러시아연구소 연구교수(Mellon Fellow), 건국대 러시아어문학과 교수, 우크라이나 대사(조지아·몰도바 대사 겸임, 2006~2008)를 역임했다. 우크라이나 대사 시절 여섯 차례 크림반도를 방문한 것을 포함하여 총 일곱 차례 크림을 방문한 경험이 이 책을 번역한 동기와 배경이 되었다. 현재 고려대 노어노문학과 교수와 한러대화 사무국장을 맡고 있다. 주요 저서로는 《우크라이나 현대사》, 《코카서스 3국의 역사와 문화》, 《제2의 천국, 조지아를 가다》(공저) 등이 있고, 역서로는 《호랑이 가죽을 두른 용사》, 《1991: 공산주의 붕괴와 소련 해체의 결정적 순간들》, 《얄타: 8일간의 외교전쟁》(크림 관련 역서) 등이 있다.